J.L. Carlton

Macht & Ohnmacht

Versuchung

Band 1

Impressum
© dead soft verlag, Mettingen 2017
http://www.deadsoft.de

Cover: Irene Repp
http://www.daylinartart.webnode.com

Bildrechte:
© bezikus – shutterstock.com
© Victor Moussa – shutterstock.com

1. Auflage

ISBN 978-3-96089-126-0
ISBN 978-3-96089-128-4 (epub)

Teil 1 – Prolog

Violet Stevenson lag im Sterben.

Der Krebs hatte die humorvolle Frau, die vor Lebenslust nur so gesprüht hatte, besiegt. Das Krankenhauspersonal hatte sie bereits in eines der Einzelzimmer verlegt, damit ihre Lieben in Ruhe von ihr Abschied nehmen konnten.

Nur zwei Menschen saßen an Violets Bett und beide wussten, dass es sich nur noch um Stunden handeln konnte, bis der geliebte Mensch seine Augen für immer schließen würde.

Einer von ihnen war Doris Thorndyke, Violets beste und einzige Freundin. Die beiden Frauen waren seit dem Tag befreundet, an dem Doris' kleine Tochter auf einem Spaziergang im Park neugierig in einen Kinderwagen gesehen hatte. In dem Kinderwagen hatte Violets neugeborener Sohn gelegen und die kleine Alice hatte ausgerufen, dass ein kleiner Engel in dem Wagen liegen würde und ob die Dame, die ihn ausfuhr, wohl die Jungfrau Maria sei.

Die Erinnerung zauberte ein wehmütiges Lächeln auf Doris' Gesicht. Das war nun über fünf Jahre her. Ihr besorgter Blick wanderte hinüber auf die andere Bettseite zu Violets Sohn. Sein kleiner Körper war erschöpft zur Seite gerutscht und wurde von den Armlehnen des Stuhls gehalten. Er schlief.

Aus dem unbekümmerten, fröhlichen Kind war in den letzten Monaten, in denen seine Mutter gegen die Krankheit gekämpft hatte, ein stiller, ernster Junge geworden und Doris fragte sich zum wiederholten Mal, ob seine bemerkenswerte Intelligenz in diesem Fall eher ein Vorteil oder ein Nachteil war.

Sie seufzte leise.

Er verstand so vieles von dem, was die Ärzte sagten. Er war in der Lage, Worte, Begriffe und Zusammenhänge zu erfassen, die an anderen Kindern seines Alters bedeutungslos vorbeigerauscht wären.

Einerseits befreite sein Verständnis Doris von der schmerzlichen Pflicht, ihm alles möglichst kindgerecht zu erklären. Es nahm ihr auch die Entscheidung ab, wie viel sie ihm erzählen und wie viel ihm besser verschwiegen werden sollte. Andererseits bürdete es ihm eine Last auf, die manches Mal sogar für Erwachsene zu schwer war. Doch bislang war er sehr tapfer gewesen.

Unter den Krankenhauslaken rührte sich etwas. Sofort richtete Doris ihre Aufmerksamkeit wieder auf ihre Freundin, die mit einem leisen Seufzen die Augen aufschlug.

„Doris“, wisperte sie.

„Ja, Liebes“, erwiderte Doris sofort und nahm ihre Hand, die kraftlos auf der Bettdecke lag. „Ich bin hier.“

Mit einer schwachen Bewegung bedeutete Violet ihr, näher zu kommen. Erst als sich Doris’ Ohr sehr nahe an Violets Mund befand, sprach sie wieder. „Bring Sinclair zu seinem Vater“, flüsterte sie.

Doris zuckte ein wenig zurück. „Hältst du das für klug?“

„Besser als das Waisenhaus.“

„*Ich* könnte doch …“

„Sie würden ihn dir nicht geben“, widersprach Violet sanft. „Du bist geschieden und nicht mit ihm verwandt.“

Doris fuhr sich mit einer Hand müde über die Augen. Sie wusste, dass Violet Recht hatte. Es war schwierig genug für sie, alleine mit ihrer Tochter durchzukommen. Ihr Ex-Mann war irgendwo im Ausland untergetaucht und die staatliche Unterstützung reichte hinten und vorne nicht.

Ein überraschend kräftiger Druck an ihrer Hand ließ Doris wieder aufblicken.

„Versprich es mir, Doris. Bring ihn zu Maxwell.“

„Ja, ist gut. Ich verspreche es. Soll ich Sinclair wecken, damit du …“ Doris brachte es nicht über sich, den Satz zu beenden. Aufsteigende Tränen schnürten ihr die Kehle zu.

Violet drehte den Kopf und schenkte ihrem schlafenden Sohn einen liebevollen Blick. „Später“, flüsterte sie Doris zu. „Ich rede später mit ihm.“ Sie schloss die Augen. „Mein armer, lieber Junge.“ Ihre Atmung verlangsamte sich. Sie war wieder eingeschlafen.

~~~

Eine Stunde später erwachte Violet erneut. Sobald sie die Augen öffnete, sah sie in Sinclairs waches Gesicht und ein zärtliches Lächeln erstrahlte auf ihren Lippen.

„Sinclair – mein kleiner Engel“, flüsterte sie liebevoll und hielt ihm ihre Hand hin.

Sofort rutschte Sinclair näher und ließ sich von seiner Mutter – so gut es ging – in die Arme schließen.

„Mama“, wisperte er an ihrer Halsbeuge.

„Ach, Sinclair“, seufzte sie leise und strich ihm mit einer Hand über die wirren rotblonden Locken, die den ihren so ähnlich waren. „Mein hübscher, kleiner Junge. Es tut mir so leid.“

„Mir auch, Mama“, nuschelte Sinclair. „Ich will nicht, dass du … ich will nicht, ich will nicht!“

Doris stand auf und drehte sich um. Tränen rannen ihr über das Gesicht und sie wollte vermeiden, dass die beiden es sahen. Wenn alles vorbei war, würde sie Sinclair trösten, sie würde stark sein müssen – doch das würde ihr nicht gelingen, wenn sie ihn jetzt ihren Schmerz sehen ließ.

„Mein Liebling“, murmelte Violet mit erstickter Stimme. „Das liegt nicht mehr in meiner Macht. Sei immer schön brav und tu, was Tante Doris zu dir sagt.“ Sie hauchte einen Kuss auf seine wilden Locken.
~~~

„Ich … ich hab dich lieb, Mama“, schluchzte Sinclair.

„Ich dich auch“, sagte Violet mit einem wehen Lächeln. „Ich werde dich immer lieben.“ Sie schloss die Augen. Es sollte das letzte Mal sein.

~~~

Mit heftig klopfendem Herzen wählte Doris die Telefonnummer, die ihr die Auskunft gegeben hatte.

„Kingsley“, meldete sich eine männliche Stimme.

„Mister Kingsley? Mister Maxwell Kingsley?“, fragte Doris zaghaft.

„Am Apparat. Wer spricht dort, bitte?“

„Mein Name ist Doris Thorndyke, ich bin eine Freundin von Violet …“

„Violet?“, rief er überrascht. „Ich habe seit Jahren nichts mehr von ihr gehört … Worum geht es? Warum meldet sie sich nicht selbst? Ist etwas passiert?“

Doris schluckte. „Sie ist tot, Mister Kingsley.“

„Oh.“ Schweigen. „Hatte sie einen Unfall?“, fragte er leise. Es klang traurig.

„Nein. Sie war sehr krank. Krebs.“ Doris kämpfte gegen die aufsteigenden Tränen an.

„Wann ist sie gestorben?“

„Vor zehn Tagen.“

„Dann ist es für einen Kranz wohl etwas zu spät.“ Er räusperte sich. „Warum informieren Sie mich erst jetzt? Oder besser … warum rufen Sie mich deswegen überhaupt an? Hatte sie Schulden? Müssen noch finanzielle Angelegenheiten geregelt werden?“

Doris atmete tief ein. „Nein, sie hatte keine Schulden. Sie hat … ein Kind.“

„Und was habe ich damit …“
~~~

„Lassen Sie mich bitte ausreden, Mister Kingsley. Es ist auch Ihr Kind.“ Sie schloss die Augen. Gott sei Dank. Es war heraus.

„Mein … Kind?“, fragte er langsam. „Aber wie …“

„Ich glaube, Sie wissen sehr genau, *WIE*“, bemerkte Doris schärfer als beabsichtigt. „Violet hat mir erzählt, dass sie ein Jahr lang Ihre Affäre war und dass Sie sich dann doch wieder mit ihrer Frau versöhnt haben, mit der sie bereits einen Sohn hatten.“

„Ja, Randy war damals gerade ...“, flüsterte er betroffen.

„Violet hat ihre Schwangerschaft erst zwei Monate nach der Trennung bemerkt“, fuhr Doris etwas sanfter fort. „Sie wollte es Ihnen nicht sagen.“

„Aber warum? Ich … ich hätte doch …“

„Sie müssen doch wissen, wie stolz sie war“, sagte Doris leise.

„Ja … ja, das war sie. Und schön. So wunderschön und ihr Lachen …“ Er brach ab. „Dann muss das Kind jetzt fast sechs Jahre alt sein?“

„Ja – und er heißt Sinclair.“

„Sinclair“, wiederholte er nachdenklich, dann fuhr er mit energischer Stimme fort: „Bringen Sie ihn nächste Woche zu mir. Ich gebe Ihnen die Adresse.“

„Zu Ihnen?“

„Ja, das ist es doch, was Violet wollte, oder nicht? Dass er bei mir aufwachsen soll. Gemeinsam mit seinem Bruder.“ Er machte eine kurze Pause. „Miss Thorndyke. Er ist mein Sohn. Ich verspreche Ihnen, er wird es gut bei mir haben.“

„Ich könnte mir vorstellen, dass Ihre Frau nicht gerade begeistert sein wird“, äußerte Doris ihre Bedenken.

Am anderen Ende der Leitung atmete Maxwell Kingsley tief durch. „Meine Frau lassen Sie meine Sorge sein.“

~~~
~~~

Als Doris mit ihrer Tochter Alice und Sinclair einen Tag nach dem Telefonat, das sie mit Maxwell Kingsley geführt hatte, beim Abendessen saß, hielt sie es für an der Zeit, das heikle Thema anzuschneiden, vor dem sie sich nun lange genug gedrückt hatte. „Sinclair?"

„Mmh", machte Sinclair mit dem Mund voller Kartoffeln und sah weiter Alice zu, die ihm sein Fleisch auf seinem Teller kleinschnitt. Sinclair war dazu zwar sehr gut selbst in der Lage, aber die vier Jahre ältere Alice vergötterte ihn und liebte es, ihn zu bemuttern. Außerdem war Sinclair trotz seiner unerschöpflichen Neugierde oft nachlässig und faul und war froh um jeden Handgriff, den ihm andere abnahmen. Besonders, wenn er mit – seiner Ansicht nach – wichtigeren Dingen beschäftigt war, als sich zum Beispiel die Nase zu putzen oder die Schnürsenkel zuzubinden.

„34", sagte er jetzt mit vollem Mund. „Erbsen. Auf meinem Teller", erklärte er mit einem herablassendem Blick, der auf seinem runden Kindergesicht merkwürdig anmutete und Doris jedes Mal wieder zum Lachen reizte. Sie wusste es allerdings besser und unterließ es, denn sonst beschwor sie damit unweigerlich einen seiner spektakulären Wutanfälle herauf, denen er sich immer dann hingab, wenn er sich nicht ernst genommen fühlte.

„Sinclair, ich werde dich nächste Woche zu deinem Vater bringen", sagte Doris fast hastig und schämte sich dafür, dass es ihr nicht gelingen wollte, es ihm schonender beizubringen.

Sinclairs große hellgraue Augen ruhten auf ihr, ohne zu blinzeln. Er schluckte die Kartoffeln hinunter und sagte dann misstrauisch: „Ich habe keinen Vater."

„Natürlich hast du einen", rügte Alice ihn. „Jeder hat einen Vater."

„Du hast auch keinen!", begehrte Sinclair auf.

„Doch! Habe ich!"

„Hast du nicht!"

„Doch!"

„Und wo ist er dann?"

„Das weiß niemand", erklärte Alice fast stolz. „Aber früher hat er hier bei uns gewohnt."

Sinclair verarbeitete diese Neuigkeit schweigend, dann sah er wieder Doris an.

„Kann ich nicht hierbleiben?" Die großen Augen nahmen einen bittenden Ausdruck an, dem noch niemals jemand hatte widerstehen können.

Doris seufzte. „Es muss sein. *Cafcass* hat mir schon …" Als sie den verständnislosen Blick des kleinen Jungen sah, verbesserte sie sich. „Die Leute, die sich um dein Wohlergehen sorgen, haben mir bereits einen Brief geschrieben und ich habe gestern mit deinem Vater telefoniert. Er freut sich auf dich."

„Wieso?", fragte Sinclair verständnislos. „Er kennt mich doch gar nicht."

Auf diese Frage fiel Doris partout keine Antwort ein. Sie wechselte daher das Thema. „Du wirst eine neue Familie bekommen. Du wirst bei deinem Vater und seiner Frau wohnen und … ja – stell dir nur vor, Sinclair! Du wirst einen großen Bruder haben. Er heißt Randy und ist ein paar Jahre älter als du."

Sinclair nahm auch diese Information still zur Kenntnis. Dann erhellte sich sein Blick. „Prima! Dann habe ich endlich jemanden, mit dem ich Räuber und Gendarm spielen kann. Oder Verstecken! Im Verstecken bin ich richtig gut."

„Das ist ein ganz doofes Spiel!", fauchte Alice.

„Ist es nicht! Ständig mit deinen Puppen zu spielen ist doof!"

„Sinclair! Alice!", rief Doris, um den aufkeimenden Streit zu unterbinden. „Schluss jetzt! Alle beide!"

~~~

20 Jahre später …

„Du willst das wirklich durchziehen?“, fragte Alice und sah zu, wie Sinclair vor dem Spiegel sein Jackett glattstrich.

„Wie oft willst du mich das noch fragen?“, gab er gewollt gelangweilt zurück.

„Ich könnte es immer noch abblasen“, schlug Alice vor.

Ein widerwillig amüsiertes Grinsen zuckte um Sinclairs Lippen. „Interessante Wortwahl.“

Alice schenkte ihm einen giftigen Blick.

„Du wirst es nicht absagen“, erklärte Sinclair mit fester Stimme. „Du hast es schon vor einer Woche angekündigt und mein Entschluss steht fest.“

„Also gut!“, sagte Alice und wandte sich zum Gehen, warf ihm an der Tür aber noch einen spöttischen Blick über die Schulter zu. „Dein Wunsch ist mir Befehl. Wenn sich mir eine solche Einnahmequelle – und dazu noch freiwillig – anbietet, werde ich mir diese Gelegenheit nicht entgehen lassen.“ Sie musterte ihn nachdenklich. „Mach mir keine Schande“, mahnte sie noch und verließ das Zimmer.

Sinclair betrachtete ungerührt sein Spiegelbild. Es war der 15. Oktober. Heute Nacht würde er in Alices Bordell seine Jungfräulichkeit an den Meistbietenden verlieren.

Das aufkommende flaue Gefühl in seiner Magengrube wurde rigoros unterdrückt. Mit einer gewissen Distanziertheit stellte er fest, dass er in seinem Leben schon wesentlich Schlimmeres überstanden hatte, als zum ersten Mal Analverkehr zu haben.
~~~

Teil 2

„Wann wirst du etwas gegen deine schlechte Laune unternehmen?“, fragte Phil Stanhope seinen Freund George.

Die beiden Männer saßen auf dem Rücksitz von Georges Auto, das vom Chauffeur sicher durch den abendlichen Londoner Verkehr gelenkt wurde.

Phil wartete auf eine Antwort, doch George schnaubte nur unwirsch und starrte zum Seitenfenster hinaus. Sorgenfalten bemühten sich, ihre Spuren auf Phils breitem Gesicht zu hinterlassen. Doch selbst jetzt noch verlieh ihm sein Doppelkinn einen gutmütigen Ausdruck.

„Dir ist schon klar, dass beim Meeting gerade alle eine Scheiß-Angst vor dir hatten“, warf Phil seinem Freund vor.

„Und wenn schon! Wir sind hier schließlich bei der Mafia und nicht auf einem Kirchenpicknick!“, brauste George auf und wandte sich Phil zu. „Die sollen ruhig eine Scheiß-Angst vor mir haben! Ich bin schließlich ihr gottverdammter Boss! Der Laden muss laufen wie am Schnürchen – auch ohne, dass wir uns ständig um irgendwelchen Quatsch kümmern müssen. Wenn erst die Bürgermeisterwahlen in die heiße Phase gehen, haben wir keine Zeit mehr für diesen ganzen Kleinkram. Das muss bis dahin alles von alleine funktionieren.“

George Walker war in manchen Kreisen besser als *Der Doktor* oder kurz *Doc* bekannt. Es war ein Spitzname, den er verabscheute, an den er sich aber widerwillig gewöhnt hatte und der nichts mit der Fernsehserie *Doctor Who* zu tun hatte, sondern mit der Tatsache, dass er in seiner Jugend einige Semester Medizin studiert hatte. Für Phil war anhand von Georges Reaktionen deutlich zu erkennen, dass George schlechte Laune hatte. Bemerkenswert schlechte Laune – und niemand wusste so gut wie Phil, dass George

Walker und schlechte Laune eine wahrhaft teuflische Kombination darstellten.

Phil seufzte. „Dir ist aber schon klar, dass unsere Leute besser arbeiten, wenn ihnen nicht ständig die Knie schlottern.“ Er kannte seinen Freund lange genug, um ein solch heikles Thema anschneiden zu können, ohne dass ihm der Kopf dafür abgerissen wurde. Tatsächlich kannten sich die beiden Männer noch aus den Zeiten, in denen George weder *Doc* noch *Boss* genannt worden war. Phil war innerhalb der *Familie* an Georges Seite aufgestiegen und von ihm schließlich zu seinem Berater erhoben worden.

George strich sich über die sorgfältig zurückgekämmten dunkelbraunen Haare, die dank der Verwendung einer sündhaft teuren Frisiercreme dunkler wirkten, als sie tatsächlich waren, und musste zugeben, dass Phil nicht Unrecht hatte. „Ja, ich weiß“, knurrte er.

„Wenn du zu lange keinen Sex mehr gehabt hast, kannst du wirklich unerträglich sein“, stichelte Phil und knuffte George mit seiner fleischigen Faust kameradschaftlich in den Arm.

„Aua“, sagte George, weil er das eben immer sagte, wenn Phil ihm einen gespielten Hieb verpasste. Doch es fehlte die rechte Überzeugung. „Du weißt genauso gut wie ich, dass es mit dem letzten Kerl fast zu einer Katastrophe gekommen wäre.“

Mit einem bitteren Zug um den Mund dachte George an sein letztes Betthäschen, das vor einigen Wochen hatte eliminiert werden müssen, da es nicht begriffen hatte, wann es galt, den Mund weit aufzumachen, und wann es besser war, die Klappe zu halten. Dieser verdammte Wichser hatte geglaubt, er könnte ihn – George Walker! – bei der Polizei anschwärzen. Zu dumm für ihn, dass die meisten Londoner Polizisten so oder so auf seiner Gehaltsliste standen, gleichgültig, was in ihren Arbeitsverträgen stand. Dieser kleine Schwanzlutscher hatte nicht bedacht, dass die Mafia einen langen Arm hatte. Einen sehr langen.

Dennoch war es ein Jammer, dass George sich nun seiner einzigen Zerstreuung beraubt sah, denn nun langweilte er sich und das sorgte bei ihm regelmäßig für schlechte Laune.

„Warum probierst du es nicht mal wieder mit einem *Profi*?“, schlug Phil betont arglos vor, doch nach einem finsteren Blick von George ruderte er wieder etwas zurück. „Diese Jungs wissen immerhin, was sie tun. Ein Maximum an Spaß und ein Minimum an Ärger. Wenigstens für eine kleine Weile – bis dir wieder etwas anderes über den Weg läuft, das dein Bett für längere Zeit warmhalten kann. Denk wenigstens darüber nach, Georgie, und denk auch mal an uns. Deine schlechte Laune ist wirklich kaum noch zu ertragen. Also gib dir einen Ruck und gönn’ dir heute Abend mal ein bisschen was Nettes.“

George warf Phil einen skeptischen Blick zu, behielt seine Meinung jedoch für sich. Er wusste, dass Phil es nur gut meinte mit seinen dämlichen Vorschlägen. Allerdings … wenn er so darüber nachdachte … weniger Ärger würde es auf jeden Fall bedeuten. Und wenn er im Moment etwas sehr gut gebrauchen konnte, dann war es weniger Ärger. Die Beseitigung seines Betthäschens hatte eine Menge Staub aufgewirbelt und die Summe, die Inspector Desmond verlangt hatte, damit die Untersuchungen im Sande verliefen, anstatt direkt zu ihm, dem Mafia-Boss, zu führen, war dieses Mal geradezu unverschämt hoch gewesen.

Aber ein Maximum an Spaß? George wagte das zu bezweifeln. Er hasste es prinzipiell, für etwas zu bezahlen, was er auch umsonst haben konnte. Andererseits … wirklich umsonst waren die hübschen Kellner oder Barkeeper, die er in Restaurants oder auf Partys aufgabelte, meist auch nicht. Nach einer gewissen Zeit waren sie mit freier Kost und Logis in seinem Haus nicht mehr zufrieden und forderten Uhren und seidene Hemden. Auch waren die meisten nicht mehr ganz so willig, wenn es darum ging, seine etwas ausgefalleneren Vorlieben zu befriedigen. George seufzte.

Er hatte in der Vergangenheit ab und zu Bordelle aufgesucht, zog es aber generell vor, seine aktuellen Liebhaber ständig um sich zu haben, quasi immer griff- und einsatzbereit, wenn ihm der Sinn danach stand. Aber zumindest war Prostitution mehr oder weniger ein Geschäft wie jedes andere auch und wirklich eine Überlegung wert. Man bekam immerhin einen reellen Gegenwert für sein Geld. Gut … bis auf die Tatsache, dass ihm meist etwas vorgespielt wurde – und das gehörte auch zu den Dingen, die George grundsätzlich verabscheute. Andererseits … er zahlte und sein Gespiele tat, was von ihm verlangt wurde. Seine Wünsche würden erfüllt und seine Gelüste befriedigt werden. Wog es da wirklich so schwer, dass die Ekstase nur vorgetäuscht sein würde?

Wahrscheinlich nicht.

„Ich werde darüber nachdenken“, sagte George schließlich.

„Tu uns allen einen Gefallen und denk nicht nur darüber nach, sondern tu es auch“, verlangte Phil in seinem Phil-weiß-es-besser-Tonfall.

Ein widerwilliges Grinsen huschte über Georges Gesicht. „Ja, Tante Phil.“

Phil seufzte leidgeprüft.

Mittlerweile waren sie vor Phils Haus angekommen und der Wagen hielt am Straßenrand an.

„Danke fürs Nachhausebringen“, sagte Phil, stieg aus und drehte sich noch einmal zu George um.

„Geh am besten zu der Thorndyke. Da bekommst du was Vernünftiges für dein Geld.“

„Gute Nacht, Phil“, erwiderte George lediglich und Phil seufzte wieder.

„Gute Nacht, George.“ Phil schloss die Autotür und der Wagen fuhr wieder an.

Nach wenigen Minuten Fahrt gab sich George einen Ruck und sprach seinen Chauffeur an.

„Bridges – wir fahren noch nicht nach Hause. Bringen Sie mich zuerst zu Miss Thorndyke.“

„Sehr wohl, Mister Walker“, erwiderte Bridges prompt und änderte seine Route.

Und so nahm George – wenn auch reichlich widerwillig – Phils Ratschlag an und suchte an diesem Abend Alice Thorndykes Bordell auf, dessen Angebot genau seinen Geschmack traf. Dieser tüchtigen Dame – die beileibe keine bloße *Schwulenmutti* war, sondern eine äußerst intelligente, ehrgeizige und kühl kalkulierende Geschäftsfrau – war vor einigen Jahren das Kunststück gelungen, sich mit einem Haus zu etablieren, in dem sich ausschließlich männliche Prostituierte den ebenfalls ausschließlich männlichen Gästen feilboten. Alle Angestellten von Miss Thorndyke waren Könner ihres Fachs und eine wahre Augenweide. Auch die Dame des Hauses selbst war eine auffallende Erscheinung. Stets sorgfältig geschminkt und frisiert, die blonden Haare meist zu einer schlichten, aber kleidsamen Hochsteckfrisur modelliert, der mit weiblichen Rundungen ausgestattete Körper von enganliegenden Kleidern umschmeichelt und mit erlesenem Schmuck ausstaffiert, bot sie einen eleganten, erstklassigen Anblick.

Das Etablissement war ebenfalls erstklassig. Es handelte sich um ein viktorianisches Stadthaus, das in der Seitenstraße eines halbwegs vornehmen Stadtviertels lag. Miss Thorndykes Haus war keine billige, schmuddelige Absteige, wie es sie in Soho oder anderen Gegenden Londons zuhauf gab. Die Räume waren hoch und licht und mit eleganten, teilweise antiken Möbeln ausgestattet. Es gab außer dem großen Empfangsraum noch mehrere intimere Salons, in denen sich die Angestellten zum zwanglosen tête-à-tête mit ihren potentiellen Kunden zusammensetzen konnten, und natürlich befanden sich in den oberen Stockwerken – je nach den Vorlieben des jeweiligen Gastes – unterschiedlich ausgestattete Zimmer mit komfortablen, großen Betten.

Diese ganzen Vorzüge, zusammen mit Miss Thorndykes stolzer, fast königlicher Haltung und ihrem Charme, führten dazu, dass ihr Geschäft blühte und sich zahlungskräftiger und gesellschaftlich hochrangiger Kundschaft erfreute.

Bei dem Etablissement angekommen, stieg George aus und überließ seinem Chauffeur die Parkplatzsuche. Er würde ihn per SMS informieren, sobald er die Rückfahrt antreten wollte.

Obwohl George schon seit mehreren Monaten nicht mehr hier gewesen war, wurde er dennoch höchst zuvorkommend begrüßt und in den großen Salon im Erdgeschoss geführt.

Einige der bereits anwesenden Gäste waren George bekannt und so entspann sich ein anfangs belangloses Gespräch, in dessen Verlauf George erfuhr, dass an diesem Abend die Jungfräulichkeit eines neuen Angestellten versteigert werden sollte. Derjenige, der das höchste Gebot abgab, würde quasi *ius primae noctis*, das *Recht der ersten Nacht*, erhalten.

Dies war selbst für ein Bordell ein ungewöhnlicher Zeitvertreib, der Georges Neugierde weckte. Der Gedanke, einen Prostituierten zu entjungfern, übte einen gewissen Reiz auf ihn aus. Er war schon lange nicht mehr *der Erste* für irgendjemanden gewesen.

Die Auktion würde erst in einer halben Stunde beginnen. Durch ein kurzes Gespräch mit einem der Security-Männer und einem mittelgroßen Trinkgeld fand George heraus, dass der Name dieses neuen Jungen *Sinclair* lautetet und er schon seit über einem halben Jahr für Miss Thorndyke arbeitete und tatsächlich immer noch Jungfrau war. Trotz dieser Tatsache war Sinclair offensichtlich sehr begabt für dieses Gewerbe und konnte sich laut der Auskunft durch den Security-Mann nicht über mangelnde Kundschaft beklagen … und das, obwohl er ein eher eigenwilliges Naturell besaß. Das war für ein Bordell nun wirklich nicht die Norm und Georges Langeweile war nun endgültig vergessen.

Als sich Miss Thorndyke kurz darauf zu ihren Gästen gesellte und die Auktion startete, suchte George vergeblich den ganzen Raum nach diesem mysteriösen Sinclair-Jungen ab. Obwohl einige der anderen Angestellten anwesend waren, glänzte er offensichtlich durch Abwesenheit.

Doch auch ohne diesen visuellen Anreiz stiegen die Gebote rasch in eine Höhe, die George nie vermutet hätte.

Er wartete noch einige Minuten lang und nannte dann – einem Impuls folgend – sein Gebot. Für einen Moment herrschte Schweigen im Raum, als jeder der Anwesenden versuchte, sich diese geradezu obszön große Menge Geldes bildlich vorzustellen, die jemand für die Jungfräulichkeit eines Prostituierten auszugeben bereit war.

Schock und Überraschung – aber auch Neid – zeichnete sich auf den meisten Gesichtern ab, nur Miss Thorndyke grinste so breit wie eine Katze, die den Kanarienvogel erwischt hatte, als George nach vorne trat, einen Scheck ausstellte und ihn ihr überreichte.

Sie faltete das kleine Stück Papier zusammen, steckte es in ihre Handtasche und führte George in den zweiten Stock hinauf, in dem sich die besseren Zimmer für die wirklich gut betuchten Gäste befanden. Mit einer graziösen Handbewegung deutete sie auf eine der Zimmertüren.

„Ich wünsche Ihnen einen äußerst anregenden Abend, *Doktor*“, sagte Miss Thorndyke und verließ ihn mit schwingenden Hüften. Dabei summte sie – offensichtlich zufrieden – eine kleine Melodie vor sich hin.

Doris Thorndyke führte Sinclair in das Haus, in dem Mister Kingsley auf sie wartete. Ein Hausmädchen hatte ihnen auf ihr Klingeln die Tür geöffnet und geleitete sie nun – wie sie ankündigte – zu Mister Kingsleys Arbeitszimmer, in dem er sie zu empfangen gedachte. Sinclairs kleine Hand klammerte sich förmlich an Doris'

Finger und als sie ihr Ziel erreicht hatten und das Hausmädchen für einen Moment alleine das Arbeitszimmer betrat, um sie anzumelden, nutzte Doris die Gelegenheit und beugte sich zu Sinclair hinunter.

„Du brauchst keine Angst zu haben“, flüsterte sie ihm beruhigend zu.

„Ich weiß, Tante Doris“, flüsterte Sinclair zurück und fügte dann so kleinlaut hinzu, wie Doris es noch nie von ihm gehört hatte: „Ich hab' trotzdem welche.“

„Es wird alles gut werden“, versuchte Doris ihn zu beruhigen. „Du wirst sehen.“

Sinclair nickte tapfer und schob entschlossen sein Kinn vor. Doris musste bei seinem Anblick lächeln. Im nächsten Moment stand das Hausmädchen schon wieder neben ihnen und hielt ihnen einladend die Türe auf. Doris trat mit Sinclair über die Schwelle, als ein schlanker, großer Mann mit hohen Wangenknochen auf sie zukam, seine hellen grünen Augen unverwandt auf den kleinen Jungen an ihrer Hand gerichtet.

„Sinclair ...“, äußerte er mit bewegter Stimme und ging vor dem Jungen in die Hocke.

Doris bemerkte, dass Mister Kingsleys sandfarbene Haare zwar sauber gescheitelt waren, sie jedoch so wirkten, als habe er gerade noch mit seinen Händen darin herumgewühlt. Anscheinend war Sinclair nicht der Einzige, den die Aussicht auf dieses Treffen in Aufregung versetzt hatte.

„Ja?", erwiderte Sinclair vorsichtig und machte eine Bewegung, als ob er sich hinter Doris verstecken wollte, doch als er das breite Lächeln des Mannes sah, ließ er ihre Hand los und streckte sie stattdessen entschlossen seinem Vater hin.

Mister Kingsley ergriff die kleine Hand und hielt sie fest. „Mein Junge …", sagte er leise. „Du hast ihre Haare und ihre Nase und ihren Mund und …" Er stand auf, Sinclairs Hand immer noch fest in seiner, und wandte sich mit großem Ernst an Doris: „Danke, dass Sie ihn mir gebracht haben. Ich danke Ihnen wirklich."

Sinclair beschloss, dass von Maxwell Kingsley wirklich keine unmittelbare Gefahr ausging. Außerdem hatte er sich lange genug von seiner besten Seite gezeigt und zog an dessen Hand, um sich in Erinnerung zu bringen und etwas anzusprechen, was ihm wirklich wichtig war. Als ein freundlicher Blick auf ihn fiel, fragte er: „Wo ist mein Bruder?"

„Ja, natürlich!" Maxwell Kingsley lachte. „Wie unaufmerksam von mir. Meine Frau und dein Bruder Randy warten mit dem Tee im grünen Salon auf uns." Er wandte sich an Doris. „Sie leisten uns doch noch Gesellschaft?"

„Gerne." Doris nahm die Einladung an, auch wenn sie sich in dieser vornehmen Umgebung reichlich unwohl und deplatziert fühlte.

Mister Kingsley ging mit Sinclair voran und öffnete schließlich die Tür zu einem kleinen, aber freundlichen Raum, dessen Terrassentüren zu einem parkähnlichen Garten hinausführten und in dem Mrs Kingsley und ihr Sohn Randy an einem Tisch saßen.

Beide erhoben sich von ihren Stühlen und musterten Sinclair. Randy musste sieben oder acht Jahre älter sein als Sinclair und war mit seinen glatten kastanienbraunen Haaren und seinen stahlblauen Augen das Ebenbild seiner Mutter.

„Sylvia, Randy … das ist Sinclair", verkündete Mister Kingsley nicht ohne Stolz.

Doris' größte Sorge war die Reaktion von Mrs Kingsley gewesen. Sie hatte Abscheu und Ablehnung erwartet und stellte nun – angenehm überrascht – fest, dass der kühle Blick von Sylvia Kingsley bei dem Anblick von Sinclair schmolz und weicher wurde.

Mit Besorgnis registrierte Doris allerdings, wie sich Verachtung und Wut in den Augen von Sinclairs Halbbruder abzeichneten. Sie hoffte nur, dass Sinclair, der gerade von Mrs Kingsley freundlich begrüßt wurde, nicht bemerkt hatte, dass Randy ihm keineswegs freundlich gesonnen war. Hoffentlich würde sich das bald geben.

Doch Sinclair hatte mit seinen wachen Augen und seinem gleichermaßen wachen Geist alles wahrgenommen. Das plötzliche Mitleid seiner neuen Mutter, aber auch die tiefe Missbilligung in Randys Haltung.

Sinclair blinzelte verwirrt und beschloss dann, alles daranzusetzen, dass sein großer Bruder ihn mochte. Wie schwer konnte das schon sein? Bis jetzt war ihm das noch immer gelungen. Sogar bei dem griesgrämigen Bäcker, der seinen Laden bei Tante Doris um die Ecke hatte und der ihm nun immer „heimlich" ein Plätzchen zusteckte.

Er hatte sich doch so sehr einen Bruder gewünscht …

~~~

George betrat den Raum ohne anzuklopfen und zog die Tür hinter sich wieder ins Schloss. Erst dann sah er sich in dem Zimmer um. Miss Thorndykes Zimmer verfügten meist über alle Annehmlichkeiten einer teuren Hotel-Suite. So war es auch hier. Ein luxuriöses, breites Bett mit dunkelroter Satin-Bettwäsche und darauf drapiert ein verschwenderisches Übermaß an Kissen; ein halbhohes Sideboard als diskreter Aufbewahrungsort für Hilfsmittel, Utensilien und Spielzeuge aller Art, das George von seinen früheren Besuchen vertraut war; und zwei komfortable Sessel, die um einen kleinen Tisch herum gruppiert waren.
~~~

Einer dieser Sessel war bereits besetzt – und zwar von seiner neuesten Trophäe, dem *unberührten* Jungen. Doch George sah sich genötigt, seine Ansicht zu revidieren. Dieser Stricher war kein Junge mehr. In dem Sessel saß ein erwachsener Mann. Ein Mann in einem eleganten schwarzen Anzug, die Beine nonchalant übereinandergeschlagen. George war gelinde überrascht. Dieser Sinclair war tatsächlich älter, als er vermutet hatte. Allerdings wirkte er immer noch sehr jung, was zu einem großen Teil wahrscheinlich an seinem schmalen Körperbau liegen mochte, an seiner hellen Haut und an seinen knabenhaften rotblonden Locken, die ihm wie bei einem Schuljungen in die Stirn hingen. All das konnte dazu beitragen, andere, unaufmerksamere Freier, als George es war, über sein wahres Alter hinwegzutäuschen.

Sinclair wirkte sehr entspannt, völlig gelassen und abgeklärt – doch da war ein leichtes, nervöses Zucken in seinen Augen und in seinen Fingern, das George auffiel, obwohl Sinclairs Hände in seinem Schoß gefaltet lagen.

Keiner der beiden Männer hatte bislang einen einzigen Laut geäußert. Sie waren zu sehr damit beschäftigt, sich gegenseitig zu mustern und den jeweils anderen einzuschätzen.

Schließlich brach George das Schweigen. „Du weißt, warum ich hier bin?"

„Ja", erwiderte Sinclair und George war erneut überrascht. Dieses Mal nicht von dem jugendlichen Aussehen, sondern von dem warmen, tiefen und vollen Klang dieser Stimme und von deren unendlich gelangweiltem Tonfall. „Sie sind hier, um mich zu entjungfern."

Oho – ein ganz Abgebrühter, dachte George und rieb sich innerlich die Hände. Dieser Abend versprach interessanter und kurzweiliger zu werden, als er zu hoffen gewagt hatte.

Ein Lächeln breitete sich auf Georges Lippen aus. Er liebte nichts so sehr wie eine Herausforderung – und ein Mann wie dieser, der sich trotz seiner Nervosität als gelangweilt und ungerührt präsentierte, bot ihm tatsächlich eine unverhoffte und sehr spezielle Herausforderung. Ihn ein wenig zurechtzustutzen, seinen Widerstand zu brechen, *ihn* zu brechen, würde George ein ganz besonderes Vergnügen bereiten. Er liebte es, Macht auszuüben. Es befriedigte seine sadistische Ader ungemein, wenn andere vor ihm kuschten. Einen rückgratlosen Wurm zu unterjochen war jedoch nur für sehr kurze Zeit amüsant. Sinclair hingegen versprach in dieser Hinsicht wesentlich unterhaltsamer zu sein.

„Entjungfern?", wiederholte George daher ganz bewusst mit spöttischem Tonfall, während er mit falschem Bedauern den Kopf schüttelte. „Holde, errötende, junge Damen werden vielleicht entjungfert. Bist du eine holde, junge Dame, Sinclair? Ich glaube eher nicht. Du bist eine männliche Hure. Ich bin nicht hier, um dich zu *entjungfern*. Ich bin hier, um dich *einzureiten*." Sein Lächeln wurde breiter und er ließ Sinclair seine weißen, ebenmäßigen Zähne sehen. „Miss Thorndyke hat deinen Arsch an den Meistbietenden versteigert. Ich habe gewonnen, ich habe geblecht und jetzt … gehörst du mir."

Sinclair schenkte ihm einen unsicheren Blick aus leicht verengten Augen und spielte mit nervösen Fingern an dem obersten Knopf seines enganliegenden Hemdes herum.

Währenddessen machte es sich George in dem zweiten Sessel gemütlich, ganz so, als ob ihm alle Zeit der Welt zur Verfügung stehen würde. „Und damit wir endlich damit anfangen können … entledige dich – *bitte* – deiner Kleidung", bat er sehr höflich, aber mit einem teuflischen Lächeln, das in gewissen Kreisen mehr gefürchtet wurde als ein Todesurteil.

Teil 3

Sinclair zögerte einige Sekunden lang, dann straffte er seine Schultern und stand auf. George wartete gespannt, wie sich er nun verhalten, was er nun tun würde, doch nichts geschah. Ein eigenartiger Ausdruck war in Sinclairs hellgraue und überraschend faszinierende Augen getreten. Während ein sehr kleiner Teil von George sich fragte, was dieser Blick bedeuten mochte, kam ein weit größerer Teil zu dem Schluss, dass eine kleine Erinnerung, wozu sie beide hier waren, nicht schaden konnte.

George atmete entspannt ein und aus. „Wollen wir anfangen?", fragte er – immer noch betont höflich.

Sinclair blinzelte langsam und hob endlich seine Hände. Obwohl seine Haltung, seit er sich von dem Sessel erhoben hatte, sehr aufrecht und gerade, ja, fast steif, genannt werden konnte, waren die Bewegungen seiner Arme und Hände geschmeidig und nahezu fließend. Als Erstes öffnete er die Knöpfe seines Jacketts und zog das Revers etwas zurück. Dies geschah – wie George vermutete – einzig und allein zu dem Zweck, seinen zwar schlanken, jedoch zweifellos drahtigen Oberkörper zur Schau zu stellen, der augenblicklich durch ein enges, makellos weißes Hemd den Blicken des Betrachters entzogen wurde.

„Zu Ihren Diensten", sagte Sinclair in einer seltsamen Mischung aus Stolz, Gleichgültigkeit und Niederlage.

Ein breites, zähnebleckendes Lächeln erschien auf Georges Lippen. „Zu gütig", erwiderte er mit einem spöttischen Neigen seines Kopfes.

Wieder wurde George für die Dauer eines einzelnen Pulsschlages ein seltsamer Blick zugeworfen, doch dann schlüpfte Sinclair ohne eine weitere Bemerkung aus seinem Jackett, warf es unachtsam auf den nun freien Sessel und begann, mit schneckengleicher Langsamkeit sein Hemd aufzuknöpfen.

„Wie alt bist du?“ George wollte seine Neugierde nach dem wahren Alters dieses Strichers befriedigen – und er wollte wissen, inwieweit er mit seiner eigenen Einschätzung richtig gelegen hatte.

„Zweiundzwanzig.“ Die Antwort kam beiläufig.

Zu beiläufig. Zu gut eingeübt. Zu sehr darauf bedacht, das zu liefern, was der durchschnittliche Freier hören wollte.

George grinste süffisant. „Netter Versuch. Aber so jung bist du nicht. Wie alt bist du wirklich?“ Er selbst tippte insgeheim auf Mitte zwanzig, vielleicht auch etwas darüber.

Sinclair hatte mittlerweile sein Hemd aufgeknöpft, es aber noch nicht aus seiner Hose herausgezogen. Seine Aufmerksamkeit wandte sich nun seiner Gürtelschnalle zu. Er nestelte daran herum und öffnete sie. Erst dann zuckte er mit den Schultern und sah kurz auf. „Warum sollte das von Belang sein?“, gab er desinteressiert zurück.

Die gewählte Ausdrucksweise überraschte George und sprach ihn gleichermaßen an. Zumindest war dieser Sinclair nicht nur ein hübsches Dummchen … und irgendwie schien er auch nicht der typische Stricher zu sein.

George lehnte sich in seinem Sessel zurück, schlug die Beine übereinander und faltete die Hände in seinem Schoß. Mitten in seinen Bewegungen fiel ihm auf, dass er im Begriff war, Sinclairs frühere Haltung komplett zu spiegeln. Es hatte unbewusst damit begonnen, doch nun vollendete er diesen Bewegungsablauf in voller Absicht und in vollem Bewusstsein.

„Weil ich versuche zu verstehen, wie du über eine so lange Zeit hinweg *unbefleckt* bleiben konntest“, erläuterte George im Plauderton.

Bevor Sinclair antwortete, zog er seinen Gürtel aus den Schlaufen seiner Hose und legte ihn neben sein Jackett auf den Sessel. „Ich war bislang einfach nicht an dieser speziellen *Aktivität* interessiert.“ Sein Tonfall klang gleichermaßen gelangweilt und abfällig.

George warf ihm ein genüssliches Lächeln zu. „Und jetzt – auf einmal – bist du interessiert daran, in den Arsch gefickt zu werden?“

Eine leichte, nichtsdestotrotz verräterische Röte überzog Sinclairs markante Wangenknochen und er antwortete ausweichend: „Ich schulde Miss Thorndyke etwas.“

„Und du benutzt deine Jungfräulichkeit, um diese Schuld zu begleichen“, stellte George fest.

„Ja“, erwiderte Sinclair schlicht und öffnete den Knopf seiner Hose, nicht aber den Reißverschluss. Obwohl seine Stimme bei diesem kleinen Wort gefasst und geschäftsmäßig blieb, bemerkte George den etwas verlorenen Ausdruck, der währenddessen in Sinclairs Augen trat.

Menschen, die es verstanden, sich rein aufs *Geschäft* zu konzentrieren, brachte George Respekt entgegen. Aber dennoch … dieser verlorene Blick … er ging ihm irgendwie nahe.

Verärgert über sich selbst schüttelte George energisch den Kopf. Nein! Er musste sich auf den geschäftlichen Teil dieses *Arrangements* konzentrieren. Er musste sich allein darauf konzentrieren, dass er hier gleich jede Menge Spaß haben würde, und nicht auf die emotionalen Befindlichkeiten seines Gespielen.

In seiner Welt tat man gut daran, Gefühle und Geschäft streng getrennt zu halten. Er musste diesen kleinen, verlorenen Blick aus diesen wunderschönen, hellen Augen vergessen. Er war nur in dieses Bordell gekommen, um sich zu amüsieren und nicht, um sich einen neuen Liebhaber anzuschaffen. Und selbst wenn – für diese Vertrauensstellung kam garantiert keine Nutte in Frage!

George atmete tief durch und wandte seine Aufmerksamkeit von seinem inneren Monolog ab und wieder seiner direkten Umgebung zu. „Wie lange arbeitest du schon hier? Sechs Monate?“, fragte er, um seine Gedanken wieder in andere Bahnen zu lenken.

„Sieben Monate, elf Tage.“ Sinclair machte sich an seinem Hemd zu schaffen und zog es aus seiner Hose.

Für einen Moment gelang es George dabei, einen kurzen Blick auf Sinclairs blassen Oberkörper zu erhaschen, der haarlos und glatt wie von einer Marmor-Skulptur war. Georges Atmung beschleunigte sich und er leckte sich erfreut über die Lippen. Er liebte Jungs, die glatt und weich waren wie der sprichwörtliche Baby-Popo.

„Wie kommt es dann, dass du immer noch Jungfrau bist? Ich hätte gedacht, Miss Thorndyke würde jemanden wie dich wesentlich früher feilbieten“, verlieh George seiner milden Verwunderung Ausdruck.

Sinclair biss sich kurz auf die Unterlippe, erwiderte dann aber Georges forschen Blick, wenn auch ein wenig ausweichend. „Miss Thorndyke dachte, meine Jungfräulichkeit würde einen wesentlich höheren Preis erzielen, wenn wir mit der Auktion ein wenig warten würden. Sie wollte mich erst herumzeigen … es den Gästen ermöglichen, mich kennenzulernen.“

Es klang vernünftig, das musste George anerkennen. Auch wenn es immer noch ein ungewöhnlich langer Zeitraum zu sein schien. Aber wer wusste schon, was in dem Kopf einer Bordellinhaberin vorgehen mochte.

Er verfolgte müßig, wie Sinclair an den Manschetten seiner Hemdsärmel herumnestelte, und erst da fiel ihm auf, wie langsam das alles vonstatten ging. Wie lange war es her, dass er Sinclair befohlen hatte, sich zu entkleiden? Zehn

Minuten? Fünfzehn? Wie war es Sinclair gelungen, ihn soweit abzulenken, dass er die Zeit vergessen hatte? Wie konnte es dieser Bursche wagen, sich mit seinem Striptease so viel Zeit zu lassen? Glaubte er wirklich, dieser Aufschub würde ihm das Unausweichliche ersparen? Oh, für diese Frechheit würde er büßen! George saugte an der Innenseite seiner Wange. Er hatte auch schon die eine oder andere Idee – aber erst später. Sinclair sollte ruhig glauben, seine Taktik würde ihm nützen.

„Was tust du dann hier so den ganzen lieben, langen Tag, um deinen Unterhalt zu verdienen? Was hast du die letzten Monate getan, um den Preis für dich in solche Höhen zu treiben?“ Das war nun etwas, das George wirklich zu gerne wissen wollte. Immerhin war er der einzige der anwesenden Gäste gewesen, der noch nie mit Sinclair zu tun gehabt hatte. Alle anderen hatten ihn wohl schon auf die eine oder andere Weise *genossen*.

Sinclair war mit seinen Manschettenknöpfen fertig und sah mit einem leicht überraschten Gesichtsausdruck zu George.

„Blowjobs“, erklärte er ohne Umschweife. „Ich lutsche Schwänze – und darin bin ich außergewöhnlich gut. Der Beste in diesem Haus.“ Er starrte für einen Moment nachdenklich an die Decke und sah dann wieder George an. Seine Augenbrauen hoben sich ein wenig. „Womöglich der Beste in ganz London“, sinnierte er todernst.

Ein kurzes, amüsiertes Lachen entwischte Georges Lippen gegen seinen Willen. Dann schüttelte er – immer noch lächelnd – den Kopf. „Was bist du nur für ein Aufschneider.“

Das Echo eines sehr flüchtigen Lächelns erschien auf Sinclairs Gesicht.

„Nicht wirklich. Damit war ich sogar noch sehr bescheiden. Ich hätte auch sagen können: der Beste in Südengland, aber die Informationen, über die ich hierzu verfüge, sind nicht ausreichend, um eine fundierte Aussage treffen zu können."

In Georges Kehle saß immer noch ein Glucksen. Dieser Junge war wirklich amüsant, aber dennoch durfte er darüber nicht sein Ziel aus den Augen verlieren. Es war dringend notwendig, ihm zu zeigen, *wer* hier wirklich das Sagen hatte. Er konnte nicht zulassen, dass dieser Junge ihm freche Antworten gab – egal, wie unterhaltsam sie auch immer sein mochten. Es war wirklich höchste Zeit, ihm ein wenig die Flügel zu stutzen.

„Ich nehme an, als bloßer Schwanzlutscher hast du nicht genug verdient, um deine Schulden bei Miss Thorndyke abzuarbeiten, habe ich Recht?" George benutzte ganz bewusst eine derbe Sprache, um Sinclair mit aller Nachdrücklichkeit seinen Platz in Erinnerung zu rufen. Nicht, dass er noch auf die Idee kam, sie wären einander ebenbürtig.

Sinclair errötete bei seinen Worten auch tatsächlich, blieb aber stumm.

George wiegte abschätzend seinen Kopf hin und her. „Aber ich bin mir sicher, wenn du erst mal für alle Gäste die Beine breit machst – drei oder vier Mal täglich – wirst du für Miss Thorndyke einen schönen Batzen Geld anschaffen können."

Sinclair bedachte ihn während der Schilderung seines zukünftigen Schicksals mit einem finsteren Blick. „Warum auch nicht?", quetschte er zwischen zusammengepressten Lippen hervor. Die Wut und der Ärger, welche aus seinen Augen sprühten, hatten fast schon ihren Weg in seine Stimme gefunden.

George atmete langsam aus. Die ersten Spuren von Erregung flackerten durch seinen Körper. Die besonders Kratzbürstigen zu brechen, hatte er schon immer sehr genossen. Und dieser Junge war ein ganz außergewöhnliches Exemplar.

Ihre Blicke trafen sich. In beiden Augenpaaren tanzten kleine, nackte, gefährliche Flammen.

Mit einer geschmeidigen Bewegung ließ Sinclair das Hemd von seiner linken Schulter gleiten. Eine rosige Brustwarze kam zum Vorschein und George juckte es in den Fingern. Dieser verführerisch harte Nippel war wie dafür geschaffen, um daran zu saugen, zu lecken und an ihm zu knabbern. Das Blut in Georges Körper schien sich immer mehr zu erhitzen, seine Erregung und Vorfreude stieg zusehends. Doch äußerlich blieb er gelassen. Er hatte sich mittlerweile einen Plan zurechtgelegt und es war ihm wichtig, weiterhin die Oberhand über das Geschehen zu behalten. *Er* hatte hier das Sagen und dieser Junge hatte sich zu fügen.

„Nur so aus Neugier", nahm George das Gespräch wieder auf. „Du hast vorhin zwar gesagt, du wärst nie interessiert gewesen, aber wie viele Angebote hast du über die Jahre hinweg erhalten? Hundert? Oder mehr?"

Ein verwirrter Blick traf ihn. „Wie bitte?", hörte er Sinclair fragen.

Mit einem ungläubigen Lächeln fuhr George fort: „Du willst mir jetzt nicht ernsthaft erzählen, dass noch niemand versucht hat, dir an die Wäsche zu gehen … so wie du aussiehst."

„Einen Augenblick bitte", unterbrach ihn Sinclair und hielt eine Hand vor seinen Körper, wie um Georges Worte zu stoppen, wieder zurückzudrängen. „War das gerade ein Versuch, mir zu sagen, ich wäre … *hübsch*?" Sinclairs Augen hatten sich verengt, doch sein Blick war nicht wirklich misstrauisch, sondern wirkte beinahe leer.

Nun war es an George, verwirrt zu sein. „Du siehst aber schon ab und zu in einen Spiegel, oder nicht?"

Sinclair schnaubte. „Es besteht keine Notwendigkeit, mir zu schmeicheln“, sagte er verächtlich „Sie haben mich gekauft. Ich habe Ihren Anweisungen Folge zu leisten. Am besten bringen wir es einfach hinter uns. Je eher, desto besser.“

Ein unangenehmes und dennoch erfreutes Lächeln umspielte Georges Lippen.

„Oh … warum haben wir es denn plötzlich so eilig?“, wisperte er mit sinnlich-tiefer Stimme und stand auf. „Was soll das werden? Versuchst du gerade aufzumucken?“

Sinclair war gut einen halben Kopf größer als er, doch George konnte sehr einschüchternd sein, wenn er es denn darauf anlegte. Wichtigere und gefährlichere Männer als eine bloße Hure waren vor ihm zurückgeschreckt, wenn er seinen inneren Schalter umlegte und seine Mafia-Boss-Persönlichkeit komplett von der Leine ließ. Die meisten seiner Gegenspieler bekamen es in diesem Moment mit der Angst zu tun und fingen an zu frösteln, als ob sie ein Eishauch angeweht hätte. George mochte diese Reaktion. Weidete sich sogar gelegentlich daran.

Es war für ihn daher eine Überraschung zu beobachten, dass Sinclair nicht einmal mit einer Wimper zuckte, als George auf ihn zu trat. Er wich nicht zurück, sondern behauptete seinen Platz. Sein Gesicht wurde lediglich ein bisschen blasser, als es ohnehin schon war, und seine Pupillen weiteten sich, als ob er erregt wäre.

„Muss ich dir die Unterwürfigkeit erst einbläuen?“, flüsterte George mit einem teuflischen Grinsen.

Sinclairs Kehlkopf bewegte sich, als er angestrengt schluckte, doch er blieb aufrecht stehen und rührte sich keinen Millimeter. „Wenn Sie möchten, dann können Sie gerne mit der Reitgerte anfangen.“

„Du magst die Reitgerte?“

„Ich habe schon Schlimmeres überstanden", bemerkte Sinclair tonlos und befreite sich endlich von seinem Hemd.

George betrachtete ihn in Ruhe. Nahm die nackte, blasse Brust in sich auf, die verlockenden, harten Nippel, die makellose, glatte Haut und glaubte doch, den einen oder anderen Schatten alter Striemen zu sehen, den Hauch eines verblassenden Blutergusses. „Ich verstehe", sagte George langsam. „Ich bin nicht der Erste, den du mit deinem losen Mundwerk zur Weißglut getrieben hast."

„Offensichtlich", bemerkte Sinclair trocken. „Und das ist einer meiner weiteren Vorzüge. Ich bin nicht nur brillant, wenn es um Blowjobs geht. Ich kann nicht nur einiges einstecken. Wenn es richtig gut gemacht wird, dann … mag ich es sogar."

~~~

Sinclair stand in der Bibliothek und versuchte, sich zurechtzufinden. Die Ordnung der Bücher in den einzelnen Gängen war hanebüchen. Obwohl er erst seit einigen Wochen an dieser Universität studierte, nahm er sich vor, diesbezüglich einige Worte mit dem Bibliothekar zu wechseln.

Als er endlich das gesuchte Buch gefunden hatte, vernahm er im nächsten Gang flüsternde Stimmen. Die Unterhaltung störte seine Konzentration und er wollte sich schon gereizt räuspern, als er seinen eigenen Namen aufschnappte.

„Ich sehe da kein Problem. Wir haben doch jetzt Sinclair Kingsley …"

Sinclair erkannte die Stimme. Keith Donahue. Ein leichtes Lächeln huschte über seine Lippen. Seine gestrige Begegnung mit Donahue war wirklich schön und überraschend … lecker gewesen. Vielleicht würden sie sich erneut verabreden. Sinclair hoffte es zumindest.
~~~

„Kingsley? Was zur Hölle hat der damit zu tun, dass meine Freundin rumzickt und am Freitag nicht mit mir ausgehen will?“, fragte eine andere männliche Stimme, die Sinclair nicht erkannte.

„Oh, so ziemlich alles.“ Keith zog seine Ankündigung genüsslich in die Länge. „Mein Cousin war mit ihm auf dem College. Ich könnte dir Dinge erzählen …“

Sinclair runzelte überrascht die Stirn. Das College? Er war eigentlich ganz gerne dort gewesen. Wenn auch der Unterricht selbst keine besonderen Herausforderungen an ihn gestellt hatte, so hatte es für ihn doch nie Mangel an außerschulischer „Zerstreuung“ gegeben. Er war bei den anderen Jungs tatsächlich sehr begehrt gewesen. Auch wenn die meisten dieser Begegnungen eher oberflächlicher Natur gewesen waren, so hatte Sinclair die Hoffnung doch noch nicht aufgegeben, einen richtigen, festen Freund zu finden. Den einen besonderen Jungen, mit dem er gewillt sein würde, weiter zu gehen, als er es bisher mit allen anderen getan hatte. Er wusste, dass dieser Wunsch nach einem „Seelenverwandten“ geradezu lächerlich sentimental war, aber das lag wohl an den Genen seiner Mutter.

„Mach’s kurz, Donahue. Ich hab’ nicht den ganzen Tag Zeit“, knurrte der andere.

Keith lachte leise. „Schon gut, schon gut. Um es kurz zu machen: Dieser Kingsley lutscht Schwänze wie ein Weltmeister.“

Bei Keiths rohen Worten schoss Sinclair das Blut in die Wangen, doch er lauschte mit heißen Ohren weiter.

„Okay, Donahue. Warum erzählst du mir das? Ich. Bin. Nicht. Schwul.“

„Na und? Ich auch nicht. Aber ich sag’ dir eins, wenn deine Süße mal wieder Migräne hat und dich nicht ranlässt und dir deine eigene Hand zu langweilig wird, dann ist Kingsley eine echte Alternative. Und er ist billiger als jedes Date mit einem Mädchen. Er macht’s dir für eine billige Flasche Schnaps und eine Zigarette danach. Ach ja – und du brauchst keine Kondome. Er schluckt. Restlos alles. Bis auf den letzten Tropfen.“

Der andere schnappte deutlich hörbar nach Luft. „Du verscheißerst mich!", zischte er.

„Nein! Auf Ehre! Du musst ihm nur ein paar Komplimente machen und er geht vor dir auf die Knie."

„Komplimente?"

„Ja, das übliche. Wie hübsch er ist, wie wunderschön seine Augen sind und wie seidig seine Haare", zählte Donahue gelangweilt auf.

„Hübsch? Dieser rothaarige Freak? Dieses halbe Hemd? Mit seinen affigen Klamotten und seiner käsigen Haut? Wenn ich dem Komplimente vorlüge, das kauft der mir doch nie im Leben ab."

„Doch", bestätigte Donahue trocken. „Der glaubt das unbesehen. Hält sich selbst wohl für unwiderstehlich, der eitle Fatzke. Mein Cousin hat mir erzählt, dass das schon auf dem College so war." Es entstand eine kurze Pause, dann fuhr Keith fort: „Und ich sag dir was: wenn du ihn am Freitag nicht willst, dann knöpf ich ihn mir nochmal vor."

„So geil?", hakte der andere skeptisch nach.

„So geil!", wiederholte Keith. „Wenn der erst mal loslegt, ist es dir egal, ob an dieser Zunge eine Muschi oder ein Freak dranhängt."

„Wenn das so ist …" Der andere zögerte immer noch. „Aber … wird er nicht wollen, dass auch ich ihm …"

„Darüber brauchst du dir keine Sorgen zu machen. Meistens holt er sich dabei selbst einen runter. Besonders vorsichtig musst du auch nicht sein. Den kannst du mit viel Schmackes richtig tief in die Kehle ficken. Darf ruhig ein bisschen wehtun. Da steht er drauf, wie sich das für eine geile Schlampe gehört."

Der andere lachte gedämpft, dann gingen sie fort.

Sinclair lauschte mit wild klopfendem Herzen, wie ihre Schritte dem Ausgang zustrebten. Er selbst verließ erst Stunden später die Bibliothek – mit geröteten Augen und totenblassen Wangen.

Teil 4

„Nun gut“, sagte George gedehnt. „Fangen wir an. Auf die Knie“, kommandierte er und Sinclair gehorchte ohne zu Zögern. In einer fließenden Bewegung kniete er sich auf den Boden, wodurch sich sein Mund nun auf gleicher Höhe mit Georges Unterleib befand. Er packte eine Handvoll der rötlichen Locken und führte das Gesicht des fügsamen Jungen näher an seinen Körper – näher an die Stelle, an der er ihn haben wollte. „Du wirst ja wohl wissen, was zu tun ist, nicht wahr?“

„Oh ja“ erwiderte Sinclair mit einem langgezogenen Seufzen. Seine Hände umfassten Georges Hüften, während sein Blick sich ausschließlich auf die leichte Beule konzentrierte, die sich unter Georges Hose abzeichnete. Sein Gesicht drängte sich ohne jede weitere Ermutigung näher und näher, bis seine Lippen auf dem glatten Stoff ruhten. Georges Augen schlossen sich, als sich Sinclairs Lippen öffneten und sein Atem warm und feucht durch das Gewebe drang. Georges Penis füllte sich bei dieser unerwartet behutsamen Behandlung ein wenig mehr und zeichnete sich somit etwas deutlicher durch die Kleidung hinweg ab. So war es Sinclair ein Leichtes, die Umrisse zu erahnen und mit offenem Mund zielgerichtete, heiße Küsse auf die beginnende Erektion zu pressen.

George war von alldem wirklich angetan. Er genoss es sehr, auf diese Art gereizt und stimuliert zu werden. Dieser Junge hatte nicht nur ein ziemlich freches, sondern auch ein ungewöhnlich talentiertes Mundwerk. Er hatte wohl wirklich nicht übertrieben, als er seine Fähigkeiten in diesem Bereich als überragend dargestellt hatte. Verdammt – diese warmen Lippen fühlten sich einfach unglaublich gut an!

Georges Kopf sank genießerisch in den Nacken, doch dann hob er ihn wieder und sah stattdessen an sich hinab. Sinclairs geschlossene Lider bebten leicht, doch als ob er gespürt hätte, dass er nun beobachtet wurde, öffneten sich seine Augen und er suchte Georges Blick, ohne seine Bemühungen zu unterbrechen. George verlor sich für einen Moment in nachtschwarzen Pupillen, die so sehr erweitert waren, dass sie sein gesamtes Sichtfeld auszufüllen schienen. Nur noch ein sehr schmaler Ring der hellen grauen Iris umrahmte die nahezu unendliche Dunkelheit.

Wieder bebten Sinclairs Lider, senkten sich und blieben nun geschlossen.

Sinclairs Bemühungen wurden eindeutiger, ernsthafter, verloren etwas das Spielerische, Neckende. Seine Lippen schlossen sich mehr und mehr um Georges rasch steifer werdende Erektion, die sich in ihrem Gefängnis aus Stoff zunehmend unwohler fühlte. Es war eine fast monochrome Symphonie aus Schwarz und Weiß, die sich Georges Blicken darbot. Der schwarze Stoff seiner Hose, die Blässe von Sinclairs Gesicht, seine überraschend dunklen Augenbrauen und Wimpern und als reizender Kontrast die rotblonden Locken, die über seiner Stirn zitterten und die roten, sündigen Lippen, die in ihrem Ungestüm feuchte, dunkle Flecke auf die schwarze Leinwand von Georges Hosen malten.

Etwas abrupt und unzeremoniell öffnete Sinclair schließlich Georges Hose und holte seinen Penis mit geschickten Fingern, die von viel Übung und Erfahrung sprachen, hervor. Seine Hände waren überraschend kühl und sehr weich. Seine Berührungen sandten kleine Hitzeschauer durch Georges Männlichkeit. Sinclairs Blick glitt über die halbsteife Erektion in seinen Händen.

„Du bist nicht beschnitten“, bemerkte er ohne besondere Betonung.

„Nein“, bestätigte George. „Ist das ein Problem?“

Der abschätzende Blick wandelte sich zu bewundernder Faszination. „Im Gegenteil“, erläuterte Sinclair und leckte sich über die Lippen. „Mehr Vorhaut, mehr Vergnügen.“ Seine Augen schlossen sich genießerisch, als ob er wirkliches Vergnügen und reine Glückseligkeit empfinden würde. Sein Mund näherte sich und er fing an, kleine Küsse auf Georges rasch anschwellender Erektion zu verteilen. Dazwischen leckte er immer wieder spielerisch mit seiner Zungenspitze über die heiße, trockene Haut.

Was diese sexuelle Spielart anging, so war Sinclair darin wirklich äußerst begabt. Seine Zunge war weich und anschmiegsam, aber bestimmt und zielsicher. Der Druck, den Sinclair ausübte, war genau richtig, um diesen Hunger nach *mehr* zu entfachen. Gerade als George glaubte, er würde diese sinnliche, erotische Folter keine Sekunden länger ertragen können, teilten sich Sinclairs Lippen und er nahm Georges Erektion mit einer einzigen Bewegung in ihrer ganzen Länge tief in seinen Mund auf.

Georges Knie wurden weich und ein Stöhnen, das tief in seiner Brust begann, starb erst auf seinen Lippen. Gott, dieser Junge war wirklich außergewöhnlich begabt! Diese spezielle Technik des Deep-Throat beherrschte nicht jeder. Alles in George drängte nach Bewegung, doch Sinclair hielt vollkommen still. George spürte die gespannten Lippen weich und heiß an seinen Schamhaaren, spürte den feuchten Druck der Zunge an der Unterseite seines Schaftes und die Muskelkontraktionen der Kehle um seine geschwollene Eichel, als Sinclair schluckte.

George biss sich auf die Unterlippe, um nicht erneut zu stöhnen. Beim zweiten Schlucken ballten sich seine Hände zu Fäusten. Beim dritten Schlucken schloss er seine Augen. Beim vierten Schlucken … musste er all seine Willenskraft aufwenden, um nicht völlig hemmungslos wieder und wieder in diese tiefe, enge Kehle hineinzustoßen.

Sinclair schluckte ein fünftes Mal und presste sich ein wenig enger an Georges Unterleib und nahm noch ein wenig mehr von Georges harter Länge in sich auf, bis George nichts anderes mehr wollte, als ganz tief in diesen langen, weißen – fast schwanengleichen – Hals zu rammen. Er musste einiges an Entschlusskraft aufbringen, um sich gedanklich von diesem Wunsch zu lösen. Auch wenn er keinen Zweifel hegte, dass ein solcher Höhepunkt äußerst spektakulär ausgefallen wäre, so war das doch nicht der Grund seines Hierseins. Für einen schnellen Blowjob hatte er nicht diesen irrsinnig hohen Scheck ausgestellt.

Tiefes, dunkles Verlangen rauschte zusammen mit dem Adrenalin durch Georges Adern und ganz gegen seinen eigenen Willen lösten sich seine geballten Fäuste und seine Finger, suchten und fanden den Weg zu Sinclairs Kopf, wo sie in einer ungewohnt sanften Geste, fast zärtlich durch die rotblonden Locken glitten.

Sinclair gab einen kleinen Laut von sich, der wie ein wohliges Summen klang, und löste seine vollkommen passive, fast starre Haltung, um seinen Mund auf dem harten Schaft auf und ab zu bewegen. George sah mit leicht offenem Mund zu, wie Sinclairs volle Lippen in einem nahezu perfekten Rhythmus über seine Erektion glitten. Drängendes Verlangen baute sich in Georges Unterleib auf und er musste sich auf die Lippen beißen, um ein schamlose Stöhnen zu unterdrücken.

Doch als Sinclairs Fingernägel sachte über Georges Hoden kratzten, kam er wieder zu Sinnen. Zumindest genug, um Sinclair etwas grob an der Schulter zu packen und ihn zurückzustoßen. Es kostete ihn einiges an Überwindung, diesen sündigen und talentierten Mund von seinem Schwanz zu entfernen, doch wenn er diesen Schritt nicht unternommen hätte, wäre er zweifellos versucht gewesen, einfach in dieser göttlich tiefen Kehle abzuspritzen.

„Das war mehr als ausreichend", sagte George und registrierte verärgert, wie atemlos und heiser seine Stimme dabei klang. Das kleine, selbstzufriedene Lächeln, das um Sinclairs Lippen spielte, der vor ihm auf dem Rücken lag, trug nur noch mehr zu seiner Verärgerung bei. Er hatte sich eine Blöße vor dieser Hure gegeben. Das war ihm schon lange nicht mehr passiert. „Zieh dich endlich aus und dann aufs Bett mit dir", kommandierte er etwas barscher, als er es eigentlich gewollt hatte.

Halb und halb hatte er damit gerechnet, dass Sinclair aufspringen würde, kratzbürstig und widerspenstig und fauchend wie eine wütende Katze, um sich über diese grobe Behandlung zu beschweren, doch stattdessen blieb er liegen. Zu Georges Füßen.

Sinclairs Brustkorb hob und senkte sich deutlich, eine leichte Röte erstreckte sich von seinen unglaublichen Wangenknochen über seinen ganzen Hals hinab, bis zu seinen Schultern. Sein Mund war leicht geöffnet – ganz so, als ob er wirklich vor Erregung atemlos wäre. George zollte dieser Schauspielkunst wirklich größten Respekt, bis ihm die deutliche Beule in Sinclairs Hosen auffiel. Er hob eine Augenbraue. Also keine Schauspielerei? Sondern wirkliche Ekstase?

Erstaunlich und … unerwartet. *Damit* ließ sich etwas anfangen.

Seine Lippen formten sich zu einem schmierig-verächtlichen Grinsen. „Du hast verheimlicht, dass du vom Blasen geil wirst", schalt George. „Nun wird die Reitgerte doch noch zum Einsatz kommen müssen. Das ist nun leider unumgänglich", sagte er mit falschem Bedauern in der Stimme. „Strafe muss sein – damit du lernst, mich nicht noch einmal anzulügen.“

Sinclair rührte keinen Finger. Er lag ruhig da und beobachtete George unter halbgesenkten Augenlidern, wie dieser zu dem Sideboard ging und die Reitgerte daraus hervorholte.

Als George zurückkam, blieb er neben Sinclairs Unterleib stehen. Er streifte sich die Schlaufe der Gerte über sein linkes Handgelenk, seine Finger schlossen sich locker, aber ausreichend fest um den Griff. Er hielt die Gerte, wog sie ein wenig, um ein Gefühl für sie zu entwickeln, und bewunderte ihre hochwertige Verarbeitung. „Liegt gut in der Hand“, murmelte er halb zu sich selbst, bevor er seine Aufmerksamkeit wieder Sinclair zuwandte. Er tippte mit der Spitze der Gerte auf die Beule zwischen Sinclairs leicht gespreizten Beinen, was ein ersticktes Stöhnen bei diesem auslöste. „Wirst du immer so geil davon?“ Er benutzte nun wieder seine ausgesucht höfliche Stimme.

„Nicht immer“, gab Sinclair zu, noch während seine Hüften nach oben zuckten, sich gegen die Gerte pressten. Ein müßiger Versuch, ein wenig mehr Reibung und Stimulation zu finden.

Sofort zog George die Gerte von dieser Stelle zurück und fuhr stattdessen damit über Sinclairs nackte Brust. Er ließ die lederne Lasche am Ende der Gerte einige Mal gegen Sinclairs Nippel klatschen, was Sinclair atemlos nach Luft schnappen ließ, bevor er seinem eigentlichen Ziel zustrebte und der lederne Schlag in einer Parodie zärtlicher Liebkosung an Sinclairs Wange ruhte. Sinclairs Atmung hatte sich während der Reise der Gerte über seinen Körper zusehends beschleunigt, sein Mund war immer noch leicht geöffnet, als ob er anders nicht die benötigte Sauerstoffmenge würde einatmen können. Seine Augen hatten sich wieder geschlossen und kaum, dass er das kleine und dennoch bedrohliche Stück Leder an seiner Wange spürte, fing er an, seinen Nacken zu dehnen, sich wohlig daran zu reiben, wie eine Katze, die um weitere Streicheleinheiten bettelte.

„Bei dir ist das nicht nur Show. Du magst die Reitgerte wirklich sehr, oder wie soll ich das sonst verstehen?", neckte George mit einem zufriedenen Staunen. „Dich macht das wirklich an."

„Manchmal", erwiderte Sinclair. „Manchmal ist es wirklich … *gut.*" Mit einem langen Seufzen dehnte er sich und wölbte seinen Oberkörper. „Willst du mich jetzt?", fragte er mit leiser, tiefer Stimme. „Auf dem Bett vielleicht?"

George tat so, als würde er ernsthaft darüber nachdenken, doch dann schüttelte er seinen Kopf mit einem Lächeln, das so freundlich und so zuckersüß war, dass es schon wieder Angst einflößte. „Weißt du was? Du warst ein bisschen teurer als ich erwartet hatte. Daher …" Er leckte sich über die Oberlippe. „Daher habe ich kein Interesse daran, die Dinge zu sehr zu beschleunigen. Ich denke, wir sollten uns die Zeit nehmen, es zu genießen. *Carpe diem* und all das. Oder wie denkst du darüber?" Er schlug mit dem ledernen Gertenende leicht gegen Sinclairs Wange, bevor er es über die vollen Lippen bewegte. Eine rosige Zunge glitt hervor und Sinclair leckte spielerisch und anzüglich zugleich über die kleine lederne Lasche, bis sie vor Feuchtigkeit glänzte. Bei diesem Anblick durchlief ein drängendes Pulsieren Georges Erektion und er musste sehr konzentriert einige Male durch seine Nase ein- und ausatmen, um sich wieder zu fassen.

„Worauf warten Sie dann noch, *Sir*?", fragte Sinclair mit einem Hauch von Spott. „Sie können jederzeit mit ihrem *Carpe diem* beginnen."

„Den *Sir* kannst du dir sonst wohin stecken! Diesen Kram braucht kein Mensch“, rief George leicht verdrossen aus, doch dann fuhr er fort und seine Stimme senkte sich zu einem bedrohlichen Flüstern. „Ich warte darauf, dass du es wirklich, wirklich willst. Ich warte darauf, dass du es *brauchst*, dass du darum *bettelst*. Mich *anflehst*, meinen Schwanz in deinen kleinen, engen, jungfräulichen Hintern zu schieben. Ich will hören, wie du mich darum bittest, es dir richtig zu besorgen. Dich ordentlich durchzuficken. Hart und ohne Gnade.“

George hatte aus seinen Beobachtungen Sinclairs gewisse Schlüsse gezogen und fest damit gerechnet, dass seine Worte bei ihm ein heftiges Erschauern auslösen oder er zumindest ein langgezogenes Stöhnen von sich geben würde. Ausgehend von Sinclairs bisherigem Verhalten, hätte eine solche – oder eine ähnliche – Reaktion das Ergebnis dieser Provokation sein müssen. Doch er war mit seinen Überlegungen in seinem ganzen Leben noch nie so falsch gelegen wie bei diesem unberechenbaren Jungen. Denn zu seinem übergroßen Erstaunen machte Sinclairs verruchter Schlafzimmerblick von einer Sekunde auf die andere einem scharfen, hellwachen und abwägenden Gesichtsausdruck Platz.

„Interessant …“, äußerte Sinclair schließlich nachdenklich.

„Was ist so interessant?“, hörte George sich selbst völlig perplex fragen.

„Du willst gar nicht, dass ich mich dir unterwerfe. Du willst gar nicht, dass ich eine Rolle spiele. Du willst gar nicht, dass ich etwas vortäusche. Du willst …“ Sinclairs Augen verengten sich und er wirkte etwas ratlos.

„Ich will, dass *du* es *willst*“, vollendete George den Satz mit gesenkter, dunkler Stimme. „Ich will, dass du *mich* willst." Die Andeutung eines teuflischen Lächelns umspielte seine Lippen.

Sinclair dachte ruhig und abwägend über diese Worte nach. „Ich frage mich, wie du das zu erreichen gedenkst", bemerkte er schließlich mit trockener Skepsis.

Georges Lächeln vertiefte sich. „Das lass meine Sorge sein."

Sinclair besaß die Unverschämtheit, ihm ein spöttisches Grinsen zu schenken. „Ja, *Sir*."

Seine Frechheit trug ihm einen Schlag mit der Reitgerte ein, der sich quer über seine Brust zog und den er – obwohl er heftig gewesen war – ohne einen einzigen Laut, weder wollüstiges Stöhnen noch schmerzerfülltes Schluchzen, hinnahm.

„Ich hatte dich gewarnt", sagte George kalt. „Halte dein freches Mundwerk besser im Zaum und versuch nicht, mich zum Narren zu halten. Das wird dir auf Dauer nicht gut bekommen. Ich weiß nicht nur, wie man fast unstillbares Verlangen erregt, sondern auch, wie man unerträgliche Schmerzen verursacht. Ich werde aus gutem Grund *Doc* genannt. Es ist erstaunlich, wie oft sich diese paar Semester Medizin schon bezahlt gemacht haben. Sei es, wenn ein paar Finger oder Beine gebrochen werden müssen … oder sei es, um eine Prostata so lange zu stimulieren, bis derjenige vor Begierde anfängt zu weinen wie ein Baby."

„Das will ich sehen, bevor ich es glaube", erwiderte Sinclair ungerührt, wobei er dennoch neugierig klang. Er setzte sich auf und kreuzte seine Fußknöchel in einem lockeren Schneidersitz. Seine Ellbogen ruhten auf seinen Knien.

George schüttelte den Kopf. Ein Kichern saß ihm ganz gegen seinen Willen in der Kehle – doch das stand hier nicht zur Debatte. „Du bist wirklich eine ungezogene, kleine Schlampe", rügte er mit einem halben Lächeln.

Plötzlich wirkte Sinclair gelangweilt. „Erzähl mir etwas, das ich noch nicht weiß."

Eine Idee schoss George durch den Kopf und er lächelte sein freundlichstes und zugleich höchst verstörendstes Lächeln. „Du bist wunderschön", sagte er mit voller Absicht.

Damit war es ihm gelungen, Sinclairs wunden Punkt zu treffen. Sinclair errötete bis unter die Haarspitzen und wandte seinen Blick ab. „Nicht", murmelte er in einer seltsamen Mischung aus Wut und Schmerz. „Bitte … nicht." Er atmete tief ein und aus und sah erst dann wieder zu George. Seine Stimme hatte einen harten, metallischen Klang angenommen. „Ich küsse dich nicht und du sagst mir dafür keine Schmeicheleien. Das ist absolut nicht notwendig. Du musst mich nicht mit *Nettigkeiten* zu irgendetwas *überreden*. Wie du vorhin ganz richtig gesagt hast: Ich bin keine *holde, junge Dame*. Das hier ist ein Deal. Ein Geschäft. Eine Transaktion. Nicht mehr und nicht weniger."

George nickte verstehend. Dennoch … dieser Junge war eigenartig. Wieso hatte er eine solche Aversion gegen Komplimente? Jeder hörte doch ab und zu gern etwas Schmeichelhaftes. Aber andererseits hatte er natürlich völlig Recht: Das hier war ein Handel. Und keine schnulzige Liebesgeschichte. „Also zurück zum Geschäft. Soll mir Recht sein", bemerkte er sachlich. „Zieh dich aus."

Während Sinclair aufstand und sich seiner Hose entledigte, atmete George tief ein und bemühte sich dann, seine widerspenstige Erektion wieder in seiner Hose zu verstauen. Sein Penis war davon überhaupt nicht angetan, doch George blieb beharrlich und schließlich beugte sich sein Körper seinem Willen. Den Reißverschluss hochzuziehen und den Knopf zu schließen war dennoch äußerst unangenehm und auch das Gefühl von Enge war nicht wirklich erstrebenswert, doch der Blick völliger Verständnislosigkeit auf Sinclairs Gesicht, der durch Georges Aktion ausgelöst worden war, machte diese Unannehmlichkeiten mehr als wett.

Als sich Sinclair beim Starren ertappt fühlte, senkte er in reizender Verwirrung den Blick und ließ seine geöffnete Hose an sich hinabgleiten. Er trug keine Unterwäsche, wandte sich jedoch ab, bevor George einen ausführlichen Blick auf ihn werfen konnte, und blieb einen Moment unschlüssig stehen.

„Worauf wartest du?“, fragte George forsch, aber nicht unfreundlich. „Aufs Bett mit dir und leg dich auf den Rücken.“

Sinclair folgte der Anweisung überraschend kommentarlos, kletterte aufs Bett, legte sich hin und streckte seine langen Gliedmaßen auf den Laken aus. Als er damit fertig war, lag er ruhig da und blickte George erwartungsvoll an. Doch die leise Unsicherheit war in seinen Blick zurückgekehrt und George beschloss, sich mit der Betrachtung des völlig entblößten Körpers nicht zu beeilen. Es konnte durchaus sein, dass er der erste Kunde war, dem Sinclair sich völlig nackt präsentierte. Er wollte ihm ein wenig Zeit geben, um sich zu fassen, sich zu sammeln und sich daran zu gewöhnen. Das mochte auf den ersten Blick seltsam und sogar sentimental wirken, doch wenn er seinem Plan folgen und erreichen wollte, dass Sinclair gefickt werden *wollte*, dann blieb ihm in diesem Moment gar keine andere Wahl. Diese andere dumme, kleine Regung, die durch sein Herz flatterte, ignorierte er gekonnt und erstickte sie im Keim.

Sinclairs nackter, blasser Körper hob sich exquisit von den dunkelroten, seidigen Bettlaken ab. Georges Blick glitt über die glatte Brust mit den verführerischen Nippeln, weiter über die sanfte Kuhle eines Bauchnabels bis hinab zu Sinclairs Unterleib. Sein Blick blieb schließlich zwischen den leicht geöffneten Beinen hängen. Sinclair war glatt rasiert. Kein einziges Schamhaar war mehr zu sehen, nur weiche, helle Haut. George spürte bei diesem Anblick das Verlangen, seine Zunge immer und immer wieder darüber gleiten zu lassen. Die Haut zu lecken und zu kosten und dabei Sinclair vor Lust wimmern zu hören. Er schluckte ein wenig zu krampfhaft und bezwang dieses Verlangen. Er hatte andere Pläne, was Sinclairs Körper betraf. Sein Blick konzentrierte sich nun auf Sinclairs Geschlecht. Ebenfalls glattrasierte Hoden hingen voll und schwer zwischen langen, schlanken Beinen und ein fleischiger, halbsteifer Penis ruhte auf einem flachen Bauch, der sich im Rhythmus von Sinclairs Atemzügen sachte bewegte.

„Wie hast du dich vorbereitet?“, fragte George. Falls Sinclair schon gewisse Maßnahmen ergriffen hatte, konnte er sich diese unter Umständen sparen.

Ein verständnisloser Ausdruck breitete sich auf Sinclairs Gesicht aus. „Vorbereitet?“

Georges linke Augenbraue hielt es für angebracht, auf sich aufmerksam zu machen. „Ja … *vorbereitet.* Hast du dich schon ein bisschen vorgedehnt, oder wenigstens Gleitmittel eingeführt?“

„Nein“, erwiderte Sinclair schlicht. „Ich habe heute Abend lediglich ein Klistier vorgenommen“, fügte er etwas nachdenklich hinzu.

Es war diese fast naiv wirkende Offenherzigkeit, die George erneut zu einem Kichern verführte, welches er jedoch mannhaft unterdrückte. „Du hast absolut kein Talent für das, was man Bettgeflüster nennt“, sagte er mit einem Grinsen. „Das gehört wirklich nicht zu deinen hervorstechendsten Begabungen.“

Sinclair zuckte mit den Schultern. „Das hätte ich dir von vorneherein sagen können“, erwiderte er ungerührt.

George schüttelte tadelnd und nachsichtig zugleich den Kopf. „Aber warum hast du dich denn überhaupt nicht vorbereitet? Ich hätte wirklich gedacht, Miss Thorndyke würde …"

„Die meisten Kunden hätten sich damit nicht aufgehalten", unterbrach ihn Sinclair mit gefasster, ruhiger Stimme. „Je mehr ich geschrien und … *geweint* hätte, desto befriedigender wäre es für sie gewesen. Zu einer richtigen Entjungferung gehören nun mal Schmerzen, Blut und Tränen", sagte er kalt und fast ein wenig verächtlich und hielt dann einen Moment inne, um wieder gefasst weiterzusprechen. „Daher habe ich beschlossen, mich auch nicht mit Vorbereitungen aufzuhalten. Ich wollte es einfach nur hinter mich bringen." Er hielt inne. Sein Blick flackerte kurz zu Boden, bevor er wieder direkt in Georges Augen sah. „Ich hatte niemand erwartet, der so … Ich hatte niemanden wie *dich* erwartet." Ein sanfter Ausdruck voll Verwunderung trat in die hellen, klaren Augen.

Ein kurzes, bellendes und humorloses Lachen entwischte Georges Lippen. „Ich bin kein besonders netter Mensch", erklärte er Sinclair kalt. „Du solltest nicht den Fehler begehen, mich auf ein Podest zu heben."

„Ich habe dich nicht für einen netten Menschen gehalten", widersprach Sinclair. „Du willst mich … brechen, zerstören … wie jeder andere Kunde auch. Aber deine Vorgehensweise ist viel … interessanter, faszinierender. Ich bin wirklich beeindruckt."

„Welche große Ehre", erwiderte George triefend vor Sarkasmus.

„Das ist es wirklich", bestätigte Sinclair sachlich und nahm Georges Worte somit für bare Münze, ohne in irgendeiner Form auf den sarkastischen Tonfall einzugehen. „Ich bin nicht leicht zu beeindrucken."

Erneut suchte George Zuflucht in einem Kopfschütteln. „Ich weiß wirklich nicht, warum ich dir erlaube so viel zu reden", gab er zu bedenken.

„Oh, das ist einfach. *Du* bist auch von *mir* beeindruckt. Du bist von mir genauso fasziniert, wie ich dich faszinierend finde", erläuterte Sinclair wieder mit dieser ungerührten Offenheit und einem erwartungsvollen – und eigenartigerweise auch vertrauensvollen – Blick.

Schweigen senkte sich nach dieser letzten Bemerkung über die beiden Männer. Sinclair wartete offensichtlich auf eine Erwiderung, doch George war nicht gewillt, ihm eine zu geben. Schließlich löste er sich aus seiner Starre und ging zu dem Sideboard hinüber. „Halt einfach die Klappe und mach die Beine breit", knurrte er in Sinclairs Richtung. „Ich hole ein Gleitmittel."

Er entnahm dem Sideboard eine Dose Vaseline und ging nun damit zurück zum Bett, wo Sinclair lag und dem äußeren Anschein nach ruhig auf ihn wartete.

Doch das leichte, unwillkürliche Zucken von Sinclairs Augenlidern, welches George auch dieses Mal nicht entging, machte seine Anstrengungen, kühl und unbeteiligt zu erscheinen, zunichte und ließ seine Nervosität für jeden aufmerksamen Beobachter klar zutage treten. Als George ihn anwies, seine Knie anzuziehen und seine Füße auf die Matratze zu stellen, tat er, wie ihm geheißen – ohne ein einziges Wort oder eine abfällige Bemerkung.

In diesem Moment wirkte er auf George wie ein edles, leicht überzüchtetes, nervöses Rennpferd. Eine falsche Bewegung und er würde um sich schlagen und ausbrechen. Obwohl er in einer kleinen Stadt in eher ländlicher Umgebung aufgewachsen war, hatte George nicht viel Erfahrung im Umgang mit Pferden, doch ihm war klar, dass Sinclair einen großen Teil seiner Nervosität würde ablegen müssen, wenn er heute noch mit ihm seinen Spaß haben wollte. In dem Versuch, ihn zu beruhigen, legte er seine linke Hand auf Sinclairs Knie.

„Ganz ruhig. Und nicht das Atmen vergessen“, riet George mit gesenkter Stimme. „Ich werde dir nicht absichtlich wehtun.“

Auch jetzt folgte Sinclair seinen Anweisungen ohne Widerspruch – er gab sich zumindest Mühe. Sein Brustkorb hob und senkte sich im Rhythmus von tiefen und versuchsweise gleichmäßig ruhigen Atemzügen. Als George seine linke Hand, die immer noch in beruhigender Geste auf Sinclairs Knie lag, über die Innenseite seines Oberschenkel gleiten ließ, spürte er, wie sich die angespannte Muskulatur unter seinen Fingern ein wenig lockerte.

„Ich hoffe für dich, dass du mich wegen des Klistiers nicht belogen hast. Es könnte nämlich durchaus passieren, dass du in den Genuss kommst, meine Finger sauber zu lecken, *nachdem* ich dich ausreichend vorbereitet habe“, bemerkte George tonlos, während seine Hand sich immer tiefer an Sinclairs Oberschenkel hinab bewegte, bis sie an ihrem Ziel angelangt war. Sanft berührten seine Fingerspitzen die glattrasierten Hoden.

Der Versuch, sein heftiges Nach-Luft-Schnappen zu kaschieren oder gar zu unterdrücken, misslang Sinclair kläglich.

„Der Gedanke, dass ich der Erste bin, der dich hier berührt … genau *hier* …“, sinnierte George. Eigentlich hatte weder dieser Gedanke noch Sinclairs Reaktionen auf seine fast keuschen Berührungen ein Recht darauf, derart stimulierend auf seine Libido zu wirken. Er wusste nicht, ob er sein Herzklopfen und den ersten, leichten sexuellen Rausch seines Gehirns zu diesem Zeitpunkt gut heißen sollte oder nicht. Für gewöhnlich bedurfte es für diesen Grad des Begehrens, den er gerade empfand, viel stärkerer Stimulanzien.

Georges Finger tanzten spielerisch über die glatten Hoden, die sich bereits ein wenig zusammengezogen hatten und nun enger an Sinclairs Körper lagen, wodurch sie ein deutliches Zeugnis seiner sexuellen Erregung ablegten. Doch er hielt sich damit nicht länger auf, sondern ließ seine Finger noch tiefer gleiten – über die Hoden hinweg, bis sie auf die zarte und leicht schweißig-feuchte Haut des Damms trafen.

Mit sanftem Druck massierte George diese delikate Stelle und beobachtete, wie noch ein wenig mehr Spannung Sinclairs verkrampfte Muskeln verließ. Der minimale Gegendruck, den George an seinen Fingern spürte, zeigte ihm deutlich, wie sehr diese Berührungen genossen wurden. Er nahm dies zum Anlass, ein wenig stärker zu reiben, wodurch er dem anderen Mann ein leises, aber sehr tiefes und kehliges Stöhnen entlockte, dessen Vibrationen ein Echo in Georges eigenem Geschlechtsteil fanden.

Ein Zittern durchlief den begehrenswerten Körper, der vor ihm ausgestreckt lag, ihm vollkommen wehrlos und schutzlos ausgeliefert. Der Wunsch, die vollen Lippen zu einem Schrei verzerrt zu sehen, flackerte kurz in George auf. Doch er nährte dieses Feuer nicht, hatte in diesem Moment auch kein wirkliches Verlangen danach. Der Anblick der leicht bebenden Schenkel war ihm eigenartigerweise mehr als genug und er verbrachte lange Minuten damit, Sinclairs Hoden und die weiche, zarte Haut dahinter zu streicheln. Wieder und wieder erbebte Sinclair unter diesen Liebkosungen, bis er sich endlich Georges Fingern unmissverständlich entgegen wölbte. Doch es geschah nicht auf die übliche, schamlose Art und Weise, die George von allen anderen Männern, die er jemals unter sich liegen gehabt hatte, gewohnt war. Es war eine eher verhaltene, fast schüchterne Bewegung seiner Hüften gewesen, verlangend und unsicher zugleich.

In einer größeren Welle als zuvor brach daraufhin die Begierde über George herein. Der Drang, diesen Körper jetzt einfach zu *nehmen*, sich seiner zu *bemächtigen*, ihn als Ventil für seine Lust zu *benutzen*, wurde übermächtig. In einer hastigen Bewegung – als ob er sich verbrannt hätte – zog er seine Finger von der warmen, weichen Haut zurück und sah sich zum wiederholten Mal an diesem Abend gezwungen, ganz bewusst durch seine Nase ein- und ausatmen, um diesen Hunger und diese Begierde auf ein erträgliches Maß herunterzuschrauben.

Noch nicht … noch nicht jetzt …

„Wann machst du endlich weiter?", fragte Sinclair und George wurde bewusst, dass er für Sinclairs Geschmack wohl zu lange untätig geblieben war und ihm nun eine Rüge für seine Säumigkeit erteilt wurde. Doch Sinclair hatte so atemlos und heiser geklungen, dass sich trotz dieser Unverschämtheit ein amüsiertes Grinsen auf Georges Gesicht ausbreitete.

„Du kannst es wohl nicht mehr erwarten?", stichelte George mit einem schmierigen Grinsen. „Eigentlich haben wir ja die ganze Nacht Zeit, aber da du es offensichtlich bereits jetzt so dringend *brauchst* …" Er öffnete den Deckel der Vaseline-Dose und tauchte seinen rechten Zeigefinger in die fettige Substanz. „Dann will ich mal nicht so sein."

Behutsam berührte er mit diesem glitschigen Finger Sinclairs noch jungfräulichen Anus und beschrieb damit langsame Kreise rund um die faltige Haut der fest zusammengepressten Öffnung. Er spürte die Wärme, die von Sinclairs Körper ausging, spürte das erste unwillkürliche Zucken der angespannten Muskeln, das erste Nachgeben als unausweichliche Reaktion auf die sanfte und doch ständige Stimulation der empfindsamen Nerven.

Doch nicht nur bei Sinclair, auch bei George trat eine unwillkürliche Reaktion ein: Er leckte sich begehrlich über die Oberlippe. Dieses leichte, fast schon ekstatische Zucken, das seine Bemühungen in Sinclair hervorrief, fachte die Flammen seiner Begierde nur noch mehr an. Sein Blut rauschte heiß durch seine Adern, sammelte sich als glühende Masse in seiner Magengegend und sickerte schließlich noch tiefer, bis in seinen Unterleib, wo es sich als verlangendes Pulsieren manifestierte.

George zeichnete noch einen letzten Kreis auf Sinclairs erhitzter Haut und presste dann endlich die Spitze seines Fingers direkt auf den engen, zuckenden Muskelring.

„Entspann dich", wies ihn George sanft, aber bestimmt an. „Das Atmen nicht vergessen und es geht leichter, wenn du ein wenig gegen meinen Finger drückst."

Überraschenderweise befolgte Sinclair auch diese Anweisungen lammfromm und George beobachtete mit angehaltenem Atem, wie sein Finger nahezu mühelos in dem verlockenden Körper versank. Gerade als er sich gratulieren wollte, gerade als er glaubte, die größte Hürde wäre genommen und ab jetzt wäre alles weitere das reinste Kinderspiel, schnappte Sinclair nach Luft und alle Muskeln in seinem Körper verkrampften sich.

George hielt völlig still und bewegte seinen Finger keinen Millimeter mehr. Selbst wenn er es gewollt hätte, es wäre ihm nicht möglich gewesen, denn Sinclair war nun, da er sich quasi wie eine prüde Auster zugeklappt hatte, unbeschreiblich eng.

Sinclair atmete flach und unregelmäßig und George wartete einen Moment, ob es ihm gelingen würde, sich ohne seine Hilfe zu beruhigen, doch als dieser Fall nicht einzutreten schien, fragte er betont ruhig: „Tut es weh?"

Sinclair schüttelte den Kopf. „Nicht wirklich", kam es ihm unter Schwierigkeiten über die Lippen. „Es ist nur … unangenehm."

Er schien sich für dieses Zugeständnis zu schämen und George versuchte daher erneut, ihn zu beruhigen. „Das geht vorbei, aber du musst dich wirklich entspannen oder du wirst dir selbst am meisten wehtun. Du bist so verflucht eng, wenn du dich weiterhin so verkrampfst, wirst du mir noch den Finger zerquetschen."

Diese scherzhafte Beschwerde, die tatsächlich nicht weit von der Wahrheit entfernt war, trug ihm ein halbherziges Kichern ein. Dann seufzte Sinclair und mit diesem Laut verschwand immerhin ein kleiner Teil der Spannung aus seinem Körper und George war endlich wieder in der Lage, seinen Finger zu bewegen. Probeweise bog er seinen Finger ein klein wenig in dem engen Kanal, der ihn umschloss, und Sinclair seufzte erneut.

„Lehn dich zurück und genieß' die Fahrt – und falls du eine Extra-Runde drehen willst, schrei einfach", schlug George mit einem lüsternen Funkeln in seinen Augen vor.

~~~

Eine halbe Stunde später reflektierte sich das Licht des Zimmers in einem feuchten Fleck auf Sinclairs Bauch, dessen Muskeln bei jeder Bewegung und jedem Atemzug vor Anspannung zitterten.

Dieser feuchte Fleck war das Ergebnis eines nahezu stetigen Stroms der klaren Tropfen von Sinclairs Lust, welche aus dem schmalen Spalt seiner unerträglich harten Erektion flossen.

Die Haut an Gesicht und Brust war deutlich gerötet, die Nippel hatten sich zusammengezogen und waren nun genauso hart und erigiert wie Sinclairs Penis und bettelten genauso wie dieser um Erlösung. Alles in George schrie danach, Sinclair diese Erlösung durch Mund, Lippen und Zähne zu teil werden zu lassen, doch gleichzeitig faszinierte
~~~

ihn dieser Anblick so sehr, dass er seine derzeitige Tätigkeit um keine Preis unterbrechen wollte. Etwas Hypnotisches ging von Sinclairs Körper aus, der in einem unendlichen Kreislauf aus krampfhaftem Atemholen und Erschauern gefangen schien.

Sinclairs angewinkelte Beine waren obszön weit gespreizt, seine Oberschenkel bebten und seine Stirn und sein Brustkorb, der sich im Rhythmus seiner angestrengten Atemzüge heftig hob und senkte, glänzten vor Schweiß. Die Lider über diesen faszinierenden, hellen Augen hatten sich schon vor langer Zeit geschlossen und bebten nur noch manches Mal so sacht wie die Flügel eines gefangenen Schmetterlings.

Über die leicht geöffneten Lippen drang nur noch kehliges Röcheln und heiseres Stöhnen. Weiße Zähne gruben sich in seine volle Unterlippe und nagten daran, bis auch sie so geschwollen und dunkelrot war wie seine Erektion. Nach Georges Meinung waren diese roten Lippen einfach perfekt. Allerdings würden sie noch perfekter aussehen, wenn sie um seine eigene, harte und ebenfalls vor Lust glitschig-feuchte Männlichkeit gespannt wären.

George hatte Sinclair vor einiger Zeit befohlen, seine Hände neben sich auf der Bettdecke liegen zu lassen und sich nicht zu berühren. Bislang war er auch sehr brav gewesen, doch mittlerweile schien seine Willensstärke ziemlich aufgebraucht, denn seine Finger krampften sich nun wie Klauen in die Laken in dem verzweifelten Bemühen, Georges Anweisungen Folge zu leisten.

Genau diese Mühe und die deutliche Überwindung, die es Sinclair kostete, Georges Befehl nachzukommen, erregten George. Dieses Machtgefühl, das ihn in solchen Momenten durchströmte, ließ sich mit nichts vergleichen. Eine andere Person, einen anderen Körper *seinem* Willen zu unterwerfen, gab ihm einen *Kick*, der sich mit keiner verfügbaren

Droge auch nur annähernd erreichen ließ. Sinclairs inneren Kampf zu beobachten, war für George besser als jedes Aphrodisiakum. Es war ein Anblick für Götter und er hielt kurz inne, um dieses *Schauspiel* voll zu würdigen. Der Gedanke, dass es nur zweier Finger und etwas Vaseline bedurft hatte, um diesen arroganten Burschen in ein vor Lust bebendes Häufchen Geilheit zu verwandeln …

Georges Finger stießen dank des ausgedehnten Vorspiels auf keinerlei Widerstand mehr. Ohne jede Mühe glitten sie in einem stetigen Rhythmus in Sinclairs Öffnung hinein und wieder heraus. Bei jedem dritten oder vierten Eindringen gab George sich Mühe, die kleine Wölbung von Sinclairs Prostata sachte mit seinen Fingerspitzen zu streifen. War Sinclairs Reaktion darauf zu Beginn noch recht verhalten gewesen, so schien die Wirkung doch mit jedem Mal zuzunehmen. Sein Stöhnen klang immer atemloser, während sein Körper sich immer mehr öffnete, williger und nachgiebiger und verlangender wurde. George spürte, wie der Druck um seine Finger wieder stärker wurde, wie Sinclairs Körper versuchte, ihn tiefer in sich hineinzuziehen, noch mehr von ihm aufzunehmen, ihn in sich festzuhalten, so tief es nur irgend ging.

Härter und tiefer als zuvor stieß George seine Finger in den willigen Körper, der sich sofort wie heiße, feuchte Seide an ihm festsaugte. Er gab dem Sog nach und ließ seine Finger, wo sie waren. Mit den Fingerspitzen tastete er wieder nach der schwachen Erhebung in Sinclairs Innerstem und klopfte in einem leichten Stakkato auf die überreizten Nervenenden, was Sinclair vor Lust und Pein aufschreien ließ. Noch mehr Lusttropfen drangen aus seiner vernachlässigten und steil aufragenden Erektion und benetzten wieder und wieder seine ansonsten makellose Haut.

„Bist du bereit für einen dritten Finger?“, raunte George ihm mit einem teuflischen Lächeln zu.

Sinclair nickte wild.

„*Willst* du einen dritten Finger?“, fragte George, zog Sinclairs süße Folter genüsslich in die Länge.

„GOTT JA! MACH SCHNELL!“, rief Sinclair. Er sah aus, als ob er vor unerfüllter Lust den Tränen nahe wäre.

„Mmh“, machte George, hielt von einer Sekunde auf die andere seine Finger, die immer noch tief in Sinclairs Körper steckten, völlig still und tat so, als ob er über Sinclairs erregt-verzweifelten Ausbruch nachdenken müsste. „Nein. Ich denke nicht“, teilte er Sinclair schließlich mit, zog seine Finger aus der weichen, warmen Öffnung und wischte sie in einer abfälligen Geste an der Innenseite von Sinclairs zitternden Oberschenkeln ab. „Tut mir wirklich leid“, sagte er mit einem falschen Lächeln. „Falsche Antwort.“ Er stand vom Bett auf und beobachtete Sinclair mit einem Blick voll kühler, abschätzender Distanz.

Sinclairs Oberkörper fuhr ruckartig in die Höhe, sodass er in einer halb sitzenden Position auf dem Bett kauerte. „WAS? NEIN!“, rief er entsetzt. „Bitte … ich …“, stammelte er mit einem leichten Flehen in seinen Augen, während er fieberhaft nach Worten suchte. „Komm zurück!“

Ein grausames Lächeln umspielte Georges Lippen. „Tja … Ich fürchte, jetzt ist es zu spät für Bitten und Betteln. Den Zeitpunkt hast du verpasst.“

Ungläubigkeit zeichnete sich auf Sinclairs Gesicht ab. „Du … du gehst *jetzt*? Du gehst jetzt *wirklich*?“

„Ja“, erwiderte George schlicht, während er mit betont gelangweilter Geste seine Fingernägel inspizierte.

Die dunklen Augenbrauen, die so gar nicht zu den rotblonden Locken auf seinem Kopf passen wollten, zogen sich in völliger Verwirrung zusammen, bis Sinclair die deutliche Ausbuchtung in Georges Hosen bemerkte. „Aber du bist immer noch …“ Er suchte Georges Blick. „Willst du nicht, dass ich dir wenigstens noch … einen blase?“

„Nein. Das ist nicht notwendig. Und es ist auch nicht das, wofür ich bezahlt habe“, antwortete George, immer noch mit einem leicht gelangweilten Tonfall.

Komplette Verständnislosigkeit grub sich in Sinclairs Gesichtszüge „Wirst du wieder kommen?“, fragte er schließlich verhalten.

George zuckte mit den Schultern. „Nicht heute Abend … nicht morgen … aber sicher irgendwann einmal.“

Sinclair suchte immer noch nach den richtigen Worten. „Aber du … du hast mich nicht … du hast … es nicht zu Ende geführt“, stammelte er schließlich mit geröteten Wangen. Ob Verlegenheit oder Verärgerung dieses Erröten ausgelöst hatte, war für George bedauerlicherweise nicht zu erkennen.

Doch wieder lächelte George – und wieder war es kein freundliches Lächeln. „Ich beende immer, was ich begonnen habe. Aber ich werde es dann tun, wenn *ich* es *will.* Und nicht, um einer kleinen, verdorbenen Schlampe, die plötzlich geil wird und einen harten Fick braucht, einen Gefallen zu tun.“

Sinclair war immer noch damit beschäftigt zu verstehen, warum George gehen wollte, ohne ihn vorher entjungfert zu haben – ganz entgegen aller getroffenen Absprachen. „Aber ich …“ Er leckte nervös über seine Lippen. „Ich bin immer noch …“ Er brach ab und fuhr dann nach einem verwirrten Augenaufschlag fort: „Was soll ich Miss Thorndyke sagen?“

„Miss Thorndyke kannst du mir überlassen. Mach dir deshalb keine Sorgen“, beschwichtigte George Sinclairs offensichtliche Ängste vor der Bordellbetreiberin. Seine Reaktion ließ darauf schließen, dass es wahrscheinlich nicht bei Vorwürfen blieb, wenn Sinclair ihr beichten würde, dass der Kunde nicht zufriedengestellt worden war. Doch Sinclair sollte von Miss Thorndyke nichts zu befürchten haben. George wollte lediglich sein Vergnügen noch etwas verlängern und ausdehnen und dazu war es notwendig, Sinclair ein wenig auf die *Folter* zu spannen. „Ich werde mit ihr sprechen und ihr alles Notwendige – deinen *Zustand* betreffend – erläutern", schloss George.

„Ich begreife es einfach nicht", gab Sinclair äußerst widerwillig zu und machte damit deutlich, dass Georges Rückzug nicht nur für seine Libido, sondern auch für seinen Intellekt einen herben Schlag bedeutete. „Was sollte das alles dann überhaupt?" Mit einer weit ausholenden Geste umfasste er sowohl sich selbst als auch das Bett, auf dem er immer noch saß.

„Oh, das …" George saugte an der Innenseite seiner Wange und grinste. „Das war … Vorspiel." Bevor Sinclair noch eine Bemerkung dazu anbringen konnte, drehte er auf dem Absatz um und ging zur Tür hinaus.

„Und da wird von mir behauptet, *ich* wäre nervtötend", murmelte Sinclair aufgebracht vor sich hin, kaum dass er alleine war.

Mit einem frustrierten Seufzen ließ er sich auf das Bett zurückfallen. Seine Finger schlossen sich automatisch um seine immer noch harte und feuchtwarme Erektion. Er rieb ein paar Mal daran auf und ab, was erstaunlich unbefriedigend war, bis sich die Tür erneut öffnete und George auf der Schwelle stand.

Georges Mund kräuselte sich in einem wissenden Lächeln, aber der Ausdruck in seinen Augen war streng. „Ich würde das bleiben lassen, wenn ich du wäre", riet er Sinclair.

„Oder was?", fauchte Sinclair gereizt. Seine Toleranzschwelle für andere Menschen war für diesen Abend nun endgültig und meilenweit überschritten.

Das wissende Lächeln wandelte sich zu einem höhnischen Grinsen. „Oder du müsstest die Folgen meiner *Unzufriedenheit* erdulden."

Sinclair erschauerte bei diesen Worten deutlich sichtbar und dennoch gelang es ihm, kühl und herablassend zu erscheinen. „Du würdest es nie mit Bestimmtheit wissen."

George lachte fröhlich, doch sein Blick blieb eisig. „Vertrau mir, ich würde es wissen. Das ist so sicher wie das Amen in der Kirche."

„Schön!", zischte Sinclair erbost. „Von mir aus!" Widerstrebend löste er die Finger von seinem harten Schaft und krallte sie stattdessen erneut in die Bettlaken. Sein ganzer Körper schien gegen diese Behandlung zu rebellieren, dagegen aufzubegehren. Sinclair konzentrierte sich auf seine Atmung, um sein ungezügeltes Verlangen nach Befriedigung einzudämmen und wieder die Oberhand über seine Instinkte zu erlangen. Ganz langsam und allmählich ließ der lustvolle Drang etwas nach und Sinclair atmete freier.

„So ist es gut. Ganz ausgezeichnet!", lobte George mit einem gönnerhaften Unterton in seiner Stimme. „Braver Junge. Wir wollen also artig sein und uns benehmen?"

Wenn Blicke töten könnten, wäre George nach dieser Bemerkung nur noch ein Blutfleck an der Wand gewesen. Dieses Feuer in Sinclairs Augen war für George wie ein hingeworfener Fehdehandschuh. Es amüsierte ihn und gleichzeitig war er unfähig, dieser Herausforderung, zu widerstehen. Noch war Sinclair nicht gebrochen, aber ewig würde auch er sich nicht widersetzen können …

„Denk immer daran", fuhr George äußerlich unbeeindruckt von diesem mörderischen Blick fort und seine Stimme senkte sich zu einem befehlsgewohnten und strengen, aber nichtsdestotrotz verführerischen Flüstern. „Ich habe dich gekauft. Du gehörst *mir*. Wenn dich jemand deiner Jungfräulichkeit beraubt, dann werde ich das sein. Dein Schwanz, deine Eier, dein Mund, deine Zunge, dein Arsch … das alles gehört jetzt mir. Deine Lust, dein Verlangen, deine Begierde … alles *meins*. Ich bin derjenige, der ab sofort über dich bestimmt. Derjenige, der entscheidet, wann die Zeit reif ist, dich zu *nehmen* … deinen Körper und deine Seele Stück für Stück zu entblößen. Dich auseinanderzunehmen und … vielleicht … wieder zusammenzusetzen. Ich allein entscheide über deinen Schmerz und deine Lust.“

Diese Aussage erregte nun doch noch Sinclairs Interesse. „Schmerz?“, fragte er fast begierig. „Dann … hast du vor, mir weh zu tun?“

Das unangenehme Lächeln kehrte auf Georges Gesicht zurück. „Dieses Privileg wirst du dir erst noch verdienen müssen.“

Ein erneuter Schauder ließ Sinclair erzittern und sein immer noch steifer Schaft zuckte ebenso begierig wie vergebens. In Georges Fingern juckte es, sofort und auf der Stelle Sinclairs offensichtlich vorhandene, masochistische Tendenzen gründlich auszuloten, doch das würde er sich für ein anderes Mal aufsparen. Im Moment würde die Qual der Orgasmus-Verweigerung Sinclair ausreichend beschäftigen und in Atem halten.

Mit diesem – für ihn äußerst erfreulichen und stimulierenden Gedanken – schenkte George Sinclair ein letztes, zähnefletschendes Lächeln und verließ den Raum ohne ein weiteres Wort.

~~~

„Was für ein reizender Bengel“, sagte Tante Adelaide. Sinclair entschied, dass er sie mochte. „Die Mutter ist tot?“, wandte sie sich dann an Sylvia Kingsley, als ob Sinclair aufgehört hätte zu existieren,
~~~

und Sinclair revidierte seine Entscheidung, sie zu mögen, blitzartig. Als Mama Sylvia nickte, fuhr Tante Adelaide näselnd fort: „Wahrscheinlich das Vernünftigste, was diese Dirne tun konnte. Wirklich, Sylvia, es ist besonders großherzig von dir, dass du ihn bei dir aufgenommen hast. Maxwell ist natürlich vernarrt in ihn."

„Wir werden ihn adoptieren", erwiderte Mama Sylvia in einem eigenartigen Tonfall. Es klang zurechtweisend, aber immer noch höflich.

„Wenigstens einer, der die Kingsley-Wangenknochen geerbt hat", brummte Onkel Mortimer und mischte sich eine großzügige Portion Rum in seinen Tee.

Sinclair schielte vorsichtig zu Randy hinüber. Die abfälligen Worte über seine Mutter taten weh, doch er würgte den Schmerz und die aufsteigenden Tränen hinunter. Er wusste mittlerweile, dass Randy solche Zurschaustellungen von Gefühlen nicht schätzte und Sinclair würde alles tun, um ein wenig Anerkennung von Randy zu erlangen. Auch schämte er sich ein bisschen dafür, dass von den beiden Brüdern ausschließlich er von allen Besuchern mit Komplimenten über sein Äußeres bedacht wurde. Er hörte sie zwar gerne – besonders deshalb, weil seine Mutter früher ähnliche Sachen zu ihm gesagt hatte und sie fehlte ihm – aber er hatte immer auch ein schlechtes Gefühl dabei, weil er wusste, dass Randy deswegen neidisch auf ihn war.

Oh, Randy hatte nie etwas gesagt oder es sich in irgendeiner Form anmerken lassen, aber Sinclair wusste es dennoch. Sinclair selbst fand sich nicht wirklich bemerkenswert, er fand Randy mit seinen glatten Haaren – seine eigenen Locken erschienen ihm eigentlich zu mädchenhaft – und seinen Sommersprossen viel hübscher und interessanter und er wünschte sich insgeheim, er hätte auch welche. Er begriff nicht, warum alle Welt Randy wegen dieser Sommersprossen bedauerte und warum dieser so viele Salben und Wässerchen in seinem Badezimmer hatte, die dazu dienen sollten, diesen vermeintlichen Makel zu beseitigen. Zum Glück halfen die Mittel nicht besonders viel und die Sommersprossen blieben, wo sie waren.

Teil 5

Es war Sinclair zwar nicht zugetragen worden, was genau sein mysteriöser Kunde Alice Thorndyke im Detail mitgeteilt hatte, aber Alice hatte ihn einen Tag nach dessen Besuch darüber informiert, dass es sich um niemand anderen als George Walker, einen der tonangebenden Mafia-Bosse Londons, handelte. Damit war Sinclairs Neugierde endgültig geweckt.

Er verbrachte die folgenden Tage damit, ihrem nächsten Treffen entgegen zu fiebern und vermied es tatsächlich, sich selbst in sinnlicher Absicht zu berühren. Diese Folgsamkeit hätte ihn eigentlich mit Stolz erfüllen sollen, denn er hoffte, dass ihm Georges Anerkennung für diese Selbstbeherrschung sicher sein würde, doch nahezu das Gegenteil war der Fall. Sinclair war unzufrieden, übellaunig und gereizt … in noch größerem Ausmaß, als es bei ihm ohnehin die Norm war.

Der Grund für seine übergroße Gereiztheit und Ruhelosigkeit lag in der Tatsache begründet, dass seit jenem Abend eine leichte, prickelnde Erregung sein ständiger Begleiter war. Eine Erregung, die weder verebbte noch anschwoll, sondern immer ein gewisses Maß beibehielt und deren Glut sich immer weiter durch seinen ganzen Körper und durch seinen ohnehin hyperaktiven Geist fraß.

Mittlerweile wollte nicht nur seine intellektuelle Neugierde befriedigt werden, sondern auch seine anderweitigen – körperlichen – Bedürfnisse, die George in ihm entzündet hatte, ohne den dabei entstandenen Schwelbrand auch ordnungsgemäß zu löschen.

Seine ständige unterschwellige Erregung vereinfachte seine Arbeit nicht unbedingt, auch wenn es seinen Kunden sehr gefiel, dass es plötzlich so einfach war, bei ihm eine Erektion hervorzurufen. Dass er allerdings nie Befriedigung fand – oder erstrebte – quittierten seine Kunden meist nur mit einem Schulterzucken, falls es sie überhaupt interessierte. Für sie waren an Sinclair nur sein Mund und sein Hintern – für eine gelegentliche Tracht Prügel – von Interesse.

Trotz seiner neuen – in seinen Augen fast lächerlichen – Sinnlichkeit, hatte Sinclair sich während dieser Tage nie in Versuchung gefühlt, Georges Verbot, sich selbst zu befriedigen, zu missachten. Dabei vermisste er Georges Art ihn zu behandeln zutiefst. Er hatte schon andere dominante Kunden bedient, doch die wenigsten gingen dabei mit einer gewissen Raffinesse vor. Die meisten schrien ihn einfach nur an. Es gab für Sinclair kaum etwas Öderes als dieses alberne kasernenhofartige Herumschreien. Da bevorzugte er Georges Herangehensweise, seine Aufforderungen lediglich mit mehr Nachdruck in seinem Tonfall zu wiederholen, bei weitem. Sinclair hatte Georges energische Worte wie ein Schwamm in sich aufgesogen und hatte sich insgeheim über sich selbst gewundert. Es war für ihn eine Überraschung gewesen, wie sehr er nach einer solchen Behandlung – Unnachgiebigkeit gemischt mit Güte – lechzte.

Wenn ihm jemand noch vor zwei Wochen prophezeit hätte, dass er so begierig sein würde, seine Jungfräulichkeit zu verlieren – und das auch noch an einen Mafia-Boss – hätte er demjenigen ohne zu Zögern empfohlen, einen verdammt guten Psychiater aufzusuchen.

~~~

Nur einige Meilen und gleichzeitig eine ganze Welt entfernt, saß George Walker in seinem Arbeitszimmer an seinem Schreibtisch und vertiefte sich in die wöchentlichen Berichte seiner diversen geschäftlichen Aktivitäten.
~~~

Das Arbeitszimmer in seinem Haus war nüchtern eingerichtet, kam aber doch nicht ganz ohne die Insignien von Macht aus. So beherrschte ein Bücherregal, welches sich über zwei Wände erstreckte, die Szenerie. Bei dem Material, das dafür verwendet worden war, handelte es sich um teures und seltenes Tropenholz. George hatte sich den Namen nicht gemerkt. Er war nicht ungebildet, aber er belastete sein Gehirn ungern mit Details, die für seine Geschäfte nicht von Belang waren. Das Holz hatte er nicht nur deshalb gewählt, weil es teuer gewesen war, sondern auch, weil ihm die dunkle, bernsteinartige Farbe und die Maserung gefallen hatten. Er war auch nach wie vor der Ansicht, dass es seinem Arbeitszimmer das gewisse Etwas verlieh.

Ihm schräg gegenüber saß Phil Stanhope in einem der cremefarbenen Ledersessel, die zu einer kleinen Sitzgruppe gehörten, auf der George gerne Gespräche *auf Augenhöhe* führte. Wenn er hingegen jemanden bewusst beeindrucken und einschüchtern wollte, blieb er selbst hinter seinem Schreibtisch sitzen und sein Gesprächspartner durfte wie ein Bittsteller vor ihm stehenbleiben – denn weitere Sitzgelegenheiten waren absichtlich nicht vorhanden.

Phil blätterte müßig in einigen Papieren und leckte immer wieder über seinen Zeigefinger, um leichter umblättern zu können. „Das Geschäft mit den Davenports ist ziemlich gut gelaufen“, bemerkte er nach einer Weile, ohne von seinen Papieren aufzusehen.

„Allerdings“, bemerkte George geistesabwesend. Er starrte blicklos auf seine Unterlagen und stellte fest, dass er nicht mehr wusste, was er die letzten fünf Minuten gelesen hatte. Mit einem leisen Stöhnen warf er einen Blick auf die restlichen zwei Mappen, die noch seiner Durchsicht harrten. Dann schlug er die Mappe, die er vor sich liegen hatte, zu und rieb sich mit Daumen und Zeigefinger über die Nasenwurzel.

„Hätte nicht gedacht, dass dieser Deal so reibungslos über die Bühne gehen würde. Nicht nach diesem holprigen Start“, sagte Phil mit einem kleinen, fast ungläubigen und dennoch zufriedenen Lachen. „Warst du jetzt eigentlich bei der Thorndyke?“ Er blätterte erneut mit einem feuchten Zeigefinger um und sah George fragend an.

„Ja“, erwiderte George knapp. Er wusste aus Erfahrung, dass Phil, sollte er gar keine Antwort bekommen, so lange penetrant nachbohren würde, bis er mit den gewünschten Informationen herausrückte. Aber das war wohl der Preis, den man zu bezahlen hatte, wenn man einen alten Freund zum engsten Vertrauten und Ratgeber ernannte. Wenigstens würde Phil ihm nie ein Messer in den Rücken rammen. Weder tatsächlich noch im übertragenen Sinne – und das wiederum war ein unschätzbarer Vorteil, der alle anderen Nachteile bei weitem überwog. Dennoch gab es gewisse Dinge, die Phil nun wirklich nichts angingen. Dazu gehörten momentan die verwirrenden Gedanken, die sein Besuch bei Sinclair in ihm ausgelöst hatte.

„Und?“, fragte Phil arglos. „War es gut?“

George fasste ihn scharf ins Auge. „Warum willst du das wissen?“

Phil ließ die Papiere, die er in seinen Händen hielt, in seinen Schoß sinken. „Was hat dich denn gebissen?“, fragte er verblüfft. „Darf ich einen alten Freund nicht mal mehr fragen, ob er ein bisschen Spaß hatte? Ich mache mir Sorgen um dich! Du bist in letzter Zeit so … *unleidlich*. Aber seit diesem Abend hat sich deine Laune wenigstens halbwegs verbessert. Da werde ich wohl noch fragen dürfen, ob dieser Stimmungsumschwung mit einem Bordellbesuch zusammenhängt, den ich vorgeschlagen habe. Du hast neulich sogar gepfiffen, George! Gepfiffen! Das letzte Mal, als ich dich pfeifen gehört habe …"

„Ja, ich hab's kapiert!", unterbrach ihn George rüde. „Du bist nur um mich und mein Wohlergehen besorgt." Ein hartes Glitzern war in seine Augen getreten und Phil runzelte die Stirn. „Ich war da, ich hatte Spaß, ich bin wieder gegangen. Es war nett. Das ist alles. Das ist die ganze Geschichte. Bist du jetzt zufrieden?"

„Nett?", rief Phil aus. „*Nett* ist immer noch die kleine Schwester von *Scheiße*. War es wirklich so katastrophal?"

George schob sein Kinn vor und biss sich auf die Lippen. „Was willst du hören?" Die eine Ader auf seiner Schläfe trat hervor, wie sie es immer tat, wenn George vor unterdrücktem Zorn schäumte. „Dass er der beste Schwanzlutscher war, der mir je untergekommen ist? Wir sind hier um zu arbeiten! Und nicht um meine neuesten sexuellen Eskapaden zu diskutieren!"

Phil sah seinen Freund mit großen Augen und hochgezogenen Brauen an. „Meine Güte, Georgie, das ist doch kein Grund, mir gleich den Kopf abzubeißen. Ich hab's begriffen. Ein Wink mit dem Zaunpfahl hätte genügt. Hättest nicht gleich mit dem ganzen Zaun um dich werfen müssen", versuchte er seinen Freund zu beruhigen. „Alles klar – dann also zurück an die Arbeit. Es gibt da ein paar Probleme mit unserem Büro in der Bayswater Road." Er leckte sich über seinen Zeigefinger und blätterte die Papiere in seinem Schoß um, während er in Gedanken an jenem Tag vor über zehn Jahren verweilte, an dem Georgie zum letzten Mal gepfiffen hatte.

~~~
~~~

Es war noch früh am Abend, als Phil Stanhope und George Walker die Londoner U-Bahn-Station verließen und auf die Straße traten. Die Temperaturen nach diesem schönen Sommertag waren immer noch mild genug, dass die beiden jungen Männer ihre Jacken ausgezogen hatten und lässig über einer Schulter trugen.

„War es unbedingt notwendig, den Tisch zu zertrümmern?", griff Phil die Diskussion wieder auf, die sie für die Dauer ihrer U-Bahn-Fahrt unterbrochen hatten.

„Ja", erwiderte George sorglos und reichlich dickköpfig. „Du hast doch gesehen, wie flott sie dann mit der Kohle rübergekommen sind. Konnten gar nicht schnell genug für ihren Schutz blechen. Ich denke, der Boss wird mehr als zufrieden sein."

Phil runzelte die Stirn. „Aber der ganze Krach. Irgendwann wird einer der Passanten doch mal aufmerksam. Irgendwann …"

„Und was schlägst du dann vor?", fuhr George gereizt dazwischen. „Soll ich sie mit Wattebällchen bewerfen, bis sie zahlen?"

Ein verdrossenes Seufzen war zu hören. „Nein, das nun auch wieder nicht. Ich dachte nur … mach irgendwas anderes kaputt. Irgendwas, das weniger Krach macht."

George saugte nachdenklich an der Innenseite seiner Wangen. Sein Zorn verrauchte meist ebenso schnell wie er aufflammte und seinem alten Freund Phil konnte er so oder so nie lange böse sein. „Vielleicht", fing er zögernd an. „Die meisten dieser Läden haben doch so eine Espresso-Maschine … groß und voller Chrom … die sind doch scheißteuer, oder?"

Ein anerkennender Blick streifte George. „Das ist eine fabelhafte Idee, Georgie. An solchen Maschinen gibt es immer eine Schwachstelle. Ein kleines Teil, ohne das der ganze Kram nicht funktioniert. Einfach zu demolieren. Kleiner Aufwand – großer Schaden."

George nickte zufrieden. „Kein Getöse, kein Aufsehen – perfekt. Alfredo hat doch auch so ein Teil. Wenn wir heute Abend bei ihm essen, soll er uns das Ding mal kurz erklären."

Auch Phil wirkte zufrieden. „Wunderbar. So machen wir das."

„Glaubst du, der Boss wird von unserer Idee angenehm überrascht sein?", fragte George aufgekratzt.

Phil verdrehte die Augen. „Nicht schon wieder, Georgie."

George knuffte Phil spielerisch in die Seite. „Ich habe diese Schutzgeldeintreiberei so langsam satt. Ich will endlich die besseren Jobs. Ich will aufsteigen! Und das werde ich auch! Irgendwann werde ich der Boss von dem ganzen Laden sein und du wirst mein treuer Ratgeber", erklärte George großspurig, aber mit Überzeugung.

„Ja, ja …" Phil hatte diesen Vortrag schon zu oft gehört. „Und die Schweine lernen fliegen."

„Lach du nur!", erwiderte George. „Du wirst schon sehen!"

Mittlerweile waren sie vor dem Mietshaus angekommen, in dem George wohnte. Es war nicht die feinste Wohngegend, aber immerhin interessierte sich hier niemand dafür, dass er diese Wohnung mit einem Mann teilte. In diesem Viertel kümmerte sich jeder um seinen eigenen Kram.

„Okay", sagte George und zückte seinen Schlüssel. „Wartest du hier oder willst du mit hoch?"

„Wenn ich bei euch noch kurz auf die Toilette könnte?"

„Klar", antwortete George. „Ich sammle in der Zeit Simon ein und du kannst deine Susan anrufen, damit sie sich schon mal bereithalten kann." Er sah auf seine teure Armbanduhr, die neben der abgetragenen Manschette seines Hemdes reichlich deplatziert wirkte, aber George hatte nun mal ein Faible für solche schmückenden Statussymbole. „Du hast den Tisch für uns vier Hübschen um sieben Uhr reserviert?" Er wartete kurz Phils bestätigendes Nicken ab. „Okay. Dein Auto parkt gleich um die Ecke … bis wir bei dir zuhause sind und deine Frau eingeladen haben … die Fahrt zu Alfredo …"

„Hey", rief Phil gutgelaunt. „Du kannst sofort aufhören mit der Zeit herum zu jonglieren. Es reicht nicht für einen Quickie mit deinem Herzallerliebsten. Und selbst wenn – du wirst es nicht mit ihm treiben, so lange ich auf eurem Klo hocke."

George grinste. „Wusste gar nicht, dass du so prüde sein kannst", neckte er seinen Freund.

Auch Phil grinste. „Ach, du weißt doch, im Grunde meines Herzens bin ich ein Spießer."

George schloss die Haustür auf und gemeinsam betraten sie das kühle, muffig riechende Treppenhaus.

„Warum riecht es in diesen Mietshäusern eigentlich immer nach nassem Kohl?", stellte Phil eine rein rhetorische Frage, auf die er keine Antwort erwartete, weshalb er auch sofort das Thema wechselte. „Sag mal – mit dir und Simon, das läuft gut, hm?"

„Kann man so sagen", antwortete George mit einem seltenen, zärtlichen Lächeln, während sie gemeinsam die Treppe emporstiegen.

„Wie lange seid ihr eigentlich schon zusammen?", wollte Phil mit einem belustigten Schmunzeln wissen.

George versetzte seinem Freund einen kleinen Schlag auf die Schulter. „Das weißt du ganz genau! Du warst doch dabei, als ich ihn in dem Café angebaggert habe." Dann nahm sein Gesicht einen träumerischen Ausdruck an. „Drei Jahre ist das jetzt her."

Phil schüttelte mit einem ungläubigen Lächeln den Kopf. „Simon Parker und du ... Hätte nie gedacht, dass du zu denen gehörst, die einen auf endlos machen."

„Ich auch nicht", gab George mit sehr leiser Stimme zu. „Ich auch nicht. Aber ..." Er blieb auf einem Treppenabsatz stehen und hielt Phil mit einer Hand an der Schulter fest. „Weißt du, dass ich letztes Jahr verdammt neidisch auf dich war? Bei deiner Hochzeit mit Susan?" Phil bemerkte zu seiner Verwunderung, dass George ein wenig rot wurde. „Simon ... ich glaube, er ist der Richtige und wir können nicht ..." George schluckte und schüttelte den Kopf. „Ich fasse es nicht, dass ich dir das alles erzähle, aber ich habe bei diesem Juwelier in der Green Street einen Ring gesehen und auch wenn ich Simon nicht heiraten kann ..."

„Meine Güte, Georgie", flüsterte Phil und wirkte freudig überrascht. Dann klopfte er George jovial auf die Schulter und lachte. „Du bist ein verdammter Glückspilz, Georgie. Simon ist echt ein Hauptgewinn. Und wenn er erst mal mit dem Studium fertig ist und

als Architekt berühmt wird und die dicke Kohle macht ... Wie lange braucht er eigentlich noch?"

„Noch zwei Jahre", seufzte George. „Ich bin verdammt stolz auf ihn. Er büffelt wie ein Wilder, wenn ich nicht da bin."

„Anders als du, als du noch Student warst", neckte Phil ihn und George grinste.

Während sie die restlichen Treppen emporstiegen, pfiff George vergnügt vor sich hin.

Es war die Melodie von ‚Auf in den Kampf Torero' aus der Oper ‚Carmen'.

George pfiff gerne und gut und er liebte klassische Musik. Gut gelaunt schloss er – immer noch pfeifend – die Tür zu seiner Wohnung auf – und erstarrte. Die Melodie erstarb auf seinen Lippen, während er das Chaos in seinem Wohnzimmer in sich aufnahm. Erst Phils gemurmeltes „Oh mein Gott" löste seine Starre und er rannte ins Schlafzimmer.

„Simon? Simon, wo bist du?", schrie er mit sich überschlagender Stimme und riss die Tür auf. Doch im Schlafzimmer war niemand. Auch hier bot sich ihm das gleiche Bild wie in dem anderen Raum: aufgerissene Schubladen, offene Schranktüren, Kleidungsstücke und Bücher überall.

„George!"

Plötzlich war Phil neben ihm und drückte ihm einen Umschlag in die Hand. Sein Name stand darauf. Es war Simons Handschrift. Wie in Trance entnahm er dem Umschlag ein einzelnes Blatt.

„Lag auf dem Küchentisch", sagte Phil rau. „Wenn das diese Scheiß-Gang war, deren Lokal wir letzte Woche demoliert haben, dann schwöre ich dir ..."

„Er ist weg", unterbrach George ihn mit hohler Stimme.

„Was?", gab Phil verständnislos zurück.

„Er ist weg. Simon ist weg."

„Wie, weg? Er wurde doch entführt, oder nicht?"

„Nein. Er wurde nicht entführt. Er hat mich einfach nur verlassen." Mit einer kraftlosen Geste drückte George Phil das eine

Blatt Papier in die Hand und ging an ihm vorbei – zurück in das Wohnzimmer.

Phil hörte, wie sich George auf das Sofa fallen ließ und fing an, in heilloser Verwirrung Simons Handschrift zu entziffern.

George,

ich kann nicht mehr so weiterleben. Ich war nie damit einverstanden, dass du dich der Mafia anschließt, und doch hast du nicht auf mich gehört. Du hast überhaupt nie auf mich gehört. Ich wollte, dass du damit aufhörst, dass du wieder anfängst, zu studieren, weil ich einfach wusste, dass dir dieser Umgang nicht gut tun würde. Meine Befürchtungen haben sich bewahrheitet – du hast dich verändert. Ich habe versucht, es dir klarzumachen, aber du hast mir wieder nicht zugehört. Du bist nicht mehr der witzige Medizinstudent, in den ich mich verliebt habe. Du bist zu einem bloßen Handlanger verkommen. Zu einem Kriminellen, der ständig mit einem Bein im Gefängnis steht. So will ich nicht weiterleben. Daher gehe ich. Was mir gehört, habe ich mitgenommen. Die teuren Geschenke, die du mir während unseres Zusammenseins gemacht hast, habe ich hier gelassen. Sie liegen auf deinem Nachttisch.

Leb wohl,

Simon

PS: Tu mir einen Gefallen, falls du wirklich etwas für mich empfindest – was ich mittlerweile bezweifle – dann such nicht nach mir.

Phils Blick glitt von dem letzten Schnörkel der Unterschrift zu den Nachttischen, die das große Doppelbett flankierten. Tatsächlich, da lag alles. Teure Armbanduhren, zwei Goldketten, Armketten, ein silbernes Feuerzeug, Zigarettenetuis mit Gravur, Krawattennadeln mit und ohne Edelsteine, Manschettenknöpfe in Gold und Silber.

Langsam drehte sich Phil um und ging zu George, der zusammengekauert auf dem Sofa saß. Seine Stirn ruhte auf seinen Knien, seine Arme und Hände lagen in einer schützenden Geste über seinem Kopf.

George nickte stumm. „Heute Morgen … wir haben es noch heute Morgen wie die Karnickel getrieben und er hat mir gesagt …" Seine Stimme brach, dennoch fuhr er fort: „Wie sehr er mich liebt. Und da muss er doch schon gewusst haben … Wahrscheinlich hatte er da den Brief schon fix und fertig in der Schublade." Er drückte mit Zeigefinger und Daumen gegen seine Nasenwurzel. „Nein. Er will fort von mir und ich …"

Etwas unbeholfen trat Phil von einem Bein aufs andere. „Du hast nie was gesagt, dass es Streit zwischen euch gegeben hat wegen dem, was du tust … was wir tun."

Ein verzweifeltes Lachen entrang sich Georges Kehle. „Hatten wir auch nie. Wir hatten deswegen nie Streit – er hat ein paar Mal was gesagt, dass es ihm lieber wäre, wenn ich nicht … aber das war's auch schon. Fuck! Es kann doch nicht sein, dass er so große Angst vor mir hatte, dass er sich nicht getraut hat, irgendetwas zu sagen?" Er sah Phil an und die Selbstzweifel standen ihm so deutlich ins Gesicht geschrieben, dass Phil nicht wusste, was er darauf antworten sollte.

„George, ich …"

„Scheiße, Phil!", rief George verzweifelt. „Ich hätte ihm nie auch nur ein Haar gekrümmt! Ganz gleich, was er mir auch gesagt hätte!"

Zu seiner Schande musste Phil sich eingestehen, dass er sich da gar nicht so sicher war, was die Reaktionen seines Freundes anging. Er wusste, wie zielstrebig und skrupellos George während ihrer Aufträge vorging und er hatte sich aus einigen Andeutungen zusammengereimt, dass George auch im Bett eine etwas härtere Gangart bevorzugte. Es war durchaus möglich, dass sich Simon am Ende tatsächlich vor seinem Lebensgefährten gefürchtet hatte. Ob grundlos oder nicht, diese Frage konnte und wollte Phil nicht beantworten. Zumindest waren Furcht – ob eingebildet oder real – und Abneigung groß genug gewesen, um Simon von der Notwendigkeit einer heimlichen Flucht zu überzeugen.

Phil legte den Brief auf den Couchtisch und fuhr sich mit einer Hand durch die Haare.

„Komm mit zu mir nach Hause. Ich rufe Susan an, dass sie ein paar Spaghetti für uns kochen soll", schlug er etwas unbeholfen vor. „Wir essen was, wir trinken ein paar Bier und dann schläfst du bei uns auf dem Sofa. Und morgen sieht die Welt schon wieder anders aus."

George lächelte schief. „Danke, Phil." Er atmete tief durch. „Aber ich bleibe lieber hier."

„Wirklich?", hakte Phil nach. „Ich halte das für keine gute Idee. Komm doch mit. Susan freut sich schon seit Tagen darauf, dich heute Abend mal wieder zu sehen."

„Es geht schon. Ich komme schon klar. Deine Susan ist eine Heilige, gib ihr einen Kuss von mir, ja?", sagte George und strich sich mit müder Geste über sein Gesicht.

„Okay, wenn du nicht mit willst, dann leiste ich dir eben hier Gesellschaft.

„Um mein Händchen zu halten?"

„Na ja ..." Phil kratzte sich am Kopf. „So würde ich es nicht ausdrücken. Aber ..."

„Ich will jetzt lieber allein sein", unterbrach George seinen Freund.

Phil zögerte. „Also gut, wenn du dir wirklich sicher bist ..." Er ging zur Tür. „Ruf mich an, wenn irgendwas ist. Egal was. Hast du das verstanden?"

„Ja, Tante Phil", neckte George ihn halbherzig. „Ich werde ein braver Junge sein. Ich ruf dich morgen an, okay?"

„Okay." Phil nickte. „Bis morgen." Dann ging er und George war allein.

~~~

Drei Stunden später klingelte es an Phils Tür. Als er öffnete, stand George mit dem zerknirschten Gesichtsausdruck eines Cockerspaniels vor ihm.
~~~

„Okay", sagte Phil knapp. „Was ist los?"

„Ich war kein braver Junge", gab George zerknirscht zu. „Kann ich heute Nacht bei euch schlafen?"

„Natürlich", meinte Phil sofort und trat beiseite, um ihn einzulassen. „Aber warum jetzt doch? Was hast du angestellt?"

„Ich habe kein Bett mehr", erwiderte George mit einem etwas verschämten Seitenblick. „Und auch keine Wohnung mehr, wenn ich es mir recht überlege."

„Was hast du getan?!", rief Phil, obwohl er sich einige Szenarien sehr bildhaft ausmalen konnte. Brandstiftung war dabei das Schlimmste, was ihm in den Sinn kam.

„Du weißt doch noch … der Baseballschläger, den wir für den Job vor ein paar Wochen gebraucht haben … also, den hatte ich ja noch und damit … es wäre möglich, dass ich damit meine Wohnung zerlegt habe", schilderte George ausweichend.

Phil schüttelte den Kopf. Das war immerhin nicht ganz so schlimm, wie er im ersten Moment befürchtet hatte. „Okay, du kannst heute Nacht hier bleiben. Aber zwei Dinge muss ich dir noch sagen: Wenn du in dieser Wohnung auch nur einen einzigen Kratzer machst, wird Susan dich umbringen. Und wenn du wirklich Karriere machen willst, wie du immer wieder betonst, dann musst du lernen, dein verteufeltes Temperament zu kontrollieren. Ist das klar?"

„Ja, Tante Phil", erwiderte George folgsam und ohne jeden Sarkasmus.

Teil 6

In einem der luxuriösen Zimmer von Alice Thorndykes Bordell, die gut betuchten und wichtigen Kunden vorbehalten waren, lief Sinclair wie ein nervöser Panther in seinem Käfig auf und ab. Der Morgenmantel, den er trug, schlug bei jeder Drehung leicht gegen seine Beine. Sein Warten hatte tatsächlich ein Ende. George würde nun jeden Moment hier sein.

Erst vor drei Stunden hatte ihm Alice auf dem Flur eine Klistierpackung zugeworfen und ihm widerlich gut gelaunt eine Zimmernummer und eine Uhrzeit genannt.

Als er sie nur mit offenem Mund angestarrt hatte, hatte sie gelacht und gesagt: „Auf, auf, meine kleine Jungfrau. Frisch ans Werk! Die Uhr tickt – fang lieber gleich damit an, dich auf deinen *Arztbesuch* vorzubereiten."

Für dieses unglaublich alberne Wortspiel hatte er sie zwar wütend angefunkelt, doch wahrscheinlich hatte sie seine bebenden Hände bemerkt, was die Wirkung seines Blickes beeinträchtigt hatte, denn sie war lachend und mit wiegenden Hüften an ihm vorbeispaziert – nicht ohne ihm noch kokett zuzuzwinkern. Sinclair hatte noch einige Zeit wie betäubt auf dem Flur gestanden, bevor er sich wieder der Klistierpackung in seinen Händen bewusst geworden und auf sein Zimmer gerannt war.

Nun war es endlich soweit. Zitternd vor Anspannung und Erwartung stand er in dem Zimmer, das ihm von Alice genannt worden war. Er hörte Schritte auf dem Flur und schluckte, doch seine Kehle und sein Mund waren plötzlich staubtrocken. Er erwartete Fanfaren, Trommeln … irgendetwas … Dramatisches, das die Bedeutung dieses Augenblicks angemessen unterstrichen hätte. Doch die Tür öffnete sich völlig undramatisch und George stand vor ihm und Sinclair war bereit und willens, um einen richtigen, guten Fick zu betteln. Georges ruhig-abwartender Blick war mehr, als seine Nerven in diesem Moment ertragen konnten, doch er riss sich zusammen und versuchte, nicht ganz so erbärmlich zu erscheinen, wie er sich gerade fühlte.

„Gratulation, deine Bemühungen waren erfolgreich", sagte er in einer seltsamen Mischung aus Stolz, Erleichterung und Verlangen. „Es ist dir gelungen, meinen Widerstand …" Er unterbrach sich und schüttelte halb seinen Kopf. Nein. Keine Halbwahrheiten gegenüber George. Ganz oder gar nicht. Er sah wieder auf. „Es ist dir gelungen *mich* zu brechen", schloss er mit fester Stimme.

George hob eine Augenbraue. „Habe ich das?", gab er mit einem maliziösen Lächeln zurück.

Sinclair biss sich kurz auf die Lippen, als ob ihm das, was er gleich sagen würde, unangenehm wäre. „Irgendwie schon … auf eine gewisse Weise …" Er senkte den Blick, sah jedoch rasch wieder auf. „Du hast mir ein paar Brosamen hingeworfen, hast mich damit geködert, mit Andeutungen, mit Hinweisen … hast mir einen Vorgeschmack darauf gegeben, was du noch mit mir vorhast, hast mich ein klein wenig spüren lassen, wie es sein wird, wenn …" Er unterbrach sich, wandte wieder den Blick ab und hob ihn dann doch wieder, um George anzusehen, der ihm aufmerksam lauschte. „Das war clever, *richtig* clever", gab er mit einem schiefen Lächeln zu. „Du musst irgendwie gewusst – *gespürt* – haben, dass mich das wahnsinnig machen würde. Dieses *Ahnen* und doch nicht *Wissen.* Auf Vermutungen angewiesen zu sein, aber keine Gewissheit zu haben. Wirst du jetzt meine Neugierde stillen und meinen … *Hunger* befriedigen?" Sinclairs Stimme war während dieser letzten Worte leise und rau geworden. Seine Zunge versuchte, die trockenen Lippen zu benetzen. Verzweifeltes Verlangen und Nervosität zeichneten sich deutlich auf seinem Gesicht ab, das jetzt, da er fast alle seine

Masken abgelegt zu haben schien, nackt und bloß wirkte und ungewöhnlich ausdrucksstark war.

Als George keine Anstalten machte, etwas dazu zu bemerken, straffte Sinclair seinen Körper und trug seinen Kopf ein wenig höher. „Oder muss ich darum betteln? Ist es das?“ Ein trotziges Funkeln trat in seine Augen. „Willst du sehen, wie ich darum bettle? Muss ich mich erst vor dir erniedrigen? Wenn es das ist, was du willst, dann bin ich dazu bereit. Vorausgesetzt, es ist wirklich notwendig.“

Erst jetzt lächelte George und dieses Mal war es ein wirkliches, freundliches Lächeln, das seine Augen erreichte und diese erwärmte. „Ich glaube nicht, dass Betteln notwendig sein wird. Ich würde sagen, darüber sind wir hinweg. Du hast dir deine Belohnung verdient. Ohne Wenn und Aber.“

Ein kleines, erleichtertes Seufzen entwischte Sinclairs Lippen. „Gut. Ich hätte jede Sekunde davon gehasst, aber ich hätte es getan. Zumindest, wenn ich nur so mein Ziel erreicht hätte.“

Georges Lippen kräuselten sich. „Deine Wahrheitsliebe tritt immer in den unpassendsten Momenten zutage. Hat dir noch niemand gesagt, dass diese Art von Ehrlichkeit in deinem Beruf äußerst unangebracht ist?“

„Ausgerechnet du erteilst mir Ratschläge über Ehrlichkeit und Berufswahl?“, gab Sinclair hochmütig zurück.

Im ersten Augenblick züngelte blinde Wut durch Georges Eingeweide und drohte, ihn zu überwältigen. Sein Temperament war in den Anfangszeiten seiner Karriere zwar hilfreich gewesen, doch je höher er innerhalb der *Familie* aufgestiegen war, desto wichtiger war es geworden, sich zu beherrschen. Es gelang ihm auch dieses Mal wieder. „Du hast also herausgefunden, womit ich mein Geld verdiene“, erwiderte er so ruhig, wie es ihm möglich war.

Sinclair schien tatsächlich nichts von Georges innerem Aufruhr bemerkt zu haben, denn er zuckte lediglich mit den Schultern. „Ich bin nicht dumm. Ich weiß, wie man Internet-Suchmaschinen bedient. Und ich bin mir sicher, dass es dir in deinem *Beruf* nicht nur ums Geld geht."

„Ach was", spie George voller Sarkasmus aus. „Und was sollte das sein? Wonach verlangt es mich – deiner geschätzten Meinung nach?"

Sinclair wirkte unbeeindruckt und antwortete prompt: „Macht."

Georges Zähne glitten über seine Unterlippe und die Andeutung eines Kopfschüttelns war zu sehen. Wieder einmal war er von Sinclairs absoluter Furchtlosigkeit fasziniert – ebenso faszinierte ihn auch seine Fähigkeit, mit seinen Vermutungen mit traumwandlerischer Sicherheit ins Schwarze zu treffen. „Kluger Junge", spöttelte er. „Obwohl … ganz so weit her kann es mit deiner Intelligenz dann doch nicht sein – oder warum gibst du mir immer noch so freche Antworten, obwohl du jetzt weißt, *wer* ich bin? Macht es dir keine Angst, dass ich ein Mitglied der *Familie* bin?"

„Sollte es das?"

George bleckte seine Zähne. „Klug *und* mutig!", höhnte er. „Meine Güte – was bin ich nur für ein Glückspilz!" Er schenkte Sinclair einen eisigen Blick. „Genug Vorspiel für heute. Zieh dich aus. Und zwar flott!", herrschte er ihn an.

Sinclair machte eine Bewegung, als ob er zurückweichen wollte, doch dann huschte sein rascher, aufmerksamer Blick unter leicht zusammengezogenen Augenbrauen über Georges Gestalt und über sein Gesicht. „Das war jetzt wohl nicht *besonders* klug von mir", äußerte er schließlich zögernd.

„Gut erkannt!", sagte George mit einem eisigen Lächeln. „Der Kandidat hat 100 Punkte."

Sinclair atmete tief ein und sein Gesicht zeigte einen ernsten Ausdruck. „Ich habe dich verärgert, daher wirst du nun dafür sorgen, dass es für mich schmerzhaft wird. Habe ich Recht?" Obwohl er nur zögernd sprach, war in seinem Tonfall keine Furcht zu finden – nur eine ruhige Akzeptanz, als ob er sich schon viele Male zuvor in exakt derselben Situation befunden hätte.

Für einige Sekunden sahen sich beide Männer unverwandt an. Sinclair ruhig und gelassen, George kühl und nachdenklich. Doch nach diesen wenigen Sekunden tat George etwas, das er noch nie zuvor getan hatte. Er revidierte eine einmal getroffene Entscheidung. „Nein", sagte er nach diesen Momenten des Schweigens. „Ich habe dir versprochen, dass ich dir nicht ohne Grund Schmerzen zufügen werde. Ich bin ein Mann, der zu seinem Wort steht."

Ein erstaunter Blick aus hellen Augen traf ihn. „Wirklich?", platzte es aus Sinclair heraus, bevor er verwirrt seinen Blick niederschlug und ein leises „Danke" flüsterte.

Das Gefühl, diesen Dank nicht verdient zu haben, berührte George unangenehm. Hatte er sich doch schon sehr explizite Bestrafungsszenarien für Sinclair ausgedacht, bevor ihn diese eigenartige Mischung aus Tapferkeit und Verletzlichkeit und diese absurde Fähigkeit, sich mit einem Schulterzucken dem Unvermeidlichen zu fügen, die dieser Junge an den Tag legte, zum Umdenken bewogen hatte.

„Wärst du jetzt so freundlich, dich endlich zu entkleiden?", fragte George mit einem Hauch von Frustration in seiner Stimme.

„Selbstverständlich", erwiderte Sinclair und ließ den Morgenmantel von seinen Schultern gleiten. Er trug darunter kein einziges Kleidungsstück mehr am Leib und präsentierte seinen Körper in schamloser Nacktheit, was George angenehm überraschte und die ersten sinnlichen Impulse in seinem Unterleib auslöste.

Georges Erregung schien Sinclair nicht zu entgehen. „Wo und wie willst du mich haben?“, fragte er mit einem sehr selbstzufriedenen Lächeln.

„Du bist wirklich unverbesserlich“, bemerkte George mit einem knappen Lächeln und einem leichten Kopfschütteln. „Kaum glaubst du, wieder Oberwasser zu haben …“ Er vollendete den Satz nicht, sondern machte stattdessen eine Handbewegung zum Bett hin. „Ich will dich auf dem Bett haben – leg dich auf den Rücken. Genau wie beim letzten Mal.“

Während Sinclair mit katzenartiger Anmut auf das Bett kletterte und seine Haltung von ihrem letzten Treffen kopierte, entnahm George dem Schränkchen mit den Utensilien eine Tube Gleitmittel. Als er damit neben das Bett trat, musterte Sinclair die Tube in seiner Hand mit einem leichten Stirnrunzeln.

„Gleitgel?“, fragte er. „Warum keine Vaseline wie letztes Mal? Ich mochte … es hat sich gut angefühlt.“

George warf ihm einen ungläubigen Blick zu und blinzelte mehrmals. „Vielleicht weil Vaseline und Kondome sich nicht wirklich miteinander vertragen?“, stellte er mit skeptischem Spott fest.

In plötzlichem Begreifen erhellte sich Sinclairs Gesicht, bevor es sich sofort wieder verdüsterte. „Du hattest nie die Absicht, mich gleich am ersten Abend zu entjungfern!“

„Wie ich dir bereits sagte, du warst überraschend kostspielig. Ich wollte einen reellen Gegenwert für mein Geld.“ George hielt mitten im Satz inne. Sein Unterbewusstsein hatte irgendeinen Zusammenhang in Sinclairs Worten festgestellt. Seine Augen verengten sich. „Halt. Moment. Was war das gerade? Du hast wirklich geglaubt, *ich* würde dich *ohne* Gummi ficken?” In Georges Verwirrung schlich sich – ohne dass er sich dessen bewusst wurde – ein ärgerlicher

Unterton. „Noch schlimmer, *du* hättest es *zugelassen*? Du hättest dich von mir ohne *irgendeinen* Schutz ficken lassen?“

Sinclair blinzelte überrascht. „Nun … ich hatte gedacht …“

„Scheiße, nein!“, schrie George. „Du hast überhaupt nichts gedacht! Du hast nicht eine Sekunde lang nachgedacht! Ist das dein bevorzugter Zeitvertreib? Russisches Roulette zu spielen? Mit deinem Leben als Einsatz?”

„Es ist hier allerdings etwas langweilig … hin und wieder”, gab Sinclair reichlich kleinlaut zu und malte mit seinem Zeigefinger Kringel auf die Bettdecke.

Von Sinclairs Haltung ging etwas Entwaffnendes aus und George schüttelte seinen Kopf. Was ging es ihn an, inwieweit Sinclair mit seiner Gesundheit Schindluder trieb? Nichts. Eben. Er würde sich vor Ansteckung schützen und der Rest konnte ihm völlig gleichgültig sein. Sein Zorn verrauchte genauso schnell, wie er aufgeflammt war. Ein leises Seufzen saß ihm in der Kehle. Sein Temperament war mal wieder schneller mit ihm durchgegangen, als er es hatte zügeln können.

„Du bist ein Idiot“, stellte George trocken fest.

„Wahrscheinlich hast du Recht“, gab Sinclair mit einem kläglichen Lächeln zu.

Da war sie wieder – Sinclairs offenherzige, direkte Ehrlichkeit, die auch nicht vor ihm selbst Halt machte. Und ohne es zu wollen, spürte George, dass er erneut Gefahr lief, diese Eigenschaft viel anziehender zu finden, als sie tatsächlich war – oder irgendein Recht hatte, zu sein. Er schätzte Ehrlichkeit an einem Mann. In seinem Metier und in seiner Position war er zu oft Schmeicheleien ausgesetzt, als dass er nicht gelernt hätte, den Wert eines aufrichtigen Mannes zu schätzen. Auch wenn dies bei Sinclair oft fatale Auswirkungen für ihn selbst hatte. Gerade diese Rücksichtslosigkeit sich selbst und seinem eigenen Wohlergehen gegenüber, verwirrte und faszinierte George – denn sie war seinem eigenen Wesen nahezu fremd.

Während er noch über das Rätsel, das Sinclair für ihn darstellte, nachsann, wanderte sein Blick ohne Eile über Sinclairs nackten Körper. Nach einiger Zeit bemerkte er, dass Sinclair diese rein visuelle Inspektion zu gefallen schien, denn sein zu Beginn noch schlaffer Penis fing an, sich langsam aber sicher mit Blut zu füllen und zu versteifen.

Dieser Anblick sexueller Bereitschaft wiederum löste erneut Georges Verlangen aus. Ein hungriges Knurren vibrierte in seiner Brust. Er leckte sich über die Oberlippe, schlüpfte aus seinem Jackett und zog sich sein schwarzes Rollkragenshirt über den Kopf. Mit einem Schauer der Erregung beobachtete er, wie sich Sinclairs Augen begierig und verblüfft weiteten, während sein Blick über Georges nackte, muskulöse Brust wanderte und schließlich an der Narbe, die seine linke Schulter zierte, hängenblieb. Es war die hässliche Narbe einer großkalibrigen Schusswaffe, mit der Austrittswunde vorne neben dem Schlüsselbein. Das Überbleibsel einer *Meinungsverschiedenheit* mit einem rivalisierenden *Kollegen*, der zu feige gewesen war, um von vorne auf George zu schießen. Es hatte ihm nicht wirklich geholfen. Immerhin war sein Grabstein – von George bezahlt; er wusste schließlich, was sich gehörte – der schönste auf dem ganzen Friedhof.

Es war für George eine Erleichterung, dass Sinclair von seiner Narbe nicht angewidert war. Die meisten Männer, mit denen er sich die Zeit vertrieb, wichen zuerst impulsiv vor dieser Entstellung zurück, nur um dann so zu tun, als ob sie gar nicht da wäre, was natürlich nie funktionierte und auf George nur irritierend wirkte. Diese Reaktionen hatten dazu geführt, dass George immer öfter darauf verzichtete, sich für gewisse *Aktivitäten* vollständig zu entkleiden.

Sinclair hingegen schien von seiner Narbe und allem, was damit zusammenhängen mochte, hingerissen zu sein. Welch' willkommene Abwechslung!

„Bereit für die nächste Runde?", fragte George mit dunkler Stimme und Sinclair nickte eifrig und spreizte auf einladende und unmissverständliche Art und Weise seine Beine.

Zwanzig Minuten später schob George drei seiner Finger in Sinclairs entspannte, aber immer noch ausreichend enge Öffnung, nur um sie gleich wieder ein Stück weit herauszuziehen. Der Rhythmus und die Tiefe der Stöße seiner Finger ebneten den Weg für ein anderes Körperteil, das George später noch einzusetzen gedachte. Wie auch schon beim letzten Mal gebärdete sich Sinclair äußerst empfänglich für Georges Stimulationen. Sein ganzer Körper zitterte und sein steifer Penis sonderte ohne Unterbrechung die klaren Tropfen seiner Vorlust ab.

„Ich denke, das dürfte reichen", murmelte George und zog seine Finger behutsam aus dem heißen Körper, der verzweifelt versuchte, ihn wieder tiefer hineinzuziehen, sich an ihn klammerte, ihn versuchte festzuhalten. Natürlich waren diese Bemühungen vergebens und als es George gelungen war, seine Finger endgültig zu befreien, wimmerte Sinclair ob des Verlustes leise und George beobachtete voller Begierde, wie sich die vom Gleitgel glänzende Öffnung zusammenkrampfte, vergeblich versuchte, etwas zu umschließen, was gerade noch da gewesen war. Als bestünde eine Standleitung zwischen Georges Augen und seinem Unterleib, schickte der Anblick von Sinclairs sehnsüchtig zuckender Öffnung ein heißes Ziehen in Georges harten Penis.

„Du bist jetzt genug gedehnt", raunte George.

Sinclair sah unter halbgesenkten Augenlidern zu ihm auf. Sein Atem ging schwer. „Fick mich endlich", bat er heiser.

„Es fühlt sich so leer an … unerträglich … Ich brauche …“ Seine Stimme verlor sich in unzusammenhängenden Wortfetzen.

„Ich weiß genau, was du brauchst“, teilte ihm George mit einem Grinsen mit. „Aber du wirst es dir erarbeiten müssen.“

„Alles“, hauchte Sinclair und wand sich auf den Bettlaken. „Alles.“

Eine weitere Welle der Erregung pulsierte durch George und seine Erektion zuckte ungeduldig. Jetzt hatte er Sinclair genau da, wo er ihn von Anfang an hatte haben wollen. Etwas wie Triumph gesellte sich zu der Erregung, nährte und befeuerte diese. Ein zufriedenes Lächeln huschte über seine Lippen. „Also dann … auf Hände und Knie, wenn ich bitten darf“, verlangte er und rutschte auf dem Bett ein wenig zur Seite, um Sinclair genügend Raum zu geben, damit er sich in diese neue Position bringen konnte.

Mit langsamen, wie betäubt wirkenden Bewegungen, drehte sich Sinclair um, kniete sich hin und stützte sich mit den Händen auf der Matratze ab. Er spreizte seine Beine ein wenig, senkte seinen Kopf und hielt still. Nur noch sein Atem war zu hören und auch George hielt für einen Moment inne und lauschte auf die etwas zittrigen Atemzüge. Doch es dauerte nicht lang und Sinclair hob seinen Kopf wieder, um George über die Schulter hinweg fast vorwurfsvoll anzufunkeln. „Worauf wartest du?“, fragte er heiser und wackelte, auf äußerst *billige* und wundersam anziehende Art und Weise, mit den Hüften.

Ohne darüber nachzudenken, verpasste George ihm einen kräftigen Klaps auf seinen Hintern und Sinclair stöhnte genüsslich. „Dich macht das tatsächlich an, nicht wahr?“, bemerkte George mit einem anzüglichen Grinsen.

„Wenn jemand darin so gut ist wie du, dann lautet die Antwort: Ja“, erwiderte Sinclair ohne Zögern und streckte seinen Körper einladend. Er spreizte seine Beine noch weiter und bot George ungehinderte und ungeahnte Ein- und Ausblicke. Die Muskeln seines Anus' pulsierten immer noch in dem vergeblichen Versuch, die gedehnte und gelockerte Öffnung zu schließen. Eingerahmt von seinen Oberschenkeln hingen seine prallen Hoden, die sich aufgrund seiner Erregung bereits zusammengezogen hatten und versuchten, der Schwerkraft zum Trotz, sich an den willigen Körper zu schmiegen.

George streichelte über die weiche Haut des Hodensacks, umfasste ihn sanft mit seinen Fingern und zog ihn dann in einer raschen Bewegung nach unten. Sinclairs spitzer Schrei war wie Musik in seinen Ohren und der neue Strom von Lusttröpfchen, die ungehindert auf das Bettlaken flossen und es beschmutzten, war ein Labsal für seine Augen.

Exquisit.

Es gab kein anderes Wort dafür.

Plötzlich wollte George nicht eine Minute länger warten. Plötzlich wollte er es nicht mehr *zelebrieren*. Wollte nicht mehr jede einzelne Sekunde davon bis zur Neige auskosten. Der Drang, Sinclair zu *besitzen*, war unerträglich geworden. Hastig öffnete er den Verschluss seiner Hose, schob seine Unterwäsche hinunter und nahm seine harte und vor lüsterner Erwartung feuchte Erektion in die Hand. Er musste sich auf die Lippen beißen, um ein erleichtertes Wimmern zu unterdrücken. Gott – wenn sich allein der lockere Druck seiner eigenen Finger so gut anfühlte, wie unvergleichlich musste es dann erst sein, wenn er erst *in* Sinclair sein würde.

Rasch holte er ein eingeschweißtes Kondom aus seiner Hosentasche, riss die Verpackung mit den Zähnen auf, holte die feine Latexhülle heraus und warf den Rest achtlos aufs Bett. Sorgfältig rollte er das Kondom über seinem steifen Glied ab. Blindlings tastete er auf dem Bett herum, bis seine Finger die Tube mit dem Gleitgel fühlten. Er verteilte eine großzügige Portion davon auf seiner Erektion und zog scharf die Luft zwischen den Zähnen ein – der Kontrast des kühlen Gels auf seiner heißen Haut war unerwartet groß.

Erneut nahm er sein Glied in die Hand und kniete sich zwischen Sinclairs Beine. Er positionierte die Spitze seiner Erektion mit leichtem Druck direkt auf Sinclairs sacht zuckender Öffnung. Durch das dünne Latex hindurch spürte er das verheißungsvolle Pulsieren an seiner Eichel und über das Rauschen des Blutes in seinen Ohren hinweg, hörte er Sinclair nach Luft schnappen. Dann hielt der Körper vor ihm völlig still und das einzige Geräusch im Raum war wieder nur Sinclairs schwerer Atem.

Nun war George doch wieder in der Lage, das verlockende Pulsieren an seiner Eichel noch ein wenig länger auszukosten. Er rieb sie ein wenig über die Öffnung, lauschte Sinclairs nicht mehr zu unterdrückendem Japsen und sagte schließlich: „Freu dich nicht zu früh. Ich werde nicht einfach tief und hart in dein jungfräuliches Loch stoßen. Tatsächlich werde ich gar nichts tun. Überhaupt nichts. Wenn du meinen Schwanz in deinem Arsch haben willst, dann wirst du selbst dafür sorgen müssen." George vernahm ein Ächzen und ein lustvolles Wimmern, aber keinerlei Beschwerden. Sein Herzschlag beschleunigte sich rapide. Er wollte verdammt sein, wenn das hier nicht der geilste Fick seit langem werden würde. Wenn nicht gar der geilste Fick seines ganzen bisherigen Lebens. „Und lass dir ruhig Zeit dabei. Ich will, dass du ihn dir richtig langsam reinschiebst. So langsam wie es dir möglich ist. Wehe, wenn du es zu eilig haben solltest. Wenn es mir zu schnell geht, dann werde ich ihn rausziehen, aufstehen und gehen. Ohne zu zögern und augenblicklich. Haben wir uns verstanden?"

Aufstehen und gehen – George hoffte, dass Sinclair diese leere Drohung nicht durchschauen würde. Aufstehen und diesen geilen Hintern zurücklassen? Keine Chance. Aufstehen und gehen? Dazu wäre er nun wirklich nicht mehr in der Lage. Doch die Drohung schien die gewünschte Wirkung auf Sinclair zu haben, denn ein Schauer lief ihm bei Georges Worten über den Rücken. Es war erstaunlich, wie sehr dieser Junge eine solche Behandlung genoss – ja, sie geradezu zu ersehnen schien.

„Du kannst jederzeit damit anfangen, ich warte nur noch auf dich." George umfasste mit seinen Händen Sinclairs Hüften und spürte den Schauer, der den völlig überreizten Körper förmlich durchschüttelte.

Doch so verlockend es auch war, sich einfach zu vergessen und sich tief in Sinclairs Hitze zu vergraben, so hielt sich George doch an sein Versprechen und wartete geduldig, bis Sinclair sich weit genug gefasst hatte, um die ihm gestellte Aufgabe zu erfüllen. Seine Geduld wurde belohnt, denn als Sinclair sich endlich gewappnet hatte und sein Gewicht nur ein wenig nach hinten verlagerte, glitt Georges Eichel mit fast schon sündiger Mühelosigkeit hinein in die samtene Enge von Sinclairs Öffnung. Das dunkle Stöhnen, welches an Georges Ohren drang, ließ keinen Zweifel daran, was für ein verdorbenes Luder diese Nun-nicht-mehr-Jungfrau tatsächlich war.

George atmete erneut ganz bewusst durch die Nase, um seinen Hunger und sein Verlangen wieder in den Griff zu bekommen. Gott, dieser Junge war wirklich exquisit, wie er seine Muskeln in drängender Unersättlichkeit um Georges Eichel zucken ließ. Wie einfach ließe sich diese Unersättlichkeit stillen, doch das war nicht der Deal. George wollte, dass es für Sinclair eine Herausforderung darstellte. Wollte vielleicht sogar, dass er scheiterte. Er war sich in diesem Punkt nicht mehr so ganz sicher. Aber auf gar keinen Fall wollte er Sinclairs Aufgabe erleichtern oder sie ihm sogar ganz abnehmen.

Daher hielt George still, wartete und gab sich alle Mühe, sein Verlangen zu bezähmen. Es lagen noch größere Genüsse vor ihm, als ein simples *Rein, raus – danke, Maus.*

Andererseits nahm es Sinclair mit dem *langsam* doch ein wenig zu ernst.

Georges Stirn legte sich in Falten und er beschloss, dass eine kleine Aufmunterung – oder besser Anleitung – nicht schaden konnte. „Das machst du gar nicht schlecht. Du kannst jetzt ein bisschen weiter, aber vergiss nicht: immer schön langsam“, raunte George ihm mit einem Grinsen zu. „Und hör nicht auf damit, bis dich meine Haare an deinem Hintern kitzeln. Haben wir uns verstanden?“ George wartete kurz das ruckartige Kopfnicken ab, das Sinclair offensichtlich große Mühe kostete, und sein Grinsen vertiefte sich. „Wenn du das wie ein braver Junge erledigst, dann werde ich dich zur Belohnung in die Matratze vögeln und dir das Hirn rausficken.“

Bei diesen drastischen Worten entrang sich ein äußerst unanständiges Stöhnen Sinclairs Kehle. Mit bebenden Schenkeln und sanftem Druck ließ er sich noch ein wenig mehr zurücksinken und umschloss einen weiteren Teil von Georges zuckender Erektion.

Nach quälend langen Minuten, die sich für beide Männer wie eine Ewigkeit anfühlten und in denen Sinclair immer wieder schwer atmend innehalten musste, erreichte er endlich sein Ziel und nahm Georges hartes Glied vollständig in sich auf.

In einer beruhigenden Geste streichelte George über den schweißglänzenden Körper. „So ein braver Junge“, lobte er. „Was für eine perfekte, kleine Hure.“

Ein weiterer Schauer durchzog Sinclairs Körper und die Muskeln seines Hinterns krampften sich heftig um Georges ungeduldige Erektion. George biss sich auf die Lippen und seufzte leise, als der Drang, sich sofort und auf der Stelle in diesen willigen Körper zu ergießen, sich durch den Schmerz an seinem Mund wieder etwas abschwächte. Zu der Begleitmusik von Sinclairs spitzen, ekstatischen Schreien, zog er sich völlig aus der verlangenden Umklammerung zurück. Für einige kurze Augenblicke bewunderte er die klaffende Öffnung, bevor er ohne Vorwarnung zustieß und sein Glied in voller Länge mit einem Ruck in Sinclairs Körper vergrub.

„Ja! Ja! Ja!" Sinclairs Schrei vibrierte durch den ganzen Raum.

„Was bist du nur für eine geile Schlampe", knurrte George und stieß in einem schnellen, harten Rhythmus tief in Sinclairs willigen Körper.

Sinclairs Hände rutschten haltlos über die Bettlaken und er stützte sein Gewicht stattdessen auf seinen Unterarmen ab. Den Willen, seinen Kopf aufrecht zu halten, brachte er offensichtlich nicht mehr auf, denn seine Stirn ruhte zwischen seinen Armen auf dem Bett, was seinen Hintern steil aufragen ließ.

Diese devote Haltung erregte George nur noch mehr. Seine Hände krallten sich in Sinclairs Hüften, dass die Fingerabdrücke sicher noch Tage später auf der blassen Haut zu sehen sein würden. Einige Male versuchte George, den Winkel seiner Stöße zu variieren, doch bislang hatten seine Versuche noch nicht die gewünschten Resultate erbracht.

Doch dann flog Sinclairs Kopf ruckartig in die Höhe und er stieß einen spitzen Schrei aus. „DA! Mach das nochmal! Oh Gott … schnell!"

Doch George lächelte nur zufrieden und vermied es nun nach Kräften, Sinclairs magischen Punkt ein weiteres Mal zu stimulieren, bis Sinclair vor Lust, Erregung und Frustration leise anfing zu schluchzen. Ohne dass Sinclair es sehen konnte, schenkte George den glänzenden, zerwühlten Locken ein teuflisches Lächeln. Oh ja, es war soweit, gleich konnte der wirkliche Spaß beginnen! Georges Bewegungen wurden langsamer, bis er schließlich völlig still hielt, seine pulsierende Erektion immer noch tief in Sinclairs Körper.

„George? Nicht aufhören … nicht jetzt! Ich bin … ich bin *so* kurz davor", wimmerte Sinclair.

„Ich auch – aber reiß dich noch ein klein wenig zusammen, nur noch ein kleines bisschen." George zog sich ein Stückchen zurück und befühlte mit seinem rechten Zeigefinger den gedehnten Muskelring, der seinen Schwanz umschloss. Er streichelte die gespannte Haut und lauschte Sinclairs Seufzern, die ihm wie eine Ouvertüre vorkamen. Ein auditives Appetithäppchen, das dem eigentlichen Spektakel voranging. Schließlich wandelte sich Georges Berührung zu einem sanften Druck und er presste seinen Finger zusätzlich zu seiner Erektion in den gedehnten Kanal und weitete ihn dadurch noch mehr. Er ging dabei sehr behutsam zu Werke und Sinclair bekundete seine Zustimmung durch ein langgezogenes Stöhnen, das durch seinen ganzen Körper vibrierte.

George hatte diese spezielle Taktik schon einige Male angewandt, doch es war jedes Mal ein eigenartiges Gefühl noch etwas neben seinem Glied zu spüren – selbst wenn es nur der eigene Finger war. Es hatte etwas Verdorbenes an sich und dieser Gedanke wiederum verstärkte seine Erregung jedes Mal aufs Neue. Wie musste sich erst diese Fülle, dieser Druck, auf Sinclairs zwar äußerst willigem, aber doch noch sehr unerfahrenem Hintern auswirken? Er musste die Augen schließen und sich auf die Lippen beißen, um sich abzulenken – oder er würde keine Sekunde später abspritzen wie ein hormonübersteuerter Teenager. Als er seinem Körper wieder halbwegs trauen konnte, schob er seinen Finger sanft aber bestimmt immer tiefer, bis er endlich eine leichte Erhebung an seiner Fingerspitze spürte. Er wartete, bis er ein kleines, erleichtertes Schluchzen vernahm, presste seinen Finger noch ein wenig tiefer und rieb dann unerbittlich über die zahlreichen Nervenenden von Sinclairs vernachlässigter Prostata.

Sinclairs ganzer Körper spannte sich. In seiner Ekstase wusste er jedoch nicht, ob er vor dieser wundervollen Stimulation flüchten oder ob er sich dem grausamen Finger entgegenwölben sollte. Von diesen völlig gegensätzlichen Begierden überwältigt, verharrte er stocksteif in seiner Position, den Mund wie zum Schrei geöffnet.

Doch die Fähigkeit, sich zu artikulieren, hatte ihn verlassen und aus seiner Kehle drang lediglich ein heiseres Röcheln, welches nur von leisen, hohen Lauten unterbrochen wurde, deren Tonlage in keinster Weise seinem üblichen Bariton entsprach.

Endlich, endlich spürte Sinclair, wie sich Georges andere Hand um seinen unerträglich harten Schaft schloss. Ein Zittern rann durch seinen Körper und löste einen Teil seiner Anspannung. *Oh, bitte … nur ein ganz klein wenig … Doch* als Georges Finger ihn einfach nur festhielten und Sinclair begriff, dass er ihn nicht reiben, nicht masturbieren würde, wurde ihm die Kehle eng. Dieses Begehren, dieses Verlangen … die Erlösung, die ihm verwehrt wurde … es war die Hölle und das Paradies zugleich. Gerade als er glaubte, er müsste sterben – oder zumindest ohnmächtig werden – zogen sich seine Hoden fast schon schmerzhaft zusammen. Die Muskeln in seinem Innersten schlossen sich wie in einem Krampf um den samtenen Stahl, der reglos in seinem Hintern steckte, und er empfand den Druck auf seiner Prostata um ein vielfaches stärker als noch wenige Momente zuvor. Dann spürte er, wie in seinem Unterleib ein Damm zu brechen schien und nur Sekunden später ergoss er sich in einem unablässigen Strom auf die Bettlaken.

Es war tatsächlich ein fließendes, pulsierendes Gefühl, als ob alle Energie aus seinem Körper heraus strömen würde. Das Gefühl war unbeschreiblich intensiv und dennoch war es nicht genug.

Er wollte mehr! Und als George endlich seinen Finger aus ihm herauszog und ihn mit harten und tiefen Stößen fickte, fachte dies seine Erregung wieder an und er sehnte sich nach Befriedigung, nach einer Art von Vollendung, die ihm jedoch verwehrt zu sein schien. Die Verheißung eines blendenden Höhepunkts in greifbarer Nähe, gelang es ihm doch nicht, diese Erlösung auch zu erreichen, trotz seiner verzweifelten Bemühungen.

Als sich Georges Körper versteifte und er sich mit einem fast schon animalischen Knurren in ihn ergoss, war Sinclairs Hunger immer noch nicht gestillt worden.

Sofort nach seinem Orgasmus zog sich George aus Sinclair zurück und rollte das benutzte Kondom von seinem erschlaffenden Glied herunter. Sinclair drehte sich um und stützte sich mit den Ellbogen auf dem Bett ab. Er musterte seinen eigenen Körper und sah, dass sein Penis immer noch mehr als halbsteif war. Seine Stirn legte sich in Falten. Nicht nur sein Geist wollte noch mehr, sondern auch sein Körper war offensichtlich unbefriedigt geblieben. Sinclair war verwirrt. Wie war das möglich? Er war doch *gekommen*, er hatte doch abgespritzt, obwohl … eigentlich hatte es sich nicht angefühlt, als ob er *wirklich* gekommen wäre.

Er sah George an, der ihn mit einem eigenartigen Gesichtsausdruck beobachtete. Sinclairs Augen verengten sich und er legte den Kopf ein wenig schief.

„Warum hat es sich nicht wie ein Orgasmus angefühlt, als ich abgespritzt habe? Und warum bin ich immer noch …“

„Geil?“, unterbrach ihn George grob und mit einem breiten Grinsen. Auf Sinclairs Nicken fuhr er fort: „Oh, das kommt daher, weil ich dich nicht wirklich habe abspritzen lassen. Es war eher eine Art *Abmelken.*“

Sinclairs Stirnrunzeln vertiefte sich. „Aber wie …“, fing er an, doch dann erhellte sich sein Gesichtsausdruck schlagartig. „Oh, natürlich! Prostata-Massage! Wie dumm von mir.“ Doch dann kam ihm ein neuer – reichlich verstörender – Gedanke. „Du hast das absichtlich gemacht.“

George hatte währenddessen bereits seine Hose wieder geschlossen und zog sich nun sein Rollkragenshirt über den Kopf. „So sieht es wohl aus“, erwiderte er trocken.

Sinclair schluckte. Seine Kehle fühlte sich merkwürdig eng an. Wie eigenartig. „Wann werde ich dich wiedersehen?“

„Niemals“, antwortete George leidenschaftslos und schlüpfte in sein Jackett.

„Niemals?“, wiederholte Sinclair ungläubig. „Aber ich dachte, du könntest … du würdest *mein* …“ Er schluckte erneut. „Ich dachte, du könntest vielleicht *ein* Stammkunde werden.“

George musterte ihn mit kalten, harten Augen. „Ich habe dich eingeritten. Und sogar ziemlich gründlich, wie ich betonen möchte. Deine Jungfräulichkeit hat sich somit erledigt. Was hast du mir sonst noch zu bieten, das mich dazu verlocken könnte, dich ein zweites Mal zu beglücken? Was mich genügend reizen würde, um dein *Sugar Daddy* zu werden?“ George wartete einige Momente auf eine Antwort, doch anstatt etwas zu sagen, starrte Sinclair ihn aus weitaufgerissenen Augen ungläubig und völlig perplex an.

Georges Räuspern unterbrach die Stille. Dann sagte er verächtlich: „Nichts.“ Er stieß ein verdrossenes Seufzen aus. „Genau das hatte ich mir schon gedacht.“ Er drehte sich um und ging zur Tür.

„Du hast gesagt … du hast versprochen, mir nicht absichtlich weh zu tun“, rief Sinclair ihm hinterher und George blieb stehen und drehte sich zu ihm um.

„Ich habe von deinem Körper gesprochen“, präzisierte George.

„Das sagst du mir jetzt, wo es zu spät ist. Du hast gelogen“, stellte Sinclair mit einem seltsamen Ausdruck in seinen Augen fest, der nicht zu seiner kalten Stimme passen wollte.

„Dann habe ich eben gelogen. Jeder lügt. Ständig. Was hast du erwartet?“ gab George mit lauter Stimme zurück. „Du bist eine *Hure*, verdammt nochmal, und ich bin …“

„Ich hatte dich zumindest für einen *Ehrenmann* gehalten.“ Sinclair spie ihm dieses Wort förmlich entgegen, doch er hatte immer noch diesen seltsamen, leeren Blick in seinen Augen. „Ich habe mich offensichtlich geirrt.“

George knirschte mit den Zähnen. „Glaub mir, ohne mich bist du besser dran.“ Mit diesen Worten verließ er den Raum, warf die Tür hinter sich mit einem lauten Knall ins Schloss und lief, so schnell er konnte, die Treppe des Bordells hinunter. Keine Sekunde länger hätte er den verlorenen, leeren Blick aus diesen faszinierenden, hellen Augen ertragen können.

Er hatte gerade noch rechtzeitig den Absprung geschafft.

Nicht auszudenken, wozu er sich sonst noch hätte hinreißen lassen …

Drinnen starrte Sinclair ungläubig auf die geschlossene Tür. „Du hast mir auch gesagt, dass du *kein* netter Mensch bist“, teilte er der leeren Stelle mit, die George noch vor wenigen Augenblicken eingenommen hatte. „Und ich weiß, dass auch das gelogen war.“ Er senkte seinen Kopf und sein Blick fiel auf den Boden, wo das benutzte Kondom gelandet war. Seine Augenbrauen zogen sich verwirrt zusammen.

„George Walker. Ich verstehe dich nicht. Du bist mir wirklich ein Rätsel."

~~~

Jennifer ging in Mr. Kingsleys Arbeitszimmer, um ihm die Post auf seinem Schreibtisch zurechtzulegen. Sie fing an, die Briefe zu sortieren und in Stapel zu ordnen, als sie das Gefühl beschlich, nicht alleine zu sein. Sie hielt in ihrer Tätigkeit inne und horchte angestrengt. Tatsächlich! Da war noch ein zweites Atmen zu hören!

Neugierig und ein wenig beunruhigt ging sie um den Schreibtisch herum, schob den Stuhl zur Seite und lugte unter den schweren Tisch aus dunklem Mahagoni.

„Sinclair!", rief sie überrascht, als sie in der kauernden Gestalt unter dem Schreibtisch Mr Kingsleys jüngsten Sohn erkannte. In dem Jahr, das er bereits hier wohnte, war der kleine Junge dem Hausmädchen sehr ans Herz gewachsen. Auch wenn sie sich bemühte, sich diese Vorliebe nicht anmerken zu lassen. Zumindest nicht zu sehr. „Was treibst du denn hier?"

„Ich spiele", kam die einsilbige Antwort.

„Was spielst du denn?"

„Verstecken."

Jennifer sah sich verblüfft um. „Und mit wem spielst du?"

„Mit mir selbst", erwiderte Sinclair mit einer Stimme, die in ihren Ohren reichlich trotzig und dennoch verlassen klang.

Seine Antwort traf sie mitten ins Herz. Sie überlegte kurz, womit sich kleine Jungs am besten ködern ließen, und ihr fiel ein Trick ein, der bei Randy früher immer funktioniert hatte. „Ich glaube, der Koch hat heute frische Kekse gebacken", lockte sie und Sinclairs Kopf hob sich tatsächlich ein wenig. „Wenn ich ihn darum bitte, gibt er uns bestimmt welche. Was hältst du davon?"

Sie hörte, wie Sinclair die Nase hochzog. Hatte der Junge etwa geweint? Als sie sich gerade zu ihm hinunterbeugen wollte, um ihn notfalls mit sanfter Gewalt aus seinem Versteck heraus zu ziehen,
~~~

enthob er sie dieser Mühe, indem er langsam unter dem Tisch hervor krabbelte. Auf einen Blick sah sie, dass seine Augen zwar nicht gerötet waren, aber verdächtig feucht schimmerten.

Sie streckte dem kleinen Jungen ihre Hand entgegen. „Dann komm mit, Sinclair. Lass uns nachsehen, welche Kekse unser guter Mister Alan dieses Mal gezaubert hat“, sagte sie mit einem freundlichen Lächeln.

„Schoko-Walnuss“, schniefte Sinclair und stand auf, ohne ihre Hand zu ergreifen. „Es ist Dienstag“, fügte er als Erklärung hinzu. „Aber ich mag Ingwer-Kekse lieber.“ Er sah Jennifer leicht herausfordernd an.

„Damit kann ich leider nicht dienen. Du wirst dich mit den Schokoladen-Keksen begnügen müssen“, sagte sie mit einem nachsichtigen Lächeln, hielt Sinclair erneut ihre Hand hin und dieses Mal ergriff er sie.

Als sie kurz darauf vor einem Teller voller Kekse, einem Glas Milch für Sinclair und einer Tasse Tee für sie selbst an dem großen, blankgescheuerten Küchentisch saßen, seufzte Sinclair so schwer, dass sich Jennifer zwischen Lachen und Mitleid hin- und hergerissen fühlte. Doch erst als er ein zweites Mal – dieses Mal besonders betont – ein Seufzen hören ließ, begriff sie, dass er gefragt werden wollte.

„Was hast du denn auf dem Herzen, Sinclair?“, fragte sie daher bereitwillig und mit einem leisen Schmunzeln, das sich beim besten Willen nicht unterdrücken ließ.

„Mir ist laaangweilig“, nörgelte Sinclair gekonnt und griff nach seinem zweiten Keks, biss aber nicht hinein, sondern fing an, ihn zu Krümeln zu verarbeiten.

„Warum versteckst du dich dann unter dem Schreibtisch deines Vaters?“, fragte Jennifer. „Warum gehst du nicht in die Bibliothek und suchst dir ein schönes Buch aus? Oder siehst ein bisschen fern?“

Sinclair bedachte sie mit einem verdrossenen Blick. „Fernsehen ist für Idioten und gelesen habe ich schon den ganzen Tag.“

„Vielleicht“, fing Jennifer etwas hilflos an – sie war immerhin nur eines der Hausmädchen und keine Nanny oder Erzieherin.

„Mama Sylvia hat wieder ihre Tee-Gesellschaft und keine Zeit, um mit mir zu spielen. Papa kommt erst in zwei Tagen wieder von seiner Geschäftsreise zurück und dann wird er auch wieder keine Zeit für mich haben, weil er immer so viel tun hat", setzte Sinclair ihr sehr präzise auseinander, wobei sein Gesichtsausdruck zwischen verzweifelt und wütend schwankte.

„Dann …"

Doch wieder wurde sie von Sinclair unterbrochen.

„Randy ist bei seiner Geigenstunde. Wie fast jeden Tag. Und wenn er nicht dort ist, dann übt er. Und wenn er das nicht tut, dann macht er Schularbeiten. Obwohl gerade Ferien sind." Sinclairs Tonfall hatte nun deutlich weinerliche Züge. Seine Unterlippe schob sich schmollend vor und er vergrub sein Kinn in seinen auf dem Tisch verschränkten Armen. „Hier ist alles doof!"

„Ach, Sinclair", seufzte nun auch Jennifer und streichelte ihm mit einer Hand durch seine wirren Locken. Es verwunderte sie immer wieder, wie gut Sinclair über alle Vorgänge des Kingsley'schen Haushalts Bescheid wusste und wie gewählt er sich meist schon artikulieren konnte. Man neigte in solchen Momenten allzu leicht dazu, zu vergessen, dass er kein Teenager wie Master Randolph, sondern noch ein Kind war. Ein hochbegabtes und sehr intelligentes Kind, sicher – aber eben doch noch ein Kind, mit ebensolchen kindlichen Bedürfnissen nach Aufmerksamkeit, Nähe, Anerkennung und Zuwendung. Oh, Mr Kingsley liebte ihn abgöttisch, wenn er denn mal zu Hause war und Zeit für seine Kinder erübrigen konnte. Doch bei Mrs Kingsley war sich Jennifer manchmal nicht so sicher. Allerdings brachte die Dame des Hauses auch ihrem eigenen Sohn Randolph nicht unbedingt ein übertriebenes Interesse entgegen. Die Mutterschaft übte auf sie wohl keinen besonderen Reiz aus, denn sie hatte schon immer das Leben einer ‚Dame der Gesellschaft' geführt und Randolph ohne mit der Wimper zu zucken der Obhut zahlreicher Nannys und Erzieherinnen überlassen.

„Dir fehlt wohl deine kleine Freundin?" Jennifer erinnerte sich, dass zu Beginn einige Male ein kleines blondes Mädchen zu Besuch

gewesen war. Doch weitere Besuche waren aus irgendeinem Grund ausgeblieben.

„Alice? Pfff!", machte Sinclair verächtlich. „Die ist doch nur ein Mädchen. Die fehlt mir überhaupt nicht! Mit der musste ich immer nur 'Vater, Mutter, Kind' spielen. Und wissen Sie, was das Schlimmste dabei war? SIE spielte immer den Vater, und ihre Puppe und ich … wir waren die 'Kinder'. Und wenn ich nicht gemacht hab', was sie wollte, hat sie mich verhauen. Die kann mir echt gestohlen bleiben."

Wieder musste sich Jennifer auf die Lippen beißen, um nicht zu lachen und sich so Sinclairs sicherlich gerechten Zorn zuzuziehen. Doch wie er versuchte, sein Heimweh nach seiner kleinen Freundin durch Verdrossenheit zu kaschieren, war so herzallerliebst, dass ihre Selbstbeherrschung auf eine schwere Probe gestellt wurde. „Warum lernst du dann nicht auch ein Musikinstrument? Wie dein Bruder? Dann könnt ihr vielleicht zusammen musizieren – wäre das nicht etwas?", schlug sie nach einer kurzen Pause vor, in der Sinclair mit trübsinnigem Gesichtsausdruck seinen Zeigefinger Schlangenlinien durch die Kekskrümel auf dem Tisch ziehen ließ.

Doch kaum war ihre Stimme verklungen, hörte Sinclair auf, dumpf vor sich hinzubrüten und über die Ungerechtigkeit der Welt nachzusinnen und musterte sie überrascht. „Ein Instrument?", wiederholte er und seine Augen weiteten sich. „Warum ist mir das nicht eingefallen?" Sein Gesicht erhellte sich. „Gut, dann werde ich Mama Sylvia bitten, dass ich auch Geige spielen darf." Unternehmungslustig sprang er auf und rannte aus der Küche hinaus.

Jennifer sah ihm kopfschüttelnd nach. Das quecksilbrige Temperament dieses Kindes würde die erzieherischen Künste von Mr und Mrs Kingsley bestimmt noch das eine oder andere Mal auf die Probe stellen.

Teil 7

Wie jeden Montagvormittag saß Alice in ihrem Büro und versuchte, die Anwesenheitszeiten ihrer Angestellten mit den Wünschen ihrer Kunden in Einklang zu bringen. Ihr Vorhaben wurde nicht unbedingt dadurch erleichtert, dass sich Ramon bei seinem letzten – etwas zu enthusiastischen und akrobatischen – Einsatz den Knöchel verstaucht hatte und nun für mindestens eine Woche ausfiel. Sie kaute gerade grübelnd auf dem Ende ihres Bleistiftes herum, als sich ihre Tür öffnete, ohne dass sie ein Klopfen vernommen oder ihren Besucher zum Eintreten aufgefordert hätte. Als sie sah, dass es sich bei ihrem ungebeten Gast um niemand anderen als Sinclair handelte, stützte sie ihr Kinn in die Hand und musterte ihn gereizt.

„Du weißt ganz genau, dass ich nicht gestört werden will, wenn ich die Pläne für die kommende Woche überarbeite“, erinnerte sie ihn und benutzte dabei den Tonfall, den sie sonst nur besonders schwierigen Kunden vorbehielt.

Sinclair ging nicht auf ihre Rüge ein, sondern lehnte sich gegen den Türrahmen und vergrub die Hände in seinen Hosentaschen. „Ich habe beschlossen für dich zu arbeiten“, verkündete er.

Alice hob eine Augenbraue. „Und darf ich fragen, als was? Putzkraft oder Sekretär oder willst du für mich und die Jungs den Kochlöffel schwingen?“

Seine klaren Augen erwiderten ihren Blick ruhig. „Als Stricher“, erläuterte er kühl. „Ich dachte, das wäre offensichtlich.“

Alice verzog ihren sorgfältig geschminkten Mund. „Es heißt Prostituierter“, korrigierte sie.

„Ach ja – ein Stricher arbeitet auf der Straße. Ein Prostituierter arbeitet in einem Etablissement.“ Seine Lippen kräuselten sich. „Komplett mit Puffmutter und allem Drum und Dran.“

„Sag noch einmal Puffmutter zu mir und du wirst es bitter bereuen“, drohte Alice. „Ich bin Geschäftsfrau.“ Sie machte eine wohlkalkulierte Pause, in der sie ihn sorgfältig musterte, doch seine gewollt glatte Oberfläche bot ihr heute keinen Raum für irgendwelche

Hinweise, warum er ihr diesen Vorschlag unterbreitet haben könnte. Daher musste sie notgedrungen auf schnödes Fragen zurückgreifen. Normalerweise dienten Fragen bei ihr nur dem Zweck, ihre Annahmen zu bestätigen. Aber mit Sinclair war das nicht immer so einfach. Es gab Tage, an denen er sich einfach nicht in die Karten schauen lassen wollte. „Und als Geschäftsfrau interessieren mich die Beweggründe für dein Angebot“, bemerkte sie schließlich.

Sinclair zuckte mit den Schultern. „Ich langweile mich.“

Sie warf die Hände in die Höhe. „Dann such dir einen Job! Einen richtigen Job! Oder geh wieder studieren!“

„Du weißt, dass ich das nicht kann!“, gab Sinclair mit unterdrückter Heftigkeit zurück und Alice sah, wie sich seine Hände in den Hosentaschen zu Fäusten ballten.

„Ich weiß nur, warum du das nicht willst“, entgegnete Alice und starrte dann auf ihren Schreibtisch, um sich zu fassen. Sie wollte sich nicht mit Sinclair streiten. Doch manchmal reizte er sie so lange, bis beide die Beherrschung verloren und sie sich lautstark zankten. Wie früher. Als sie noch Kinder gewesen waren. Und das Leben einfacher gewesen war. Aber vielleicht war es ihnen auch nur einfacher vorgekommen. Alice seufzte und fuhr mit ihren Händen glättend über ihre Frisur, obwohl kein einziges Haar aus der Reihe tanzte – es war eine Geste, derer sie sich immer bediente, wenn sie sich wieder sammeln wollte, und die sie sich nie hatte abgewöhnen können.

„Du hättest mich in der Gosse lassen sollen“, murmelte Sinclair dumpf vor sich hin.

„Du wärst dort elendiglich verreckt und das weißt du auch“, erwiderte Alice müde.

Wieder zuckte Sinclair in einer Und-wenn-schon-Geste die Schultern. „Also, was ist jetzt? Lässt du mich für dich arbeiten? Ich bin wirklich gut.“

Ganz gegen ihren Willen stieß Alice ein leises Lachen aus. „Bescheiden wie immer“, spottete sie lächelnd. „Woher willst du das so genau wissen?“

„Was glaubst du, wie ich für meine Drogen bezahlt habe, als ich auf der Straße gelebt habe?", bemerkte Sinclair mit ruhiger Akzeptanz, durch die dennoch eine Bitterkeit drang, die sich ausschließlich gegen ihn selbst richtete. „In der kurzen Zeit, die ich hier bei dir lebe, werde ich wohl kaum verlernt haben, wie man Schwänze lutscht."

„Sinclair ..."

„Oh, bitte", rief Sinclair aus. „Tu nicht so, als ob es mir gelungen wäre, dein Schamgefühl zu verletzen. Ich bin mir sicher, solltest du je eines besessen haben, so hast du es schon vor Jahren abgelegt."

Alice bedachte ihn mit einem abwägenden Blick und betrachtete dann eingehend ihre Fingernägel. „Egal, was ich sage, ich werde dich nicht davon abbringen können?"

„Um das zu beantworten, brauchst du mich nicht", hielt er ihr vor. „Du kennst mich gut genug."

Sie lachte leise. „Ja, dich und deinen Dickschädel." Sie zögerte. „Aber es ist wirklich nicht notwendig, das weißt du doch hoffentlich?"

Sinclair senkte den Blick. „Doch, es ist notwendig", sagte er leise. „Du hast mich bei dir aufgenommen, du fütterst mich durch, kleidest mich ein. Warum solltest du dann nicht von meinen Fähigkeiten profitieren?"

„Weil ich gern für dich sorge. Ohne jeden Hintergedanken", entgegnete Alice scharf.

Sinclair schüttelte in leiser Trauer den Kopf. „Nein. Du tust das alles nicht nur aus reiner Herzensgüte. Du tust es, weil deine Mutter es getan hätte. Du tust es, weil du dich ihr verpflichtet fühlst." Er atmete tief durch und fuhr dann fort: „Und ich werde es tun, weil ich ... mich dir verpflichtet fühle. Du hast mir das Leben gerettet."

„Sinclair", versuchte Alice ihn zu unterbrechen. Die Wendung, die dieses Gespräch nahm, behagte ihr nicht besonders.

„Nein, Alice! Lass mich ausreden. Du wirst es mich wahrscheinlich nie wieder sagen hören. Du hast mir das Leben gerettet. Und auch wenn ich mir noch nicht sicher bin, ob ich diese Einmischung in meine Angelegenheiten gutheißen soll, so bin ich dir doch ... zu Dank verpflichtet." Er schwieg einen Augenblick und sagte dann mit

ernster Stimme: „Ich schulde dir etwas, Alice. Lass mich für dich arbeiten. Es ist das Mindeste, oder besser gesagt, das Einzige, was ich für dich tun kann.“

„Meine Mutter hätte gewollt, dass ich mich um dich kümmere“, gab Alice schließlich widerstrebend zu.

Obwohl sein Gesicht deutlich einen Hatte-ich-also-doch-Recht-Ausdruck zeigte, war er taktvoll genug, es nicht laut zu sagen. „Will ich wissen, wo sich deine Mutter derzeit …“, fing er zögerlich an und brachte es dann doch nicht über sich, die Frage zu beenden, die ihm seit seinem Einzug in diesem Haus auf der Zunge brannte und die er aus irgendeinem Grund, den er selbst nicht begriff, nie gewagt hatte zu stellen.

Alice schluckte und schob mit fahrigen Bewegungen wahllos Papiere auf ihrem Schreibtisch zusammen. „Pflegeheim. Sie ist … sie hat … sie erkennt niemanden mehr“, antwortete sie mit unbewegter, leiser Stimme, der die Belastung dennoch anzuhören war.

Und wieder war Sinclair feinfühlig genug, um zu schweigen und nicht eine unbeholfene Entschuldigung zu murmeln. „Ich nehme an, sie hat keine Ahnung, womit du dein Geld verdienst?“, fragte er stattdessen.

„Es wäre möglich, dass sie zu Beginn, als ich diesen Weg eingeschlagen habe, etwas geahnt hat, aber sie hat mich nie danach gefragt und ich habe es ihr nicht auf die Nase gebunden. Ich glaube nicht, dass unsere Mütter ausgerechnet einen Job in diesem Metier für uns ausgewählt hätten“, schloss sie mit leiser Traurigkeit, in der auch ein wenig Selbstironie mitschwang.

„Nein, sie hätten sich für uns sicher etwas anderes gewünscht“, gab Sinclair kaum hörbar zu.

Für einige Augenblicke schwiegen beide, bis sich Alice räusperte. „Für gewöhnlich nehme ich 50 Prozent, aber bei dir …“

„Du kannst 80 Prozent haben“, sagte Sinclair gleichgültig.

„Ich wollte DIR 60 Prozent geben“, widersprach Alice verblüfft.

Ein feines, sprödes Lächeln erschien auf seinen Lippen. „Das wäre aber nicht sehr geschäftstüchtig.“ Er schüttelte den Kopf. „20 Prozent genügen mir, da ich weiterhin freie Kost und Logis bei dir haben werde …"

„So, wirst du", mischte sich Alice mit mildem Spott ein.

„Ja, werde ich", fuhr Sinclair unbeeindruckt fort. „Du darfst mir auch hin und wieder einen Anzug schenken und einige Hemden. Ich soll für deine Kunden doch sicher nett aussehen."

„Nett", wiederholte Alice mit einem deutlichen Glucksen in der Stimme. „Oh, keine Sorge, ich werde dich nach allen Regeln der Kunst ausstaffieren. Obwohl du auch ohne den ganzen Chichi genügend Interessenten haben wirst. Also …" Sie nahm ein kleines schwarzes Buch zur Hand, schlug es auf und notierte Sinclairs Namen auf einer leeren Seite. „Welche Dienstleistungen außer Blowjobs bist du gewillt anzubieten?"

Sinclair dachte kurz nach und sagte dann: „Handarbeit, also Masturbation, natürlich … und falls einer deiner Kunden gerne schlägt, kannst du mich dafür auch buchen."

Alice schenkte ihm über den Rand ihres Büchleins hinweg einen durchdringenden Blick. „Sinclair, du musst das nicht …"

„Schon gut", wehrte er ab und eine leichte Röte überzog seine schmalen, blassen Wangen. „Es ist nichts Selbstzerstörerisches. Es … gefällt mir."

„Gott", hauchte Alice mit einem gierigen Glitzern in den Augen. „Ich werde ein Vermögen mit dir machen." Sie schrieb einige Bemerkungen in ihr Buch und fragte dann: „Was ist mit Analverkehr?"

„Noch nicht", erwiderte Sinclair knapp.

„Wie – noch nicht?", hakte Alice verständnislos nach.

„Ich hatte daran gedacht, diese Dienstleistung erst etwas später in mein Repertoire aufzunehmen. Du könntest vielleicht eine Auktion veranstalten …"

„Eine Auktion?", wiederholte Alice. „Was, um alles in der Welt, sollte ich denn versteigern wollen?"

„Mein Jungfräulichkeit natürlich, was denn sonst?", erläuterte Sinclair ungeduldig. „Also wirklich, Alice, du bist doch sonst nicht so schwer von Begriff."

Alice brauchte einige Momente, um diese Information zu verdauen. „Wir werden sehen“, sagte sie schließlich ausweichend. „Sonst noch etwas? Besondere Fähigkeiten? Vorlieben?“

„Ich schlucke“, antwortete Sinclair prompt. „Hatte ich vorhin vergessen zu erwähnen.“

„Du schluckst“, echote Alice tonlos.

„Ja, das Ejakulat. Ich mag das.“

Alice schenkte ihm einen langen Blick, dann klappte sie ihr Büchlein zu. „Okay. Was du gemacht hast, bevor ich dich aufgelesen habe, ist deine Sache. Aber jetzt bist du MEIN Angestellter und als solcher wirst du von mir keine Extrabehandlung erfahren.“

„Das hatte ich auch gar nicht erwartet. Du wirst es wahrscheinlich trotzdem tun.“

„Wahrscheinlich“, gab Alice mit einem widerwilligen Seufzen zu. „Trotzdem wirst du einen Bluttest machen.“

Sinclair verzog das Gesicht. „Muss das sein?“

„Wenn du nicht clean bist, wirst du nicht für mich arbeiten. Alle meine Jungs sind sauber. In meinem Haus dulde ich keine unsicheren oder ungeschützten Praktiken. Deine Vorliebe für Sperma gehört ab sofort der Vergangenheit an.“ Als Sinclair nichts darauf erwiderte, fuhr sie ihn mit scharfer Stimme an: „Hast du mich verstanden?!“

Sinclair verdrehte die Augen. „Ja, Tante Alice“, sagte er mit übertriebener Folgsamkeit.

„Nenn mich noch einmal TANTE und du wirst die nächsten Tage dein Essen im Stehen einnehmen“, fauchte Alice.

„Drohung oder Versprechen?“, gab Sinclair interessiert zurück und duckte sich grinsend, als sie ihr schwarzes Buch nach ihm warf.

~~~

Einige Tage nach George Walkers letztem Besuch klopfte Alice an Sinclairs Tür.

Derzeit war er der einzige ihrer *Jungs*, die im Bordell wohnten. Sie hatte hart genug für dieses Haus geschuftet,
~~~

das ihr allein gehörte. In der ersten Zeit ihrer *Karriere* hatte sie sich noch als Escort-Dame verdingt, hatte dann jedoch rasch auf Domina umgesattelt, was ihren Neigungen wesentlich mehr entsprochen hatte. Es war dennoch kein Zuckerschlecken gewesen und jetzt, da sie es sich leisten konnte, genoss sie es, sich hauptsächlich den administrativen und repräsentativen Aufgaben zu widmen und andere für sich arbeiten zu lassen.

Außer ihrer eigenen Wohnung im Dachgeschoss, den Zimmern im ersten und zweiten Stock, in denen die *Geschäfte* abgewickelt wurden, und den Salons im Erdgeschoss, in denen sich die Gäste mit dem Angebot des Bordells vertraut machen konnten, verfügte ihr Haus im dritten Stock noch über drei Ein-Zimmer-Appartements, die jeweils mit einer Küchenzeile und eigenem Badezimmer ausgestattet waren.

Sinclair lebte hier, seit Alice ihn bei sich aufgenommen hatte – und ließ auch keinerlei Absicht erkennen, diese gastliche Stätte jemals wieder aufzugeben. Tatsächlich hatte er, seit er die Schwelle übertreten hatte, das Haus noch nicht ein einziges Mal verlassen. Alice fragte sich ab und zu, was er wohl tun würde, falls – was Gott verhüten möge – jemals ein Feuer ausbrechen würde.

Bislang war es ihm noch jedes Mal gelungen, die anderen Jungs so zu bezaubern, dass sie ihm gewisse Botengänge und Besorgungen abnahmen. Wenn Sinclair wollte, konnte er wirklich unwiderstehlich charmant und sehr überzeugend sein.

Alice klopfte erneut und mit etwas mehr Nachdruck an die Tür. Endlich hörte sie, dass sich auf der anderen Seite etwas bewegte.

Ein Schlüssel wurde im Schloss herumgedreht und die Tür öffnete sich einen Spalt, durch den sie ein blutunterlaufenes Auge unter zerwühlten, matten Locken trübe anblinzelte.

„Hallo, Sinclair“, begrüßte sie ihn munter und mit einem freundlichen Lächeln, dem dennoch ihre Ungeduld anzumerken war.

„Geschäftlicher Termin oder freundschaftlicher Besuch?“, fragte er tonlos.

Sie legte den Kopf schief und schnalzte leise mit der Zunge. „Freundschaftlicher Besuch.“

Er ließ ein verdrossenes Seufzen hören, trat dann jedoch einige Schritte zurück, um sie einzulassen. „Wenn es denn unbedingt sein muss, komm rein und nimm Platz.“ Er ging zu seinem Bett und ließ sich mit dramatisch wehendem Morgenmantel und einem übertrieben beleidigten Schmollmund darauf fallen.

Alice bemerkte, dass er außer seinem Morgenmantel nur Pyjamahosen und ein T-Shirt trug, das dazu noch auf links gedreht war. Für jeden, der Sinclair auch nur ein bisschen kannte, wurde dadurch deutlich, dass er sich gerade wieder in einer seiner Byron'schen Phasen befand. Wundervoll! Als ob das letzte Mal nicht schlimm genug gewesen wäre!

Die Wohnung spiegelte seinen seelischen Zustand aufs Vollkommenste wieder, denn sie befand sich in größter Unordnung. Überquellende Aschenbecher, aufgeschlagene Bücher auf jeder verfügbaren Oberfläche, zerknitterte Kleidungsstücke in einem einzigen Durcheinander auf dem Fußboden, feuchte Handtücher, die nachlässig über die offenen Schranktüren geworfen worden waren, ein angeschalteter Laptop auf dem Bett, welches einen interessanten Geruch verströmte, eine vertrocknete Pflanze auf dem Fenstersims und ein Haufen Zeitungen und Magazine auf sowie unter dem Tisch. Der Küchenzeile schenkte Alice – ihren Nerven zuliebe – lieber erst gar keine Beachtung.

Doch auch aus dieser Richtung zog ein nicht gerade Appetit anregendes Aroma in ihre Nase.

„Ganz reizend", kommentierte Alice trocken.

Sinclair ging augenblicklich wie eine Katze, die man gegen den Strich gestreichelt hatte, in Verteidigungsstellung. „Ich bin Junggeselle", blaffte er. „Da ist ein wenig Unordnung erlaubt – wenn nicht sogar zwingend erforderlich."

„Ein wenig Unordnung?", schnappte Alice. „Ein *wenig*? Das ist dann wohl die Untertreibung des Jahrhunderts. Das hier war mal eine hübsche, gemütliche Wohnung – und du hast sie in einen Schweinestall verwandelt!" Ihr entrüsteter Blick fiel wieder auf den überquellenden Aschenbecher und sie zeigte mit einem anklagenden Finger darauf. „Und was hat das zu bedeuten? Ich verlange augenblicklich eine Erklärung!"

Sinclair zuckte gleichgültig mit den Schultern. „Ich versuche, mit dem Rauchen aufzuhören."

„Indem du jeweils nur die Hälfte von jeder Zigarette rauchst?", rief Alice ungläubig aus. „Du hast sie doch nicht mehr alle!"

Damit schien Sinclairs Geduld erschöpft, denn sein Gesichtsausdruck wandelte sich, wirkte mit einem Mal wachsam, misstrauisch und verschlossen. „Was willst du von mir?", wollte er kurz angebunden wissen.

Nun hielt es Alice für angebracht, sich zu setzen. Sie zog den einzigen freien Stuhl zu sich heran und nahm übertrieben umsichtig darauf Platz. Mit geübter Eleganz schlug sie ihre Beine übereinander und musterte ihn aufmerksam. „Ich wollte wissen, wann du mit dem Schmollen fertig bist und wieder arbeitest."

Sinclair stieß ein schnaubendes Lachen aus. „Dann ist es also doch ein geschäftlicher Termin. Hätte ich mir denken können."

„Ein freundschaftlich-geschäftlicher Besuch“, verbesserte sie mit betonter Höflichkeit, während er sie böse anfunkelte.

„Ich schmolle nicht“, behauptete er mit einem arroganten Schniefen.

Alice zählte langsam bis zehn. Als sie bei acht angelangt war, riss ihr der Geduldsfaden. „Prima! Von mir aus! Dann schmollst du eben nicht. Dann trauerst du eben oder suhlst dich in Selbstmitleid. Egal, wie du diese Laune gerade nennst, in der du dich so schön häuslich eingerichtet hast. Wann bist du damit fertig und gehst wieder zurück an die Arbeit?“

Sinclairs Lippen kräuselten sich. „Ich bin krank.“

„Dieses Märchen hast du mir schon vor vier Tagen aufgetischt“, schnaubte Alice erbost. „Und ich nehme es dir immer noch nicht ab. Du bläst doch nur Trübsal, weil Doc Walker dich noch nicht wieder besucht hat. Stimmt's oder hab' ich Recht? Ist dir vielleicht schon mal die Idee gekommen, dass er gerade keine Zeit hat und einfach zu beschäftigt ist, um es deinem gierigen kleinen Hintern schon wieder zu besorgen?“ Sie hatte sich mehr ereifert, als sie gewollt hatte, und bremste sich nun ganz bewusst. „Meine Güte, Sinclair. Früher oder später wird er schon wieder hier auftauchen.“

Während ihrer Tirade hatte Sinclair stumm gelauscht und obwohl er von Anfang an geschwiegen hatte, war er währenddessen noch stiller geworden.

„Nein, das wird er nicht“, widersprach er mit hohler Stimme und wandte zum ersten Mal, seit Alice die Wohnung betreten hatte, den Blick ab.

Alice blinzelte. Hatte sie ihn gerade richtig verstanden? „Was?“, fragte sie perplex. „Nein, natürlich wird er …“

Sinclair hieb mit einer Hand auf die Matratze. „Er kommt nicht zurück!“, rief er wütend, während seine Augen immer noch einen unsichtbaren Punkt auf dem Fußboden fixierten.

Alice musterte ihn abschätzend. „Das kann ich mir nicht vorstellen. Wie kannst du dir da so sicher sein?"

„Er hat es mir selbst gesagt." Sinclair schluckte deutlich hörbar. „Ich verstehe nur nicht ... Er war so nett zu mir, obwohl er behauptet hat, er wäre kein netter Mensch. Seine Taten haben eine ganz andere Sprache gesprochen als seine Worte. Dabei war es für ihn überhaupt nicht notwendig, so gut zu mir zu sein. Für die meisten Kunden, die ich bis jetzt bedient habe, existiert so etwas wie *Freundlichkeit* oder *Rücksichtnahme* überhaupt nicht. Zumindest nicht mir gegenüber."

Diese Aussage gab Alice zu denken und machte sie betroffen. Sie hatte bislang nicht gewusst, es nicht einmal geahnt, dass Sinclair das gedankenlose und manchmal auch herzlose Verhalten mancher Kunden so sehr zu schaffen machte. Nie hatte er eine Andeutung gemacht oder auf eine andere Art gezeigt, wie es in ihm aussah. Die ganze Zeit über hatte er eine Maske getragen, die perfekt genug gewesen war, um jeden zu täuschen. Sogar sie selbst.

„Wenn er nett zu dir war, dann hat es ganz den Anschein, als ob du bei Doc Walker endlich gelernt hättest, im Umgang mit den Kunden deine spitze Zunge im Zaum zu halten." Diese Bemerkung konnte sich Alice dennoch nicht verkneifen. Oft genug hatten sich Gäste über Sinclairs loses Mundwerk beschwert, doch er hatte sich seinerseits nie über seine Freier beklagt. Er hatte sich auch keiner weiteren Buchung der betreffenden Personen verweigert, seine vorlaute Art hatte die Kunden nie dauerhaft abgeschreckt, dafür waren seine Fähigkeiten zu verlockend.

Sinclair schüttelte allerdings den Kopf und Alice hörte auf, zu frohlocken. „Nein, ich kann dir versichern, ich habe mich ihm gegenüber benommen wie immer. Ich war ganz mein übliches, *charmantes* Selbst", ergänzte er mit einem schiefen Grinsen.

Alices Augenbrauen schossen erstaunt in die Höhe. „Und trotzdem ist er noch ein zweites Mal zurückgekommen? Ich hätte nicht gedacht, dass er der Mann ist, der sich eine solche Behandlung von dir bieten lässt. Du musst trotz allem irgendetwas richtig gemacht haben." Sie bemerkte den skeptischen Ausdruck auf Sinclairs Gesicht. „Du bist doch sonst nicht so schwer von Begriff", zahlte sie ihm mit leichtem Spott die zahlreichen Gelegenheiten heim, bei denen sie die Adressatin dieser Worte gewesen war. „Denk nach – er hätte dich sofort ficken können, gleich nachdem er dich ersteigert hatte. Gleich in der allerersten Nacht. Aber hat er das getan? Nein. Er hat sich dafür entschieden, noch eine zweite Nacht mit dir zu verbringen. Freiwillig. Ein Mann wie er tut das doch nicht, wenn er nicht völlig von dir hingerissen ist." Sie verschränkte in zufriedener Geste die Hände in ihrem Schoß. „Er ist bereits zurückgekommen. Er wird es auch noch ein weiteres Mal tun. Es ist nur eine Frage der Zeit."

Doch ihre Worte hatten auf Sinclair nicht die gewünschte Wirkung. Anstatt wieder aufzuleben und hoffnungsfroh in die Zukunft zu blicken, reagierte er wütend. „Nein! Ist es nicht! Es ist KEINE Frage der Zeit. Er ist gegangen. Und er wird nie wieder zurückkommen und ich …" Seine Stimme brach, doch er fuhr trotzdem fort: „Und ich werde mich daran gewöhnen müssen. Ich will deinen falschen Trost nicht. Ich brauche deine hohlen Phrasen nicht. Ich brauche …" Er schluckte krampfhaft. „Es ist nur so … In der einen Minute hat er mir so viel gegeben und in der nächsten … hat er alles wieder fortgenommen und ich … ich vermisse …" Er unterbrach sich selbst und atmete tief ein. „Und zu allem Übel bin ich auch noch die ganze Zeit so verdammt *geil*. Seit er dieses Haus verlassen hat, lechze ich förmlich nach *seinen* Berührungen. Nur daran zu denken, was er mit mir getan hat … der Gedanke allein genügt, um mich zu erregen. Es ist grauenhaft! Ich könnte die glatten Wände hochgehen. Es macht mich wahnsinnig und ich kann absolut nichts dagegen tun." Sinclair raufte sich entnervt die Haare.

Alice hatte ihm mit angehaltenem Atem gelauscht. Es geschah zwar oft, dass er meisterhafte Monologe vom Stapel ließ, doch es hatte Seltenheitswert, dass er in diesen Ansprachen auch tatsächlich etwas von sich preisgab. Und so aufgewühlt hatte sie ihn noch nie erlebt. Mitgefühl regte sich in ihrem Busen und dennoch gelang es ihr nicht, ihre spitze Zunge völlig zu beherrschen. „Dir ist schon klar, dass die Menschheit etwas erfunden hat, das sich Masturbation nennt?"

„Ja, ich weiß!" Sein Blick war eisig und gereizt gleichermaßen. „Das habe ich schon versucht. Zwei Mal."

Alice hob ihre linke Augenbraue. „Zwei Mal", wiederholte sie gedehnt.

„Täglich!", fauchte Sinclair gereizt. „Ich kann es machen, so oft ich will. Es bringt nichts."

„Du meine Güte!", rief Alice gespielt theatralisch aus. „Was habe ich nur verbrochen, dass ich so gestraft werde? Ein geiler Stricher und keine Lösung in Sicht! Oh, doch, warte! Mir ist gerade eingefallen, dass ich ein Bordell betreibe und du einer meiner Angestellten bist! Schwing deinen süßen Hintern runter in die Salons und verdien ein bisschen Geld für mich!"

„Nein", sagte Sinclair lediglich und schlug seinen Morgenmantel über seine Beine, als ob ihn dies mit einer zusätzlichen Schutzschicht vor ihrem zu erwartenden Angriff versehen könnte.

„Herr im Himmel! Gib mir Geduld!", stieß Alice mit nach oben gewandten Augen hervor, bevor sich ihr Blick wieder in Sinclair bohrte. „Warum nicht? Warum willst du nicht arbeiten? Ich könnte mir denken, dass dich das von deinem Leiden kurieren dürfte."

„Ich habe dir bereits vorhin erklärt, dass ich krank bin", entgegnete Sinclair störrisch.

„Liebeskrank vielleicht", bemerkte Alice säuerlich und verschränkte die Arme vor der Brust.

„Liebe." Sinclair schnaubte verächtlich. „Um zu lieben, braucht es ein Herz. Und wir beide wissen sehr gut, dass ich keines habe."

„Wir? Sprich für dich selbst, Schätzchen."

Wie erwartet, reagierte er auf diesen Kosenamen äußerst unwirsch. „Hör sofort auf, mich so zu nennen!"

Ihr Gesichtsausdruck wurde bei seinem Protest weicher. „Du hast ein Herz. Ich weiß es. Aber weil es so klein ist, kannst du es leicht vor anderen verstecken und es braucht einen sehr geduldigen Mann, um es zu finden, und weil es so angeschlagen und wund ist, braucht es einen guten Doktor, der es wieder heilen kann."

„Einen guten Doktor?", fragte er mit hochgezogener Augenbraue und geblähten Nasenflügeln. „Diese Anspielung wird dir wohl nie langweilig, was?"

Sie grinste lediglich. „Nicht wirklich. Ich finde es ziemlich amüsant. Du nicht auch?" Sie bemerkte seinen finsteren Blick und die unheilvoll zusammengezogenen Augenbrauen und ruderte ein wenig zurück, indem sie das Thema wechselte. „Und? Wie lange gedenkst du nun, den eingebildeten Kranken zu spielen?"

„Woher soll ich das wissen?", gab er mit genervter Stimme zurück, die von einem grimmigen Blick begleitet wurde.

„Aber du wirst zurückkommen?", hakte sie hartnäckig nach.

Er seufzte und nickte dann. „Sicher. Früher oder später", erklärte er in einem melancholisch-verdrossenen Tonfall.

Alice verdrehte die Augen. „Zu gütig, Euer Hochwohlgeboren", erwiderte sie mit sanftem Spott. Sie bedachte ihn mit einem abschätzenden Blick und fragte dann: „Ich nehme an, du wirst wieder auf das althergebrachte Repertoire zurückgreifen, sobald du die Arbeit wieder aufnimmst? Hände und Mund?"

Er nickte knapp, wobei er es vermied, sie anzusehen, und stattdessen einen Punkt neben ihrer Schulter fixierte. „Es wäre mir lieber so."

„Gut." Sie machte Anstalten, sich zu erheben. „Aber vergiss nicht, mir zu sagen, falls du es dir doch noch anders überlegst und auch dein süßer Hintern zur Verfügung steht. Ich kenne da einige Männer, die gewillt wären, dafür ein hübsches Sümmchen springen zu lassen."

Mit einem Mal erfasste Sinclair eine merkwürdige Unruhe. Er nestelte an dem Saum seines Morgenmantels herum und mied so betont ihren Blick, dass Alice mitten in der Bewegung innehielt und sich wieder auf den Stuhl setzte. Sie konnte nicht verhindern, dass bei diesem Anblick eines beunruhigten Sinclairs sämtliche Alarmglocken in ihr anfingen zu schrillen. Sie kannte die Vorzeichen. Gleich würde er sie um etwas bitten, worum er sie eigentlich nicht bitten wollte und sie würde ihre Zustimmung zu etwas erteilen, womit sie normalerweise nie einverstanden sein würde.

„Wo wir gerade *davon* reden … Du musst mir einen Gefallen tun", rückte er mit der Sprache heraus und konnte ihr nun, da der erste Schritt gemacht war, auch wieder ins Gesicht sehen.

Alice gab sich spröde. „Ich glaube nicht, dass ich das auch *will*", erklärte sie brüsk.

„Wie auch immer.“ Sinclair macht eine wegwerfende Handbewegung. „Du musst mein Blut untersuchen lassen. Ich werde dir morgen eine Blutprobe von mir geben und du …“

Doch weiter kam er nicht in seinen Anweisungen, denn Alice unterbrach ihn mit einem schrillen Schrei.

„Sinclair!“, keifte sie verärgert. „WAS. HAST. DU. GETAN?“

Sinclair streifte sie mit einem betretenen Blick und wirkte dabei wie das personifizierte Schuldeingeständnis. „Wie kommst du auf die Idee, dass ich irgendetwas getan haben könnte? Ich will einfach nur wissen, ob ich noch … gesund bin.“

„Du hast wieder geschluckt!“, rief Alice anklagend. „Ich hätte es mir denken können. Du gottverdammter Idiot! *Safer Sex*! Ist das zu kompliziert für dein geniales Spatzenhirn? Du weißt ganz genau, dass – wenn es ganz dumm läuft – ein Riss, eine Verletzung am Zahnfleisch, eine kleine offene Wunde in deinem Mund genügt, um dich anzustecken! Ich habe dir schon *hundertmal* gesagt …“

„Du übertreibst immer gleich so maßlos“, unterbrach Sinclair sie völlig unbeeindruckt und mit kaum verhohlener Langeweile. „Mit der aktuellen Gardinenpredigt waren es genau neun Mal. Aber auf gar keinen Fall hundert Mal.“

„Herr im Himmel! Gib mir Kraft!“, fluchte Alice inbrünstig.

„Es besteht kein Grund, plötzlich religiös zu werden“, murmelte Sinclair halblaut, doch Alice überging das.

„Neun Mal und du hörst mir immer noch nicht zu! Warum – um alles in der Welt – stellst du so einen Blödsinn an? WARUM?“

Sinclairs Mund presste sich zu einem dünnen, verärgerten Strich zusammen.

„Ich langweile mich!“, schrie er. „Und außerdem LIEBE ich den Geschmack von Sperma! Ich liebe das Gefühl von einem harten, dicken Schwanz tief in meiner Kehle, wie er mich fast erstickt und mich mit Sperma förmlich überschwemmt. Das ist es! Genau das will ich!“ Er atmete angestrengt und biss sich in wütender Erregung auf die Lippen. „Und obwohl ich dabei ach so unterwürfig auf den Knien herum rutsche, bin ich doch derjenige, der die ganze Macht hat!“ Etwas wie wilder Triumph glitzerte in seinen Augen. „Ich bin derjenige, der sie zum Abspritzen bringt! Und ich liebe es, dieses Sperma zu schlucken und darin unterzugehen!“ Er schnappte nach Luft, als ob er wirklich in Gefahr stünde, unterzutauchen, und schlug dann, nach einem letzten, wilden Blick zu Alice, seine Augen nieder. „Darin unterzugehen, zu ertrinken und mich selbst dabei zu verlieren … mich selbst zu vergessen.“ Seine letzten Worte waren zu einem kaum hörbaren Flüstern herabgesunken.

Alice fuhr sich mit der Hand in einer resignierten Geste über die Augen.

„Ich habe immer befürchtet, du würdest deine Drogensucht gegen eine andere Abhängigkeit eintauschen“, sagte sie leise. „Ich habe mich immer gefragt, was wohl deine Ersatzdroge sein würde, womit du ein weiteres Mal versuchen würdest, dich zu zerstören. Jetzt weiß ich es.“

Schweigen senkte sich über den Raum.

„So ist es nicht“, murmelte Sinclair.

„Wie dem auch sei“, sagte Alice mit einem schwachen Seufzen und stand auf. „Ich kann nur vermuten, was diesen plötzlichen Sinneswandel bei dir ausgelöst hat, aber immerhin machst du dir endlich Gedanken um deine Gesundheit. Soll mir Recht sein. Mehr wollte ich nie. Du kannst mir morgen deine Blutprobe geben und ich werde sehen, was ich für dich tun kann.“

„Danke“, wisperte Sinclair leise. „Weißt du, es war nicht immer so. Ich stand zwar schon immer in dem Ruf, dass ich bedenkenlos alles schlucken würde, aber tatsächlich habe ich damit erst angefangen, als ich auf der Straße gelebt habe.“

Alice schüttelte bewegt und irritiert zugleich den Kopf. „Sinclair, du musst mir das nicht erzählen. Es …“

„Ich weiß“, unterbrach er sie eigentümlich drängend. „Aber ich will nicht, dass du mich für einen *Dummkopf* hältst. Mir ist *vor* dieser Zeit... tatsächlich nur zwei Mal Sperma in den Mund gespritzt worden.“ Er holte kurz Luft. „Das erste Mal war es Neugierde, aber wir waren beide noch so jung. Das Risiko war praktisch nicht existent. Das zweite Mal …“ Er lachte bitter. „Das war auf der Universität. Der Kerl war so aufgeregt, dass ihm ein anderer Junge einen bläst, dass er schon nach 30 Sekunden abgespritzt hat. Damit hatte ich einfach nicht gerechnet. Er hat mich damit völlig überrascht. Hinterher hat er dann überall herum erzählt, ich würde …“ Er seufzte leise. „Ist ja auch egal. Ich hatte dann auf jeden Fall meinen Ruf weg. Einen Ruf, dem ich erst Jahre später gerecht werden sollte“, schloss er mit einem gewissen Fatalismus.

„Ich weiß wirklich nicht, warum ich es schon so lange mit dir aushalte“, bemerkte Alice. Es hatte leichthin klingen sollen, um die düstere Stimmung, die sich über den Raum gelegt hatte und die Alice viel näher ging, als sie es ertragen konnte, zu lockern. Doch tatsächlich schwangen in ihrer Stimme sehr viel Mitgefühl und Zärtlichkeit.

Erst jetzt hob er seinen Blick wieder und sah sie an. „Weißt du, manchmal frage ich mich das selbst“, gab er mit einem schiefen Lächeln zurück, welches von Alice erwidert wurde.

„Du unterschätzt deine Anziehungskraft eben gewaltig. Du bist die personifizierte Verführung – purer Sex auf zwei

Beinen. Sogar ich bin einige Male schwer in Versuchung geraten. Und wir wissen beide, dass ich generell Frauen bevorzuge. Aber bei dir? Ich glaube wirklich, bei dir würde ich eine Ausnahme machen."

„Oh, bitte!" Er zog eine angewiderte Grimasse. „Das haben wir doch schon zur Genüge durchgekaut. Beziehungen mit Frauen sind nicht gerade das, was mir vorschwebt."

„Armes Schätzchen", gurrte Alice mit kokettem Augenaufschlag. „Du verstehst mich völlig falsch. Ich will ja gar keine *Beziehung* mit dir", erläuterte sie und zwinkerte anzüglich.

Sinclairs Stirnrunzeln vertiefte sich. „Ich hätte mich vielleicht klarer ausdrücken sollen. *Vaginas* sind nicht gerade das, was mir gefällt."

Alices Lächeln verbreiterte sich zu einem frechen Grinsen. „Ich habe einen Umschnall-Dildo in meinem Schlafzimmer und ich weiß, wie man ihn benutzt. Na? Immer noch kein Interesse? Ich denke, ich wäre durchaus in der Lage, gewisse Bedürfnisse deinerseits damit zu befriedigen."

Das Stirnrunzeln wandelte sich zu einem angeekelten Gesichtsausdruck. „Nun bist du einfach nur noch vulgär und dumm. Geh weg. Du weißt, wo die Tür ist."

Alice stieß ein kehliges Lachen aus. „Ich versuche nur, dich aufzuheitern", rief sie fröhlich aus, doch dann bemerkte sie tief in seinen Augen eine unterschwellige, ständige Traurigkeit und ihr Lachen verstummte. „Er wird zurückkommen", sagte sie mit plötzlichem Ernst. „Glaub mir. Ich weiß, wovon ich rede."

„Dir glauben?", sagte Sinclair wehmütig. „Ich wünschte, das könnte ich."

Teil 8

Einige Tage nach seinem Besuch bei Sinclair, kam George von einem geschäftlichen Termin zurück in sein Haus und ging ohne Umwege direkt in sein Arbeitszimmer. Wie verabredet wartete dort Phil bereits auf ihn, um weitere geschäftliche Angelegenheiten zu besprechen. Phil hatte sich während der Wartezeit an Georges Schreibtisch häuslich eingerichtet. Es sprach für ihre lange Freundschaft und für das Vertrauen, das dieser Freundschaft innewohnte, dass sich Phil diese Freiheiten erlauben durfte. Jeden anderen hätte George für eine solche Unverfrorenheit einen Kopf kürzer gemacht, doch für seinen alten Freund galten andere Regeln. Phil konnte in Georges Haus nahezu uneingeschränkt kommen und gehen – ganz wie es ihm passte und die Geschäfte es erforderten. Das Personal war entsprechend instruiert. Ein rascher Blick sagte George, dass Phil in der Zwischenzeit nicht müßig gewesen war, denn er sah die Post durch und hatte bereits einiges davon bearbeitet. Wenigstens darum musste er sich nicht mehr kümmern. Im Stillen war George für Phils Einsatz sehr dankbar. Es war eigentlich nicht seine Aufgabe, sich um solche Dinge zu kümmern, aber wenn er konnte, nahm er George stillschweigend die eine oder andere mühselige und zeitraubende Arbeit ab.

George lockerte seine Krawatte, öffnete den obersten Knopf seines Hemdkragens und seufzte erleichtert. Er wusste schon, warum er normalerweise Rollkragenshirts bevorzugte.

„Das Meeting ist schon vorbei?“, fragte Phil und sah nur kurz von einem zweiseitigen Schreiben auf.

„Wie du siehst“, entgegnete George, warf sich in einen der cremefarbenen Ledersessel und streifte sich die handgearbeiteten Schuhe von den Füßen. Ein weiteres, befriedigtes Seufzen erklang. Es war eine wahre Wohltat, dass er Phil gegenüber keine Fassade aufrechterhalten musste.

„Anstrengendes Treffen, was?"

„Kann man so sagen", erwiderte George zerstreut und starrte auf seine bestrumpften Zehen. Dann sprang er plötzlich wieder auf und begann, vor seinem Schreibtisch hin und her zu laufen. „Die Bürgermeisterwahl bereitet allgemeines Kopfzerbrechen. Es muss um jeden Preis vermieden werden, dass uns hier dasselbe Missgeschick passiert wie letztes Jahr bei den Wahlen in Edinburgh. Die haben dort seither nur noch Ärger am Hals. Wir müssen unbedingt dafür sorgen, dass hier in London *unser* Mann gewinnt."

Phil vermerkte einige Notizen auf dem zweiseitigen Schreiben, steckte es in eine Klarsichthülle und legte es beiseite. „Betrachte es als erledigt", sagte er zu George, ohne aufzusehen. „Ich kenne da genau die richtigen Leute. Leute mit großen, leeren Taschen, die nur darauf warten, dass diese Leere von uns gefüllt wird." Er nahm sich den nächsten Brief vor. „Sind wir an ein bestimmtes Budget gebunden?"

George schüttelte den Kopf, bevor ihm einfiel, dass Phil es nicht sehen konnte, weil er schon wieder das nächste Schreiben überflog. „Nein – kein Budget. Keine Limits. Der Ausgang dieser Wahl ist für unsere Geschäfte von größter Wichtigkeit. Da dürfen wir nicht knausrig sein. Das wäre an der falschen Stelle gespart."

„Ist notiert", sagte Phil und legte den Brief auf einen anderen Stapel als den vorherigen. „Gibt es sonst noch irgendwas?" Er stand auf und suchte aus dem Regal hinter dem Schreibtisch eine Aktenmappe heraus und blätterte im Stehen darin herum.

„Bayswater Road“, zischte George gereizt und hörte abrupt damit auf, vor seinem eigenen Schreibtisch auf und ab zu tigern. „Dort gibt es Schwierigkeiten. Schon wieder!“

Phil schlug die Aktenmappe zu und legte sie auf den Schreibtisch. „Ja, das dachte ich mir schon“, stimmte er nachdenklich zu. „Ich denke, wir haben da lange genug zugesehen. Die hatten ihre Chance. Wen sollen wir dorthin schicken, um aufzuräumen?“

„Die Schultz-Brüder“, entschied George kurz angebunden.

Phils Gesicht verzog sich zu einer schmerzlichen Grimasse. „Oh, George“, ächzte er. „Komm schon! Nicht die Schultz-Brüder!“

„Und warum nicht?“, gab George sehr ruhig zurück, doch in seine Augen war ein kaltes, gefährliches Glitzern getreten.

„Weil diese zwei Halbaffen immer ein unnötiges Blutbad mit ihren ganzen Messern anrichten“, erklärte Phil mit einem Seufzen. „Lass mich was mit Luigi und Paul arrangieren. Die beiden sind schnell, leise, effizient und sie hinterlassen keine Unordnung. Das sind Killer, wie sie sein sollen: zuverlässig und sauber. Nicht wie diese Metzger.“ Sein Mund kräuselte sich ablehnend.

Vor unterdrückter Erregung vibrierend, verschränkte George seine Hände hinter seinem Rücken. „Ich will aber ein Blutbad!“, fuhr er Phil an. „Lass die Polizei und die Reporter und alle denken, sie wären in ein Schlachthaus geraten! Ich will, dass sie knöcheltief darin herumwaten müssen!“

Phil nahm einen tiefen Atemzug. Wenn George eine derart beschissene Laune hatte, war es angeraten, seine Worte sehr sorgfältig zu wählen. „Ist das wirklich notwendig?“, fragte er vorsichtig.

„Ja, verdammt nochmal! Das ist es!", brüllte George und Phil sah mit Schrecken, dass die eine Ader an seiner Schläfe hervortrat – was nur geschah, wenn er wirklich außer sich vor Zorn war.

„Es ist verdammt notwendig, dass ich hier ein Exempel statuiere!", schrie George. „Oder willst du, dass jeder glaubt, ich hätte keine Eier mehr in der Hose? Willst du das? Willst du, dass diese Wichser glauben, mir wäre über Nacht eine Muschi gewachsen, damit sie mich besser ficken können? Willst du, dass mich diese Scheißkerle ficken, wie sie eine von ihren Nutten ficken würden? Sehe ich aus wie eine von diesen verfickten Scheiß-Nutten?"

„Jesus Maria … Georgie! Beruhig dich wieder. Dich trifft sonst noch der Schlag", versuchte Phil seinen Freund zu besänftigen. Er hob in einer beschwichtigenden Geste die Hände. Normalerweise verstand George es, sich zu beherrschen. Doch gerade, wenn er mit seinem ältesten Freund alleine war, konnte es vorkommen, dass er sich keinerlei Zurückhaltung mehr auferlegte und sein verfluchtes Temperament mit ihm durchging. Phil betrachtete George mit leichter Besorgnis und zuckte schließlich mit den Schultern. „Gut, von mir aus. Du sollst alles so haben, wie du es willst. Du willst ein Blutbad – du sollst ein Blutbad bekommen. Aber nur zur Vorwarnung und damit du Bescheid weißt: Mach dich schon mal darauf gefasst, dass Inspector Desmond uns eine Rechnung für die Reinigung seiner Klamotten schicken wird."

„Das ist mir SCHEISSEGAL!", brüllte George. „Kauf ihm einen neuen Anzug. Kauf ihm am besten auch noch gleich neue Schuhe und Socken! Leg von mir aus eine Karte bei: *Mit den besten Empfehlungen für treue Dienste – die Mafia*!"

Phil saugte an seiner Unterlippe und wiegte bedächtig mit dem Kopf. „*Das* halte ich nun doch für *etwas* übertrieben. Findest du nicht auch?“

Diese Bemerkung schien George aus dem Konzept zu bringen. Der Anflug eines Grinsens zeigte sich auf seinem Gesicht und er holte angestrengt Atem. „Einverstanden – die Karte kannst du weglassen. Er weiß auch so, auf welcher Seite seine Brötchen gebuttert sind.“ Er rieb sich mit einer Hand über sein Gesicht und fixierte dann wieder Phil. Das rote Glimmen in seinen Augen war noch nicht vollständig erloschen und Phil war auf der Hut vor dem, was da als Nächstes kommen sollte.

„Wenn wir gerade dabei sind, reinen Tisch zu machen …“, fing George mit kühler Stimme an. „Warum hast du mir nicht erzählt, wie viel in der Bayswater Road schon schief gelaufen ist?“

Phil gestattete sich ein leises Aufatmen und trat hinter dem Schreibtisch hervor. „Ich habe dir immer wieder von dem ganzen Schlamassel erzählt“, antwortete er gelassen. „So wie es aussieht, hast du mir wohl nicht zugehört. Wahrscheinlich warst du da noch zu beschäftigt damit, auf dich selbst sauer zu sein, weil du mit diesem Thorndyke-Jungen beschäftigt … Guter Gott, George!“

Schneller, als Phil es jemals für möglich gehalten hätte, hatte George seine Pistole gezogen, die wenigen Meter, die sie beide getrennt hatten, mit raschen Schritten überbrückt und die Mündung der Waffe gegen die Unterseite von Phils Doppelkinn gepresst.

„Willst du damit etwa andeuten, ich würde meine Geschäfte vernachlässigen, weil ich einem billigen Schwanzlutscher hinterher geschmachtet habe?“, zischte George mit eisiger Stimme.

„Georgie-Boy … bitte …“ Ganz bewusst benutzte Phil diesen uralten Spitznamen aus ihrer Sandkastenzeit, während er innerlich ein Stoßgebet gen Himmel schickte. Kalter Angstschweiß lief seinen Rücken hinab. „Nimm die Waffe runter. Ich bin's, Philly. In Wirklichkeit willst du mich doch gar nicht erschießen, hab ich Recht?"

Doch George schien ihn nicht zu hören. „Ich. Bin. Nicht. Verliebt. In. Eine. Hure!", fauchte er zwischen zusammengepressten Zähnen.

Phil schluckte. Dabei presste er sich den Lauf der Waffe noch mehr in das weiche, verletzliche Gewebe unter seinem Kinn. Krampfhaft unterdrückte er ein Zittern. Es war nie gut, vor einem rasenden George seine Furcht zu zeigen. Doch tatsächlich fürchtete er sich in diesem Moment so sehr, wie noch nie zuvor in seinem Leben.

„Wer hat hier irgendwas von Liebe gesagt?", krächzte er. „Ich ganz sicher nicht."

Als ob ein Schalter umgelegt worden wäre, schien George plötzlich wieder zur Vernunft zu kommen. Er starrte Phil an, als ob er ihn zum ersten Mal in seinem Leben sehen würde, dann sah er entgeistert auf die Waffe in seiner Hand und ließ endlich seinen Arm sinken.

„Fuck! Phil … ich …" Er war genauso blass geworden wie Phil. Wie benebelt drehte er seinem Freund den Rücken zu und entfernte sich mit einigen unsicheren Schritten von ihm, suchte die körperliche Distanz. „Das hab' ich nicht gewollt. Fuck!"

Dann war ein leises *Klick* zu hören und Phil wagte wieder, normal zu atmen. George hatte seine Waffe wieder gesichert. So diskret wie möglich wischte er sich den kalten Angstschweiß von der Stirn. Seine Hand zitterte dabei.

George fuhr sich, obwohl er noch immer die Waffe hielt, mit beiden Händen durch die Haare. „Das hab' ich wirklich nicht gewollt", wiederholte er und drehte sich wieder zu Phil um. „Es tut mir leid, Philly."

Als Phil seinen alten Spitznamen aus dem Mund seines Freundes hörte, entspannte er sich. Die Gefahr war vorbei. George war wieder bei Sinnen, man konnte wieder vernünftig mit ihm reden.

„Du hast mir eine Scheiß-Angst eingejagt. Hätte nie gedacht, dass du dich so aus der Ruhe bringen lassen würdest durch …“, er wählte seine nächsten Worte mit Bedacht, „durch einen anderen Mann. Aber mal ganz davon abgesehen … *Billig* würde ich ihn nicht gerade nennen. Ich habe die Scheck-Abbuchung auf deinem Konto gesehen. Die Summe, die du dieser Thorndyke für seine Dienste gegeben hast, war nicht von schlechten Eltern. War er es wenigstens wert? Den ganzen Stress und die ganze Aufregung?“

George ließ die Schultern hängen. Ein schiefes, fast zerknirschtes Lächeln huschte über seine Lippen. „Er hat meine Erwartungen übertroffen. Er …“ George schüttelte den Kopf. „Mir fehlen die Worte, um ihn zu beschreiben. Er ist ein unerträglicher Kerl.“

„Klingt ganz so, als ob du völlig hingerissen wärst.“ Phil grinste wissend.

„Phil!“, protestierte George. Doch seinem Ausruf fehlte jegliche Schärfe. „Ich kann doch nicht hingerissen sein von einem …“ Er klang erschöpft und besiegt. „Um Himmels Willen! Der Kerl ist eine Hure!“

„Ich weiß“, erklärte Phil ruhig. „Und?“

George sah seinen Freund an, als ob dieser den Verstand verloren hätte. „Das kann doch nicht dein Ernst sein! Du willst mir doch nicht tatsächlich dazu raten, ich sollte …“

„Gut – dann nicht.“ Phil zuckte ungerührt mit den Schultern. „Dann lass mich mal *deine* Lösung zu diesem Problem hören. Und versuche ja nicht zu leugnen, dass sich dieser Kerl für dich zu einem Problem ausgewachsen hat.“ Phil registrierte mit grimmiger Befriedigung, dass George wie ein ertappter Schuljunge seinen Mund ruckartig wieder zuklappte. „Er ist in dem Moment zu einem Problem geworden, in dem du dich dazu entschlossen hast, deine Pistole auf mich zu richten.“ Phil schenkte ihm einen unnachgiebigen Blick. „Hattest du etwa vor, ihn nie wieder zu sehen? Obwohl er dazu beigetragen hat, dass sich deine Laune erheblich gebessert hat?“, gab Phil zu bedenken.

„Ihn nie wieder zu sehen wäre das absolut Richtige“, murmelte George tonlos.

Phil stieß ein kurzes, bellendes Lachen aus. „Wann war das letzte Mal, als du tatsächlich *das Richtige* tun *wolltest*?“

„Ich weiß es nicht!“, rief George entnervt. „Aber ich weiß, dass es fatal wäre, ihn wieder zu sehen“, wiederholte er stur.

„Warum?“, fragte Phil unbeeindruckt. „Warum solltest du ihn nicht wiedersehen? Du könntest regelmäßige Termine mit ihm vereinbaren. Dann ist er eben eine Hure. Na und? Er ist wenigstens ein Profi. Mit Amateuren hattest du in letzter Zeit wirklich nicht allzu viel Glück. Bezahl ihn. Mach dir ein paar schöne Stunden mit ihm. Ich werde deshalb nicht schlechter von dir denken. Du bist schließlich mein Freund. Wenn es dir dadurch besser geht, dann ist es mir egal, was diese Verbesserung verursacht hat.“ Er zuckte lässig mit den Schultern. „Und wenn du genug von ihm hast, wenn es vorbei ist – dann kauf ihm eine hübsche Uhr, sag ihm *Adieu*, schick ihn seiner Wege und damit hat es sich.“

George hatte aufmerksam zugehört. „Also, du denkst, ich sollte …?“

Phil seufzte. „George, ich habe keine Ahnung, was du *solltest*. Aber ich kenne dich nun wirklich lange genug, um zu wissen, was du *willst*.“

Während mehrere Sekunden langsam verstrichen, starrte George schweigend ins Leere. „Fuck!“, fluchte er schließlich inbrünstig.

~~~

Mit einem hellen, fast melodischen Prasseln – Plick – Plick – Plick – fielen die Regentropfen auf die sommerlich-grünen Blätter der Trauerweide. Es war Sinclair schon immer etwas morbide vorgekommen, dass auf Friedhöfen Trauerweiden bei der Bepflanzung offensichtlich der Vorzug vor anderen Bäumen gegeben wurde. Heute hätte es ihm nicht gleichgültiger sein können.

Mit einem dumpfen, hohlen Trommeln – Plock – Plock – Plock – fielen die Regentropfen auf den Sarg seines Vaters. Sinclair stand hilflos dabei und sah zu, wie das teure Mahagoni, welches den Körper seines Vaters umgab, von den Sargträgern in die frisch ausgehobene Grube hinabgelassen wurde. Die dunkle Erde, die neben dem Grab aufgehäuft worden war, verwandelte sich zusammen mit dem Regenwasser in lehmige Klumpen, die später mit einem widerlich dröhnenden Aufprall – Patsch-Patsch – von der Schaufel des Totengräbers auf den Sargdeckels seines Vaters fallen würden.

Vor diesem Geräusch graute es Sinclair jetzt schon.

Mit jeder Faser seines 13-jährigen Körpers sträubte er sich dagegen, dieser ganzen Zeremonie beizuwohnen. Er wollte sich verkriechen, wie ein verwundetes Tier fortlaufen und sich irgendwo verbergen, bis alles vorüber oder auch er selbst tot sein würde. Aber er war nicht mehr sieben Jahre alt. Er konnte – nein, er durfte sich nicht mehr unter dem Schreibtisch seines Vaters verstecken.

Es wurde von ihm erwartet, dass er dies alles bis zum bitteren Ende durchstand. Das hatte Randolph ihm noch an diesem Morgen klargemacht. Randolph, der jetzt neben ihm stand und in einer brüderlichen Geste einen Regenschirm über sie beide hielt. Diese Geste diente freilich nur dazu, den anderen Trauergästen das Bild einer rüh-
~~~

renden, brüderlichen Beziehung vorzuspielen und entsprang keinesfalls einer echten Regung seines Herzens.

Mit seinem typischen Hang zum Perfektionismus hatte Randolph bestimmt, dass sie beide identische, schwarze Anzüge und Krawatten tragen sollten und Sinclair – vom Kummer zu sehr überwältigt, um Einwände dagegen zu erheben – hatte zugestimmt. Jetzt hasste er sich für die Einträchtigkeit, die der Öffentlichkeit durch ihr Erscheinungsbild vorgetäuscht wurde. Dabei war es nicht einmal so, dass Randolph ihn hasste oder verabscheute. Wahrscheinlich wäre es sogar einfacher für Sinclair gewesen, wenn sein Halbbruder ihm diese ablehnenden Gefühle entgegengebracht hätte – es wären immerhin Gefühle gewesen. Doch der ältere Junge hatte Sinclair schon immer mit vollkommener Gleichgültigkeit behandelt. An den meisten Tagen ignorierte er ihn und übersah ihn geflissentlich, als ob er seiner Beachtung nicht wert wäre.

Trotzdem hatte Sinclair seinem Bruder für diese Emotionslosigkeit nie Hass entgegengebracht – bis zu diesem Augenblick, da er ihn mit unauffällig eisernem Griff unter seinem Schirm festhielt. Wäre nicht dieser verteufelte Schirm, so könnte er im Regen stehen und niemand würde wissen, ob die feuchten Spuren auf seinen Wangen Tränen oder Regentropfen waren. Doch unter diesem Schirm war unauffälliges Weinen unmöglich. ‚Ein Kingsley weint nicht in der Öffentlichkeit – also reiß dich gefälligst zusammen.'

Auch diesen guten Ratschlag hatte ihm Randolph am Morgen mit auf den Weg gegeben.

Aber … war er denn überhaupt ein Kingsley?

Sinclair sah zu Mama Sylvia hinüber, die ein wenig abseits stand und von ihrer Schwester gestützt wurde. Sie war eine Frau und die Witwe des Verstorbenen – ihr waren Tränen erlaubt. Und obwohl sie schon seit geraumer Zeit still vor sich hin weinte, sah sie immer noch sehr hübsch aus. Nicht einmal Tränen konnten ihre unterkühlte und immer etwas konserviert wirkende Schönheit zerstören.

Immerhin schien sie – im Gegensatz zu Randolph – wirkliche Trauer zu empfinden. Als Sinclair allerdings wieder einfiel, wie viel

Zeit sie für die Auswahl ihres schwarzen Kleides verschwendet hatte und dass an diesem Morgen nicht nur ein Coiffeur, sondern sogar eine Visagistin sich um ihr Aussehen bemüht hatten, kamen ihm leise Zweifel.

Er selbst trauerte wirklich um seinen Vater und konnte immer noch nicht begreifen, dass er ihn für immer verlassen hatte – und ihm war es heute Morgen völlig egal gewesen, wie er aussah. Das Hausmädchen Jennifer hatte ihm in einem unbeobachteten Moment – und bevor Randolph ihn zu Gesicht bekommen hatte – seine Krawatte neu gebunden, weil der Knoten ihrer Ansicht nach zu schlampig ausgesehen hatte.

Vielleicht waren Frauen grundsätzlich eitler. Gleichgültig, ob ihre Herzen gebrochen waren oder nicht. Andererseits war sich Sinclair auch nicht sicher, wie viel Herz Mama Sylvia überhaupt besaß. Als Mutter war sie nachlässig, aber freundlich-interessiert, wenn ihr wieder einfiel, dass sie zwei Söhne hatte. Ja, zwei Söhne. Denn egal, was man auch gegen sie als Mutter vorzubringen hatte, sie behandelte ihren leiblichen Sohn keinen Deut besser oder schlechter, als sie Sinclair die ganzen Jahre über behandelt hatte – mit einer gewissen sorglosen Liebenswürdigkeit.

Platsch.

Entsetzt starrte Sinclair auf den Geistlichen, der eine kleine Schaufel voller Erde auf den Sarg hatte fallen lassen.

Erst in diesem Moment begriff Sinclair mit einer Endgültigkeit, die ihn völlig aus der Fassung brachte, dass sein Vater, der ihm nie anders als lächelnd begegnet war, nie wieder zu ihm zurückkommen würde und die Tränen, die er die ganze Zeit über krampfhaft zurückgehalten hatte, um Randolph nicht zu verärgern, liefen ihm nun ungehemmt über die Wangen.

Randolphs Hand an seinem Oberarm drückte kurz zu und Sinclair schluchzte auf. „Wenn du dich schon nicht beherrschen kannst, dann nimm um Himmels Willen wenigstens ein Taschentuch“, zischte Randolph ihm zu, so leise, dass niemand der Umstehenden die Worte verstehen konnte. „Sag mir nicht, dass du keines eingesteckt hast!“, fauchte Randolph fast drohend. „Wenn man nicht alles selber macht …" Mit einer raschen Bewegung hielt er Sinclair sein eigenes Taschentuch unter die Nase.

Sinclair nahm es entgegen und wischte sich damit unbeholfen über Augen und Nase. Nein, Randolph trauerte nicht. Warum auch? Jedem, der jemals ihr Haus betreten hatte, war bereits nach wenigen Minuten klar gewesen, dass Maxwell Kingsley seinen Bastard seinem ehelichen Sohn vorgezogen hatte.

Noch mehr Tränen quollen aus Sinclairs zusammengepressten Augenlidern. Er fühlte sich schuldig.

Platsch.

Eine weitere Schaufel Erde war auf den Sargdeckel geworfen worden. Am liebsten hätte sich Sinclair die Ohren zugehalten, um dieses Geräusch nicht mehr hören zu müssen. Doch er wagte es nicht. Zu tief war die Gewohnheit, Randolph um jeden Preis gefallen zu wollen, in ihm verankert.

~~~

Leichenschmaus.

Wer sich diese barbarische Sitte hatte einfallen lassen, gehörte Sinclairs Meinung nach gevierteilt. Wie konnten diese Leute essen, trinken, ja – sogar lachen, wenn doch gerade ein Mensch zu Grabe getragen worden war?

Sinclair war diese Tradition unverständlich und das Verhalten der Trauergäste schockierte und verstörte ihn. Er wollte um seinen Vater trauern, er wollte seine Ruhe, er wollte nach Hause und sich in die Hausjacke seines Vaters kuscheln und sie vor Mama Sylvia verstecken, bevor sie sie mit ihrem Sinn fürs Praktische der Heilsarmee überantworten würde. Verzweifelt kämpfte Sinclair gegen die erneut aufsteigenden Tränen und ließ seinen Blick verständnislos und angewidert durch den Raum schweifen.

Alle Anwesenden schienen sich blendend zu amüsieren. Das eine oder andere Cognac-Glas stand schon auf den Tischen, obwohl weder
~~~

das Teegeschirr noch das Gebäck und die Sandwiches abgeräumt worden waren.

Randolph saß an einem der runden Tische und sprach mit gesenkter Stimme mit einigen wichtig aussehenden Männern. Wahrscheinlich versuchte er jetzt schon, die Geschäftspartner ihres Vaters für ihn zu begeistern, während sich Mama Sylvia der Verwandtschaft widmete.

Vermutlich wäre es angebracht gewesen, wenn sich Sinclair der Verwandtschaft angeschlossen hätte, doch Sinclair wusste, dass die ihn alle nicht besonders mochten und heute war er wirklich nicht in der Stimmung, den wohlerzogenen Sprössling zu spielen. Es war für alle Beteiligten sicher besser, wenn er sich aus dem Staub machte – es achtete so oder so niemand auf ihn.

So wie es aussah, war er nun ganz auf sich selbst gestellt. Aber war er das nicht schon immer gewesen? Hatten ihn nicht schon immer alle Menschen, die er gemocht hatte, verlassen?

Er war allein.

Unauffällig verließ er den Saal, der für diesen Anlass angemietet worden war, und schlüpfte in die Bar des Hotels, zu dem die Räumlichkeiten gehörten. Einer plötzlichen Laune folgend nahm er eine halbvolle Flasche Cognac vom Tresen der Bar, verbarg sie unter seinem Jackett und gelangte durch eine schmucklose Tür, die mit der Aufschrift „Zutritt nur für Personal" versehen war, in eine Art Abstellkammer, ohne dass er von einem der Kellner erwischt wurde.

Dort, zwischen Besen, gestärkten Servietten, Reinigungsmitteln und gestapelten Stühlen, verschaffte sich Sinclair mit der gestohlenen Flasche Cognac den ersten, vorsätzlichen Rausch seines jungen Lebens.

Die ersten Schlucke kosteten ihn noch Überwindung, denn der Geschmack des Alkohols sagte seinem Gaumen keineswegs zu und er fragte sich, wie Großtante Elvira dieses Zeug nur freiwillig und sogar mit allen Anzeichen höchsten Genusses bei jeder sich bietender Gelegenheit konsumieren konnte. Doch dann wurde es besser. Die hochprozentige Flüssigkeit begann, seine Zunge und seine Geschmacksnerven zu betäuben. Die dunklen Wolken, die sein Gemüt seit dem Autounfall seines Vaters ständig verdüstert hatten, wurden lichter und verzogen sich schließlich komplett. Es wurde ihm wieder leichter ums Herz und zum ersten Mal seit Tagen hatte er das Gefühl, wieder frei durchatmen zu können. Er vernahm ein Kichern und stellte verwundert fest, dass er derjenige war, der diesen Laut von sich gegeben hatte.

Als er die Hälfte des Cognacs getrunken hatte, fühlte er sich herrlich entspannt und leicht. Auch seine rastlosen Gedanken kamen nun zur Ruhe und ein seltener Friede erfüllte ihn. Eine gewisse Gleichgültigkeit kam über ihn, gepaart mit einem seltenen Gefühl der Überlegenheit. Irgendwann war die Flasche in seiner Hand leer und er lag halb auf dem Fußboden und halb auf einem Stapel Putzlappen. Es hätte ihm nicht gleichgültiger sein können. Gerade, als seine Augen schwer wurden und er sich auf den ersten Schlummer seit Tagen freute, öffnete sich die Tür zu seinem Versteck und eine verschwommene Gestalt trat in sein Blickfeld.

„Sinclair! Hier steckst du! Ich suche dich schon die ganze Zeit", rief Randolph. „Mama will gehen. Der Wagen ist schon vorgefahren."

„Prima", lallte Sinclair und stellte mit merkwürdiger Distanziertheit fest, dass ihm das Artikulieren seiner Gedanken Schwierigkeiten bereitete. Lustig. Er kicherte wieder.

„Sinclair", flüsterte Randolph verständnislos. „Was ist los mit dir?" Erst dann fiel sein Blick auf die leere Flasche Cognac und er erfasste die Situation mit einiger Verspätung. Sein Gesicht verdüsterte sich. „Bist du von allen guten Geistern verlassen?", zischte er seinen Halbbruder mit unterdrückter Wut an.

Sinclair war zu keiner Antwort fähig, obwohl er es versuchte.

„Glaub ja nicht, dass du so einfach davon kommst. Darüber werden wir später noch reden." Randolph bückte sich hinunter, packte ihn an den Schultern und zog ihn in die Höhe. Als klar war, dass Sinclair sich nicht alleine auf den Beinen halten konnte, legte Randolph einen Arm um ihn und führte ihn durch das Hotelfoyer hinaus auf den Vorplatz.

Dort stand der Wagen mit laufendem Motor. Sylvia Kingsley saß bereits auf dem Rücksitz. Es war eine dieser schwarzen Limousinen mit zwei Rückbänken, die einander gegenüber angeordnet waren. Sinclair bekam nur undeutlich mit, wie er gegenüber Mama Sylvia auf die freie Rückbank – entgegen der Fahrtrichtung – gehievt wurde. Randolph nahm neben seiner Mutter Platz.

Die Konturen seiner Familie verschwammen vor Sinclairs Augen und er blinzelte heftig. Mama Sylvia sagte etwas zu ihm, doch er begriff den Sinn ihrer Worte nicht. Er wollte gerade nachfragen, als der Wagen anfuhr, wodurch etwas Seltsames mit Sinclairs Magen geschah und er sich ohne Vorwarnung in den Fußraum erbrach.

Als er aufgehört hatte, zu würgen, sah er mit blassem und schweißfeuchtem Gesicht nach oben. Der eisige Blick, der ihn aus Randolphs Augen traf, führte zu einer schlagartigen Ernüchterung und vertrieb die letzten Alkohol-Schlieren aus seinem Gehirn.

„Sinclair …“ Leise, fast drohend, drang sein Name zwischen Randolphs schmalen Lippen hervor.

„Lass ihn“, sagte Mama Sylvia ohne eine besondere Gemütsregung. Dann zog sie ein Taschentuch aus ihrer Handtasche und reichte es Sinclair. „Wisch dir den Mund sauber und Randolph, öffne bitte ein Fenster.“

Beschämt nahm Sinclair das Taschentuch entgegen.

Dennoch … diese kurze Phase der Freiheit, der Sorglosigkeit, des völligen Friedens und des Vergessens, diese kurze Flucht aus der Realität grub sich tief und nachhaltig in Sinclairs Bewusstsein ein.

Es sollte fast vier Jahre dauern, bis er entdeckte, dass Drogen eine noch umfassendere Flucht versprachen als jedes alkoholische Getränk, mit dem er sich während dieser Zeit einen Rausch und etwas Erleichterung verschafft hatte.

Teil 9

Eine Woche nach dem Gespräch zwischen Alice und Sinclair hatte Sinclairs Langeweile ein derart tödliches Ausmaß angenommen, dass er sich schließlich für das kleinere von zwei Übeln entschieden hatte: Er hatte sich selbst für genesen erklärt und war wieder zur Arbeit angetreten.

Doch trotz aller Entschlusskraft, sich nicht von seinen eigenen Sehnsüchten unterkriegen zu lassen, benahm er sich noch ruheloser, ungeduldiger und zappeliger als jemals zuvor. Seine Unruhe besserte sich durch seine Arbeit keinesfalls, denn alles, was seine Kunden nun mit ihm anstellten, verblasste in Konkurrenz zu Georges Besuchen. Alles, was sie mit ihm – oder an ihm – auslebten, kam ihm öde und langweilig vor, wenn er es mit Georges grausamer Freundlichkeit verglich.

Nachdem er nun schon einige Tage gearbeitet und mehrere Kunden *beglückt* hatte, war er an diesem Abend von Alice in einen der kleineren Salons bestellt worden.

Alices Haus verfügte zusätzlich zu den großen Empfangsräumen noch über drei intimere Salons. Jeder der Räume war unterschiedlich möbliert und ausgestattet – je nach Wichtigkeit und Vermögen des jeweiligen Gastes. Allen Räumen war jedoch eines gemeinsam: sie verfügten über einen Tisch, Stühle, Sessel und ein Sofa … doch kein Bett.

Sinclair stand inmitten des prächtigsten – und teuersten – Salons und befürchtete, einen weiteren Abend nahezu unerträglicher Langeweile überstehen zu müssen. Erst vor zwei Stunden hatte Alice ihn von dieser Buchung in Kenntnis gesetzt und ihn angewiesen, sich zu duschen, zu rasieren und sich *in Schale* zu werfen. Also hatte Sinclair weisungsgemäß seinen besten und teuersten Anzug aus dem Schrank geholt und sich in den Salon begeben, um dort auf seinen Kunden zu warten.

Seine Vorfreude und Neugier war gering bis quasi inexistent. Wenn ein Kunde die Salons buchte, war es mit einer schnellen Nummer oder ein paar Schlägen nicht getan. Meist bedeutete es weitschweifige Erklärungen seitens des Kunden, ermüdende Rollenspiele wie Industriemagnat und Sekretär, Arzt und Patient, Pilot und Steward, Lehrer und Schüler … und winzige Schwänze.

Alice hatte sich zwar bezüglich der Identität seines Kunden in Schweigen gehüllt, doch Sinclairs Vermutungen nach, die in der Regel ins Schwarze trafen, musste es sich um einen Politiker – oder sonst einen Prominenten – handeln, der auf Diskretion höchsten Wert legte. Sinclair war dieser Umstand mehr als nur gleichgültig. Er las keine Boulevard-Zeitschriften und interessierte sich nicht im Mindesten dafür, welcher Schauspieler gerade geheiratet oder welcher Sänger einen Grammy bekommen hatte. Falls sein Kunde also tatsächlich eine Person des öffentlichen Lebens sein sollte, standen die Chancen gut, dass Sinclair ihn nicht erkennen würde. Insofern machte Alices Entschluss, ausgerechnet ihm diesen Gast zuzuschanzen, wirklich Sinn. Was Sinclair allerdings nicht gleichgültig war, war die Tatsache, dass sich sein mysteriöser Kunde verspätete. Er sah verärgert auf die Uhr, welche auf dem Kaminsims stand. Er wartete nun schon seit über 20 Minuten. Ein solches Verhalten war inakzeptabel. Sie hätten schon längst alle Formalitäten erledigt haben können und …

Mitten in diesen unerfreulichen Gedanken hinein, vernahm Sinclair das Geräusch der sich öffnenden Tür. Immer noch mit dem Rücken zum Eingang, sagte er in seinem hochmütigsten Tonfall: „Sie sind zu spät.“ Erst dann drehte er sich betont gemächlich um, um seinen säumigen Kunden in Augenschein zu nehmen.

Als er begriff, wer die Person in dem teuren Anzug und dem schwarzen Rollkragenshirt war, die in der Tür stand, traute er seinen Augen nicht.

George.

George, der nun die Tür hinter sich schloss und dann einfach stehenblieb.

George, mit seinen Händen in den Hosentaschen und einem leicht amüsierten, aber dennoch harten und unerbittlichen Ausdruck in seinen Augen, der Sinclairs Herz schneller schlagen ließ.

„Du bist zurückgekommen." Sinclair äußerte diese Worte, bevor er noch die Gelegenheit hatte, sie zu überdenken. Doch zu seiner Überraschung stellte er fest, dass er weder den Inhalt noch die Impulsivität seiner Aussage bereute.

„Du bist zurückgekommen", wiederholte er leise und seine Stimme war voller Ungläubigkeit und ehrfürchtigem Staunen, „zu *mir*?" Diese letzten beiden Worte seiner Frage waren kaum hörbar, bestanden nur noch aus einem gehauchten Flüstern.

George stand immer noch reglos da und saugte an seiner Unterlippe. „Sieht ganz so aus", sagte er schließlich tonlos.

Sinclair konnte es immer noch nicht glauben. Er musste sicherstellen, dass er nicht plötzlich angefangen hatte, sich Dinge einzubilden, zu halluzinieren. Seine anderen Sinne mussten ihm das bestätigen, was seine Augen und seine Ohren seinem Gehirn signalisierten. Er musste spüren, fühlen und schmecken. Er ging auf George zu und obwohl sie nicht weit entfernt standen und obwohl Sinclair es eilig hatte und große Schritte machte, hatte er doch das Gefühl – wie in einem quälenden Traum – nicht von der Stelle zu kommen. Als er dann George endlich erreichte, gaben seine Beine nach und er fiel direkt vor ihm auf die

Knie. Impulsiv schlangen sich seine Arme um Georges Hüften, während er sein Gesicht in Georges offenem Jackett vergrub.

George ließ diese klammernden Berührungen zwar zu, erwiderte sie aber in keinster Weise. Doch Sinclair bekümmerte dieser Umstand nicht wirklich. Jetzt, da die Anspannung und die Seelennöte der letzten Tage von ihm abfielen, durchströmte ihn grenzenlose Erleichterung. Georges bloße Anwesenheit und Existenz genügten ihm in diesem Moment völlig. Gierig sog er Georges Geruch ein, nahm ihn in sich auf, analysierte ihn ganz automatisch.

Ein leichter Hauch von Schweiß und herb-frischem Deodorant.

Das trockene Aroma von Schurwolle.

Und … Waffenöl.

Sinclair seufzte wohlig.

George.

„Niemand ist je zu mir zurückgekommen“, murmelte Sinclair erleichtert und erstaunt zugleich und erst jetzt streckte George eine Hand aus, um zögernd durch Sinclairs glänzende Locken zu streicheln.

„Schön zu hören, dass ich in mehr als einer Hinsicht der Erste bin.“ Georges Stimme klang heiser und Sinclair sah auf. Als ihre Blicke sich trafen, erschauerte Sinclair in freudiger Erwartung. Er erkannte in Georges dunkelblauen Augen das Feuer, den Hunger und diese spezielle Art der Grausamkeit, die er so sehr vermisst hatte. „Ich habe dich warten lassen“, fuhr George etwas sanfter fort, während er immer noch mit seinen Fingern die unordentlichen Haare des anderen Mannes durchkämmte.

„Allerdings. Das hast du“, bestätigte Sinclair und fuhr mit todernster Miene fort: „Du kannst jetzt damit anfangen, dich zu entschuldigen.“

Etwas in Georges Gesicht veränderte sich: es wurde glatter, entspannter. „Du hast mich wirklich vermisst“, stellte er fest und streichelte mit seinem Daumen über Sinclairs Wange. Er klang ein wenig überrascht.

Sinclair stand zwar nicht auf, doch er straffte seinen Körper und fing an, seinen Unterleib leicht gegen Georges Knie zu reiben. „Ja“, hauchte er und presste sich noch etwas mehr gegen Georges Hose und die vielversprechende Härte, die begann, sich zwischen den Beinen des Mafia-Bosses abzuzeichnen. „Das habe ich, und wie!“ Er drückte seine eigene, rasch anschwellende Männlichkeit noch deutlicher gegen Georges Beine.

Ein leises Kichern drang an Sinclairs Ohren, bevor George das Wort an ihn richtete. „Deine Art, Konversation zu machen, hat sich erheblich verbessert“, bemerkte George und schob mit sanftem Druck Sinclairs Kopf ein wenig tiefer, bis er dort war, wo er ihn haben wollte. Wie sich herausstellte, bedurfte Sinclair keiner weiteren Ermutigung und George genoss das Gefühl dieser sündig feuchten Lippen an seiner – noch von seiner Hose verdeckten – Erektion.

„Gierig wie immer“, schnurrte George. „Wie *steht* es bei dir?“, fragte er dann mit einem teuflischen Lächeln. „Soll ich dich vielleicht wieder abmelken, um den Druck fürs Erste zu lindern?“

Sinclair zuckte zusammen und stoppte seine Bemühungen. Ganz langsam hob er seinen Kopf und sah zu George auf. Seine Augen waren schon leicht glasig vor Erregung, seine vollen Lippen waren rot und feucht und sehr, sehr einladend.

Er blinzelte ein-, zweimal und sein Blick schärfte sich wieder.

„Wenn du mich wieder … abmelken willst, dann“, fing er zögernd an, „dann werde ich dich nicht aufhalten.

Aber …“ Er biss sich auf seine Unterlippe und sah dabei so unschuldig und verrucht gleichermaßen aus, dass eine weitere, lustvolle Woge durch Georges untere Körperregionen rauschte. „Aber dieses Mal würde ich einen richtigen Fick mit einem richtigen Orgasmus vorziehen“, trug Sinclair seinen Wunsch vor. Obwohl er ein wenig unsicher wirkte, hob er doch in arroganter Manier eine Augenbraue in die Höhe, als ob er sagen wollte: *Jetzt bist du am Zug.*

„Frechdachs“, schalt George, doch es klang nicht wirklich böse, eher amüsiert. Trotzdem packte er Sinclairs Haare, zog schmerzhaft daran und bog dann seinen Kopf zurück. Sinclairs entzücktes Stöhnen war genauso, wie er es sich vorgestellt hatte. „Immer noch so schmerzgeil?“, fragte George mit einem neckenden Unterton.

„Mit dir? Immer!“, kam die prompte und leicht atemlose Antwort.

Und wieder musste George sehr konzentriert tief ein- und ausatmen, um nicht dem Impuls zu erliegen, diesen Jungen zu Boden zu schleudern und ihn einfach ohne jede Finesse durchzuvögeln. Was hatte es mit diesem Kerl nur auf sich, dass es ihm jedes Mal innerhalb kürzester Zeit gelang, George an einen Punkt zu treiben, an dem er die Beherrschung über sich verlor? In diesem Ausmaß war ihm das noch bei keinem anderen Mann passiert.

Doch ein schneller, harter Fick auf dem Fußboden – so befriedigend und erregend das auch sicher sein würde – war nicht das, was er sich für diesen Abend vorgenommen hatte. Er wollte mehr. Viel mehr. Er wollte es ausdehnen, ihr Beisammensein bis zur Neige auskosten. Er wollte es in vollen Zügen genießen: Sinclairs Unterwürfigkeit, seine katastrophale Ehrlichkeit, sein beißender Sarkasmus und sein kehliges Stöhnen, wenn er endgültig kapitulierte.

Das Bild, das George sich bis jetzt von Sinclair gemacht hatte, wies noch einige weiße Flecken auf. Heute Abend wollte George dies ändern. Heute Abend wollte er etwas Neues über Sinclair in Erfahrung bringen, den Flecken etwas Farbe verleihen. Er wollte wissen, wie Sinclair reagieren, wie er sich anhören würde, wenn er mehr Vergnügen und Lust empfangen würde, als sein Körper und sein Gehirn in der Lage waren zu verarbeiten.

George lechzte danach, Sinclair betteln und um Gnade winseln zu hören und er wusste auch schon ganz genau, wie er dieses Ziel würde erreichen können. Er griff sich einige von Sinclairs Haarsträhnen und zog daran. Doch dieses Mal nicht schmerzhaft, um Erregung zu provozieren, sondern eher zärtlich, um sich seiner Aufmerksamkeit zu versichern. „Steh auf", befahl er mit ruhiger Stimme, „und hör gut zu, was ich dir jetzt sagen werde."

Sinclair erhob sich von seinen Knien, legte seinen Kopf ein wenig schief und wirkte dadurch – trotz seiner Größe – wie ein aufgeregtes Kind unter dem Weihnachtsbaum. Dennoch zeigten seine Augen einen seltsamen, ernsten Ausdruck.

„Heute Abend bin ich geneigt, deinen Wünschen zu entsprechen." Es amüsierte George, wie sich Sinclairs Augen bei diesen Worten schlagartig erhellten. „Aber du wirst es dir verdienen müssen. Ganz umsonst kriegst du deinen Willen nicht." Eigentlich hatte George erwartet, ein Stirnrunzeln oder herabhängende Mundwinkel zu sehen, doch das Gegenteil war der Fall. Sinclairs Lippen öffneten sich einen Spalt und seine Atmung beschleunigte sich. Sinclair fügte sich seinem Willen und überantwortete ihm seinen Körper mit einer Vorbehaltlosigkeit, die George an einem Punkt in seinem Innersten berührte, von dessen Existenz er schon seit Jahren nichts mehr gespürt hatte. Doch jetzt war nicht der richtige Zeitpunkt, um sich in inneren Betrachtungen zu verlieren.

„Siehst du diesen Tisch?“ George hatte mit gesenkter Stimme gesprochen und zeigte auf das entsprechende Möbelstück, welches zusammen mit zwei Stühlen vor dem Kamin stand.

„Ja“, erwiderte Sinclair mit einem fragenden Blick.

Daraufhin sah ihm George direkt in die Augen und sagte sehr langsam und deutlich: „Du wirst hier auf diesem Tisch dein blaues Wunder erleben, bis du um Gnade bettelst.“

Eine leichte Röte kroch in Sinclairs Wangen, aber der fragende und leicht verwirrte Blick blieb. „Ich bettle nicht“, stellte er fest.

George schenkte ihm ein heiteres Lächeln, bei dem es ihm gelang, die meisten seiner Zähne zu zeigen. „Ja, ich weiß“, erwiderte er unbeeindruckt. „Du bettelst nicht. Du forderst.“

Die Röte in Sinclairs Wangen vertiefte sich. „Ich …“, fing Sinclair an, doch George ließ ihn nicht ausreden.

„Du darfst so heftig und so oft abspritzen, wie du willst“, erläuterte George in einem freundlichen Tonfall, der dennoch keinen Widerspruch duldete. „Aber vorher wirst du um Gnade betteln. Und weil du gerade noch so davon überzeugt warst, nie zu betteln, wirst du es nicht nur ein Mal tun müssen, sondern … Zwei. Mal. Du wirst bei mir zwei Mal betteln und um Gnade flehen.“ Er leckte sich kurz über seine Oberlippe und fuhr dann fort: „Und glaub ja nicht, dass du mich mit einem gespielten Winseln übers Ohr hauen kannst. Ich werde es merken, wenn du mir was vormachst“, drohte er nun offen und bemerkte, wie Sinclair erschauerte. Ein verruchter Blick unter halbgesenkten Augenlidern, die vollen, einladenden Lippen …

Das war ein Anblick, an dem sich George wahrscheinlich nie würde sattsehen können. Er räusperte sich. „Bist du bereit für deine erste Lektion? Willst du, dass ich dir beibringe, wie man richtig bettelt?", fragte er in einem sehr freundlichen und zuvorkommenden Tonfall.

„Ja." Sinclairs Zustimmung war kaum mehr als ein Hauch. „Zeig es mir."

„Kluge Entscheidung", lobte George. „Aber jetzt sollten wir uns endlich darum kümmern, dich aus diesen Klamotten herauszukriegen." Kaum hatte er diesen Satz beendet, griffen seine Hände nach Sinclairs Jackett, streiften es ihm über die Schultern und ließen es achtlos zu Boden gleiten.

„Soll ich?", fragte Sinclair unsicher, während seine Finger die Knopfleiste seines Hemdes berührten.

George schüttelte seinen Kopf. „Nein. Ich will dich selbst enthüllen, Schicht für Schicht." Er schob Sinclairs Finger beiseite und öffnete das dunkelblaue Hemd Knopf für Knopf. „Wie ein Kunstwerk." Er spürte Sinclairs Stirnrunzeln mehr als er es sah, doch dieses Mal wehrte er das Kompliment zumindest nicht verbal ab.

Als George am letzten Knopf angelangt war, zog er das Hemd mit etwas mehr Kraft als notwendig gewesen wäre aus Sinclairs Hose und ließ es offen von den weißen Schultern herabhängen. Sinclair schnappte nach Luft, als Georges Hände zum ersten Mal seinen entblößten Oberkörper berührten. In langsamen Bewegungen glitten sie über die haarlose, glatte Brust. Bereits die sanfteste Berührung der rosigen Brustwarzen genügte, um die weiche Haut dazu zu bringen, sich zu einer kleinen Knospe zusammen zu ziehen und sich zu verhärten. Und wieder rang Sinclair nach Atem.

„Es gibt keinen Grund zur Zurückhaltung. Lass dich ruhig gehen." George gab seine Erlaubnis mit dunkler, amüsierter Stimme. Er hatte den Satz kaum beendet, als Sinclair schon davon Gebrauch machte und seinen Körper in einer einzigen, fließenden Bewegung so eng gegen

George presste, dass kein Blatt Papier mehr zwischen die beiden Männer gepasst hätte. Sinclairs schwerer Atem, dem die wachsende Erregung deutlich anzuhören war, klang wie Musik in Georges Ohren.

Da seine Hände immer noch auf Sinclairs Brust lagen und mittlerweile zwischen ihren beiden Körpern gefangen waren, streichelte George weiter über die harten, kleinen Nippel und erntete dafür ein erstes Stöhnen aus den leicht geöffneten Lippen, die neben seinem Ohr ruhten.

Wie gerne wäre George jetzt über diese zarten, wehrlosen Knospen hergefallen. Hätte sie gebissen, geknetet, an ihnen gezupft und sie in die Länge gezogen, an ihnen geleckt und sie mit seinen Fingernägeln malträtiert, bis sie feucht und geschwollen und unglaublich empfindsam gewesen wären. Aber ganz bewusst beließ er es bei sanften, zärtlichen Berührungen. Obwohl Sinclair eine solch grobe Behandlung wahrscheinlich außerordentlich genossen hätte, so hatte sich George doch selbst versprochen, Sinclair heute Abend ausschließlich durch Lust um den Verstand zu bringen und nicht durch Schmerz – auch wenn die beiden Empfindungen bei Sinclair offensichtlich Hand in Hand gingen. Allerdings schienen auch reine Zärtlichkeiten ihre Wirkung auf Sinclair auszuüben, denn gegen Georges Hüfte presste sich mittlerweile eine vielversprechende Härte. Er entschied, dass nun der Zeitpunkt für Sinclair gekommen war, weitere Kleidungsstücke abzulegen. Er ließ seine Hände an Sinclairs Brust tiefer hinab gleiten, über seinen Rippenbogen, über seinen Bauchnabel, über die angespannten Bauchmuskeln, bis er den Hosenbund erreicht hatte. Während er lauschte, wie Sinclair immer wieder den Atem anhielt, nur um gleich darauf verstohlen nach Luft zu ringen, öffnete er Gürtel, Knopf und Reißverschluss und ließ die Hose an Sinclairs schmalen Hüften auf den Boden gleiten, wo sie in einem Häufchen Stoff um Sinclairs Knöchel liegenblieben.

„Zieh sie ganz aus“, wies George ihn an und trat ein wenig zurück, um ihm mehr Raum für sein Manöver zu geben. „Schuhe und Socken auch.“

Sinclair tat, wie ihm geheißen und stand kurz darauf vor George, nur noch bekleidet mit seinem Hemd, das ihm offen von den Schultern herabhing, und seidenen Boxershorts in der gleichen tiefblauen Farbe wie das Hemd – an einer bestimmten Stelle jedoch sorgte ein feuchter Fleck für eine wesentlich dunklere Färbung. George bemerkte mit einem Grinsen, dass Sinclair seine eigene Erregung kaum beachtete, stattdessen hing sein Blick wie gebannt an Georges Unterleib, wo eine ebenfalls deutliche Wölbung den Schnitt des maßgeschneiderten Anzugs verdarb.

„Du hast immer noch zu viel an. Die Shorts auch … *bitte*“, fügte George noch mit einem breiten Grinsen hinzu. „Aber lass das Hemd an. Es gefällt mir.“

Mit sinnlicher Anmut und ohne ein einziges Wort, kam Sinclair auch dieser Bitte nach. Er schien sich einzig mit seinen Blicken mitteilen zu wollen. Sie sprachen von Hitze, Erregung und Bereitschaft und George verschlug es bei diesem Anblick leidenschaftlicher Glut beinahe den Atem.

„Du bist wunderschön“, entfuhr es George mit sanfter Stimme.

Ein schmerzlicher Ausdruck glitt augenblicklich über Sinclairs Gesicht. „Warum sagst du das immer wieder?“, platzte er mit gequälter Stimme heraus. „Ich weiß, dass es nicht wahr ist. Es besteht überhaupt keine Veranlassung, mich so zu demütigen. Zumindest nicht auf diese Art.“

George starrte ihn sprachlos an. Es dauerte einen Moment, bis er seine Sinne wieder beisammen hatte und zu einer Erwiderung fähig war. „Wenn ich dir sage, dass du schön bist, dann ist das die reine Wahrheit", sagte er mit fester Stimme.

Mit einem traurigen Lächeln schüttelte Sinclair den Kopf. „Ich bin nicht schön, ich weiß das schon seit langem. Du musst mir nicht schmeicheln." Er zuckte in einer fatalistischen Geste die Schultern. „Ich bin zu blass, zu mager, dazu noch diese komischen roten Haare. Meine Kunden buchen mich nie wegen meines Aussehens, sondern wegen meiner Fähigkeiten."

Eine Falte zeigte sich auf Georges Stirn, während er auf Sinclair zu trat. „Du bist ein verdammtes Kunstwerk. Deine Haut sieht aus wie Marmor. Dein Körper ist kraftvoll und flexibel – wie bei einem Tänzer", erklärte George ernst. Er legte seine Hände mit zärtlicher Behutsamkeit auf Sinclairs Schultern und fühlte, wie der andere Mann bei dieser Berührung erbebte. „Lippen so rot wie Blut, Haut so weiß wie Schnee und Haar …" George unterbrach sich mit einem kleinen Lächeln. Nein, hier hörten die Gemeinsamkeiten zu Schneewittchen definitiv auf. „Und Haar so leuchtend wie ein Sonnenuntergang", fuhr George in seiner Aufzählung fort. Dann hob er seinen Kopf zu Sinclairs Ohr und senkte seine Stimme zu einem lüsternen Murmeln: „Und mit einem Schwanz, der einen sehr ästhetischen Anblick bietet, und einem Arsch, der förmlich darum bettelt, gefickt zu werden." Seine rechte Hand unterstrich seine Worte noch dadurch, dass sie von Sinclairs Schultern über seinen Rücken wanderte, bis sie auf seinem Hintern lagen.

Sinclair erbebte wieder. Doch nun geschah es aus wieder erwachter Lust und nicht aufgrund unerwünschter und unangenehmer Gefühle.

Wenig später hatte George erreicht, dass Sinclair mit seinem Rücken auf dem Tisch lag, während George zwischen seinen gespreizten Beinen stand, die nutzlos über die

Tischkante hingen. Er war wieder dazu übergegangen, sich ausgiebig Sinclairs Nippeln zu widmen, was dazu führte, dass Sinclair sich in wachsender Erregung unter ihm wand und ihm – so gut es ging – seinen Oberkörper entgegen wölbte. Sinclair war so auf dem Tisch positioniert, dass es ihm möglich war, seine harte, glitschige Erektion ohne Unterlass an Georges immer noch vollständig bekleideten Unterleib zu reiben. Er machte von dieser Gelegenheit ausgiebig Gebrauch und erfreute George mit seinem schamlosen Stöhnen. Als George schließlich seinen Blick von Sinclairs Nippeln losriss und ihn auf ihre aneinandergepressten Hüften lenkte, fiel ihm auf, dass nicht mehr viel fehlte und Sinclair würde seine teuren Hosen mit dem flüssigen Beweis seiner Begierde beschmutzen.

„Wenn du meine Hosen vor lauter Geilheit voll sabberst, wirst du es bitter bereuen", warnte George.

„Es tut mir schrecklich leid, dass es mir nicht gelingt, den Fluss meines Präejakulats zu bändigen", gab Sinclair mit schnippischem Sarkasmus zurück.

George schnalzte missbilligend mit der Zunge. „Immer noch fähig, ganze Sätze zu bilden und immer noch viel zu kratzbürstig für meinen Geschmack. Dem werde ich abhelfen müssen, aber zuerst … Wenn du nicht in der Lage bist, deinen gierigen Körper im Zaum zu halten, werde ich das wohl für dich übernehmen müssen. Was für ein Glück, dass ich mich für diesen Fall ausreichend vorbereitet habe." Sinclair verfolgte neugierig, wie George der Innentasche seines Jacketts drei kleine Gegenstände entnahm und auf den Tisch neben ihn legte. Eine Schachtel, ein Fläschchen Pumpspray und etwas, das wie eine kleine Tube Gel aussah.

Mit einem diabolischen Lächeln, das nichts Gutes verhieß, machte sich George daran, Sinclairs Neugier zu befriedigen. „Ein spezielles Gleitmittel", erläuterte er und deutete auf die Tube. Dann nahm er das Spray in die Hand.

„Ein spezielles Desinfizierungsmittel.“ Ohne Vorwarnung sprühte er die Flüssigkeit auf Sinclairs Eichel, was Sinclair ein geschocktes Ächzen entlockte. Das Spray musste sich auf der erhitzten Haut wie Eiswasser angefühlt haben. George war sich dessen völlig bewusst gewesen. „Ach, sei still“, schalt er Sinclair gutgelaunt und öffnete die kleine Schachtel. Dann sprühte er das Mittel auf seine eigenen Hände und verrieb es gründlich. „Da du unfähig bist, dich zu beherrschen, wirst du dieses kleine Schmuckstück sicher sehr zu schätzen wissen.“

Er entnahm der Schachtel einen Ring, der zu klein und zu filigran war, um als Cock-Ring Verwendung zu finden. Etwas, womit Sinclair – zumindest seinem Gesichtsausdruck nach – halb und halb gerechnet hatte. An dem Ring war eine Art beweglicher Bügel befestigt, dessen gebogenes Ende in die Mitte des Rings wies und wie ein kleiner Haken aussah. Der Haken endete in einer Kugel – einem Piercing-Schmuck nicht unähnlich.

„Was ist das?“, platzte es aus Sinclair heraus.

Georges Grinsen vertiefte sich. „Das ist eine Sperma-Bremse. Niedlich, nicht wahr?“ Er warf Sinclair einen anzüglichen Blick zu. „Das dürfte dem Sekret deiner Bulbourethraldrüse ausreichend Einhalt gebieten, meinst du nicht auch?“

Sinclair schluckte krampfhaft, doch sein Penis schien von der Idee, in seiner freien Meinungsäußerung eingeschränkt zu werden, sehr angetan.

George deutete auf den dünnen Ring. „Das hier wird über deinen Schwanz geschoben und direkt unter deiner Eichel platziert. Und das hier …“ Er bewegte den filigranen Haken mit der Kugel behutsam auf und ab und zeigte schließlich direkt auf die Kugel. „… wird in deine Harnröhre eingeführt.“

Ein gewispertes „Oh mein Gott“ und ein heiseres Stöhnen war alles, was von Sinclair nach dieser Erklärung zu hören war.

„Ich werte das mal als Zustimmung“, bemerkte George zufrieden und schmierte etwas von dem Gel auf Sinclairs Eichel. Sinclair schnappte wieder nach Luft, denn auch das Gel war kalt im Vergleich zu seiner erhitzten Haut. George sah auf und bemerkte, dass Sinclair mit weit aufgerissenen Augen, in einem deutlichen Zeichen von höchster Nervosität, auf seiner Unterlippe herumkaute.

„Du brauchst keine Angst zu haben“, beruhigte George ihn sofort. „Ich weiß, was ich tue. Vertrau mir. Es wird nicht wehtun.“ George wartete und rührte sich nicht, bis Sinclair mit einem kaum wahrnehmbaren Kopfnicken sein Einverständnis gab. Es kostete George keinerlei Mühe, den Ring über die Eichel zu schieben und an der richtigen Stelle zu platzieren. Der Effekt, den dieses kleine, fast unscheinbare Metallteil hatte, war sofort zu sehen: Der leichte Druck staute das Blut in der Eichel und ließ diese noch mehr anschwellen. Sinclairs Oberschenkel begannen zu zittern.

George leckte sich über die Lippen. Sinclairs Körper wusste offensichtlich nicht, wie er diese Stimulation verarbeiten sollte. Ein Zurückschrecken war sinnlos, Zittern und heftiges Atmen verstärkten die widersprüchlichen Empfindungen, die in seinem Gehirn entstanden. Seine Muskeln verkrampften sich aufgrund seiner Unschlüssigkeit, doch gerade als George eingreifen wollte, entrang sich Sinclairs Kehle ein langgezogenes Seufzen, seine Augen schlossen sich und seine Muskeln entspannten sich wieder ein wenig, bevor er sich genießerisch streckte und dehnte.

„Oh mein Gott“, seufzte er, „einfach fantastisch.“

Ohne sich seine Erleichterung anmerken zu lassen, erwiderte George trocken: „Hab ich dir doch gleich gesagt. Aber das Beste kommt erst noch."

Langsam und sehr umsichtig tropfte er noch mehr Gel direkt auf die kleine Öffnung von Sinclairs Penis. Sinclair hob seinen Kopf so gut es ging und verfolgte diese Prozedur mit weit aufgerissenen Augen. Seine Pupillen weiteten sich, als sich Georges Finger dem beweglichen Haken näherten. Behutsam und vorsichtig bog George den Bügel in Richtung Eichel und positionierte die Kugel direkt über dem Ausgang der Harnröhre. Die Kugel war nur noch um Haaresbreite von ihrer Bestimmung entfernt und George hielt einen Moment inne, in dem Sinclair kaum zu atmen wagte. Doch dann genügte ein winziger Schubs und die Kugel glitt problemlos in die enge Öffnung und verschwand in Sinclairs Eichel.

„Oh Gott", stöhnte Sinclair. „OH MEIN GOTT!" Er ließ seinen Kopf nach hinten fallen, wo er mit einem dumpfen Geräusch auf der Tischplatte aufschlug. Sein Brustkorb hob und senkte sich in rascher Folge, seine Erektion zuckte, doch keine weitere Flüssigkeit trat mehr aus.

„Unglaublich", keuchte Sinclair.

„So gut?", fragte George neckend.

„Besser", antwortete Sinclair heiser. Seine gesenkte, dunkle Stimme vibrierte förmlich vor Erregung.

„Perfekt", erwiderte George mit einem teuflischen Lächeln. „Bereit, zu betteln?"

„Was?", fragte Sinclair begriffsstutzig. „Warum?"

Wortlos schnippte George mit seinem Zeigefinger gegen Sinclairs empfindliche, geschwollene Eichel und lauschte entzückt Sinclairs ekstatischem Schrei. Er schnipste noch einige Male mit seinen Fingern gegen die Spitze von Sinclairs hartem Penis. Jedes Mal erzielte er damit die gleiche

Reaktion von Sinclair: ein heiserer Schrei, ein halbes Aufschluchzen und dann, wenn der erste Schock abgeklungen war und nur noch ein schwaches Pulsieren übrigblieb, ein hungriges Seufzen. George hatte keine Eile – er ließ sich Zeit und machte Pausen, die zwar unregelmäßig waren, aber seinem Gespielen ausreichend Zeit gaben, um sich zu erholen – und um zu verhindern, dass seine Nerven durch eine dauerhafte Reizung unempfindlich wurden.

Nachdem Sinclair diese Behandlung acht oder neun Mal ertragen – nein, eher genossen – hatte, beschloss George seine Vorgehensweise zu ändern. Als er fühlte, wie sich Sinclair für eine weitere Runde wappnete, streckte George zwar seine Hand aus, doch anstatt erneut zu Schnipsen, griff er mit Daumen und Zeigefinger behutsam nach dem Bügel der Sperma-Bremse und zog die Kugel aus der Harnröhre heraus, nur um sie sofort wieder mit quälender Langsamkeit in den leicht geweiteten Schlitz zurückzuschieben.

Wenn das Stöhnen, welches den Raum erfüllte, irgendein Anhaltspunkt war, so genoss Sinclair gerade sein Leben in vollen Zügen. Seine Hände glitten auf der Suche nach einem Halt auf dem Tisch herum und krallten sich schließlich um die Tischkante über seinem Kopf.

„Armer Junge“, spöttelte George und weidete sich an den Schweißperlen auf Sinclairs Stirn. „Ist es immer noch nicht genug? Bist du immer noch nicht bereit, um Gnade zu winseln?“

Als Sinclair sich nur auf die Lippen biss und seinen Kopf in einer angedeuteten Verneinung schüttelte, lächelte George sein freundlichstes Lächeln und legte seine Hand an Sinclairs heiße Erektion. Mit leichtem Druck presste er sie gegen Sinclairs Bauch, dessen Muskeln verhalten zuckten. Dann rieb er mit seiner Hand federleicht über die ganze Länge von Sinclairs erigiertem Glied, während seine andere Hand mit ironisch anmutender Zärtlichkeit über die glattrasierten Hoden streichelte, die sich prall und eng an seinen Körper schmiegten.

Ein Aufschluchzen voll Pein und Ekstase entwischte Sinclairs Lippen. „Nein … bitte … hör auf! George!“, rief er fast verzweifelt. „Wenn du jetzt nicht aufhörst, dann … dann werde ich …“ Er biss sich heftig auf die Lippen, während unter Georges Fingern ein unwillkürliches Zucken Sinclairs Genitalien durchpulste.

George spürte es sehr wohl, hielt aber keine Sekunde in seinen Bemühungen inne, gönnte Sinclair dieses Mal keine Verschnaufpause. „Du weißt, was du zu tun hast, bevor du kommen darfst.“

Ein unartikuliertes Röcheln gefolgt von einem heiseren „George!“ war alles, was Sinclair zustande brachte.

„Ja, ja … ganz nett“, erwiderte George unbeeindruckt. „Aber wie war noch gleich das Zauberwort?“

Sinclair hob seinen Kopf und ließ ihn wieder mit einem lauten Knall auf die Tischplatte fallen. Der Schmerz in seinem Hinterkopf brachte ihn für einige wesentliche Sekunden wieder halbwegs zur Besinnung.

„BITTE!“, flehte er heiser. Sein ganzer Körper zitterte vor Anstrengung, während er krampfhaft versuchte, seinen nahenden und – wenn George ihn weiterhin so wundervoll quälte – unausweichlichen Orgasmus zu unterdrücken.

„Wie war das?“, fragte George mit falscher Freundlichkeit zurück.

„Gott, George!“ Sinclair rang um Worte, kämpfte um seinen Verstand und versuchte gleichzeitig, seinen Stolz hinunterzuschlucken. „Du weißt es … bitte …hör auf … bitte … George …“ Er biss sich wieder auf die Lippen. „Oh Gott … George … hab Erbarmen, George … BITTE!“

„Braver Junge“, lobte George und nahm augenblicklich seine Hände von Sinclairs Körper.

Sinclair presste seine Augenlider zusammen und schluchzte vor Erleichterung. Der Drang, sofort zu explodieren und ungehorsam zu sein, ebbte ab. Doch ein Nachhall dieser brennenden Erregung war immer noch fühlbar, immer noch präsent. Er nahm es dankbar zur Kenntnis und dehnte sich wohlig.

„Ein Mal können wir abhaken", informierte George ihn mit einem bösen Lächeln. „Aber das zweite Mal ist immer noch offen." Er ließ seinen Blick über den verschwitzten Körper gleiten, der schlaff und angespannt zugleich wirkte. „Ich entferne das hier besser", sagte George und berührte den zierlichen Metallbügel, dessen Kugel immer noch in dem geschwollen wirkenden, engen Schlitz steckte.

„Nein", widersprach Sinclair mit etwas kraftloser Stimme, doch sein Kopfschütteln fiel dafür umso heftiger aus.

George musterte ihn überrascht, doch dann zog er seine Hände wieder zurück und lachte leise in sich hinein. „Du bist wirklich eine unersättliche geile Schlampe."

„Und du magst mich genauso wie ich bin", wisperte Sinclair mit einem seltsamen, ernsten Ausdruck in seinen Augen.

Dann warf er George einen umwölkten Blick unter halbgesenkten Lidern zu und befeuchtete seine – von all dem Stöhnen und Schreien – trockenen Lippen mit der Zungenspitze. Es war eine Provokation, wie sie deutlicher nicht sein konnte. Dennoch kam es George so vor, als ob das nicht die ganze Wahrheit wäre. Als ob Sinclair mit dieser Demonstration etwas vor ihm verbergen wollte. Doch was? Konnte es *Hoffnung* sein? Was auch immer es war, Sinclairs Worte hallten in Georges Brust nach und erweckten Gefühle in ihm, bei denen er sich sicher war, dass sie ihm bei Tageslicht und mit kühlem Kopf betrachtet nicht besonders gefallen würden.

„Stell deine Füße flach auf den Tisch“, kommandierte George daher ein wenig barscher, als er es vorgehabt hatte, doch es machte keinen Unterschied, denn Sinclair spurte ohne zu Zögern und mit einem leisen Seufzen. Er lag jedoch so nahe an der Tischkante, dass er seine Beine weit spreizen musste, um mit seinen Füßen überhaupt Halt zu finden. Auf diese Weise war der intimste Bereich seines Körpers Georges hungrigem Blick offen und ungeschützt preisgegeben. Seine Finger fanden zurück zu Sinclairs prallen Hoden, über die sie spielerisch hinwegglitten, weiter über die weiche Haut des Damms und immer tiefer, bis zu der Körperöffnung, die *noch* von einem perfekt funktionierenden Muskel verschlossen wurde. Jedes Mal, wenn er mit seinen Fingern sanft darüber streichelte, stockte Sinclair für einen Augenblick der Atem, sein kontinuierliches, leises Stöhnen blieb ihm in der Kehle stecken und gelangte nur noch als ersticktes Schluchzen über seine Lippen. Sinclairs Erregung, die nur kurz abgeflaut war, stieg nun wieder rasch an und beeinflusste seine Reaktionen und Fähigkeiten in einem ihm selbst bislang unbekannten Ausmaß.

„Das sieht immer noch ziemlich jungfräulich aus“, sinnierte George und tippte mit seiner Fingerkuppe gegen die zarte, faltige Haut, die den engen Muskelring umschloss. „Du hast nicht an dir selbst herumgespielt?“

„Nein … ich …“, stammelte Sinclair unter Schwierigkeiten. Seine Zunge gehorchte ihm nicht mehr völlig, war unfähig, die einfachsten Worte zu formen. „Das gehört …“ Er hielt inne und rang gleichermaßen um Atem wie um Worte. Dieser infernalische Finger machte ihm das Denken beinahe unmöglich. George dagegen genoss es, Sinclairs Kampf zu beobachten und dachte nicht daran, es für ihn etwas einfacher zu gestalten.

Mit einiger Anstrengung gelang es Sinclair schließlich einen zusammenhängenden Satz zu formulieren und ihn über seine Stimmbänder zu zwingen. „Ich habe mich dort nicht berührt, *niemand* hat mich dort angefasst, seit …“

„Dann musst du es ja ziemlich nötig haben“, bemerkte George spöttisch, um zu verbergen, wie sehr in diese Aussage berührte. Er war stolz auf Sinclair und begriff gleichzeitig nicht, warum er stolz sein sollte. Schließlich hatte diese kleine Schlampe lediglich etwas Selbstbeherrschung an den Tag gelegt. Sollte er wirklich stolz darauf sein, dass dieses geile Stück nicht in jeder freien Minute an sich selbst herumgefingert hatte? Nein – ganz sicher nicht. Und doch war es so.

In einer Art Übersprungshandlung schmierte sich George eine großzügige Portion Gleitgel auf die Finger, um nach einigen neckenden Berührungen einen davon in Sinclairs wartenden, begierigen Körper einzuführen. Ein langgezogenes Seufzen begleitete diese Aktion und Sinclair zuckte mit seinen Hüften in dem offensichtlichen Versuch, das Eindringen von Georges Finger zu beschleunigen und zu vertiefen.

Auch wenn Sinclair zu Beginn sehr eng gewesen war, dauerte es doch nicht lange, bis sein Körper sich erinnerte, sich entspannte und George mehr Spielraum gab. Bald waren es drei Finger, die George in Sinclairs sich windenden Körper hineinstieß, sie drehte und spreizte, wobei er gleichzeitig sein Möglichstes tat, eine Reizung der Prostata zu vermeiden. Eine versehentliche Berührung dieses empfindlichen Punktes führte schließlich dazu, dass sich Sinclair wie ein ungezähmter Mustang gebärdete, was George befürchten ließ, er könne mitsamt dem Tisch umkippen.

„Nicht ganz so wild“, murmelte George. „Wenn du willst, dass es hier weitergeht, dann solltest du jetzt aufhören so zu zappeln.“

Sinclairs Finger krallten sich mittlerweile so krampfhaft um die Tischkante, dass seine Fingerknöchel weiß hervortraten, doch er brachte ein schwaches Nicken zustande und bemühte sich, stillzuhalten.

„Braver Junge", lobte George und sein hungriger Blick fiel auf Sinclairs gedehnte, von Gleitgel glänzende Öffnung, in die seine Finger nun in einem hypnotischen Rhythmus glitten.

Alles, was er tat, war darauf bedacht, Sinclair so weit zu bringen, bis er vor Begierde und Geilheit glauben musste, den Verstand zu verlieren. Allem Anschein nach war George kurz davor, sein Ziel zu erreichen – und das war gut, denn auch er selbst war an den Grenzen seiner Belastbarkeit angekommen. Sein harter Schaft drückte gegen die Innenseite seiner Hose und jede Bewegung, jedes Reiben des Stoffes reizte ihn nur noch mehr. Seine Unterwäsche fühlte sich feucht und glitschig an und George war sich sicher, dass es sich hierbei nicht nur um Schweiß handelte. Er tropfte mittlerweile wahrscheinlich genauso sehr, wie Sinclair das am Anfang getan hatte.

Mit einer Hand öffnete George den Reißverschluss seiner Hose, schob seine Unterhose beiseite und schloss seine Finger um sein voll erigiertes Glied. Er legte für einen kurzen Moment seinen Kopf in den Nacken und seufzte erleichtert. Dann zog er seine Finger aus Sinclairs Körper, was von diesem mit leisem Jammern und unverständlichen Beschwerden quittiert wurde und starrte hungrig auf die geweitete, zuckende Öffnung. Innerhalb weniger Sekunden hatte George ein Kondom über seiner Erektion abgerollt und presste sie dann mit grausamer Langsamkeit in Sinclairs wunderbar nachgiebigen Körper, bis er die samtene Wärme an jedem Zentimeter seiner Männlichkeit spürte, und dann … hielt er still. Es war für ihn mindestens genauso quälend wie für Sinclair, doch als er sah, wie dieser in Schweiß ausbrach in dem Versuch, sich immer noch ruhig zu verhalten, machte das seine eigenen Unannehmlichkeiten erträglicher.

„Willst du die ganze Nacht so bleiben?“, fauchte Sinclair ihn atemlos an. „Mach was!“

George hätte gerne gelacht. Dieser Junge war einfach unbezahlbar. Was für ein Feuer! Was für ein Temperament! Doch wenn er sich jetzt gehen ließ, wäre der ganze Aufwand für nichts und wieder nichts gewesen. Einmal Betteln stand immer noch aus. Daher beherrschte er seine Gesichtszüge, schürzte seine Lippen, tat so, als würde er über Sinclairs Wunsch – nein, seinen Befehl – ernsthaft nachdenken und zog dann seine Erektion völlig zurück. „Nein“, sagte er schlicht.

„Was?“ Leichte Panik lag in Sinclairs entsetztem Aufschrei. „Oh nein … wage es ja nicht … denk nicht mal im Traum daran, mich hier so hängen zu lassen!“

George bewunderte wieder einmal Sinclairs Kampfgeist und wunderte sich gleichzeitig über seine Dummheit, *so* mit ihm zu sprechen. Wie konnten bei Sinclair so viele Widersprüchlichkeiten nur ein solch perfektes Ganzes ergeben?

„Dich *so* hängen zu lassen?“, wiederholte George, ohne sich seine Gedankengänge anmerken zu lassen. „Wie soll ich das verstehen? *So* … so voller Verlangen … voller Geilheit … nur noch von dem einen Wunsch beseelt, etwas in dir zu spüren … groß und hart … und dann gefickt zu werden … ohne Rücksicht auf Verluste? Wünscht du dir einen harten Schwanz, der dich dazu bringt alles zu vergessen, bis du nur noch daliegst, winselnd vor Verlangen, um Befriedigung bettelnd, so geil, dass es wehtut? Mit gespreizten Beinen und tropfendem Schwanz, wenn da nicht der Sperma-Stopper wäre …“

Ein Schauer lief bei diesen bewusst obszönen Worten durch Sinclairs Körper und ein schamloses Stöhnen teilte die sündigen Lippen. „Ja", bestätigte er heiser. „Steckst du ihn jetzt endlich wieder rein?"

Dieses Mal konnte George ein leises Lachen nicht unterdrücken. „Wir sind heute aber reichlich ungezogen", stellte er fest, kam aber Sinclairs Begehr nach und stieß seine Erektion wieder in die nachgiebige Öffnung.

Ein erleichtertes Schluchzen erfüllte den Raum, doch wieder hielt George still. Aber anders als zuvor stoppte er bereits, kaum dass er seine Eichel in Sinclairs hungrigem Körper versenkt hatte. Die Muskeln des engen Kanals zuckten hilflos in dem Versuch, noch mehr von der ersehnten Härte in sich aufzunehmen.

„Es ist unglaublich, wie empfindsam du bist", flüsterte George beinahe bewundernd. „Ich wette, mit dem richtigen Training wirst du abspritzen, ohne dass irgendjemand deinen Schwanz auch nur berührt hat." Ein lustvolles Stöhnen kam von Sinclair und George grinste. „Ja, das dachte ich mir, dass dir das gefällt."

„Hmm jaaa …", hauchte Sinclair, legte seinen Kopf zurück und dehnte seinen ganzen Körper genüsslich.

George lachte leise. „Abgemacht … aber nicht heute." Er stieß ein klein wenig tiefer und genoss die seidige Hitze um seine Erektion und Sinclairs sinnliche Bewegungen. So langsam wie es irgend ging, schob er sich tiefer in den willigen Körper, doch viel zu bald befand sich seine Männlichkeit bis zum Anschlag in Sinclairs Hintern. Er beugte sich nach vorne und drückte die Gürtelschnalle seiner Hose in voller Absicht auf Sinclairs geschwollene und harte Erektion, die vor gestautem Blut schon dunkelrot war.

„Oh Gott!" Sinclair konnte einen lustvollen Schrei nicht unterdrücken, als er den Druck auf genau dem Teil seines Körpers spürte, an dem er ihn am dringendsten ersehnte. Voller Verlangen versuchte er, sich gegen George zu reiben, getrieben von dem verzweifelten Wunsch nach *mehr*.

„So nicht, du geiles Stück“, schalt George und richtete sich wieder auf.

Ein herzzerreißendes Schluchzen war zu hören. Sinclairs Erektion zuckte und sein ganzer Unterleib zitterte krampfhaft. George wollte seinen Augen nicht trauen, als milchige Flüssigkeit aus dem kleinen Schlitz von Sinclairs Eichel drang, obwohl immer noch die Kugel des Sperma-Stoppers in der Harnröhre steckte und dies eigentlich unmöglich machen sollte. Die Flüssigkeit – war das noch Vorlust oder schon Ejakulat? – tropfte zäh auf Sinclairs bebenden Unterleib. Ohne lange nachzudenken, packte George Sinclairs Hoden und zog grob daran.

Dieses Mal war Sinclairs Schrei eine Mischung aus Schmerz und Lust und wieder floss ein neuer Strom der milchigen Flüssigkeit über die glänzende Spitze seines Penis'.

„Kommst du gerade?“, fragte George streng.

„Nein … ja … Ich weiß es nicht … Es ist … zu viel … Ich … brauche … brauche dich“, stammelte Sinclair zusammenhangslos.

„Du. Wirst. Nicht. Abspritzen. Hast du das verstanden?“

„Ich kann nicht … nicht mehr …“, fing Sinclair an zu betteln, offensichtlich zu sehr erregt, um noch einen vollständigen Satz zu formulieren.

„Du weißt ganz genau, was ich von dir hören will“, fauchte George, zog mit einem Ruck seine Erektion komplett aus dem warmen Körper, wartete einige Sekunden und stieß dann wieder unbarmherzig tief hinein in die zuckende Öffnung, wo er einen Moment reglos verharrte, bevor er sich wieder völlig zurückzog.

Der harte, fast brutale Rhythmus und der ständige Wechsel zwischen Ausgefülltsein und völliger Leere brachten Sinclair an seine Grenze. Seine Augen füllten sich mit Tränen und sein Schluchzen nahm einen hysterischen Klang an. Er wusste einfach, dass George nun hin- und hergerissen war zwischen dem Wunsch, ihn scheitern zu sehen und der Hoffnung, er würde sich seinem Willen beugen – sein Verhalten ließ keinen anderen Schluss zu.

Sinclair wusste selbst nicht mehr, was er tun sollte.

Ein stetiger Strom warmer Körperflüssigkeit pulste durch seine Harnröhre, drängte sich an der Kugel vorbei und tropfte auf seinen Bauch hinab. Der Druck in seinen Genitalien war unerträglich und gerade deshalb so wundervoll. Ein Rausch, wie er ihn in ähnlicher Form bislang nur nach dem Genuss von Drogen erlebt hatte – aber noch nie im Zusammenhang mit einem sexuellen Akt – vernebelte seinen Geist und machte es ihm unmöglich, einen klaren oder halbwegs vernünftigen Gedanken zu fassen. Er verlor zusehends die Beherrschung über seine Gliedmaßen. Seine Beine gaben nach und seine Füße drohten, vom Tisch abzurutschen.

Doch dann spürte er – wie meilenweit entfernt – kräftige Hände an seinen Knöcheln und er begriff, dass George sich seine Beine über seine eigenen Schultern legte. Wie durch einen Schleier nahm er wahr, dass George sein Gesicht dabei verzog und die Erkenntnis, dass ihm die Schusswunde an seiner linken Schulter wohl immer noch Schwierigkeiten bereitete, drang wie ein kleiner Lichtblitz durch den Nebel in seinem Gehirn. Dieser kleine Lichtblitz genügt Sinclair, um eine Entscheidung zu treffen.

„Stopp!“ Sinclair hatte das Gefühl, zu schreien, doch tatsächlich war es kaum mehr als ein Flüstern gewesen. Dennoch hatte George ihn gehört und mitten in seiner Bewegung innegehalten.

„Was?“, fragte George und versuchte, seine aufflackernde Besorgnis durch Strenge zu vertuschen. Er hatte wirklich vorgehabt, Sinclair – auch wenn er es wegen seiner schmerzenden Schulter später bereuen würde – in Grund und Boden zu vögeln, ihm ein für alle Mal klarzumachen, dass mit ihm nicht zu spaßen war, dass er es gewohnt war, seinen Willen durchzusetzen. Doch Sinclairs *Stopp* hatte ihn wieder halbwegs zur Besinnung gebracht und er war bereit, ihn anzuhören.

Sinclair rang um Atem. Obwohl er sich bereits entschieden hatte, fiel es ihm schwer, so unsagbar schwer. Doch George trug seine Beine für ihn, obwohl es ihm Schmerzen bereiten musste und Sinclair wusste dieser Geste nichts entgegenzusetzen als … seinen Stolz.

„Lass mich … ich … lass mich …“, stammelte er und schnappte keuchend nach Luft. Warum war Sprechen mit einem Mal eine Anstrengung, der er sich kaum noch gewachsen fühlte? „Lass mich abspritzen … lass mich kommen … *bitte* …“ Er biss sich auf die Lippen, als seine vernachlässigte Härte ein weiteres Mal zuckte und pulsierte. „*Bitte* fick mich. Fick mich richtig … Lass mich … Ich muss mich anfassen … Es ist zu viel … einfach zu viel … Ich kann nicht mehr … Ich bitte dich …“ Mit einiger Mühe richtete er seinen Blick nun direkt auf George und Tränen der Erniedrigung sammelten sich in seinen Augenwinkeln. „Bitte, George …“, flüsterte er leise. „Hab Erbarmen mit mir und fick mich so hart, dass ich eine Woche lang nicht sitzen kann.“

Eine Träne rollte Sinclairs Wange hinab und George wischte sie in einer ungeahnt zärtlichen Geste mit seinem Daumen weg. „Das hatte ich von Anfang an vor“, erklärte er so sanft, dass es ihn selbst überraschte.

Zum zweiten Mal an diesem Abend glitt seine Hand streichelnd von Sinclairs Wange seinen Hals hinab, über seine Brust, seine angespannten Bauchmuskeln, bis er schließlich den empfindlichen, geschwollenen Schaft erreichte, den er mit seinen Fingern in einem lockeren Griff umschloss. Ein hoffnungsfrohes, erleichtertes Wimmern war zu hören und kaum war es verklungen, fing George an, sein Versprechen einzulösen und wie ein Besessener in diesen mehr als willigen Körper hinein zu stoßen.

Sinclair bog seinen Rücken durch und wölbte sich den Stößen entgegen, öffnete sich ihnen auf eine Art und Weise, wie George es nie für möglich gehalten hätte. Die überreizten Muskeln saugten an seinem harten Fleisch, hielten es fest, melkten es förmlich und unterwarfen sich doch den harten und tiefen Stößen mit schamloser Hingabe.

Es bot für George keine Überraschung, dass Sinclair nach all der lust- und qualvollen Stimulation, dem ausgedehnten Vorspiel, der sich ständig steigernden Ekstase, nun sehr schnell dem ersehnten Ende entgegenstrebte. Um ihn nicht versehentlich zu verletzen, bog George schließlich den Bügel des Sperma-Stoppers zurück und befreite Sinclairs Penis von der Kugel, die ihm so viel Lust und Qual beschert hatte. Als dies geschehen war, konnte endlich auch George seiner Begierde freien Lauf lassen und rieb, im Rhythmus seiner Stöße, mit fast groben Bewegungen an Sinclairs hartem Schaft auf und ab.

Sinclairs Schrei tat ihm in den Ohren weh, doch der Anblick war spektakulär. Seine hochroten Wangen, seine glänzenden Augen, seine zerwühlten Haare, der Schweiß auf seinem Brustkorb, der sich immer rascher hob und senkte, sein Rücken, der wie eine Bogensehne gespannt war und der Ausdruck von völliger Glückseligkeit mit einem Hauch Unglauben und einer Spur scheuer Ehrfurcht auf seinem Gesicht.

Sein ganzer Körper bebte, verkrampfte sich noch mehr und seine Fersen bohrten sich schmerzhaft in Georges Rücken. Seine Erektion in Georges Hand zuckte heftig und der erste Spritzer Sperma landete auf Sinclairs Schlüsselbein. Ein erleichtertes, lüsternes Schluchzen entwischte den vollen roten Lippen und der nächste Erguss spritzte auf seine Brust und seinen Bauch. Sinclairs innere Muskeln verkrampften sich noch mehr um Georges Härte – und bescherten George mit ihrem spasmischen Zucken Himmel und Hölle zugleich, während Sinclairs nicht endend wollender Orgasmus immer noch andauerte. George gab sich dem Augenblick hin, intensivierte seine Stöße. Wieder und wieder durchschüttelten Schauer den unter ihm liegenden Körper.

Obwohl George es noch ein wenig hatte auskosten wollen, obwohl er vorgehabt hatte, den überreizten, ermatteten Körper so lange zu ficken, bis sich Sinclairs Augen erneut mit Tränen füllen würden, war das Bedürfnis, sich jetzt sofort in diesen weichen, nachgiebigen, unersättlichen Jungen zu ergießen unerträglich geworden.

Mit einem letzten, heftigen Stoß vergrub er sich tief in der samtenen Hitze und die Wellen seiner Lust schlugen über ihm zusammen, erstickten ihn, blendeten ihn und ließen ihn atemlos, erschöpft, ausgepumpt und unglaublich befriedigt zurück.

Während er noch um Atem rang, sah er auf Sinclair hinab, der mit geschlossenen Augen und schlaffen Gliedern unter ihm lag. Nur die Atembewegungen seines Brustkorbs ließen erkennen, dass er noch unter den Lebenden weilte.

Ein zärtliches Lächeln huschte über Georges Lippen und er nahm die bleischweren, kraftlosen Beine von seinen Schultern und ließ sie behutsam hinabgleiten. Er zog sich aus Sinclair zurück und entfernte mit einer Hand das benutzte Kondom von seinem erschlafften Glied, verstaute es wieder und zog den Reißverschluss seiner Hose hoch. Seine andere Hand legte er auf Sinclairs Oberschenkel, um ihm zu signalisieren, dass er immer noch bei ihm war. Als er selbst wieder halbwegs präsentabel war, griff er Sinclair unter die Arme und zog ihn in eine sitzende Position, wo er ihm das zerknitterte, feuchte Hemd von den verschwitzten Schultern streifte.

„Was … was tust du da?“, fragte Sinclair mit schwerer Zunge, die Zeugnis von seiner Erschöpfung ablegte.

„Ich versuche nur, es dir etwas bequemer zu machen“, erwiderte George sanft, legte seine Arme um Sinclairs Schultern und unter seine Knie, hob ihn so vom Tisch und trug ihn hinüber zu dem kleinen, gemütlichen Sofa, wo er ihn behutsam auf den weichen Polstern absetzte.

Sofort schossen Sinclairs Finger zu Georges Hand, erwischten ihn am Ärmel seines Jacketts und zupften mit der verschämten Geste eines kleinen Kindes an dem teuren Stoff. „Bleib“, flüsterte er leise und als George zögerte, fügte er noch hinzu: „Nur ein kleines Bisschen. *Bitte*?“ Das letzte Wort war kaum mehr als ein Hauch. Doch George wusste, wie schwer es Sinclair fiel, zu bitten, anstatt einfach zu verlangen, und er beschloss, diese Bitte zu erfüllen. Nach allem, was Sinclair an diesem Abend für ihn getan hatte, konnte eine kleine Belohnung nicht schaden.

Er nahm in einer Ecke des Sofas Platz und sofort klammerte sich Sinclair an ihn, als ob sein Leben davon abhinge. Mit einer Hand hielt er sich an dem Aufschlag von Georges Jackett fest, während sein Kopf an Georges Schulter sank. Er zog seine Beine nach und rutschte so lange auf den Polstern herum, bis er halb auf George und halb auf dem Sofa lag. Es amüsierte George, dass er als übergroßes Kopfkissen benutzt wurde, und er begann, leicht geistesabwesend, mit seinen Fingern durch Sinclairs unordentliche, verschwitzte Locken zu kämmen.

„Wirst du wiederkommen?“, fragte Sinclair nach einer kleinen Weile, die sie in harmonischem Schweigen verbracht hatten.

George bemerkte, dass Sinclair bei dieser Frage angestrengt versucht hatte, nicht *zu* anhänglich, nicht *zu* verloren zu klingen, was ihm aber nicht wirklich geglückt war.

„Immerhin habe ich versprochen, dir beizubringen freihändig abzuspritzen, oder nicht?“, erwiderte George mit einem bewusst dreckigen Grinsen, um alles zu überspielen, was ihm gerade im Kopf herumging. „Also werde ich wohl oder übel wiederkommen müssen.“

„Gut“, sagte Sinclair mit einem kleinen Seufzen und hob seinen Kopf von Georges Schulter, um ihn anzusehen. „Dann habe ich etwas, worauf ich mich freuen kann“, wisperte er und presste seine Lippen in einem kurzen und unerwartet süßen Kuss auf Georges Mund.

George war zu geschockt, um auch nur ansatzweise reagieren zu können. Erst als Sinclair sich wieder wie ein Kätzchen an ihn kuschelte – mit einem zufriedenen, fast glücklichen Lächeln und einem erschöpften Gähnen, und sich in seinen Arm schmiegte, der immer noch um seine Schultern lag – nahm Georges Gehirn wieder seine Tätigkeit auf und er fing an zu begreifen, was da gerade passiert war.

An diesem Abend hatte George wirklich etwas Neues über Sinclair erfahren: Dieser Junge konnte nicht nur blasen wie der Teufel, war nicht nur ein unvergleichlicher Fick und gab dabei die wundervollsten Laute von sich … nein, er war auch ein ungewöhnlich talentierter Dieb.

Denn mit diesem einen, unschuldigen Kuss von diesen für gewöhnlich so sündigen Lippen, war es Sinclair gelungen, Georges Herz zu stehlen.

Und in diesem Moment wurde George bewusst, dass er zu Sinclair zurückkommen würde … wieder und wieder und immer wieder …

~~~
~~~

„Sinclair!“

Sinclair schreckte hoch. War er tatsächlich auf George eingeschlafen? Und was hatte ihn geweckt? Desorientiert blinzelte er in die Gegend.

„Sin-clair!“

„George?“ Seit wann hatte George einen derartigen Singsang in seiner Stimme? Doch dann begriff Sinclair, dass es nicht Georges Stimme war, die ihn geweckt hatte, sondern Alice, die mit einem breiten Grinsen in der Tür stand. „Alice? Wo ist George?“

„Weg“, antwortete Alice knapp, registrierte ein wenig zu spät, wie sich Sinclairs Augen entsetzt weiteten und beeilte sich, seine Ängste zu beschwichtigen. „Kein Grund zur Panik. Ich bringe frohe Kunde! Bevor er gegangen ist, hat er mich aufgesucht und regelmäßige Treffen mit dir vereinbart“, frohlockte Alice. „Du kannst dich also ab sofort jeden Mittwoch und Sonntag auf deinen Doc freuen. Visite ist immer von 17 bis 19 Uhr.“ Ihr Blick glitt über Sinclair, der immer noch nackt und mit allen Anzeichen sexueller Befriedigung auf dem Sofa lag. „Mmh … lecker.“ Sie zwinkerte anzüglich.

Sinclair ließ sich erleichtert in die Kissen zurück sinken, ohne die Anstrengung zu unternehmen, seine Blöße zu bedecken. Er schloss für einen Moment die Augen und seufzte leise. Dann sah er mit einem kleinen, glücklichen Strahlen zu Alice. „Er will mich also exklusiv, ja?“

Die Fröhlichkeit wich ein wenig aus Alices Gesicht. „Er hat es nicht explizit erwähnt.“ Als sie sah, wie sich Sinclairs Mundwinkel senkten und sich seine Stirn umwölkte, sprach sie hastig weiter: „Ich bin mir sicher, er hat es nur vergessen und bestimmt vorausgesetzt.“

„Nein.“ Sinclair schüttelte mit leiser Trauer den Kopf. „George ist kein Mann, der so etwas vergessen würde“, äußerte er dumpf. Er setzte sich auf und bedeckte seinen Schoß mit einem der Sofakissen. Das goldene Glücksgefühl in seiner Brust sank tiefer, verlor seinen Glanz und seine Wärme und ballte sich schließlich in seiner Magengrube als Eisklumpen zusammen.

Unfreiwillig Zeuge seiner Enttäuschung zu sein, schnitt Alice ins Herz. „Weißt du, sein Angebot war wirklich äußerst großzügig“, fing sie etwas unsicher an. „Wenn du nicht mehr willst, dann musst du in der restlichen Zeit nicht mehr für mich arbeiten. Er …“

„Nein!“ Ein hartes, kaltes Glitzern trat in seine Augen. „Er will mich nicht exklusiv – dann kriegt er mich auch nicht exklusiv.“

Alice seufzte und gab jedes weitere gute Zureden auf. Gegen Sinclairs Dickköpfigkeit war kein Kraut gewachsen. „Also gut. Wie wäre es dann gleich morgen Nachmittag?“, schlug sie vor. „Lord Windermere gelüstet es nach etwas *mehr* … Du und Jason – ist das okay für dich?“

Sinclairs Lippen pressten sich zu einem schmalen Strich zusammen, doch er nickte.

Teil 10

Über den Dächern Londons verdrängte eine bleiche Herbstsonne die Regenwolken und warf ihre nur mäßig warmen Strahlen auf einen Mann, der soeben in einer energischen Geste seinen Schirm zusammenfaltete. Randolph Kingsley wischte einige verirrte Regentropfen von seinem seriösen dreiteiligen dunkelblauen Anzug, bevor er die Polizeistation betrat. Mit gezieltem Blick sah er sich kurz um, bis er einen uniformierten Sergeant mit bereits leicht ergrauten Schläfen erblickte, die nicht zu seinem jungenhaften Gesicht passten und seltsam fehl am Platz wirkten. Das Namensschild an seiner Uniform wies ihn als ‚R. Tremaine' aus und somit als den Mann, den Randolph gesucht hatte. Sergeant Tremaine war gerade in ein Gespräch mit einem Constabler vertieft, doch er schien den Blick, der auf ihm ruhte, zu bemerken. Er sah auf und Randolph trat auf ihn zu und reichte ihm die Hand.

„Randolph Kingsley", sagte er, während Tremaine die ihm dargebotene Hand schüttelte. „Wir haben telefoniert."

„Sergeant Richard Tremaine. Ja, ich habe Ihre Visitenkarte mit Ihrer Telefonnummer in der Brieftasche Ihres Bruders gefunden und da ich in seiner eigenen Wohnung niemanden erreicht habe …"

„Sinclair … ja …" Randolphs ungerührte Miene veränderte sich für den Bruchteil einer Sekunde zu einer gequälten Grimasse. „Er ist noch hier?"

„In der Ausnüchterungszelle", erwiderte Tremaine sachlich. „Wenn Sie mit ihm sprechen möchten …?"

„Ist er denn schon wieder ansprechbar?"

„Mittlerweile ja, ich denke schon", antwortete Tremaine immer noch in einem höchst professionellen Tonfall. „Er dürfte allerdings höllische Kopfschmerzen haben."

Randolph zuckte in einer desinteressierten Geste die Schultern. „Was wird ihm zur Last gelegt?"

„Nächtliche Ruhestörung und er war sehr betrunken", zählte Tremaine auf. „Er hat einige Polizisten beleidigt und angegriffen, als sie ihn ermahnt haben, ruhiger zu sein und nach Hause zu gehen. Wir

ermitteln wegen Beleidigung, versuchter Körperverletzung und Widerstand gegen Vollstreckungsbeamte."

Eine von Randolphs Augenbrauen hob sich ungläubig. „Keine Drogen?", fragte er kühl.

Tremaine erwiderte seinen Blick ruhig. „Dieses Mal nicht." Randolphs Blick wurde bohrender. „Auch wenn ich erst heute das Vergnügen hatte, so ist Ihr Bruder bei der Londoner Polizei doch kein Unbekannter. Wir waren gründlich, Sir", äußerte Tremaine nachdrücklich.

„Nun gut", sagte Randolph und fasste diesen Sergeant genauer ins Auge.

Ende 20 – also ungefähr im gleichen Alter wie Randolph selbst – ein blitzender, offensichtlich neuer, Ehering, leichte Ringe unter den Augen … Womöglich hatte er sich beim Kauf eines Hauses oder einer Wohnung hoch verschuldet und hatte nun deshalb schlaflose Nächte oder es gab bereits ein schreiendes Baby in der Familie. Vielleicht lagen die Ursachen aber auch ganz woanders. Randolph atmete ruhig ein und aus. Er musste es probieren. Wenn er Glück hatte, dann war der Sergeant einer kleinen Finanzspritze nicht abgeneigt. Er sah sich um. Niemand achtete auf ihn oder Tremaine. Alle anderen Polizisten waren anderweitig beschäftigt oder von der langen Nachtschicht übermüdet und unaufmerksam.

„Sie haben diese ganze Angelegenheit mit lobenswerter Diskretion behandelt", fuhr Randolph mit gesenkter Stimme fort. „Ich wäre nicht abgeneigt, Sie für eine weitergehende Diskretion entsprechend zu entlohnen."

„Ich fürchte, ich verstehe nicht …", gab Tremaine mit einem deutlich warnenden Unterton zurück.

Randolph war nicht taub für diese Warnung. Trotzdem sprach er weiter. Es stand zu viel auf dem Spiel. „Diese ganze lästige Angelegenheit muss doch nicht unbedingt weiter verfolgt werden. Und Ihre junge Frau würde sich sicher über ein paar hübsche Ohrringe freuen." Er zögerte kurz. „Oder vielleicht sogar über eine Pelzstola."

„Im Klartext: Ich soll meinen Bericht über die Verhaftung Ihres Bruders verschwinden lassen?", stieß Tremaine – glücklicherweise im Flüsterton – scharf hervor. „Mr. Kingsley, ich würde es mir an Ihrer Stelle noch einmal gut überlegen, ob sie wirklich so weit gehen wollen, einen Beamten Ihrer Majestät zu bestechen."

„Also schön, dann eben eine Spende für die Witwenkasse der Polizei oder ein großzügiger Beitrag zum nächsten Wohltätigkeitsball von Scotland Yard?", änderte Randolph leicht verdrossen sein Angebot.

Tremaine nahm eine starre Haltung ein. „Sir", sagte er leise und Randolph nahm verdrossen zur Kenntnis, dass diese höfliche Anrede eine deutliche Warnung beinhaltete. „Sie wollten mit Ihrem Bruder sprechen. Gestatten Sie, dass ich Sie hinführe." Es war keine Frage, sondern lediglich eine Aufforderung, der Randolph mit gerunzelter Stirn Folge leistete. Sein Versuch, noch irgendetwas zu retten, war gescheitert.

Als sie nebeneinander einen schmalen Flur entlanggingen, der zu den Zellen führte, bemerkte Randolph im Plauderton: „Ihnen ist vielleicht nicht bewusst, dass ich nicht ganz ohne Einfluss bin. Es dürfte sich für Sie unangenehm auswirken, mit mir die Klingen zu kreuzen."

„Ach ja?" Tremaine wirkte unbeeindruckt. „Inwiefern?"

„Insofern, dass ich Ihr berufliches Fortkommen erschweren könnte", gab Randolph höflich zurück.

Tremaine schnaubte. „Da müssen Sie sich hinten anstellen. Ich bin schon zu vielen Leuten auf die Zehen getreten. Oder was glauben Sie, warum ich immer noch Sergeant bin?"

Randolphs Augenbrauen hoben sich überrascht. Die Skrupel dieses Sergeanten waren für Randolph in diesem Moment zwar äußerst ärgerlich, dennoch waren seine Anständigkeit und Ehrlichkeit äußerst erfrischend.

Tremaine zog einen Schlüssel aus seiner Tasche, blieb vor einer der Türen stehen und schloss auf. „Bitte sehr." Er machte eine einladende

Handbewegung und trat beiseite, um Randolph den Zutritt zu ermöglichen. „Ich warte draußen."

Zum Zeichen, dass er verstanden hatte, nickte Randolph knapp, ging an Tremaine vorbei, öffnete die Tür und trat in die Ausnüchterungszelle. Hinter ihm schob Tremaine die Tür mit einem leisen Klicken wieder ins Schloss, ohne sie allerdings abzusperren.

Sinclair hockte mit angezogenen Beinen auf einer Pritsche, die Arme um seine Knie geschlungen, und funkelte seinen Bruder wütend an. Seine teure und zugleich dezente Kleidung, die ihn nicht nur deutlich als Spross einer vermögenden Familie kennzeichnete, sondern auch einer der oberen Gesellschaftsschichten zuordnete, war verdreckt und an manchen Stellen sogar zerrissen. Eine Welle übler Ausdünstungen schlug Randolph entgegen.

Er zog sein Taschentuch hervor und hielt es sich in einer affektierten Geste an die Nase. „Du stinkst wie eine billige Hafenkneipe", bemerkte Randolph ätzend.

„Du musst es ja wissen", gab Sinclair gehässig zurück.

Da Randolph auf diese offenkundige Provokation nicht einging, sondern lediglich sein Taschentuch wieder einsteckte, senkte sich ein unangenehmes Schweigen über die Zelle, das schließlich von Sinclair gebrochen wurde.

„Verschwinde – ich will dich hier nicht haben", schleuderte er Randolph entgegen.

„Und ich will nicht hier sein", erwiderte Randolph kalt. „Ein Moment seltener Eintracht, findest du nicht, lieber Bruder?" Seine Lippen kräuselten sich abfällig.

Sinclair bedachte ihn mit einem mörderischen Blick. „Wenn zwei dasselbe denken, dürfen sie sich etwas wünschen. Meinen Wunsch kennst du jetzt."

„Meinen glücklicherweise nicht", entgegnete Randolph ungerührt.

Ein bitteres Lachen erklang. „Du unterschätzt mich, Randolph. Ich weiß seit langem, dass du mich liebend gerne tot sehen würdest. Vielleicht tue ich dir eines Tage sogar diesen Gefallen."

Randolphs Stirn legte sich in Falten und etwas in seinem Gesichtsausdruck veränderte sich. „Du weißt nicht, was du da redest."

„Was willst du hier, Randolph?", fragte Sinclair eisig, ohne Randolphs Bemerkung Beachtung zu schenken.

„Dich aus dem Gefängnis holen. Mal wieder", erläuterte Randolph in seiner üblichen, leicht überheblichen Art.

„Und?" Sinclair lehnte sich mit einem süffisanten Lächeln auf der Pritsche zurück. „Wirst du wieder dafür sorgen, dass ich nicht verurteilt werde?"

„Selbstverständlich."

„Wegen mir müsstest du dir diese Mühe nicht machen."

Randolph atmete tief ein und aus. Dann sagte er mühsam beherrscht: „Mama wäre untröstlich."

Sinclair musterte ihn ungerührt. „Mama Sylvia interessiert sich einen Scheiß für mich."

„Sinclair!", wies Randolph ihn entrüstet zurecht.

„Du bist ihr übrigens auch ziemlich egal", setzte Sinclair mit einem boshaften Lächeln nach, lehnte seinen Rücken gegen die Wand, verschränkte die Hände hinter seinem Kopf und schlug seine Beine, die immer noch auf der Pritsche standen, übereinander.

Randolphs Wangen färbten sich dunkelrot und er knirschte mit den Zähnen, doch er schwieg.

Sinclairs Lächeln verblasste ganz allmählich. „Wann lässt du mich endlich in Ruhe?" Es klang gehetzt.

„Genau dann, wenn du endlich anfängst, dich wie ein vernünftiger Mensch zu benehmen!", quetschte Randolph zwischen zusammengebissenen Zähnen hervor. „Du bist ein Kingsley! Benimm dich endlich entsprechend und hör auf damit, die Familie mit deinem indiskutablen Benehmen in Schande zu stürzen."

„Ich? Ich bin ein Kingsley?", rief Sinclair mit einem leicht manischen Lachen und setzte sich auf. „Seit wann?", schrie er wütend. „Seit wann bin ich plötzlich ein vollwertiges Mitglied dieser noblen Familie? Ich war euch doch immer nur peinlich! Ich war doch nie gut genug für euch! Nie! Jeder einzelne von euch hat mich ständig spüren

lassen, dass ich dir – dem legitimen Sohn und Erben – nie würde das Wasser reichen können." *Er atmete schwer.* „*Gib es wenigstens zu, Randolph!*", *schleuderte er seinem Bruder entgegen.* „*Du kümmerst dich doch nur um mich, aus Angst, dass dir dein Bastard-Bruder die Karriere versauen könnte! Und vielleicht ist ja genau das mein Ziel … Vielleicht mache ich das alles mit Absicht? Wer weiß? Ich bin das Einzige in deinem Leben, das du nicht kontrollieren kannst! Das muss für einen Kontrollfreak wie dich verdammt bitter sein.*"

„*Darf ich dich daran erinnern, dass dich nicht nur unser Vater, sondern auch meine Mutter adoptiert und dass es dir an nichts gefehlt hat?*", *zischte Randolph.* „*Mama hat dich nie anders behandelt als mich.*"

Sinclair schenkte ihm einen abschätzenden Blick. „*Ja. Das muss dich gewurmt haben. Wo du doch so ein Muttersöhnchen bist! Sie hat dich nie vorgezogen. Das muss wehgetan haben*", *sagte er gehässig.*

Randolphs Finger krampften sich um den Griff seines Regenschirms, bis die Fingerknöchel weiß hervortraten. „*Sinclair – was willst du?*"

„*Ich will, dass du dich aus meinem Leben raushältst!*"

„*Wenn das bedeutet, dass ich tatenlos zusehen soll, wie du in der Gosse endest, dann kann ich diesem Wunsch leider nicht nachkommen*", *erklärte Randolph mit Nachdruck.*

Sinclair fuhr sich erregt durch die Haare. „*Warum nicht? Du willst nichts mit mir zu tun haben – ich will nichts mit dir zu tun haben!*"

Randolph schüttelte stumm den Kopf. „*Ich werde mich dann aus deinem Leben heraushalten, wenn du aufhörst, den Namen Kingsley in den Schmutz zu ziehen. Genau dann. Und nicht eine Sekunde früher.*"

„*Ich habe nie darum gebeten, ein Kingsley zu sein*", *brauste Sinclair auf.* „*Ich war nie ein Kingsley und ich werde auch nie ein Kingsley sein.*" *Nach diesem Ausbruch hielt er einen Moment inne und sein Gesicht erhellte sich plötzlich.* „*Ich will kein Kingsley mehr sein*", *wiederholte er mit leiser, fester Stimme und fasst dann seinen Bruder fest ins Auge. „Randolph, ich bin schon lange volljährig, ich werde ab sofort den Namen meiner Mutter führen."*

„Stevenson?" Randolphs Augen verengten sich leicht. „Das ..."

„Damit wäre allen gedient", unterbrach Sinclair ihn hastig. „Der Name Kingsley würde im Zusammenhang mit mir nie mehr in Erscheinung treten."

Randolph zögerte.

„Oder ist das zu viel verlangt, Randolph?", stichelte Sinclair. „Reicht dein Einfluss für eine solche Lappalie noch nicht weit genug?"

Randolph funkelte ihn kalt an. „Dafür ist mein Einfluss mehr als ausreichend. Ich habe mich gerade nur gefragt, wie weit ich zurückgehen werde müssen, um den Namen Kingsley von deinen Eskapaden zu befreien."

„Die Einzelheiten interessieren mich nicht", erklärte Sinclair großspurig. „Das überlasse ich ganz dir. Ach ja, und wo wir gerade so nett plaudern, sei so gut und besorg mir auch gleich eine neue Universität."

Randolph stöhnte gequält. „Warum haben sie dich dieses Mal rausgeworfen?"

„Das Übliche", erklärte Sinclair mit einem Schulterzucken.

~~~

Endlich war es Mittwoch!

Obwohl er sich bemüht hatte, es sich nicht anmerken zu lassen, fieberte Sinclair doch seinem Treffen mit George entgegen. Seit der Mittagszeit schaute er ständig auf alle verfügbaren Uhren, bezichtigte diese mehrfach, falsch zu gehen oder überhaupt kaputt und stehen geblieben zu sein.

Immer wieder schielte er auch verstohlen in seinen Schrank, in dem, unter einer Plastikfolie sicher verwahrt, ein neuer Anzug hing, den Alice ihm besorgt hatte. Jackett und Hose waren anthrazitgrau. Dazu gehörte ein dunkelgrünes Hemd mit einer hellen, grau-grün gemusterten
~~~

Krawatte, die Sinclair allerdings garantiert nicht tragen würde. Er konnte ziemlich genau schätzen, wie viel Alice dieser Anzug gekostet haben musste. Die Rückschlüsse, die dieser Betrag auf die Summe des von Georges und Alices getroffenen Arrangements zuließ, schmeichelten ihm ungemein.

Aber der nagende Gedanke, dass er George zwar wichtig und wohl auch irgendwie wertvoll war, aber eben doch nicht wertvoll genug, um den Wunsch nach Ausschließlichkeit zu hegen, war störend und unangenehm – und das schmeichelhafte Gefühl, das ihm der Anzug und alles, was damit zusammenhing, verlieh, reichte nicht aus, um diesen Gedanken gänzlich verschwinden zu lassen.

Glücklicherweise ließ er sich meist komplett aus Sinclairs Bewusstsein verdrängen. Denn darüber wollte er nun wirklich nicht nachdenken. Das Gefühl, eine Enttäuschung für alle anderen zu sein, nicht wichtig genug zu sein, nicht gut genug zu sein, kannte er zur Genüge. Da war es schon wesentlich angenehmer, sich darauf zu konzentrieren, dass jemand bereit war, ein kleines Vermögen für das Vergnügen seiner Gesellschaft auszugeben. Das war ein absolutes Novum für Sinclair und er wärmte sich an diesem Gedanken wie an einem Herdfeuer in einer kalten Winternacht. Er hatte für sich selbst beschlossen, dass er nehmen würde, was er bekommen konnte, und sich nicht nach *mehr* zu sehnen – das war ihm in der Vergangenheit so oder so noch nie gut bekommen und hatte meist dazu geführt, dass ihm am Ende gar nichts mehr geblieben war.

Endlich war es Zeit, sich zu duschen, anzukleiden und zu frisieren. Als Sinclair mit allem fertig und bereit war, seinen Gast zu empfangen, suchte er Zimmer sieben auf, das von Alice für alle ihre Zusammenkünfte reserviert worden war. Dort angekommen stellte er fest, dass er immer noch eine halbe Stunde würde warten müssen.

Zimmer sieben war in einem pseudo-viktorianischen Stil eingerichtete, für den Alice eine Schwäche hatte. Alles war vorhanden: das große Himmelbett, ein Sofa, zwei Sessel, der übliche Schrank mit allen möglichen Utensilien, ein Kamin und sogar ein eigenes Badezimmer mit übergroßer Badewanne. Doch Sinclair hatte keinen Sinn für die ihn umgebende Pracht. Er war völlig damit beschäftigt, der Versuchung zu widerstehen, nervös an seiner Kleidung und an seinen Haaren herum zu zupfen. Um sich abzulenken, stellte er sich daher an das Fenster, damit er – verborgen hinter der Gardine – die Straße im Blick behalten konnte, um Georges Ankunft abzuwarten. Ihm war völlig bewusst, dass dieses Verhalten ans Kindische grenzte, aber er konnte nichts dagegen tun.

George hatte eine Saite in ihm berührt und zum Klingen gebracht, wie noch kein anderer vor ihm. Auf dieser Saite war auch schon früher herumgeklimpert worden … von Anfängern, von Könnern, von Stümpern, von Möchtegern-Doms, von brutalen Sadisten, von zärtlichen Liebhabern. Aber keinem von ihnen war es gelungen so virtuos darauf zu spielen, alle Klangfarben zu vereinen, ja – überhaupt eine Melodie entstehen zu lassen. Noch nie hatte sich Sinclair gleichzeitig so missbraucht und so umsorgt gefühlt. So erniedrigt und so angebetet zugleich. Bei allen anderen hatte immer etwas gefehlt. Bei George nicht. Er gab ihm alles. Alles, was er brauchte. Es war ein berauschendes Gefühl. Wenn George bei ihm war, konnte er sich selbst vergessen – und das war das Allerbeste daran.

Während er zum Fenster hinaus spähte, steckte er seine Hände in die Hosentaschen. Er wäre sonst Gefahr gelaufen, Alices Vorhänge in seiner Ungeduld zu zerknittern, was ihr garantiert nicht gefallen hätte und genauso garantiert George aufgefallen wäre. Und dann wäre wieder dieses gleichsam spöttische wie nachsichtige Lächeln auf seinem Gesicht erschienen. Sinclair schluckte und schloss für einen Moment die Augen, nur um sie beim Geräusch eines bremsenden Autos sofort wieder aufzureißen. Ein schwarzes, unauffälliges Auto hielt direkt vor dem Haupteingang. Die hintere Tür öffnete sich und George stieg aus.

Endlich.

Sinclairs Stirn sank erleichtert gegen das Fenster. Sein Herz klopfte wie das einer Braut beim Anblick ihres Bräutigams und er musste sich auf die Lippen beißen, um nicht in ein völlig idiotisches Grinsen auszubrechen.

„Haltung, Sinclair“, mahnte er sich selbst leise. „Er kommt nicht zu dir, weil du ein devot fiependes Schoßhündchen bist, sondern weil …“ Etwas hilflos brach er ab. Es war ihm immer noch ein Rätsel, was George eigentlich in ihm sah. „Haltung“, murmelte er erneut, straffte sich und trat vom Fenster zurück.

Es kostete ihn einige Mühe, aber er widerstand der Versuchung, sich noch ein letztes Mal glättend über die Haare zu streichen oder an seinen Manschetten herumzuziehen. Mit unbewegtem Gesicht, einer stolzen, aufrechten Haltung, die Hände hinter dem Rücken verschränkt, wartete er in der Mitte des Raumes stehend auf George.

Als dieser endlich den Raum betrat, war sein Kopf wie leergefegt und er wusste nicht, was er sagen sollte. Zu viele ungefilterte Worte drängten auf seine Zunge, die er alle hinunterschluckte. Schließlich war es Georges linke Augenbraue, die sich langsam hob – abwartend, auffordernd, zynisch – welche die Lähmung seiner Stimmbänder löste.

„Hallo“, sagte Sinclair und hätte sich dafür am liebsten sofort selbst in den Hintern getreten. *Hallo – wie peinlich war das denn? Als ob er nicht bis drei zählen könnte!* Innerlich wand er sich vor Verlegenheit am Boden, äußerlich jedoch hielt er seine unbewegte Fassade aufrecht.

Georges Mundwinkel zuckten bei dieser schlichten Begrüßung widerwillig amüsiert. Ohne den Gruß zu erwidern schritt er weiter in den Raum hinein, zog aus der Innentasche seines Mantels eine dünne, zusammengerollte Mappe, ging an Sinclair vorbei, ohne ihn eines Blickes zu würdigen, und warf die Mappe auf das Bett. Dann zog er seinen Mantel aus, ließ ihn achtlos auf einen der Sessel fallen und blieb neben dem Sessel stehen. Erst dann richtete er seine volle Aufmerksamkeit auf Sinclair, den eine düstere Vorahnung beschlich.

Aus den Augenwinkeln heraus versuchte Sinclair einen Blick auf das erste Dokument unter dem durchsichtigen Deckblatt der Mappe zu erhaschen. Als ihm das gelungen war, lief ihm kalter Schweiß den Rücken hinab. Diese Formulare waren ihm nur allzu bekannt: Polizeiberichte. Obwohl er zu weit entfernt war, um die Schrift tatsächlich lesen zu können, zweifelte er keine Sekunde daran, dass sein Name in dem Feld verzeichnet war, welches für den Delinquenten vorgesehen war.

Über ihn waren also Nachforschungen angestellt worden.

Sein Blick wanderte wieder zu George, der mit vor der Brust verschränkten Armen dastand und ihn mit unergründlicher Miene musterte.

„Sinclair Stevenson“, begann George schließlich langsam. „Ich fürchte, wir werden uns ein wenig unterhalten müssen.“

„Du hast also Erkundigungen über mich eingezogen.“ Sinclairs Mund fühlte sich staubtrocken an und es bereitete ihm unendliche Mühe, diese Worte zu äußern.

„Natürlich habe ich das“, erwiderte George mit einem kleinen, etwas unfrohen Lachen. „Ich weiß gerne Bescheid über die Dinge, in die ich regelmäßig meinen Schwanz stecke.“

Sinclair schluckte mühsam. Wie gründlich war Randolph damals gewesen? Wie weit war er zurückgegangen? Ihn selbst hatte es nie gekümmert. Warum war er nur so nachlässig gewesen? Es störte ihn nicht einmal, dass George ihn als eine bloße Sache bezeichnet hatte. Sein Verstand wurde von gänzlich anderen Überlegungen völlig in Anspruch genommen. Wie viel wusste George? Spielte er gerade Katz und Maus mit ihm? Zuzutrauen wäre es ihm, es entspräche seinen sadistischen Neigungen, aber wäre er wirklich so grausam? Sinclair wusste es nicht. Er wusste es einfach nicht.

„Und?“, fragte Sinclair schließlich betont nonchalant, während sein Gehirn weiter fieberhaft arbeitete. „Steht was Interessantes drin?“ Er deutete auf die Mappe, ohne sie zu berühren, obwohl es ihn in den Fingern juckte.

George saugte an der Innenseite seiner Wange. „Kann man so sagen“, bemerkte er langsam. Sinclairs Augen verengten sich. Was war das? Fühlte George sich unwohl? Warum sollte *er* sich unwohl fühlen? „Du nimmst Drogen“, bemerkte George etwas unvermittelt und schenkte Sinclair nur einen flüchtigen Blick.

„Ich … ich bin clean“, stammelte Sinclair verblüfft. Diese Wendung hatte er nicht erwartet. Was, um alles in der Welt, war an seinem Drogenkonsum so interessant?

„Ja, sicher“, erwiderte George mit einem leichten Schnauben. „Hätte ich mir denken können, dass du das sagst. Das sagen sie alle.“ Er fuhr sich mit einer Hand über die Haare. „Was ich damit eigentlich nur sagen will … falls du glaubst, mit mir eine günstige Quelle für deine Sucht an der Hand zu haben, dann bist du da schief gewickelt. Ich werde dir garantiert keine Gratis-Proben zukommen lassen. Aber …“ Er seufzte und fuhr sich erneut über die Haare. „Aber bevor du dir den Dreck spritzt, den sie auf der

Straße verkaufen, wäre es mir dann trotzdem lieber, du würdest stattdessen zu mir kommen."

Sinclair hatte diese kleine Ansprache mit großen Augen und klopfendem Herzen verfolgt. Als George geendet hatte, ihn aber immer noch nicht ansah, streifte Sinclair wortlos sein Jackett ab und schlüpfte, so schnell es ging, aus seinem Hemd.

„George", sagte er leise, aber bestimmt und wartete, bis George seinen Blick erwiderte. „Ich bin clean." Dann streckte er seine Arme aus und ließ George Zeit, um seine Haut zu betrachten, die zwar alte Narben, aber keinen einzigen frischen Einstich aufwies.

George atmete aus. „Gut", sagte er und nickte. Er wirkte erleichtert, aber noch nicht völlig zufriedengestellt. Doch für den Moment schien es zu genügen.

„Findest du dein Verhalten nicht ein bisschen bigott?", konnte sich Sinclair nicht verkneifen zu fragen.

„Bigott?", gab George verwundert zurück.

„Ja", erwiderte Sinclair gelassen. „Angesichts der Tatsache, dass deine Haupteinnahmequelle sicher der Drogenhandel ist, kommt mir deine Haltung zum Thema Drogenkonsum etwas … *scheinheilig* vor."

„Angesichts der Tatsache, dass ich einen großen Teil dieser Einnahmen für dich ausgebe, würde ich an deiner Stelle die Klappe halten", fuhr ihm George über den Mund, doch er wirkte amüsiert und Sinclair gestattete sich ein leises Aufatmen. „Aber mittlerweile wundere ich mich nicht mehr so besonders über dein freches Mundwerk. Das hattest du wohl schon immer."

„Immer?", fragte Sinclair mit einer hochgezogenen Augenbraue. „Wie weit bist du denn mit deiner Recherche zurückgegangen?" Er stellte die Frage leichthin, wie nebenbei, als ob sie ihn nicht wirklich interessieren, sondern eher amüsieren würde. Und das, obwohl genau diese

Frage in seinen Eingeweiden brannte, seit George diese verfluchte Mappe auf das Bett geworfen hatte.

„College“, antwortete George arglos. „Deine Sandkastenkämpfe interessieren mich nicht wirklich. Warum? Habe ich dadurch irgendein schmutziges Geheimnis verpasst?“

Wenn du wüsstest, dachte Sinclair und sagte mit einem halben Lachen: „Es waren legendäre Kämpfe.“

George erwiderte das Lachen mit einem Grinsen. „Warum wundert mich das nicht? Du warst wohl schon immer ein Unruhestifter.“ Er deutete auf die Mappe. „Ständig wechselnde Universitäten, Verhaftungen wegen Schlägereien, Drogen, Trunkenheit …

„Ich suche keinen Ärger“, entgegnete Sinclair glattzüngig. „Der Ärger findet mich.“

„Gestatte, dass ich dazu eine eigene Meinung habe“, sagte George und winkte ihn mit seinem Zeigefinger näher.

Sinclair kam zu ihm und blieb vor dem Sessel stehen, neben dem George die ganze Zeit gestanden und auf dem er seinen Mantel abgelegt hatte.

„Für deinen Ungehorsam vom letzten Mal werde ich dich auch noch bestrafen müssen“, fing George an und Sinclair riss entrüstet die Augen auf.

„Ungehorsam?“, platzte es aus ihm heraus. „Ungehor… ich war noch nie so folgsam wie …“

„Ah, ah, ah.“ George stoppte seinen empörten Redefluss. „Hast du mich geküsst oder nicht?“

„Ja, das habe ich“, gab Sinclair mit einem trotzigen Gesichtsausdruck zu.

„Und?“, fragte George gedehnt, „habe ich dir das erlaubt?“

„Du hattest es mir auch nicht verboten!“, trumpfte Sinclair auf und George seufzte.

„Was mache ich nur mit dir“, murmelte George in gespielter Verzweiflung. „Du benimmst dich wie ein ungezogenes kleines Kind. Eine Tracht Prügel würde dir sicher verdammt guttun." George bemerkte das begierige Glitzern in Sinclairs Augen und er konnte ein Schmunzeln nicht mehr unterdrücken.

„George", flüsterte Sinclair und kniete sich auf den Sessel, wodurch er nun zu George aufsehen musste. „George, dann schlage ich vor, du bestrafst mich gleich schon mal im Voraus."

„Warum?", fragte George und bemühte sich, sich nicht allzu sehr anmerken zu lassen, wie ihn Sinclairs kniende Haltung erregte.

„Weil ich vorhabe, dich noch sehr oft zu küssen", wisperte Sinclair, legte seinen Kopf in den Nacken, streckte sich ein wenig und bot George seine leicht geöffneten Lippen dar. Als George nicht schnell genug reagierte, seufzte Sinclair ungeduldig, murmelte *„Also wirklich"*, legte George eine Hand in den Nacken und zog ihn zu sich herunter, bis ihre Lippen aufeinandertrafen.

Es gab George jedes Mal einen Kick, jemanden zu küssen, der kleiner war als er selbst oder der unter ihm lag. Hungrig öffneten sich die warmen, weichen Lippen für ihn und löschten mit ihrer Hitze die Erinnerung an diesen ersten, keuschen Kuss vor wenigen Tagen fast völlig aus. Doch auch dieses Mal wohnte diesem Aufeinandertreffen von Lippen, Zungen und Zähnen eine fast unschuldige Süße inne, die George genauso tief berührte, wie es auch bei jenem ersten Kuss der Fall gewesen war. Ohne sein eigenes Zutun legten sich Georges Arme um den vor ihm knienden Körper.

Für George fühlten sich Sinclairs Küsse – so unglaublich das auch klingen mochte – an, als ob es jedes Mal der erste Kuss dieses unglaublichen Mannes war, den er in seinen Armen hielt. Während Sinclair sanft an seiner Zunge saugte, schalt sich George innerlich einen Idioten. *Erster*

Kuss! Lachhaft. Wie war er nur auf diesen Gedanken gekommen? Sinclairs Technik war brillant – die Ausführung meisterhaft. Dieser Mann hatte ganz sicher schon mehr als tausendmal in seinem Leben geküsst. Aber dennoch konnte sich George dem Charme dieser völligen Hingabe, an das Spiel ihrer Zungen, diesem Versuch, mit einem anderen Körper zu verschmelzen, nicht entziehen. Er musste sich ganz bewusst wieder ins Gedächtnis rufen, dass Sinclair nichts anderes war als eine Hure – Gott, aber eine verdammt talentierte Hure!

Undeutlich bekam er mit, wie sich Sinclairs agile Finger an seinem Gürtel zu schaffen machten. Blitzartig vergrub er seine Hand in den flammenden Locken und bog Sinclairs Kopf zurück.

„So haben wir nicht gewettet, Freundchen. Ich sollte dich wirklich übers Knie legen, du freches Stück", knurrte George. „Vielleicht lernst du dann endlich besseres Benehmen."

Sinclairs Gesicht leuchtete bei seinen Worten auf. „Worauf wartest du?"

„Warum habe ich plötzlich das Gefühl, dass das für dich nicht wirklich eine Bestrafung wäre?", fragte George streng, doch seine Augen zwinkerten gutgelaunt.

„Keine Ahnung", gab Sinclair mit einem mutwilligen Grinsen zurück und streichelte wie zufällig über die Wölbung in Georges Hose.

„Aufs Bett mit dir!", befahl George und zog Sinclair an den Haaren mit sich.

~~~

Kurze Zeit später saß George noch völlig bekleidet auf der Bettkante. Über seinen rechten Oberschenkel hatte er Sinclair drapiert – mittlerweile nackt und mit dem blanken
~~~

Hintern nach oben. Die langen Beine seines Gespielen waren zwischen seinen beiden Oberschenkeln eingeklemmt und auf diese Weise ziemlich bewegungsunfähig gemacht – obwohl George bezweifelte, dass Sinclair versuchen würde, nach ihm zu treten oder gar auszubüxen – dazu war er viel zu bereitwillig auf seinen Schoß gekrabbelt. Während sich Sinclair mit einem Arm auf dem Bett und mit der anderen Hand auf dem Fußboden abstützte, tastete George nach dessen halbsteifer Erektion und legte sie so, dass sie zwischen Sinclairs Oberschenkeln Richtung Boden zeigte.

„Hast du wirklich geglaubt, ich lasse zu, dass du dich an meiner Hose reibst und sie womöglich noch mit deinem Sperma versaust?", fragte George nicht unfreundlich.

„Einen Versuch war es wert", gab Sinclair frohgemut zurück und presste sich mit einem leisen Stöhnen provokant gegen Georges Bein.

„Unglaublich", murmelte George kopfschüttelnd. „Immerhin sabberst du so nur den Fußboden voll." Dann holte er mit seiner linken Hand aus und hieb ohne Vorwarnung auf die makellos weiße Haut von Sinclairs Hintern.

Ein leiser Schrei – mehr Überraschung als Schmerz – entwischte Sinclairs Lippen.

„Wie viele?", fragte er heiser. „Wie viele werde ich bekommen?"

„So viele wie nötig sind", gab George mit einem teuflischen Grinsen zurück und verpasste Sinclair den nächsten Schlag.

Durch die ersten zehn Schläge verfärbte sich Sinclairs Haut rosig, wobei George darauf achtete, die Hiebe möglichst gleichmäßig auf der zur Verfügung stehenden Fläche zu verteilen. Nach zwanzig Schlägen rötete sich Sinclairs Hintern stärker und er fing an, unruhig mit den Hüften zu wackeln. Nach dreißig Schlägen legte George eine kurze Pause ein, denn seine Handfläche fing an zu kribbeln. Sinclairs Hintern wirkte nun etwas mitgenommen, doch er zeigte noch keinerlei Anzeichen von Unwohlsein. Im Gegenteil. George spürte sehr deutlich, wie sich etwas Heißes, Hartes gegen seinen Oberschenkel drückte.

Nach vierzig Schlägen begann Sinclair, leise zu stöhnen und sich den Hieben etwas entgegen zu wölben. Doch nach jedem Aufprall zuckte er auch wieder zurück. Es mutete George fast wie ein Tanz an: Näherkommen und Zurückweichen in einem gleichmäßigen Rhythmus.

Nach fünfzig Schlägen strahlte die geschundene Haut eine deutliche Wärme aus, aber auch Georges Handfläche glühte. Obwohl er diesen direkten Kontakt bei Schlägen vorzog, dachte er doch darüber nach, bei einer ernsthaften Bestrafung seines Gespielen lieber auf ein Schlaginstrument zurückzugreifen und seine Hände zu schonen. Sinclair atmete angestrengt und auch Georges Atmung hatte sich während der ganzen Prozedur beschleunigt.

Sinclairs Bereitwilligkeit war äußerst erregend und seine Lust an dieser Art von Schmerz höchst stimulierend. Georges eigene Erektion drückte fast schmerzhaft gegen den Reißverschluss seiner Hose. In einer sanften Berührung streichelte George über Sinclairs erhitzte Haut, was diesem ein tiefes, kehliges Seufzen entlockte. George wiederholte dieses Streicheln noch einige Male und beobachtete mit hungrigem Blick, wie sich Sinclair in zunehmender Erregung auf seinem Schoß wand. Als George, anstatt mit seinen Fingerspitzen sanft über die weichen Rundungen zu gleiten, seine Fingernägel mit leichtem Druck über den dargebotenen Hintern zog, schrie Sinclair erstickt auf und die Härte, die sich gegen Georges Oberschenkel drückte, zuckte.

„Ich glaube, du hast genug“, erklärte George, gab der empfindlichen Haut noch einen letzten Klaps und legte seine Hand auf Sinclairs Schulter. „Runter mit dir – du wirst mir zu schwer. Meine Beine schlafen schon ein."

Sinclairs vor Erregung glasiger Blick richtete sich auf ihn und seine Lippen teilten sich zu einem einzigen Wort des Bedauerns: „Schon?" Es fehlt nur noch der Schmollmund.

„Nimmersattes Luder", schalt George und drückte Sinclair zwischen seinen gespreizten Beinen auf die Knie. „Vielleicht vergehen dir jetzt endlich deine Widerworte", raunte er heiser, öffnete den Verschluss seiner Hose, holte ein Kondom aus der Innentasche seines Jacketts, riss die Verpackung auf und rollte es mit einer geübten Bewegung über seinem voll erigierten Glied ab.

Erst dann sah er wieder zu Sinclair, der mit immer noch glasigem Blick vor ihm kniete und sich beim Anblick von Georges Erektion genießerisch über die Lippen leckte. Bei diesem Anblick rann ein heiß-kalter Schauer über Georges Rücken und in seinem Unterleib pulsierte es.

„Fuck", stöhnte George leise und biss sich auf die Unterlippe, als Sinclair seelenruhig seine Hände auf Georges Oberschenkel legte und seinen Mund langsam über die pochende Erektion stülpte.

Das sanfte Saugen, das gierige Lecken, die nachgiebige Kehle und der warme, feuchte Mund ließen George erbeben. Eine heiße Woge rollte durch seinen Körper und zog sich zwischen seinen Beinen zusammen. Sein harter Schaft zuckte in Sinclairs Mund und Sinclair zog sich zurück. Unter halbgesenkten Lidern suchte er Georges Blick, fand ihn, hielt ihn fest und leckte dann nur mit der Spitze seiner Zunge über Georges empfindliche Eichel. Jedes Lecken löste ein neues, lustvolles Prickeln aus und es kostete George sehr viel Mühe, seine rapide bröckelnde Selbstbeherrschung aufrecht zu erhalten.

Endlich öffnete Sinclair seine Lippen wieder mehr als nur einen Spalt. Endlich nahm er die zuckende Härte wieder in ihrer ganzen Länge in seiner Kehle auf. Endlich … die ersehnten Auf- und Abbewegungen … saugend, leckend, sinnverwirrend.

Sinclair stöhnte und George spürte, wie die heiße Enge um seinem harten Fleisch vibrierte. „Nochmal“, forderte er heiser. Seine Finger suchten und fanden die wirren Locken, vergruben sich darin, zogen und zerrten daran und Sinclair stöhnte wieder. Noch mehr Vibration, noch mehr Ekstase, noch mehr Drang … „Nochmal!“ Stöhnen. Vibrieren. Enge. Hitze. Druck. Georges Hüften zuckten nach vorne, tiefer, noch tiefer in diesen sündigen Mund ...

Mit einem heiseren Schrei entlud sich George und ließ sich auf das Bett zurückfallen. Im Nebel seines verklingenden Höhepunkts nahm er wahr, dass Sinclair immer noch zwischen seinen Beinen kniete. Er hob seinen Kopf etwas an und begegnete Sinclairs brennenden, glitzernden Augen. George setzte sich wieder auf und sein Blick wanderte über Sinclairs devote Haltung hinweg, bis sie zwischen seinen Beinen hängenblieb. Ein anzügliches Grinsen breitete sich auf seinen Lippen aus. „Ich nehme an, du würdest auch gerne abspritzen?“, sagte er im Plauderton und wies mit seinem Kinn in Richtung der steil aufragenden Männlichkeit seines Gespielen.

„Ja“, antwortete Sinclair sofort und hängte noch hastig ein verschämtes „Bitte?“ an.

„Du lernst schnell“, äußerte George und leckte sich über die Lippen. „Also gut. Dann will ich mal nicht so sein.“ Er drückte einen Knopf an seiner Armbanduhr. „Du hast drei Minuten Zeit.“

Sinclair blinzelte. „Drei Minuten? Soll ich … soll ich mich selbst …?“

„Du bist doch sonst nicht so schwer von Begriff“, sagte George mit einem gespielt bedauernden Kopfschütteln.

„Natürlich sollst du dir selbst einen runter holen. Und an deiner Stelle würde ich jetzt damit anfangen. Die Uhr tickt."

Sinclairs Finger schlossen sich fast hektisch um seine Erektion. Er gab seine aufrecht kniende Haltung auf und hockte sich auf seine Fersen. Als die wunde Haut seines Hinterns mit seinen Füßen in Kontakt kam, sog er scharf die Luft zwischen die Zähne. Die Härte zwischen seinen Fingern zuckte jedoch lustvoll und er begann, sich selbst zu befriedigen.

„Zwei Minuten", meldete George tonlos.

„Nicht hilfreich", fauchte Sinclair, rutschte mit seinem Hintern ein wenig auf seinen Fersen herum und stöhnte leise. „Was passiert, wenn ich … wenn ich es nicht schaffe?", keuchte er und richtete seinen umwölkten Blick auf George, während er mit raschen Bewegungen an seinem harten Schaft auf und ab rieb.

„Oh, sehr einfach." George lächelte unangenehm und Sinclair erschauerte. „Ich binde dich auf dem Bett fest und warte einfach, bis du keinen Ständer mehr hast. Und erst dann binde ich dich wieder los."

„Oh Gott", ächzte Sinclair und intensivierte seine Bemühungen.

„Eine Minute", erklärte George mit einem kalten Lächeln. Er behielt die Stoppuhr im Auge, beschloss aber, die letzten Sekunden nicht mehr anzusagen. Als Sinclair noch 30 Sekunden zur Verfügung standen, lief ein Zittern durch seinen ganzen Körper, sein Atem stockte, sein Penis schien sich noch mehr aufzublähen und mit einem kehligen Schrei spritzte Sperma zwischen seinen Fingern hervor, die sich fast sofort über seiner Eichel schlossen und sie bedeckten.

George wunderte sich darüber, doch als Sinclair sich wieder gefasst hatte, hob er seine Hand an seinen Mund

und leckte seinen eigenen Erguss von seinen Fingern. Die ganze Zeit über fixierte er George, dessen Glied ebenso vergeblich wie hoffnungsvoll zuckte, mit einem arrogant-lüsternen Blick. Als Sinclairs Finger sauber waren, hockte er sich wieder auf seine Fersen, zuckte leicht zusammen, seufzte leise und wirkte sehr zufrieden mit sich selbst.

Daher ließ ihn Georges Stimme, deren Kälte ihn völlig unvorbereitet traf, zusammenzucken. „Du hast da was übersehen."

„Was? Wo?", fragte Sinclair verwirrt und folgte Georges anklagendem Blick zu seinen Schuhen, auf denen tatsächlich der erste Spritzer Sperma gelandet war, den er nicht mit seiner Hand hatte auffangen können.

„Maßgeschneidert. Handgefertigt. Kalbsleder", zählte George auf. Seine Augen verengten sich. „Sauber machen. Sofort."

Ohne zu zögern bückte sich Sinclair und leckte sein Sperma von Georges Schuhen.

Die Bereitwilligkeit, mit der Sinclair diese unterwürfige Geste vollzog, verschlug George die Sprache, ließ seine Kehle trocken werden und sein Glied erneut – und leider immer noch vergeblich – pulsieren.

Als sich Sinclair dann jedoch wieder aufrichtete, ihn vorwurfsvoll ansah und mit todernster Miene verkündete: „Deine Schuhcreme schmeckt grauenhaft. Wenn du willst, dass ich das nochmal mache, dann wechsle gefälligst die Marke", schlug Georges beginnende Erregung übergangslos in Erheiterung um.

„Ich sollte dich gleich nochmal übers Knie legen", sagte George mit einem halben Lachen.

Sinclair hob eine Augenbraue. „Wahrscheinlich solltest du das. Aber ich fürchte, deine Hand ist nicht mehr dazu in der Lage, diese Androhung auch in die Tat umzusetzen", äußerte Sinclair skeptisch und mit leisem Bedauern.

George nickte anerkennend. „Cleveres Bürschchen", lobte er so honigsüß, dass Sinclair beide Augenbrauen hob. „Du hast nur etwas vergessen: Ich habe noch eine andere Hand." George stand auf, entledigte sich des gebrauchten Kondoms und schloss seine Hose. „Oberkörper aufs Bett, Arme auf den Rücken, die Knie bleiben am Boden", kommandierte er barsch und Sinclair beeilte sich, diesem Befehl nachzukommen. Dankbar registrierte er, dass George ihm wortlos eines der großen Kissen, die zur Zierde auf dem Bett lagen, auf den Boden geworfen hatte, um seine Knie ein wenig zu schonen.

Als er mit leicht gespreizten Beinen die gewünschte Position eingenommen hatte, drehte er seinen Kopf zu George hin. Seine faszinierenden Augen sprühten vor Leben, bevor er sie schloss und George seinen Hintern für den ersten Schlag entgegenstreckte.

Zu seiner Überraschung spürte George, wie sich sein Penis langsam wieder mit Blut füllte und versteifte. Dieser Junge war das Beste, was ihm seit langem über den Weg gelaufen war. Was würde er mit ihm alles anstellen können? Und er würde es auch noch genießen und nicht nur erdulden, wie die meisten seiner Vorgänger.

George atmete tief ein, bückte sich, legte eine Hand auf Sinclairs Rücken, holte mit der anderen aus und schlug hart auf das dargebotene Fleisch.

Das laute Klatschen des Schlages ging nahtlos über in Sinclairs wollüstiges Stöhnen und George fragte sich, wie lange sich Schmerz und Lust wohl noch die Waage halten würden und wie viele Schläge wohl nötig sein würden, um das erregte Stöhnen in ein weinerliches Wimmern umschlagen zu lassen.

Vielleicht würde er es heute Abend noch herausfinden und vielleicht sollte er Phil einen Bonus geben. Ein neues Auto oder einen Kurzurlaub an Weihnachten für ihn und

Susan in einem exklusiven Wellnesshotel? Immerhin war er es gewesen, der George an jenem Abend vorgeschlagen hatte, Miss Thorndykes Etablissement mit seinem Besuch zu beehren. Und auch wenn es zuerst nicht danach ausgesehen hatte, so war dies tatsächlich die beste Idee gewesen, die Phil seit langem gehabt hatte.

Teil 11

Der schweflige Geruch eines verbrannten Streichholzes. Das Knistern des Dochtes, wenn die Flamme das Wachs erreichte. Die Seile an seinen Hand- und Fußgelenken. Die kühle Bettwäsche unter seinem nackten Körper. Das Rascheln des Stoffes, wenn George sich bewegte.

Die Dunkelheit hinter seiner Augenbinde.

Das Warten.

Die Ungewissheit.

Die Härte zwischen seinen Beinen.

Die Gänsehaut am ganzen Körper, als George ihn berührte, sein steifes Glied locker umschloss.

Die völlige Stille, bevor er es spürte. Federleicht. Wie Regen auf der Haut und dann – einen Wimpernschlag später – der sengende Schmerz. Die Hitze, die ausgehend von seiner Eichel seinen ganzen Körper durchzog. Das Pulsieren, das sanfter und sanfter wurde, bis der Schmerz verebbte und dann … das unerträglich geile Warten auf den nächsten Tropfen heißen Wachses.

~~~

Eine andere Woche. Ein weiterer Besuch von George.

„George … ich kann nicht mehr!“

„Doch. Du kannst noch.“

Kopfschütteln. Nein. Schweißtropfen perlten über seine Schläfen.

Sein Penis so hart und geschwollen, wie schon lange nicht mehr.

Die Kugeln in seinem Innersten.

Wie viele waren es? Vier? Er hatte den Überblick verloren. Etwas, das so gut wie nie vorkam. Gott – vier identische Kugeln, so groß wie Tischtennisbälle.
~~~

So voll. So eng. So gut, wenn sie über seine Prostata glitten.

Der unerbittliche Druck an seiner Öffnung.

„Nein, George!"

„Eine geht noch. Das weiß ich."

„Ich will nicht!"

„Doch, du willst."

„George!"

Weniger Druck. Enttäuschung und Erleichterung.

„Du kennst das Zauberwort, Sinclair."

Stummes Nicken. Ja, er kannte es. Bitte. *Bitte*. BITTE. Er kannte es. Aber er sagte es nicht. Denn dann wäre alles vorbei. Der Schmerz, die Geilheit. Die sanfte Hand auf seinem Rücken.

Der Druck nahm wieder zu. Er entspannte seine Muskeln so gut es ging und presste sich George gleichzeitig entgegen.

Fünf Kugeln.

~~~

Ein anderer Tag. Wieder gestaltete George Sinclairs Existenz einfach dadurch erträglich, dass er bei ihm war.

Leichte, schaukelnde Bewegungen. Sanfte Küsse auf den Nacken. Das Prickeln in seinem rechten Arm, weil er darauf lag und die Blutzufuhr nicht vollständig gewährleistet war. George an ihn geschmiegt. Von Kopf bis Fuß. Haut an Haut. Seine Erektion tief in Sinclair und nur diese fast zarten, wiegenden, langsamen Stöße. Georges Hand an seiner halbsteifen Männlichkeit. Verhalten streichelnd. Entspannung und Erregung gleichermaßen.

„Kannst du nochmal?"

„Vielleicht …"
~~~

Drei tiefere, schnellere, härtere Stöße. Dann – Reglosigkeit.

„Und jetzt, Sinclair? Bist du dir jetzt sicherer?"

Er konnte das ironische und dennoch fast zärtliche Lächeln an seiner Schulter spüren, das diese Frage begleitete.

„Möglich ist alles …"

Wieder einige tiefere, härtere Bewegungen und dann wieder das leichte Schaukeln.

Seine Muskeln zuckten und George stöhnte.

„Fuck, Sinclair! Mach das nochmal."

Ganz bewusst verkrampfte er seine Muskeln um die pulsierende Härte in seinem Innersten. Stöhnen. Lippen, die an der Haut seiner Schulter saugten. Ein tiefer Stoß und wieder dieses Innehalten.

„Nochmal."

Sanfte, sinnliche Langsamkeit, bis ihr gemeinsamer Höhepunkt nicht mehr das erklärte Ziel, sondern nur noch ein angenehmer Nebeneffekt war.

~~~

Nach einigen Wochen konnte man durchaus davon sprechen, dass eine gewisse Routine in Sinclairs Leben Einzug gehalten hatte.

Zweimal pro Woche kam George und blieb für zwei Stunden bei ihm – und so sehr sich Sinclair dafür schämte, so war es doch nicht zu leugnen, dass sein Leben fast völlig um diese vier Stunden kreiste. Als jemand, der sich selbst keinerlei Illusionen darüber hingab, dass er dazu neigte, Süchten zu erliegen, war ihm durchaus bewusst, dass er drauf und dran war, mit entsetzlicher Leichtigkeit und Schnelligkeit und mit Haut und Haar George zu verfallen. Er rauchte weniger, ernährte sich etwas gesünder und ach-
~~~

tete penibel auf seine Erscheinung. Alles nur, weil er wusste, dass es George gefiel. Er verachtete sich selbst dafür und nahm sich immer wieder vor, sich nicht so abhängig zu machen – noch dazu von einem anderen Menschen. Aber dann war George wieder da und tat so wundervolle Dinge mit ihm, dass Sinclair alle guten Vorsätze in den Wind schlug … bis George wieder fort war.

Alice achtete darauf, dass Sinclair jeweils vor und nach seinen *Visiten* – wie sie Georges Besuche nach wie vor scherzhaft nannte – einen Tag frei hatte. Obwohl Sinclair sie nie darum gebeten hatte, akzeptierte sie für diese Tage keine anderen Kunden für ihn. Somit blieb ihm nur noch der Freitag übrig, um weitere Männer zu bedienen. Sie sprachen nicht darüber, dennoch war er sich sicher, dass sie in dem Glauben lebte, ihm mit diesem Vorgehen einen unschätzbaren Dienst zu erweisen. Sinclair allerdings hatte dazu eine andere Meinung: Ihre vermeintliche Fürsorge irritierte ihn wie ein kratzendes Wäscheschild in einem neuen Shirt. Er wusste genau, dass sie mit seinen Zwangspausen zweierlei bezwecken wollte: Zum einen verschaffte sie Sinclair so einen Tag der Erholung, den er ab und zu tatsächlich benötigte, denn George verlangte ihm, seinem Körper und seinem Geist bei seinen Besuchen einiges ab und Sinclair genoss jede einzelne Sekunde dieser Erlebnisse. Zum anderen wollte sie vermeiden, dass George etwaige Spuren an Sinclairs Körper vorfand, die durch andere Gäste verursacht worden waren.

Tatsächlich hinterließen die wenigsten Kunden Spuren an Alices *Jungs,* doch Sinclair hatte Alice im Verdacht, ihm nur noch Gäste zuzuweisen, deren Vorlieben fast schon lächerlich *zahm* waren. Sinclair wusste, dass er dafür hätte dankbar sein sollen, doch das Gegenteil war der Fall. Ein kleiner Teil seiner selbst lechzte förmlich nach der Konfrontation, die unausweichlich sein würde, wenn George die Spuren von Fremden auf seiner Haut entdecken würde. Sinclair hatte so eine Ahnung, dass Georges Reaktion wahrscheinlich sehr hässlich ausfallen könnte, denn er hatte George bisher als reichlich besitzergreifend erlebt. Doch – wie gesagt – ein Teil von ihm lechzte förmlich danach und wollte es seinem widerspenstigen Dauer-Freier unbedingt unter die Nase reiben, dass sich auch andere Männer an ihm gütlich taten.

Doch noch etwas anderes beschäftigte Sinclair. Es war ihm – trotz einiger Bemühungen seitens George – immer noch nicht gelungen, allein durch anale Penetration einen Höhepunkt zu erreichen. Der Gedanke, George hierin zu enttäuschen, war ihm nahezu unerträglich. Sicher – es war *nur* ein Versprechen gewesen, das George ihm damals gegeben hatte, doch Sinclair war sich sicher, dass es eher die Formulierung einer Aufgabe gewesen war, die er zu bewältigen hatte. Ein kleiner Teil von Sinclair fragte sich so manches Mal angstvoll, was passieren würde, wenn er an dieser Aufgabe scheitern und nicht in der Lage sein würde, Georges Erwartungen zu erfüllen.

~~~

„So, du bist also dieser Sinclair, von dem man sich so viel erzählt. Na, dann mach mal deinen Mund schön weit auf."

Sinclair seufzte. Es war immer die gleiche Leier. Während er tat, was sein Kunde von ihm verlangte – mehr oder weniger Alice zuliebe, ohne größere Widerworte – gingen seine Gedanken auf Wanderschaft. Es grenzte schon fast an Ironie, dass diese Tätigkeit, die er aufgenommen hatte, um seine quälende Langeweile zu bekämpfen, mittlerweile zu noch mehr *ennui* führte.

„Hey, ein wenig mehr Enthusiasmus, wenn ich bitten darf!"
~~~

Sinclair unterdrückte ein Augenrollen und gab sich etwas mehr Mühe. Was war nur los mit den Bordellkunden heutzutage? Keinerlei Fantasie, keine Raffinesse. War das schon immer so gewesen oder fiel es ihm nur jetzt erst auf – jetzt, da er George als Vergleich hatte?

„Schon besser. Oh ja, das machst du gut, du geile Sau." Grobe Hände griffen nach seinen Haaren.

Sinclair rollte hinter geschlossenen Lidern mit den Augen. Na, toll, mal wieder einer der Pseudo-Dominanten Sorte. Aber die Super-Höflichen waren fast noch schlimmer. Ständig diese Entschuldigungen und diese Nachfragerei: *Geht das so? Ist das irgendwie unangenehm? Das ist mir jetzt aber peinlich* … Grauenhaft.

„Komm, zeig mir, wie geil dich das schon gemacht hat." Die Hände zogen an seinen Haaren und Sinclair schnappte automatisch nach Luft.

„Au!", rief er vorwurfsvoll und ruckte widerspenstig mit dem Kopf, um seine Locken aus den verschwitzten Pranken zu befreien.

„Hey, wieso hängt dein Pimmel immer noch so schlaff rum?"

„Vielleicht, weil ich mich langweile?", gab Sinclair zurück, ohne nachzudenken, und starrte seinen Kunden abwartend und herausfordernd an.

„Ich … was …?", stammelte der Mann, bevor er sich wieder fing. „Mein Ständer hat schon verdammt viele Jungs glücklich gemacht. Ist doch nicht meine Schuld, wenn du keinen hochkriegst. Vielleicht sollte Alice euch gratis Viagra …"

„Ein Mittel zur Potenzstärkung würde auch nichts daran ändern, dass Sie wie ein behaarter Gorilla aussehen und unter den Armen auch genauso riechen. Und wie Sie sich auf dieses lächerliche Anhängsel zwischen Ihren Beinen etwas einbilden können, ist mir wirklich schleierhaft."

Die Ohrfeige war zu erwarten gewesen und Sinclair duckte sich einfach weg.

~~~

„Sinclair, schlaf nicht ein“, raunte Jason ihm zu und schlug ihm leicht auf die Schulter. „Der alte Sack zahlt zu gut, als dass ich auf ihn als Kunden verzichten möchte.“

„Ja, ja“, murrte Sinclair und versuchte, etwas mehr Begeisterung aufzubringen. Doch es fiel ihm schwer. Obwohl er auf einem weichen Bett lag, war es doch alles andere als angenehm, schräg unter Lord Windermere zu liegen, der auf Händen und Knien über ihm kauerte und ihm die Hoden zu lecken, während Jason hinter dem Lord kniete und diesem die Zunge in den Hintern steckte.

Den röchelnden Geräuschen nach zu urteilen, die Ihre Lordschaft von sich gab, war er entweder kurz vor einem Orgasmus oder einem Herzinfarkt. Sinclair hoffte insgeheim, es könnte Letzteres sein. Das wäre endlich mal eine Abwechslung.

Während seine Zunge monoton ihren Dienst verrichtete, dachte er an seine anderen Kunden und wie diese ihn üblicherweise behandelten.

„Blas mir einen.“

„Leck mir die Eier.“

„So ist's gut, nimm ihn in die Hand.“

„Mach mir den Reißverschluss auf – nur mit dem Mund.“

„Oh ja – mir kommt's gleich!“

Und dann war da George …

„Zieh dich aus und leg dich hin …“

„Was willst du? Noch einen Finger? Das wären dann vier, braver Junge.“

„Ich weiß, dass du kommen willst, aber noch nicht jetzt …“

„Und das Atmen nicht vergessen.“
~~~

„Ich werde dir jetzt die Hoden abbinden …“

Und da fiel es ihm plötzlich wie Schuppen von den Augen:

Bei seinen anderen Kunden war es immer nur *Ich, Ich, Ich* – er selbst war nur Mittel zum Zweck. Doch bei George … bei George stand er im Mittelpunkt. So paradox es auch klingen mochte, für George war *er*, Sinclair, die Hauptattraktion. Derjenige, dem die ganze Aufmerksamkeit galt. Bei George stand er an erster Stelle. Er, Sinclair – und nicht Georges Geschlechtsorgan und dessen Befriedigung. Natürlich kam George auch jedes Mal zum Höhepunkt – aber vorher hatte er sich meist ausschließlich um Sinclair gekümmert und oft war sogar Sinclair der Erste, der einen Orgasmus erleben durfte.

Alle anderen dachten zuerst an sich – George dachte immer zuerst an Sinclair.

Sinclair erstarrte. Diese Erkenntnis erschreckte und befriedigte ihn gleichermaßen.

Ein unwilliges Grunzen seiner Lordschaft holte ihn in die Realität zurück. Geistesabwesend leckte er weiter über die schlaffen Hoden.

So wichtig bin ich ihm?, dachte er bei sich, nur um gleich darauf seine Hände zu Fäusten zu ballen. *Nicht wichtig genug … offensichtlich. Sonst hätte er …* Er wollte den Gedanken nicht zu Ende führen. *Vielleicht ist er auch einfach nur diese Sorte Liebhaber, vielleicht steht bei ihm immer der Partner an erster Stelle. Vielleicht ist er zu allen so,* mutmaßte er verdrossen und quälte sich selbst mit dem Gedanken an Georges frühere Bettgefährten.

Wahrscheinlich hat er auch jetzt jemanden, dachte Sinclair grimmig. Er musste einfach jemanden haben. Ein Mann wie George war zu begehrenswert um Single zu sein. *Und wahrscheinlich weiß dieser Jemand überhaupt nicht, wo SEIN George sich jeden Mittwoch und jeden Sonntag herumtreibt, aber vielleicht kommt er nur deshalb zu mir, weil ihm dieser Jemand nicht das geben kann, was ich ihm gebe …*

Sinclair wusste, dass dieser Weg, den sein Geist gerade einschlug, äußerst gefährlich war und er es tunlichst vermeiden sollte, auch nur einen Schritt weiter in diese Richtung zu gehen.

Über ihm zitterten Lord Windermeres Beine und Jason gab ihm einen leichten Klaps. Sinclair wusste, was das bedeutete. Endspurt.

In dieser Nacht fand Sinclair lange keinen Schlaf. Die Gefühle, die auf ihn einstürmten, entzogen sich einer eindeutigen Kategorisierung. Auf jeden Fall war es für ihn eine völlig neue Erfahrung, eventuell um Zuneigung konkurrieren zu müssen. Darum zu buhlen, war nichts Neues, das hatte er fast sein ganzes Leben lang getan. Doch George womöglich teilen zu müssen, das war etwas, worauf er nicht vorbereitet war.

~~~

Als Phil zum ersten Mal seit fast zwei Wochen wieder die Klinke zu Georges Arbeitszimmer niederdrückte, glaubte er ganz deutlich ein melodisches Pfeifen zu hören. Allerdings brach das Pfeifen abrupt ab, kaum dass er den Raum betrat. Phil beschloss, nachdem er bereits einmal in einen riesigen Fettnapf getreten war, als er das letzte Mal Georges Pfeifen erwähnt hatte, heute einfach so zu tun, als ob er nichts gehört hätte.

Innerlich atmete er aber erleichtert aus. Es war nicht auszuschließen gewesen, George in einer teuflischen Laune vorzufinden. Doch anscheinend war in London über die Weihnachtsfeiertage nichts Gravierendes vorgefallen.

„Fröhliches Neues Jahr, George“, grüßte Phil seinen Freund.
~~~

Ein Lächeln erhellte Georges Gesicht und er stand von seinem Schreibtisch auf, um Phil die Hand zu schütteln. „Auch dir ein gutes Neues Jahr, Phil." Sein Blick verweilte abschätzend auf Phils nicht vorhandener Taille. „Phil, du hast tatsächlich abgenommen. Dieser Wellness-Urlaub hat wohl Wunder gewirkt. Oder ist der ausgiebige Matratzensport mit Susan der Grund für deine … zwei Pfund Gewichtsverlust?", fragte er mit einem spitzbübischen Augenzwinkern.

„Drei Pfund!", verbesserte Phil gespielt beleidigt und lachte dann gutmütig. „Ich weiß zwar immer noch nicht, womit ich es verdient habe, dass du uns einen solchen Luxus-Urlaub spendiert hast, aber ich beklage mich nicht. Danke, George. Das Hotel, der ganze Aufenthalt, es war einfach Weltklasse."

George machte eine abwehrende Handbewegung. „Was? Ich soll meinem besten Mann keinen Weihnachtsbonus zukommen lassen?"

Phil grinste. „Apropos Weihnachten, wie lief es hier so? Alles gut? Keine Probleme?"

„Im Prinzip nicht. Gut katholisch, wie die Mafia ist, macht sogar das Verbrechen über die Feiertage eine Pause", erwiderte er mit einem Schulterzucken. „Nur ein paar junge Hitzköpfe haben gemeint, sie könnten uns im Süden, in Roehampton, in die Suppe spucken."

„Schutzgeld?"

George schüttelte den Kopf. „Drogendealer", sagte er knapp. „Ist ihnen nicht gut bekommen."

„Und wo hatten sie den Stoff her?", wollte Phil wissen. „Haben unsere Leute etwas abgezweigt und an dieses Gesindel weiterverkauft?"

„Sieht nicht so aus. Letzten Endes waren es keine großen Mengen und auch keine gute Qualität. Es wirkte eher so, als ob es irgendjemand in einer Hobby-Küche zusammengebraut hätte."

„Hm", machte Phil unbestimmt und nahm in einem der Ledersessel Platz. „Auf der Fahrt hierher habe ich gesehen, dass die ersten Plakate für die Wahl schon hängen."

„Hm", machte nun auch George und nahm in dem Sessel gegenüber Platz.

„Unser Mann ist gut getroffen. Hübsches Bild", sagte Phil mit einem Kopfnicken und George verdrehte die Augen. „Was?", fragte Phil. „Ein wenig Unsicherheit gibt es bei so was eben immer. Ich kann zwar die richtigen Leute schmieren, aber komplett manipulieren …" Er schüttelte bedauernd den Kopf. „Das geht sogar über meine Kräfte. Deshalb kann es nicht schaden, wenn unser Kandidat auch ein paar echte Stimmen erhält."

„Wenn du meinst", gab George nach. „Kann ich dir was anbieten? Cognac? Um das neue Jahr zu begießen?"

Phil schmatzte genießerisch. George hatte da ein paar wirklich gute Tropfen in seiner Hausbar. „Ich höre mich nicht Nein sagen", erwiderte Phil fröhlich.

~~~

Die Nippelklemmen bissen unbarmherzig in Sinclairs Fleisch, der Vibrator in seinem Hintern ließ ihn vor Wonne zittern. Lust und Schmerz in perfekter Harmonie vereint schraubten seine Erregung höher und höher und er war wie Wachs in Georges Händen.

Es war ein weiterer von Georges Versuchen, Sinclair einen Höhepunkt zu bescheren, ohne dass einer von ihnen seine Erektion berührte. Bereits nach einer halben Stunde war Sinclair mit seiner Selbstbeherrschung am Ende gewesen und hatte George angefleht, ihn zu fesseln.
~~~

Die weichen Baumwollseile an seinen Handgelenken, welche links und rechts an den Bettpfosten befestigt waren, fixierten seine Arme in gespreizter Stellung und unterbanden so jede Möglichkeit, sich selbst zu berühren.

Obwohl George bislang nie hatte erkennen lassen, dass er von Sinclairs mangelnden Fähigkeiten, ohne direkte Stimulation zu ejakulieren, enttäuscht war, so stellte es für Sinclair doch eine nicht unbeträchtliche Belastung dar. Zu Beginn war er noch Feuer und Flamme gewesen, doch ganz allmählich gewannen Zweifel die Oberhand. Was, wenn sich George nach jemand anderem umsehen würde, wenn er weiterhin seine Erwartungen enttäuschte? Auch wenn Sinclair sehr wohl wusste, dass solche Gedanken diesem speziellen Vorhaben nicht förderlich und sogar eher kontraproduktiv waren, konnte er doch nichts dagegen tun, dass sie ständig am Rande seines Bewusstseins lauerten, sobald George einen weiteren Versuch ankündigte.

Aber vielleicht war ihm heute Abend das Schicksal wirklich hold gesinnt und Georges Bemühungen würden von Erfolg gekrönt sein. Noch nie zuvor war seine Erregung – zumindest was diese Spielart anging – so groß gewesen. Noch nie zuvor hatte sein ganzer Körper so sehr einem Höhepunkt entgegengefiebert. Woge um Woge sexueller Ekstase ergriff ihn, trug ihn mit sich und fiel dann doch wieder in sich zusammen, ohne an den ersehnten Klippen zu zerschellen, nur um sich von neuem wieder aufzubauen …

Der Vibrator reizte unablässig seine Prostata und ließ seinen geschwollenen Schaft pulsieren. Seine Lippen und seine Kehle waren wie ausgedörrt und sein Körper schien nicht mehr wirklich zu ihm zu gehören.

Nur noch ein bisschen … nur noch ein wenig mehr …

Trotz geschlossener Augen fühlte Sinclair, wie Georges Blicke auf ihm ruhten. George, der immer noch vollständig bekleidet zwischen seinen angewinkelten Beinen kniete und ihm mit diesem batteriebetriebenen Spielzeug Himmel und Hölle zugleich bereitete. Ohne es zu sehen, wusste er, dass George sich mit seiner freien Hand zwischen seinen Beinen rieb. Langsam fing er an, Sinclair mit dem Vibrator zu ficken.

Oh Gott, ja! Das war es! Das musste es einfach sein!

Alle Muskeln in Sinclairs Körper verkrampften sich, sein Atem stockte, sein Herz schlug wie wild. Doch wieder geschah nichts.

Es war zu wenig und gleichzeitig zu viel.

Wieder ebbte die Woge ab, ohne dass Sinclair seinem Ziel auch nur einen Hauch näher gekommen wäre. Enttäuschung und Ernüchterung machten sich ihn ihm breit. Seine Augen brannten.

Verdammt.

Jetzt nur nicht weinen. Nicht jetzt. Nicht vor George. Um Gottes Willen, nicht vor George!

„Sinclair?“ Eine behutsam tastende Hand an seiner Wange.

„Alles in Ordnung“, sagte Sinclair. Doch es klang sogar in seinen Ohren falsch. Er öffnete die Augen und versuchte ein Lächeln. Es misslang ihm kläglich und sein Blick trübte sich. Bestürzt bemerkte er, wie nun auch noch seine Erektion in sich zusammenfiel. Er presste die Augen wieder zusammen, in der Hoffnung, die aufsteigenden Tränen, die in der Kehle und hinter seinen Lidern brannten, zurückhalten zu können.

Mit einem leisen *Klick* verstummte der Vibrator.

„Erzähl mir nichts. Irgendwas stimmt doch nicht“, hörte er George sagen und dann streichelte die Hand über seine Wange, bis Sinclair es nicht mehr ertragen konnte und er den Kopf zur Seite drehte.

„Nichts! Es ist nichts“, beharrte er mit erstickter Stimme.

„Sinclair!" George klang ehrlich besorgt und Sinclair fühlte, wie der Vibrator etwas zu schnell aus seinem Körper entfernt wurde. Er zuckte leicht zusammen. „Sinclair, sieh mich an", verlangte George streng und nun lagen beide Hände auf seinen Wangen und drehten seinen Kopf mit sanfter Gewalt zu George hin. „Sieh mich an", sagte er erneut, doch dieses Mal war seine Stimme sanfter und Sinclair schlug widerstrebend die Augen auf.

Als er in Georges Gesicht sah, las er dort nur ernstliche Beunruhigung und die mühsam zurückgehaltenen Tränen liefen über seine Wangen.

„Sinclair, was ist denn?" Georges sanfter, besorgter Tonfall und das Streicheln über seine Haare waren für Sinclair schwerer zu ertragen als harsche Worte.

Sein Kopf und sein Magen fühlten sich eiskalt an, als er seine Stimmbänder dazu zwang, sein Scheitern zuzugeben. „Ich … ich kann es nicht. Ich schaffe es einfach nicht", sagte er mit zitternder Stimme und wartete dann mit angehaltenem Atem und schmerzhaft pochendem Herzen auf eine Antwort. Eigenartigerweise empfand er es als tröstlich, dass George keinerlei Anstalten traf, ihn loszubinden.

„Das ist alles?", hörte er George fragen und Sinclair sah genauso verblüfft auf, wie George gerade geklungen hatte.

„George? Ich … glaube, du hast nicht richtig …" Anstatt erleichtert zu sein, versuchte Sinclair mit seiner für ihn typischen Starrköpfigkeit, George von seiner irrigen Meinung abzubringen, Sinclairs Unfähigkeit, freihändig abzuspritzen, wäre irrelevant. George musste doch einsehen, dass er ein Versager war! Schon immer ein Versager gewesen war! Sein ganzes Leben lang.

„Shhh", machte George, legte ihm einen Finger auf die Lippen und brachte ihn so zum Verstummen. „Ich verstehe sehr gut."

Gott, Tränen! Wenn es etwas gab, das Georges Libido anfachte wie ein Buschfeuer, dann waren es Tränen. Sein limbisches System und sein Unterleib waren plötzlich völlig einer Meinung und irgendeine urzeitliche Programmierung seines Gehirns suchte sich genau diesen Zeitpunkt aus, um zu schreien: *Nimm ihn dir! Jetzt! Zeig ihm, wo der Hammer hängt! Aber ein bisschen plötzlich! Bevor ihn dir ein anderer wegschnappt.* Aber das hier waren Tränen, die aus den falschen Gründen flossen. Tränen, die George nicht so sehr erregen sollten, wie sie es dennoch taten. Es war für ihn daher nicht einfach, das Richtige zu tun und seine auflodernde Lust zu zügeln. Warum er solche Rücksichtnahme an den Tag legte, darüber wollte George lieber nicht zu genau nachdenken. Weit war es mit ihm gekommen – er nahm Rücksicht auf eine Hure, die schließlich dafür bezahlt wurde, um benutzt zu werden, egal, wie die Umstände auch sein mochten. Sinclair war sicher Schlimmeres gewohnt.

Wieder flackerte der Drang, ohne Rücksicht auf Verluste über Sinclair herzufallen, in ihm auf.

Er leckte sich kurz über die Lippen, unterdrückte erneut seine Begierden und sah dann – als er sich und seinem Körper wieder trauen konnte – mit ernstem Blick auf Sinclair hinab, der immer noch aufgelöst wirkte, sich mittlerweile aber wieder etwas gefasst zu haben schien. Beinahe wie jemand, der darauf wartete, dass das Unvermeidliche nun auch eintrat. Glaubte er, George würde ihn für sein Versagen bestrafen? Nein, das konnte nicht sein – eine Strafe war für Sinclair eher so etwas wie eine Belohnung. War er womöglich zu der irrigen Annahme gekommen, diese ganze Sache wäre für George so wichtig, dass er ihn nun fallen lassen würde wie eine heiße Kartoffel? Das wäre allerdings Grund genug für die panikartige Reaktion, die sich hier gerade vor seinen Augen abspielte. George bedeutete für Sinclair sicher eine verlässliche Einnahmequelle –

für einen Stricher war so etwas gleichbedeutend wie ein Sechser im Lotto. Flüchtig überlegte sich George, wie hoch Sinclairs Schulden gegenüber Alice wohl sein mochten und wie lange er diese Schuld noch würde abarbeiten müssen. Doch er zwang sich, diesen Gedanken nicht weiter zu verfolgen.

Es war für George keine Katastrophe, dass Sinclair es nicht fertigbrachte, ohne direkte Berührungen zum Orgasmus zu kommen. Aber wie sollte er es Sinclair begreiflich machen, ohne wie ein verständnisvolles Weichei zu klingen? Außerdem stand zu befürchten, dass Sinclair ihm – dank seines Dickschädels – nicht glauben würde. Er entschloss sich schließlich zu: „Sinclair, es ist okay."

„Nein, ist es nicht", widersprach Sinclair dumpf.

„Sinclair!" George verlieh seiner Stimme deutlich mehr Nachdruck. „Wenn ich sage, es ist okay, dann ist es okay. Und jetzt hör auf, darüber nachzugrübeln. Vergiss es einfach. Ja?" George wartete keine Antwort ab, sondern sprach sofort weiter: „Und jetzt lass uns etwas anderes machen."

Sinclair hatte George nicht aus den Augen gelassen. Ein nachdenklicher Ausdruck lag auf seiner leicht gerunzelten Stirn. „Du bist nicht enttäuscht?", fragte er misstrauisch.

„Sollte ich?", gab George trocken zurück, doch als er den verständnislosen Blick bemerkte, schüttelte er den Kopf. „Es war von mir nie als Eignungstest beabsichtigt. Also hör auf, dich so rein zu steigern, und vergiss es einfach."

Immer noch ruhte Sinclairs skeptischer Blick auf ihm. „Du meinst das wirklich ernst", äußerte er nach einer Weile verwundert.

„Natürlich meine ich das ernst. Du gehörst nicht zu der Kategorie von Personen, die ich gewohnheitsmäßig anlüge", erwiderte George und schnipste, wie nebenbei, mit seinen Fingern gegen die Nippelklemme an Sinclairs linker Brust.

Sinclairs erschrecktes Keuchen ging in ein leises Stöhnen über, als der Schmerzimpuls in seiner Brust durch seinen ganzen Körper strömte und sich zwischen seinen Beinen in pulsierende Erregung wandelte.

„Soll ich sie abmachen?“, fragte George leichthin und stupste sachte gegen die Klemmen.

Jetzt war es Sinclair, der sich begehrlich über die Lippen leckte. „Später …“

George grinste. „Sie werden beim Abnehmen noch viel mehr wehtun als das jetzt schon der Fall ist, aber das weißt du ja …“ Seine Hände schlossen sich um Sinclairs erwachende Erektion und rieben daran auf und ab.

Später, nachdem Sinclair sein eigenes Sperma von Georges Fingern geleckt und George seine Hose wieder angezogen hatte und er gerade damit beschäftigt war, Sinclairs Fesseln zu lösen, beugte sich George zu Sinclair hinunter und raunte ihm zu: „Ich will nicht, dass du dich selbst so unter Druck setzt. Hast du mich verstanden?“ Er wartete kurz Sinclairs Nicken ab und presste dann seinen Mund in einem harten Kuss auf Sinclairs Lippen.

Teil 12

Es war weder ein Mittwoch noch ein Sonntag, als George – einer plötzlichen Laune folgend – seinen Chauffeur anwies, noch einen Umweg über Miss Thorndykes Etablissement zu fahren.

Da er nicht alleine unterwegs war, sondern noch zwei seiner Bodyguards mit im Wagen saßen, hatte er vorgehabt, sich zurückzuhalten, aber er hatte einen Scheiß-Tag hinter sich und war nicht in der Stimmung, auf seine Leute und deren Feierabend Rücksicht zu nehmen.

„Aber Boss, heute ist Freitag", wagte sein Chauffeur einzuwenden.

„Ja, und, Bridges?", gab George gereizt zurück. „Ich hatte heute nur Ärger am Hals. Dieses Treffen wollte und wollte kein Ende nehmen und alles nur, weil sich ein paar Rotzlöffel mit unseren Jungs angelegt haben. Und jetzt, wo mir der Sinn nach ein wenig Entspannung steht, geruht mein Fahrer Einwände zu erheben?"

„Natürlich nicht, Boss", beeilte sich Bridges zu versichern. Er setzte den Blinker und schlug die von seinem Brötchengeber gewünschte Route ein. Er warf dem Bodyguard auf dem Beifahrersitz einen besorgten Blick zu, den dieser mit einem kaum merklichen Schulterzucken beantwortete.

~~~

Der mit weichem Leder gepolsterte Bock, auf dem Sinclair bäuchlings lag, war eine Sonderanfertigung. So war er zum einen höhenverstellbar, wodurch Sinclair auch mit seinen langen Beinen eine halbwegs bequeme Position einnehmen und diese über längere Zeit ohne Krämpfe aushalten konnte. Zum anderen waren mehrere Ösen an den
~~~

Stützen des Bocks angebracht. Sinclairs Hand- und Fußgelenke waren von breiten Ledermanschetten umschlossen, an denen Karabinerhaken angebracht waren. Diese Haken wiederum waren in die Ösen des Bocks eingeklinkt und fixierten Sinclairs Arme und Beine in einer gestreckten und hilflosen Position.

Sein Unterleib drückte sich leicht gegen die Kante der Polsterung, deren kühles Leder sich mittlerweile durch seine Körpertemperatur erwärmt hatte.

Bereits seit einer Stunde verharrte er so und würde es wahrscheinlich noch für eine weitere Stunde tun, denn soweit er informiert war, hatte ihn dieser Kunde für etwas mehr als zwei Stunden für sich reserviert. Alice hatte eigentlich nicht vorgehabt, ihn für diesen Kunden zu buchen, doch zwei der anderen Jungs, die normalerweise für diesen Mann bereitstanden, waren ausgefallen und so hatte Alice auf Sinclair zurückgreifen müssen, da keiner ihrer anderen Angestellten für eine derart lange Spanking-Session in Frage kam. Da es sich um einen sehr guten Kunden handelte, wollte Alice ihn unter allen Umständen zufriedenstellen, auch wenn sie dafür Sinclair einsetzen musste, den sie in letzter Zeit – Doc Walker zuliebe – sehr geschont hatte. Sinclair hingegen kannte den Kunden nicht und es kümmerte ihn auch nicht, wer er war. Immerhin entbehrte er nicht einer gewissen Geschicklichkeit im Umgang mit den diversen Schlaginstrumenten, die er auf Sinclairs Rückseite tanzen ließ.

Einzig der Ball aus hartem Gummi, der sich als Knebel in Sinclairs Mund befand und mit einem Lederriemen hinter seinem Kopf befestigt war, war etwas unangenehm. Das Material entsprach nicht Sinclairs Geschmack und er mochte es nicht, dass ihm der Speichel am Kinn hinab lief. Es war auf eine Art entwürdigend, die er nicht schätzte, wohl aber viele von Alices Kunden. Hinzu kam noch, dass der Lederriemen ein wenig in seine Mundwinkel einschnitt, da der Verschluss zu stramm angezogen war.

Doch abgesehen davon gab es langweiligere Möglichkeiten, einen Freitagnachmittag zu verbringen. Sein Kunde war recht geschickt und Sinclair gestattete sich, ein wenig von George zu träumen, während die Hiebe auf ihn niederprasselten. Es war einfach, sich George anstelle seines tatsächlichen Kunden vorzustellen. Die Intensität der Schläge hatte sich nur langsam gesteigert und ihm wurden immer wieder Pausen zugestanden, in denen er sich erholen und mental auf die nächste Runde einstellen konnte – ganz so, wie George es auch tat. Doch es fehlte ein wenig die Variation und der Rhythmus stimmte nicht ganz. Aber der Mann ging mit Umsicht und Verständnis zu Werke, sodass Sinclair sich jetzt schon sicher sein konnte, dass keine Spuren zurückbleiben würden.

Brutale Schläger, die wahllos mit einem Rohrstock auf kalte Haut einprügelten, verursachten natürlich heftige Striemen, die dort, wo sich zwei Spuren kreuzten, auch aufplatzen und bluten konnten. Glücklicherweise neigte Sinclair so oder so nicht dazu, Spuren noch tagelang auf seiner Haut zu tragen. Ein wenig bedauerte er dies – solange es Spuren waren, die George verursacht hatte. Solche Striemen hätte er liebend gerne noch tagelang im Spiegel bewundert und befühlt und sich dabei an den Mann erinnert, der sie ihm beigebracht hatte. Aber normalerweise verblasste jegliche Rötung auf seiner hellen Haut schon nach wenigen Stunden und war am nächsten Morgen in der Regel fast völlig verschwunden. Besonders dann, wenn er – wie jetzt gerade – sorgfältig vorbereitet und seine Haut langsam und umsichtig erwärmt worden war.

Zuerst hatte sein Kunde einen weichen Flogger aus Wildleder an ihm benutzt, der mehr streichelte als schmerzte. Dann war er zu einer Lederklatsche übergegangen und hatte erst dann eine gepolsterte Military-Reitgerte verwendet. Seine Haut war mittlerweile so gut durchblutet, dass als nächstes wahrscheinlich ein anderes, heftigeres Schlaginstrument zum Einsatz kommen würde.

Sinclair fragte sich gerade, was es wohl sein würde, und spürte dann – als Vorwarnung – wie sein Kunde ihm die geliebte Reitgerte auf den Rücken legte. Der Knebel in seinem Mund dämpfte sein wohliges Seufzen, doch er streckte sich unmissverständlich in seinen Fesseln.

„Kannst es wohl gar nicht mehr erwarten, was?" Sein Kunde lachte. Er fuhr ihm mit einer Hand durch die Haare und bog Sinclairs Kopf ein wenig zurück. Sinclair vermutete, um sich an dem Anblick des Knebels in seinem Mund zu weiden. Tatsächlich fuhr er mit einem Finger die Form von Sinclairs gespannten Lippen nach, als ihm die wunden Mundwinkel auffielen. „Oh. Die Riemen sind zu eng", murmelte er und ließ Sinclairs Haare los. „Das kann so nicht bleiben. Ich mache den Verschluss auf. Aber ich verlasse mich darauf, dass du den Knebel trotzdem im Mund behältst. Kannst du das?"

Sinclair grunzte zustimmend und atmete erleichtert auf, als der Druck der Lederriemen aufhörte.

Sein Kunde streichelte nun mit beiden Händen über Sinclairs erhitzten Hintern. „Dann wollen wir jetzt mal richtig Spaß miteinander haben …"

Sinclair hörte, wie sich die Atmung des anderen Mannes veränderte und er spürte, wie eine Hand von seinem Hintern genommen wurde. Zu dem leisen Keuchen gesellte sich das typisch klatschende Geräusch, welches eine Masturbation begleitete. Als tastende Finger über die Spalte seines Hinterns glitten, versuchte Sinclair, sich völlig zu entspannen. Gefesselt wie er war, blieb ihm so oder so nichts anderes übrig.

~~~

Bridges saß noch mit den beiden Leibwächtern im Wagen und zu dritt beobachteten sie, wie George die wenigen Stufen zum Eingang von Alice Thorndykes Bordell erklomm.

„Das gibt noch Ärger“, murmelte Bridges.

„Sein Jüngelchen ist bestimmt anderweitig beschäftigt“, knurrte der Mann auf dem Beifahrersitz.

„Mir musst du das nicht sagen, Dave. Aber dem Boss ist das offensichtlich nicht in den Sinn gekommen“, erwiderte Bridges.

„Und wir dürfen dann seine schlechte Laune wieder ausbaden“, gab Dave zurück und wandte sich an den Mann auf dem Rücksitz. „Du, Naresh, Schlagring, Messer oder gleich die Knarren?“

Naresh zuckte mit den Schultern. „Kommt drauf an, wie die Türsteher in diesem Puff ausgestattet sind und wie viele es überhaupt sind. Aber wahrscheinlich reicht es, wenn wir unsere Knarren einfach zeigen. Egal, wie scheiße der Boss auch drauf ist – auf eine Schießerei am hellen Tag ist nicht mal er besonders scharf.“

Bridges drehte sich halb auf seinem Sitz, um nach hinten zu sehen. „Na, komm. So schlimm ist der Boss nun auch wieder nicht.“

Dave und Naresh schenkten ihm ungläubige Blicke und versuchten dann reichlich erfolglos, ihr grunzendes Gelächter im Keim zu ersticken.

„Das ist mein völliger Ernst!“, äußerte Bridges mit Nachdruck. „Ich hatte schon wesentlich schlimmere Arbeitgeber. Der Doc sagt vielleicht nicht immer Bitte und Danke, aber mein Lohn wird immer pünktlich ausgezahlt. Außerdem hat er mir noch nie in den Wagen gekotzt oder irgendjemand auf dem Straßenstrich aufgegabelt und dann
~~~

auf dem Rücksitz rumgemacht und mir dann die Rechnung für die Reinigung der Polster vom Gehalt abgezogen, weil die Flecken nicht mehr wirklich rausgegangen sind."

„Na ja, so gesehen", lenkte Naresh ein und zuckte wieder mit den Schultern.

„Okay", unterbrach Dave, der die Vorgänge an der Eingangstür aufmerksam verfolgt hatte, das Geplänkel. „Der Boss hat geschnipst, ich schätze, das ist unser Einsatz."

„Dann wollen wir mal", sagte Naresh und kletterte mit einem Seufzen aus dem Wagen.

~~~

„Doc … ähm … Mister Walker!", stammelte der Türsteher von Miss Thorndyke zur Begrüßung, nachdem er auf Georges Klopfen hin die Tür geöffnet hatte. „Aber … heute ist Freitag …"

George atmete rasch und tief ein. „Warum glaubt heute eigentlich jeder, er müsste mir den Kalender vorbeten?"

„Das war nicht meine Absicht, Mister Walker", beeilte sich der Türsteher zu versichern. „Ich dachte nur …"

„Wenn Ihre Gedankengänge dazu führen würden, mich endlich herein zu bitten", unterbrach George ihn eisig.

Der Türsteher schluckte deutlich sichtbar. „Selbstverständlich", erwiderte er, machte jedoch keine Anstalten, auch tatsächlich den Weg freizugeben. „Es ist nur", fing er an, unterbrach sich selbst und sprach doch rasch weiter, gerade so, als ob ihm in diesem Augenblick eine brillante Idee gekommen wäre. „Womit können wir Ihnen heute dienen?"

George sah ihn an, als ob er den Verstand verloren hätte. „Mit Sinclair natürlich, womit denn sonst?"

Der Türsteher suchte offensichtlich panisch nach Worten. „Ja, natürlich, es ist nur so … es ist Freitag …" Er
~~~

sah, wie sich Georges Blick verfinsterte, und schluckte erneut. „Sinclair ist im Moment anderweitig beschäftigt“, krächzte er leise. „Aber wenn Sie vielleicht solange im Salon Platz nehmen möchten …“

In Georges Gesicht zuckte kein einziger Muskel, als er sehr leise fragte: „Sinclair ist was?“

„Anderweitig …“, versuchte es der Türsteher mit versagender Stimme erneut.

„Mit wem?“, fragte George kalt.

„Mit Mister Glendale“, platzte es aus dem Türsteher heraus. Normalerweise wurden solche Informationen niemals herausgegeben, doch er hatte kein Verlangen, sich mit dem Mafia-Boss anzulegen.

„Der Gewerkschaftsboss … interessant“, bemerkte George tonlos. „Welches Zimmer?“

Die ersten Schweißperlen zeigten sich auf der Stirn des Türstehers. „Das kann ich Ihnen nicht sagen.“ Erleichtert bemerkte er, dass die Chefin gerade die Treppe herunterkam. Er versuchte, ihr unauffällig Handzeichen zu geben.

George leckte sich über die Oberlippe. „Oh doch, das glaube ich schon“, entgegnete er kühl und schlug seinen Mantel und sein Jackett ein wenig zur Seite – gerade genug, damit der Türsteher Gelegenheit hatte, den Schulterholster und die darin befindliche Waffe zu sehen.

„Zimmer Elf – aber ich kann Sie da jetzt wirklich nicht …“, unternahm der Türsteher einen letzten, verzweifelten Versuch. Aus den Augenwinkeln sah er, dass Alice seine Zeichen wahrgenommen hatte und nun mit gerunzelter Stirn auf die Eingangstür zukam.

Warum musste die Chefin auch immer so hohe Absätze tragen? In flachen Schuhen wäre sie schon lange an der Tür gewesen und hätte sich selbst mit dem Mafiaboss rumärgern können. Wenn er lebend aus dieser Misere rauskam, würde er eine Gehaltserhöhung verlangen!

„Dann viel Spaß bei dem Versuch, mich aufzuhalten." Ohne sich umzudrehen, hob George die rechte Hand und schnipste zwei Mal.

An dem immer blasser werdenden Gesicht des Türstehers konnte er ablesen, dass seine Männer seinem Kommando folgten. Kurz darauf packten Dave und Naresh den Türsteher links und rechts an den Armen und drängten ihn ohne viel Federlesen beiseite. Gerade als George über die Türschwelle trat, kam Alice Thorndyke auf ihn zugestöckelt – unter ihrem Make-Up genauso bleich wie ihr Türsteher.

„Doc! Was tun Sie denn hier? Heute ist doch …", rief sie, bevor sie sich auf die Zunge biss.

„FREITAG!", beendete George mit grimmigem Zähneknirschen ihren Ausruf. „ICH WEISS!" Danach setzte er seinen Weg fort. Auf einen Wink folgten ihm seine beiden Leibwächter mit stoischen Mienen.

„Hank!", wandte sich Alice nun an ihren Türsteher. „Ist dir was passiert?" Auf sein schwaches Kopfschütteln hin, verwandelte sich die besorgte Chefin augenblicklich in eine aufgelöste Furie. „Was um alles in der Welt ist hier los? Warum hast du Doc Walker reingelassen? An einem Freitag!"

„Mir blieb keine andere Wahl! Er hat eine Knarre!", schleuderte Hank seiner Chefin erbost entgegen. „Was hätte ich denn tun sollen!"

„Lügen?", erwiderte Alice schnippisch. „Du hättest ihm sagen können, dass Sinclair krank ist und heute nicht empfängt – oder dass er überhaupt nicht im Haus ist!"

Hank blickte betreten zu Boden. „Sorry … ist mir in der Hektik nicht eingefallen."

Alice warf die Hände in die Höhe. „Herr schenke mir Geduld! Wo will der Doc überhaupt hin? Er weiß doch gar nicht, wo …“ Alices Augen verengten sich zornig. „Du hast ihm doch nicht etwa die Zimmernummer gegeben?“

Hank versuchte, sich so klein wie möglich zu machen, was ihm aufgrund seiner Körpergröße von fast zwei Metern und einem Gewicht von über 100 Kilo nahezu unmöglich war.

Alice machte tatsächlich Anstalten, auf Hank loszugehen, als ihr etwas in den Sinn kam, was Hank vorher gesagt hatte. „Moment … er hat eine Waffe bei sich?“

Hank nickte und Alice erbleichte noch ein wenig mehr. „Wenn ich auch nur ein Einschussloch in meinen Wänden finde, dann Gnade dir Gott!“, keifte sie und rannte, so schnell sie konnte, die Treppe hinauf, die George Walker vor wenigen Augenblicken ebenfalls erklommen hatte.

Nach einer Zeitspanne, die Alice wie eine Ewigkeit vorkam, hatte sie George Walker und seine beiden Begleiter endlich eingeholt. Nach Atem ringend verfolgte sie, wie George einem seiner Begleiter zunickte, welcher sich daraufhin in eindeutiger Absicht der Tür zu Zimmer Elf näherte. Alice musste nun schnell handeln, wenn sie verhindern wollte, dass er die Tür öffnete oder gar – was Gott verhüten möge – mit einem gezielten Tritt aus den Angeln brach. Sie bekam gerade wieder genügend Luft, um seinen Namen zu rufen.

„Mister Walker!“

George sah auf, doch sein Gesichtsausdruck wirkte auf Alice alles andere als beruhigend. Dennoch schritt sie weiter auf ihn zu. Immerhin hatte der andere Mann innegehalten und ihrer Tür noch nichts angetan.

„Mister Walker, wenn Sie mir hinunter in den Salon folgen wollen, dann werde ich dafür sorgen, dass Sinclair in fünf Minuten bereit ist, Sie zu empfangen", schlug sie diplomatisch vor.

George wandte stumm seinen Blick ab und sah wieder den Mann an, der der Zimmertür am nächsten stand. „Dave", sagte er mit einem Kopfnicken in Richtung Tür.

„Doc! Ich bitte Sie", brach es aus Alice heraus. „Da drin ist ein sehr angesehener Gast – bitte machen Sie keinen Ärger! Sie wollen mich doch nicht ruinieren?" Sie wartete mit angehaltenem Atem auf seine Antwort. Auch jetzt war der Mann, den George Walker Dave genannt hatte, immer noch nicht in Aktion getreten und Alice schöpfte bereits wieder Hoffnung, doch dann wandte der Mafiaboss ihr nach einem langsamen Blinzeln seine Aufmerksamkeit zu und das gerade erst aufkeimende Frohlocken zerfiel zu Staub.

Seine Augen wirkten tot und sein Blick war von mörderischer Kälte. „Ihre Sorgen sind völlig unbegründet, Miss Thorndyke. Glendale steht genauso auf meiner Gehaltsliste wie halb Scotland Yard. Und jetzt gehen Sie mir aus dem Weg, oder ich werde leider gezwungen sein, Naresh zu bitten, sich um Sie zu kümmern."

Der andere Mann, der neben Dave stand, ließ unauffällig seine Knöchel knacken.

Alice machte augenblicklich einen Schritt zurück und bemühte sich, das Zittern ihrer Hände zu unterdrücken.

Georges Blick glitt von ihr fort, als ob sie nie existiert hätte. Dann sagte er mit tödlicher Ruhe: „Dave. Mach jetzt bitte die verdammte Tür auf."

Gerade, als die Tür aufflog, sagte Mister Glendale: „Bis ich für die zweite Runde bereit bin ..." Niemand sollte je erfahren, wie dieser Satz hätte enden sollen, denn Mister Glendale erstarben beim Anblick von George Walker die Worte im Hals.

George nahm das Bild, das sich ihm bot, in allen Einzelheiten in sich auf.

Der nackte Gewerkschaftsboss Glendale, der zum Schlag ausholende, erhobene rechte Arm, die rechte Hand, die eine Reitgerte umklammert hielt, die zerstreuten Kleidungsstücke auf dem Fußboden und … Sinclair.

Sinclair, der nackt an einen Strafbock gefesselt war und der erst jetzt seinen Kopf in Richtung Tür drehte, um zu sehen, wer diese Störung verursacht hatte.

Sinclair, dessen Augen sich überrascht weiteten und dessen Gesichtszüge durch einen Ballknebel aus Gummi merkwürdig verzerrt waren.

Sinclair, dessen Rücken weiße Sperma-Spritzer zierten.

Ein roter Schleier senkte sich vor Georges Augen und trübte sowohl sein Wahrnehmungsvermögen als auch seine Denkfähigkeit.

„Doc Walker …“, stammelte Glendale.

„Schafft ihn raus.“ Georges Befehl klang wie das Knurren eines Wolfes.

„Aber …aber …“, winselte Glendale, als Dave und Naresh auf ihn zu traten und ihn etwas unsanft aus dem Zimmer hinauskomplimentierten.

„Ab sofort keine Störungen mehr!“, blaffte George, ohne seine Männer auch nur eines Blickes zu würdigen. Er wusste, dass sie seine Anweisung ausführen würden. Er trat auf Sinclair zu und blieb hinter seinen gespreizten Beinen stehen.

„Ich hoffe für dich, dass deine Einfahrt noch gut geschmiert ist“, sagte er kalt. „Wenn nicht, hast du eben Pech gehabt.“

Sinclair konnte nicht glauben, was er hörte. Zu sehr stand es im Widerspruch mit Georges normalem Verhalten. Sicher, er war wütend. Mehr als wütend. Und eigentlich reagierte er auf die Anwesenheit des anderen Mannes fast genauso, wie Sinclair das sich in seinen reichlich bemessenen Mußestunden ausgemalt – und auch ein wenig erhofft – hatte. Sinclair hätte nichts gegen harten, besitzergreifenden Sex einzuwenden gehabt, doch Georges Worte ließen einen anderen Schluss zu. Dennoch konnte er sich nicht vorstellen, dass George ernsthaft vorhatte, die Situation auf eine Art und Weise auszunutzen, die einfach nicht akzeptabel war. Doch dann hörte er, wie Kleidungsstücke zu Boden fielen und ein Reißverschluss geöffnete wurde. Seine Arschbacken wurden von kalten Händen grob auseinandergezogen. Ein flüchtiges Reiben über seinen Anus und dann …

Tränen schossen ihm in die Augen bei dem reißenden Schmerz, der dem unnachgiebigen Druck folgte. Er wollte schreien, doch der Knebel dämpfte jeden Laut, der sich seiner Kehle entrang, bis zur Unkenntlichkeit. So schnell war George noch nie in ihn eingedrungen. Es war zu schnell, zu viel, zu schmerzhaft. Heiße Tränen liefen über seine Wangen, vermischten sich mit dem Speichel an seinem Kinn und tropften zu Boden. Hart zupackende Finger an seinen Hüften. Sinclair hielt während der ersten, peinigenden Stöße unwillkürlich den Atem an. Anstatt den Knebel auszuspucken, biss er stattdessen reflexartig die Zähne zusammen und grub sie in den Gummiball, um den Schmerz halbwegs ertragen zu können. Die Verwirrung über Georges plötzliches Auftauchen, die er immer noch nicht vollständig überwunden hatte, mischte sich nun mit der Fassungslosigkeit über Georges Verhalten. In den ersten Momenten war er zu schockiert, um in irgendeiner Form reagieren zu können, doch dann strengte er sich an, den Knebel loszuwerden. Wenn er mit George sprechen konnte, ihn anschreien konnte, würde er bestimmt wieder zur Vernunft kommen. Doch es kostete ihn Zeit, dieses Vorhaben in die Tat umzusetzen. Seine Kiefermuskeln waren vom langen Tragen des Knebels verkrampft und es war schwierig, sie genügend zu lockern, um den Gummiball ohne Hilfe seiner Hände entfernen zu können.

Während er sich noch bemühte, den Knebel loszuwerden, spürte er, wie sein Körper begann zu reagieren und das Schlimmste war nun nicht mehr die Tatsache, dass George ohne Zustimmung über ihn hergefallen war, sondern dass sein Körper ihn betrog.

Sinclairs Geist wusste genau, dass das, was hier passierte – was hier mit ihm passierte – einfach nur falsch war. Und dennoch interpretierte sein Körper die Vorkommnisse auf seine ganz eigene Weise und reagierte auf die Schmerzen und die grobe Stimulation auf die einzige Art, die er kannte: mit Erregung. Als es ihm endlich gelang, den Knebel auszuspucken, ließ er ihn einfach fallen. Mit einem deutlich hörbaren Aufprall schlug der harte Gummiball auf dem Boden auf und blieb liegen. George musste das Geräusch gehört haben, denn er hielt mit einem Mal still.

„Was ist?", keuchte George.

„George", ächzte Sinclair, „bitte …" Er biss sich auf die Lippen und wusste selbst nicht mehr, worum er flehte. Aufhören? Nein, das war keine wirkliche Option. Seine Erregung war zu groß. Sein Körper verzehrte sich nach George, wollte in Besitz genommen werden, wollte den Schmerz, die Erniedrigung, die Ekstase.

George stieß ein kurzes, hässliches Lachen aus und nahm seine Bewegungen wieder auf. „Ja, das gefällt dir. Das dachte ich mir schon fast."

Die widersprüchlichsten Emotionen ergriffen von Sinclair Besitz. Er fühlte sich hin- und hergerissen zwischen dem Wissen, dass das, was George mit ihm tat, nicht in Ordnung war, und Verwunderung und Scham darüber, dass es ihn dennoch erregte, schlicht und ergreifend, weil es George war, der ihm dies antat.

Sinclair wurde schwindelig. Kalter Schweiß trat ihm auf die Stirn, während sein idiotischer Körper eine Erektion bekam. Da begriff Sinclair mit erschreckender Klarheit, wenn George lange genug durchhalten würde, wäre es äußerst wahrscheinlich, dass er einfach so abspritzen würde. Ohne jede Stimulation an seinem Penis.

Die Scham drohte ihn zu überwältigen und plötzlich war es wieder wie damals auf der ersten Universität, die er besucht hatte …

~~~

Sinclair stand im Freien in einer Ecke des verwinkelten Universitätsgebäudes und rauchte eine Zigarette. Der kalte Wind – ein Vorbote des nahenden Herbstes – hatte ihn den Kragen seiner Jeansjacke hochschlagen lassen, obwohl er noch zusätzlich hinter dem überdachten Anbau, in dem die Studenten und Lehrkräfte ihre Fahrräder unterstellen konnten, Schutz gesucht hatte.

Seitdem er die Unterhaltung zwischen Donahue und einem damals namenlosen Kommilitonen in der Bibliothek belauscht hatte, war eine Woche vergangen. Zwei Tage darauf hatte er den Namen von Donahues Gesprächspartners erfahren, denn ein flachsblonder, stiernackiger Kerl war auf ihn zugetreten, hatte sich als Paul Higgins vorgestellt und dummes Zeug gelabert, das in einer unverblümten Einladung gegipfelt hatte. Sinclair hatte ihn keiner Antwort gewürdigt, sondern sich einfach wortlos umgedreht und war gegangen. Er hatte Higgins Gewäsch nur aus lauter Neugier ertragen. Er hatte hören wollen, ob er ihn wirklich zu sexuellen Praktiken auffordern würde.

Donahues Tratsch über ihn tat immer noch weh, aber zumindest hatte das Getuschel hinter seinem Rücken seither nicht zugenommen und das war ein Trost für Sinclair. Ein schwacher Trost zwar, aber immerhin war er noch nicht als das schwule Schulflittchen verschrien. Mit den abschätzigen, fragenden Blicken konnte er leben.
~~~

Von seiner Zigarette war nur noch ein kleiner Stummel übrig und er fragte sich gerade, ob er noch eine zweite rauchen sollte, als Donahue um die Ecke geschlendert kam. Die Hände betont nonchalant in den Hosentaschen vergraben und ein siegesgewisses Grinsen im Gesicht.

„Hallo, mein Hübscher", grüßte Donahue ihn, als er schließlich vor ihm stand.

Sinclair hätte sich am liebsten auf der Stelle übergeben. Was war damals nur in ihn gefahren, dass er sich mit diesem Kerl verabredet hatte? Wie hatte er nur so dämlich sein können, auf dieses Ekelpaket hereinzufallen? „Was willst du?", fragte er kalt. Er wäre gerne gegangen, aber Donahue stand ihm im Weg und Sinclair hatte keine Lust, ihn zu berühren und zur Seite zu schieben.

Donahue leckte sich kurz über die Lippen und holte die Zigarette, die er hinter seinem rechten Ohr aufbewahrt hatte, hervor, nahm sie aber nicht in den Mund. „Ich habe gehört, du hast Higgins abblitzen lassen."

„Ja, und?", gab Sinclair ungeduldig zurück.

„Oh, nichts", sagte Donahue und steckte sich nun die Zigarette zwischen die Lippen, zündete sie aber nicht an, sondern ließ sie in seinem linken Mundwinkel hängen. Wahrscheinlich ein Versuch, verwegen zu wirken. An Sinclair war dieses Bemühen allerdings völlig verschwendet. Er hob lediglich eine Augenbraue.

„Ich dachte nur", fuhr Donahue fort, „dass du deshalb morgen Abend wahrscheinlich noch nichts vorhast." Er zog seine Ankündigung derart in die Länge, dass Sinclair fast zerplatzte.

„Du dachtest was?", fuhr Sinclair ihn an. „Dass wir beide auf ein Date gehen sollen?"

Donahue runzelte leicht die Stirn und nahm die Zigarette aus seinem Mund.

„Na ja, nicht gerade ein Date, aber wir könnten auf mein Zimmer und dort ein bisschen Spaß haben. Ich habe auch schon eine Flasche Wein besorgt." Er streckte seine Hand aus und versuchte, Sinclairs Gesicht zu berühren, doch Sinclair zuckte unwillig zurück.

„Du glaubst wirklich, dass dieser billige Fusel, den du im Supermarkt für 2,99 gekauft hast, ausreicht, damit ich dir einen blase? Such dir jemand anderen, mit dem du deine latenten homosexuellen Tendenzen ausloten kannst!" Sinclair überwand seine Abneigung, Donahue zu berühren, und stieß ihn grob zur Seite.

Doch gerade, als er an ihm vorbei gehen wollte, schoss Donahues Hand nach vorne und packte ihn am Handgelenk. Sinclair wurde herumgeschleudert, bis er mit dem Rücken heftig gegen die Mauer des Universitätsgebäudes prallte. Die Wucht des Aufschlags presste ihm die Luft aus den Lungen und ihm wurde für einen Moment schwindelig. Dieser Moment genügte Donahue, um ihm das Knie in den Magen zu rammen, sodass Sinclair vor Donahue auf die Knie fiel. Seine Arme schlangen sich reflexartig um seine Körpermitte und er schnappte panisch nach Luft. Er bekam kaum mit, wie Donahue ihn an den Haaren packte und seinen Kopf in die Höhe riss, aber er hörte noch, wie Donahue fauchte: „So haben wir nicht gewettet, Freundchen." Dann spürte er auch schon, wie sich etwas Warmes, Feuchtes gegen seinen um Atem ringenden, geöffneten Mund presste. „Mach's Maul auf, du Wichser!" Donahue riss zur Verdeutlichung an Sinclairs Haaren.

Der Schmerz trieb Sinclair Tränen in die Augen, doch er sorgte auch für einen Moment der Klarheit. Er sah Donahues geöffnete Hose vor sich und begriff, dass es sich bei dem, was er an seinen Lippen spürte, um Donahues Erektion handeln musste. Er versuchte, seinen Kopf zur Seite zu drehen. Doch Donahues Griff war so hart und unnachgiebig, dass eine erneute Schmerzwelle in seiner Kopfhaut explodierte, die durch seinen ganzen Körper schoss. Voller Entsetzen bemerkte Sinclair, wie der Schmerz ein deutliches Lustgefühl zwischen seinen Beinen hervorrief.

Nein, nein, nein, flehte Sinclair in Gedanken und bäumte sich gegen den Griff in seinen Haaren auf, bis es ihm gelang, seinen Kopf weit genug zurückzuziehen, um seinen Mund schließen zu können. Doch wieder hallte der Schmerz als erregtes Pulsieren zwischen seinen Beinen nach.

„Hältst dich wohl für besonders clever“, knurrte Donahue und schmierte seinen Penis über Sinclairs Mund, Nase und Kinn. Sinclair hielt seinen Mund fest zusammengepresst und hob seine Hände, um Donahue von sich wegzustoßen, doch Donahue musste so etwas geahnt haben, denn noch bevor Sinclair ihn auch nur berührte, holte Donahue schon mit seinem rechten Fuß aus und trat ihm zwischen die Beine.

Sinclair sackte vor Schmerzen zusammen, doch sein Körper verstand die Signale offensichtlich völlig falsch, denn als Donahue ihn an seinen Haaren wieder in die Höhe zog, spürte Sinclair, dass sein Penis bereits halbsteif war.

Die Scham drohte ihn zu überwältigen. Ihm war übel und kalt und gleichzeitig war er so grauenhaft erregt. Er presste seine Augen zusammen, wollte nicht sehen, wie sich Donahue mit einer Hand über sein steifes Glied rieb. Es genügte, dass er es mitanhören musste. Immer wieder wurde ihm die glitschige Eichel über die Lippen gerieben, doch er hielt starrsinnig wie eine Auster seinen Mund geschlossen. Er hörte Donahue fluchen und dann spürte er, wie etwas Warmes, Feuchtes gegen seine Wangen und Nase spritzte.

Es war vorbei.

Er hörte Donahue heftig atmen, dann löste sich die Hand aus seinen Haaren und Sinclair sackte an der Wand in sich zusammen. Donahue verpasste ihm noch einen letzten, aber nicht mehr sehr überzeugenden Tritt in die Magengrube, schleuderte ihm noch ein „Schwule Sau“ entgegen und dann endlich entfernten sich seine Schritte.

Sinclair war allein. Dennoch hielt er seine Augen geschlossen. Seine Hände wanderten wie von selbst zwischen seine Beine, wo sie über die harte Wölbung rieben, die sich unter seiner Jeans abzeichnete. Tränen liefen ihm nun ungehemmt über die Wangen.

Was war nur los mit ihm?

Unter größter Willensanstrengung gelang es ihm, seine Hände von seiner Erektion zu entfernen, die Augen zu öffnen, sich das Sperma und die Tränen mit einem Taschentuch vom Gesicht zu wischen, auf-

zustehen und sich wie ein verwundetes Tier in seinem Zimmer zu verkriechen. Er legte sich angezogen auf sein Bett und starrte an die Zimmerdecke. Was stimmte nicht mit ihm? Was war er nur für eine perverse Kreatur? Wie konnte es ihn erregen, dass er gerade so gut wie vergewaltigt worden war?

In dieser Nacht befriedigte er sich selbst drei Mal und weinte sich danach jedes Mal die Augen aus. Doch seine Erregung und der Nachhall der Schmerzen, die er erlitten hatte, waren zu groß, um sie zu ignorieren. Wieder und wieder erlag er der Versuchung, bis er endlich gegen Morgengrauen in einen unruhigen Schlaf fiel.

Als er erwachte, telefonierte er mit Randolph – etwas, das er üblicherweise scheute wie der Teufel das Weihwasser – und verlangte von ihm, ihn in einer anderen Universität unterzubringen und ihm einen Kampfsporttrainer zu besorgen. Nie wieder wollte er in eine solche Situation geraten, nie wieder wehrlos jemandem ausgeliefert sein.

Drei Tage später bezog er sein Zimmer an einer neuen Universität. Er wollte alles hinter sich lassen und nie mehr zurückblicken. Doch der Selbstekel haftete auch in dieser neuen Umgebung an ihm wie ein zweiter Schatten.

Alkohol dämpfte die schlimmsten Zweifel, wenn er wieder einmal anfing, sich zu fragen, warum er es soweit hatte kommen lassen, warum er sich nicht gewehrt hatte. Warum …? Warum war er so?

Doch es dauerte nicht lange und der Alkohol half nicht mehr. Durch eine Fügung des Schicksals lernte Sinclair kurz darauf einen Dealer kennen und sein Leben wurde dank Drogen, die er schon zu seinen College-Zeiten schätzen gelernt hatte, wenn schon nicht lebenswert, so wenigstens doch wieder halbwegs erträglich. Früher hatte er Drogen lediglich geschnupft oder geraucht, doch jetzt brachte ihn sein Dealer auf die Idee, sich die Rauschgifte zu spritzen. Von diesem Moment an zog Sinclair diese Methode allen anderen vor. Der Stich der Nadel verschaffte ihm eine Erleichterung, die nur noch von der, die die Droge auslöste, übertroffen wurde.

Mit verkrampftem Magen, schlechtem Gewissen und harter Erektion konsumierte er einschlägige Pornographie und befriedigte sich dabei selbst. Nach jedem fulminanten Höhepunkt nahmen Selbstekel und Zweifel, die für die Dauer seiner Erregung verstummten, wieder überhand. Doch irgendwann drang es wirklich in sein Bewusstsein, dass er mit seinen speziellen Sehnsüchten nicht alleine war. Es gab andere Menschen, die genauso fühlten wie er. Er fing an, solche Menschen zu suchen. Er experimentierte. Bezahlte seine Drogen manchmal mit Blowjobs auf öffentlichen Toiletten. Forderte die Schläge durch unverschämtes Verhalten heraus. Trotzdem dauerte es lange, bis er akzeptieren konnte, dass ihm Demütigungen und Schmerzen unter gewissen Umständen Vergnügen bereiteten. Heimlichkeiten wurden ihm zur zweiten Natur. Zu sehr empfand er seine von der Norm abweichenden Bedürfnisse als einen Makel, schämte sich für die Lust, die er dabei empfand. Nur langsam gewannen andere Gedanken die Oberhand. Er begann, sich zu fragen, warum er sich für etwas schämen sollte, das ihm eine derart intensive Befriedigung verschaffte, und er fing an, seinen Frieden mit seiner masochistischen Veranlagung zu schließen und sein Verlangen nicht mehr als pervers zu betrachten. Ganz allmählich nistete sich jedoch eine Leere in ihm ein. Schmerz und Demütigungen verloren ein wenig an Reiz und ihm wurde klar, dass er zwar gedemütigt und geschlagen werden wollte, aber auch respektiert, geachtet und geliebt. Doch kaum hatte er diesen Gedanken zu Ende geführt, saß ihm ein bitteres Lachen in der Kehle. Geliebt … was nicht noch alles! Er wusste, dass er nicht liebenswert war und es auch nicht wirklich verstand, sich anderen angenehm zu machen. Sein Bruder war dabei das beste Beispiel. Er wusste auch, dass er nicht gutaussehend oder wenigstens hübsch war. Nicht einmal seine Verwandtschaft war dieser Ansicht gewesen. Sie hatten sein Aussehen nur deshalb gelobt, um seinem Vater zu gefallen, der der Reichste und Angesehenste der ganzen Sippschaft gewesen war. An seine leibliche Mutter wollte er lieber nicht denken. Er fühlte sich schuldig, weil die Erinnerung an sie immer mehr verblasste, je älter er wurde. Wenn ihm wenigstens noch etwas von ihr geblieben wäre … Eine Fotografie, eine Haarlocke, ein Schmuckstück … irgendetwas. Doch da war nichts. Nach ihrem Tod war er noch zu jung gewesen, um daran zu denken, sich ein Erinnerungsstück zu erbitten – und später, als er alt genug war, um es zu missen, hatte er bereits begriffen, dass seine Mutter im Hause Kingsley ‚persona non grata' war und ihr Name besser nicht erwähnt werden sollte. Vermutlich war zu diesem Zeitpunkt auch schon alles vernichtet, verlegt, verkauft oder der Wohlfahrt gespendet worden.

Auch die Erinnerung an seinen Vater schmerzte. Natürlich hielten Eltern ihr eigenes Kind für wunderschön, aber letzten Endes war das lediglich ein Trick der Evolution, damit das Kind geschützt wurde und der Fortbestand der Spezies gesichert war. Er begriff, dass ihn sein Hunger nach Komplimenten und Anerkennung letzten Endes verletzlich und schwach gemacht hatte. Diesen Fehler würde er nicht mehr begehen.

Liebe, Respekt und Achtung konnte er getrost aus seinen Träumen verbannen. Dieses Glück war ihm offensichtlich nicht beschieden. Aber ein ganz klein wenig hegte er doch noch die Hoffnung, dass er eines Tages jemanden finden würde, der ihn nicht nur begehrte und schlug, sondern der auch – wenigstens hin und wieder – ein bisschen nett zu ihm war.

~~~

George versteifte sich und keuchte. Dann zog er sich mit einem Ruck aus Sinclairs Körper zurück und machte einen unsicheren Schritt zur Seite. Sinclair ließ in einem stummen Dankesgebet den Kopf hängen. George war zum Höhepunkt gekommen, aber er selbst hatte nicht abgespritzt. Gott sei Dank war ihm diese letzte Demütigung erspart geblieben.

„War wohl doch kein Gleitmittel mehr drin", stellte George bar jeder Emotion fest. „Na ja, Pech. Hat es eben
~~~

ein bisschen mehr wehgetan als sonst. Aber da stehst du ja sowieso drauf."

Physisch und psychisch erschöpft drehte Sinclair den Kopf zur Seite und sah am Rande seines Sichtfeldes George stehen, der seinen Reißverschluss wieder schloss, während Georges Sperma aus seiner Öffnung triefte und zäh an der Innenseite seiner Beine hinab rann. Sein Penis zuckte halbherzig und ihm wurde wieder übel.

„Okay", sagte George immer noch mit dieser gefühllosen Kälte in seiner Stimme. „Ich denke, das reicht fürs Erste." Er trat näher und löste Sinclairs Handfesseln. Dann ging er um den Bock herum und öffnete auch die Manschetten an seinen Beinen, während Sinclair still liegen blieb.

Doch kaum war er wieder voll beweglich, geschah alles sehr schnell und ehe George sich versah wurden seine Arme äußerst schmerzhaft verdreht, seine Finger in seinem zermalmenden Griff gepackt und plötzlich drehte sich alles.

Als George wieder unterscheiden konnte, wo oben und unten war, lag er rücklings auf dem Bett und seine Rippen und seine Schultergelenke taten höllisch weh. Kaum dass sich aufrichten wollte, traf ihn ein Faustschlag, den er nicht hatte kommen sehen, direkt auf das Kinn und er fiel wieder zurück auf die Matratze.

„Scheiße", fluchte er laut und zog in einer flüssigen und oft geübten Bewegung seine Waffe aus seinem Schulterholster und richtete sie auf seinen Angreifer.

Sinclair stand am Fußende des Bettes, nackt wie Gott ihn geschaffen hatte, und bebte vor unterdrückter Wut. „Mach das noch einmal ..." Seine Stimme hatte einen dunklen, bedrohlichen Ton angenommen. „Mach das nur noch ein einziges Mal mit mir – und du wirst mich nie wiedersehen."

George war noch nicht wieder vollständig bei Sinnen, immer noch trübte der Zorn seinen Blick. Dennoch fiel ihm auf, wie prachtvoll Sinclair in seiner Wut aussah und wie furchtlos er direkt in die Mündung seiner Waffe blickte. Gut, dachte George bei sich und knirschte mit den Zähnen, wollen wir mal sehen, ob ihn das ein wenig das Fürchten lehrt. Mit einem deutlich hörbaren Klicken entsicherte er seine Waffe.

Sinclair sah die Bewegung von Georges Finger, hörte das klickende Geräusch und wusste sehr wohl, was es bedeutete. Und doch bestand seine einzige Reaktion nur aus einem tonlosen: „Dann schieß doch!"

Die stoische Ruhe, die Sinclair verströmte, brachte George völlig aus der Fassung.

„Warum zur Hölle hast du keine Angst?", brüllte er ihn an. Wie anders war es gewesen, als er sich seines letzten Sexspielzeugs namens José hatte entledigen müssen. Kaum hatte José begriffen, dass sein letztes Stündlein geschlagen hatte, hatte er angefangen zu winseln und sich vor Angst in die Hosen zu pissen. Es war eine erbärmliche Zurschaustellung von Feigheit gewesen. Nicht so bei Sinclair, der immer noch dastand wie ein Fels in der Brandung.

„Wenn du schießen willst, dann tu es", sagte Sinclair mit einer völlig unwirklich anmutenden Ruhe. „Wir werden uns so oder so in der Hölle wieder begegnen. Wovor sollte ich mich also fürchten?"

„Du hättest es verdient, du Miststück!", fluchte George. „Niemand vögelt ungestraft hinter meinem Rücken in der Gegend herum!"

Diese Anschuldigung ließ Sinclairs Ruhe ins Wanken geraten. „Ich habe nicht hinter deinem Rücken herumgevögelt!", brauste er auf und bedachte George mit einem flammenden Blick.

„Ach nein?" George lachte höhnisch. „Und wie nennst du es dann?!"

„ARBEITEN!", schrie Sinclair. „Ich nenne es ARBEITEN!" Doch wenn er geglaubt hatte, dass die Logik seiner Antwort George endlich wieder zur Vernunft bringen würde, so wurde er von dessen nächster Erwiderung eines Besseren belehrt.

„Es ist mir egal, wie du es nennst", knurrte George. „Du Scheißkerl hast mich betrogen! Dein Arsch gehört mir! Mir ganz allein!"

„Ach ja?", brüllte Sinclair aufgebracht zurück. „Schön, dass ich es auch mal erfahre – davon, dass ich dir gehöre, hast du nie auch nur ein Sterbenswörtchen gesagt!"

Für einen Moment war George sprachlos. Diese Antwort war für ihn derart überraschend, dass ihm nichts mehr dazu einfiel. Sinclair hatte Recht. Er hatte sich nie darum bemüht – oder auch nur erwähnt – dass er Sinclair für sich alleine haben wollte. Er hatte einfach nicht daran gedacht.

Als ihm das klar wurde, spürte er, wie ganz langsam die Realität wieder in sein Gehirn und in seinen Körper sickerte. Verblüfft bemerkte er, dass er etwas in seiner Hand hielt. Als er dann erkannte, dass es seine geladene und entsicherte Pistole war, die dazu noch auf Sinclair gerichtet war, zuckte er zurück. Er wollte die Waffe wie ein besonders widerliches Insekt abschütteln, doch seine Finger umklammerten den Pistolengriff hartnäckig und ließen nicht los. Er wollte vor dieser Hand und der Waffe, die sie hielt, wegrennen. Es war der panische Fluchtreflex eines in Flammen stehenden Menschen, der egal, wie schnell er rannte, dem Feuer doch nie entkommen würde. Kaltes Entsetzen über sich selbst kroch wie mit Spinnenbeinen über seinen Nacken.

Er leckte sich über die Oberlippe, um sein Schweigen und sein Entsetzen zu kaschieren, und sagte dann: „Okay, gut. Das lässt sich ändern. Wenn es das ist, was du willst …" Es kostete ihn große Mühe, seinen Arm, der ihm weder zu gehören noch zu gehorchen schien, zu senken. Noch größere Anstrengung kostete es ihn, sich nichts davon anmerken zu lassen und wie nebenbei seine Waffe zu sichern und sie wieder zurück in seinen Schulterholster zu stecken. Dann rutschte er von dem Bett herunter und stand auf. „Ich gehe jetzt sofort zu Miss Thorndyke und regle alles.“ Er ging gerade an Sinclair vorbei, als dieser ihn festhielt und am Weitergehen hinderte. Das Adrenalin pumpte immer noch wie verrückt durch seine Blutbahn und so reichte diese unverhoffte Störung aus, um seinen Zorn wieder aufflackern zu lassen. „Was soll das?“

Sinclair sah erst von George weg, bevor er seinen Blick, der ungewöhnlich ernst war, auf ihn richtete. „Es geht hier nicht darum, was ich will. Sondern darum, was du willst. Ich will nicht, dass du zu ihr gehst, nur um mir einen Gefallen zu tun. Ich will …“ Seine Stimme verlor sich und er sah wieder von George weg, bevor er leise fortfuhr: „Ich will, dass du es auch willst.“

George erkannte diese Worte als seine eigenen, die er scheinbar vor so langer Zeit bei ihrer ersten Begegnung zu Sinclair gesagt hatte, und sie berührten ihn auf eine eigenartige Weise, die er nicht einordnen konnte.

„Mach dir darüber mal keine Sorgen“, gab George absichtlich schroff zurück, um nur ja nicht den Verdacht aufkommen zu lassen, er könnte weich werden. „Bevor ich dir einen Gefallen tue … Aber gut. Wenn ich bei Miss Thorndyke noch mehr blechen muss, um sicherzustellen, dass dein Hintern ausschließlich mir gehört, dann soll es mir recht sein. Eine Sorge weniger.“

„Gut. Dann geh und regle das“, sagte Sinclair und ließ ihn los, sah ihn dabei aber immer noch nicht an. „Der ganze Aufstand war übrigens völlig unnötig“, fuhr Sinclair fort, wobei er so zögerlich klang, dass Georges Neugier geweckt war.

„Unnötig?“, hakte er nach.

Sinclair nickte etwas widerwillig, als ob dies eine Information wäre, die er lieber nicht hatte preisgeben wollen. „Ja“, sagte er leise und ein wenig widerstrebend. „Mein Hintern hat immer nur dir gehört.“

Das kam so unerwartet, dass Georges Zunge bei seiner nächsten Frage ins Straucheln geriet. „Seit … seit wann?“

„Von Anfang an“, antwortete Sinclair und warf George über seine Schulter einen raschen Blick zu. Ein scheues, unsicheres Lächeln zierte dabei sein Gesicht.

Vergeblich versuchte George das, was er gesehen hatte, mit dem in Einklang zu bringen, was Sinclair ihm gerade erzählte. „Aber du … da war Sperma auf deinem Rücken!“

„Natürlich war da Sperma!“, gab Sinclair mit einem leicht genervten Seufzen zurück und drehte sich nun endlich zu George um. „Er hat masturbiert und auf meinen Rücken gespritzt. Mehr nicht.“

Immer noch weigerte sich Georges Gehirn, das eben Gehörte so zu verarbeiten, dass es auch einen Sinn ergab. Es konnte doch nicht sein … „Du hast sicher noch andere Kunden gehabt“, bemerkte George vorwurfsvoll. „Die haben doch nicht alle nur auf dich gewichst!“

Sinclair besaß tatsächlich die Dreistigkeit die Augen zu verdrehen, bevor er antwortete. „Natürlich nicht. Du erinnerst dich vielleicht an meine Spezialität? Blowjobs? Die meisten wollten das – der Rest war mit meiner Hand zufrieden. Gelegentlich das eine oder andere Spanking. Mehr war da nicht“, erwiderte er mit einem Schulterzucken.

Erst da begriff George völlig, was er in diesem Raum verbrochen hatte. Die Wucht dieser Erkenntnis ließ ihn taumeln. „Oh Gott“, stammelte er und sank mit einem Ächzen zurück auf das Bett. „Ich … ich habe dich …“ Sowohl seine Zunge als auch seine Stimmbänder weigerten sich zu kooperieren und die Ungeheuerlichkeit, die er begangen hatte, beim Namen zu nennen. Mit seinen Ellbogen auf den Knien und seine Stirn auf beide Handflächen gestützt, saß er da und starrte fassungslos auf den Fußboden.

„Was?“, brach es aus Sinclair heraus und es klang verwundert und spöttisch gleichermaßen. „Du kannst es tun, aber es nicht einmal aussprechen?“ Als George nur stumm den Kopf schüttelte, fuhr Sinclair trocken fort: „Immerhin versuchst du nicht, es schön zu reden.“

George presste seine Handballen auf seine geschlossenen Augen. „Oh Gott, ich bin gewiss kein Heiliger und meine Weste ist alles andere als blütenrein, aber so tief bin ich noch nie gesunken. Noch nie.“

„Einmal ist wohl immer das erste Mal“, bemerkte Sinclair ungerührt.

Ruckartig hob George seinen Kopf und starrte Sinclair entgeistert an. „Wie kannst du da so ruhig sein? Ich … ich habe …“

„Du willst das doch jetzt nicht etwa aufbauschen?“, unterbrach ihn Sinclair mit milder Verwunderung. „Völlig überflüssig.“

George verstand die Welt nicht mehr. „Wie kannst du nur so … Das ist nicht überflüssig!“, widersprach er vehement und sprang vom Bett auf.

„Doch, ist es“, beharrte Sinclair. Er zögerte kurz und sprach erst nach einem abschätzenden Blick auf George weiter. „Versteh mich nicht falsch. Falls du das noch einmal tun solltest, dann breche ich dir jeden Knochen im Leib einzeln.“ Die Drohung, mit leiser Stimme ausgesprochen, war bei weitem wirkungsvoller als wütendes Geschrei und George spürte fast körperlich, wie er sich von dieser Bedrohung, die plötzlich von Sinclair ausging, angezogen fühlte. Nur eine seiner vielen schlechten Angewohnheiten. Gefahr war und blieb für ihn ein starker Stimulus. Phil hatte ihm seit ihrer Jugendzeit oft genug vorgeworfen, ein Adrenalin-Junkie zu sein. Früher hatte er noch dagegen protestiert, doch mittlerweile hatte er aufgehört, es zu leugnen, und begonnen, den Tatsachen ins Auge zu sehen. Es war schon einige Male sehr verhängnisvoll für ihn gewesen, dass er das Risiko und den Nervenkitzel so sehr liebte, doch er konnte nichts dagegen tun. Es war einfach stärker als er.

Sinclairs nächste Worte drangen daher nur sehr langsam in sein Bewusstsein vor. „Aber es ist doch nur ein Körper, nur eine Hülle. Das bin nicht ich, sondern nur ein relativ unwichtiges Gefäß, ein Mittel zum Zweck. Glaub mir, wenn ich das nicht so sehen würde, dann wäre ich in diesem Gewerbe völlig fehl am Platz."

George musterte Sinclair nach dieser kleinen Ansprache gründlich. Sinclair erwiderte den Blick offen, wie ein Mann, der nichts zu verbergen hatte. Und doch kannte George diesen Blick, diesen allzu offenen Blick – von zahlreichen anderen Gelegenheiten her, wenn ihm frech ins Gesicht gelogen worden war.

„Du lügst", sagte er deshalb schlicht und hatte die Genugtuung, zu sehen, dass Sinclair im ersten Moment nervös auf seiner Unterlippe herum kaute, bevor er es ziemlich hastig wieder sein ließ.

„Nicht wirklich", gab Sinclair ausweichend zu. „Mein Körper war für mich nie besonders wichtig. Nicht bevor …" Er unterbrach sich selbst, kaute wieder auf seiner Unterlippe herum. Sollte er es tun? Sollte er sich soweit aus dem Fenster lehnen und George sagen, dass alles anders war, seit er seine Jungfräulichkeit ersteigert hatte? Himmel, es war George! Natürlich konnte er es ihm sagen. George, der immer nett zu ihm gewesen war. George, der ihm gezeigt hatte, was Ekstase wirklich bedeutete. George, der … ihm gerade Gewalt angetan hatte!

George, der ihn gerade fast erschossen hätte. Vielleicht wäre es klüger, sich diesem Mann nicht anzuvertrauen, sondern ihn zu fürchten. Doch so gründlich Sinclair auch in sich hineinhorchte, Angst war nirgendwo zu finden. George war ein gefährlicher Mann – sogar sehr gefährlich – und auch wenn es verrückt war, so empfand Sinclair dies als ziemlich sexy und anziehend. War George nicht auch genau das, was er sich in seinen stillen Träumen erhofft hatte? Jemand, der ihn schlug und wenigstens ab und zu ein wenig nett zu ihm war? Jetzt hatte er all das – und? War er jetzt glücklich? Nein, war er nicht. Sinclair stellte betrübt fest, dass ihm das, was ihm einst als unerreichbar erschienen war, jetzt, da er es hatte, nicht genügte.

„Nicht bevor …?“, wiederholte George fragend und warf Sinclair einen auffordernden Blick zu.

„Nicht bevor du meinem Körper deinen Stempel aufgedrückt hast“, beendete Sinclair mit ruhiger Stimme seinen Satz. Hatte er zu viel gesagt? Hatte er zu wenig gesagt? Würde George begreifen, was diese, ihm als völlig unzulänglich erscheinenden, Worte implizierten? Er forschte mit wachem Blick in Georges Gesicht nach irgendeinem Hinweis, doch er fand nichts. Etwas mutlos ließ er die Schultern hängen. Immerhin hatte er die Situation nicht noch verschlimmert.

Nach einem kurzen Moment des Schweigens deutete George auf das Bett und sagte rau: „Leg dich hin.“

Es überraschte Sinclair, wie bei diesen Worten Nervosität und Erregung gleichermaßen in seinem Körper prickelten und ein ungutes, erwartungsvolles Gefühl in seiner Magengrube hinterließen. Wollte George tatsächlich nochmal …? Es würde wehtun, soviel war sicher. Auch wenn sich seine Schmerzen gerade in Grenzen hielten, so war sich Sinclair völlig bewusst, dass es nach einer zweiten Runde sicher unerträglich sein würde. Dennoch klopfte sein Herz wie wild und die Widersprüchlichkeit seiner Emotionen machte ihn schwindlig. Er schluckte trocken. Würde er George gewähren lassen? Alles in ihm schrie danach, sich zu unterwerfen, sich George unterzuordnen – dennoch blieb er wie festgewachsen stehen und rührte sich keinen Millimeter.

„Warum?", fragte er schließlich. „Wozu?" Szenarien, wie sich George einfach nehmen würde, was er von ihm wollte, tanzten in einem bunten, verstörenden Reigen vor Sinclairs innerem Auge. Würde George ihn verlassen, wenn er nicht jedem seiner Befehle und Wünsche Folge leistete? Wäre er überhaupt noch in der Lage, ein Leben ohne George zu ertragen? Abwartend und auch ein wenig unsicher beobachtete Sinclair Georges Reaktion auf seine Frage und somit seine indirekte Weigerung und stellte verblüfft fest, dass in Georges Gesicht Wut und Scham um die Vorherrschaft kämpften. Aber diese Wut galt nicht ihm, Sinclair. Das war deutlich zu erkennen. Sollte George tatsächlich wütend auf sich selbst sein? Du liebe Zeit, warum denn nur?

„Nicht dafür!", stellte George nachdrücklich und mit leicht geröteten Wangen fest. „Was denkst du eigentlich von mir? Nein, lass gut sein", nahm er seine Frage augenblicklich zurück und machte eine abwehrende Handbewegung. „Sag nichts. Sonst erschieße ich dich vielleicht doch noch und würde dich damit in deinen Ansichten über mich auch noch bestätigen." Er fuhr sich mit einer Hand über das Gesicht und wirkte plötzlich sehr müde. „Leg dich hin, damit ich dich untersuchen kann. Ich will wissen, wie viel Schaden ich angerichtet habe." Er deutete auf das Bett.

Sinclair zuckte mit den Schultern. „Na schön, von mir aus", willigte er ohne Enthusiasmus ein und zeigte damit deutlich, was er von diesem ganzen Getue hielt. Er legte sich bäuchlings auf das Bett und spreizte seine Beine. Er zuckte etwas zusammen, als George ihn berührte, seine Haut spannte und mit einem Finger tastend in ihn eindrang. George nahm selbstverständlich an, das Zusammenzucken wäre einer gewissen Wundheit geschuldet, doch tatsächlich war es so, dass Sinclair davon überrascht war, wie sanft Georges Berührungen sein konnten. Nicht, dass George ihn ständig grob und brutal behandelt hätte, aber die Sanftheit hatte bisher immer dem Zweck gedient, Sinclair zu erregen, ihn vorzubereiten auf kommende Vergnügungen. Jetzt fehlte dieser Kontext zum ersten Mal und Sinclair wusste nicht, was er davon halten sollte, dass George auch ohne Aussicht auf Sex zärtlich sein konnte.

„Okay, scheint alles in Ordnung zu sein“, sagte George nach einer kleinen Weile, in der er Sinclair – so gut es die Gegebenheiten ermöglichten – behutsam untersucht hatte. „Vielleicht solltest du in den nächsten Tagen noch ein wenig Salbe auftragen. Ein Hamamelis-Präparat wäre gut. Hast du so etwas?“

Sinclair drehte sich auf die Seite, stützte seinen Kopf auf einer Hand auf, während sein Blick fasziniert über George hinweg glitt, der immer noch mit einem Bein auf dem Bett kniete. „Ja, ich glaube schon“, antwortete er ohne großes Interesse, bevor er etwas ansprach, was ihm wirklich auf den Nägeln brannte. „Gehst du jetzt endlich zu Miss Thorndyke und regelst das Geschäftliche?“

„Ja … ich …“ Gedankenverloren wischte George seine Finger mit einem Taschentuch sauber. „Warum, zum Teufel, hast du nichts gesagt?“, fragte er schließlich. „Warum hast du mich nicht aufgehalten? Warum hast du nicht geschrien? Irgendwas?“

Sinclair erstarrte. Weil ich zu geil war, um dich zu stoppen, weil es mich unglaublich erregt hat, was du mit mir getan hast. Das wäre die korrekte Antwort gewesen. Doch er konnte unmöglich zugeben, wie sehr er es trotz aller Umstände, trotz aller Vorbehalte genossen hatte. Er wollte sich selbst kaum eingestehen, wie kurz davor er gewesen war, in einem fulminanten Orgasmus zu versinken. Scham lähmte seine Zunge.

Anstatt also auf Georges Frage zu antworten, entschied er sich zu einem Gegenangriff. „Hättest du denn auf mich gehört? In diesem Moment? Du warst doch viel zu sehr damit beschäftigt, dein Revier noch zu markieren“, entgegnete er mit einer Spur Verächtlichkeit.

George sah betreten zu Boden und blieb eine Antwort schuldig. Schließlich stand er auf. Doch kaum, dass er auf beiden Beinen war, hielt er inne und starrte ins Leere. Sein Schweigen dauerte so lange, dass Sinclair bereits anfing, sich Sorgen zu machen und sich gerade aufsetzte, um George anzusprechen und aus seiner Trance zu reißen, als ein Ruck durch Georges Körper ging und sich sein Blick mit erschreckender Intensität in Sinclairs Gesicht bohrte. „Oh Gott! Ich habe nicht einmal ein Kondom benutzt!“ Es hätte wahrscheinlich ein Schrei sein sollen, doch mehr als ein heiseres Flüstern drang nicht zwischen Georges Lippen hervor. Das blanke Entsetzen stand ihm ins Gesicht geschrieben.

Sinclair ließ dieser Ausbruch jedoch völlig kalt. Er hob lediglich eine Augenbraue und fragte genervt: „Kommt jetzt die nächste Krise?“

George starrte ihn mit offenem Mund an. „Ich fasse es nicht! Du …“

„Ich bin gesund!“, unterband Sinclair jede weitere Panik. „Nachdem du mir damals den Kopf zurechtgerückt hast, hatte ich einen Test. Es ist alles in Ordnung. Und seither habe ich nur noch Safer Sex angeboten. Noch safer geht schon gar nicht mehr“, schloss er mit einem verdrossenen Murmeln. Aber seine logischen Einwendungen hinterließen bei George offensichtlich keinen Effekt, denn dieser starrte ihn noch immer an, als ob er den Verstand verloren hätte.

„Aber ich könnte doch auch dich …“, gab George zu bedenken.

„Du. Mich.“ Erneut hob Sinclair eine Augenbraue. „Sicher doch“, bemerkte er sarkastisch. „Weil du dir auch mit der Akribie, mit der du bislang Kondome eingesetzt hast, irgendeine sexuell übertragbare Krankheit eingefangen haben könntest. Und falls doch, würde es nicht wirklich eine Rolle spielen, da du mich ab jetzt ja exklusiv haben wirst.“

George schüttelte ungläubig den Kopf. „Wie kann ein einzelner Mensch nur so kaltschnäuzig sein!“

Diese Bemerkung dämpfte Sinclairs Sarkasmus etwas. „Ich habe keine Angst vor dem Tod“, sagte er leise und sah George dabei direkt in die Augen. Zumindest nicht, wenn du dafür verantwortlich wärest, ergänzte er den Satz in Gedanken. Er wagte nicht, die Worte laut auszusprechen, weil sie ihn selbst verstörten. Jedoch war es nicht der Gedanke an einen unnatürlichen oder zu frühen Tod, der ihn erschreckte, sondern wie richtig es sich anfühlte, sein Leben in Georges Hände zu legen.

George erwiderte Sinclairs Blick, ohne zu blinzeln, doch schließlich räusperte er sich und sagte abrupt: „Ich lasse uns jetzt ein Bad ein.“

Sinclair seufzte verdrossen. „Ich dachte, du gehst jetzt endlich zu Miss … UNS?“, entfuhr es ihm, als er vollständig erfasst hatte, was George da gerade gesagt hatte.

„Ja. Uns“, erwiderte George schlicht und ging in das angrenzende Bad, mit dem auch dieses Zimmer ausgestattet war.

Kurz darauf hörte Sinclair das Wasser in die Wanne rauschen und die Neugier trieb ihn dazu, George zu folgen. Im Türrahmen des Badezimmers blieb er stehen. Er fühlte sich seltsam gehemmt und überrumpelt. Warum wollte George jetzt mit ihm gemeinsam baden und warum ließ George selbst das Wasser ein?

Georges Jackett und sein Schulterholster lagen bereits auf dem Fußboden. George selbst stand über die Wanne gebeugt und prüfte mit einer Hand die Temperatur des Wassers, das aus dem Hahn floss.

„Du willst wirklich mit mir zusammen baden?“, fragte Sinclair verwirrt.

„Ja“, antwortete George, ohne aufzusehen.

Plötzlich glaubte Sinclair es zu verstehen und ein Lächeln stahl sich auf sein Gesicht. „Ist das deine Art Entschuldigung zu sagen?“

George warf ihm nur einen raschen Seitenblick über die Schulter zu, richtete sich auf und öffnete den Verschluss seiner Hose.

Kurze Zeit später lagen beide in der Wanne, die, wie alle Badewannen in Alice Thorndykes Haus, groß genug für zwei Erwachsene war. Sinclair saß zwischen Georges Beinen, sein Rücken lehnte dabei an der Brust des anderen Mannes. Gedankenverloren starrte Sinclair auf das klare Wasser. „Kein Schaumbad?“ Er versuchte immer noch zu begreifen, was hier gerade geschah. Es war sicher etwas Elementares, vermutlich sogar etwas Romantisches. Aber da Sinclair mit Romantik keinerlei Erfahrung hatte, entzog sich ihm die ganze Situation. Eine Erklärung oder gar Einsicht blieb ihm verwehrt.

„In dem ganzen Zeug, das hier rumsteht, ist zu viel Parfüm“, erklärte George tonlos und Sinclair spürte in seinen Haaren, wie sich Georges Mund beim Sprechen bewegte. „Hätte dazu führen können, dass es brennt.“

Die Worte waren vage, aber Sinclair verstand die Intention dahinter dennoch.

„Ich habe dich noch nie nackt gesehen“, bemerkte Sinclair etwas zusammenhangslos.

Das war nun etwas, das ihn beschäftigte, seit er hatte zusehen können, wie George sich ausgezogen hatte. Das war noch nie vorgekommen und Sinclair verstand auch das nicht. Er verstand ebenso wenig, warum ihm das noch nie zuvor aufgefallen war. Zumindest hatte er sich noch nie Gedanken darüber gemacht. Es war nicht unüblich, dass sich die Kunden nie völlig entkleideten. Manche taten es, manche nicht. In Gedanken ging Sinclair nun in rascher Folge sämtliche von Georges Besuchen durch. Er war tatsächlich nie vollständig unbekleidet gewesen. Jedes Mal hatte er mindestens noch ein, wenn nicht gar zwei Kleidungsstücke getragen. Sinclair wusste, dass George den Anblick seiner Narbe an seiner Schulter verabscheute und nicht gerne vorzeigte, aber hatte Sinclair nicht deutlich genug gezeigt, dass er in dieser Narbe keine Verunstaltung sah? Oder war alles ganz anders und George hatte seine Kleidung als eine Art Rüstung getragen? Hatte er deshalb nie die Hosen runtergelassen, um nicht verletzt zu werden? Innerlich schüttelte Sinclair den Kopf. George? George doch nicht. George war stark. George musste sich doch vor nichts fürchten. Er sollte besser damit aufhören, von sich auf andere zu schließen. An George war nichts, was verletzt werden konnte.

„Nicht? Kann nicht sein“, erwiderte George wie beiläufig.

„Doch!“, beharrte Sinclair mit der Eigensinnigkeit eines kleinen Kindes. „Du hast immer noch irgendetwas angehabt. Dein Hemd oder deine Hose. Manchmal hast du dich überhaupt nicht ausgezogen.“

Einen Moment herrschte Schweigen.

„Was war das vorhin eigentlich?“, fragte George, anstatt auf Sinclairs Frage einzugehen. „Judo?“

„Nein. Das war die Variation einer japanischen Kampfsportart. Vereint mehrere Techniken miteinander. Ich habe während der Uni damit angefangen“, antwortete Sinclair tonlos.

Die Bedeutung dieses abrupten Themenwechsels begriff sogar Sinclair. George wollte nicht darüber reden. Sinclair hatte, ohne es zu wollen, eine Grenze überschritten, ein Tabu-Thema angeschnitten, und er fing an, sich in sich selbst zurückzuziehen. Seiner Erfahrung nach war Zurückweisung der nächste Schritt für sein Fehlverhalten. Unbewusst hielt er den Atem an und seine Haltung versteifte sich.

Doch anstatt der Aufforderung, die Wanne zu verlassen, legten sich Georges Arme in einer lockeren Umarmung um Sinclairs Oberkörper. Sinclairs Gedanken rasten. Warum verhielt sich George nicht seinen Erfahrungen gemäß? Würde er aus George jemals schlau werden? Bedeutete das alles, dass George tatsächlich verletzlich war? Tatsächlich verletzt werden konnte? Bevor Sinclair George wehtat, würde er sich eher die Hand abhacken! Aber was würde geschehen, wenn er – mal wieder – eine unbedachte Äußerung von sich geben würde? Was, wenn sein Mund wieder schneller sein würde als sein Verstand? Was dann? Ein wenig verzweifelt und mutlos schmiegte sich Sinclair vorsichtig in Georges Umarmung und registrierte erleichtert, wie dieser seine Arme enger um ihn schloss.

In diesem Moment begriff Sinclair, dass George der Einzige von ihnen sein mochte, der eine sichtbare Narbe auf seinem Körper trug. Was aber unsichtbare Narben auf der Seele anging, über die man nicht gewillt war zu reden, damit hatten sie wohl beide mehr als genug Erfahrung.

Erneut senkte sich Schweigen über die beiden Männer, während das Badewasser langsam abkühlte.

„Ich werde gleich nachher mit Miss Thorndyke sprechen“, murmelte George nach einer kleinen Ewigkeit in Sinclairs feuchte Locken.

„Danke“, flüsterte Sinclair zurück. Seit langem war es das erste Mal, dass er dieses Wort wieder benutzte. Es fühlte sich ungewohnt an.

Teil 13

Nachdem sie gebadet hatten, ließ George Sinclair in dem Zimmer zurück und schickte Dave und Naresh, die den Flur und die Tür bewacht hatten, zum Wagen, um dort auf ihn zu warten.

Anschließend lenkte George seine Schritte hinunter in den großen Empfangssalon. Mit jedem Schritt, den er tat, entfernte er sich nicht nur räumlich, sondern auch gedanklich von den Vorkommnissen der letzten Stunden. Um sich damit zu beschäftigen, war jetzt nicht der richtige Zeitpunkt. Jetzt musste er mit Alice Thorndyke in Verhandlungen treten und er hatte keineswegs vor, sich von ihr übervorteilen zu lassen. Dazu musste er aber seine fünf Sinne beieinander haben. Entschlossen griff er alle Gedanken und Emotionen, die den ganzen Vorfall betrafen, und stopfte sie in einen dunklen Winkel seines Gehirns und überlegte, wo er die Bordellbetreiberin antreffen würde. George schätzte Alice Thorndyke als harte Geschäftsfrau ein, die selbst dann ihren Laden am Laufen halten würde, wenn ringsum die Welt in Stücke gehen würde. Die Chance, dass sie sich in ihrem Büro verkriechen würde, bis er das Weite gesucht hatte, war also gering.

Und richtig – als er den Salon betrat, in dem schon einige Gäste und Angestellte verweilten, fand er Miss Thorndyke gleich neben der Tür stehend. Ihr Lächeln wirkte jedoch etwas maskenhaft und nicht ganz so entspannt und überlegen wie sonst. Als ihr Blick auf ihn fiel, verkrampften sich ihre Finger kurz um den Stiel des Champagner-Glases, das sie in ihrer linken Hand hielt, doch ansonsten war ihr nicht anzumerken, welche Gefühle sein Anblick in ihr auslöste. Ihre Haltung nötigte George einen gewissen Respekt ab. Er musste neidlos anerkennen, dass sie sich wirklich gut im Griff hatte.

„Und?“, fragte sie, als er neben ihr stand. „Ich habe keinen Schuss gehört. Haben Sie ihn erwürgt?“ Ein gewisser Fatalismus schwang in ihren Worten mit.

„Warum hätte ich das tun sollen?“, erwiderte George mit einem Hauch Interesse.

„Sie wären nicht der Erste, den bei Sinclair Mordgelüste überkommen“, murmelte Alice halb zu sich selbst.

„Gut“, bemerkte George mit einem zähneblitzenden Grinsen. „Dann überlassen Sie ihn mir exklusiv – nicht, dass sich noch einer Ihrer anderen Gäste mit einer Mordanklage auseinandersetzen muss. Das wollen wir doch nicht, oder?“

Etwas in ihren Augen glitzerte und ihre Mundpartie entspannte sich ein wenig. Sie war offensichtlich erleichtert zu hören, dass Sinclair noch am Leben war. „Sie sind so gut zu mir, Doc“, gurrte sie mit leichtem Spott. „Das hätten Sie auch gleich haben können, ohne mir vorher solchen Ärger zu machen.“

George musste auch diesen Punkt anerkennen und er neigte leicht den Kopf zum Zeichen seiner Zustimmung. Ihre Impertinenz, ihn auf sein Versäumnis hinzuweisen, reizte ihn in diesem Moment nicht besonders. Wenn er nicht gerade in eine Ausnahmesituation geriet, gelang es ihm meist, sein Temperament zu zügeln. Ein gewisser Schlagabtausch gehörte bei solchen Gesprächen in der Regel dazu und George hatte sich daran gewöhnt, spitze Bemerkungen einzustecken. Außerdem hatte sie verdammt Recht und es zählte nicht zu seinen Gewohnheiten, Leuten, die ihm die Wahrheit ins Gesicht sagten, für ihren Mut zu bestrafen.

Ja, er hätte das wirklich gleich haben können. Von Anfang an hätte er das haben können. Warum hatte er nur nicht daran gedacht?

„Hat Glendale Ihnen noch Schwierigkeiten bereitet?“, wollte er wissen, ging bewusst nicht auf ihre Bemerkung ein.

„Nein“, gab sie ein wenig widerwillig zu. „Es war nicht ganz einfach, ihn mit Kleidung auszustatten. Seine Sachen lagen ja immer noch auf dem Zimmer. Aber ansonsten war er lammfromm.“ Sie schürzte abwartend die Lippen.

„Das sollte er auch besser sein“, erwiderte George. „Teuer genug ist er.“

Alice musterte ihn mit neuem Interesse. „Warum stehe ich eigentlich noch nicht auf Ihrer Gehaltsliste, Doc? Es scheint mir ein einträgliches Geschäft zu sein.“

Ein breites, gefährliches Lächeln verzog Georges Lippen. „Ganz einfach, meine Liebe: Sie sind für mich nicht von Nutzen.“

„Oh … ich weiß nicht …“ Sie zwinkerte ihm herausfordernd zu. „Ich könnte Ihnen immer noch Sinclair vorenthalten.“ Sie nippte an ihrem Champagner.

Georges Lächeln vertiefte sich und er registrierte, wie Alices Augenlider anfingen nervös zu flattern. „Das würden Sie nicht“, sagte er leise. „So dumm sind Sie nicht.“

„Nein, das bin ich nicht“, bestätigte Alice beherrscht und stellte ihr Champagnerglas ab. „Wenn Sie mir bitte folgen wollen? Das Geschäftliche regeln wir besser in meinem Büro.“

Das Vorgeplänkel war damit abgeschlossen. Alice führte ihn in ihr Büro, schloss die Tür hinter ihnen und bot ihm den Sessel an, der ihrem Schreibtisch gegenüber stand. Sie selbst nahm hinter dem Schreibtisch auf ihrem Stuhl Platz.

„Sie wollen Sinclair also für sich alleine?“, begann sie das Gespräch und als George nickte, fuhr sie fort: „Dann lassen Sie uns über den Preis reden.“ Sie nannte eine Summe und George lachte.

„Ein guter Witz, Miss Thorndyke. Dafür kann ich mir einen ganzen Harem leisten."

„In Geldangelegenheiten pflege ich nicht zu scherzen", wies Alice ihn zurück. „Sie dürfen nicht vergessen, dass es für mich einen enormen Verdienstausfall bedeutet, wenn Sinclair nur noch Ihnen zur Verfügung steht."

George musterte sie mit leichter Herablassung und hob beide Augenbrauen in die Höhe. „Ist das so?"

„Natürlich ist das so", beharrte Alice – nicht ganz der Wahrheit entsprechend. Immerhin hatte sie in der letzten Zeit Sinclair nur noch an einem weiteren Tag in der Woche eingesetzt. Aber das musste sie Doc Walker ja nicht auf die Nase binden. „Er ist derjenige meiner Angestellten, über den in den Salons am meisten gesprochen wird."

Es fiel George auf, dass sie die Worte *der Beliebteste* oder *der Gefragteste* geschickt vermieden hatte.

„Zweifellos, um sich über sein freches Mundwerk zu beschweren", konterte er trocken.

Alices Wangen röteten sich leicht, als ihr klar wurde, dass er sie bei ihrer kleinen Verdrehung der Wahrheit ertappt hatte. „Also schön – und an welche Summe hatten Sie gedacht?"

Nachdem George seine Preisvorstellung – eine Summe mit einigen Nullen – geäußert hatte, war es dieses Mal Alice, die in perlendes Gelächter ausbrach. „Oh, nein!", rief sie lachend. „Keine Chance. Das deckt nicht einmal die Hälfte von dem, war er mir normalerweise einbringt."

George betrachtete mit einem beunruhigenden Lächeln seine Fingernägel.

„Tatsächlich?", fragte er dann gespielt betroffen. „Ich hätte nie gedacht, dass ein bisschen Blasen und Wichsen so viel einbringt." Er bedachte Alice mit seinem schönsten Haifischlächeln. „An Ihrer Stelle, Miss Thorndyke, würde ich nochmal darüber nachdenken, wie hoch Ihre Einbußen tatsächlich sind. Denn – genau wie Sie – bin auch ich nicht dumm."

Ein säuerliches Lächeln kräuselte Alices Lippen. „Ah ja – hat Sinclair also gepetzt und Ihnen verraten, wie er seine anderen Kunden bedient hat?"

„Zu seiner Ehrenrettung muss ich gestehen, dass er wahrscheinlich nicht so weit gedacht hat, dass er mit dieser Indiskretion Ihren Umsatz schmälern könnte." Er nahm ein Blatt Papier und einen Stift von ihrem Schreibtisch, schrieb eine Zahl darauf, faltete das Papier zusammen und schob es ihr zu. Dann lehnte er sich in seinem Sessel zurück und schlug lässig die Beine übereinander. „Ich weiß, dass Sinclair Ihnen etwas schuldet. Er hat mir nie gesagt, was – oder wie viel – aber ich denke, dass dieser Betrag ausreichend sein dürfte, um zumindest einen Teil seiner Schuld zu tilgen."

Alice warf ihm einen überraschten Blick zu und es wirkte einen Moment lang, als wollte sie etwas sagen, doch ihre Lippen blieben geschlossen und sie entfaltete wortlos den Zettel.

Lange starrte sie stumm auf die Zahl, die ihre Vorstellungen übertraf. „Abgemacht", sagte sie schließlich ruhig und hielt George die Hand hin. Er erhob sich kurz aus seinem Sessel und schlug mit einem zufriedenen Lächeln ein.

„Dann sind nur noch die Modalitäten zu klären", bemerkte Alice voll emsiger Betriebsamkeit – nun, da die Preisfrage zu ihrer vollsten Zufriedenheit geklärt war, blühte sie sichtlich auf.

„Die … Modalitäten?", fragte George mit gerunzelter Stirn. Er stand immer noch, hatte sich eigentlich verabschieden wollen, da er den Handel für abgeschlossen hielt. Doch nun setzte er sich wieder hin.

Ein verblüffter Blick der Bordellchefin traf ihn, doch dann glättete sich ihr Gesicht wieder zu einem Ausdruck neutralster Professionalität. „Möchten Sie feste Termine vereinbaren? Oder soll er sich ständig bereithalten? Möglicherweise ist es für Sie auch vorteilhafter, wenn Sie – sagen wir mal – eine Stunde vorher anrufen, damit wir alles für Sie vorbereiten können? Wir richten uns da ganz nach Ihnen."

„Ständig bereithalten?", echote George. „Also 24/7?" Alice nickte. „Aber das lässt sich doch überhaupt nicht bewerkstelligen. Er müsste ja hier im Bordell wohnen."

„Das tut er sowieso schon", teilte Alice ihm mit. „Es wäre in diesem Fall wirklich kein Problem."

George hatte aus mehreren Gründen das Gefühl, als wäre ihm der Boden unter den Füßen weggezogen worden. Zum einen hatte er sich noch keinerlei Gedanken darüber gemacht, wie sein neues Arrangement mit Sinclair in die Praxis umgesetzt werden sollte, und zum anderen wusste er nicht, was er davon halten sollte, dass Sinclair tatsächlich hier in diesem Haus wohnte. Beides war ihm gleichermaßen peinlich. Es war ihm peinlich, dass Alice ihn mit diesen Details hatte überrumpeln können, und es war ihm peinlich, dass er noch nie darüber nachgedacht hatte, wie Sinclairs Leben außerhalb seiner Arbeit aussah.

„Ich werde Sie von meiner Entscheidung in Kenntnis setzen", antwortete George, in einem letzten Versuch, die Tatsache zu verschleiern, dass sie ihn kalt erwischt hatte.

„Selbstverständlich", erwiderte Alice sachlich und ohne ihn weiter in Verlegenheit zu bringen, wofür George insgeheim dankbar war.

~~~
~~~

„Aber selbstverständlich, Lord Windermere", sprach Alice Thorndyke mit größter Verbindlichkeit in ihr Handy, während sie selbstbewusst wie immer über das etwas unebene Pflaster eines Londoner Gehwegs stöckelte. Sie lauschte einen Moment, verdrehte die Augen und sagte dann mit einer Stimme, der man weder ihr Amüsement, noch ihre Verdrossenheit anmerkte: „Diskretion ist in meinem Haus Ehrensache. Wenn Sie es für angebracht halten, dann steht Ihnen natürlich auch eine Eingangstür in einem Hinterhof zur Verfügung. Aber ich kann Ihnen versichern …"

Als sie unterbrochen wurde, blieb sie stehen und presste ihre sorgfältig bemalten Lippen verärgert aufeinander. Der Wunsch, ihre manikürten Fingernägel in ihrer kunstvollen Hochsteckfrisur zu vergraben, wurde übermächtig und nur der Gedanke, dass sich eine erfolgreiche Geschäftsfrau wie sie solche Entgleisungen nicht erlauben konnte, hielt sie davon ab, diesem Wunsch auch Folge zu leisten.

So lauschte sie geduldig den Befürchtungen ihres potentiellen neuen Kunden, bis sie schließlich genug davon hatte.

„Lord Windermere, verzeihen Sie, wenn ich Sie unterbreche", fing sie freundlich, aber bestimmt an. „Meine Zeit ist – ebenso wie Ihre – kostbar. Wenn Sie mein Haus mit Ihrem Besuch beehren möchten, sind Sie mir sehr willkommen. Wenn Sie lieber nicht zu meinem Kundenkreis zählen möchten, respektiere ich Ihre Entscheidung selbstverständlich. Wenn Sie aber einfach nur mit mir plaudern wollen, muss ich Ihnen dafür leider meinen üblichen Tarif berechnen. Das wären dann 300 Pfund pro Stunde – Rohrstock inklusive. Vielleicht fühlen Sie sich hinterher etwas entscheidungsfreudiger." Ein zufriedenes Lächeln spielte um Ihre Lippen, während sie den Beteuerungen am anderen Ende der Leitung folgte.

„Wunderbar, Lord Windermere. Morgen Abend um halb acht. Dunkelblond. Nicht behaart. Kleiner als 1,80 und nicht älter als 27. Ich habe da genau das Richtige für Sie." Sie ließ ein einschmeichelndes Lachen ertönen. „Oder besser gesagt: den Richtigen. Wie meinen Sie? Oh, nein. Dieses Telefonat konnte niemand belauschen. Der Lärm im Hintergrund?" Alice sah mit einem feinen Lächeln dem Taxi

nach, das gerade hupend an ihr vorbeiraste. „Der Fernseher, Mylord. Ich muss mich wohl gerade aus Versehen auf die Fernbedienung gesetzt haben. Bis morgen Abend also." Sie legte auf und ihr Mund formte ein lautloses: „Blödmann!"

Manches Mal wünschte Sie wirklich, sie hätte nie die Idee für ein Schwulen-Bordell gehabt. Dann würde sie immer noch als Domina arbeiten und ihre Ruhe haben. Mit leisem Bedauern ließ sie ihren Blick über ihre gepflegten Fingernägel schweifen, die genau wie Ihre Lippen in der aparten und brandneuen Schattierung ‚Dschungelrot' bemalt waren. Die Farbnuance harmonierte ganz wunderbar mit ihrem maßgeschneiderten royalblauen Etuikleid und den dazu passenden Manolo-Blahniks. Einen solchen Luxus hatte sie sich als bloße Domina nicht leisten können. Sie seufzte kurz auf, steckte ihr Handy in ihre Dior-Handtasche und machte sich daran, ihren auffälligen Ohrclip, den sie zum Telefonieren abgenommen hatte, weil er zu groß war und daher störte, wieder an ihrem rechten Ohrläppchen zu befestigen.

Doch der sprichwörtliche Teufel steckte im Detail und der Clip entschlüpfte ihren Fingern und fiel zu Boden. Und da das Elend bekanntlich Gesellschaft liebte, sprang er unglücklich auf dem unebenen Pflaster auf und kullerte voller Elan in eine schmale Gasse zwischen zwei Häusern, um dort hinter einigen Mülltonnen zu verschwinden.

Mit einigem Widerwillen folgte sie dem Weg, den ihr ungehöriger Ohrclip genommen hatte. Der Clip war ebenso auffällig wie teuer und sie war immer noch sparsam genug, um ihn nicht einfach abzuschreiben. Die Gegend, in der sie gerade unterwegs war, zählte zwar nicht zu den feinsten Adressen, doch ihrer Einschätzung nach drohte ihr in dieser Gasse keine unmittelbare Gefahr. Kaum hatte sie überlegt, dass sie höchstens auf einen oder zwei Junkies treffen dürfte, die sich im Schutz der Mülltonnen einen Schuss setzten, sah sie sich auch schon einer dieser Jammergestalten gegenüber. Sie seufzte verhalten. Ihr Ohrclip war bis vor die Schuhe dieses erbarmungswürdigen Geschöpfes gerollt, das zusammengekauert an der Hauswand auf dem

Boden lag. Ohne viel Federlesens bückte sie sich nach ihrem Eigentum und hob es auf. Da bewegte sich der Körper und ein blasses Gesicht, umrahmt von stumpfen, verfilzten, rötlich-blonden Locken, schälte sich aus den Falten eines ehemals teuren und nun hoffnungslos verdreckten Mantels.

Alice stutzte. Der Ohrclip in ihrer Hand war plötzlich vergessen. Diese Locken … diese für die Haarfarbe viel zu dunklen Augenbrauen … „Sinclair?", hörte sie sich unsicher fragen und hätte sich dafür am liebsten gleich selbst eine Ohrfeige verpasst. Wie groß standen wohl die Chancen, dass der Freund ihrer Kindertage hier vor ihr im Dreck lag?

Der Mann zuckte zurück, hob den Kopf in der Art eines verschreckten Tieres noch ein wenig mehr und schlug die Augen auf, die gehetzt und unfokussiert in ihre Richtung starrten. „Sie müssen mich verwechseln", nuschelte der Mann und zog sich wieder enger in seinen Mantel zurück.

Doch Alice hatte bereits genug gesehen. „Sinclair!", rief sie mit neugewonnener Sicherheit. „Versuch nicht, mich zu verarschen! Diese Augen und diesen Schmollmund würde ich jederzeit wiedererkennen."

Sinclair blinzelte und versuchte offensichtlich, Alice genauer zu erfassen. „Wer … Tante Doris?", murmelte er undeutlich.

„Tante Doris?", wiederholte Alice empört. „Der Herr steh mir bei! Wenn du mir damit auf charmante Art und Weise zu verstehen geben willst, dass ich jetzt schon aussehe wie meine Mutter, dann werde ich dir gleich eine saftige Abreibung verpassen. Dagegen wird dir die Tracht Prügel, die ich dir Weihnachten vor 20 Jahren verpasst habe, weil du meine neue Puppe kaputt gemacht hast, im Nachhinein wie Engelsgesang vorkommen."

„Alice?", murmelte Sinclair ungläubig und setzte sich unsicher und mit fahrigen Bewegungen auf. „Alice?"

„Ja, Alice", bestätigte sie bewegt und fuhr sich über die Augen. „Was hast du nur angestellt, Sinclair? Was ist nur mit dir passiert?"

Als Sinclair nicht antwortete, sondern nur mit einem leeren Gesichtsausdruck knapp an ihr vorbei starrte, fasste sie einen Ent-

schluss. Sie bückte sich, griff unter seine Arme und zog ihn in die Höhe. Der Gestank, den sein Körper und seine Kleidung ausdünsteten, umhüllte sie wie eine Wolke und nahm ihr kurz den Atem. Doch sie atmete einfach durch den Mund und schließlich gelang es ihr, ihn auf seine Beine zu stellen. Er blieb aus eigener Kraft – wenn auch reichlich schwankend – stehen und lehnte sich mit dem Rücken gegen die Hauswand.

„Was soll das?“, fragte er mit schleppender Stimme. „Was hast du mit mir vor?“

„Ich weiß nicht, was du alles intus hast. Aber du kommst jetzt mit zu mir. Du wirst baden und du wirst essen. Und dann wirst du mir alles erzählen.“

„Und wenn ich nicht will?“

„Dann verprügle ich dich erst und zerre dich dann zu mir nach Hause“, drohte Alice mit einem halben Lächeln, um nicht in Tränen über seinen Zustand auszubrechen.

Als sie seinen Arm um ihre Schulter legte, um ihn so aus der Gasse zu schleifen, flüsterte er leise in ihre sich auflösende Hochsteckfrisur: „Ich hab' dich vermisst, Alice. Du hast mir echt gefehlt.“

Nach diesem Bekenntnis gestattete Alice einer einzelnen Träne, sich aus ihrem Augenwinkel zu lösen und eine zarte Spur auf ihrer gepuderten Wange zu hinterlassen.

~~~

Sinclair hatte in dem Zimmer ausgeharrt und war – nur mit einem Morgenmantel bekleidet – pausenlos auf- und abgegangen, um seiner Nervosität und seinen aufgewühlten Gefühlen Herr zu werden. Erst als Alice ihm die frohe Botschaft überbracht hatte, zog er sich auf sein eigenes Zimmer zurück. Aus Gewohnheit ließ er dort den Morgenmantel von seinen Schultern gleiten und lenkte seine Schritte in Richtung Badezimmer. Kaum stand er jedoch im Türrahmen, fiel ihm wieder in, dass er mit George gebadet
~~~

hatte und daher sauber war – er also nicht mehr wie sonst, wenn er gearbeitet hatte, duschen musste. Er blieb abrupt stehen, seine Routine war durchbrochen und er wusste im ersten Moment nicht, was er stattdessen tun sollte.

Kein schlechtes Gewissen mehr gegenüber Alice, die ihn um der alten Zeiten Willen durchfütterte. George war – ihrem Gesichtsausdruck nach zu schließen – mehr als großzügig gewesen. Keine anderen Kunden, keine Langeweile mehr. Nur noch George …

Zögerlich ging er zu seinem Bett und ließ sich im Schneidersitz darauf nieder. Seine Hände hingen locker über seine Oberschenkel und seine Fingerspitzen glitten gedankenverloren über seinen Penis und seine Hoden. Langsam schloss er die Augen und fühlte dem Druck von Georges Armen um seinen Brustkorb nach. Mit einem leisen Seufzen musste er jedoch einsehen, dass da nichts mehr war. Das Gefühl dieser Umarmung war verflogen und der Nachhall, den er noch zu spüren glaubte, war pure Einbildung.

Die pulsierenden Schmerzen auf und in seinem Hintern waren jedoch keine Einbildung. Allerdings war Sinclair seit Jahren in der Lage, sowohl psychische als auch physische Schmerzen fast völlig auszublenden. Es gelang ihm zwar nicht immer, jede Pein ausschließlich durch Willenskraft zu überwinden, aber heute nahmen seine körperlichen Leiden in seiner Gedankenwelt keine vorrangige Stellung ein, sondern wurden nur als graues Rauschen am Rande seines Bewusstseins wahrgenommen.

Viel wichtiger war die Frage: Was war heute nur passiert?

Ganz allmählich dämmerte es Sinclair, dass er für etwas bestraft worden war, was er gar nicht verbrochen hatte. Dass er für etwas hatte büßen müssen, das George von jemand ganz anderem angetan worden war. Wie ein Paukenschlag klangen ihm plötzlich Georges Worte wieder in den Ohren.

„Niemand vögelt ungestraft hinter meinem Rücken in der Gegend herum!“

Das war es! Das musste es sein!

Niemand …

Es musste andere gegeben haben, die George betrogen hatten, die ihm untreu gewesen waren. Sinclairs Augen zuckten hinter den geschlossenen Lidern unruhig wie Irrlichter hin und her in dem Versuch, die Informationen, die sein Gehirn über George abgespeichert hatte und ihm nun als flüchtige Gedankenströme präsentiert wurden, zu filtern, zu verknüpfen und in Einklang zu bringen.

Georges Neigung, Menschen als sein Eigentum zu betrachten …

Niemand …

Georges fast schon pathologische Fixierung auf Kondome und geschützten Sex … Georges Abneigung sich völlig nackt zu zeigen … Georges ungeahnte Verletzlichkeit …

Ungestraft …

George, der bemerkte, wenn man ihn belog …

Hinter meinem Rücken …

Georges plötzliche Gewalttätigkeit …

Mit einem überraschten Laut auf den Lippen riss Sinclair die Augen auf und starrte blicklos ins Leere.

George hatte derzeit keinen festen Partner!

Eine andere Schlussfolgerung erschien nicht logisch. George musste in der Vergangenheit mehr als einmal betrogen worden sein und es musste ihn jedes Mal schwer getroffen haben, da er ein sehr besitzergreifender Mann war und Teilen für ihn definitiv ein Fremdwort war. Irgendwann musste er dann gelernt haben, die Anzeichen von Unehrlichkeit zu erkennen. Sicherheitshalber benutzte er daher immer Kondome, um zumindest seinen Körper vor den Gefahren eines potentiell untreuen Partners zu schützen.

Würde George jemand anderem das antun, was ihm selbst angetan worden war? Würde George seinen Partner betrügen? Noch dazu mit einem Prostituierten?

Entschlossen schüttelte Sinclair den Kopf. Nein, das würde er nicht tun. Sicher nicht.

Und das bedeutete wiederum, dass es momentan in Georges Leben nur Sinclair gab. Keine Konkurrenz. Keinen anderen Mann. George gehörte ihm allein und er gehörte George.

Eine eigenartige Euphorie breitete sich in seiner Brust aus. Dem High eines Drogen- oder Alkoholrausches nicht unähnlich. War das, was er gerade empfand, Glück? Sinclair hatte keine wirklichen Vergleichsmöglichkeiten, aber wenn das wirklich ein Glücksgefühl war, welches ihm gerade fast die Luft zum Atmen nahm, dann könnte er süchtig danach werden und allen anderen Rauschmitteln wirklich für alle Zeiten abschwören. Mit einem seligen Lächeln schloss Sinclair die Augen. Während er sich zurücklehnte und seine streichelnden Bewegungen an seinem halbsteifen Penis intensivierte, fragte er sich flüchtig, was wohl mit denjenigen geschehen sein mochte, die George untreu gewesen waren.

Ein nicht völlig unangenehmer Schauder lief über seinen Rücken, als er zu dem Schluss kam, dass diese Männer wahrscheinlich nicht mehr am Leben waren. George war ein gefährlicher Mann. Gefährlicher noch als Drogen und daher noch viel reizvoller für Sinclair. Seine unheilvollen und abseitigen Neigungen beunruhigten Sinclair nur noch selten. George war ein Spiel mit dem Feuer und es war nur eine Frage der Zeit, bis er sich die Finger verbrannte. Aber der Nervenkitzel, den dieses Spiel ihm verschaffte, war mit nichts zu vergleichen. Er fühlte sich lebendiger als je zuvor und obwohl er wusste, dass seine Vorlieben alles andere als normal waren, hatte er sich doch noch von keinem anderen Menschen so akzeptiert und verstanden gefühlt wie von George.

George, der ihn noch nie abwertend betrachtet hatte und den ständig ein leichtes Aroma von Schießpulver, Metall und Waffenöl umwehte.

George, der sein Eigentum zu schützen und zu verteidigen wusste. Obwohl Sinclair von jeher freiheitsliebend und selbständig gewesen war, fühlte sich nun die Idee, sich als Georges Besitz zu definieren – nur einem einzigen Menschen zu gehören – erschreckend richtig an. Endlich irgendwohin zu gehören … zu jemandem zu gehören …

Mit einem leisen Stöhnen ergoss sich Sinclair in seine eigene Hand. Sein Orgasmus war nicht spektakulär gewesen, aber notwendig wie eine hygienische Maßnahme. Natürlich hatte er den Höhepunkt genossen, doch es war nicht nur aus sexueller Lust heraus geschehen, sondern auch um die ungeahnten Wendungen, die dieser Tag mit sich gebracht hatte, hinter sich zu lassen. Und auch ein klein wenig, weil es ihm gutgetan hatte, sich selbst ein wenig Zärtlichkeit zukommen zu lassen.

Eine Weile später war er wieder in der Lage, einen klaren Gedanken zu fassen und etwas, das die ganze Zeit darauf gelauert hatte, sich bemerkbar zu machen, etwas, das ihn beunruhigte und an ihm nagte, sprang nun in den Vordergrund und zerrte an ihm, bis er nicht mehr anders konnte und es einfach beachten musste.

Nach allem, was heute vorgefallen war und wie sehr George sein Handeln bereute …

War es möglich, dass sich Georges Verhalten ihm gegenüber von nun an ändern würde? Dass er ihn von nun an mit den sprichwörtlichen Samthandschuhen anfassen würde? Nun wieder nervös geworden, kaute Sinclair auf seiner Unterlippe herum.

Alles – nur das nicht!

~~~

Sobald George die Eingangstür seines Hauses hinter sich geschlossen hatte, zog er seinen Mantel aus und legte ihn auf den gepolsterten Stuhl neben der Tür, genauso, wie er es immer tat. Irgendjemand würde sich schon darum kümmern und ihn in den Garderobenschrank hängen, wo er hingehörte. Wozu hatte er schließlich Personal? Gut geschultes und teures Personal. Personal, das ihm nicht ständig im Weg herumstand, sondern nur auftauchte, wenn man es rief. Er sah sich in der Eingangshalle um, die tatsächlich erfreulich menschenleer war. Flüchtig streifte sein Blick die leicht geschwungene Treppe, die in den ersten Stock hinaufführte, wo sich seine privaten Räume befanden. Doch er wandte sich ab. Sein Schlafzimmer übte momentan noch keinerlei Reiz auf ihn aus. Eigenartigerweise empfand er das Verlangen nach einer heißen Dusche, obwohl ihm sein Verstand sagte, dass er nach seinem gemeinsamen Bad mit Sinclair nun wirklich sauber genug war. Trotzdem fühlte er sich schmutzig.

„Und du weißt auch genau, warum“, murmelte er halblaut vor sich hin.

Er begab sich stattdessen in sein Arbeitszimmer. Dort angekommen, schloss er auch hier die Tür hinter sich und lehnte sich mit dem Rücken dagegen. Er verzichtete darauf, das Licht anzuschalten, und starrte in das fast unendliche Grau, das sich vor ihm ausbreitete. Die Vorhänge waren nicht geschlossen und durch die Fenster drang blasses Mondlicht herein. Langsam gewöhnten sich seine Augen an
~~~

das Halbdunkel und er konnte die einzelnen Möbel und Gegenstände erkennen und unterscheiden.

Die Bücherregale, die Ledergarnitur, sein Schreibtisch …

Seine Hände, die an seinem Körper herunterhingen, ballten sich zu Fäusten und er hieb damit auf die Tür hinter sich ein.

„Fuck!“, fluchte er leise und presste seine Augenlider zusammen.

Was hatte er sich nur dabei gedacht?

Nichts. Wie üblich, soufflierte sein Verstand wenig hilfreich.

Er öffnete die Augen und starrte hilfesuchend nach der Sichel des Mondes, die er durch die Fenster sehen konnte. Warum konnte nicht wenigstens Vollmond sein? Dann hätte er zumindest eine Erklärung für sein Verhalten gehabt. Keine besonders gute, zugegeben, aber doch wenigstens etwas! Doch der Mond verhielt sich unkooperativ, blieb sichelförmig und weigerte sich, George eine Ausrede zu verschaffen.

Er atmete tief ein und aus. In einem plötzlichen Ausbruch riss er sich die Krawatte vom Hals und zerrte an den obersten Knöpfen seines Hemdes. Als es ihm gelungen war, seine Kehle von diesen Einengungen zu befreien, fühlte er sich ein kleines bisschen wohler. Sein Jackett streifte er ebenfalls ab und warf es mit Schwung auf einen der Ledersessel, wo es auftraf und sanft zu Boden glitt. George registrierte es gleichgültig. Erneut atmete er ein und aus. Besser. Erst dann ging er zu seiner kleinen, aber gut bestückten Bar. Sowohl im Salon als auch in seinem privaten Wohnzimmer befand sich eine bessere und hochwertigere Auswahl an Spirituosen, doch er hatte keine Lust, sein Arbeitszimmer zu verlassen und durch die hellerleuchtete Eingangshalle zu gehen. Vielleicht blieb er sogar die ganze Nacht hier.

Seine Hand schwebte unschlüssig über den verschiedenen Flaschen. Sein Lieblingswhiskey? Oder doch eher der teure französische Cognac? Schließlich wählte er Gin. Er nahm sich ein Glas und schenkte sich ein großzügig bemessenes Quantum der klaren Flüssigkeit ein. Früher hatten sie immer Gin getrunken. Nicht das teure Zeug, das er sich jetzt leisten konnte und das nun leise in seinem Glas vor sich hin gluckste, sondern richtig billigen Fusel, der einem fast die Zunge taub werden ließ.

Früher … bevor er zu Geld gekommen war. Bevor er bei der Mafia Karriere gemacht hatte. Bevor sein Vater ihn deshalb aus dem Haus geworfen hatte, weil George sein Medizinstudium abbrach und sein Vater keinen Gangster zum Sohn haben wollte, und seine Mutter, die stumm dabei stand… Seine Mutter, die ihn nicht dazu erzogen hatte, ein …

Er setzte das Glas an die Lippen und mit einer raschen Drehung des Handgelenks kippte er den Gin auf einmal in sich hinein. Der Alkohol versengte seine Kehle und fraß sich durch seine Eingeweide. Doch die Schuldgefühle, die in seinem Gewissen brannten, konnte der Gin weder überdecken noch betäuben.

Mit grimmiger Entschlossenheit schenkte er sich ein weiteres Mal ein und trank das Glas wieder in einem einzigen Zug leer.

Es wurde nicht besser. Er schloss die Augen und biss sich auf die Lippen.

Was hatte er nur getan?

Ein bitteres Lachen durchschnitt die graue Stille.

Gott war sein Zeuge – er hatte weit Schlimmeres auf dem Kerbholz. Er war schon immer ein wenig härter gewesen als andere und im Laufe der Zeit war er noch härter geworden. Hatte noch härter werden müssen. Nie im

Leben hätte er sonst diese Position an der Spitze der Mafia erreicht.

Und dennoch ... dennoch konnte er die Vorkommnisse des heutigen Abends nicht hinter sich lassen.

Vielleicht, weil Sinclair nichts getan hatte, um eine solche Behandlung zu verdienen. Nichts. Überhaupt nichts! Sinclair hatte nichts falsch gemacht. Er war ihm – für seine Verhältnisse und für seinen Beruf – sogar treu gewesen.

George knirschte mit den Zähnen.

Sein verdammtes Temperament! Warum nur ging es in gewissen Situationen so schnell mit ihm durch?

Die Hand, die das Glas hielt, zitterte leicht. Er schenkte sich noch ein drittes Mal ein und verschloss die Flasche wieder. Drei Drinks waren genug. Es waren sowieso Doppelte oder Dreifache gewesen. Wer konnte das bei diesen diffusen Lichtverhältnissen schon so genau sagen? Aber selbst weitere drei oder vier Drinks würden keinen Unterschied mehr machen. Er wusste das. Er wäre dann vielleicht betrunkener, aber die Schuld wäre immer noch da. In der gleichen Intensität.

Er drehte sich von der Bar weg und ging mit schweren Schritten zu einem der Ledersessel. Warum ließ ihn seine Kaltschnäuzigkeit gerade jetzt im Stich? Warum machte ihm das alles so zu schaffen? Sinclair trug es ihm nicht nach. Es durfte nur nicht noch einmal geschehen. George ließ sich auf den Sessel fallen und stellte sein noch volles Glas auf dem niedrigen Tisch vor ihm ab. Er stützte die Ellbogen auf seinen Oberschenkeln ab und faltete seine Hände. Sinnend betrachtete er, wie sich das fahle Mondlicht in dem gebogenen Glas und der darin befindlichen Flüssigkeit brach und spiegelte.

Was wäre eigentlich so schlimm daran, wenn Sinclair seine Drohung wahrmachen und George nicht mehr empfangen würde? Ihr Arrangement war sowieso nicht auf

Dauer angelegt gewesen und war jetzt eigentlich schon weiter gegangen, als George das jemals geplant hatte. Wenn es vorbei sein sollte, dann war es nun einmal so. Sinclair würde noch ein nettes Abschiedsgeschenk bekommen – George wollte sich diesbezüglich nicht lumpen lassen – und dann würde sich Sinclair nach einem neuen Sugar Daddy umsehen, um zu versuchen, seine Schuld bei Miss Thorndyke zu begleichen, und George würde ebenfalls weiterziehen und nach dem nächsten Zeitvertreib Ausschau halten. Letzten Endes war Sinclair doch nur ein Prostituierter. So einen wie ihn fand man an jeder Straßenecke. Wie hatte Phil doch ganz richtig gesagt? Genieß es, solange es dauert.

An diesem Punkt angelangt, brachte George es nicht mehr fertig, sich selbst zu belügen. So etwas wie Sinclair fand man eben nicht an jeder Straßenecke.

Sinclair, der Erste und Einzige, der ihn nie belogen hatte ... zumindest nicht bei den wichtigen Dingen.

Sinclair, der Erste und Einzige, der keine Angst vor ihm hatte. Respekt? Ja. Angst? Nein. Keinen Funken.

Sinclair, der Erste und Einzige, der ihn niedergeschlagen hatte ... zumindest, seit er ein Mafia-Boss war.

Sinclair, der Erste und Einzige, der ohne Furcht in die Mündung einer Schusswaffe sehen und dabei sogar noch Drohungen ausstoßen konnte.

George stöhnte und zerwühlte mit seinen Händen seine sorgfältig frisierten Haare.

Was hatte er nur angerichtet?

Gerade in diesem Moment hatte das Universum endlich Mitleid mit George Walker. Bevor er sich gezwungen sah, sich dieser Frage ausführlich zu widmen und weitere Forschung innerhalb seines Seelenlebens zu betreiben, vibrierte es in seiner Hosentasche. Das Vibrieren wurde von dem Handy-Klingelton gefolgt, den er für Phil reserviert hatte.

Augenblicklich schlugen seine unausgegorenen Emotionen in Zorn um. Ungeduldig fischte er das Handy aus seiner Hosentasche, drückte die Sprechtaste und brüllte ohne weitere Begrüßung: „Du bist sowieso an allem schuld!"

Das Schweigen am anderen Ende der Leitung dauerte nur Sekundenbruchteile, bevor Phil stöhnte. „Was hast du jetzt wieder angestellt?"

„Ich? Gar nichts!", bellte George in das Telefon hinein. „Wenn du mir nicht diesen Floh ins Ohr gesetzt hättest, dann säße ich jetzt nicht hier!"

„Hier?", quiekte es entsetzt aus dem Hörer. „George? Bist du auf einer Polizeistation? Okay – ganz egal, was sie dir vorwerfen, ich hol dich da raus! Bleib einfach ganz ruhig und sag nichts. Hörst du? Nichts!"

George drückte mit Daumen und Zeigefinger seiner freien Hand gegen seine Nasenwurzel. „Reg dich ab, Phil. Ich wurde nicht verhaftet."

„Wo bist du dann?"

„Zuhause. Allein. Es ist alles in Ordnung."

Phil gab ein ungläubiges Grunzen von sich. „Da habe ich aber etwas anderes gehört. Was war heute bei dieser Thorndyke los?"

Aufgebracht hieb George mit einer Hand auf die Armlehne seines Sessels ein.

„Verdammt nochmal! Kann man nicht einmal in Ruhe … ohne dass es gleich jeder erfährt …" Er unterbrach sich. „Wer hat gepetzt?", fragte er scharf.

„Das spielt keine Rolle", erwiderte Phil ausweichend. „Viel wichtiger …"

„Alice Thorndyke?", bohrte George weiter. „Nein – blöd müsste sie sein. Dave? Auch nicht. Bridges? Der hat die Hälfte gar nicht mitgekriegt und außerdem weiß der verdammt gut, auf welcher Seite sein Brötchen gebuttert ist. Naresh?" Er hörte Phil schnaufen. „Naresh also. Hätte ich mir denken können. Der Kerl ist das übelste Klatschweib, das ich kenne. Noch schlimmer als deine Frau."

„Das nimmst du sofort zurück!", fauchte Phil. „Susan ist eine Heilige!"

George bereute die Worte bereits, als sie ihm über die Zunge kamen, und so kostete es ihn keine große Überwindung, sich zu entschuldigen. „Ja, du hast ja Recht", gab er zerknirscht zu. „Tut mir leid. Aber das sage ich nicht, weil du mich angeschnauzt hast, sondern weil Susan wirklich eine Heilige ist." Nach kurzem Überlegen fügte er noch hinzu: „Aber Naresh ist trotzdem eine elende Petze."

Phil seufzte. „Er ist Inder. Und etwas emotionaler als der durchschnittliche Engländer. Er hat sich eben Sorgen um dich gemacht."

„So ein Quatsch", knurrte George unwirsch.

„Kein Quatsch", widersprach Phil. „George, irgendwas war doch. Muss ich mich um irgendetwas kümmern? Irgendwen bezahlen? George?", drängte er, als das Schweigen andauerte. „Was ist passiert?"

George atmete geräuschvoll aus. „Nichts, was du in Ordnung bringen …"

„Könntest?"

„Müsstest", sagte George fast gleichzeitig und ärgerte sich, wie nah Phil der Wirklichkeit mit seiner Vermutung gekommen war. Es war nichts, was Phil wieder würde in Ordnung bringen können. Dieses Mal musste er selbst die Kohlen aus dem Feuer holen. Vielleicht sollte er mal damit anfangen, das Richtige zu tun.

„Okay", gab sich Phil mit einem kleinen Seufzen geschlagen. „Du hast also niemanden umgebracht? Es muss keine Leiche beseitigt werden? Und ich muss keine großen Schecks ausstellen?"

„Nein, ich habe niemanden umgebracht", beschwichtigte George seinen Freund. „Es gibt keine Leiche, aber …"

„Aber?“, hakte Phil ahnungsvoll nach.

George seufzte. „Du erfährst es sowieso, wenn du meine Kontoauszüge durchsiehst. Ich habe heute Abend möglicherweise ein bisschen Geld ausgegeben.“

„Ein bisschen?“ Phil war hellhörig geworden. „Das ist ein wenig vage. Wie viele Nullen hat denn so ein bisschen?“

George sagte es ihm und Phil rang nach Atem. „Du hast ihn doch umgebracht! Nichts anderes kann so viel Geld kosten!“

„Von wem redest du?“, fragte George zurück.

„Na, von diesem … wie heißt er noch? Dieses Thorndyke-Bübchen. Sinclair?“

„Ich habe Sinclair nicht umgebracht“, erwiderte George betont ruhig. „Ich habe mich lediglich der Ausschließlichkeit seiner Dienste versichert.“

Phil schnappte nach Luft. „Immer, wenn du dich so gepflegt ausdrückst, hast du ein schlechtes Gewissen und willst mir nicht alles erzählen!“, warf er George in beleidigtem Tonfall vor. „So teuer kann ein Exklusiv-Vertrag mit einer Nutte doch gar nicht sein! Du hast dich von dieser Thorndyke über den Tisch ziehen lassen oder du hast ihn so zugerichtet, dass in der Summe die Arztkosten gleich mit dabei sind.“

„Er wollte keinen Arzt“, murmelte George unbedacht. „Er wollte nicht mal, dass ich …“

Wieder stöhnte Phil. Es klang entsetzt und wissend. „Ich wusste es! Ich wusste, dass du irgendetwas angestellt hast! George, ich weiß, du wirst mich dafür hassen, aber denk darüber nach, was ich dir über die Psychiaterin erzählt habe. Ich glaube wirklich …“

„Liebe, Glaube und Hoffnung sind hehre Grundsätze“, schnitt George ihm das Wort ab. „Aber in meinem Leben haben sie nichts verloren“, schloss er zynisch.

„George", murmelte Phil betroffen. „Oh, George, du hast nicht immer so gedacht."

George starrte ins Leere. In eine Vergangenheit, die so weit zurücklag, dass sie wirkte wie aus einem Roman. In seinem Kopf hörte er ein Lachen. Ein schon lange verklungenes Lachen. Simon … George schloss die Augen. Presste die Lider fest zusammen, drängte mit aller Macht die Bilder wieder in die dunkle Ecke seines Gedächtnisses zurück, aus der sie entflohen waren. Er biss sich auf die Lippen. Simon … Sein Gesicht verzog sich zu einer hässlichen Grimasse. In der Hölle sollte er schmoren! Damals war er noch zu weich gewesen. Er hätte damals wirklich auf Phil hören sollen. Er hätte ihn suchen lassen sollen. Suchen, finden und ihn zurückbringen, um ihn zu bestrafen, um ihm weh zu tun, genauso weh, wie er ihm getan hatte!

„George? Bist du noch dran?"

Phils Stimme so nah an seinem Ohr ließ ihn zusammenzucken.

„Ja, ich bin noch da", antwortete George und vertrieb die letzten Nebel der Vergangenheit mit einem energischen Kopfschütteln.

„George, wo hast du deine Pistole?", fragte Phil ruhig.

„Oh, Phil! Echt jetzt?", spottete George mit einem halben Lachen. „Ich werde mir schon keine Kugel durch den Kopf jagen."

„Ich weiß. Nimm das Magazin raus."

„Ist nicht dein Ernst", gab George verblüfft und auch ein wenig gerührt zurück.

„Mir zuliebe – und auch deinem Personal zuliebe. Nicht, dass du deine Köchin erschießt, weil sie deine Rühreier versalzen hat. Nimm das Magazin raus und leg es irgendwo hin. Damit du wenigstens nicht so schnell dran kommst."

George gab sich geschlagen. Es war einfacher, nachzugeben, als noch länger mit Phil zu diskutieren. Wenn Phil sich etwas in den Kopf gesetzt hatte, konnte er überraschend hartnäckig sein. „Ist ja gut."

„Ich warte."

„Oh mein Gott!", stöhnte George, nahm aber folgsam die Waffe aus seinem Schulterholster und ließ mit einem geübten Handgriff das Magazin mit einem deutlich hörbaren Poltern auf das Tischchen vor sich fallen. „Zufrieden?"

„Sehr. Danke, George. Dann bis morgen."

„Ah, einen Moment noch. Mir fällt gerade noch etwas ein – du könntest doch noch etwas für mich arrangieren."

„Was?", fragte Phil und klang dabei alarmiert.

„Wir sollten Glendale vielleicht ein paar Flaschen von diesem spanischen Sherry zukommen lassen, den er so mag."

„Glendale", wiederholte Phil trocken. „Okay. Muss ich sonst noch etwas wissen? Oder ist es besser für mein Seelenheil, wenn ich nicht alles weiß?"

„Gute Nacht, Phil", sagte George mit einem schmalen Lächeln und legte auf.

Vielleicht war jetzt tatsächlich der Zeitpunkt gekommen, um das Richtige zu tun. Zumindest soweit es Sinclair betraf. George wollte es schließlich nicht gleich übertreiben.

Teil 14

Sinclair trug denselben Anzug wie damals, als George ihn zum allerersten Mal gesehen hatte. Dieses Mal saß er aber nicht wartend in einem der Sessel, sondern stand – betont lässig – neben dem Kamin. Ein leicht angewinkelter Arm ruhte auf dem Kaminsims. Er bot das Bild eines perfekten viktorianischen Gentlemans, der durch nichts aus der Ruhe zu bringen war – wäre nicht die moderne Kleidung gewesen und eben die Tatsache, dass er sich an dem Kaminsims festhielt. Allein dies reichte aus, um Georges Aufmerksamkeit darauf zu lenken, dass Sinclair nervöser war als bei ihrem ersten Zusammentreffen. Damals hatte er sich nirgendwo anlehnen müssen, um Halt zu finden.

Dennoch wertete es George als gutes Zeichen, dass Sinclair gerade diesen Anzug ausgewählt hatte, um ihn heute Abend zu tragen. Er glaubte, darin zu erkennen, dass Sinclair gewillt war, zu vergeben und zu vergessen und ein neues Kapitel aufzuschlagen.

„Wir müssen reden", sagte George statt einer Begrüßung und nahm in einem der Sessel Platz.

Sinclairs bislang unbewegtes Gesicht verzog sich zu einer Grimasse. „Muss das sein?"

„Ja. Es muss", gab George einsilbig zurück.

„Na schön, von mir aus", erwiderte Sinclair lustlos und eine Spur zu unterkühlt, um noch gelassen zu klingen. „Es ist nur so, dass bei einem solchen Anfang noch nie etwas Gutes für mich herausgekommen wäre."

„Setz dich", bat George, ohne auf Sinclairs Bemerkung einzugehen.

„Ich bleibe lieber stehen."

„Ganz wie du willst." George atmete einmal tief durch und fragte sich, warum ihm das, was er zu sagen hatte, nicht leichter über die Lippen ging. „Ich möchte, dass du mir dein Safeword sagst."

Sinclair starrte ihn perplex an. „Mein was?"

„Dein Safeword. Du wirst doch wohl wissen, was ein Safeword ist?"

„Natürlich weiß ich das", winkte Sinclair ab. „Ein Wort, das, sobald es geäußert wird, zum sofortigen Abbruch jeder Aktion führt."

„Und?"

„Was, und?", echote Sinclair.

„Sagst du es mir?"

„Das wird sich schlecht machen lassen."

„Und warum?"

„Weil ich keines habe", erläuterte Sinclair schlicht.

„Wie … du hast kein …" Nun war es an George, einen verständnislosen Gesichtsausdruck zur Schau zu tragen.

Sinclair zuckte mit den Schultern. „Es macht in diesem Gewerbe nicht viel Sinn. Meinst du nicht auch? Das Meiste wird mit den Kunden im Vorfeld abgesprochen und falls dann doch mal etwas nicht läuft wie besprochen … na ja, was soll man tun? Zur Polizei gehen? Netter Scherz."

„Dann denk dir eines aus."

„Ist das jetzt deine neueste fixe Idee?", fragte Sinclair mit mildem Interesse.

„Das ist keine fixe Idee!", brauste George auf. „Das ist vernünftig!"

„Vernünftig!" Sinclair schnaufte verächtlich. „Wer will das schon? Aber gut. Da dein Herz offensichtlich daran hängt … Kamin."

Ein mörderischer Blick traf Sinclair. „Ich habe das Gefühl, dass du das Ganze nicht ernst nimmst."

„Möglicherweise hast du damit Recht." Sinclair seufzte. „Also schön, gesetzt den Fall, wir hätten uns von Anfang an auf ein Safeword geeinigt und ich hätte es tatsächlich benutzt, hätte es einen Sinn gehabt? Hätte ich dich erreicht? Hättest du tatsächlich darauf reagiert?"

George wandte seinen Blick ab und blieb erneut eine Antwort schuldig.

„Darauf hattest du neulich schon keine Antwort – und deshalb ist ein Safeword völlig überflüssig", sagte Sinclair mit dieser Akzeptanz, die George immer wieder verwunderte und die er nicht begriff. Wahrscheinlich nie begreifen würde.

George nickte. „Es wird nicht wieder vorkommen." Er sah zu Sinclair auf, der sich flüchtig über die Lippen leckte und dabei seltsam unschlüssig wirkte.

„Heißt das, du wirst mich nicht mehr fesseln? Nie mehr?", hakte Sinclair eindringlich nach.

Was sollte George darauf antworten? Was wollte Sinclair von ihm hören? In dem schmalen, blassen Gesicht war absolut kein Hinweis zu finden, so reglos und fast schon versteinert bot es sich ihm dar. „Nein", erwiderte George leise.

„Nein?", wiederholte Sinclair flüsternd und George sah, wie er für einen Moment schwankte, bevor er sich wieder fing.

„Nein, ich meine, verdammt, natürlich werde ich dich wieder fesseln!", rief George ungeduldig und auch ein wenig hilflos. „Dich fesseln und dich schlagen. Anders hat es keinen Sinn. Ich werde mich nicht verstellen. Ich werde nicht auf etwas verzichten, das ich mag. Und ich …" Sinclairs ersticktes Aufschluchzen brachte ihn aus dem Konzept und er verstummte, während er staunend beobachtete, wie sich Sinclair mit einer zitternden Hand über die Augen fuhr.

„Gott sei dank … Gott sei dank …", murmelte er und hielt sich die Hand vor den Mund. „Ich dachte schon, du würdest nicht mehr …" Er schluckte, lachte unsicher und sagte dann mit schwankender Stimme: „Erschreck mich nie wieder so, hörst du?!"

Georges Blick wurde weich. „Willst du dich jetzt nicht endlich setzen?"

Sinclair nickte folgsam, ging zu George und ließ sich auf seinem Schoß nieder. Dabei gelang ihm das Kunststück, sich trotz seiner Körpergröße wie ein kleines Kätzchen an George zu kuscheln.

„Das war nicht, was ich gemeint habe, Sinclair!", rügte George mit nachsichtiger Strenge.

„Ich weiß." Sinclair blinzelte herausfordernd. „Bestraf mich", hauchte er provokant.

„Später vielleicht. Wir sind mit unserer Unterhaltung noch nicht fertig."

Sinclair seufzte ergeben. „Das hatte ich befürchtet. Du lässt dich wirklich nicht so leicht von etwas abbringen."

„Kommen wir nun also zu der guten Nachricht: Du wirst einen Bluttest machen", kündigte George an.

Sinclairs hob seinen Kopf von Georges Schulter, um ihn vorwurfsvoll anzusehen. „Das verstehst du unter einer guten Nachricht? Versuch's lieber nochmal!"

„Ich weiß wirklich nicht, warum ich dir erlaube, mir ständig Widerworte zu geben. Ich sollte dich viel öfter knebeln." Kaum war es heraus, bereute George diese Worte. Er hatte lange darüber nachgedacht, wie es zwischen ihm und Sinclair weitergehen sollte. Auf Fesselungen und Schläge zu verzichten war für ihn indiskutabel und er war erleichtert, dass Sinclair es genauso zu sehen schien. Doch was Knebel anging, so hatte er seit diesem Vorfall sehr gemischte Gefühle. Sie waren bereits vorher nicht sein liebstes Utensil gewesen, doch seit jenem Abend …

„Was hält dich zurück?", fragte Sinclair leise.

George sah ihn an und stellte fest, dass Sinclair ihn sehr genau beobachtete, sehr wachsam war, fast wie ein Jagdhund, der sich nicht sicher war, ob er die richtige Fährte erwischt hatte.

„Die Tatsache, dass ich viel zu gerne höre, wie du bettelst, wie du schreist, vor Schmerz, vor Lust", raunte er Sinclair ins Ohr, der bei seinen Worten erschauerte.

„Gut", sagte Sinclair leise. „Ich mochte die Dinger sowieso nie. Der Gummi schmeckt scheußlich und dieses ganze Sabbern ist derart entwürdigend. Was? Warum lachst du? Was habe ich denn gesagt?"

„Nichts." George unterdrückte mühsam ein Kichern und fragte sich wohl zum tausendsten Mal, womit er so etwas wie Sinclair verdient hatte. Er war sich immer noch nicht schlüssig, ob dieser Junge für ihn eine Belohnung oder eine Strafe war. „Es ist nur … Ich entwürdige dich ständig und es gefällt dir. Aber bei einem simplen Knebel …"

Sinclair zuckte mit den Schultern. „Sogar ich habe meine Grenzen."

„Womit wir wieder bei deinem Bluttest wären", kam George unbeirrbar auf das eigentliche Thema zurück und Sinclair stöhnte entnervt.

„Du bist wirklich nicht leicht abzulenken!"

„Nein. Nicht wirklich. Aber wenn du mich endlich einmal ausreden lassen würdest, dann wüsstest du, wo sich hier die gute Nachricht für dich versteckt hält."

Sinclair verdrehte die Augen. „Also schön."

„Danke verbindlichst", erwiderte George spöttisch. „Die gute Nachricht ist, ich werde ebenfalls einen Bluttest machen."

Sinclair blinzelte mehrmals.

„Wenn ich mich richtig erinnere, schluckst du ziemlich gerne, hm?", raunte George ihm zu und mit einem Schlag hörte das Blinzeln auf und die hellen Augen fokussierten sich.

Die Bewegungen von Sinclairs Kehlkopf zeigten deutlich, wie er krampfhaft schluckte.

„Gott, ja“, flüsterte Sinclair heiser. Georges Sperma. Er würde Georges Sperma kosten dürfen! Wie von selbst schlangen sich seine Arme um Georges Hals und er presste einen drängenden Kuss auf Georges schmale Lippen, den dieser ein wenig zurückhaltend erwiderte, bis es ihm gelang, seinen Mund wieder zu befreien und Sinclair ein wenig von sich weg zu schieben.

„Ich war noch nicht fertig“, drohte er mit strengem Blick.

„Doch. Warst du“, widersprach Sinclair ungerührt, arrangierte seine Beine neu, bis er rittlings auf Georges Schoß saß, und rieb seine Hüfte gegen Georges Unterleib.

Er stöhnte genüsslich, als seine beginnende Erektion auf eine ähnliche Wölbung in Georges Hose traf. Seine Hände machten sich an Georges Reißverschluss zu schaffen und schließlich gelang es ihm, diesen zu öffnen. Auf dem schwarzen Stoff von Georges Unterhose zeichnete sich bereits deutlich ein feuchter Fleck ab.

„Oh ja“, stöhnte Sinclair verhalten und öffnete mit hektischen, zitternden Fingern seine eigene Hose. Seine halbsteife Erektion folgte Sinclairs Verlangen und drängte sich gegen die heiße Beule in Georges Unterwäsche.

„Bist du unter deinen Anzügen öfter nackt?“, fragte George atemlos.

„Ja, wenn die Unterwäsche … den Schnitt … verderben würde“, antwortete Sinclair mit Mühe, während er seine Hüften kreisen ließ und seinen immer härter werdenden Penis gegen den weichen Stoff rieb. „Und wenn mir danach ist“, setzte er augenzwinkernd hinzu.

„Unersättlich“, knurrte George, schob Sinclair ein wenig von sich und befreite seine eigene Erektion, so gut es ging, aus seiner Unterhose. Er packte Sinclairs Hüften und zog ihn wieder eng an sich.

In dem Moment, in dem sich ihre Erektionen zum ersten Mal aneinanderpressten, schnappten beide Männer nach Luft. Sinclair lauter und hemmungsloser, George etwas verhaltener und leiser. Doch das Gefühl von nackter Haut an nackter Haut war für beide gleich intensiv. Das Gleiten der beweglichen, weichen Haut über das darunterliegende, harte, heiße Fleisch. Das Spannen und Entspannen der Vorhaut. Die trockene Reibung, das elektrisierende Prickeln, wenn die Eicheln für einen Moment fast schmerzhaft aneinanderklebten, sich der Bewegung widersetzten und dann die lüsterne Erleichterung, wenn ein hervorquellender Lusttropfen für genügend Feuchtigkeit sorgte und die Reibung wieder angenehmer machte.

„Ich höre nicht, dass du dich beschwerst", keuchte Sinclair, während er wie hypnotisiert auf ihre beiden Erektionen starrte, wie sie sich gegeneinander pressten, aneinander rieben, sich gegenseitig stimulierten.

Mit einem kehligen Stöhnen warf er den Kopf in den Nacken, saugte an seiner Unterlippe und hielt für einen Moment völlig still. Da George zwischen Sinclair und dem Sessel so gut wie gefangen war und keine wirkliche Möglichkeit hatte, um seinen Teil zu den Aktivitäten beizutragen, hielt auch er – zwangsläufig – still und spürte so das pochende Pulsieren von Sinclairs Härte an seinem eigenen Penis. George schloss die Augen und fühlte Sinclairs Erregung, die seine eigene Lust anfachte und steigerte, spürte dieses köstliche Gefühl von Zu-wenig-zu-leicht-und-doch-genug, das er schon seit einer halben Ewigkeit nicht mehr erlebt hatte.

Sinclair löste eine Hand von der Oberkante der Sessellehne, in die er sie gekrallt hatte, und glitt tastend und streichelnd über Georges Shirt. Warme Feuchtigkeit floss über Georges Eichel und er wusste, dass Sinclair wieder angefangen hatte, unkontrolliert große Mengen von Prä-Ejakulat abzusondern.

George öffnete seine Augen wieder und sah zu, wie sich Sinclairs lange, schlanke Finger mühelos um ihre beiden Erektionen schlossen und hektisch, aber dennoch merkwürdig sanft, daran auf und ab rieben.

George leckte sich über die Lippen. Es war gut. Es war sogar fantastisch. Aber es ging ihm zu schnell und er hatte keineswegs vor, Sinclair so leicht die Oberhand – im wahrsten Sinne des Wortes – zu überlassen. Seine Hände griffen nach Sinclairs Brust, tasteten durch sein Hemd hindurch nach den harten Nippeln und kniffen unbarmherzig zu.

„Nicht so hastig", tadelte George mit trügerischer Sanftheit.

Sinclair schnappte nach Luft, seine Hüften zuckten nach vorne, doch erst als George den Druck an seinen Nippeln noch mehr verstärkte, hielt seine Hand still. George drehte noch ein wenig an den Brustwarzen, einzig und allein, um Sinclairs Wimmern zu hören und zu sehen, wie sich sein Oberkörper nach vorne krümmte, erst dann ließ er los.

„Deinen Gürtel", forderte George knapp.

Sinclair sah ihn mit glasigen Augen an. „Gürtel?", wiederholte er langsam.

George packte ihn mit einer Hand am Kinn. „Ich glaube nicht, dass du willst, dass ich mich wiederhole", stellte George mit harter Stimme fest und Sinclairs Pupillen weiteten sich.

„Gürtel", murmelte Sinclair halb zu sich selbst und beeilte sich, diesen aus den Schlaufen seiner geöffneten Hose zu ziehen.

„Hände auf den Rücken", kommandierte George, als ihm das Stück Leder überreicht wurde. Heftig atmend und mit einem zufriedenen Seufzen befolgte Sinclair seinen Befehl.

Es war nicht einfach, jemandem die Handgelenke zu fesseln, ohne zu sehen, was man tat, doch George war erfahren genug, um diese Herausforderung zu meistern. Er schlang den Gürtel einige Male um die Gelenke und zurrte die Fesselung mit der Gürtelschnalle fest. Er überprüfte, ob das Leder eng und dennoch locker genug saß, um nicht die Blutzufuhr zu unterbinden oder anderen Schaden anzurichten, und war mit seinem Werk zufrieden.

Kaum hatte er sich zurück in seinen Sessel gelehnt, sank Sinclair auch schon gegen ihn, drückte sich mit einem leisen Wimmern an ihn, versuchte, sich an ihm zu reiben und presste schließlich seine weichen Lippen in einem sündigen Kuss auf Georges Mund.

„George“, keuchte Sinclair zwischen zwei Küssen. „Mehr … bitte …“

„Oh, ich weiß nicht“, gelang es George zu sagen, bevor sich die hungrigen Lippen wieder auf ihn senkten.

„Bitte, bitte, bitte“, wisperte Sinclair an seinem Mund.

Mit der rechten Hand packte George Sinclairs wirre Locken und zog mit einem groben Ruck Sinclairs Kopf nach hinten, der einen spitzen Schrei ausstieß, jedoch nicht aufhörte, seine Härte an Georges Erektion zu reiben. „Warum ist es heute so schwierig für dich, mich ausreden zu lassen?“, fragte George so honigsüß, dass Sinclairs Blick für einen Moment wieder klar wurde und ihn interessiert musterte.

George hob eine Augenbraue in die Höhe. „Ich warte.“

„Ich weiß einfach, dass du heute noch etwas Unangenehmes zu mir sagen wirst. Etwas, das ich nicht hören will“, erwiderte Sinclair.

Sinclairs entwaffnende Ehrlichkeit ließ George mit dem Kopf schütteln. „Du solltest mittlerweile begriffen haben, dass ich von einem einmal gefassten Plan nicht abweiche.“

„Einen Versuch war es wert.“

George schnaubte leise. „Was ich dir jetzt sage, wollte ich bereits vor fünf Minuten sagen. Und nichts, was du in der Zwischenzeit getan oder gesagt hast, hat daran irgendetwas geändert." Er löste die Finger aus Sinclairs Haaren.

Sinclair biss sich auf die Lippen und ließ den Kopf hängen. Als Georges rechte Hand sachte über Sinclairs Penis streichelte, ruckte sein Kopf wieder nach oben und er warf George einen überraschten und abschätzenden Blick zu.

„Also", sagte George gedehnt und genoss Sinclairs Verblüffung. „Du willst mehr?" Sinclair nickte zögernd und ein wenig misstrauisch. George lächelte. Oh, das war wirklich zu amüsant! „Du träumst sicher davon, dass ich uns beide in die Hand nehme?" Er streichelte etwas intensiver über Sinclairs Erektion und spürte die unwillkürlichen, leichten Bewegungen des anderen Mannes. „Und du möchtest bestimmt, dass ich uns solange wichse, bis wir beide gleichzeitig abspritzen?"

„Gott, ja", keuchte Sinclair verhalten und ließ Georges streichelnde Hand nicht aus den Augen.

„Und dann vielleicht noch ein wenig mehr? Bis du völlig leer bist und das Reiben fast schon ein bisschen wehtut? Und du hilflos in meiner Hand zuckst, aber nicht mehr hart werden kannst, weil du gerade erst gekommen bist und dein Sperma über meinen Schwanz gespritzt hast? Hmm? Wie klingt das?"

„Fantastisch", röchelte Sinclair.

„Tja …" George dehnte diese eine Silbe in die Länge und nahm seine Hand von Sinclairs pulsierendem Schaft. „Pech gehabt. Meine Finger sind nicht so lang wie deine." Seine Finger legten sich versuchsweise um beide Erektionen. „Siehst du? Es reicht nicht." In seiner Stimme schwang falsches Bedauern mit. „Ich werde mich also damit begnügen müssen, mir selbst einen runterzuholen. Du darfst dabei zuschauen“, erlaubte er großspurig. „Und du darfst dich an meinen Fingerknöcheln reiben. Vielleicht reicht dir das ja“, schloss er spöttisch, löste seine Finger von Sinclair und legte sie um seine eigene Männlichkeit.

Sinclairs brennender Blick verfolgte ihn. „Das ist verdammt unfair“, flüsterte er heiser und drückte sich dann doch mit einem begierigen Stöhnen gegen Georges auf und ab reibende Fingerknöchel.

„Du hast die ganze Zeit nicht aufgehört zu sabbern“, entgegnete George. „Es gefällt dir.“

Sinclair schluckte hart, hielt jedoch Georges Blick stand. „Ja“, hauchte er mit hochroten Wangen und ein frischer Strom seiner Vor-Lust pulsierte aus der Öffnung seines Penis’.

George quälte Sinclair noch ein wenig damit, ihm ab und zu seine Fingerknöchel durch einen anderen Winkel seiner Hand vorzuenthalten, doch als Sinclair seinen Kopf an Georges Nacken barg und vor unerfüllter Lust nur noch wimmerte, hatte er ein Einsehen. Obwohl dieses leidvolle Wimmern Musik in seinen Ohren war, wollte er doch nicht unnötig grausam sein. Seine eigene Erregung hatte bereits einen gewissen Punkt erreicht, an dem alles in ihm nach Entladung drängte.

Die Schwere von Sinclairs Körper, die Wärme, die er verströmte, die Laute, die er ausstieß, der Geruch seines Schweißes, seine Hilflosigkeit … all das führte dazu, dass Georges Bewegungen hektischer wurden, sein Atem rascher ging, sein Blut heißer durch seine Adern rauschte und das lustvolle Pulsieren in seinem Unterleib in ein ständiges Anschwellen überging. Immer mehr und immer mehr und immer …

Mit einem heiseren Schrei ergoss sich George über seine eigene Hand.

Als die Wogen seiner Ekstase abebbten, spürte er, dass Sinclair ihn immer noch förmlich erdrückte, aber ganz still hielt, ganz ruhig war. Und dann spürte er die weichen Lippen an seinem Hals. Ganz still, ganz ruhig, während sein Puls dagegen pochte, und er wusste plötzlich, dass Sinclair genau das gesucht hatte. Seinen Puls. Eine Bestätigung, dass es ihm gut ging. Dann ein keuscher, flüchtiger Kuss an seinem Hals, ein geflüstertes „George?", das ihn an einer Stelle seiner Seele traf, die er in seinem ganzen Leben nie mehr als Zielscheibe hatte hergeben wollen.

„Komm", flüsterte er Sinclair zu und griff zwischen ihren zusammengepressten Körpern nach der harten Erektion, die hoffnungsvoll zwischen seinen Fingern zuckte. „Komm für mich."

Es waren lediglich zwei, drei Bewegungen notwendig, bis Sinclair sich versteifte und mit einem Laut, der mehr Schluchzen als Schrei war, über Georges Finger spritzte.

„Danke", hauchte Sinclair an seiner Schulter.

Es war das zweite Mal, dass sich Sinclair in diesem Tonfall bei ihm bedankte und es klang immer noch ungewohnt in Georges Ohren.

George räusperte sich. „Ich werde zukünftig eine oder zwei Stunden vorher anrufen, bevor ich zu dir komme", sagte er. „Es ist nicht notwendig, dass du dich ständig zu meiner Verfügung hältst. Ich habe das bereits mit Miss Thorndyke besprochen."

„Das war es, was du mir noch sagen wolltest?", murmelte Sinclair an seiner Schulter. Es klang schläfrig.

„Ja, das war es. Und ich hoffe, ich muss dich nicht jedes Mal erst in Grund und Boden vögeln, bevor ich bei dir zu Wort komme."

„Du kannst es ja versuchen." Sinclair gähnte herzhaft und kuschelte sich noch enger an George.

„Du bist schwer“, beschwerte sich George, unternahm jedoch keinerlei Anstalten etwas an seiner Situation zu ändern. „Wie kann jemand, der so dünn ist wie du, nur so schwer sein?“

„Das ist eins der Mysterien des Universums“, erwiderte Sinclair trocken. „Ach ja – ein Tipp für die Zukunft: ohnmächtig zu werden, solange ich noch gefesselt bin … definitiv keine gute Idee.“

„Ich war nicht ohnmächtig“, protestierte George vehement. „Vielleicht kurz etwas zu sehr entspannt“, gab er dann widerwillig zu. „Außerdem hättest du immer noch um Hilfe rufen können oder einfach auf den Flur gehen und jemanden holen können und …“

„In einem Bordell um Hilfe rufen. Super Idee. Darauf reagiert bestimmt jeder sofort“, meinte Sinclair sarkastisch. „Auf den Flur rennen? Aber auch nur, weil ich dieses Mal nicht komplett gefesselt war. Also, egal wie du es nennst, was dir da gerade passiert ist, lass es zukünftig“, gab Sinclair ungerührt zurück und knabberte dann schläfrig an Georges Ohrläppchen.

George ließ ihn gewähren. Was sollte er auch erwidern, wenn Sinclair so verdammt Recht hatte? „Sinclair“, fing er zögernd an, ohne eigentlich recht zu wissen, was er sagen sollte, doch da drangen leise Schnarchgeräusche an sein Ohr. Sinclair war an seiner Schulter eingeschlafen.

George seufzte.

Gott, das Richtige zu tun hatte er sich wirklich einfacher vorgestellt!

~~~

„Alice!“ Sinclair forderte ihre Aufmerksamkeit, kaum dass er ihr Büro betrat.
~~~

Ohne von den Papieren, in denen sie gerade las, aufzusehen, sagte Alice: „Ist Doc Walker schon gekommen und wieder gegangen?"

„Lass doch diese dummen Scherze", gab Sinclair verärgert zurück. „Es ist ernst. Und sieh mich gefälligst an, wenn ich mit dir rede!"

„Bei dir ist es immer ernst", erwiderte Alice abschätzig. „Bei dir brennt immer gleich Rom. Bei dir geht immer gleich die Titanic unter. Ich sage das nicht gern – aber du bist eine Drama-Queen. Obwohl", fügte sie mit einem Lachen hinzu, „streich das mit dem *nicht gern*. Ich sage es sogar verdammt gern!" Ihr süffisantes Lächeln schwand allerdings von ihrem Gesicht, als sie zu Sinclair aufsah und seine ernste Miene wirklich Anlass zur Besorgnis gab.

„Okay. Was ist los?", fragte sie ohne Umschweife.

„Er will einen Bluttest", antwortete Sinclair dumpf.

Alice hob die Augenbrauen. „Und wo ist das Probl… Oh. Verstehe. Er wird ihn sehen wollen. Und dann sollte da besser dein Name draufstehen."

„Exakt. Mein Name. Mein Name, der außerhalb dieses Hauses besser nicht auftauchen sollte."

Alice trommelte nachdenklich mit ihren rotlackierten Fingernägeln auf ihren Schreibtisch. „Wir können es also nicht so machen wie beim letzten Mal. Kein falscher Name für dich, aber warte … Ich kenne da jemanden, der mir noch einen Gefallen schuldig ist. Vielleicht ... Ja. So müsste es gehen." Sie schenkte Sinclair einen beruhigenden Blick. „Ich denke, ich könnte das Blatt mit den Ergebnissen auf einem Blanko-Formular bekommen. Wir müssten dann nur noch deinen Namen nachträglich einfügen."

„Sicher?", fragte Sinclair misstrauisch.

„Sicher", bestätigte Alice und bedachte ihn mit einem langen, nachdenklichen Blick. „Ist das eigentlich wirklich immer noch notwendig? Dieses ganze Versteckspiel? Nach all der Zeit?“

Sinclair presste die Lippen zu einem schmalen Strich zusammen. „Ja“, sagte er knapp und wirkte dabei sehr entschlossen. „Ich will nicht, dass er mich findet.“

„Na schön“, seufzte Alice. „Dein Leben – deine Entscheidung. Allerdings würde ich das hier nicht unbedingt Leben nennen.“

Sinclair wandte sich ab. „Es ist besser als alles, was ich jemals gehabt habe.“

Teil 15

„Mir ist langweilig“, maulte Sinclair und warf die Tür zu Alices Büro hinter sich zu.

Alice war bei diesem dramatischen Auftritt zusammengezuckt, wollte sich ihren Schreck aber nicht anmerken lassen. „Ich habe nicht gehört, dass du angeklopft hast“, bemerkte sie spitz.

„Liegt wahrscheinlich daran, dass ich überhaupt nicht geklopft *habe*“, erklärte Sinclair desinteressiert und warf sich förmlich in den Besucherstuhl.

Alice rieb sich mit ihren Fingerspitzen über die Schläfen. „Wie groß ist die Chance, dass du wieder verschwindest und aufhörst, mich zu belästigen, wenn ich dich einfach ignoriere?“

Er widmete dieser Frage einige Überlegung. „Oh, ich würde sagen, wenn man alle Faktoren berücksichtigt, dann stehen die Chancen eins zu …“

„Ich will es gar nicht wissen“, unterbrach ihn Alice scharf. „*Dir* ist also langweilig. Und was geht das MICH an?“

„Mach was dagegen!“, forderte Sinclair und schob schmollend die Unterlippe vor, ganz wie der kleine Junge, der er vor über 20 Jahren einmal gewesen war.

Sie funkelte ihn grimmig an. „Das hat vielleicht früher mal niedlich ausgesehen, jetzt ist es nur noch albern.“

Als Sinclair lediglich schwer seufzte und keine Anstalten machte, sich wieder zu erheben und Alice in Ruhe ihre Buchhaltung erledigen zu lassen, kapitulierte sie. Zumindest ein wenig. „Kann es sein, dass dir langweilig ist, weil Doc Walker heute noch nicht da war?“

„Möglicherweise hat es entfernt damit zu tun“, gab er zu und betrachtete eingehend seine Fingernägel.

„Du lieber Himmel." Alice warf die Hände in die Höhe. „Der Mann hat eben noch etwas anderes zu tun, als dich zu vögeln. Er besucht dich doch sowieso schon jeden zweiten Tag!"

„Als ob das genug wäre", grummelte Sinclair verhalten.

Alice schüttelte den Kopf und murmelte etwas wie: „*Unersättlich*". Laut sagte sie jedoch: „Such dir ein Hobby! Und hör auf, mich zu nerven und von der Arbeit abzuhalten!"

„Ein Hobby?" Er sah missmutig von seinen Fingernägeln auf. „Und was?"

„Was weiß ich! Kreuzworträtsel, Sudoku, Briefmarken sammeln, Spitzendeckchen häkeln …"

Sinclair schnaubte verächtlich. „Als ob …"

Alice war am Ende ihrer Geduld angelangt. „Okay", sagte sie gereizt. „Dir ist also langweilig? Gut. Dann kannst du ja für mich diese verdammte Buchhaltung erledigen. Mein Steuerberater braucht das Zeug noch diese Woche." Sie stand auf, ging um ihren Schreibtisch herum und bewegte sich in Richtung Tür.

„Und wohin gehst du jetzt?", fragte Sinclair. Er klang überrumpelt.

„Shopping."

„Und was ist mit mir?"

„Du, mein lieber Junge, wirst für mich die Buchhaltung erledigen." Sie lächelte honigsüß. „Und zwar *pronto*!"

„Das kann ich nicht!", wehrte sich Sinclair.

Alice schnaufte verdrossen und stemmte die Hände in die Hüften. „Irgendwas wirst du doch auf diesen unzähligen Elite-Universitäten gelernt haben, die du besucht hast."

„Ja, schon", gab er widerstrebend zu. „Volkswirtschaft und ein bisschen Jura und Philosophie natürlich. Ein wenig Physik und Chemie und auch …"

„Na, bitte!“, trumpfte Alice auf. „Volkswirtschaft! Das genügt mir völlig. Und das, was du nicht weißt, wirst du dir schon irgendwie aneignen können. Du bist doch so ein cleverer Junge. Du hast früher schon immer gerne Erbsen gezählt!“ Mit diesen Worten verließ sie ihr Büro und zurück blieb ein überrumpelter und verdrossener Sinclair, der die Unterlagen auf Alices Schreibtisch missmutig beäugte.

~~~

Obwohl ihre Bluttests jeweils negativ gewesen waren, hatte George Sinclair sein Sperma bislang konsequent vorenthalten. Es war etwas, mit dem er ihn locken und quälen konnte. Das er ihm in Aussicht stellte und doch nie gab.

Es war ein Spiel zwischen ihnen, das jeder Außenstehende für grausam und unnötig gehalten hätte, das sie beide aber immer wieder anstachelte und erregte.

Meist durfte Sinclair Georges schlaffes Glied in den Mund nehmen, ihn mit Zunge und Lippen liebkosen, bis er hart war, und jedes Mal hoffte Sinclair auf die Erlaubnis, weitermachen zu dürfen. Doch jedes Mal entzog ihm George seine Erektion, hielt sie ihm dann direkt vors Gesicht, rieb mit seiner eigenen Hand darüber, bis der erste Tropfen von der Spitze seines Penis’ perlte, und manchmal durfte Sinclair diesen Tropfen dann mit seiner Zunge ablecken.

Es war die reinste Folter und Sinclair liebte jede Sekunde davon.

~~~

Zeit und Raum hatten ihre Bedeutung für Sinclair völlig verloren.

Er trieb mit geschlossenen Augen in einem Meer aus Schmerz und Geilheit, die er mühsam im Gleichgewicht hielt. Der Druck an seinen Nippeln und das Ziehen an seinem Hodensack waren nun genau ausbalanciert und Sinclair hatte keinerlei Absicht, irgendetwas daran zu ändern. Er blendete alles aus und war nur noch Körper, Gefühl und Ekstase.

„Sinclair?"

Eine Störung. Ärgerlich. Unwillig presste Sinclair seine Augenlider fester zusammen.

„Sinclair? Hörst du mich?"

Hartnäckig. Fast ein wenig besorgt. Sinclair hätte gerne geseufzt, doch das könnte möglicherweise alles aus dem Gleichgewicht bringen und so unterließ er es.

„Sinclair! Nick einfach, wenn du mich hörst."

Guter Witz, George. Guter Witz.

„Sinclair, sieh mich an. Sofort!"

Direkter Befehl. Mist.

Sinclair öffnete die Augen und sah nur die dem Bett gegenüberliegende Wand des Zimmers vor sich. Es hätte ihm klar sein müssen, dass George nicht vorhatte, es ihm einfach zu machen. So behutsam wie möglich neigte er den Kopf und genauso kontinuierlich verstärkte sich das Ziehen und Stechen an seinen Hoden. Dafür ließ das Brennen in seinen Nippeln ein wenig nach.

Da – endlich tauchte George in seinem Gesichtsfeld auf. Natürlich saß George vor ihm auf dem Bett. Immer noch vollständig bekleidet, doch immerhin mit einer deutlichen Beule zwischen seinen Beinen. In seiner Miene war tatsächlich ein wenig Besorgnis zu lesen. Sinclair blinzelte einmal. *Alles okay – es geht mir gut.*

„Das freut mich", erwiderte George auf Sinclairs Blinzeln und lächelte teuflisch.

Einen Moment später wusste Sinclair auch, warum. Die federleichte Berührung eines Fingers, der sanft an der Unterseite seiner harten Erektion empor glitt, war zu spüren. Mit einem kehligen Stöhnen legte er den Kopf in den Nacken und bereute es sofort, als der Schmerz in seinen Brustwarzen ruckartig zunahm. Keuchend versuchte er, das Gleichgewicht zwischen Brust und Genitalien wieder herzustellen, doch so richtig wollte es ihm nicht mehr gelingen. Wütend funkelte er die gegenüberliegende Wand an und verfluchte Georges Einfallsreichtum, der ihn in diese wundervolle Notlage gebracht hatte.

Sinclair stand völlig nackt vor dem Bett, auf dem George es sich gemütlich gemacht hatte. Seine Arme waren mit breiten Ledermanschetten über seinem Kopf an einem Seil befestigt, das George an einem der günstig platzierten Deckenhaken angebracht hatte. Das Seil hatte genug Spiel, so dass sich Sinclair zum einen noch zusätzlich an dem Seil festhalten konnte, ohne auf die Fesseln um seine Handgelenke angewiesen zu sein, und zum anderen war es ihm dadurch möglich, sich – wenn auch mit einiger Anstrengung – selbst zu befreien, sollten die Umstände es erfordern.

Um seine Fußknöchel lagen ebenfalls Ledermanschetten, die an einer Spreizstange fixiert waren. Das Stechen und Ziehen an seinen Hoden rührte von einer dicken, kegelförmigen Gummimanschette her, die George mit den dafür vorgesehenen Druckknöpfen um seine Hoden befestigt hatte und die dieses Körperteil nun wie ein kleiner Fallschirm umschloss. Drei Ketten, die an dem Parachute befestigt waren, und ein Seil, das George an diese Ketten geknotet hatte, sorgten dafür, dass seine Hoden nach hinten zwischen seine Oberschenkel gezogen wurden. Das Seil selbst lief über Sinclairs Rücken hinauf über seine rechte Schulter und das Ende, mit einem kleinen Knoten, hielt er selbst zwischen den Zähnen.

Sobald er den Kopf nach vorne neigte, verstärkte sich automatisch der Zug um seine Hoden und die kleinen, abgerundeten Spikes, die sich an der Innenseite des Parachute befanden, drückten sich noch zusätzlich in das weiche, empfindsame Gewebe und lösten trotz aller Pein kleine lustvolle Endorphin-Explosionen in seinem Gehirn aus. Dieses Spielzeug allein hätte genügt, um Sinclair für mehrere Stunden glücklich zu machen, doch George hatte sich damit nicht zufriedengegeben. Kaum war die Manschette befestigt und ausreichend getestet worden, brachte George noch zwei Nippelklemmen an Sinclairs Brust an und Sinclair schnappte nach Luft.

„Ein bisschen eng, oder?“, fragte George und Sinclair nickte automatisch, was zu einer Schmerzexplosion in seinem Unterleib führte. Mit einem heiseren Schrei ließ er das Seil zwischen seinen Zähnen los und die Lust gewann sofort die Oberhand.

„Okay, Sinclair“, sagte George streng. „Das läuft so: Du kriegst nicht nur dieses Seil wieder zwischen deine Zähne, sondern auch das, das ich an den Nippelklemmen hier befestigen werde. Deshalb müssen die auch ein wenig strammer sitzen als sonst. Nicht, dass du sie dir gleich nach fünf Minuten abziehst.“

Sinclair begriff. Es würde wie auf einer Wippe sein. Eine Wippe aus Geilheit und Schmerz. Neigte er den Kopf, würde er dadurch seine Nippel entlasten, aber seinen Hoden zusätzliche Qual verschaffen. Legte er den Kopf in den Nacken … Schon bei dem Gedanken wurden ihm die Knie weich und er spürte, wie sich seine Erektion noch ein wenig mehr versteifte. „Und dann?“, fragte er heiser.

„Nichts *und dann*“, erklärte George genüsslich. „Du darfst die Seile jederzeit loslassen, wenn es dir zu viel wird.“

„Und wo ist der Haken?“, fragte Sinclair.

George stellte sich sehr nahe vor Sinclair, bis dieser die Körperwärme und die Erregung des anderen Mannes spüren konnte. „Ich werde dir einen Orgasmus verschaffen, das verspreche ich dir“, raunte ihm George ins Ohr und Sinclair bebte vor Erwartung. „Aber nur solange du diese beiden Seile schön brav zwischen deinen Zähnen lässt. Ich mache dir sogar noch einen kleinen Knoten rein, damit du es ein wenig einfacher hast.“

„Und wenn ich die Seile loslasse?“, wisperte Sinclair zurück.

„Dann …“ George trat zurück und betrachtete den hilflosen Mann vor ihm ausgiebig. „Dann binde ich dich los und gehe.“

„Kein Orgasmus?“, fragte Sinclair sicherheitshalber.

„Kein Orgasmus“, bestätigte George mit einem grausamen Lächeln, das Sinclair durch und durch ging. „Für mindestens eine Woche. Okay?“

„Okay“, sagte Sinclair heiser und leckte sich vergeblich über die trockenen Lippen. Kurz darauf steckten beide Seilenden in seinem Mund und er presste seine Zähne darauf, als ob sein Leben davon abhinge.

Seither war er in einer Art Fegefeuer gefangen – ständig zwischen Himmel und Hölle hin- und herpendelnd, der Schmerz nie zu unerträglich, um ein Aufgeben in Erwägung zu ziehen, die Lust nie genug, um einen Höhepunkt zu erreichen. Es war eine perfide Anordnung, die auf ihre eigene Art und Weise köstlich quälend war.

Immer wieder reizte George sein fast schmerzhaft geschwollenes Glied mit federleichten Berührungen, masturbierte ihn auch ein wenig, hörte jedoch immer wieder damit auf, wenn Sinclairs Körper sich versteifte und so einen nahenden Orgasmus ankündigte.

Irgendwann hatte Sinclair versucht, alles auszublenden, doch auch das hatte ihm nichts eingebracht, außer dem Befehl, George anzusehen

„Sinclair, Sinclair, Sinclair“, tadelte George leise. „Was soll ich nur mit dir machen?“ Sanft tippte George gegen Sinclairs Erektion, an deren Spitze sich die ersten Lusttröpfchen zeigten. „Du versaust noch Miss Thorndykes Teppichboden.“

Nichts hätte Sinclair gleichgültiger sein können. Das Reiben der Fingerspitze über seine Eichel war wundervoll und er schloss seine Augen, konzentrierte sich auf das Anschwellen der Lust in seinem Unterleib und hoffte, dass George dieses Mal sein Versprechen halten würde. Doch plötzlich war alles weg und nur noch Georges Atem streichelte kalt über seinen glitschig-heißen Penis. Er erschauerte. Dann kam das Atmen näher und dann … dann war da etwas Feuchtes, Glattes, das über seine Eichel leckte. Geschockt riss er die Augen auf. Er wagte nicht, nach unten zu sehen. Konnte es sein? Konnte es sein, dass George – George! – mit seiner Zunge über seine Erektion leckte? Ihn sauber leckte? Wieder und wieder?

Sinclair zitterte am ganzen Körper. Er wusste, es würde nicht lange dauern, um auf diese Weise einen Höhepunkt zu erreichen. Der Schmerz in seiner Brust und seinen Hoden war zwar nicht vergessen, stachelte aber nun seine Erregung an. Er wusste aber auch, sollte er den Kopf nach vorne neigen, um zu sehen, wie George – Sinclair stöhnte – wie George an seinem Penis lutschte – Sinclairs Zähne gruben sich tiefer in die Seile – würde der Zug an seinen Hoden zweifellos so stark sein, dass er jeglichen Anflug eines Höhepunkts wieder im Keim erstickte.

Er kämpfte mit sich. Schweiß lief über seinen Rücken und an seinen Schläfen hinab. Seine Knie bebten und sein Unterleib zitterte von der Anstrengung, ruhig zu bleiben und nicht die Hüften nach vorne zu stoßen. Noch nie hatte George seinen Penis mit der Zunge liebkost. Noch nie! Womöglich würde er es auch nie wieder tun! Sollte er sich diesen Anblick entgehen lassen? Würde er sich bei diesem Anblick noch beherrschen und die Seile weiterhin festhalten können? Aber wäre es das nicht wert? Andererseits … eine Woche Keuschheit stand immer noch als Drohung im Raum und es war George durchaus zuzutrauen, dass er geeignete Maßnahmen ergriff, um die Einhaltung dieser Strafe zu gewährleisten. Sinclair überlief es heiß und kalt. Immer noch war da die Zunge an seiner Eichel. Unablässig. Und dann spürte er zum ersten Mal trockene, weiche, Haut. Ein Kuss auf seine pulsierende Erektion und in der Mitte des Kusses wieder die feuchte, sanfte Zunge. Er biss entschlossen auf die Seile und neigte seinen Kopf.

Der ziehende Schmerz in seinen Hoden nahm erwartungsgemäß zu und ließ ihn die Augen zusammenkneifen. Er atmete schwer und erst als er sich daran gewöhnt hatte, als das Stechen und Brennen zu einen dumpfen Glühen geworden war, gelang es ihm wieder, die Augen zu öffnen. Sein Blick traf auf Georges dunkelblaue Augen, die vor Erregung fast schwarz wirkten und auf Georges Lippen, die etwas gerötet waren und feucht glänzten.

„Na endlich“, seufzte George amüsiert. „Ich befürchtete schon, es interessiert dich überhaupt nicht.“ Und mit diesen Worten küsste er erneut Sinclairs Penis, bevor er seinen Mund darüber senkte.

Ein Zucken ging durch Sinclairs ganzen Körper, als er zum ersten Mal den Mund eines anderen Mannes spürte. Es war so feucht und warm und eng. Kein Wunder, dass alle so versessen waren auf Oralsex. Es war nicht so, dass er noch nie eine Zunge an seinem Schaft gespürt hätte, doch noch nie hatte ihn jemand wirklich mit dem Mund sexuell befriedigt – und von George hätte er es schon gar nicht erwartet.

Georges Mund und Zunge und Lippen fühlten sich unglaublich an und die Spirale von Sinclairs Erregung schraubte sich immer höher, doch er hielt sich zurück, kämpfte gegen die Erlösung an, wusste nicht, ob er wirklich *in* Georges Mund … Ob er die Erlaubnis hatte, um …

Für einen Moment lösten sich die Lippen von seinem hartem Fleisch, doch bevor er noch Zeit hatte, sich deshalb in tiefste Verzweiflung zu stürzen, flüsterte George an seinem Bauch: „Es ist okay.“ Erneut wurde Sinclair umschlossen von Wärme, Reibung und Feuchtigkeit. Seine angestaute Lust brach sich Bahn, entlud sich in einem Schrei und in einem krampfartigen Zucken, das nicht zu enden schien. Die Seile entwischten seinen Zähnen und Tränen liefen ihm über die Wangen, als er sich in Georges Mund entlud.

Er bemerkte erst, dass er am ganzen Körper zitterte, als George vor ihm stand, ihn mit einem Arm umklammerte und mit einer anderen Hand hektisch über seine eigene Erektion rieb, die er aus dem Gefängnis seiner Hose befreit hatte. Als Georges heißes Sperma auf seinen Oberschenkel und seinen Bauch spritzte, gaben Sinclairs Knie endgültig nach, seine kraftlosen Finger konnten sich nicht mehr an dem Seil über ihm festhalten und er sackte in seinen Fesseln zusammen. Doch sofort hob George ihn an, milderte den Druck an seinen Handgelenken und öffnete die Ledermanschetten.

Er legte ihn behutsam aufs Bett und entfernte die Spreizstange. Dann löste er, so vorsichtig es ging, die Klemmen und den Parachute von Sinclairs überreiztem Körper. Dennoch zuckte Sinclair bei jeder Berührung zusammen und als das Blut in seine gemarterten Körperteile zurückfloss, reagierte er, als ob er erneut Schmerz verspüren würde.

Doch tatsächlich war das alles mehr oder weniger ein Reflex seiner Nerven und Muskeln. Sein Gehirn, das immer noch mit den Nachwehen seines heftigen Orgasmus' beschäftigt war, bekam von alledem nicht wirklich etwas mit.

Als George sich versichert hatte, dass die Durchblutung in allen Körperteilen ordnungsgemäß funktionierte, deckte er Sinclair zu. Erst dann legte er sich neben ihn und küsste ihn hungrig.

Sinclair spürte den Geschmack seines eigenen Spermas auf Georges Zunge und erneut durchlief ihn ein Schauer der Erregung. Er war so verwirrt. Er hatte fest damit gerechnet, der erste von ihnen beiden zu sein, der eine Ladung Sperma in den Mund bekam. Wie lange hatte er darauf gewartet – und jetzt? Jetzt fühlte er sich fast ein wenig … *angeschmiert*, dass nun George derjenige war, der … George, von dem er nie erwartet hätte, er würde …

„Da gibt es doch nichts zu weinen", murmelte George sanft und wischte mit seinem Daumen über die Tränen auf Sinclairs Wangen. „Du warst wundervoll. Mehr als wundervoll." Er schloss ihn in seine Arme und küsste die letzten Tränenspuren fort. „Einzigartig. Du warst … du bist … einzigartig."

Sinclair sah ihn mit großen Augen an, wollte ihm sagen, wie sehr … wie unglaublich … wie überwältigend … wie durcheinander … wie noch kein anderer Mann vor ihm … Doch die Tränen, die er nun George zuliebe unterdrückte, schnürten ihm die Kehle zu und zum ersten Mal in seinem Leben verstand er, wie es möglich war, vor Glück zu weinen.

George war in so vieler Hinsicht der Erste für Sinclair. Und Sinclair war froh darüber. So froh.

~~~
~~~

„Dein Steuerberater ist eine Null.“ Mit diesen niederschmetternden Neuigkeiten empfing Sinclair eines Morgens Alice, die gerade ihr Büro betrat und überrascht feststellen musste, dass Sinclair bereits an ihrem Schreibtisch saß, auf dem sich Ordner, Rechnungen und Kontoauszügen stapelten.

„Das kann ich mir nicht vorstellen“, erwiderte sie verblüfft. „Er wurde mir empfohlen.“ Sie hielt den Kopf ein wenig schief. „Und ganz billig ist er auch nicht.“

„Ich bin die Unterlagen der letzten Jahre durchgegangen und du hast wesentlich mehr Steuern gezahlt, als du hättest zahlen müssen.“

Für einen Moment schwieg Alice, dann rief sie wütend: „Diese kleine Filzlaus!“

Sinclairs linker Mundwinkel hob sich in einem verständnisvollen Grinsen. „Ich kann dir ein Schreiben an das Finanzamt aufsetzen. Ich denke, die letzten beiden Bescheide könnten neu festgesetzt werden und die aktuelle Steuererklärung kann ich dann …“ Weiter kam er nicht, denn Alice drückte ihm einen schallenden Kuss mitten auf den Mund. „Bist du verrückt geworden?“, rief er ärgerlich und wischte sich mit dem Handrücken über die Lippen. „Das ist eklig!“

„Du bist Gold wert!“ Alice ignorierte seinen Ausbruch gekonnt. „Ich wusste, dass du das hinkriegst.“

Die Schmeichelei besänftigte Sinclair etwas. „Ich musste schon einige einschlägige Werke durcharbeiten, um einen Überblick zu erhalten. Aber wenn man einmal weiß, wonach man suchen muss und welche Möglichkeiten und Spielräume man hat, dann ist diese ganze Buchhaltungssache eigentlich ein Kinderspiel.“

„Ich wusste, es würde dir Spaß machen.“ Alice strahlte. „Diese ganzen Zahlen …“

Sein Gesicht verzog sich zu einer Grimasse. „Ich fürchte, deine Vorstellung von *Spaß* deckt sich nicht wirklich mit meiner“, bemerkte er verdrossen. „Immerhin hat es geholfen die Zeit totzuschlagen.“

An diesem Tag suchte George schon sehr früh Miss Thorndykes Etablissement auf und zerrte Sinclair ohne viel Federlesen quer über das Bett. Auf diesem lag Sinclair lang ausgestreckt auf dem Bauch, während George ihn mit langsamen, intensiven Stößen fickte.

George kauerte mehr, als dass er kniete, und hatte Sinclairs Unterleib auf seinem Schoß. Sinclairs lange Beine waren weit gespreizt und lagen links und rechts von Georges Körper auf der Matratze. Tiefe und harte Stöße waren in dieser Position nicht möglich und so glich ihre Vereinigung eher einem sinnlichen Schaukeln, das durch Georges kräftige Hände unterstützt wurde, die Sinclairs Hüften festhielten und ihn immer wieder eng an sich zogen.

Sinclairs Erektion steckte zwischen Georges leicht gespreizten Oberschenkeln, wo sie durch die minimalen Bewegungen in einem Teufelskreis aus zu viel Druck und zu wenig Reibung gefangen war.

Um besser atmen zu können, drehte Sinclair seinen Kopf zur Seite, denn George bestand darauf, dass er sich nicht auf der Matratze abstützte, sondern seine Hände im Nacken verschränkte. Es war unbequem und das Atmen fiel ihm schwer, dennoch war er außerordentlich erregt und er dachte flüchtig darüber nach, ob seine gesteigerte Erregung mit dieser leichten Atemreduktion zusammenhing und ob George das wohl mit einkalkuliert hatte. Vielleicht lag die merkwürdige Leichtigkeit in seinem Kopf auch daran, dass er seit geraumer Zeit seinen Mund nur noch dazu benutzt hatte, um haltlos zu stöhnen und nicht mehr dazu, um seine Atmung zu unterstützen.

„Oh, George …“

„Schön die Hände im Nacken lassen, wo ich sie gut sehen kann“, befahl George heiser und versuchte, etwas tiefer in Sinclair zu stoßen. Verdammt – er wollte kommen. So geil diese Position auch war, so unpraktisch war sie für einen schnellen Orgasmus. Verstohlen warf er einen Blick auf seine Uhr. Er hatte nicht mehr besonders viel Zeit. Er musste sich etwas einfallen lassen.

„Ah, genauso … noch ein bisschen mehr … noch ein kleines bisschen tiefer“, stöhnte Sinclair.

„Gib dir eben auch ein bisschen mehr Mühe“, schalt George und hieb ihm mit einer Hand klatschend auf den Hintern. Sinclair zuckte zusammen und spannte seine Muskeln an. Ein spitzer, lustvoller Schrei entwich den vollen Lippen. „Oh ja“, keuchte George, als Sinclairs Körper nach diesem Schlag so wundervoll eng um seine Erektion zuckte. „Okay“, knurrte er erregt. „Nochmal.“ Erneut schlug er zu. Erneut verkrampften sich die Muskeln um seinen harten Schaft. „Mmh … so ist es gut. Mach das nochmal. Spann deine Muskeln an, mach schon! Nochmal … ja … nochmal … Das machst du wirklich gut. Das … oh ja … FUCK!“ Genauso langsam wie der Akt an sich floss auch der Orgasmus zäh und wundervoll wie Honig aus seinem Körper. Sein Sperma pulsierte in einem trägen Strom in Sinclairs Öffnung und George wartete, bis er endlich, nach einer kleinen Ewigkeit, das Gefühl hatte, sich völlig entleert zu haben. Er räusperte sich, tätschelte Sinclair träge den Hintern, schubste ihn von sich herunter und stand auf.

„Okay, wie spät ist es?“, fragte er Sinclair, obwohl er es sehr genau wusste.

Sinclair lag auf der Seite, spürte, wie Georges Sperma aus seinem Körper tropfte und drehte sich wieder zurück auf den Bauch, um dann George ungläubig anzustarren. „WAS?"

Ohne ihn oder seine Frage zu beachten, sah George demonstrativ auf seine Armbanduhr und schlüpfte in seine Unterwäsche. „Schon so spät? Ich muss weg", sagte er und griff nach seiner Hose.

Sinclairs Augenbrauen zogen sich unheilverkündend zusammen. „Und was ist mit mir? Hast du da nicht vielleicht noch was vergessen?"

„Ach ja – gut, dass du mich daran erinnerst", erwiderte George mit seinem schönsten Haifischlächeln und zog den Reißverschluss seiner Hose hoch. „Kein Orgasmus, bis ich wieder da bin."

„WAS?"

„Gibt es ein Problem?", gab George kühl zurück.

„Allerdings", brauste Sinclair auf. „Das ist nicht fair! Ich war in den letzten Tagen wirklich sehr brav und ich …"

„Brav?", fragte George nur und hob eine Augenbraue.

Sinclair schlug seinen Blick nieder. „Trotzdem! Das ist …" Er suchte nach einem Wort. „Gemein!", stieß er schließlich verzweifelt hervor.

George schlüpfte in sein Jackett und rückte seine Krawatte zurecht. „Erzähl das jemandem, den es interessiert", äußerte er ungerührt.

„Elender Sadist!", fauchte Sinclair und funkelte ihn böse an.

„Danke für das Kompliment." George ging zur Tür.

„Es sollte keines sein!", schrie ihm Sinclair erbost nach.

„Ich weiß!", rief George ihm über die Schulter fröhlich zu und ging zur Tür hinaus.

In ohnmächtiger Wut hieb Sinclair mit beiden Fäusten auf die Matratze.

~~~

Keine drei Stunden später stand George jedoch wieder vor der Tür, hinter der er Sinclair zuvor verlassen hatte. Unbefriedigt *und* äußerst gereizt verlassen hatte, rief George sich in Erinnerung. Dabei musste er lächeln. Auch ihm selbst war ihr morgendliches Intermezzo nicht genug gewesen und der Gedanke, wie frustriert sich Sinclair im Bett hin und her wälzen würde, hatte das seinige zur Steigerung von Georges Libido beigetragen. Er fasste sich kurz zwischen die Beine, um seine beginnende Erektion bequemer zu lagern, und betrat dann ohne anzuklopfen den Raum.

Sinclair lag tatsächlich immer noch im Bett, doch sein Aussehen beunruhigte George etwas. Auf seiner Stirn glitzerte Schweiß, seine Augen wirkten fiebrig und seine Wangen waren gerötet. Sollte Sinclair krank sein? Grippesymptome hatten ja die Angewohnheit, sich von einer Sekunde auf die andere bemerkbar zu machen.

„Du hast nicht angerufen!", schleuderte Sinclair ihm statt einer Begrüßung überraschend kräftig und vorwurfsvoll entgegen.

„Ich wollte dich überraschen. Freust du dich denn so gar nicht, mich zu sehen?", fragte George gedehnt.

„Oh doch!", rief Sinclair prompt und schlug die Bettdecke zurück, sodass sein dunkelroter, geschwollener Schaft nicht zu übersehen war.

„Beeindruckend", stammelte George ein wenig überrumpelt, doch er fing sich rasch wieder. „Dann kann ich meine Diagnose beruhigt von *Grippe* in *Geilheit* ändern."

Sinclair musterte ihn verständnislos. „Grippe? Wie um alles in der Welt kommst du auf Grippe?"
~~~

„Schweiß auf der Stirn, gerötete Wangen, glasiger Blick, Kurzatmigkeit", zählte George auf und trat neben das Bett.

„Ah", machte Sinclair verstehend und warf ihm einen Blick aus halbgesenkten Lidern zu. „Und wie ist es bei dir?" Ein langes, schlankes Bein kroch wie eine Albino-Schlange unter der Bettdecke hervor und ein – für seine Größe überraschend schmaler – Fuß legte sich direkt auf die Wölbung von Georges Hose. „Hast du auch die ganze Zeit an mich gedacht?" Spielerisch wackelte Sinclair mit den Zehen.

Georges Mund blieb schmal, aber seine Augen lächelten, während er den Fuß ein wenig nachlässig streichelte. „Warst du brav?"

„Ziemlich", erwiderte Sinclair und rieb seine Fußsohle provozierend zwischen Georges Beinen auf und ab.

Leichte Beunruhigung zeichnete sich auf Georges Gesicht ab. „Du willst mir jetzt nicht ernsthaft erzählen, dass du seit drei Stunden diesen Mordsständer hast? Gesund ist das dann nämlich nicht mehr."

„Priapismus. Ich weiß", unterbrach ihn Sinclair gleichermaßen gelangweilt und ungeduldig. „Nein, er war nicht die ganze Zeit in Alarmbereitschaft. Zwischendrin habe ich ihn immer wieder abkühlen lassen."

„Zwischendrin?" George rückte ein wenig näher an den infernalischen Fuß. Das versprach interessant zu werden. Und seit wann fand er Füße erotisch?

Sinclair warf ihm einen gezielt verruchten Blick zu. „Du weißt schon, ich habe immer wieder daran herumgespielt. Immer wieder … bis kurz vor dem Höhepunkt und dann habe ich damit aufgehört und gewartet, bis er weich wurde. Und dann habe ich ihn wieder ein wenig gestreichelt …"

„Fuck!", unterbrach George Sinclairs etwas gleichgültig vorgetragene Litanei, die dennoch Bilder in seinem Kopf entstehen ließ, die ihn über die Maßen erregten. Wie oft hatte sich dieses geile Stück wohl bis kurz vor den

Orgasmus gewichst? Wie schwer musste es ihm gefallen sein, im entscheidenden Moment die Finger von sich zu lassen? Und dann schwer atmend im Bett zu liegen und zu warten, bis die Gefahr vorüber war, nur um alles wieder von vorne zu beginnen? Er schluckte krampfhaft und sagte dann mit einem leichten Kopfschütteln: „Immer hart am Rande der Katastrophe, nicht wahr?"

„Gib zu, dass es dir heute Morgen auch nicht gereicht hat!", verlangte Sinclair. „Und gib zu, dass es dir jetzt leid tut, dass du mich so hast liegen lassen!" Unter seiner Fußsohle zuckte es verheißungsvoll und Sinclair biss sich auf seine Unterlippe – ein klareres Zeichen seines Verlangens gab es kaum, wenn man von seiner imposanten Erektion absah.

„Bis vor fünf Minuten hat es mir vielleicht – möglicherweise – ein bisschen leidgetan", gab George zu. „Jetzt nicht mehr." Er trat einen Schritt zurück. „Knie dich hin. Hintern zu mir. Ich will sehen, wie du dich mit deinen eigenen Fingern fickst."

Sinclair warf George einen langen Blick zu, den dieser nicht zu deuten wusste.

„Das wird sich schlecht machen lassen", erwiderte er dann langsam. „Zumindest nicht sofort."

„Warum?", wollte George wissen.

Statt einer Antwort brachte sich Sinclair in die gewünschte Haltung, spreizte die Beine obszön weit, bis George einen Kreis aus rotem Gummi ausmachen erkannte, bei dem es sich nur um das Ende eines Plugs handeln konnte, der Sinclairs Anus verschloss.

„Darum", erwiderte Sinclair rau und beobachtete George über seine Schulter hinweg.

„Du hast … wann?", fragte George nicht gerade mit seiner üblichen Sicherheit. Der unvorbereitete Anblick des

Plugs in Sinclairs Hintern hatte ihm vor Erregung die Sprache verschlagen.

„Gleich, nachdem du weg warst“, antwortete Sinclair und gab George damit die Bestätigung, die er insgeheim erhofft hatte.

Der Gedanke, dass Sinclair freiwillig einen Plug trug – Himmel, was war das bei den anderen immer für ein Getue gewesen – hätte schon ausgereicht, um George nachhaltig für eine zweite Runde zu begeistern. Doch die Vorstellung, dass Sinclair es getan hatte, um sich über Stunden in Erregung zu versetzen, sorgte dafür, dass George die Kehle trocken wurde.

Als ihm dann noch in den Sinn kam, dass sich sein Sperma – dank des Plugs – immer noch in Sinclairs Körper befinden musste, spürte er, wie seine Erektion pulsierte und sich ein feuchter Fleck in seiner Unterwäsche ausbreitete.

Die Idee, sein Sperma gleichzeitig in beiden Öffnungen von Sinclairs Körper zu sehen, brachte Georges Blut in Wallung. Wie im Fieberwahn öffnete er seine Hose und holte sein hartes Glied hervor. „Komm her. Lass den Plug drin, knie dich vor mich.“ George brachte die Worte nur noch keuchend heraus, doch es war ihm gleichgültig. Anstatt allerdings Georges Anweisung zu befolgen und die befohlene Position einzunehmen, hatte sich Sinclair lediglich umgedreht und starrte ihn nun ungläubig an.

„Starr keine Löcher in die Luft!“, herrschte George ihn an. „Komm her und mach den Mund weit auf und sag schön brav *Ah*!“

Gott, jetzt mache ich auch schon dämliche Arzt-Witze, dachte George in milder Verzweiflung. Dieser unmögliche Kerl brachte ihn wirklich noch um den Verstand.

Ein seltsames Glitzern trat in Sinclairs helle Augen. „Jetzt? Ich meine … einfach so?“

„Schlucken oder diskutieren?“, fragte George direkt.

„Oh.“ Sinclair krabbelte ganz ohne seine gewohnte Anmut zu George, wo er sofort anfing, mit spitzer Zunge kleine Kreise um Georges glitschige Eichel zu lecken.

Über ihm stöhnte George und Sinclair schloss genießerisch die Augen. Noch war da nur ein Hauch Moschus und ein wenig Seife zu schmecken, doch bald … Grob wurde sein Kopf zurückgerissen und Sinclair stöhnte lustvoll auf.

„Nicht … keine Spielereien“, keuchte George angestrengt. „Mach einfach nur deinen Mund auf. Das nächste Mal kannst du dir dann … so viel Zeit nehmen … wie du willst.“

Gehorsam öffnete Sinclair seinen Mund und mit einem erleichterten Stöhnen schob ihm George seine harte Erektion zwischen die Lippen, dann fickte er seinen Mund und seine Kehle mit harten, rücksichtslosen Stößen, gegen die Sinclair absolut nichts einzuwenden hatte. Er fing gerade an, die grobe Behandlung zu genießen, als sie auch schon vorbei war. Etwas enttäuscht registrierte Sinclair das kurze Innehalten, das fast unmögliche Anschwellen der Eichel auf seiner Zunge und dann die ersten Spritzer! Bitter, herb und so ganz und gar George! Er leckte und schluckte und wollte es um jeden Preis auskosten, doch noch während George kam, entzog er sich dem willigen Mund und spritzte den letzten Rest auf Sinclairs Lippen und Kinn. Sinclair versuchte, mit seiner Zunge so viel wie möglich davon zu erwischen, doch George stoppte ihn.

„Lass es“, kommandierte er atemlos. „Leg dich auf den Rücken. Knie anziehen, Beine breit.“

Bebende Finger griffen nach dem Ende des Plugs und zogen ihn mit einer langsamen Drehung aus Sinclairs Öffnung. Sinclair spürte, wie seine Muskeln ins Leere krampften und zuckten und wie etwas Zähes, Warmes aus ihm heraustropfte. Er suchte Georges Blick, wartete auf

Anweisung, hoffte endlich auf Erlösung, doch George starrte wie hypnotisiert zwischen Sinclairs Beine. Als er Sinclairs Blick endlich erwiderte, lag in seinen Augen eine Wildheit, die Sinclair den Atem verschlug.

„Meins", flüsterte George heiser und legte seine Finger um Sinclairs harten Schaft.

Georges Blick glitt immer wieder von Sinclairs verschmiertem Gesicht zu dem feuchten Rinnsal, das mit jeder Zuckung aus dessen Körper pulsierte. Noch nie hatte es ihn so erregt, seinen Gespielen auf diese Art und Weise in Besitz zu nehmen, ihn als sein Eigentum zu markieren, zu kennzeichnen. Als sich Sinclair nach kurzer Zeit mit einem erleichterten Schluchzen über Georges Finger ergoss, nahm Georges hungriger Blick noch einmal den besudelten und benutzten Körper in sich auf.

Schweiß und Sperma glänzten auf der hellen, vor Erregung geröteten Haut und obwohl es hätte abstoßend sein können, so war ihm Sinclair doch noch nie zuvor so schön und so vollkommen erschienen wie gerade in diesem Augenblick.

„Du bist wunderschön", sagte George so leise, dass er hoffte, Sinclair würde ihn nicht hören, denn noch immer hatte Sinclair Probleme damit, Komplimente über sein Äußeres anzunehmen, verabscheute es sogar, sie zu hören. Doch George hatte es einfach laut aussprechen müssen, andernfalls hätten ihm die Worte sicher die Brust gesprengt.

Sinclair gab durch nichts zu erkennen, dass er George gehört hatte, doch innerlich glühte er. Zum ersten Mal seit langer, langer Zeit konnte er glauben, dass es die Wahrheit war.

~~~
~~~

Als Sinclair noch klein gewesen war, hatte er selbst nichts dagegen gehabt, dass ihm von Onkeln und Tanten das Haar verwuschelt und sein hübsches Aussehen gepriesen wurde. Er hatte nur schon früh gemerkt, dass sein Bruder ihm dies sehr krummnahm, auch wenn er das nach außen nicht zeigte. So wurde Sinclair den Liebkosungen und Schmeicheleien der Verwandtschaft gegenüber etwas unduldsam und widerspenstig, um Randolph zumindest deshalb keinen Anlass zu geben, ihn nicht zu mögen.

Eine Zeit lang war es auch tatsächlich besser, doch dann wurden die Cousinen älter und fanden Gefallen an Sinclairs rotblonden Locken und seinen hellgrauen Augen mit den überraschend dunklen Brauen und Wimpern und Randolph hatte wieder einen Grund mehr, um sauertöpfisch dreinzublicken.

Die ganze Situation war für Sinclair belastend. Besonders weil er nicht verstand, warum niemand Randolphs Aussehen und seine Haltung bewunderte und auch weil es ihm kein Vergnügen bereitete, von seinen Cousinen verhätschelt zu werden. Sie wären vom Alter her für Randolph viel passender gewesen.

Insgeheim wunderte sich Sinclair allerdings darüber, dass er die Zärtlichkeiten, wären sie von Cousin Todd gekommen, wahrscheinlich nicht so schroff zurückgewiesen hätte. Egal wie böse Randolph ihn dann angeschaut hätte. Aber Cousin Todd hatte nur Augen für eines der Hausmädchen und so dachte Sinclair nicht länger darüber nach.

Nach Vaters Tod – und als Sinclair es endgültig aufgegeben hatte, Randolph zu gefallen – wurde Sinclair plötzlich eitel. Es mochte an der Pubertät liegen oder daran, endlich auf einem Gebiet glänzen zu können, auf dem Randolph versagte – und zwar ganz objektiv und offensichtlich. Obwohl Sinclair heimlich immer noch den Sommersprossen seines Bruders nachweinte und wirklich gerne selbst welche gehabt hätte.

Bereits mit Anfang 20 lichteten sich Randolphs Haare, was für ihn ein ewiges Kümmernis darstellte und ihn mit Neid auf Sinclairs volle Lockenpracht schielen ließ. Sinclair entging dies natürlich nicht und es erfüllte ihn mit boshafter Schadenfreude und führte dazu, dass er

Stunden vor dem Spiegel verbrachte. Mit Kamm und Bürste frisierte er so lange an seinen Haaren herum, bis sie sein schmales Gesicht in perfekter Unordnung umrahmten.

Leibesfülle und eine Schwäche für Süßigkeiten waren Randolphs zweite Achillesferse und Sinclair trat auch hier genüsslich nach.

Sobald er bemerkte, dass Randolph wieder auf Diät war und das Dessert beim Essen ausließ, nahm Sinclair mit schöner Regelmäßigkeit noch eine zweite und dritte Portion, obwohl er dieses süße Zeug nicht einmal besonders gerne mochte. Immerhin konnte er essen, so viel er wollte. Sein im Wachstum befindlicher Körper und sein Stoffwechsel sorgten dafür, dass er kein Gramm zunahm.

Zu dieser Zeit fing Sinclair an, enge, körperbetonte Hemden und Hosen in auffallenden Farben zu tragen. Es brachte ihm anerkennende Blicke aller Tanten und Cousinen ein und Randolph begann, mit den Zähnen zu knirschen. Zumindest hoffte Sinclair, dass es so war.

Randolph war damals schon dazu übergegangen, dreiteilige Anzüge zu tragen, die in gedeckten Farben gehalten waren. Seine Ausrede hierfür waren seine Bestrebungen hinsichtlich einer politischen Laufbahn. Doch Sinclair wusste es besser: Weste und Uhrkette kaschierten geschickt einige überflüssige Pfunde und die gut geschnittenen Hosen und Anzüge hatten Stil und verliehen dem jungen Randolph Würde und sogar so etwas wie Charisma.

Doch neben Sinclairs paradiesvogelhaftem Auftreten in seiner auffallenden Kleidung wirkte Randolph wie eine graue Maus und Sinclair sonnte sich in den Komplimenten und genoss diese Aufmerksamkeiten auf Kosten seines Bruders in vollen Zügen.

Das ging so lange, bis Sinclair eines Tages in der Bibliothek seiner ersten Universität ein Gespräch belauschte. Dieses Gespräch war in mehr als einer Hinsicht aufschlussreich gewesen. Es hatte ihm eine andere Sicht auf sich selbst eröffnet. Etwas, womit er nie gerechnet hätte, trat dabei zutage: Seine Kommilitonen hielten ihn für unattraktiv.

Alles, was sie jemals zu ihm gesagt hatten, war eine Lüge gewesen. Die hübschen Komplimente nur leere Phrasen, um das zu bekommen, wonach es sie eigentlich verlangte: unkomplizierte sexuelle Befriedigung.

Als Sinclair in dieser Nacht vor seinem Spiegel stand, gelang es ihm nicht mehr, den großen, drahtigen, jungen Mann mit der zarten, hellen Haut zu sehen, der ihm noch am Morgen zugezwinkert hatte. Stattdessen starrte ihm jemand entgegen, der hochaufgeschossen war, schlaksig und mager, mit der käsigen Haut eines Stubenhockers.

Beschämt und entsetzt zugleich wandte er seinem Spiegelbild den Rücken zu.

Alle hatten ihn belogen. Alle mussten ihn belogen haben. Nicht nur hier an der Universität. Jeder hatte ihn belogen, weil sie instinktiv geahnt haben mussten, dass dies SEINE Achillesferse war. Sein Hunger nach Anerkennung, nach Lob, nach hübschen Komplimenten. Und alle hatten sie tatsächlich etwas ganz anderes gewollt: Sex, die Ergebnisse der Hausaufgaben, sich bei seinem Vater einschleimen, den Verlobten wegen einem Flirt mit Cousin Sinclair eifersüchtig machen …

Sinclair hätte diese Liste beliebig und endlos fortsetzen können, doch er nahm lieber einen tiefen Schluck aus der Wodkaflasche, die er zwischen seinen Turnschuhen versteckt hielt.

Alles Lüge! Sein ganzes Leben lang war er immer nur belogen worden.

Das sollte ihm zukünftig nicht mehr passieren. Nie mehr wollte er auf schöne Worte hereinfallen, nie mehr einer plumpen Schmeichelei Glauben schenken.

~~~

„Wie viele hast du eigentlich schon umgebracht?" Sinclair malte müßig mit seinem Finger unsichtbare Muster auf Georges nackten Oberkörper.
~~~

Sie lagen gemeinsam im Bett, wobei Sinclair auf dem Bauch lag, um seinem Hintern, der von Georges Schlägen mit der Reitgerte noch wund und gerötet war, etwas Erleichterung zu verschaffen, während er den pulsierenden Nachhall der Schmerzen auskostete. Sein Kopf ruhte halb auf Georges Schulter und seine Finger zogen nun Kreise um Georges Narbe.

„Und was hast du dafür verwendet? Stichwaffen? Schusswaffen? Oder war es der Mafia-Klassiker *Betonschuhe und Themse*?“, fragte Sinclair arglos weiter. Schon oft hatte er George diese Frage stellen wollen, doch nie hatte es sich nach dem richtigen Zeitpunkt angefühlt. Und dabei war Sinclair so neugierig! Der Gedanke, dass George über Leben und Tod entscheiden konnte, löste bei ihm ein eigenwilliges Kribbeln in der Magengegend aus. An seiner Seite war George plötzlich still. Sehr still. Unnatürlich still. Sinclair hob den Kopf, um George anzusehen, doch da hatte George ihn schon von sich weggeschoben und das Bett verlassen.

„George?“, fragte Sinclair voll böser Vorahnung. „Was ist?“

„Ich muss los.“ George suchte seine Kleidungsstücke zusammen und zog sie an. Dabei drehte er Sinclair die ganze Zeit über den Rücken zu.

„Dann ...“ Eine Furche zeigte sich zwischen Sinclairs Augenbrauen. „Oh!“ Langsam dämmerte ihm, dass dieser Zeitpunkt wahrscheinlich nicht ideal gewesen war, um genau diese Frage zu stellen. „Schlechtes Thema?“, fragte er unsicher.

„Ein wenig.“ Über die Schulter warf George ihm ein schmales, gezwungenes Lächeln zu. „Deine Einsicht kommt allerdings etwas zu spät.“

Angst strecke ihre eisigen Finger nach Sinclair aus. George ging. George verließ ihn. Würde er wiederkommen? Oder hatte er mit seiner unbedachten Fragerei alles kaputt gemacht? Natürlich hatte er das! Was sonst? Er war schließlich bekannt dafür, dass er sich alle Chancen selbst gründlich verdarb! Fieberhaft suchte er nach Worten – nach den richtigen Worten, die George zum Bleiben bewegen würden.

„George … es …“ Die Worte wollten ihm nicht über die Lippen. „Geh …“ Auch hier streikten seine Stimmbänder. „Komm …“ Es blieb ihm in der Kehle stecken. „Du kommst doch wieder?“, brach es schließlich aus ihm heraus. Seine Stimme klang rau. Ganz am Anfang hatte er diese Frage schon einmal an George gestellt. Damals war sie ihm wesentlich leichter über die Lippen gekommen. Warum nur war das so? Hatte damals nicht so viel auf dem Spiel gestanden? Tat es das jetzt? Sinclair wusste es selbst nicht.

George hatte schon eine Hand auf der Türklinke, als ihn Sinclairs Worte erreichten. In seinen Ohren klang es wie der verzweifelte Schrei eines Ertrinkenden. Unwillig schüttelte George den Kopf. In einem Bett ertrank man nicht! Dennoch zögerte er, drehte sich schließlich doch um. Eigentlich nur, um sich zu vergewissern, dass Sinclairs Gesicht seinen – in solchen Situationen üblichen – passiven und beherrschten Ausdruck zeigte. Doch anstatt Resignation und Akzeptanz, die er sonst in dem blassen Gesicht vorfand, wenn Sinclair begriff, dass er zu weit gegangen war, erkannte George in der Maske der Resignation die ersten Risse und dahinter lugten nackte Verzweiflung und Angst hervor.

Sinclair hatte sein Zögern bemerkt und flüsterte unsicher: „George?“

Eigentlich hatte George tatsächlich gehen wollen. Diesen Raum verlassen. Wie lange er gebraucht hätte, um zurückzukommen – darüber wollte er selbst nicht so genau nachdenken. Gegen diesen flehenden Blick aus den hellen Augen, der in völligem Widerspruch zu Sinclairs beherrschter Körperhaltung stand, war er jedoch nicht gefeit. Er hatte sich und Sinclair versprochen, dass er ihn nie ohne Grund verletzen würde. Sein wortloses Gehen würde Sinclair verletzen, das wusste George, so sicher, wie er wusste, dass der Himmel blau und das Gras grün war.

War Sinclairs Neugier Grund genug, um ihn mit seiner Abwesenheit und seinem Schweigen zu bestrafen? George war sich nicht wirklich darüber im Klaren. Die Zeit, die er mit Sinclair verbrachte, war ein wenig zu einem Fluchtpunkt für ihn geworden. Eine Blase in der Realität, in der er nicht *Doc Walker* war, sondern einfach nur *George*. Mit seiner Frage hatte Sinclair diese Blase zerstört und es George damit unmöglich gemacht, diesen Ort weiterhin als den sicheren Hafen wahrzunehmen, zu dem er ihn in seinen Gedanken hochstilisiert hatte. *Doc Walker* und *George* waren durch Sinclairs Frage wieder zu einer Einheit verschmolzen.

„Ich habe Dinge getan, auf die ich nicht besonders stolz bin“, fing George unvermittelt an und wunderte sich insgeheim über sein freimütiges Eingeständnis. „Aber es gehört nun mal dazu. Und meist fällt es mir leichter, als es das eigentlich sollte.“

„Das ist mir egal“, erwiderte Sinclair mit brennenden Augen.

„Ich weiß“, murmelte George tonlos. „Ich weiß. Trotzdem werde ich nicht mit dir über diese Dinge sprechen. Ist das klar?“

„Ich wollte nicht …“, fing Sinclair an, doch das war nicht das, was George in diesem Moment von ihm hören wollte.

„Ist das klar?“, wiederholte er scharf.

Sinclair riss die Augen auf. „Ja“, antwortete er betroffen.

„Gut“, sagte George abschließend. „Ich ... rufe an.“

Sinclair nickte und wirkte dabei so verloren, dass George der übermächtige Drang befiel, zu ihm zu gehen und ihn zu küssen. Ihm zu versichern, dass alles in Ordnung war, dass er ihm nicht böse war. Nie würde böse sein können – zumindest nicht auf Dauer.

„Ich rufe an“, wiederholte er stattdessen. „Versprochen.“ Dann ging er.

Bereits auf der Treppe bereute er seinen Entschluss, Sinclair so überstürzt verlassen zu haben. Doch er bezwang diesen lächerlichen Impuls, zu Sinclair zurückzukehren und ihn zu trösten, und setzte seinen Weg fort. Das Beste – oder vielleicht sogar das Richtige – wäre ohnehin gewesen, sich nie so sehr auf diesen Jungen einzulassen. Aber für diese Einsicht war es mittlerweile zu spät. Er würde immer wieder in Sinclairs offene Arme zurückkehren. Auch wenn er genau wusste, dass dieser unmögliche Mensch immer wieder Dinge tun oder sagen würde, die ihm gegen den Strich gingen – auf die ihm ganz eigene direkte, ungeschönte, naive Art und Weise. Vielleicht war das ja das Geheimnis seiner Faszination, seiner Anziehungskraft, die er auf George ausübte? Dass er nie etwas aus Berechnung sagte oder zumindest nie mit der Absicht, den anderen zu verletzen? Das allein war schon ein Kunststück, denn die meisten von Sinclairs Äußerungen konnten sehr wohl verletzend sein – oder zumindest so aufgenommen werden.

Warum hatte George gerade eben eigentlich noch so wütend reagiert? Als er das Bordell verließ, wusste es selbst schon nicht mehr so genau.

Es fiel George bei seinen ganzen Überlegungen nicht auf, dass er vorausgesetzt hatte, dass Sinclairs Arme immer für ihn offen sein würden, solange er das so wollte. Er stellte nie in Frage, ob Sinclair ihn jemals zurückweisen würde. Es war für ihn selbstverständlich, dass Sinclair das – solange George ihn bezahlte – nie tun würde. Vielmehr war es für

George die Frage, wann *er* Sinclairs überdrüssig werden würde. Im Augenblick sah es zwar nicht danach aus, doch George wusste aus leidvoller Erfahrung, dass niemand vermochte, ihn auf ewig zu fesseln. Bei Sinclair würde das wohl nicht anders sein. Allerdings gestattete er sich die Hoffnung, dass es noch recht lange dauern würde, bis er sich mit Sinclair langweilte, denn im Moment genoss er sein Leben wie schon lange nicht mehr.

Fröhlich pfeifend ging er zu seinem Wagen.

~~~

Eines Morgens wachte George auf und wünschte sich, Sinclair wäre bei ihm und würde sich unter der Bettdecke um seine Morgenlatte kümmern.

Eines Mittags aß er an seinem Schreibtisch ein Sandwich und überlegte, dass es sicher kurzweiliger wäre, mit Sinclair im Esszimmer zu sitzen und seinen eigenwilligen Bemerkungen zu lauschen.

Eines Abends saß George alleine in seinem Wohnzimmer und fragte sich, wie es wohl wäre, wenn Sinclair neben ihm auf dem Sofa sitzen und an seinem Ohrläppchen knabbern und wie es wohl sein würde, wenn er ihn nur zu rufen bräuchte und er ihn *haben* könnte, wann immer ihm der Sinn danach stand.

Eines Nachts lag er wach in seinem Bett und horchte auf die Stille in seinem Haus, die mit jeder Minute erdrückender schien.

Verärgert und unruhig hieb er auf sein Kopfkissen ein und drehte es auf der Suche nach einer kühlen Stelle hin und her. Es genügte ihm nicht mehr, Sinclair sehen zu können, wann er wollte. Es war ihm lästig, ständig zu dem Bordell zu fahren, sich dort zu vergnügen und sich dann zu überlegen, ob er dort duschen oder doch lieber verschwitzt
~~~

nach Hause fahren sollte, um dann alleine unter der Dusche zu stehen und …

Nein.

Dieser Zustand war auf Dauer einfach indiskutabel. Er war ein vielbeschäftigter Mann und er hatte keine Lust, seine kostbare Zeit in die Organisation seines Sexlebens zu investieren.

Sein Entschluss stand fest.

Er würde Sinclair zu sich holen.

~~~

Als Phil am nächsten Morgen mit ihm die Termine der nächsten Tage durchging, fragte George: „Was steht eigentlich übermorgen an?"

Phil blätterte in seinen Notizen und konsultierte seinen großen Papier-Kalender, bevor er antwortete. „Mittwoch … hmm … Vormittags müssen wir noch ein Gespräch mit unserem *Komitee* für die Bürgermeisterwahl führen. Mittags triffst du dich im *le chat noir* mit unserem Verbindungsmann für Bolivien. Nachmittags …"

„Lass gut sein", unterbrach ihn George kurz angebunden. „Also habe ich da auch wieder keine Zeit für mich."

„Na ja, für einen Quickie dürfte es …", erwiderte Phil mit einem Grinsen, ließ den Satz aber unbeendet, als er gewahr wurde, dass Georges Barometer heute auf *Sturm* stand. „Am Freitag sieht es wesentlich besser aus, da könnte ich …"

Doch George ließ ihn nicht ausreden. „Hör zu, Phil", sagte er betont ruhig. „Es ist mir egal, wie du das deichselst, aber ich will allerspätestens am Donnerstag ein Zeitfenster von zwei Stunden."

Phil stöhnte. „George – wirklich. Das geht nicht. Beim besten Willen nicht."
~~~

George atmete geräuschvoll ein und aus. „Ich glaube nicht, dass ich dich gefragt habe, ob es geht oder nicht", erwiderte er scharf. „Ich habe dir eine Anweisung gegeben und ich erwarte, dass du diese auch ausführst."

Mit einem raschen Blick versicherte sich Phil, dass sein Freund im Augenblick keine Waffe trug. „Das sind aber wirklich wichtige Termine. Ich gebe ja zu, dass seit ein paar Tagen der Teufel los ist – aber manchmal ist das eben so. Seit über sechs Wochen, seit du diesen Sinclair exklusiv hast, bist doch sowieso schon mindestens jeden zweiten Tag bei ihm. Erst gestern warst du drei Stunden dort. Warum musst du denn jetzt schon wieder hin?"

„Das geht dich nichts an."

„Warum frag ich auch? George, ich werde bestimmt nicht deinen ganzen Terminkalender umwerfen, nur damit du schon wieder mit Sinclair rummachen kannst."

„Ich will ja auch gar nicht mit ihm *rummachen*."

„Ach nein?"

„Nein."

„Und was willst du dann?"

„Ich will ihn Miss Thorndyke abkaufen."

Nach dieser Bemerkung hatte George die Genugtuung zu beobachten, wie Phil ihn eine geschlagene Minute lang mit aufgerissenem Mund und Augen völlig fassungslos anstarrte.

„Hast du sie noch alle?", krächzte Phil schließlich. „Du willst dir eine Nutte kaufen?"

„Jep."

„Und wo willst du mit ihm hin?"

„Wie – wo will ich mit ihm hin? Er wird natürlich hier wohnen", erwiderte George gelassen. „Deshalb wirst du mich auch nie wieder schlecht gelaunt erleben. Denn er wird immer zur Hand sein, wenn ich ihn brauche."

„Hier“, echote Phil tonlos. Dann schüttelte er den Kopf und schrie: „Du kannst dir doch keine Nutte ins Haus holen!“

„Erinnerst du dich noch an den Termin vor zwei Wochen? Als ich zu spät gekommen bin und ich dir nicht sagen wollte, warum? Und du automatisch angenommen hattest, es wäre was Versautes gewesen?“, fragte George provokant. Phil nickte widerstrebend und war sich sicher, dass ihm sofort ein unwiderlegbares Argument serviert werden würde. Er sollte Recht behalten. „Ich war eingeschlafen“, fuhr George fort. „Einfach so. Im Bordell. Nach dem Sex. Weg war ich. Hast du eine Ahnung, wie lästig diese Hin- und Herfahrerei ist? Ich habe sogar schon überlegt, ob ich dort ein paar Klamotten deponieren soll, damit ich was Frisches zum Anziehen habe, falls ich zwischen zwei Terminen bei ihm vorbeischauen will.“ Er holte Luft. „Und bevor ich anfange, mir einen Kleiderschrank in einem Bordell einzurichten …“

Phil schüttelte den Kopf. „George. Überleg dir das gut. Der Kerl ist eine Nutte. Der wird dich ausnehmen. Wie eine Weihnachtsgans.“

„Ja, und? Wenigstens kann ich mir das leisten“, erklärte George mit einem bitteren Lachen. „Erinnerst du dich noch an Cedric? Was der mich alles gekostet hat. Oder dieses schwedische Model, dieser Lars, meine Güte, der hatte Ansprüche! Und keiner von denen war im Bett so gut wie Sinclair. Wo ist da, bitteschön, der Unterschied? Alle haben es immer nur auf mein Geld abgesehen, aber bei Sinclair ist das wenigstens allen beteiligten Parteien von vorneherein klar.“

„Es ist nicht gesund, wie sehr du auf diesen Kerl fixiert bist“, versuchte Phil ein weiteres Mal, George von seinem Vorhaben abzubringen.

„Ich will ihn haben. Und ich werde ihn haben", erklärte George starrsinnig. „Und du wirst mir diese zwei Stunden Zeit in meinem Terminkalender verschaffen."

Phil hob zum Zeichen seiner Kapitulation die Hände. „Gut, von mir aus. Ich werde dann mal wieder das Unmögliche möglich machen. Du wirst schon sehen, was du davon hast. Auf mich willst du ja nicht hören. Aber wenn es dann schiefgegangen ist mit diesem Sinclair, darf ich dann wenigstens sagen: *Ich hab es dir doch gleich gesagt*?"

„Das tust du sowieso, egal ob ich es dir erlaube oder nicht", erwiderte George gleichmütig. „Und mach gleich einen Termin bei meinem Schneider für ihn aus. Er wird wohl ein paar nette Anzüge brauchen."

„Und schon geht es los", sagte Phil mit einem schweren Seufzen. „Er ist noch nicht mal da und schon gibst du Geld für ihn aus. Wie soll das erst werden, wenn …"

„Phil, er hat mich die ganze Zeit über nie um irgendetwas gebeten."

Phil sah ihn überrascht und ein wenig nachdenklich an. „Noch nie? Das ist … selten. Aber wahrscheinlich hat er einfach nur gewartet, bis er den dicken Fisch sicher am Haken hat."

„Und wenn schon", bemerkte George kalt. „Immerhin kriege ich *dieses Mal* wenigstens etwas für mein Geld und nicht ständig Ausreden wie: *Heute nicht, mir tut der Arsch noch von gestern weh.*"

Seufzend machte sich Phil daran, Georges Terminkalender auf der Suche nach Ausweichterminen zu durchsuchen, die er dann später den entsprechenden Gesprächspartnern anbieten wollte. Nach einer Weile hob er den Kopf und sah, wie George völlig versunken aus dem Fenster starrte. „George?"

George zuckte ein wenig zusammen und wandte sich ihm dann zu. „Ja? Was ist?"

Phil wusste nicht, wie er das, was er seinem Freund sagen wollte, formulieren sollte.

„George, wenn du diesen Sinclair hier wohnen hast … ich meine …“ Er gab sich einen Ruck und fuhr etwas entschlossener fort: „Findest du nicht auch, dass du deine Zeit lieber damit verbringen solltest, jemanden zu finden, der …“

George lachte bitter. „Du meinst, ich sollte nicht so viel mit Sinclair vögeln, sondern mir lieber was *Richtiges* suchen? Einen festen Freund? Eine Beziehung?“ Phil nickte ernst und der traurige Ausdruck in seinen Augen war George so unangenehm, dass er seinen Blick abwenden musste. „Phil, ich habe mich damit abgefunden, dass das, was ich will, auf dieser Welt einfach nicht existiert. Und das solltest du auch.“

„Ich will nur, dass du … na ja“, Phil zuckte mit den Schultern, „glücklich bist.“

„Glücklich.“ George gab sich Mühe, verächtlich zu schnauben. „So glücklich wie du und Susan werde ich sowieso nie. Und wenn ich euch beide zum Maßstab nehme, dann ist Sinclair immerhin das Zweitbeste, was mir über den Weg laufen konnte. Er befriedigt immerhin meine körperlichen Bedürfnisse zu meiner vollsten Zufriedenheit.“

„Sex ist nicht alles im Leben.“

„Möglich. Aber Sex ist alles, was ich mir von diesem Leben noch erwarten kann“, sagte George kalt und zwang sich, sich nicht zu sehr darauf zu freuen, dass sein Haus in der Nacht zukünftig nicht mehr ganz so still sein würde.

Auch wenn er keine Absicht hatte, Sinclair ständig in sein Bett zu lassen, so wäre da doch noch das Atemgeräusch einer weiteren Person in der Dunkelheit. *Wenn er ständig schnarchen sollte, bringe ich ihn um*, dachte George flüchtig und erinnerte sich an das Gefühl von Sinclairs Herzschlag an seinem Ohr. Wie gut es sich angefühlt hatte, mit diesem Pochen einzuschlafen. Einfach loszulassen. Irgendwie war es das wert gewesen, auch wenn er deshalb zu spät zu seinem Termin gekommen war.

Doch Phil erzählte er das alles besser nicht. Entweder würde er ihm wieder mit dieser Psychiaterin kommen oder er würde nochmal sagen, dass er diese Fokussierung auf Sinclair für ungut hielt und er sich damit andere Chancen verbauen würde.

George verdrehte insgeheim die Augen. Was wusste Phil schon von den Freuden des Analverkehrs. Oder von der nächtlichen Einsamkeit in dem großen Haus.

Teil 16

„Herein“, sagte Alice auf das Klopfen an ihrer Bürotür und faltete ihre Hände auf ihrem Schreibtisch. Sie gab sich Mühe, ihre Neugierde zu verbergen, die sie befallen hatte, gleich nachdem Doc Walker diesen Termin mit ihr vereinbart hatte. Sie hatte erwartet, ihn in Begleitung eines Leibwächters zu sehen, doch er war allein, als er ihr Büro betrat und die Tür hinter sich schloss.

„Guten Morgen, Mister Walker“, grüßte sie ihn mit einem freundlichen Lächeln. „Bitte, nehmen Sie doch Platz.“ Mit einer eleganten Handbewegung bot sie ihm den Stuhl vor ihrem Schreibtisch an und mit einem knappen Nicken ließ er sich darauf nieder. Er schien nicht gleich das Wort ergreifen zu wollen und so lehnte sich Alice in ihrem Stuhl zurück, schlug die Beine übereinander und legte ihre Hände entspannt auf die Armlehnen. „Was verschafft mir die Ehre Ihres Besuches?“, eröffnete sie das Gespräch mit einem verbindlichen Tonfall in ihrer Stimme.

George Walker verschränkte die Hände in seinem Schoß und schürzte einen Augenblick lang seine Lippen, dann lehnte er sich ebenfalls zurück und sagte: „Ich möchte Ihnen einen Gefallen tun.“

Damit hatte Alice nicht gerechnet. „Einen Gefallen? Mir?“ Sie bekam ihre Überraschung aber schnell wieder unter Kontrolle. „Sie sind zu gut zu mir, *Doc*“, flötete sie mit dunkler Stimme. „Was habe ich getan, um plötzlich Ihr Wohlwollen auf mich zu ziehen?“

„Nichts“, erwiderte George mit einem eisigen Lächeln.

„Nichts“, echote sie tonlos und auf ihrer Stirn zeigten sich die ersten Falten. „Mister Walker, Sie sprechen in Rätseln. Ich fürchte, ich verstehe nicht.“

„Ich will Sie von der Sorge um Sinclair befreien.“

„Befreien?“ Ihr Misstrauen war geweckt und sie gab sich Mühe, es nicht zu deutlich zu zeigen. Das konnte im Umgang mit Doc Walker unter Umständen gefährlich sein. „Falls er Sie durch irgendetwas verärgert hat, so bin ich mir sicher, das lässt sich auch auf andere Art und Weise regeln als …“

George entfaltete seine Hände in einer entnervten Geste. „Warum glaubt jeder sofort, ich spreche von Mord, wenn ich doch nur …“ Er atmete einmal tief durch. „Ich will Ihnen lediglich ein Geschäft vorschlagen.“

„Ein Geschäft?“, fragte Alice. „Aber Sie haben Sinclair doch schon exklusiv, was …?“

„Ich will Ihnen Sinclair abkaufen.“

„Sie wollen was?“, platzte es aus ihr heraus. Gleich darauf biss sie sich auf die Lippen. Wie hatte sie nur so unbedacht reagieren können? Aber diese Ankündigung war auch zu überraschend gekommen. Sie hatte zwar schon längst durchschaut, dass Doc Walker von Sinclair absolut hingerissen war und nicht mehr von ihm lassen konnte und insgeheim hatte sie auch mit einem Happy End gerechnet, das in irgendeiner Art mit einem Antrag zu tun haben würde, aber dass der Mafia-Boss lieber einen Kaufvertrag als einen Ehevertrag aushandeln wollte, das war dann doch eine unerwartete Wendung. Aber gut, sie war die letzte, die Sinclairs Glück im Wege stehen wollte.

„Ich will ihn aus diesem Bordell freikaufen“, bestätigte George gelassen. „Wie viel verlangen Sie für ihn?“

„Nein, Mister Walker. So kann ich das nicht.“ Alice hatte ihm eigentlich erklären wollen, dass es da nichts freizukaufen gab, dass Sinclair niemandem gehörte, nur sich selbst, doch George ließ sie nicht aussprechen.

„Wie viel, Miss Thorndyke?“, wiederholte er mit einem überdrüssigen Seufzen. „Nennen Sie einfach Ihren Preis. Ich kann Ihnen zwar nicht versprechen, dass ich nicht handeln werde, aber Sie werden feststellen, dass ich heute meine Spendierhosen anhabe. Außerdem bin ich mir dessen bewusst, dass Sinclairs Schulden, die er bei Ihnen hat, die Kosten wahrscheinlich in die Höhe treiben werden."

Alices Augen weiteten sich. „Schulden?", fragte sie trocken. „Okay. Was hat er Ihnen erzählt?"

George betrachtete sie kühl. „Nicht viel. Er hat nur einmal erwähnt, er schulde Ihnen etwas." Er richtete sich in seinem Stuhl auf und beugte sich nach vorne. Seine Stimme senkte sich zu einem bedrohlichen Flüstern: „Ich weiß, es ist äußerst unklug von mir, das zu sagen, aber ich will ihn aus Ihren rotlackierten Klauen befreit sehen, koste es, was es wolle."

Alice gab es auf, ihn berichtigen zu wollen. So anmaßend war sie nicht, einem Mafia-Boss unbedingt beibringen zu wollen, dass er falsch lag. Doc Walker wollte Geld loswerden. Viel Geld. Das konnte er haben. Sie nannte ihren Preis und George Walker zuckte nur leicht mit seinem linken Augenlid. Dann zückte er sein Scheckbuch. Während er schrieb, lehnte sie sich in ihrem Stuhl zurück und lächelte wie eine Katze, die den Kanarienvogel *und* die Sahne erwischt hat.

„Sehen Sie nicht so grimmig drein, Doc. Schenken Sie mir ein Lächeln und ich stelle Sie in den nächsten Tagen dem neuen kolumbianischen Botschafter vor. Das könnte für Sie unter Umständen nützlich sein."

„Als ob ich dazu auf Sie angewiesen wäre", bemerkte George spitz und reichte ihr den fertigen Scheck.

Sie nahm ihn entgegen und erfreute sich an den unverschämt vielen Nullen. Das Ferienhaus an der Küste war so gut wie abbezahlt. „Sinclair ist sicher schon ganz aufgeregt." Sie schenkte George ein strahlendes Lächeln.

„Er weiß es noch nicht", erwiderte George und stand auf.

„Sie … Sie haben ihn noch nicht gefragt?“, sagte Alice verdutzt und blinzelte. „Er weiß noch gar nicht, dass Sie …“

„Nein, natürlich nicht. Wozu auch?“, fragte er gleichgültig.

„Na ja, ich … weiß auch nicht.“ Sie lachte nervös und er warf ihr einen abschätzigen und leicht perplexen Blick zu. „Dann weiß er auch noch nicht, was Sie so mit ihm vorhaben? Nein, sicher nicht. Was haben Sie denn mit ihm vor? Ich meine, wo wollen Sie mit ihm hin?“

Wieder breitete George entnervt seine Hände aus. „Warum fragte mich jeder, wo ich mit ihm hin will? Ich nehme ihn natürlich mit zu mir nach Hause. Wohin denn sonst? In ein Verlies? Oder in einen Harem? Du liebe Zeit!“

Alice merkte, dass sie übers Ziel hinausgeschossen war und beeilte sich, ihn mit einem raschen Lächeln zu beruhigen. „Dann werden Sie ihm jetzt sicher die frohe Botschaft überbringen wollen“, erklärte sie und obwohl sie sich Mühe gab, sich ihre wahren Gefühle nicht anmerken zu lassen, war doch deutlich herauszuhören, dass sie stark daran zweifelte, ob es für Sinclair eine frohe Botschaft sein würde. „Ich hole ihn, warten Sie einfach hier.“ Etwas hektisch stand sie auf. Vielleicht konnte sie das eine oder andere noch geradebiegen, wenn sie zuerst alleine mit Sinclair sprach.

„Nein, bitte, machen Sie sich keine Umstände. Sagen Sie mir einfach, wo ich ihn finde, und ich …“ George biss sich auf die Lippen und wirkte für einen Moment verlegen. „Ich kann ihm dann gleich sagen, was er einpacken soll.“

Daraufhin musste sich Alice geschlagen geben. So beschrieb sie ihm den Weg zu Sinclairs Appartement und er bedankte sich dafür.

„Na dann, viel Erfolg.“ Sie verabschiedete ihn mit deutlichem Zweifel in ihrer Stimme, was George dazu brachte, verwirrt die Stirn zu runzeln.

~~~

George stand vor der Tür zu Sinclairs Appartement, schloss für einen kurzen Moment die Augen und malte sich aus, wie überglücklich und dankbar Sinclair sein würde. Ein gutes, warmes Gefühl breitete sich in George aus und beruhigte das nervöse Flattern seines Magens etwas, das ihn seit zwei Tagen – mal mehr, mal weniger – begleitete und sich bei dem zweifelnden Unterton in Miss Thorndykes Stimme wieder verstärkt gemeldet hatte. Er klopfte einmal kurz an und öffnete dann die Tür, ohne eine Antwort abzuwarten. Mitten in seinem zweiten Schritt blieb er wie angewurzelt stehen. Er wusste nicht, was er erwartet hatte, aber so etwas ganz sicher nicht.

Aufgeschlagene Bücher auf Tischen und Stühlen, überquellende Aschenbecher, abgestandene Luft, Kleiderberge auf dem Fußboden, eine vertrocknete Pflanze auf dem Fensterbrett. Und mittendrin in dem ganzen Chaos: Sinclair. Sinclair, der gestreifte Pyjamahosen und ein ausgeleiertes T-Shirt trug, im Schneidersitz auf dem Bett saß und einen Laptop auf seinem Schoß balancierte. Sinclair, der mit seinen völlig zerzausten Locken, dem Schatten eines rötlichen Zwei-Tage-Bartes und den entsetzt aufgerissenen Augen so lächerlich jung aussah und mit dem abgeklärten Prostituierten, den er vor Monaten zum ersten Mal getroffen hatte, nichts, aber auch gar nichts mehr, gemein hatte.

Ein erstaunlich fiepsiges „George?“, das so gar nicht zu Sinclairs normalem, tiefem Bariton passte, riss ihn schließlich aus seiner Starre.
~~~

„Du rauchst?", äußerte George das Erste, das ihm in den Sinn kam.

„Ich versuche aufzuhören." Die Verteidigung von Sinclair kam so rasch, dass es wie eingeübt klang.

„Ganz reizend hast du es hier", bemerkte George sarkastisch, dann fiel ihm wieder ein, warum er eigentlich hier war, und er befahl knapp: „Pack deine Sachen, wir gehen." Je eher er Sinclair aus diesem Schweinestall herausholte, desto besser.

Doch anstatt ihm freudig erregt um den Hals zu fallen, hockte Sinclair immer noch auf seinem ungemachten Bett und beäugte ihn misstrauisch. „Wohin?", fragte er mit kühler Zurückhaltung.

Die Frage brachte George etwas aus dem Konzept. Aber immerhin war es Sinclairs gutes Recht, zu wissen, wo er ab jetzt leben würde. Vielleicht war er einfach nur zu verblüfft, um seiner Freude richtig Ausdruck zu verleihen. Er räusperte sich. „Natürlich zu mir. Nach Hause. Ich habe dich gerade freigekauft", erläuterte er und wartete auf den Freudenausbruch – der auch nach einigem Warten nicht kam.

Sinclair musterte ihn abschätzend und widmete sich dann wieder dem Laptop auf seinem Schoß. „Nein", sagte er schlicht.

„Gut, dann …" George hielt inne. Er war sich so sicher gewesen, dass Sinclair *JA* sagen würde, sobald er erst mal den Mund auf bekam, aber das, was er gerade gehört hatte … War das wirklich …? „WAS?", rief er verständnislos aus. „*Nein?* Aber …"

Sinclair sah wie in Zeitlupe zu ihm auf und George verstummte. Da war sie wieder, die Furchtlosigkeit, die er so an diesem Jungen bewunderte. Aber warum kehrte er sie immer dann hervor, wenn sie George so gar nicht in den Kram passte? Warum spurte dieser Kerl nicht einfach, wenn er sich schon nicht freute?

„Welchen Teil von *Nein* hast du nicht verstanden?“, fragte Sinclair mit kalter Höflichkeit. „Außerdem hast du nicht angerufen. Du hast auch nicht gewartet, bis ich dich hereingebeten habe. Du tauchst hier einfach so auf, glaubst, du könntest mich kaufen und verkaufen, ganz nach Lust und Laune, und grenzenlos über mich verfügen? Ist dir bei deinen ganzen Überlegungen vielleicht auch *einmal* der Gedanke gekommen, du könntest mich um *meine* Meinung dazu fragen?“ Er hielt Georges Blick ungerührt stand. „Dir wäre einiges an Demütigung erspart geblieben. Findest du nicht auch?“ Sinclair atmete tief ein und seine Unterlippe fing an zu zittern. Seine kühle Überlegenheit geriet ein wenig ins Wanken und nach der Art zu schließen, wie er auf seine Lippe biss, wusste er es auch. „Du wirst jetzt sicher alle Verbindungen und Abmachungen mit mir lösen wollen. Tu dir keinen Zwang an. Sag, was du zu sagen hast, und hol dir dein Geld von Alice zurück. Ich werde dich nicht aufhalten.“

George hatte dieser Ansprache fassungslos gelauscht. „Wann haben sie dir eigentlich ins Gehirn geschissen?“, brach es aus ihm heraus, als Sinclair offensichtlich geendet hatte. „Was ist hier verdammt nochmal los? Ich habe dich freigekauft und du gibst mir den Laufpass? Vor ein paar Tagen warst du doch noch völlig normal!“

Sinclair reckte trotzig das Kinn nach vorne, doch trotz aller kämpferischen Allüren bemerkte George, dass die hellen Augen feucht glitzerten.

Mühsam beherrscht presste George seine Augenlider zusammen und rieb sich mit Daumen und Zeigefinger über den Nasenrücken. Dann öffnete er die Augen wieder, fixierte Sinclair und deutete mit seinem Zeigefinger direkt auf ihn. Sinclairs Unterlippe zitterte immer noch und er war blass geworden. Jetzt war er nicht mehr in der Lage,

Georges Blick zu erwidern. Er drehte seinen Kopf zur Seite und nahm den Laptop von seinem Schoß.

„Du … Fang jetzt ja nicht an zu heulen!", rief George aufgebracht. „Sieh mich an, wenn ich mit dir rede. Sieh mich an und dann sag mir – ins Gesicht! – sag mir, dass du nicht mit mir kommen willst." Tränen hätte George jetzt nicht ertragen. Seine Selbstbeherrschung hing sowieso nur noch an einem seidenen Faden. Wenn er jetzt auch noch Tränen über Sinclairs Wangen hinablaufen sehen würde, dann würde er sich ohne zu zögern auf ihn stürzen und ihm die Kleider vom Leib reißen. Warum, zur Hölle, mussten auch ausgerechnet Tränen eine derartig stimulierende Wirkung auf ihn haben?

Sinclair, der nichts von Georges innerem Kampf ahnte, schüttelte den Kopf. Immer noch mied er Georges Blick. „Ich kann nicht", flüsterte er mit bebender Stimme. „Ich kann nicht! Gott, ich wünschte, ich könnte!" Er senkte den Kopf noch tiefer.

„Du *kannst* nicht?", hakte George perplex nach. „Natürlich kannst du! Hast du mich denn nicht verstanden? Ich habe mit Miss Thorndyke alles geregelt. Du bist frei. Du kannst diesen …" Sein Blick schweifte kurz durch den Raum, ohne die richtigen Worte zu finden. „Du kannst jederzeit von hier fort", sagte er dann. „Jederzeit." Er wartete einen Moment. Als von Sinclair keine Erwiderung kam, fragte er entnervt: „Heulst du schon? Brauchst du ein Taschentuch?" Er zog sein Taschentuch mit Monogramm aus seiner Jackentasche und hielt es etwas unbeholfen in Sinclairs Richtung.

„Nein", erwiderte Sinclair mit erstickter Stimme und George seufzte.

Irgendwie lief das hier gar nicht wie geplant oder erwartet. Er sah auf seine Uhr. Von seinen kostbaren zwei Stunden, die Phil für ihn in seinem Terminkalender herausgeschlagen hatte, waren nur noch 40 Minuten übrig. Er ging zu Sinclair und setzte sich vorsichtig auf die Bettkante.

Endlich sah Sinclair auf. Seine Augen waren feucht und gerötet, aber er hatte nicht geweint. George hielt ihm dennoch sein Taschentuch hin. „Hier.“

Sinclair betrachtete das Taschentuch, als ob es jeden Moment nach ihm schnappen würde, nahm es dann aber doch an sich. „Warum bist du immer noch hier?“, fragte er. Es klang fast wütend.

„Ich habe nicht vor, hier ohne dich weg zu gehen“, erklärte George ruhig. „Ich habe dich gekauft. Du gehörst mir.“

„Das halte ich für ein Gerücht“, schnaubte Sinclair mit einem unfrohen Lachen.

George zuckte mit den Schultern. „Was soll ich sagen? Miss Thorndyke hat das Geld anstandslos genommen.“

Sinclairs Augen verengten sich. „So? Hat sie das?“ George nickte. „Sie hat dich über den Tisch gezogen.“

George hob eine Augenbraue. „Und wenn schon! Fakt ist, sie hat dich freigegeben und ich verstehe nicht, warum du nicht schon längst deine Koffer packst!“

Sinclair sah George fest in die Augen, atmete tief durch und sprach dann zu ihm wie zu einem Kleinkind: „Weil … ich … das …nicht … kann.“

„Sinclair …“ George rieb sich mit beiden Händen über das Gesicht. „Ich sagte doch: Es ist alles geregelt. Und wenn ich sage *alles*, dann meine ich auch *alles*. Ich habe ihr gesagt, sie soll deine Schulden zu dem Preis dazu addieren. Und das hat sie getan. Ich weiß nicht, wie viel es war – oder was du ihr tatsächlich geschuldet hast – und es ist mir auch egal. Aber falls da sonst noch etwas ist, sag es mir. Falls sie noch irgendetwas gegen dich in der Hand hat, rede mit mir und ich verspreche dir, ich schaffe es aus der Welt.“

Sinclair saugte an seiner Unterlippe und schüttelte müde den Kopf. „Ich schulde Alice kein Geld", sagte er dann zu Georges großer Überraschung. „Du hattest das nur angenommen und ich habe es nie berichtigt." Er atmete tief durch und sah George mit einem sanften und doch wehen Blick direkt in die Augen: „Ich schulde ihr etwas, das weder du noch ich jemals zurückzahlen können. Ich schulde ihr mein Leben."

„Dein Leben?"

Wieder atmete Sinclair tief ein und George begriff, dass es seine Art war, sich selbst Mut zuzusprechen. Als Sinclair weitersprach, hatte seine Stimme einen harten, fast metallischen Klang angenommen und obwohl er sich direkt an George wandte, war sein Blick doch nach innen gekehrt. „Ich habe auf der Straße gelebt, George. Ich habe Drogen genommen, um dieses Dasein zu ertragen, und ich habe alles geblasen, was mir vor den Mund kam, um diese Drogen zu finanzieren. Ich war fertig." Er hielt inne, saugte an seiner Unterlippe und fuhr dann etwas gedämpfter fort: „Und es war mir egal. Ich hätte den nächsten Winter nicht überlebt. Und auch das war mir egal. Und dann hat mich Alice gefunden und mit zu sich genommen. Sie hat mich gerettet. So abgedroschen das auch klingen mag." Sinclair zerknüllte Georges Taschentuch zwischen seinen Fingern, strich es dann auf seinem Oberschenkel wieder glatt und zerknüllte es erneut.

George wusste nicht, was er sagen sollte. Er durchforschte sein Gehirn nach einem Hinweis auf diesen Teil von Sinclairs Vergangenheit, doch die Erkundigungen, die er vor Monaten über ihn eingezogen hatte, waren offensichtlich unvollständig gewesen. Natürlich hatte zwischen der letzten Universität und dem Tag, an dem er Sinclair ersteigert hatte, eine ziemlich große Lücke geklafft, aber dass sich dahinter das Leben eines obdachlosen Drogensüchtigen verbergen würde, damit hatte George einfach nicht gerechnet. Er musste zu seiner Schande gestehen, dass er sich über diese Lücke in den ihm vorliegenden Akten – wozu auch Polizeiakten gehörten – keinerlei Gedanken gemacht hatte. Er sah Sinclair an und er sah ihn mit neuen Augen. Was hatte Sinclair ihm noch alles verschwiegen? Und wollte er es wirklich so genau wissen? Aber eine Sache wollte er dann doch noch geklärt haben.

„Sie hat dich mitgenommen? Einfach so?", fragte George leichthin.

„Ja, sie …"

„Sie kannte dich", stellte George fest.

Sinclair schwieg, dann senkte er den Kopf. „Ja", gab er schließlich nach längerem Schweigen zu.

„Das heißt, sie hat dich nie zu etwas gezwungen?", bohrte George nach.

„Was?" Sinclairs Kopf ruckte wieder nach oben. „Oh nein", erklärte er lachend, als ob dieser Gedanke völlig absurd wäre. „Ich bin absolut freiwillig hier. Alice hätte gar nicht die Macht gehabt, mich zu irgendetwas zu zwingen oder zu überreden."

Georges Gedanken schwirrten wie wilde Hummeln hinter seiner Stirn. Fast alles, was er geglaubt hatte, von und über Sinclair zu wissen, war in den letzten Minuten komplett auf den Kopf gestellt worden. „Dann war auch die Versteigerung deine Idee?"

Sinclair zuckte zurückhaltend mit den Schultern, es wirkte wie eine Verlegenheitsgeste. „Was soll ich sagen? Mir war langweilig und ich wollte endlich etwas zum Unterhalt beitragen."

„Dir war … Du wolltest …", murmelte George fassungslos und starrte Sinclair für einige Sekunden lang mit offenem Mund an. Dann stieß er ein kurzes, widerwilliges Lachen aus. „Du bist wirklich unglaublich." Er schüttelte den Kopf, dann wurde er wieder ernst. „Warum bist du hier geblieben? Ich meine, wenn Sie dich nicht in der Hand hatte, warum bist du immer noch hier? Warum?"

Die gelöstere Stimmung verschwand genauso schnell und so plötzlich, wie sie gekommen war. Sinclair zerknüllte wieder Georges Taschentuch zwischen seinen Fingern. „Aus genau dem gleichen Grund, aus dem ich auf der Straße gelebt habe und nicht mit dir kommen kann", erwiderte er dumpf.

George saugte an der Innenseite seiner Wange und griff dann nach Sinclairs Hand, die gerade wieder damit beschäftigt war, das Taschentuch glattzustreichen. „Aber du *willst* doch mit mir kommen?"

Langsam schloss Sinclair seine Augen. „Gott, ja", wisperte er mit kaum verhohlener Traurigkeit in der Stimme, bevor er sein Kinn wieder entschlossen hob. Als er seine Augen wieder aufschlug und George ansah, war auch hier wieder diese stille, resignierende Akzeptanz, die George immer unerklärlich bleiben würde. „George, das hat doch alles keinen Sinn. Bitte geh und quäl mich nicht länger." Sein Gesicht gab keinerlei Hinweis auf seine innere Zerrissenheit, die sich nur in dem leichten Beben seiner Stimme offenbarte.

„Nein", sagte George entschieden. „Nein, Sinclair, egal, was da draußen ist. Egal, wovor du dich fürchtest. Egal, wer dich bedroht. Glaubst du nicht, dass *ich* am besten geeignet wäre, um dich zu beschützen?"

Ein trauriges, ungläubiges Lächeln huschte über Sinclairs Lippen.

„Sinclair, du erwartest doch nicht, dass ich dir abnehme, dass du in diesem Bordell – und damit möchte ich nichts Schlechtes über Miss Thorndyke sagen, aber – dass du in diesem Bordell wirklich sicher bist?"

Sinclair legte seinen Kopf leicht schief und öffnete seinen Mund, wie um etwas zu sagen, klappte ihn dann aber wieder zu. Seine Augen verengten sich und er betrachtete George noch eine Weile stumm. George glaubte förmlich zu sehen, wie sich die Zahnräder hinter Sinclairs Stirn in Gang setzten, aber nur langsam – so ungewöhnlich langsam – an Geschwindigkeit zulegten.

Zögernd öffnete Sinclair erneut seinen Mund und George ermunterte ihn mit einem kleinen Nicken zum Sprechen. „Ich habe hier eine gewisse Anonymität genossen", äußerte Sinclair immer noch mit nachdenklich geneigtem Kopf. George schwieg und wartete und nach einer halben Ewigkeit sprach Sinclair tatsächlich weiter: „Es steht zu befürchten, dass sich das ändert, wenn ich erst einmal bei dir … wohne." Dieses Konzept schien ihn zu verwirren, denn er hielt einen Moment inne. „Was ich damit sagen will: Über kurz oder lang wird es herauskommen, dass du jemanden bei dir hast. Und von da an wird es nicht mehr weit sein bis zu dem Zeitpunkt, an dem ruchbar wird, *wen* genau du dir da ins Haus geholt hast und … Das ist genau das, was ich um jeden Preis vermeiden möchte. Bislang ist mir das ganz gut gelungen." Er seufzte schwer. „Für einen x-beliebigen Prostituierten in einem Bordell interessiert sich kein Schwein. Aber für den neuesten Zeitvertreib eines Mafia-Bosses?" Er richtete einen durchdringenden Blick auf George. „Und jetzt sag mir, dass ich mich irre."

„Das kann ich nicht", gab George zu. „Man wird sich für dich interessieren. Aber das ist doch gleichgültig! Bei mir bist du sicher. So sicher wie in Abrahams Schoß. Niemand, absolut niemand hat Zutritt zu meinem Haus, wenn er nicht vorher überprüft wurde. Das Grundstück ist bewacht und wird überwacht. Ständig. Ich bezahle eine halbe Armee an Leibwächtern. Hast du wirklich angenommen, ausgerechnet *ich* hätte keine Feinde?" George lachte bitter.

Sinclairs Stirn legte sich in Falten. „Du bist hier immer alleine hergekommen, ohne …“ Sein Blick huschte zur Tür, als ob er erwartete, dahinter einen schwerbewaffneten Leibwächter zu sehen. Er errötete leicht und wandte sich wieder George zu.

George zuckte in komischer Resignation mit den Schultern. „Was soll ich sagen? Ich bin ein leichtsinniger Idiot, das kann dir jeder bestätigen.“ Er machte eine kunstvolle Pause. „Ich schieße schneller und treffe besser als jeder meiner Feinde. Um hierzu eine andere Meinung als meine eigene einzuholen, müsstest du dich allerdings auf den Friedhof bemühen“, schloss er mit einem zynischen Grinsen, das nicht ganz frei war von Bitterkeit. „Sinclair. Nenn mir einen Namen. Nur *einen Namen* und ich werde dafür sorgen, dass du nie wieder …“

Zum ersten Mal erwiderte Sinclair mit seinen Fingern den Druck von Georges Hand.

„Das dürfte außerhalb deiner Möglichkeiten liegen. Nicht, dass ich diese gering einschätzen würde“, fügte er nach kurzem Nachdenken hinzu.

Gedankenverloren streichelte George mit seinem Daumen über Sinclairs Handrücken. „Ich weiß nicht mehr, wann ich das letzte Mal eine solche Engelsgeduld einem anderen Menschen gegenüber aufgebracht habe. Wahrscheinlich noch nie.“ Mit seiner freien Hand hob er Sinclairs Kinn an und sah ihm tief in die Augen. „Zum letzten Mal, Sinclair. Pack deine Sachen und komm mit.“ Als Sinclair seinen Blick voller Zweifel erwiderte und stumm blieb, überwand George die kurze Distanz zwischen ihnen und küsste ihn sanft auf die weichen, nachgiebigen Lippen. Er spürte Sinclairs Seufzen mehr, als er es hörte, und wich ein wenig von ihm zurück.

Sinclair blinzelte und schloss dann die Augen. „Gut. Ich komme mit.“ Er wirkte dabei allerdings nicht besonders glücklich, sondern eher wie ein General nach einer verlorenen Schlacht, doch dann straffte sich sein Körper und er schlug die Augen wieder auf. Sein Blick bohrte sich förmlich in George hinein. „Ich komme mit. Unter zwei Bedingungen“, erklärte er mit fester Stimme.

Gerade als sich George zu seinen Überredungskünsten hatte gratulieren wollen, war es dem anderen Mann mit diesem einen Satz gelungen, ihm den Boden unter den Füßen wegzuziehen. „Bedingungen? Ich höre wohl nicht gut? Wieso glaubst du eigentlich, du wärst in der Lage, mir Bedingungen zu stellen? Du bist wirklich der unverschämteste, frechste und impertinenteste kleine Schwanzlutscher, der mir je …“ Ein tiefer Zungenkuss, den er nicht hatte kommen sehen, erstickte die letzten Worte seines Ausbruchs.

Sinclair stieß seine Zunge hungrig in Georges Mund, tänzelte um dessen eigene Zunge herum, zog sich dann wieder zurück und saugte an seiner Unterlippe, bevor er sich schwer atmend von ihm löste. „Weil ich nicht nur der impertinenteste, sondern auch der beste und geilste Schwanzlutscher bin, den du je in deinem Leben hattest und jemals wieder haben wirst“, raunte Sinclair ihm mit tiefer Stimme zu, griff ihm zielsicher mit einer Hand zwischen die Beine und leckte gleichzeitig an seinem Ohrläppchen. Sinclairs quecksilbriges Temperament und seine Schamlosigkeit verfehlten nie, George zu faszinieren und zu erregen. So war es auch dieses Mal – und bevor es sich George versah, fühlte er, wie Sinclairs kundige Finger sein halbsteifes Glied durch den Stoff seiner Hose hindurch reizten.

„Ich sollte dich dafür übers Knie legen!“, fauchte George, während Sinclair an seinem Hals knabberte und das erste lustvolle Ziehen seinen Unterleib kribbeln ließ. „Okay. Zwei Bedingungen. Ich höre“, kapitulierte er schließlich, bevor er sich unter dieser sinnlichen Attacke noch völlig vergaß und Dinge tat, für die er in seinem Terminplan keine Zeit mehr hatte, oder Zusagen machte, die er später todsicher bereuen würde.

Mit einem schmalen, aber selbstgefälligen Grinsen rückte Sinclair von ihm ab. „Erstens: Sobald ich in deinem Haus bin, werde ich es nicht mehr verlassen. Unter keinen Umständen und egal zu welchem Zweck."

George dachte kurz darüber nach, doch außer, dass es ihm reichlich paranoid vorkam, sah er für sich keinen Nachteil darin. „Okay", willigte er ein.

„Zweitens: Du wirst mich nie danach fragen, *warum* oder *vor wem* ich mich verstecke", beendete Sinclair die Aufzählung seiner Forderungen.

„Meine Güte, wo sind wir denn hier? Bei Lohengrin?", entfuhr es George. „*Nie sollst du mich befragen*?" Er schüttelte verständnislos den Kopf. „Das ist doch Quatsch! Sinclair, ich könnte dir helfen."

„Nein. Könntest du nicht", wiederholte Sinclair genauso sachlich wie starrsinnig. „Das könntest nicht einmal du."

George saugte skeptisch an seiner Unterlippe, dann warf er die Arme in die Höhe. „Also schön! Von mir aus, dann …" Er atmete einmal tief durch. „Einverstanden."

„Gut", stellte Sinclair zufrieden fest und machte eine Handbewegung als ob er einem Bittsteller das Ende der Audienz deutlich machen wollte. „Und jetzt geh, du kannst mich morgen abholen. Bis dahin habe ich gepackt."

Später rechtfertigte George seinen folgsamen Abgang aus Sinclairs chaotischen Wohnverhältnissen damit, dass die 40 Minuten, die er noch für seine Unterredung mit Sinclair zur Verfügung gehabt hatte, abgelaufen gewesen waren.

Nachdem George gegangen war, starrte Sinclair mit einem Blick tiefster Verzweiflung auf die geschlossene Tür. Warum hatte er nur *Ja* gesagt? Er hasste sich selbst dafür, dass er so schwach gewesen und der Versuchung erlegen war – obwohl er wusste, dass dies alles mit an Sicherheit grenzender Wahrscheinlichkeit in einer Katastrophe enden würde. Seine Hand legte sich wie von selbst über seinen Mund und seine Finger erstickten das halb lachende, halb schluchzende Geräusch, das ihm aus der Kehle drang. Er würde mit George unter einem Dach leben! George wollte ihn so sehr, dass er ihn zu sich nahm! Wie war es nur möglich, dass die Erfüllung seiner geheimsten Sehnsüchte – ein Leben mit George – seinen schlimmsten Alptraum – von jemandem gefunden zu werden, von dem er um keinen Preis gefunden werden wollte – als unterschwellige Bedrohung in sich trug?

Heulst du schon?, hörte er Georges Stimme in seinem Kopf. Er stieß ein zittriges Lachen aus und wischte sich mit dem Handrücken über seine wässrigen Augen. Erst dann wurde er wieder des Taschentuchs in seiner anderen Hand gewahr und sein Gesichtsausdruck glättete sich, wurde sanfter.

Vielleicht hatte er ja einmal in seinem Leben Glück und seine Befürchtungen entpuppten sich als Hirngespinste.

Grimmig schüttelte er den Kopf und schalt sich selbst einen sentimentalen Narren.

Vielleicht hatte Sinclair Stevenson auch einmal Glück? Ja, sicher doch. Vielleicht war auch die Erde eine Scheibe!

Teil 17

„Ich finde immer noch, du hättest dir von Alice das ganze Geld zurückgeben lassen sollen“, bemerkte Sinclair, als George ihm die Eingangstür seines Hauses aufhielt.

„Zum fünften Mal, Sinclair! Lass es gut sein, wir haben uns auf die Hälfte geeinigt und eigentlich geht dich das überhaupt nichts an. Es ist immer noch mein Geld und damit kann ich tun und lassen, was ich will!“ Er folgte Sinclair in den Eingangsbereich.

Sinclair war nach wenigen Schritten stehengeblieben und betrachtete stumm die imposante Eingangshalle mit der geschwungenen Treppe und dem Kronleuchter an der hohen Decke. George gesellte sich zu ihm und folgte seinem Blick.

„Neureich, übertrieben und kitschig, ich weiß“, gab George mit einem Schulterzucken und einem Lachen zu. „Aber anders kriegt man diese zugige Halle einfach nicht hell, zumindest nicht, wenn es draußen dunkel ist“, ergänzte er mit einer Handbewegung zu den großen Fenstern, die bis auf den Boden reichten und durch deren blankes Glas die fast grellen Strahlen einer kräftigen Frühlingssonne fielen, welche sich in den schwarz-weißen Marmorfliesen des Fußbodens so stark spiegelten, dass man Gefahr lief, davon zu erblinden.

Sinclair ließ die ganze Pracht schweigend auf sich einwirken. Wortlos ließ er seinen Blick durch den ganzen Raum schweifen. Seltsamerweise war dieses Haus dem seines Vaters sehr ähnlich. Obwohl das Kingsley'sche Domizil für Sinclair nie wirklich ein liebevolles Zuhause gewesen war, so hatte es doch nicht diese Leere ausgeamtet, die Sinclair nun hierentgegenschlug. Ihn fröstelte trotz des warmen, sonnigen Frühlingstages.

„Du hast protzig und unpassend vergessen“, sagte Sinclair mit einer Kopfbewegung in Richtung des Kronleuchters und George lachte.

Ein junger Mann in einem unscheinbaren, aber gepflegten dunklen Anzug tauchte plötzlich wie aus dem Nichts vor George und Sinclair auf und nahm George seinen Mantel ab, den er wegen der milden Temperaturen nur über dem Arm getragen hatte. Der Mantel wurde in einem Garderobenschrank neben der Eingangstür verstaut. Das ganze Manöver ging wortlos vonstatten, was Sinclair zu der Ansicht brachte, dass George sein Personal sehr gut geschult hatte und kein Freund überflüssigen Geredes war. Wieder brachte ihn das zu der Frage, was George eigentlich in ihm sah. So oft, wie bei ihm sein Mund seinem Gehirn davonlief, oder besser: sein Gehirn seinen Mund als Geisel nahm und seinen Selbsterhaltungstrieb sabotierte.

Hinter ihnen betrat der Chauffeur die Eingangshalle und stellte schwer atmend Sinclairs Gepäck ab. Es waren dann doch drei Koffer geworden. Das meiste waren Bücher und anderer Kram. Von seiner Kleidung hatte er nur sehr wenig behalten und war nun froh darüber. Weder Jeans noch T-Shirt erschienen ihm für diese Umgebung angemessen. Zumindest brauchte sich George heute wegen seines Aussehens nicht zu schämen, denn Sinclair trug zur Feier des Tages den teuren Anzug, den Alice ihm damals gekauft hatte, als George sein regelmäßiger Kunde geworden war. Allerdings hatte er auch heute auf die Krawatte verzichtet und die obersten beiden Hemdknöpfe offengelassen. Es hatte keinen Sinn, Seriosität vorzuspiegeln, wenn doch sicher schon der ganze Haushalt wusste, dass sich ihr Brötchengeber ein Flittchen ins Haus geholt hatte. Da konnte er auch genauso gut dazu stehen und etwas Haut zeigen.

„Mister Walker? Ich bringe das Gepäck nach oben“, sprach der junge Mann George halblaut an und George nickte lediglich. Dann verschwand der junge Mann mit dem ersten Koffer die Treppe hinauf und George und Sinclair waren wieder allein.

„Wie viel Personal hast du?“, konnte sich Sinclair nicht verkneifen zu fragen, während er sich erinnerte, dass George die Anrede *Sir* verabscheute.

„Genug“, erwiderte George einsilbig. „Komm, ich zeige dir das Haus.“

Im Erdgeschoss befanden sich die Zimmer, die einem vorwiegend repräsentativen oder geselligen Zweck dienten. Es gab einen ausreichend großen Saal, ein ebenso großzügig geschnittenes Speisezimmer und Georges Büro konnte man ebenfalls nicht gerade klein nennen. Diesen Raum betrat Sinclair mit nicht zu verleugnender Neugierde. Während seine Hände bislang hinter seinem Rücken verschränkt gewesen waren, bewegten sie sich nun mit einer gewissen Ruhelosigkeit, glitten über das weiche Leder der Sessel, berührten die glatte Holzfläche des Schreibtisches, strichen über die unzähligen Bücherrücken und machten eine Entdeckung.

„Das sind Attrappen!“, rief Sinclair und zog eine ganze Reihe aneinander geleimter, falscher Bücherrücken aus dem Regal.

George lachte amüsiert. „Du bist der Erste, dem das auffällt. Natürlich sind das Attrappen. Kein Mensch kann so viel lesen. Nur die Bücher hier“, er deutete auf das Regal hinter seinem Schreibtisch, „sind echt. Fachliteratur.“

„Fachliteratur?“ Sinclair hob eine Augenbraue und schob die falschen Bücher zurück an ihren angestammten Platz.

„Ein paar Gesetzestexte, auch aus anderen Ländern“, erklärte George mit einem Grinsen. „Ein paar Bücher über Wirtschaftsrecht. Ein bisschen Steuer, ein wenig Chemie und Medizin. Du weißt schon. Das Übliche, das Übliche.“

Sinclair musterte die Buchreihen mit einer gewissen Enttäuschung, die nicht unbemerkt blieb.

„Die richtigen Bücher habe ich oben, du darfst sie alle lesen, wenn du willst", ergänzte George. „Aber hier drin hast du nichts verloren."

Sinclairs Augenbrauen zogen sich fragend und auch ein wenig verständnislos zusammen.

„Ich will nicht, dass du in meinem Büro herumschnüffelst", sagte George mit Nachdruck. „Egal, ob ich da bin oder nicht. Wenn ich mich hier aufhalte, dann arbeite ich und wünsche nicht gestört zu werden. Und wenn ich nicht hier bin, dann hast du in meinem Büro so oder so nichts verloren." Er wartete einen Moment, doch Sinclair sah ihn weiter mit diesem leicht verwirrten Blick an und George schürzte ein wenig verärgert die Lippen: „Ich will dich hier drin nicht sehen. Unter keinen Umständen. Ist das klar?"

„Ja", sagte Sinclair folgsam. Doch schon im gleichen Augenblick, in dem ihm dieses Versprechen über die Lippen kam, wusste er, dass er es auf Dauer nicht würde halten können. George führte ihn aus seinem Büro und ging mit ihm über die geschwungene Treppe hinauf in den ersten Stock.

„Wo sind eigentlich die Wirtschaftsräume?", wollte Sinclair wissen, als sie die Hälfte der Treppe erklommen hatten. „Und wo sind deine Angestellten untergebracht?"

„Das muss dich eigentlich nicht interessieren", erwiderte George abweisend, blieb aber doch stehen und deutete auf eine unauffällige Tür am anderen Ende der Eingangshalle. „Da geht es zum *Dienstbotentrakt*." Er stellte pantomimisch Anführungszeichen dar. „Küche, Waschküche, Speisekammer und so weiter im Erdgeschoss. Im oberen Stockwerk sind noch ein paar Zimmer und Wohnungen untergebracht, die über ein separates Treppenhaus erreicht werden können."

„Das ganze Personal wohnt hier?“, fragte Sinclair verblüfft und sah George mit aufgerissenen Augen an.

„Nein, natürlich nicht. Die meisten haben eine eigene Wohnung, eine Familie. Wer will, kann hier wohnen. Es ist aber kein Muss.“ George wiegte seinen Kopf bedächtig hin und her. „Bis auf die Köchin. Bei ihr habe ich Wert darauf gelegt, dass sie tatsächlich hier wohnt.“

„Warum ausgerechnet die Köchin?“

Nun war es an George, Sinclair verblüfft zu mustern. „Weil ich manchmal spät abends oder nachts noch Hunger habe – oder wieder welchen bekommen habe“, erklärte er, als ob es selbstverständlich wäre und mit einem anzüglichen Grinsen.

Sinclair beschloss, den Gedanken, dass George sich in diesem Fall auch selbst ein Omelett oder ein Sandwich machen könnte, lieber für sich zu behalten. „Wohnt sonst noch jemand hier? Außer der Köchin?“

„Ja, der Gärtner und eines der Hausmädchen. Meine Leibwächter wechseln sich ab. Einer von ihnen schläft immer hier“, antwortete George und ging weiter. „Gelegentlich auch Bridges, der Chauffeur. Kommt ganz darauf an, ob ich ihn nach einem langen Tag am nächsten Morgen gleich wieder brauche oder nicht.“

Sinclair folgte George weiter die Treppe hinauf.

Auf diesem Stockwerk waren die eher privaten Räume untergebracht, wie ein großes Wohnzimmer mit zwei Sofas und zwei Sesseln, einem Kamin und einem runden Esstisch, den vier Stühle umstanden. Ein großer Fernseher und eine teure Stereoanlage waren ebenfalls vorhanden. An zwei Wänden waren Bücherregale angebracht. Sinclair sah sich in Ruhe um, nahm den Raum und seine Atmosphäre in sich auf und stellte erfreut fest, dass die erdrückende Leere des Hauses vor diesem Zimmer Halt gemacht hatte. In diesem Raum *lebte* George tatsächlich.

„Die echten Bücher?“, fragte Sinclair mit einem verhaltenen Lächeln, während seine Finger behutsam über die Regale glitten. Lederne Buchrücken mit verblasstem Goldschnitt standen Seite an Seite mit zerlesenen Taschenbüchern.

„Ja, das sind die echten“, lächelte George. „Sie stehen ganz zu deiner Verfügung – wie übrigens alles hier im Haus.“

Sinclair hatte George nur mit halbem Ohr zugehört, zu sehr faszinierte ihn die fast willkürliche Auswahl in Georges Lektüre. Krimis, Fotobände, Städteführer, aber auch Dostojewski, medizinische Fachbücher, einige von Shakespeares Werken und …

„Märchen? Auf Deutsch und Italienisch?“ Verwunderung und Begeisterung lagen in seiner Stimme, als er die beiden Bücher aus dem Regal holte und in ihnen blätterte.

„Tja.“ George kratzte sich ein wenig verlegen im Nacken. „Ich habe mal angefangen diese beiden Sprachen zu lernen und ich dachte, mit Märchen klappt das vielleicht ganz gut.“ Er schüttelte den Kopf. „Irgendwann hatte ich dann keine Zeit mehr dafür und ich habe es wieder aufgegeben. Eigentlich schade, mit beiden Ländern unterhalte ich lukrative Geschäftsbeziehungen. Da wäre es von Vorteil gewesen … Aber was soll's“, setzte er mit einem Schulterzucken hinzu. „Übersetzer wollen auch von etwas leben und immerhin kann ich in beiden Sprachen nach dem Weg fragen und im Restaurant die Speisekarte lesen. Ich werde mich also weder in Italien noch in Deutschland verlaufen oder dort verhungern. Aber jetzt lass die Bücher. Komm, ich zeig dir den Rest.“

Mit leiser Enttäuschung stellte Sinclair die Bücher zurück. George hatte ihn nicht einmal gefragt, ob er Fremdsprachen beherrschte oder wie er hatte erkennen können, um was für Bücher es sich handelte. Aber George hatte ihn ja auch nicht wegen seiner Intelligenz zu sich geholt. Sinclair drängte diese Episode in die hinterste Ecke seines Gehirns – zusammen mit den anderen unerfreulichen Erinnerungen –, doch ein bitterer Nachgeschmack blieb.

George zeigte Sinclair noch sein eigenes Schlafzimmer, das, gemessen an seinen sexuellen Vorlieben, erschreckend normal aussah. Zart gemusterte graublaue Tapeten, große Fenster, ein opulentes Himmelbett, allerdings ohne Vorhänge und Baldachin, aber mit vier hohen Bettpfosten, ein freistehender Spiegel, zwei Sessel, ein kleiner Tisch, ein niedriger Schrank mit zwei chinesischen Vasen, bei denen sich Sinclair fragte, ob sie wohl wertvoll waren, und ein begehbarer Kleiderschrank. Sinclair überlegte sich flüchtig, warum George für seine fünf schwarzen Rollkragen-Shirts einen derart riesigen Kleiderschrank benötigte, aber vermutlich besaß er doch mehr Kleidungsstücke, als Sinclair bislang an ihm gesehen hatte. Alles war so ordentlich und aufgeräumt und verströmte diesen Hauch exklusiver Unpersönlichkeit, der normalerweise nur sehr teuren Hotel-Suiten eigen war.

„Die Badezimmer sind auf der anderen Seite des Flures. Ein wenig lästig, aber der Vorbesitzer wollte es eben so haben. Vielleicht lasse ich es doch nochmal umbauen“, sinnierte George.

Da Sinclair seine Koffer nirgendwo entdecken konnte, fing er an zu begreifen, dass er ein eigenes Zimmer bekommen sollte. Daher traf ihn Georges nächste Ankündigung nicht ganz unvorbereitet.

„Wie gesagt, das hier ist mein Zimmer. Ab und zu wirst du hier sicher auch die ganze Nacht verbringen, aber nicht ständig. Ich ziehe es vor, alleine zu schlafen. Für dich habe ich das größte Gästezimmer vorbereiten lassen.“

Sinclair stand sehr still und sehr aufrecht neben George, die Hände erneut hinter seinem Rücken verschränkt. „Was ist, wenn …“, fing er an, biss sich kurz auf beide Lippen und fuhr dann fort: „Wenn du mich mitten in der Nacht brauchst – *willst*“, verbesserte er sich ein wenig hastig. Nach dem, was George ihm heute verbal und nonverbal vermittelt hatte, *brauchte* George niemanden. Außer vielleicht seine Köchin.

Ein teuflisches Lächeln huschte über Georges Lippen. „Keine Sorge. Ich werde Mittel und Wege finden, um mich dir mitzuteilen.“

„Natürlich“, erwiderte Sinclair. Er hatte mittlerweile das Telefon auf Georges Nachttisch entdeckt. Selbstverständlich verfügte ein Haushalt wie dieser über eine Haustelefon-Anlage. Bestimmt stand in dem Zimmer, das George ihm zugedacht hatte, ein ebensolcher Apparat. Eigenartigerweise fühlte er sich in diesem Moment *billiger* als jemals zuvor in seinem Leben. Sollte er hier wirklich nur als privater Callboy fungieren? Wollte George denn sonst gar nichts von ihm?

„Kluger Junge“, lobte George mit einem kurzen Aufleuchten in seinen Augen. Sein Blick war Sinclairs gefolgt und er wusste nun, dass Sinclair das Telefon bemerkt und seine Bedeutung begriffen hatte. „Dann zeige ich dir mal dein Zimmer.“

Sie gingen den Flur entlang, an einigen Türen vorbei, hinter denen Sinclair weitere Gästezimmer vermutete. Schließlich öffnete George eine Tür, stieß sie auf und forderte Sinclair mit einer Handbewegung dazu auf, zuerst einzutreten.

Es war ein Eckzimmer mit einem ausgebauten Erker, vor dessen Fenster sich eine halbhohe Sitzbank befand. Die zusätzlichen Fenster an den zwei Außenwänden des Raumes gaben den Blick auf den großen Garten frei, den Sinclair bereits von mehreren Zimmern aus gesehen und bewundert hatte. Ein französisches Bett, ein Schreibtisch mit Stuhl, ein Kleiderschrank und ein Sessel vollendeten die Einrichtung. Seine Koffer waren neben dem Bett abgestellt worden.

„Früher hieß es *das grüne Zimmer*", erläuterte George. Mit einer Geste umfasste er die lindgrüne Tapete, die Zierkissen in verschiedenen Grüntönen und die Tagesdecke und Vorhänge, deren Weiß mit schmalen dunkelgrünen Streifen verziert war. „Es ist nicht zu übersehen, warum das so ist." Er hielt einen Moment inne und befeuchtete seine Unterlippe mit der Zunge. „Gefällt es dir?"

Sinclair musterte George. George leckte sich nur aus zwei Gründen über den Mund: Geilheit und Nervosität. Warum sollte George gerade jetzt nervös sein? War es möglich, dass er wirklich aufgeregt war und wissen wollte, ob sich Sinclair in diesem Zimmer wohlfühlen würde? Die Zurückhaltung, die Sinclair sich an diesem Tag auferlegt hatte, schmolz ein wenig. Er schluckte seine zahlreichen kleinen und großen Enttäuschungen, die er heute erlebt hatte, entschlossen hinunter und schenkte George ein Lächeln. „Ja, es gefällt mir", sagte er leise und hatte die Befriedigung, Georges Augen aufleuchten und seine fast abwegige Vermutung, dass er George trotz allem wichtig genug war, dass dieser sich Gedanken und Sorgen wegen seiner Unterbringung gemacht hatte, bestätigt zu sehen.

„Wenn du noch etwas brauchst, ein Sofa, neue Vorhänge, egal was, lass es mich einfach wissen und es wird erledigt." George wirkte jetzt zufriedener als noch zuvor, aber seine ein wenig abgehackte Sprechweise legte Zeugnis von seiner anhaltenden Nervosität ab.

„Es ist in Ordnung, George." Sinclair ging zu dem Erker. Auf dem Weg dorthin entdeckte er das Haustelefon auf dem Nachttisch, womit auch seine andere Annahme bestätigt war. Er ließ sich auf der Bank nieder, wobei er ein angewinkeltes Bein halb unter sich zog, während er den anderen Fuß auf den Boden stellte. Er sah zum Fenster hinaus auf den Garten und auf die hohe, stacheldrahtbewehrte Mauer, die ihn umgab und die an manchen Stellen zwischen dem dichten Buschwerk hervorblitzte. Sie umschloss ebenfalls die Hofauffahrt und die einzige Lücke darin wurde durch ein stabiles Metalltor mit einem dieser Kasten gesichert, in die man erst einen bestimmten Code eingeben musste.

„Ich habe alles, was ich brauche." Sinclair wandte seinen Kopf und sah George an. George tat ihm den Gefallen und trat zu ihm. Sinclair legte seinen Kopf in den Nacken und bot George seine Lippen dar. Er wusste, dass George kaum würde widerstehen können, wusste, wie erregend es für George war, jemanden zu küssen, zu dem er sich hinabbeugen musste. Ja, es war manipulativ, aber er brauchte das jetzt. Brauchte Georges Kuss. Brauchte seine Finger in seinen Haaren. Brauchte seinen Atem auf seiner Haut. Brauchte etwas Bekanntes nach all den Veränderungen. Brauchte die vertraute Nähe in dieser fremden Umgebung, die ihn mehr erschütterte, als er es sich selbst eingestehen wollte. Tatsächlich senkte George seinen Kopf, stoppte jedoch, als seine Lippen von Sinclairs Mund nur noch Millimeter entfernt waren. Sinclair spürte die Wärme von Georges Körper, roch den Kaffee in Georges Atem, fühlte Georges Finger unter seinem Kinn und sein Herzschlag beschleunigte sich erwartungsvoll.

„Zwei Dinge noch, bevor …", fing George an und ließ – Sadist, der er war – seine Zunge in der Parodie eines Kusses für den Bruchteil einer Sekunde über Sinclairs Lippen flattern. „Erstens: Hier wird nicht geraucht. Ich hatte noch nie das Verlangen, jemanden zu küssen, der wie ein Aschenbecher schmeckt und ich habe nicht vor, jetzt damit anzufangen." Wieder tänzelte seine Zunge kurz über Sinclairs Lippen, die sich mit einem leisen Stöhnen öffneten. „Zweitens: Wenn du dieses Zimmer zu einem Schweinestall verkommen lässt, wie du das bei Miss Thorndykes Wohnung gemacht hast, dann …“

„Dann?“, hauchte Sinclair mit einer Spur Koketterie.

„Dann werde ich dafür sorgen, dass du es bereust“, raunte George ihm ungerührt zu. „Habe ich mich klar genug ausgedrückt?“

„Möglich. Ich habe nicht aufgepasst“, erklärte Sinclair mit schonungsloser Ehrlichkeit. „Du solltest es mittlerweile besser wissen, als mir wichtige Dinge mitteilen zu wollen, während du nur einen Kuss von mir entfernt bist und mich warten lässt.“

„Unmöglicher Mensch“, rügte George und senkte dann endlich seinen Mund zu einem tiefen Kuss auf Sinclairs erwartungsvoll geöffnete Lippen.

Sinclairs Hände fanden wie von selbst zu Georges Hüften, krallten sich dort im Stoff seiner Hose fest, als ob sie nie wieder loslassen wollten. Er öffnete die Lippen noch ein wenig mehr und stöhnte in den Kuss. Georges Zunge fand ihren Weg in seinen Mund und er saugte sanft daran, hieß sie willkommen, gab sich ihrem Eindringen hin, spürte seinen eigenen Herzschlag und wie sich Georges Atmung beschleunigte. Er genoss die Wärme, genoss den Speichel, genoss George und seinen Geschmack und seinen Geruch, dem dieses unterschwellige Aroma nach Schießpulver und Waffenöl eigen war, spürte Georges Finger in seinen Haaren und bemerkte plötzlich, wie unbequem und eng seine Hose geworden war.

George …, dachte er. Hätte es gerne laut ausgesprochen, doch sein Mund war gerade anderweitig beschäftigt und so überraschte es ihn, dass er die Worte so deutlich hörte, als ob er sie tatsächlich geäußert hätte.

Mit einem unwilligen Knurren beendet George den Kuss, blieb jedoch, wo er war.

„George!“ Der Ruf drang zum zweiten Mal durch das Haus, doch dieses Mal klang er näher. „George? Wo steckst du, verdammt?“

„Hier!“, rief George mit einem leisen Seufzen, änderte seine Position aber immer noch nicht. „Ich bin hier, Phil.“

Phil? Sinclairs Herzschlag setzte einen Takt aus. Wer war *Phil*? Hatte George am Ende doch einen … *Partner*? Seine Lippen, die gerade noch vor Hitze und Verlangen gebrannt hatten, fühlten sich nun kalt und taub an. Doch noch bevor Sinclair Zeit hatte, George eine Frage zu stellen, betrat ein äußerst korpulenter Mann mit Brille und Doppelkinn den Raum und blieb im Türrahmen stehen. Sinclair blinzelte verwirrt. *So* hatte er sich nicht gerade den Mann vorgestellt, den George an seiner Seite haben könnte. Auch wenn besagter Mann einen sehr teuren Anzug mit Hemd und einer geschmackvollen Krawatte trug.

„Hätte ich mir ja denken können“, nörgelte Phil statt einer Begrüßung und wirkte dabei reichlich unwirsch. „Du weißt, dass wir gleich los müssen. Ich habe dich gestern drei Mal an diesen Termin erinnert. Komm mir also nicht mit: *Ich hab's vergessen.*“

„Ich hab's nicht vergessen“, erwiderte George gutgelaunt. „Phil, das ist Sinclair. Sinclair, das ist Phil Stanhope. Mein ältester und treuester Freund, unersetzlicher Ratgeber und rechte Hand. Ach ja – und hetero“, setzte er mit einem breiten Grinsen hinzu.

Erleichterung durchströmte Sinclair, doch als Phil ihm nur kurz zunickte, blieb auch er stumm und verharrte auf seinem Platz. Er hatte eigentlich vorgehabt, aufzustehen und Phil die Hand zu reichen, aber die ablehnende Skepsis, die er in Phils Blick und seiner Haltung – jetzt, da seine Panik verflogen war – deutlich erkannte, hielt ihn davon ab. Sinclair kannte diesen Blick zur Genüge, war er ihm doch seit seiner Kindheit immer wieder und mit schöner Regelmäßigkeit ausgesetzt gewesen. Der Kingsley'sche Bastard, das Ergebnis eines Seitensprungs, konnte nicht auf Achtung oder gar Respekt hoffen. Allerdings hatte Sinclair gehofft – nein, eigentlich *erwartet* – dass dies unter Georges Dach keine Fortsetzung finden würde. Er hatte sich offensichtlich geirrt. Er begriff nur nicht, warum George diesen Phil nicht zurechtwies. War ihm Phils Missbilligung nicht aufgefallen? Oder noch schlimmer: War sie ihm aufgefallen und er hatte nicht vor, etwas dagegen zu unternehmen? Sinclair war sich darüber noch nicht schlüssig.

„George", drängte Phil und tippte mit seinem Zeigefinger auf die Armbanduhr an seinem Handgelenk. „Jetzt komm. Du kannst das Dossier, das ich für dich vorbereitet habe, im Auto lesen. Bridges wartet schon in der Einfahrt."

George richtete sich ein wenig auf. „Ich komme, Phil. In fünf Minuten, okay?" Seine Worte klangen bestimmt, doch sein Lächeln nahm ihnen die Schärfe.

Phil blies seine Wangen auf und entließ die Luft geräuschvoll. „Zwei! Zwei Minuten! Und keine Sekunde mehr. Wenn du in zwei Minuten nicht unten im Wagen sitzt, komme ich wieder her und schleife dich persönlich an den Ohren nach draußen und es ist mir völlig egal, wobei ich dich dann gerade unterbreche." Ohne eine Antwort abzuwarten, drehte sich Phil auf dem Absatz um und ging.

„Wohnt er auch hier?", war das Erste, das Sinclair in den Sinn kam, und George brach in Gelächter aus.

„Nein, du liebe Zeit, nein. Er hat eine Frau und ein eigenes Haus. Ich hätte hier sonst keine ruhige Minute mehr." George seufzte. „Er meint es nur gut. Und wenn ich ihn nicht gehabt hätte, ich weiß nicht, ob ich dann heute hier wäre. Außerdem war er es, der mir an jenem Abend geraten hat, zu Miss Thorndyke zu gehen."

Sinclair wusste nicht ganz, was er davon halten oder was er dazu sagen sollte. Phil hatte damals also George dazu animiert, ein Bordell aufzusuchen? Warum hatte er ihn dann gerade so ablehnend, ja fast verächtlich betrachtet?

„Ich bin irgendwann heute Abend wieder da“, sprach George weiter. „Wenn du etwas brauchst, dann klingle einfach und jemand vom Personal wird sich darum kümmern.“ Er wies mit seinem Daumen auf eine diskret angebrachte Klingel neben dem Schreibtisch an der Wand. „In jedem Raum gibt es so eine Klingel. Hat auch der Vorbesitzer installiert. Ist ziemlich praktisch. Also …“ Er beugte sich wieder zu Sinclair hinab und gab ihm einen kurzen Kuss. „Bis heute Abend.“ George strich ihm noch ein letztes Mal über die Haare, dann war er fort und Sinclair war allein. Allein in dem großen Haus, das ohne Georges Gegenwart eine noch größere Leere ausatmete.

Er blieb noch einen Augenblick auf der Fensterbank sitzen und fing dann an, seine Koffer auszupacken.

Als Sinclair fertig ausgepackt und seine Habseligkeiten verteilt und untergebracht hatte, war zumindest ein Teil der steifen, unpersönlichen Ordnung verschwunden. Das Zimmer sah bewohnt und sogar ein wenig einladend aus.

Ein Blick auf die Uhr sagte Sinclair, dass Mittag schon lange vorbei war. Das Auf- und Umräumen hatte ihn durstig gemacht und er starrte nachdenklich auf den Klingelknopf an der Wand. Er saugte lange an seinen Lippen, gab sich schließlich doch einen Ruck und verließ sein Zimmer. Er ging den Flur entlang und die Treppe hinunter, suchte und fand die unauffällige Tür, die – laut George – zu den Wirtschaftsräumen und der Küche führte, durchschritt sie und fand sich in einem hellen Flur wieder, von dem mehrere Türen abgingen.

Sinclair lauschte einen Moment und vernahm Stimmengemurmel. Er hörte genauer hin und erkannte, dass die Stimmen durch die erste Tür zu seiner Linken drangen. Er straffte sich kurz und trat kurzentschlossen – und ohne anzuklopfen – ein. Die Unterhaltung verstummte bei seinem Eintreten schlagartig und mehrere Augenpaare starrten ihn an. Die Skala der Blicke reichte von *ertappt* über *erschrocken* bis hin zu *verärgert*.

Er hatte tatsächlich auf Anhieb die Küche gefunden. In dem großzügigen, chromblitzenden Raum hielten sich vier Personen auf. Der junge Mann, der Sinclairs Koffer auf sein Zimmer gebracht hatte, saß mit einer Schürze, die er über seinen Anzug gezogen hatte, an einem Tisch und schälte Kartoffeln. Offensichtlich legte hier niemand Wert auf klar umrissene Aufgabengebiete. Eine ungefähr 50-jährige Frau mit grauen Haaren und einer weißen Jacke, die sie als die Köchin auswies, stand am Herd, auf dem ein Topf mit Suppe stand, die leise vor sich hin blubberte. Bei der zweiten Frau, die ein knielanges, dunkles Kleid und eine weiße Schürze trug und Ende zwanzig war, musste es sich um eines der Hausmädchen handeln. Nur die Funktion des Mannes, der ungefähr in Georges Alter sein musste und einen schmalen Oberlippenbart trug, erschloss sich Sinclair nicht wirklich. Der dunkle Anzug und die Fliege ließen auf eine Art Butler schließen. Aber war George wirklich versnobt genug, um einen Butler zu beschäftigen? Als der erste Schreck abgeklungen war, zeigte sich im Gesicht des jungen Mannes Gleichgültigkeit, im Blick der Köchin lag pure Neugier. Das Hausmädchen wirkte abwartend, während der Butler unverhohlen seiner Missbilligung Ausdruck verlieh. Doch allen vier Personen war eines gemeinsam: eine gewisse verächtliche Herablassung. Ihre Haltung drückte überdeutlich aus: *Wir haben schon viele wie dich kommen und gehen sehen und WIR werden immer noch hier sein, wenn Mister Walker deinen Namen schon längst wieder vergessen hat.*

Damit war die Frage, die Sinclair umgetrieben hatte, beantwortet. Er war nicht der erste Mann, den sich George ins Haus geholt hatte. Er war nichts Besonderes. Er war kein Präzedenzfall. Auf die Erfahrung, dass Enttäuschung einen furchtbar bitteren Nachgeschmack hinterließ, hätte Sinclair verzichten können. Doch es war besser, nun zu wissen, woran er war, auch wenn es schmerzte und sich der Kloß in seinem Hals nur schwer hinunterschlucken ließ.

Nachdem niemand das Wort an ihn richtete oder nach seinen Wünschen fragte, raffte sich Sinclair auf und sprach als Erster. „Guten Tag, ich bin Sinclair Stevenson. Aber das … wissen Sie wahrscheinlich schon."

„Wir wissen durchaus Bescheid", sagte der Butler in einem näselnden Tonfall und mit einem leichten französischen Akzent.

Auch diese geringschätzige und anzügliche Bemerkung und die Tatsache, dass er weder mit *Sir* noch mit *Mister Stevenson* angesprochen wurde, tat weh, doch Sinclair würgte auch das hinunter.

„Ich habe mich gefragt, ob ich eine Flasche Wasser bekommen könnte?"

„Selbstverständlich", erwiderte die Köchin. „Thomas wird sie Ihnen sofort nach oben bringen." Ihr Blick wanderte zu dem jungen Mann und wieder zu Sinclair zurück. „Wenn Sie etwas zu sich nehmen möchten, ich könnte Ihnen in einer Viertelstunde ein leichtes Mittagessen servieren lassen."

„Ich habe keinen Hunger", lehnte Sinclair das Angebot ab. „Ich werde heute Abend zusammen mit George essen." Er sagte ganz bewusst nicht *Mister Walker*. Wozu auch? Es wussten sowieso schon alle, welche Position er in Georges Leben – und seinem Bett – einnahm.

„Sie hätten doch auch klingeln können", gab Thomas zu bedenken, während er aufstand.

„Und Sie wegen einer Flasche Wasser vier Mal diese Treppe laufen lassen?“, bemerkte Sinclair trocken. „Nicht gerade besonders effizient.“

Ein etwas verlegenes Grinsen huschte über Thomas’ Gesicht. „Sie können auch das Haustelefon benutzten, wenn Sie etwas wünschen. Mister Walker klingelt zwar immer, aber wir haben hier auch einen Anschluss für das Telefon. Wählen Sie das nächste Mal einfach die 22.“

Sinclair nickte. Zu einem *Danke* konnte er sich einfach nicht durchringen.

„Thomas“, rief der Butler scharf. „Zurück an die Arbeit.“ Thomas duckte sich ein wenig und verließ dann die Küche durch eine andere Tür. Vermutlich um die Flasche Wasser herbeizuschaffen. „Wenn Sie sonst keine Wünsche mehr haben“, wandte sich der Butler mit eisiger Höflichkeit an Sinclair.

„Oh doch“, erwiderte Sinclair. „Da wäre allerdings noch etwas. Ich habe weder auf meinem Zimmer noch in meinem Badezimmer ein Klistier gefunden – etwas, das ich wirklich dringend benötige. Veranlassen Sie, dass immer mindestens zwei Packungen vorrätig sind.“

Das Gesicht des Butlers war blass geworden, seine Wangen zierten jedoch hektische, rote Flecke. „Klistier?“, krächzte er, wobei sein Akzent deutlicher zu Tage trat als zuvor.

„Ja, Sie wissen schon“, erklärte Sinclair voll ungerührter Nonchalance. „Zur Darmspülung. Das ist für mich und George wirklich unheimlich wichtig. Und Vaseline. In ausreichender Menge. Aber dafür können Sie die Kondome entfernen. Dafür haben wir keine Verwendung.“ Er warf dem Hausmädchen einen gespielt entschuldigenden Blick zu. „Sie werden also zukünftig öfter die Bettwäsche wechseln müssen. Ich hoffe, sie haben ein Waschmittel, mit dem sich Sperma leicht entfernen lässt. Falls nicht – ich kann

Ihnen gerne eines empfehlen." Sinclair warf noch einen letzten Blick in die Runde und traf nur auf Sprachlosigkeit. Mit leiser Genugtuung raffte er seinen letzten Rest Würde zusammen und rauschte aus der Küche.

Während er zurück in sein Zimmer ging, wurde ihm bewusst, dass er durch seinen Besuch in der Küche eine unsichtbare Grenze überschritten hatte und in einen Bereich eingedrungen war, in dem er nichts verloren hatte. Hausangestellte bewegten sich in ihrem eigenen Mikrokosmos und waren meist sehr darauf bedacht, diesen zu schützen. Auch wenn sie für einen kleinen, mutterlosen Jungen immer eine Ausnahme gemacht hatten. Doch jetzt war er kein kleiner Junge mehr, der ungestraft zwischen diesen beiden Welten pendeln durfte. Immerhin wusste er jetzt ein wenig besser Bescheid, mit wem er es zu tun hatte. Das rechtfertigte seinen Fauxpas zumindest in seinen Augen.

Ob es allerdings klug gewesen war, den Butler so gegen sich aufzubringen? Wahrscheinlich nicht …

~~~

„Was habe ich verpasst?", fragte Thomas keuchend, als er zurück in die Küche stürzte, in der Hand eine Flasche Mineralwasser.

Der Butler schnappte nach Luft. „Eine solche Unverschämtheit ist mir noch nie … Mister Stanhope hatte ganz Recht mit seinen Befürchtungen!", polterte er los. „Indiskutabel! Völlig indiskutabel! Diese … *putain*!"

„Oh, Jack", rief die Köchin mit einem Kopfschütteln. „Warum bei dir immer der Gallier durchbricht, wenn du dich aufregst, wird mir wohl ewig ein Rätsel bleiben."
~~~

„Zum hundertsten Mal, meine verehrte Mabel“, fauchte der Butler erregt. „Mein Name ist *Jacques*! *Jacques* – nicht Jack!“

„Also, was hab ich denn nun verpasst?“, wollte Thomas sensationslüstern wissen.

„Dieser Sinclair … *sacre bleu*, was für ein Name! Dieser *pédé* hat sich auf die schamloseste Art und Weise …“

„Ach, Jacques“, mischte sich das Hausmädchen ein. „Das hast du dir auch ein wenig selbst zuzuschreiben.“

„Du hältst dich da raus, Eleanore!“, wies Jacques sie schroff zurecht.

„Ich fand ihn gar nicht so übel“, sagte Thomas mit einem Schulterzucken und holte ein Glas aus einem der Schränke. „Immerhin hat er mich nicht viermal die Treppe laufen lassen. Das ist doch schon mal was. Der Knabe denkt mit.“

Mabel gab ihm einen Klaps auf die Schulter. „Nur weil er deine Faulheit auch noch unterstützt“, murmelte sie und sagte dann mit deutlicher Missbilligung: „Er hat nicht einmal *Bitte* oder *Danke* gesagt.“

„Aber Thomas hat nicht so ganz Unrecht“, gab Eleanore zu bedenken. „Immerhin ist er zu uns gekommen und hat sich vorgestellt. Das wäre dem letzten Kerl, den der Boss angeschleppt hatte, nie im Leben eingefallen.“

„Ja, allerdings“, stimmte Mabel zu. „Das war vielleicht ein Frettchen! Gut, dass *der* nicht mehr da ist.“

Jacques schüttelte verdrossen den Kopf. „Dieser Kerl ist und bleibt ein *salope*. Ich begreife nicht, was Mister Walker immer an diesen … *Gigolos* findet.“

„Wahrscheinlich sind sie gut zu vögeln“, sagte Thomas mit einem frechen Grinsen und beeilte sich dann, Sinclair sein Wasser zu bringen.

Teil 18

Eine seltsame Anspannung lag in der Luft, als George und Sinclair an diesem Tag gemeinsam das Abendessen einnahmen. Sie saßen sich an dem Esstisch von Georges Wohnzimmer gegenüber und schwiegen. Da George ein enthusiastischer Esser war, fiel ihm nicht gleich auf, dass Sinclair seine Gabel nicht zum Mund führte, sondern sie stattdessen dazu benutzte, um sein Essen auf dem Teller hin- und herzuschieben.

Bevor George eine Bemerkung machen konnte, murmelte Sinclair: „42."

„Der Sinn des Lebens", warf George ein. „Wie kommst du denn jetzt *darauf*?"

Sinclair hob den Kopf, seine Stirn war leicht gerunzelt. „Was?", fragte er.

„Du hast gerade *42* gesagt", erwiderte George.

„Ich habe die Erbsen auf meinem Teller gezählt", kam die lakonische Antwort. „Was hast du denn gedacht?"

George schüttelte verhalten den Kopf. „Ich dachte an eine Anspielung auf Douglas Adams." Auf Sinclairs fragenden Blick hin ergänzte er: „Aber da lag ich wohl komplett daneben."

Mit einem Schulterzucken nahm Sinclair die Verschiebeaktionen auf seinem Teller wieder auf.

„Du isst ja gar nichts", stellte George in die Stille hinein fest, die nur durch das metallische Kratzen von Sinclairs Gabel auf dem Porzellan seines Tellers unterbrochen wurde. „Ist es nicht nach deinem Geschmack? Du kannst dir jederzeit etwas anderes bestellen. Ich hatte nämlich nicht vor, dich verhungern zu lassen."

„Ich bin kein großer Esser", bemerkte Sinclair etwas wortkarg und legte dann mit einem kaum hörbaren Seufzen seine Gabel endgültig beiseite.

Er stützte seine Ellbogen auf den Tisch, faltete die Hände unter dem Kinn und beugte sich nach vorne. Mit einem ernsten Blick aus den faszinierenden, hellen Augen fixierte er George, der sich für einen Moment in der grau-grün schillernden Iris und den unergründlichen Pupillen verlor.

Dann teilten sich Sinclairs Lippen und er sagte: „Was genau erwartest du von mir?"

George sah ihn verdutzt an. „Wie meinst du das?"

Mit einem deutlichen Seufzen legte Sinclair seine gefalteten Hände auf den Tisch vor sich. „Wie werde ich das wohl meinen?", gab er zurück. „Gibt es irgendwelche Regeln, die ich beachten soll? Soll ich auf Unterwäsche verzichten? Soll ich ständig einen Plug tragen? Bist du an gewisse Rituale gewohnt, die ich vollziehen soll? Soll ich jeden Morgen um sieben Uhr unter deine Bettdecke kriechen, um dir einen zu blasen, oder soll ich, wenn du nach Hause kommst, nackt in deinem Badezimmer knien, um dir den Rücken zu waschen? Was?" Bei seiner letzten Frage warf er in einer aufgelösten Geste die Hände in die Luft.

George machte ein betretenes Gesicht. Das waren alles verdammt gute Fragen, auf die er jedoch keine Antworten hatte. So erregend diese Ideen auch sein mochten, so war es dennoch nicht das, wozu er Sinclair zu sich geholt hatte. Aber über den eigentlichen Grund für Sinclairs Hiersein war er sich selbst nicht im Klaren – und dessen wurde er sich erst in diesem Moment bewusst, als Sinclair ihn mit diesem schwer zu deutenden Gesichtsausdruck anstarrte. Fragend, mit einem energischen Zug um den Mund und zuckenden Augenlidern. George gelang es nicht, sich einen Reim darauf zu machen. „Das wird sich finden", erwiderte er daher ausweichend. Jeder andere hätte diese Antwort des Mafia-Bosses anstandslos geschluckt. Doch er hätte sich denken können, dass Sinclair genau das nicht tat.

„Das ist doch keine Antwort", brauste Sinclair auf.

„Sinclair, ich warne dich“, sagte George sehr leise.

Für einen kurzen Moment flackerten Unmut und Widerwillen, Sehnsucht und Verzweiflung über Sinclairs Gesicht. Dann senkte er den Kopf und drehte ihn zur Seite. „Ich will dich nicht enttäuschen“, murmelte er halblaut und es klang so mutlos, dass Georges Wut genauso schnell verrauchte, wie sie aufgeflammt war. „Du hast schließlich ziemlich viel Geld für mich ausgegeben.“

Dieser letzte Satz klang in Georges Ohren ein klein wenig wie eine Schutzbehauptung, wie eine Verschleierung der Wahrheit. Trotzdem ging er zuerst *darauf* ein. „Das mit dem Geld lass mal meine Sorge sein. Ich kann es mir leisten“, erklärte er spröde und legte seine Unterarme auf den Tisch. „Und was das Enttäuschen angeht …“ Er legte eine Pause ein, saugte kurz an seiner Unterlippe und fuhr dann fort: „Ich hätte nie gedacht, dass ich das einmal sage, und ich werde es vermutlich auch bereuen, aber sei einfach nur du selbst. Dann wirst du mich garantiert nicht enttäuschen.“

Sinclair hob seinen Blick und sah ungläubig zu ihm auf. „Einfach nur ich selbst sein?“, fragte er perplex. „Das ist noch nie gut für mich ausgegangen.“

Diese unverhohlene Verletzlichkeit, derer Sinclair sich womöglich selbst nicht bewusst war, da er sie sonst wahrscheinlich nicht in diesem Ausmaß gezeigt hätte, berührte George mehr, als er jemals zugeben würde. „Dann …“ *Werden wir das ändern.* Die Worte lagen George auf der Zunge, bevor er wusste, woher sie gekommen waren. Es gelang ihm gerade noch, den Rest des Satzes hinunterzuschlucken und aus seinem Gedächtnis zu verbannen. Er räusperte sich. „Fürs Erste genügt es, dass du *hier* bist“, fuhr er fort. „Und falls es keine allzu großen Umstände macht, dann wäre ein Lächeln, wenn ich nach Hause komme, auch ganz nett.“

Bei Georges Worten erhellte sich Sinclairs Gesicht. „Ich denke, das werde ich einrichten können", erwiderte er mit spielerischer Arroganz. „Auch wenn es natürlich eine wirkliche Zumutung für mich darstellt."

„So, tut es das?" George grinste. Diese Unterhaltung bereitete ihm zunehmend Vergnügen. Die Anspannung und der Ernst waren verflogen.

Ein nachdenklicher Blick fiel auf George. „Es genügt also, dass ich hier bin?", fragte Sinclair mit einem verhaltenen Lächeln. „Dann ist also so etwas …" Er streifte einen seiner Schuhe unter dem Tisch ab, wobei er nur seinen anderen Fuß zur Hilfe nahm, und strich mit seinem bestrumpften Fuß verführerisch über Georges Knöchel und Wade. „… überhaupt nicht notwendig?"

Überall dort, wo Sinclairs Fuß ihn berührte, prickelte Georges Haut. Das war nun etwas, das er noch nie erlebt hatte und es war gar nicht so übel. Wahrscheinlich wäre es in der Öffentlichkeit – in einem Restaurant oder dergleichen – sogar noch aufregender gewesen, aber auch so war es wirklich *interessant.* Provokant spreizte George seine Oberschenkel und Sinclair nahm den Wink sofort auf und glitt mit seinem Fuß an Georges Bein entlang nach oben. Er rieb den Stoff von Georges Hose über dessen Haut und versetzte seine Nervenenden damit in wohlige Spannung. Obwohl Sinclair über lange Beine verfügte, musste er sich doch – je höher er sich an Georges Bein hinaufbewegte – in seinem Stuhl zurücklehnen und bis an die Sitzkante nach vorne rutschen. Mit seinen Händen stützte er sich am Tisch ab, streichelte mit seinen Zehen über Georges Knie und glitt dann weiter seinem Ziel entgegen.

Sinclair spürte die Wärme von Georges Körper durch das Material seiner Strümpfe hindurch, fühlte, wie George ihm bereitwillig ein wenig entgegenkam, seine Hüften auf seinem Stuhl ein wenig mehr nach vorne schob und dann war da diese heiße, harte Wölbung unter seiner Fußsohle. Die Stille, die die beiden Männer umgab, war nun nicht mehr unangenehm oder angespannt, sondern vielmehr mit knisternder Spannung aufgeladen. Nur Sinclairs Stöhnen und Georges tiefes Atmen waren zu hören. Die Härte unter Sinclairs Fußsohle zuckte und er bewegte seine Zehen, um George noch mehr zu stimulieren.

Beide waren so sehr miteinander beschäftigt, dass keiner von ihnen die Schritte auf der Treppe oder das Öffnen der Tür wahrnahm. Das Räuspern klang in Sinclairs Ohren jedoch wie ein Pistolenschuss und er zuckte zusammen, nahm seinen Fuß von Georges Schoß und setzte sich wie ein ertappter Schuljunge kerzengerade auf seinen Stuhl. Als er damit fertig war, ärgerte er sich über sich selbst.

George wirkte lediglich mild amüsiert und legte seine Serviette über seine Oberschenkel. „Jacques, ich denke, ab sofort wird es wieder sinnvoll sein, wenn Sie kurz anklopfen."

„Sehr wohl, Mister Walker", entgegnete der Butler ohne erkennbare Gefühlsregung und verbeugte sich leicht. „Darf ich abtragen? War alles zu Ihrer Zufriedenheit?" Sein Blick schloss Sinclair mit ein, doch dieser gab sich keinerlei Illusionen über die Wichtigkeit seiner Meinung hin.

„Ja, es war sehr gut. Richten Sie Mrs Turner meinen Dank aus", erwiderte George. „Aber lassen Sie erst mal alles stehen. Sinclair hat noch nicht zu Ende gegessen."

„Selbstverständlich. Wünschen Sie noch Kaffee?"

„Ja, bitte. Bringen Sie uns noch zwei Tassen." An Sinclair gewandt setzte er hinzu: „Jacques macht den besten Kaffee außerhalb Frankreichs. Einer der Gründe, warum ich ihn bei seinem vorherigen Arbeitgeber abgeworben habe."

Auch wenn Jacques das Lob in der vornehm-zurückhaltenden Art eines guten und teuren Dieners annahm, war doch zu erkennen, dass es ihm wichtig war. „Soll ich den Kaffee sofort servieren?“

„Ja, bringen Sie ihn, sobald Sie ihn fertig haben“, sagte George und Jacques ließ die beiden Männer wieder allein.

Sinclair schenkte George einen forschenden Blick. „Hat er schon Schlimmeres gesehen?“, fragte er mit einem Kopfnicken in Richtung Tür. „Er schien mir nicht besonders entsetzt.“

Ein Grinsen erschien auf Georges Gesicht. „Nein. Er hat noch nichts *Schlimmeres* gesehen. Auch nichts Besseres. Normalerweise klopft er auch immer an, wenn ich …“ George stockte kurz und seine Stirn legte sich für einen Moment in Falten. „Wenn ich *lieben Besuch* habe. Allerdings denkt er zu Beginn nicht immer daran, aber es genügt, wenn ich ihn einmal daran erinnere. Es wird also nicht wieder vorkommen.“ Nach kurzer Überlegung fügte er noch hinzu: „Vielleicht war er tatsächlich entsetzt, aber er hat eine zu gute Ausbildung genossen, um es sich anmerken zu lassen.“

Sinclair hatte so eine Ahnung, dass Jacques bei jedem von Georges *lieben Besuchern* absichtlich das Anklopfen vergessen hatte. Wahrscheinlich, um herauszufinden, was das für Kerle waren, mit denen sich sein Arbeitgeber vergnügte.

Aber das behielt Sinclair lieber für sich. „Wegen mir hättest du ihn auch schon abtragen lassen können“, sagte Sinclair stattdessen. „Ich bin fertig.“

„Nein, bist du nicht“, widersprach George mit nachdrücklicher Strenge und Sinclair konnte nicht anders – er erschauerte wohlig.

„Ich will aber nichts mehr essen.“ Mit klopfendem Herzen wartete Sinclair ab, wie George auf diese Provokation reagieren würde.

George schürzte die Lippen. „*Nichts* mehr? Du hast noch überhaupt nicht gegessen.“

„Und?“, erwiderte Sinclair mit herausfordernd gehobener Augenbraue und vor der Brust verschränkten Arme. „Was willst du dagegen tun?“

„Dich füttern“, gab George prompt und sehr gelassen zurück.

„Na toll, ein Löffelchen für Mama, ein Löffelchen für Papa.“

Das von Sinclair so geliebte, teuflische Lächeln erschien auf Georges Gesicht.

„Nicht ganz.“ George stand auf, ging um den Tisch herum auf Sinclair zu, tauchte seine Finger in den Kartoffelbrei auf dessen Teller und nahm eine kleine Portion davon auf. „Ich dachte eher an Handaufzucht.“

Unglauben und Erregung fochten in Sinclair einen heftigen Kampf aus. Innerhalb der Zeit, die George gebraucht hatte, den Tisch zu umrunden, war Sinclairs Glied auf seine volle Größe angeschwollen und drückte nun schmerzhaft von innen gegen den Reißverschluss seiner Hose. Sein Gehirn jedoch war völlig anderer Ansicht. *Du hast noch nie jemandem aus der Hand gefressen – du wirst auch jetzt nicht damit anfangen!*, schalt seine Vernunft. Doch dann stand George direkt neben ihm und hielt ihm die Hand hin, die voller Kartoffelbrei war. Sinclair sah zu ihm auf, schaute direkt in die unerbittlichen blauen Augen mit den geweiteten Pupillen.

„Iss“, sagte George ruhig.

Und dieses eine Wort genügte, um Sinclairs gute Vorsätze wie Staub im Wind verfliegen zu lassen. Gehorsam neigte er sich über Georges Handfläche, nahm die Portion Kartoffelbrei mit Mund und Zunge auf und schluckte sie hinunter. Er hatte keine Ahnung, wie es schmeckte. Es hätte auch Sägemehl sein können, es hätte ihn nicht gekümmert. Er spürte nur noch, wie seine Erektion im Rhythmus seiner Herzschläge pulsierte.

George hielt ihm immer noch seine Hand hin. „Sauberlecken“, befahl er leise und mit einem wollüstigen Stöhnen befolgte Sinclair auch diesen Befehl.

Mit breiter Zunge leckte er über Georges Handfläche, umschloss die einzelnen Finger mit seinen Lippen und saugte daran, bis George ebenfalls schneller atmete und begann, Sinclairs Mund mit zwei seiner Finger zu ficken. Sinclair legte seinen Kopf in den Nacken und öffnete seinen Mund für einen weiteren Finger.

„Gierig … immer so gierig“, raunte George ihm mit tiefer Stimme zu und presste drei Finger gegen Sinclairs Zunge.

Es klopfte an der Tür, George zog seine Finger zurück und Sinclair blinzelte träge und fand nur langsam in die Wirklichkeit zurück. Jacques trat nach einem kurzen Moment ein, ohne dass ihn jemand dazu aufgefordert hatte.

George wischte sich in aller Ruhe die Hand mit einer Serviette ab und ließ sie auf Sinclairs Teller fallen. „Sie können jetzt abtragen, Jacques“, sagte er und ging hinüber zu dem Sofa. Er setzte sich und schlug die Beine übereinander. Ganz offensichtlich ein Versuch, seine eigene Erregung vor seinem Angestellten zu verbergen. Das Grinsen, das um Sinclairs Lippen spielte, war ein ganz klein wenig boshaft. Immerhin war George durch diese Fütterung ebenfalls in Mitleidenschaft gezogen worden und hatte nicht nur Sinclair mit seinem Tun auf eine einzige, vor Verlangen bebende erogene Zone reduziert.

„Ich nehme meinen Kaffee hier“, wies George den Butler an, als dieser das schmutzige Geschirr auf einem Tablett verstaut hatte und nur noch das kleine Silbertablett mit dem Kaffeeservice auf dem Tisch stand.

„Sehr wohl“, erwiderte Jacques, schenkte geschickt eine der Tassen ein, gab etwas Milch hinzu, trug die Tasse zu

George hinüber und stellte sie auf dem niedrigen Wohnzimmertisch ab.

Sinclair saß immer noch am Esstisch – auch um seine auffällige Erektion zu verbergen – und hatte gesehen, dass auf dem Unterteller von Georges Kaffeetasse ein hauchdünnes, gewölbtes Stück Mandelgebäck platziert worden war. Sein Blick huschte zurück zu dem Silbertablett mit dem restlichen Geschirr und fand seine Vermutung wiederum bestätigt. Es war kein weiteres Gebäck mehr zu sehen. Dies war eine weitere Herabsetzung, die er erwartet, mit der er sogar fest gerechnet hatte. Es kümmerte ihn nicht. Er legte keinen Wert auf solche kleinen Eitelkeiten. Was jedoch schmerzte, war die Tatsache, dass George, der sonst immer so aufmerksam war, diese Ungleichbehandlung wieder nicht bemerkte. Sinclair schluckte. Es war nicht schön, aber es war ihm schon immer lieber gewesen, zu wissen, woran er war, anstatt in völliger Unkenntnis der Realität zu leben.

Jacques kehrte an den Tisch zurück. Es war ihm anzumerken, dass er mit sich kämpfte, doch dann sagte er mit glatter Höflichkeit zu Sinclair: „Wie nehmen Sie Ihren Kaffee?"

„Schwarz. Zwei Stück Zucker.".

Sobald Jacques ihn bedient hatte, meldete sich George wieder zu Wort. „Danke, Jacques. Ich brauche Sie heute nicht mehr. Sie können sich zurückziehen."

Jacques nickte, sagte „Gute Nacht, Mister Walker" und entfernte sich mitsamt dem benutzten Geschirr.

Sinclair machte Anstalten, aufzustehen, doch George erstickte dies im Keim. „Trink deinen Kaffee", befahl er leise und ohne von seiner eigenen Tasse aufzusehen. „Er ist wirklich gut."

Mit einem ergebenen Augenaufschlag zur Decke hin, nahm Sinclair einen hastigen Schluck. Und dann noch einen zweiten, langsamer dieses Mal. Den dritten Schluck rollte er genießerisch über seine Zunge. Dieser Kaffee war eine Offenbarung. Heiß, stark, aromatisch, von fast sahniger Konsistenz und nur mit einer Spur Bitterkeit.

„Gut, oder?" Obwohl Sinclair die Augen geschlossen hatte, hörte er das amüsierte, augenzwinkernde Lächeln aus diesen beiden Worten heraus.

„Ambrosia", murmelte Sinclair zufrieden.

„Ambrosia, hm?", wiederholte George belustigt. „Dann ist wohl alles, was *ich* dir noch zu bieten habe, wahrscheinlich nicht mehr von Interesse für dich." Sinclair schlug die Augen auf und fand Georges dunklen Blick auf sich ruhen. „Komm her", forderte George und Sinclair folgte.

~~~

Keine Viertelstunde später kniete Sinclair nackt, mit weit gespreizten Beinen auf der Sitzfläche des Sofas und hielt sich mit den Händen an der Rückenlehne fest. Sein Hintern reckte sich begierig Georges leidenschaftlichen Stößen entgegen und die Spitze seines harten Schafts tippte im Rhythmus ihrer Bewegungen immer wieder gegen besagte Rückenlehne. Sinclair befeuchtete seine trockenen Lippen. Der flüchtige und doch harte Kontakt seiner heißen, geschwollenen Eichel mit dem kühlen Leder des Sofas war köstlich und quälend zugleich und würde hoffentlich noch ewig so weitergehen. Doch George bemerkte nach einer Weile, was vor sich ging, und hielt inne, was ihm einen jammernden Protest von Sinclair eintrug, den er jedoch nicht beachtete. Er packte Sinclairs Hüften in einem unbarmherzigen Griff und zog ihn mit einem Ruck ein Stück weiter nach hinten, entfernte ihn so von der möglichen zusätzlichen Stimulation.
~~~

„Ich fürchte, ich kann dir nicht erlauben, mein Sofa zu beschmutzen", raunte George ihm heiser zu und streichelte in einer fast zärtlichen Geste durch die wirren Locken und über seinen Rücken. „Zumindest *noch* nicht."

Sinclair fühlte sich durch den plötzlichen Kontaktverlust an seinem Unterleib beraubt und ächzte leise. Er presste seine Stirn gegen die Lehne des Sofas.

Streichelnde Hände bewegten sich über seinen Rücken, seinen Hintern, seine Oberschenkel, ließen seine Erregung stetig ansteigen und folterten ihn gleichzeitig mit ihrer Zärtlichkeit. Immer noch fühlte er George groß und hart in sich, spürte den Stoff von Georges Hose an seinen Beinen, doch immer noch hielt George völlig still. Es gelang Sinclair nicht, ein äußerst flehendes Wimmern zu unterdrücken

„Kann es sein, dass du nicht zu schätzen weißt, was ich hier für dich tue?"

Da war sie wieder, diese befehlsgewohnte, strenge und doch leicht amüsierte Stimme, die nur noch mehr Blut in seinen Unterleib schickte.

Georges linke Hand löste sich von dem bebenden Körper und strich stattdessen suchend über die Rückenlehne des Sofas. Als er klebrige Feuchtigkeit spürte, erschien ein teuflisches Lächeln auf seinem Gesicht. Sinclairs kurzes Zusammenzucken, das sich an seiner Erektion herrlich anfühlte, und das Heben seines Kopfes zeigten ihm, dass Sinclair wusste, was er tat und vermutlich auch, was er vorhatte.

„Was ist das für eine Schweinerei?", fragte George kühl und hielt Sinclair seine benetzten Finger vor das Gesicht. „Hatte ich dir nicht verboten, mein Sofa zu beschmutzen?"

„Doch, hast du", erwiderte Sinclair rau.

„So unbeherrscht. Immer so unbeherrscht." Gespielt betrübt schnalzte George missbilligend mit der Zunge.

„Sauberlecken“, kommandierte er und brachte seine beiden verschmierten Finger ein wenig näher zu Sinclair, damit dieser sie auch erreichen konnte. Sofort spürte er die feuchte Wärme von Sinclairs Mund um seine Finger. Gott, wenn er wollte, konnte Sinclair fügsam und devot sein bis zum Exzess. Schon vorher, als Sinclairs eifrige Zunge seine Finger von dem Kartoffelbrei befreit hatte, war seine Libido überraschend angetan davon gewesen. Eigentlich hatte George es eher als Mittel gesehen, um Sinclair ein wenig in die Knie zu zwingen, seine Unterwürfigkeit wach zu kitzeln – vielleicht auch, um ihn ein wenig zu demütigen. Aber er hatte nicht damit gerechnet, dass er selbst es als so anregend empfinden würde. Dieser besonderen Art des Eindringens in einen anderen Körper haftete eine seltsame Intimität an – fast war es noch intensiver als ein üblicher Geschlechtsakt. Vielleicht lag es daran, dass Finger viel besser und eigenständiger agieren konnten, als ein Penis dazu in der Lage war.

Egal, was es auch sein mochte, es war auf jeden Fall unvergleichlich und sehr stimulierend. Die Zähne, die leicht über seine Haut kratzen, sich spielerisch in sein Fleisch gruben; die Lippen, dich sich eng um seine Finger schlossen und gierig daran saugten; die Zunge, die so sanft und energisch zugleich die Zwischenräume seiner Fingern erforschte, die seinen Tastsinn herausforderte und ein wundervolles Kribbeln in seiner Hand auslöste, das sich über seinen ganzen Körper ausbreitete und ihm eine erregende Gänsehaut bescherte.

Er spannte seinen Daumen und seine restlichen Finger um Sinclairs Kinn und hielt so seinen Kopf fest. Noch tiefer drängte er seine zwei anderen Finger in den weichen, warmen Mund und stieß gleichzeitig mit seinem Unterleib tief in Sinclairs andere, doch ebenso willige und ebenso warme Körperöffnung hinein.

Ein gurgelndes Stöhnen drängte sich an Georges Fingern vorbei, Sinclair wölbte seinen Rücken, wollte mehr, presste seine Hüften Georges Stößen entgegen und versuchte wieder, sich an der Rückenlehne des Sofas zu reiben. Doch zwischen Georges Fingern in seinem Mund und um seinen Kiefer und Georges anderer Hand an seiner Hüfte verfügte er über keinerlei Bewegungsspielraum mehr. Er war nur noch ein Spielball von Georges Lust, der auf jede mögliche Art von ihm Besitz ergriffen hatte. Sinclairs Oberschenkel zitterten vor Anstrengung und Begierde. Er fürchtete, sein Herzschlag würde seinen Brustkorb sprengen, so heftig und schnell klopfte es und trieb sein Blut noch schneller durch seine Adern. Sein Kopf war merkwürdig leer und leicht und er fühlte sich erfüllt und ausgefüllt von George. *George* … Und er wünschte sich, dieser Zustand möge nie enden. Doch kaum hatte er diesen Wunsch zu Ende gedacht, wurden Georges Bewegungen hektischer und unkontrollierter und mit einem Röcheln hielt er still, zuckte ein wenig, stöhnte, stieß noch einmal zu – langsam und tief – zuckte wieder und hielt dann endgültig still. Mit einem befriedigten Seufzen zog sich George langsam aus ihm zurück und nahm gleichzeitig seine Finger aus Sinclairs Mund.

„Nicht“, bettelte Sinclair atemlos und krampfte alle Muskeln zusammen, um Georges wunderbare Härte noch ein wenig länger spüren zu können. „Noch nicht.“

„Shhh“, machte George nur und dann spürte Sinclair, wie sich zwei Hände auf seinen Hintern legten und seine Pobacken auseinanderzogen.

Begierig starrte George auf den von Vaseline glänzenden, gedehnten Anus und seine krampfhaften Versuche, sich vollständig zu schließen. Doch nach jeder Muskelkontraktion blieb immer noch eine kleine Öffnung, aus der im Rhythmus der Zuckungen kleine Mengen Sperma herausquollen. Mit den beiden Fingern, die gerade noch in Sinclairs Mund gewesen waren und die noch feucht von seinem Speichel waren, verschmierte George sein Sperma auf der hellen Haut und schob es schließlich mit seinen Fingern dorthin zurück, wo es hergekommen war. Seine Finger glitten mühelos in Sinclair hinein, der den Vorgang mit einem kehligen Stöhnen quittierte. Mit seiner anderen Hand gab er Sinclair einen aufmunternden Klaps auf den Hintern. „Jetzt darfst du", erlaubte er.

„Was?", fragte Sinclair mit rauer Stimme. „Was darf ich?"

George leckte sich über die Oberlippe und erwiderte mit einem anzüglichen Grinsen: „Dich an der Sofalehne reiben, bis es dir kommt." Als Sinclair einen Moment zu lange zögerte, sagte George eine Spur schärfer: „Ich warte."

Sofort presste Sinclair seinen Körper gegen das weiche Leder und seufzte unwillkürlich auf, als seine heiße, harte Erektion auf die kühlen Polster traf, sich dort erst verfing und nur dank der Unmenge an Vor-Lust, die seine Eichel hatte glitschig werden lassen, mit sanftem Druck nach oben rutschte, bis sein pochender Schaft zwischen Rückenlehne und seinem eigenen Körper gefangen war.

Sinclair biss sich auf die Lippen und senkte seinen Kopf. Er empfand es in diesem Augenblick als beschämend, sich wie ein Tier an einem Möbelstück zu reiben, wenn dafür doch mehr als genug Hände zur Verfügung gestanden hätten. Dabei wäre er noch vor wenigen Minuten mehr als froh und glücklich gewesen, wenn George ihm genau diese Stimulation zugestanden hätte. Aber jetzt … jetzt fühlte er sich auf eine ungute Weise zur Schau gestellt und erniedrigt und dennoch …

Die Demütigung trieb Sinclair die Schamesröte ins Gesicht und steigerte seine Geilheit ins Unerträgliche. Kaum hatte er angefangen, sich mit kleinen, kreisenden Bewegungen seiner Hüften an der Lehne zu reiben, fingen auch die Finger in seinem Hintern an, sich zu drehen und ihn mit tiefen, kurzen Stößen zu ficken. Und plötzlich war alles gut.

George waren der kurze, innere Kampf und Sinclairs steigende Erregung nicht entgangen und er hatte beschlossen, ihn noch ein wenig mehr zu quälen. Obwohl er seine Finger tief in Sinclairs Körper hinein stieß, vermied er es doch nach Kräften, Sinclairs Prostata zu stimulieren. Ein lüsternes Glimmen trat in seine Augen, als er bemerkte, dass Sinclair seine Hüften drehte und wand, um Georges Finger dorthin zu bekommen, wo er sie haben wollte. Doch George war vorbereitet und zog seine Finger zurück und presste sie dann nicht mehr weit genug in den gierigen Körper hinein, sondern begnügte sich mit leichten, kurzen Stößen. Es dauerte nicht lange und Sinclair fing an, nach „*Mehr!*“ zu verlangen. Seine Stimme war zu einem heiseren Wimmern verkommen und Georges Grinsen verbreiterte sich.

„Du willst mehr?“, fragte er honigsüß und Sinclair nickte heftig. „Du willst, dass ich deine Prostata reibe? Diesen gewissen Punkt immer und immer wieder mit meinen Fingern berühre, darüber reibe, streichle, drücke, bis du es vor Geilheit nicht mehr aushältst? Sich noch mehr Sperma in deinen Eiern sammelt, bis du glaubst, sie müssten platzen, wenn nicht bald etwas passiert?“ Sinclair erschauerte, seine Oberschenkel zitterten, doch ein angestrengtes Atemholen war alles, was George von ihm hörte. „Und dann ein letztes Reiben, ein letztes Drücken auf diese vielen, vielen Nervenenden, bis dein ganzer Körper zu einer einzigen erogenen Zone wird, sich alles in dir verkrampft und dann … wahre Fontänen …“

Sinclair schluchzte, schluckte krampfhaft und flüsterte heiser: „Ja.“ Er fügte noch ein leicht fragendes „Bitte?“

hinzu, das so hilflos klang, dass es neue Lustimpulse durch Georges Körper schickte.

„Tja", erwiderte George gedehnt. „Wenn ich das tun würde, dann würdest du innerhalb von 20 Sekunden abspritzen – so geil, wie du gerade bist." Er schüttelte in gespieltem Bedauern den Kopf. „Das kann ich nicht zulassen. Das wäre viel zu schnell. Ich will, dass du es heute noch ein bisschen länger genießt."

Genießen! Wie sollte Sinclair diese wunderbaren Finger jetzt noch genießen können? Jetzt wollte er sie tiefer spüren, tiefer in seinem Körper, tiefer und drängender, an diesem ganz besonderen Punkt. An genau dem Punkt, den George in seinen *Liebkosungen* auszusparen gedachte. Wäre Sinclair nicht so sehr mit Stöhnen beschäftigt gewesen, er hätte gerne mit den Zähnen geknirscht. Natürlich *brauchte* er keine permanente Reizung an seiner Prostata, um einen Höhepunkt zu erreichen, aber jetzt, da George ihm alles, was er nicht haben *durfte*, in den farbenprächtigsten Bildern geschildert hatte, jetzt *wollte* er es unbedingt haben. Und alles, was ihm als angeblicher Ersatz angeboten wurde – sich an der Sofalehne einen abzureiben und ein paar Finger in seinem Hintern – verblasste neben seinem übermächtigen Wunsch nach einer ausgiebigen Prostata-Stimulation. Wie er diesen Mann hasste! Doch im selben Augenblick dankte er auf Knien seinem Schicksal, dass es ihm George über den Weg geführt hatte.

Ganz leicht bewegten sich Georges Finger tiefer, doch Sinclair wusste, er würde kurz vor seinem Ziel stoppen. Fast verzweifelt rieb Sinclair seinen harten Penis gegen die weichen, nachgiebigen Polster, presste seine geschwollene Eichel gegen das mittlerweile warmgewordene Leder und fühlte – trotz aller Widerstände – seinen Orgasmus nahen. Eigentlich war es viel zu wenig, viel zu früh. Er wollte noch nicht kommen, doch er spürte, wie sich ein Höhepunkt in ihm aufbaute. Es war ein verstörendes und unglaublich intensives Gefühl. Klarheit und Ekstase hielten sich für eine gewisse Zeitspanne die Waage – eine Zeitspanne, die ihm wie eine halbe Ewigkeit vorkam. Scham und Lust trugen einen erbitterten Kampf aus und schaukelten sich gegenseitig immer mehr in ungeahnte Höhen. Irgendwann hielt er völlig still und sein ganzer Körper verkrampfte sich. Nur noch seine Hüften zuckten wie unter Zwang in kleinen und kleinsten Bewegungen und trieben seine Erektion in harten, raschen Stößen gegen die Sofalehne. Dann … das erste Pulsieren in seiner Eichel.

Einen Sekundenbruchteil lang herrschte in Sinclairs Geist völlige Ruhe und Stille. Doch dann hörte er sich selbst röcheln: „George, *George* … ich … George … *Aaah* …“ Sein Orgasmus brach wie eine Naturgewalt über ihn herein. Er ergoss sich pulsierend und unter heftigem Zittern auf das Leder des Sofas. Sein Rücken bog sich erst durch, krümmte sich dann und die letzten Spritzer seines Höhepunkts landeten auf den Sitzpolstern.

Dann brach er über der Sessellehne zusammen und hing dort wie ein nasses Kleidungsstück über einer Wäscheleine. Es hätte ihm allerdings nicht gleichgültiger sein können. „Oh Gott“, murmelte Sinclair heiser. „Ohgottohgottohgott …“ Gefühl kehrte wieder in seinen Körper zurück, doch er war noch nicht bereit dazu. Er wollte noch eine Weile in diesem ekstatisch losgelösten Stadium verbringen, noch einen Moment in diesem stillen, sinnlichen Nirwana verweilen, doch die Hände an seinem Hintern, an seinen Oberschenkeln, an seinem Rücken holten ihn unwiderruflich in die Wirklichkeit zurück.

„Das war ein bisschen mehr Schweinerei, als ich erwartet hatte“, sagte George, doch seiner Stimme war kein Tadel anzumerken. „Da hatte es wohl jemand ziemlich nötig, hm?“

Sinclair spürte einen Kuss auf seinem Nacken und er streckte sich wohlig.

„Wie sieht es aus? Bist du wieder fit genug, um sauberzumachen?“, wollte George wissen und zwickte ihn leicht in die Brustwarzen.

Sinclair zuckte ein wenig zusammen und blinzelte George dann unwillig über eine Schulter an. „Falls du damit meinst, ich soll jetzt einen feuchten Lappen holen und aufwischen, dann können wir in fünf Minuten *vielleicht* nochmal darüber reden“, erwiderte er mit matter Befriedigung. „Falls du aber von Sauberlecken redest, sollte dieses Sofa genauso widerlich schmecken wie deine Schuhe – dann vergiss es“, erklärte er trocken und presste sich wohlig gegen Georges Körper, der halb über ihn gebeugt war.

Erneut wurde ein Kuss auf Sinclairs Nacken gedrückt, dem das verhaltene Lachen deutlich anzumerken war, dann richtete sich George auf. Sinclair hörte, wie ein Reißverschluss hochgezogen wurde. George war nun wieder – im Gegensatz zu ihm – vollständig repräsentabel.

„Du wolltest doch vorhin wissen, was ich von dir erwarte“, fing George an und Sinclair spitzte die Ohren und konnte nicht verhindern, dass sein Herz vor Aufregung ein wenig rascher klopfte. „Ich denke, diese Frage ist jetzt zur vollsten Zufriedenheit aller Parteien ausführlich beantwortet worden.“

Sinclair schloss die Augen. Sein Herzschlag normalisierte sich, wurde langsam und träge. Er schluckte. Ihm war klar, dass George eine Antwort von ihm erwartete. Er bemühte sich, einen leichten und ungerührten Ton anzuschlagen. „Ja, ich denke, ich habe jetzt eine ziemlich genaue Vorstellung.“ Er hatte es gewusst. Hatte von Anfang an gewusst, worauf er sich einließ. Dennoch hatte er gehofft. Ein ganz klein wenig gehofft, dass da noch mehr sein würde. Was dieses *mehr* allerdings hätte sein sollen, darüber war er sich selbst nicht im Klaren, hatte auch nicht gewagt, intensiver darüber nachzudenken. Doch mit Georges Bemerkung war auch diese Hoffnung – diese winzig kleine Hoffnung – zerstört worden. Sinclair sagte sich selbst, dass es in Ordnung war, dass es hätte schlimmer kommen können und dass es ihm nichts ausmachte. Aber damit belog er sich selbst.

Er war durch George von Alice abgeworben worden, genauso wie Jacques, der Butler und Kaffeekünstler, durch George von seinem vorherigen Arbeitgeber abgeworben worden war. George hatte für sein leibliches Wohl nur die Besten engagiert. Den besten Chauffeur, den besten Kaffeekocher und … den besten Schwanzlutscher.

Eine Hand fand ihren Weg in seine Haare und verwuschelte sie in einer sanften Geste. „Du solltest ins Bett. Nicht, dass du noch hier einschläfst", schlug George mit einem Anflug von Besorgnis in seiner Stimme vor. „Du wirst morgen sonst höllische Rückenschmerzen haben."

Sinclair schluckte wieder. Also hieß es heute Nacht alleine schlafen. Er biss sich kurz auf die Lippen, bevor er sich entschlossen umdrehte, sich auf das Sofa setzte und zu George aufsah. „Und was ist mit dir?"

„Ich dusche noch schnell und werde dann auch schlafen gehen", antwortete George und strich mit einem Finger über Sinclairs Wange. „Ich muss morgen früh raus. Wenn du mit mir frühstücken willst, um 8 Uhr steht hier alles bereit."

„Ich werde da sein", sagte Sinclair.

George belohnte ihn mit einem Lächeln, beugte sich zu ihm hinunter, küsste ihn kurz auf den Mund, wünschte ihm noch eine gute Nacht und ging dann aus dem Zimmer, den Gang hinunter, bis zu seinem eigenen Badezimmer. Kurze Zeit später rauschte das Wasser der Dusche und noch ein wenig später klapperte die Badezimmertür. Wieder waren

Schritte auf dem Flur und dann öffnete und schloss sich eine andere Tür.

George war zu Bett gegangen.

Sinclair war allein.

Irgendwann stand auch er auf und ging in sein Badezimmer.

Nach einer einsamen Dusche lag er allein in seinem Bett. Durch mehrere Wände von George getrennt.

Sinclair drehte sich auf den Rücken und starrte durch die Dunkelheit blicklos an die Zimmerdecke.

Das hier war sein Bett.

Das hier war sein Zimmer.

Das hier war ab jetzt sein Leben.

Ein Leben, das er sich ersehnt hatte und das jetzt so ganz anders war.

Wie hieß es noch gleich? Man sollte vorsichtig sein mit seinen Wünschen, sie könnten in Erfüllung gehen.

Sinclair fuhr sich mit einer Hand über die Augen. Dann griff er unter das Kopfkissen und holte das Taschentuch hervor, das George ihm erst gestern gegeben hatte. Früher am Tag hatte er es hier deponiert. Er hatte es noch nicht zurückgegeben und hatte es auch nicht vor. Es war das einzige, das George ihm jemals geschenkt hatte. Gut – nicht direkt *geschenkt*, aber Sinclair hatte gelernt, nicht wählerisch zu sein.

War das wirklich erst gestern gewesen? Es kam ihm vor, als müsste es hundert Jahre her sein.

Mit dem Taschentuch in der Hand und einem leichten Hauch von Schießpulver und Waffenöl in der Nase, schlief er irgendwann ein.

Teil 19

Als George am nächsten Morgen das Wohnzimmer betrat, saß Sinclair schon am Tisch und stocherte auf seinem Teller in einer kleinen Portion Rührei herum. Während George bereits in einen schwarzen Anzug mit ebenfalls schwarzer Krawatte und weißem Hemd gekleidet war, war Sinclair noch nicht angezogen und wie direkt aus dem Bett gekrochen.

Im Gegensatz zu Georges schwarzen Lackschuhen war Sinclair barfuß. Der Anblick des nackten Fußes und der ungewöhnlich langen, extrem beweglichen Zehen löste in George ein gewisses lüsternes Ziehen in seinem Unterleib aus. Er atmete konzentriert durch die Nase ein und aus, um diese Gelüste zu bezähmen, und nahm ebenfalls am Tisch Platz.

Irgendwann einmal würde er Sinclair tatsächlich erlauben, ihm ausschließlich mit diesen talentierten Füßen einen runterzuholen. Aber nicht jetzt. Dafür hatte er heute Morgen nun wirklich keine Zeit. Er ignorierte die Warmhalteplatte mit dem Rührei zugunsten einer Scheibe Toast, die er mit Butter und Marmelade bestrich. Dazu schenkte er sich eine Tasse Tee ein. Erst als er das getan hatte, fiel ihm etwas ein und er sagte zu Sinclair gewandt: „Falls du lieber Kaffee zum Frühstück möchtest …“

Sinclair schüttelte den Kopf. „Nein. Tee ist in Ordnung.“

„Gut“, sagte George und biss herzhaft in seinen Toast. Ein wenig gereizt verfolgte er wie Sinclairs Gabel – genau wie beim Abendessen – ihre Kreise durch das Rührei zog, ohne zum Mund geführt zu werden. „Iss endlich“, entfuhr es ihm barsch. „Ich habe heute Morgen keine Zeit, um dich zu füttern.“

„Schade“, murmelte Sinclair, aß dann jedoch einige Bissen und George widmete sich seiner zweiten Scheibe

Toast. „Gehst du auf eine Beerdigung?", fragte Sinclair schließlich mit einer Art spöttischer Neugierde. „Oder warum bist du heute so monochrom?"

George trank einen Schluck Tee, bevor er antwortete. „Beerdigung."

„Oh", machte Sinclair und sah mit einem unsicheren und betroffenen Gesichtsausdruck von seinem Teller auf. „Ich wollte nicht …"

„Schon gut", beschwichtigte George und obwohl er eigentlich nicht mit Sinclair über seine Arbeit hatte sprechen wollen, sprudelten die Worte im nächsten Moment doch völlig ungefiltert aus ihm heraus. „Lästige Angelegenheit. Ein Polizist." Auf Sinclairs fragenden Blick hin, der keineswegs entsetzt oder anderweitig wertend gewesen wäre, wie George angenehm verblüfft feststellen konnte, fügte er hinzu: „Ich habe damit nichts zu tun. Wenn es einer von meinen Jungs gewesen wäre, hätten sie gleich eine Doppelbestattung daraus machen können. Einen Polizisten abzuknallen – und auch noch versehentlich den falschen – ist so ziemlich das Dümmste, was man tun kann. Nein, das waren die Russen. Ich muss mich dort trotzdem blicken lassen. Wird von einem Mann in meiner Position erwartet."

„Versehentlich den Falschen?", wiederholte Sinclair fragend und stützte sein Kinn auf seine gefalteten Hände.

„Ja, versehentlich", bestätigte George. „Ist ganz blöd gelaufen, nach dem, was man so hört. Der Tote kam irgendwie dazwischen. Eigentlich hätte ein ganz anderer dran glauben sollen – dieser neue Detective Inspector Tremaine. Ich kann's ja verstehen, dass die Russen ihn beseitigen wollten – dieser Kerl ist uns auch schon ein bisschen lästig geworden. Aber gleich erschießen? Und noch dazu auf offener Straße? Da hat man bei einem Polizisten doch noch ganz andere Möglichkeiten. Allerdings scheint der Kerl angeblich der letzte ehrliche Bulle zu sein. Sehr ärgerlich. Zumindest ist er auf die ersten Bestechungsversuche nicht eingegangen. Vielleicht hat auch nur der Preis noch nicht gestimmt." Er zuckte mit den Schultern. „Mich würde nur interessieren, warum ein Mann wie Tremaine, der eine halbe Ewigkeit Sergeant geblieben ist, jetzt doch noch befördert wurde. Möchte wirklich gerne wissen, wem er dafür in den Hintern gekrochen ist." Er biss noch ein Stück von seinem Toast ab und sagte dann: „In einer Stunde kommt übrigens mein Schneider vorbei."

„Ach? Aber so schnell wird die Beerdigung doch nicht vorbei sein? Warum kommt er her, wenn du gar nicht da bist?"

George verdrehte gutgelaunt die Augen. „Weil er zu dir kommt."

„Zu mir?", gab Sinclair perplex zurück. „Was will er denn von mir?"

„Deine Maße nehmen?", schlug George nachsichtig vor.

„Und wozu?"

„Sinclair, ich habe gesehen, welche Kleidung du mitgebracht hast", erwiderte George mit einem leisen Seufzen. „Sie ist ein wenig … nun ja … *schäbig*. Und es ist ein bisschen wenig. Ich hatte nicht vor, dich hier nackt herumlaufen zu lassen. Da du aber nicht gedenkst, das Haus zu verlassen, muss mein Schneider eben hierher kommen. Er wird deine Maße nehmen und sich an die Arbeit machen. Ich habe ihm bereits gesagt, was du brauchen wirst. Er weiß also Bescheid." Georges Blick glitt über Sinclairs morgendliche Aufmachung – ein billig glänzender Morgenmantel über einer langen Pyjamahose und einem einfachen T-Shirt – die George bereits in Miss Thorndykes Etablissement an ihm gesehen hatte. „Allerdings, wenn ich es mir so recht überlege – ich sollte der Liste vielleicht noch Pyjamas und Morgenmäntel hinzufügen." Er schob sich das letzte Stück Toast in den Mund und spülte den Bissen mit seinem restlichen Tee hinunter. „Ich muss allmählich los." Er stand auf, ging zu Sinclair und küsste ihn auf den Mund. Sein Kuss wurde hingebungsvoll erwidert und das lustvolle Ziehen in seinem Unterleib stellte sich wieder ein. „Bis später", murmelte George und küsste Sinclair noch ein kleines bisschen, dann richtete er sich auf und ging zur Tür. Auf halbem Wege kam ihm jedoch noch etwas in den Sinn. Er blieb stehen und drehte sich um. „Ach ja, bevor ich es vergesse: Stell bitte nicht das ganze Haus auf den Kopf auf der Suche nach Drogen. Ich habe so etwas aus Prinzip nicht hier." Er war schon fast an der Tür, als hinter ihm ein Geräusch laut wurde, das verdächtig nach dem Knurren eines wütenden Hundes klang. Er hielt inne und wandte sich dem Geräusch zu.

„Ich – bin – clean", fauchte Sinclair zwischen zusammengebissenen Zähnen von seinem Platz am Tisch aus.

„Ja, das sagen sie alle", erklärte George mit einem gewissen Überdruss in der Stimme und wollte gerade seinen Weg fortsetzen, als Sinclair so abrupt aufsprang, dass sein Stuhl mit einem lauten Poltern umfiel.

„ICH BIN CLEAN!", schrie Sinclair bebend Zorn. „Wie oft muss ich dir noch meine Unterarme zeigen, damit du mir endlich glaubst!"

„OH *BITTE*!", brüllte George verächtlich zurück. „Als ob es nicht andere Methoden gäbe, um high zu werden, als ausgerechnet Spritzen! Such dir jemand anderen, den du für dumm verkaufen kannst!"

Sinclairs Hände ballten sich zu Fäusten. „Ich bin keine beschissene Crack-Hure, die für den nächsten Kick ihre Beine breit macht!"

„Jetzt vielleicht nicht mehr", bemerkte George und Sinclair erbleichte. Sogar seine Lippen wurden blass. Aber er sagte nichts mehr. George hielt die Sache damit für erledigt und drehte Sinclair den Rücken zu. Im Nachhinein wurde ihm klar, dass das ein entscheidender Fehler gewesen war, denn so traf ihn die Attacke völlig unvorbereitet.

Gerade noch hatte er die Tür geöffnet, als sie ihm auch schon aus der Hand flog und er herumgewirbelt wurde. Der Türrahmen drückte sich sehr schmerzhaft in seinen Rücken und um seine Kehle schlossen sich Sinclairs Finger in einem stählernen Griff. Mit seiner freien Hand verdrehte Sinclair Georges linkes Handgelenk – nur leicht – aber George wusste genau, eine falsche Bewegung und es würde brechen wie ein morscher Zweig. Wie schon beim ersten Mal, als Sinclair ihn angegriffen hatte, war auch jetzt alles rasend schnell gegangen. George starrte in das blasse Gesicht, in dem die hellen Augen übergroß wirkten und flammend vor Zorn auf ihn herabblickten. In Georges Nacken fing es an zu prickeln und obwohl seine Atmung durch Sinclairs Griff deutlich eingeschränkt war, war doch sein erster Gedanke nicht *Mehr Luft* sondern *Mein Gott, er sieht prachtvoll aus!*

„Ich habe noch nie … für irgendjemanden … die Beine breit gemacht. Außer für dich. Und das weißt du auch verdammt gut." Sinclairs Stimme war so dunkel und tief wie drohendes Donnergrollen und fuhr direkt – unter Umgehung seines Gehirns – in Georges Glied, das sich langsam, aber sicher versteifte.

Das Prickeln in Georges Nacken nahm zu. Warum war er nur so ein verdammter Adrenalin-Junkie? Phil hatte ihn schon immer gewarnt, dass ihn das nochmal in Schwierigkeiten bringen würde. Schade, dass Phil nicht da war, um seine Warnung bestätigt zu sehen. Sein Mund wurde trocken, die Luft war ausreichend, aber verdammt knapp, und doch rief er weder um Hilfe noch zog er mit seiner freien Hand die Waffe aus der Innentasche seines Jacketts. Die Pistole war zwar nur klein, eher ein zierliches Spielzeug für die Handtasche einer Frau, aber sie würde aus dieser geringen Entfernung genug Schaden anrichten, um ihm einen Vorteil zu verschaffen. Er setzte seine freie Hand auch nicht zu einem Befreiungsversuch ein. Er hielt einfach nur still. Fasziniert und völlig gefangengenommen von Sinclairs Wutausbruch.

„Ja, ich habe Drogen genommen", gab Sinclair immer noch in dem gleichen, bedrohlichen Tonfall zu und Georges Körper pumpte nur noch mehr Blut in seinen Unterleib. „Aber das ist vorbei. Von dem Moment an, als Alice mich bei sich aufgenommen hat, habe ich damit aufgehört. Sie hätte es nicht geduldet."

Der Druck der Finger um Georges Hals verstärkte sich für einen kleinen Moment und George schnappte automatisch – und ein wenig panisch – nach Luft. Aber er wollte verdammt sein, wenn das nicht das absolut Heißeste war, was er je erlebt hatte!

„Hast du das jetzt verstanden?", grollte Sinclair und lockerte ein wenig seine Finger.

„Ja", bestätigte George keuchend. „Ja … Scheiße, Sinclair … Ich muss …" Mit seiner freien Hand griff er in Sinclairs Haare und zog den anderen Mann für einen tiefen und harten Kuss zu sich herunter.

Sinclair gab erst einen überraschten Laut von sich, der jedoch von Georges Zunge unterdrückt wurde. Er ließ die wirren Locken wieder los und machte sich mit hektischen Bewegungen an dem Reißverschluss seiner Hose zu schaffen. Er stöhnte laut, als er endlich seinen harten Schaft in der Hand hielt. Sinclair musste mittlerweile begriffen haben, was vor sich ging, lockerte jedoch weder den Griff um Georges Kehle, noch gab er dessen Lippen frei, sondern küsste George mit einer Wildheit, die er bislang noch nie an den Tag gelegt hatte. Der stechenden Schmerz an Georges Rücken, dort, wo er von Sinclair gegen den Türrahmen gedrückt wurde, verlor an Bedeutung. Wie ein Besessener rieb er über seinen harten Schaft, presste sich in seiner ganzen Länge gegen Sinclairs Körper und ergoss sich nur Sekunden später mit einem heiseren Schrei. Um Atem ringend sank er gegen Sinclair, der erst jetzt seine Finger von Georges Hals nahm und ihn stattdessen an den Schultern festhielt. George fühlte Sinclairs beginnende Erektion an seinem Bauch und warf einen raschen Blick auf die Uhr über dem Kamin. Verdammt! Phil wartete bestimmt schon unten auf ihn. Er rieb in einer entschuldigenden Geste mit seinen Fingerknöcheln kurz über die harte Wölbung in Sinclairs Pyjamahose, lauschte auf seinen stockenden Atem und sagte dann: „Sorry, dafür habe ich wirklich keine Zeit mehr." Er rückte ein wenig von Sinclair ab, der ihn mit einem nicht zu deutenden Gesichtsausdruck musterte. „Solange er dir heute Abend wieder steht, kannst du – während ich weg bin – damit machen, was du willst." George schluckte und sah dann an sich hinab, um seinen ausgepumpten Penis wieder zu verstauen, und machte eine unangenehme Entdeckung: Nicht nur Sinclairs Pyjama hatte eine Ladung Sperma abbekommen, auch sein eigener Anzug wies deutliche Flecken auf. „So eine verdammte Scheiße!", fluchte er ungehalten.

„Du wirst dich umziehen müssen", stellte Sinclair trocken fest. „Was war das eigentlich gerade?"

„Verdammt geil war das gerade", gab George mit einem schwachen Lächeln zurück. „Und du hast deinen Standpunkt sehr eindrücklich vertreten." Er leckte sich kurz über die Unterlippe und sagte dann leise: „Sorry. Wird nicht wieder vorkommen. Es ist nur …" Er atmete kurz tief durch. „Ich habe diese Sprüche vielleicht einmal zu oft gehört."

„Du hättest wissen können, dass ich keine Sprüche mache", erklärte Sinclair sachlich.

„Ja, das hätte ich“, gab George zu und aus irgendeinem Grund war es ihm nicht möglich, Sinclairs ruhigen Blick zu erwidern.

„Und jetzt geh und zieh dich um“, sagte Sinclair mit einem kleinen Seufzen. „Ich habe kein Interesse daran, Phils Zorn auf mich zu laden, weil du nicht pünktlich bist.“

~~~

Phil Stanhope klopfte in der Eingangshalle bereits nervös mit seinem Fuß auf den Marmorboden. „Jetzt aber Tempo, George! Oder willst du der Letzte sein?!“

„Nein, natürlich nicht“, entgegnete George, als er die unterste Stufe erreichte.

Phil stutzte. „Das ist kein schwarzer Anzug.“

„Blitzmerker“, meinte George lediglich und ging an Phil vorbei zur Tür.

Phil blieb eine Schrecksekunde lang stumm, dann polterte er los: „Hast du sie noch alle? Du kannst auf einer Beerdigung nicht in einem grauen Anzug auftauchen!“

George hatte die Tür bereits geöffnet und rief über die Schulter zurück: „Ein kleines Malheur beim Frühstück.“

„Hast du mit deinem Frühstücksei gekleckert oder hört das *kleine Malheur* doch eher auf den Namen Sinclair?“, schäumte Phil und beeilte sich, George zu folgen.

„Sagen wir mal so“, sagte George mit einem schuldbewussten Grinsen, während er darauf wartete, dass Bridges ihnen die Tür zum Rücksitz aufhielt, „es waren zumindest Eiweißflecken.“

Phil stöhnte. „Will ich Details wissen?“

„Nein.“

George stieg ein und Phil folgte ihm. Als sie saßen und Bridges losfuhr, konnte sich Phil ein „der Bengel soll gefäl-
~~~

ligst seine Finger von dir lassen, wenn du einen Termin hast", nicht verkneifen.

„Sinclair kann nichts dafür", sagte George und sah nachdenklich aus dem Fenster. „Lass ihn in Ruhe."

„Von mir aus", seufzte Phil. „Aber warum hast du dann nicht einen anderen schwarzen Anzug angezogen? Du hast doch mehrere, das weiß ich ganz genau."

„Die sind gerade alle in der Reinigung. Ich kann auch nichts dafür!", rechtfertigte sich George. „In letzter Zeit gab es eben mehr Beerdigungen als sonst. Hast du vielleicht einen Trauerflor oder so was Ähnliches für mich? Den könnte ich mir um den Oberarm binden, dann sieht es nicht ganz so respektlos aus."

Phil verdrehte die Augen. „Einen Trauerflor! Wo soll ich denn jetzt einen Trauerflor hernehmen?", schnauzte er seinen Freund an.

George schenkte ihm einen langen Blick und Phil holte mit einer wütenden Grimasse ein schwarzes Stück Stoff aus der Innentasche seines Jacketts hervor und drückte es George in die Hand.

„Du bist eben doch der Beste." George grinste versöhnlich und schob den Trauerflor über seinen Ärmel. „Was würde ich nur ohne dich tun?"

„Dich umbringen lassen. Das würdest du tun!", versetzte Phil heftig, doch es klang schon wieder halbwegs besänftigt.

Und dabei einen tierischen Ständer bekommen, dachte George mit einer gehörigen Portion Selbstironie. *Oh, Phil, wenn du wüsstest …"*

~~~

In den folgenden Wochen fiel es George überraschend leicht, gemeinsam mit Sinclair in eine sehr angenehme Rou-
~~~

tine zu fallen. Sie frühstückten immer zusammen und ganz gleichgültig, zu welcher Zeit George aufstehen musste, Sinclair saß bereits am Tisch und wartete auf ihn. Wenn George zuhause in seinem Büro arbeitete, unterbrach er seine Tätigkeit oft für ein Sandwich und eine schnelle Nummer mit Sinclair, der ihn immer enthusiastisch empfing. War es allerdings notwendig, dass George das Haus verließ, so konnte er sicher sein, bei seiner Rückkehr mit einem Lächeln und oft genug mit nackter Haut empfangen zu werden.

Manchmal gönnte sich George auch einfach nur einen ruhigen Abend, sah sich eine Sendung im Fernsehen an oder las ein Buch oder die Zeitung, wenn er tagsüber nicht dazu gekommen war. An diesen Abenden maulte Sinclair nie herum oder verlangte über Gebühr Aufmerksamkeit. Was hatte George sich da schon alles von Sinclairs Vorgängern bieten lassen müssen! Es war entspannend, einfach so dazusitzen und zu wissen, dass Sinclair direkt neben ihm auf dem Sofa saß, so nah, dass er ihn spürte oder dass es genügte, einfach aufzuschauen, um Sinclair zu sehen, wie er ihm gegenüber in dem zweiten Sessel saß und in atemberaubender Geschwindigkeit Kreuzworträtsel und Sudokus löste. George konnte nie vorhersagen, wie solche Abende endeten. Manchmal geschah gar nichts, manchmal gab er Sinclair einen Wink und sie vergnügten sich in Georges Schlafzimmer und manchmal … kroch Sinclair auf Händen und Knien zu ihm hin.

Diese Art der Fortbewegung hatte noch bei jedem Mann, den er gekannt hatte, albern – oder zumindest extrem unterwürfig – ausgesehen. Nicht so bei Sinclair. Bei ihm erinnerte es eher an die katzenhaften Bewegungen eines Panthers, der mit animalischem Instinkt seiner Beute auflauerte, um im geeigneten Moment zuzuschlagen. Meist schmiegte sich Sinclair dann auf seinen Schoß, knabberte an seinem Ohrläppchen und reizte ihn so lange, bis er Sinclair über das nächste Möbelstück warf und über ihn herfiel, sodass Sinclairs Schreie durch das ganze Haus gellten.

Irgendwann bat er Sinclair, aus seiner CD-Sammlung etwas nach seinem Geschmack auszuwählen und abzuspielen. Bei dieser Gelegenheit entdeckte Sinclair seine Opern-Sammlung und legte *Turandot* in den CD-Spieler ein.

„Ein Mafia-Boss, der Opernliebhaber ist“, spottete Sinclair und schlich – begleitet durch die ersten fröhlich-beschwingten Takte der Ouvertüre – zurück zum Sofa. „Ein bisschen sehr klischeebehaftet, findest du nicht?“

„Und wenn schon. Ich mag Opern. Du nicht?“

Sinclair zuckte mit den Schultern. „Ich bevorzuge klassische Konzerte, besonders Streicher.“ Er brach etwas abrupt ab und George war sich sicher, dass er noch mehr hatte sagen wollen. Er wollte schon nachfragen, doch dann erklärte Sinclair mit einem leichten Lachen: „Aber Oper ist auch okay.“ Und George vergaß seine Frage, als Sinclair damit anfing, die Sofakissen neben Georges Füßen auf den Boden zu werfen.

Wie großmütig von dir“, erklärte er neckend. Sinclair ließ sich – geschmeidig und graziös wie immer – auf den Sofakissen zu seinen Füßen nieder, schmiegte sich an Georges Beine und schloss mit einem Ausdruck höchster Glückseligkeit die Augen.

Von da an legte Sinclair öfter Opernmusik in den CD-Player ein und immer hockte er sich dabei zu Georges Füßen und kuschelte sich an ihn, wie eine etwas zu groß geratene Perserkatze … oder ein zahmer schwarzer Panther. George konnte sich über diesen Punkt nie so ganz klar werden. Es war ihm allerdings schon öfter aufgefallen – eigentlich gleich zu Beginn ihrer Bekanntschaft – dass Sinclair einen Hang dazu hatte, sich an George zu klammern und sich so eng an ihn zu schmiegen, dass kein

Blatt Papier mehr dazwischen passte. Warum er ihn gewähren ließ, war ihm selbst ein Rätsel. George Walker kuschelte nicht! Doch bei Sinclair schwang noch etwas anderes mit: Wenn Sinclair seine Wange an Georges Knie legte, dann haftete dieser Geste ein so tiefes Vertrauen an, das George um keinen Preis erschüttern wollte. Denn eigentlich war es ganz schön, jemanden um sich zu haben, der eine solche bedingungslose Bewunderung – ja, fast schon Anbetung – an den Tag legte, wie Sinclair das tat. Auch wenn diese Bewunderung hauptsächlich Georges kunstfertiger Befriedigung von Sinclairs sexuellen Gelüsten galt, so schmeichelte es doch seiner Eitelkeit.

~~~

Einige Wochen, nachdem er bei George eingezogen war, wollte Sinclair an einem Morgen gerade in sein Badezimmer gehen, um zu duschen, als er auf dem Flur innehielt und lauschte. Leises Wassergeplätscher drang an seine Ohren. Das ließ nur den einen Schluss zu, dass George in seinem eigenen Bad gerade unter der Dusche stand. Wie ein Seefahrer, der dem Gesang der Sirenen nicht widerstehen kann, folgte Sinclair dem Geräusch. Vielleicht hatte George die Tür nicht richtig ins Schloss gezogen? Vielleicht wäre es ihm möglich einen Blick auf einen George voller Seifenschaum zu werfen? Die Tür zu Georges Badezimmer war tatsächlich nur angelehnt und Sinclair vernahm nun nicht nur das Wasserrauschen, sondern auch ganz zart eine gepfiffene Melodie. War das tatsächlich George, der da fröhlich vor sich hin pfiff? Sinclair glaubte sogar, die Melodie zu erkennen. Konnte es eine Arie aus der Oper sein, der sie gestern Abend gelauscht hatten? Es war nicht ganz identisch, aber es klang wie eine Version von Don Giovannis Champagner-Arie. Seine unheilbare Neugier
~~~

trieb ihn dazu, die Tür weiter aufzustoßen und das Badezimmer zu betreten, ohne sich vorher bemerkbar zu machen.

Hinter den beschlagenen Glaswänden der ebenerdig eingebauten Dusche erkannte Sinclair Georges entblößte Gestalt und ein kleiner Schauer der Erregung rann über seinen Körper. Es kam selten genug vor, dass er George völlig unbekleidet zu sehen bekam, und so waren diese Anblicke für ihn ebenso selten wie kostbar und es wert, sie zu genießen und in seinem Gedächtnis zu bewahren. George, der sich gerade die Haare wusch und daher von seinem Publikum nichts bemerkte, pfiff sorglos weiter. Sinclair zog leise die Tür hinter sich zu, verschränkte die Arme vor der Brust, lehnte sich an das Waschbecken und lauschte weiter der heiteren Melodie.

Georges Badezimmer war größer und luxuriöser als Sinclairs. Die matten, dunkelgrauen Bodenfliesen, die ebenerdige Dusche mit den klaren Glaswänden, den zwei Duschköpfen und dem offenen Eingang sowie die glänzenden, weißen und grauen Wandfliesen entsprachen – wie Sinclair mittlerweile wusste – dem Geschmack von Georges Innenarchitekten. Sinclair hatte sich schon oft gefragt, ob George mit diesem Einrichtungsgenie gevögelt oder ob er ihn ganz regulär für seine Dienste bezahlt hatte. Vermutlich beides. Ab und zu stellte sich Sinclair – in höchst selbstquälerischer Manier – vor, wie die beiden es hier in diesem Badezimmer zwischen Farbeimern, Fliesenkartons und im Weg stehenden Leitern getrieben haben mochten. Es war seltsam. Auf keinen seiner Vorgänger war Sinclair so neidisch wie auf diesen namens- und gesichtslosen Innenarchitekten. Woran das lag, wusste er selbst nicht so genau.

George wusch sich mit zusammengekniffenen Augen das Shampoo aus den Haaren, wischte sich das Wasser aus dem

Gesicht und als er die Augen wieder öffnete, nahm er durch die beschlagenen Glasscheiben eine sehr vertraute Gestalt wahr. Er hörte auf zu pfeifen und wischte den Wasserdampf von der Scheibe.

„Sinclair?“

„Nicht aufhören“, verlangte Sinclair, der nur mit einer Pyjamahose bekleidet, die ihm skandalös tief auf den Hüften saß, sodass man bereits seine Schamhaare hätte sehen können, würde er diese nicht so akribisch rasieren, an seinem Waschbecken lehnte und offensichtlich seinem Pfeifen gelauscht hatte.

„Du kannst ja selbst weitermachen, wenn dir so viel daran liegt“, erwiderte George und nahm sein Duschgel zu Hand. Es war ihm nicht direkt peinlich beim Pfeifen von Opernmusik ertappt zu werden, doch es war für ihn untrennbar mit einer anderen Zeit verbunden. Mit einer Zeit, in der er glücklich gewesen war. Glücklich, noch ein wenig unbedarft und sehr verliebt. Kurz: die Zeit mit Simon. Doch dann hatte Simon ihm das Herz gebrochen und die Erinnerungen an jene Zeit waren ihm unerträglich. Jedes Mal, wenn er anfing, die Lippen zu spitzen, um einen Ton zu erzeugen, fiel ihm alles wieder ein und der Schmerz – und wenn er ehrlich war, auch die Rachegelüste – waren wieder präsent. Und dieser Schmerz verdarb ihm die Freude an seinem derzeitigen Leben, das gar nicht so übel war und tatsächlich besser lief, als er es sich je hätte träumen lassen.

„Ich kann nicht pfeifen“, gab Sinclair zu und holte damit George wieder in die Gegenwart zurück. „Ich bin da der typische Klischee-Schwule. Ich kann weder pfeifen noch Fußball spielen.“

„Du kannst nicht pfeifen?“, fragte George zurück und seifte seinen Oberkörper ein.

Sinclair zuckte mit den Schultern. „Ich kann es eben nicht. Dafür beherrsche ich mit meinem Mund ganz andere Kunststückchen. Kunststückchen, derer du dich nun schon seit einer halben Ewigkeit nicht mehr bedient hast.“ Es klang beleidigt.

Tatsächlich hatte George, seit er ihn damals mit dem Plug erwischt und ihm ins Gesicht gespritzt hatte, Sinclairs Mund nicht mehr in die Nähe seiner Männlichkeit gelassen.

„Geduld ist eine Tugend“, gab George mit seinem schönsten Haifischlächeln zurück.

„Sehe ich aus wie jemand, der besonders tugendhaft ist?“

George wischte erneut die beschlagenen Scheiben frei und schenkte Sinclair ein lüsternes Grinsen. „Zumindest nicht im Augenblick“, bemerkte er gedehnt. „Warum stehst du eigentlich immer noch da draußen rum? Komm endlich rein. Diese Hose rutscht dir in den nächsten 20 Sekunden doch sowieso auf den Boden.“

„Nicht wirklich“, erwiderte Sinclair und wirkte für einen Moment fast ein wenig schüchtern. Und tatsächlich musste er den Gummibund seiner Hose dehnen, um ihn über seinen halbsteifen Penis streifen zu können. Doch dann hatte er sich davon befreit und trat er in den Eingang der Dusche, wo er stehenblieb und zögerte. Hier zeigten sich wieder diese – für ihn eigentlich untypische – Schüchternheit und dieser freudige Unglaube, den Sinclair in gewissen Situationen immer wieder an den Tag legte und über die George nicht müde wurde, sich zu wundern. „Darf ich?“, fragte er und George streckte seine Hand nach ihm aus.

„Ich bitte sogar darum. Dann kannst du dir auch endlich den Zigarettenrauch abwaschen – so wie du es immer machst, wenn du wieder heimlich geraucht hast.“

Sinclair hatte bereits Georges Hand mit einem fast scheuen Lächeln ergriffen, doch bei diesen Worten erstarrte er. Aufmerksam durchforschte er Georges

Gesicht. Als er dort nur amüsierte Nachsichtigkeit entdeckte und keineswegs Verärgerung oder Zorn, entspannte sich seine Haltung wieder und er stieß ein ergebenes Seufzen aus. „Wie lange weißt du es schon?“, wollte er wissen und trat endlich zu George unter den warmen Wasserstrahl.

„Lange genug“, antwortete George ausweichend, aber mit einem milden Lächeln und drückte Sinclair sein Duschgel in die Hand. „Hier“, sagte er mit einem Zwinkern. „Du kannst mir den Rücken waschen.“

In langsamen, kreisenden Bewegungen verrieb Sinclair das schäumende Duschgel auf Georges Rücken, der sich ihm wohlig entgegenstreckte. Die Tropfen auf Georges Haut, die nassen Haare, die ihm ins Gesicht hingen, die kleinen Bäche, die sich in seinem Nacken und auf seinen Schultern bildeten und in immer neuen Kaskaden über sein Rückgrat und seine Narbe flossen … Das alles faszinierte und erregte Sinclair. Sein Puls beschleunigte sich und immer stärker werdende Hitze konzentrierte sich zwischen seinen Beinen.

„Mich interessiert nur noch eines“, sagte George mit dunkler Stimme, dem die Entspannung durch die Wärme und Sinclairs Hände deutlich anzumerken war. „Wer besorgt dir die Zigaretten?“

„Wenn du das noch nicht weißt, dann werde ich es dir auch nicht verraten“, erklärte Sinclair. „Ich will nicht, dass er Ärger bekommt.“

George lachte leise. „*Er* … gut, das schränkt den Kreis der Verdächtigen erheblich ein. Es sind also weder die Hausmädchen noch meine Köchin. Dann bleiben noch … hmm … der Gärtner, Thomas und Jacques. Meine Leibwächter und Phil kann ich wohl ausschließen.“ Ein wohliges Stöhnen unterbrach seine Überlegungen, denn Sinclair war – in dem Versuch, ihn abzulenken – dazu übergegangen, seinen Hintern zu massieren. „Ich tippe auf Thomas“, sagte George schließlich mit einem zufriedenen Seufzen. „Was die anderen angeht, fürchte ich, sie …“

„Sie sind höflich zu mir“, unterbrach ihn Sinclair mit tonloser Stimme. Seine Hände hatten ihre Massage aufgegeben und ruhten nun bewegungslos auf Georges Hüften.

George drehte sich zu ihm um. „Ich kann Ihnen nicht befehlen, dich zu mögen“, sagte er und es klang ein bisschen wie eine Entschuldigung.

„Es ist okay, George“, wiegelte Sinclair ab. „Ich bekomme immer, was ich will. Mehr … verlange ich gar nicht.“

George atmete deutlich hörbar aus. „Okay. Ich muss zugeben, ich hätte mich ungern eingemischt. Zum ersten Mal seit Jahren habe ich einen Haushalt, der reibungslos funktioniert, weil sich endlich alle miteinander vertragen. Es ist wirklich kein Spaß, wenn sich das Personal ständig in den Haaren liegt.“

Im Moment konnte sich Sinclair kaum entscheiden, welches dieser beiden Themen für ihn am Unerquicklichsten war, und so fragte er aufs Geratewohl: „Was hat mich verraten? Ich habe immer nur im Garten geraucht, hinterher geduscht und mich umgezogen. Und wenn ich in meinem Zimmer geraucht habe, dann immer nur am offenen Fenster und den Rauch habe ich so weit wie möglich ins Freie geblasen.“

„Ja, da hast du dich wohl für ziemlich clever gehalten“, erwiderte George mit einem süffisanten Lächeln. „Aber ab und zu sehe ich mir die Aufzeichnungen der Überwachungskameras selbst an. Daran hast du nicht gedacht. Ich habe dich sowohl im Garten als auch an deinem Fenster gesehen.“

Überwachungskameras. Sinclair erstarrte.

Einen kritischen Moment lang fragte er sich, ob ihm übel werden würde, doch dann ging dieser Moment vorbei und sein Herz schlug wieder gleichmäßiger.

Überwachungskameras. Wie hatte er das vergessen können!

„Sinclair? Was … Ist dir nicht gut?“ George sah ihn mit einem Anflug von Besorgnis an.

„Wer hat Zugriff auf diese Aufzeichnungen?“, fragte Sinclair gehetzt.

Georges Hände griffen nach Sinclairs Oberarmen. „Sinclair, willst du mir nicht endlich sagen, wovor …“

„Nicht fragen, George“, fiel ihm Sinclair heftig ins Wort. „Du hast es versprochen. Beantworte einfach meine Frage: Wer hat Zugriff auf diese Aufzeichnungen?“

George wischte sich die nassen Haare aus der Stirn und presste mit einem unzufriedenen Gesichtsausdruck seine Lippen aufeinander. „Niemand. Niemand hat Zugriff. Die Überwachungskameras sind nicht funkgesteuert, sie hängen auch nicht am Internet. Die Datenübertragung erfolgt über Kabel. Diese Kabel werden für nichts anderes benutzt. Es ist ein in sich geschlossenes System. Die Live-Bilder werden auf Monitore überspielt, vor denen immer mindestens ein Mann des Wachpersonals sitzt. Gleichzeitig werden alle Daten auf DVD aufgezeichnet und ein Jahr lang hier im Keller archiviert. Zugriff haben nur das Wachpersonal und ich. Gelegentlich mache ich Stichproben. Und dabei habe ich dich gesehen.“

Sinclairs Gedanken rasten und er kaute auf seiner Unterlippe. War es möglich, dass diese Daten in die falschen Hände gelangen konnten? Wie hatte er nur so dumm sein können? Wie hatte er – nach all seinen Erfahrungen – nicht an die Überwachungskameras denken können? Nachdem er diesen dreimal verfluchten Dingern jahrelang erfolgreich ausgewichen war, darin sogar eine bemerkenswerte

Geschicklichkeit entwickelt hatte, obwohl er die Hälfte der Zeit zugedröhnt gewesen war.

„Sinclair, du bist hier sicher." Georges Stimme drang sehr leise zu ihm durch.

Sinclair blinzelte und starrte in Georges entschlossenes und ernstes Gesicht. Seine Hände lagen immer noch an seinen Oberarmen und seine Daumen streichelten in beruhigenden Kreisen über seine Haut. Sinclair zwang sich auszuatmen. Als ihm das gelungen war, verschwand seine Anspannung ganz allmählich.

Er versank in Georges dunkelblauen Augen, nahm Georges Gesicht behutsam in beide Hände und hob es ein wenig an. Dann küsste er ihn. Sanft, verlangend und ein wenig verzweifelt. Spürte, wie sich der schmale Mund für ihn öffnete und ihn zärtlich empfing. Sinclair löste sich von George, neigte seinen Kopf auf die andere Seite und versank erneut in einem tiefen Kuss, der rasch feuchter und unanständiger wurde, jedoch nichts an Sanftheit einbüßte. Ihre Zungen trafen sich, glitten unablässig umeinander, leckten über Zähne, saugten an Lippen. Und immer wieder atmeten sie die Wärme und die Nähe des jeweils anderen ein. Teilten ihren Atem, bevor sich ihre Lippen wieder zu einem neuen, endlosen Kuss trafen.

Irgendwann war es vorbei, sie waren beide durch Küsse gesättigt. Sinclair hielt immer noch Georges Gesicht in beiden Händen, während sich Georges Arme um Sinclairs Oberkörper geschlungen hatten.

„Das nächste Mal putzt du deine Zähne, *bevor* du mich küsst", flüsterte George heiser. „Das hast du doch sonst auch immer gemacht."

„Ich kann nicht immer an alles denken", flüsterte Sinclair ungerührt zurück und presste George einen trotzigen Kuss auf die Lippen. Sein Verlangen nach George flammte wieder auf, doch sein Körper hielt zum ersten Mal nicht mit ihm Schritt und auch Georges Geschlecht ruhte weich und uninteressiert an Sinclairs Oberschenkel. Es war enttäuschend und doch empfand es Sinclair nicht als Katastrophe. Ihre Küsse hatten ihm ebenfalls Befriedigung verschafft und einen Hunger gestillt, der sich – jetzt, da er verschwunden war – einer genaueren Betrachtung entzog.

George gab ihm einen Klaps auf den Hintern und verließ die Dusche. „Wasch dich in Ruhe fertig und vergiss auch die Haare nicht. Da setzt sich der Tabakrauch immer besonders gern fest", empfahl er und schlang sich ein Handtuch um die Hüften.

Sinclair sah es mit Bedauern. Sex unter der Dusche würde heute wohl nicht mehr stattfinden. Auch wenn er nach ihren Küssen kein brennendes Verlangen mehr danach empfand, so bedeutete es doch die Verschwendung einer wirklich guten Gelegenheit. Mit einem leisen Seufzen griff er nach Georges Duschgel. Immerhin würde er für den Rest des Tages nach George riechen.

Während sich George die Haare vor dem Spiegel kämmte und Sinclair insgeheim davon träumte, die Wassertropfen an Georges Körper abzulecken, kam George eine Frage in den Sinn. „Ist es eigentlich schwieriger, mit dem Rauchen aufzuhören als mit den Drogen?"

Diese Frage traf Sinclair unerwartet und er musste rasch überlegen, wie viel er George gegenüber preisgeben sollte. Der Unterschied lag in dem Grund.

Die Drogen hatte er genommen, um sein Leben halbwegs erträglich zu gestalten – das war kein Problem. Das würde George verstehen. Da sein Leben bei Alice nicht unerträglich gewesen war, hatte er relativ einfach auf Drogen verzichten können.

Aber geraucht hatte Sinclair schon immer nur aus Langeweile – und er würde sich eher vierteilen lassen, als vor

George zuzugeben, dass er sich unter seinem Dach langweilte und deshalb nicht so einfach damit aufhören konnte.

„Das kann man so nicht sagen“, antwortete Sinclair schließlich. „Rauchen ist die letzte Sucht, der ich noch fröne, vielleicht liegt es daran.“ Er bemühte sich, möglichst nonchalant zu klingen.

George warf ihm einen kurzen Blick zu und verteilte dann Rasierschaum auf seinem Gesicht. „Tu, was du nicht lassen kannst. Es sind immer noch deine Lungen.“

Sinclair atmete erleichtert aus. Tatsächlich war Nikotin nicht die letzte Sucht, die ihm noch verblieben war. Doch die Befriedigung seiner anderen Sucht – Georges Sperma in seinem Mund – wurde ihm ja vorenthalten. Was blieb ihm da anderes übrig, als zu einer Ersatzbefriedigung in Form einer Zigarette zu greifen.

Während der Rasierer präzises Schneisen in dem Rasierschaum hinterließ, gingen Georges Gedanken auf Wanderschaft. Seit vier Wochen wohnte Sinclair unter seinem Dach. Wie überraschend einfach war es doch gewesen, sich an Sinclairs Gegenwart zu gewöhnen …

Er hatte es anfangs als problematisch betrachtet, dass sich durch Sinclairs Einzug seine zwei Welten, zwischen denen er in all diesen Monaten seine Zeit aufgeteilt hatte – und die er eigentlich streng getrennt hatte halten wollen – unweigerlich miteinander vermischen würden. Er hatte es die ganze Zeit über sehr genossen, während seiner Stunden in Miss Thorndykes Etablissement diese ganze Doc-Walker-Sache hinter sich lassen zu können. Dies war nun nicht mehr möglich, doch es war gar nicht schlimm. Seine Sorgen waren unbegründet gewesen, denn Sinclair, wunderbarer, naiver Mensch, der er manchmal war, sah in ihm weiterhin nur *George* – und erst in zweiter Linie den Mafia-Boss. Und das war für George sehr unerwartet und sehr befreiend.

Teil 20

Es ließ sich nicht mehr leugnen: Sinclair langweilte sich. Zu Tode. George verbrachte immer mehr Zeit außer Haus. Bis zu den Bürgermeisterwahlen verblieben keine drei Wochen mehr und Phil belegte George völlig mit Beschlag.

Sinclair hatte in der Küche angerufen, um sich ein Sandwich und einen Tee bringen zu lassen. Als Thomas ihm das Gewünschte im Wohnzimmer servierte, wo Sinclair – gekleidet in einen seiner neuen Anzüge, die George bei seinem Schneider für ihn hatte anfertigen lassen – in einem Sessel saß und versuchte, sich für „*Per Anhalter durch die Galaxis*" zu begeistern, warf er seine ganzen Zweifel und seine Zurückhaltung über Bord und sprach Thomas an.

„Thomas?"

„Ja, tut mir leid – Jacques rückt einfach seine Mandelkekse nicht raus. Er schließt sie neuerdings sogar in einen Schrank ein", erwiderte Thomas mit einer entschuldigenden Geste. „Er backt sie selbst, wissen Sie? Nicht mal Mrs Turner darf das Rezept dafür sehen. Normalerweise kriegt jeder einen von diesen Keksen zu seinem Kaffee oder zu seinem Tee. Nur bei Ihnen …" Thomas ging eine Sekunde zu spät auf, was er gerade gesagt hatte, und er räusperte sich verlegen. „Kann ich sonst noch etwas für Sie tun?", fragte er stattdessen, rückte noch ein letztes Mal den Teller auf dem Wohnzimmertisch zurecht und richtete sich auf, um Sinclair fragend anzusehen.

Sinclair kaute auf seiner Unterlippe herum und gab sich schließlich einen Ruck. Thomas benahm sich ihm gegenüber zwar immer eine Spur zu vertraulich – fast als ob er auch zum Personal zählen würde, was bei genauerer Betrachtung gar nicht so abwegig war –, aber wenigstens behandelte er ihn nicht so von oben herab wie Jacques und schenkte ihm immer ein freundliches Lächeln, wenn er ihn bediente. Außerdem schmuggelte er ihm seine Zigaretten ins Haus, ohne ihn zu verpetzen. Wenn er von jemandem eine vernünftige Antwort haben wollte, dann war Thomas seine einzige Option. Er schluckte und stellte dann die Frage, die ihm schon seit einer Zeit unter den Nägeln brannte: „Was haben die … anderen … *Gäste* von George getan, um … sich die Zeit zu vertreiben?“

Ein verständnisvolles Blinzeln verlieh Thomas für einen Moment ein spitzbübisches Aussehen. „Ihnen ist wohl ein wenig langweilig?“, fragte er, dann sprach er jedoch weiter, ohne eine Antwort abzuwarten. „Die meisten haben sich Mister Walkers Kreditkarte geschnappt und sind einkaufen gegangen“, sagte er mit einem Schulterzucken. „Ein paar sind auch oft in Schönheitssalons gegangen und einer …“ Er kicherte leise bei der Erinnerung. „Einer hat sich in jeder freien Minute splitternackt in den Garten gelegt, um sich zu sonnen.“ Thomas hielt ein wenig hilflos inne. „Dann gab es da noch die mit dem Faible für Computerspiele, andere haben stundenlang ferngesehen, aber keiner von denen hat sich so deutlich gelangweilt wie Sie.“ Nach einem kurzen Moment schien sich Thomas wieder zu besinnen, dass er mit dem Liebhaber seines Arbeitgebers sprach, und er setzte hastig hinzu: „Wenn ich mir die Bemerkung erlauben darf.“

Sinclair winkte jedoch müde ab und Thomas grinste wieder. „Sonst fällt mir auch nichts mehr ein. Den Fitness-Raum im Tiefparterre haben Sie ja schon gefunden …“

Fitness-Raum! Sinclair unterdrückte nur mit Mühe ein Schnauben. Es handelte sich um einen Raum mit kleinen, schmalen Fenstern, in dem George seine Hanteln aufbewahrte und in dem ein Punchingball hing. Ein Laufband und ein Fahrrad waren ebenfalls vorhanden. Immerhin konnte Sinclair diesen Raum für seine Dehnübungen benutzen und um seine Kampftechnik halbwegs frisch zu halten. Er hatte das auch schon getan, als er noch bei Alice gelebt hatte, doch auf Dauer half das nicht gegen diese bleierne Langeweile, die ihn befiel, wenn George nicht bei ihm war. Er fühlte sich so entsetzlich nutzlos. Wie ein Parasit. Es war fast so schlimm wie damals, *bevor* er auf die Idee gekommen war, nicht nur bei Alice zu wohnen, sondern auch für sie zu arbeiten.

„Ich fürchte, ich kann Ihnen nicht weiterhelfen", sagte Thomas, nickte Sinclair mit einem entschuldigenden Blick zu und ging in Richtung Tür. Unterwegs blieb er allerdings stehen und drehte sich zögernd zu Sinclair um. „Ein kleiner Tipp am Rande: Nennen Sie ihn nie – unter gar keinen Umständen – *Doc Walker*. Das hasst er." Thomas drehte sich auf dem Absatz um und ging etwas hastig zur Tür.

Sinclair, den dieser Ratschlag völlig unvorbereitet getroffen hatte, erholte sich gerade noch rechtzeitig von seiner Verblüffung, um Thomas wieder zurückzurufen, bevor er den Raum verlassen konnte. „Thomas? Was … warum haben Sie mir das gerade gesagt?"

„Na ja", druckste Thomas ein wenig herum. „Seit Sie da sind, hat der Boss erschreckend gute Laune. Ich meine – er pfeift! Seit ich hier bin, habe ich ihn noch nie pfeifen hören und … Sie sind in Ordnung. Sie sind anders als die anderen. Von den anderen hat sich noch nie einer so deutlich gelangweilt wie Sie, wenn der Boss nicht da war. Und Sie hatten noch nicht *einmal* Migräne. Die andern hatten das mit schöner Regelmäßigkeit. Zumindest haben sie das immer gesagt und ich musste dann Medikamente besorgen und …" Thomas kratzte sich verlegen am Kopf. „Ist ja eigentlich auch egal." Er atmete tief durch. „Was ich eigentlich sagen wollte: Von mir aus könnten Sie ruhig noch länger hier bleiben und da wäre es doch blöd, das alles wegen so einem albernen Spitznamen aufs Spiel zu setzen."

Sinclair war ein wenig überwältigt. „Danke“, sagte er leise. Das Wort ging ihm überraschend leicht von den Lippen, fühlte sich in seinem Mund aber immer noch sehr ungewohnt an.

Thomas lächelte und griff nach der Türklinke. „Keine Ursache, Sir.“ Dann war er verschwunden.

Sinclair starrte verblüfft auf den Fleck, an dem gerade eben noch Thomas gestanden hatte. Eigentlich waren ihm diese Ehrenbezeugungen doch völlig egal – waren ihm schon immer völlig gleichgültig gewesen. Warum fühlte er sich dann nun plötzlich so ... *gut*? Nur weil ein Dienstbote ihn *Sir* genannt hatte? Oder war es, weil er nach all den Wochen endlich etwas Anerkennung und Respekt erhalten hatte? Ein ganz klein wenig war Sinclair auch stolz darauf, dass keiner seiner Vorgänger es geschafft hatte, Georges Laune so deutlich zu heben, dass es sogar dem Personal auffiel und eine Erwähnung wert war. Seine Langeweile war für den Moment vergessen und er widmete sich mit Genuss seinem Imbiss.

~~~

Doch schon wenige Tage später kehrte die Langweile im Übermaß zurück.

Zum wiederholten Mal warf Sinclair einen Douglas-Adams-Roman in die Ecke, nur um sofort schuldbewusst von seinem Sessel aufzuspringen, das Buch vom Boden aufzuheben, bestürzt die Seiten zu glätten und es dann sorgsam auf den Tisch zu legen. Es war immerhin nicht sein Eigentum – es gehörte George. Und George war schon wieder nicht da. Sinclair warf einen Blick auf die Uhr. Erst kurz vor zehn … George war erst seit einer Stunde fort.
~~~

Entnervt verließ Sinclair das Wohnzimmer und ging hinaus in den Garten. Doch auch die Bewegung an der frischen Luft half nicht wirklich. Dazu kam noch, dass der frühe Frühling einem ekelhaften April-Wetter Platz gemacht hatte. Zwar schien die Sonne, doch die Luft war feucht und der aufkommende kalte Wind trieb Sinclair wieder ins Haus zurück. Dort nahm er seine ruhelose Wanderung im Erdgeschoss wieder auf. Als er irgendwann bemerkte, dass er nur noch vor Georges Bürotür auf und ab ging, blieb er abrupt davor stehen.

Georges Büro.

Der einzige Ort, an dem er ihn nicht haben wollte.

Sinclair vergeudete keine Zeit mit einer inneren Diskussion. Er war neugierig, er langweilte sich – er wollte da jetzt rein. Er wusste sehr wohl, was er George versprochen hatte, aber im Augenblick kümmerte es ihn kein bisschen. Ohne lange nachzudenken eilte er in sein Zimmer und kramte zwischen seinen Socken herum, bis er das kleine Etui mit seinen Dietrichen gefunden hatte. Er betrachtete es mit gemischten Gefühlen. Es war noch ein Überbleibsel aus seiner Zeit auf der Straße und war oft sehr hilfreich gewesen, wenn er für die Nacht ein Dach über dem Kopf haben wollte – oder ein ruhiges Plätzchen, um sich den nächsten Schuss zu setzen. Sinclair zwang sich, nicht mehr daran zu denken.

Als er wieder vor dem Büro stand, ging sein Atem ein wenig rascher. Verstohlen sah er sich um, aber außer ihm war keine Menschenseele zu sehen. Wie gut, dass George sein Personal dazu angehalten hatte, nur aufzutauchen, wenn nach ihnen gerufen wurde. Ein frohlockendes Grinsen kräuselte Sinclairs Lippen, als er sich daran machte, das Türschloss zu Georges Büro aufzubrechen. Es war nicht so einfach zu knacken wie die Hintertüren zu abgelegenen Lagerhäusern, aber nach einiger Zeit machte es *Klick* und das Schloss sprang auf. Kurz entschlossen stieß Sinclair die Tür auf, blieb dann jedoch in seltener Befangenheit auf der Schwelle stehen.

Er musste sich ein wenig dazu zwingen, doch dann machte er den ersten Schritt.

Fühlte man sich so, wenn man eine leere Kirche betrat? Eine Kirche, an deren höchstes Wesen man zur Abwechslung glaubte?

Zögerlich schaute er um sich. Er sollte wirklich nicht hier sein, doch dann fiel sein Blick auf einen der aufgeschlagenen Ordner, die George auf seinem Schreibtisch zurückgelassen hatte und seine Skrupel waren vergessen, sein Interesse geweckt. Langsam sank Sinclair in Georges Stuhl und fing an, die Akten zu studieren.

~~~

George war müde, erschöpft und auch ein wenig gereizt, als er am späten Nachmittag mit Phil im Schlepptau nach Hause kam. „Kann die Post nicht noch bis morgen warten?“, bettelte er unverhohlen.

„Nein, George. Sorry. Die Briefe müssen heute noch raus“, erwiderte Phil. „Geh schon vor – ich muss noch kurz auf die Toilette.“

„Sklaventreiber“, murmelte George vor sich hin, begab sich aber sehr folgsam zu seinem Büro.

Als er seinen Schlüssel ins Schloss steckte, um die Tür aufzuschließen, hielt er mitten in der Bewegung inne – die Tür war bereits offen. „Was zum …“, fluchte er leise, legte eine Hand an seine Waffe, bereit, diese zu ziehen, und stieß erst dann die Türe auf.

Mit dem Anblick, der ihn erwartete, hatte er allerdings in seinen wildesten Vorstellungen nicht gerechnet. Sinclair saß in *seinem* Stuhl, hinter *seinem* Schreibtisch und blätterte see-
~~~

lenruhig in *seinen* Unterlagen. George war so verblüfft, dass er im ersten Moment unfähig war, auch nur einen Ton von sich zu geben. Er starrte nur mit offenem Mund in Sinclairs Richtung, der völlig in seinem Element zu sein schien.

„Ah, George!", rief Sinclair aus, als er ihn bemerkt hatte. „Gut, dass du da bist. Dein Übersetzer ist ein Trottel. Ich habe seinen Entwurf für das Schreiben nach Kolumbien neu aufgesetzt. Mein Spanisch ist zwar ein wenig eingerostet, aber ich denke, ich konnte deine Verärgerung deutlicher machen als dieses Gesäusel deines Übersetzers, das du abschicken wolltest. Die Anfrage aus Deutschland habe ich für dich übersetzt – du findest sie hier." Er deutete auf einige Blätter, die am Rand des Schreibtischs lagen. „Den Brief für Italien kannst du mir später diktieren – das hat auch noch zwei Tage Zeit. Und dann …" Er schaute kurz suchend über den Wust von Papieren, die vor ihm lagen, bis sich sein Gesicht erhellte. „Ach ja – die Abrechnung aus Soho …" Er schüttelte den Kopf. „Die versuchen, dich zu betrügen. Es war nicht ganz einfach herauszufinden – wirklich gut gemacht. Aber die Zahlen sind getürkt. Ich kann es dir gerne zeigen, wenn du möchtest." Sinclair holte tief Luft, legte die Fingerspitzen seiner Hände aneinander, lehnte sich in Georges Stuhl zurück und wartete mit angehaltenem Atem und pochendem Herzen auf das unvermeidliche Donnerwetter. Es war ihm nicht leicht gefallen, die ganze Zeit über seine kühle und gelassene Fassade aufrechtzuerhalten. Er wusste genau, dass er im Unrecht war. Er hatte nicht nur ein direktes Verbot von George missachtet, er hatte auch sein Versprechen, das er ihm gegeben hatte, gebrochen.

Doch dann geschah das Unerwartete.

George klappte seinen offenstehenden Mund mit einem hörbaren *Klack* zu, drehte sich halb zu der noch immer offenen Tür um und brüllte: „Phil! Hör sofort auf zu pissen und komm her! Diese verdammten Drecksäcke aus Soho! Ich WUSSTE es. Ich *wusste* es, dass diese Wichser versuchen, mich zu bescheißen! Seit dieser Graves dort eingestiegen ist, ist irgendwas faul!"

In der Eingangshalle erklang Türenklappern und rasche Schritte und dann stand auch schon Phil – reichlich außer Atem – in der Tür, nestelte am Reißverschluss seiner Hose herum und erstarrte mitten in der Bewegung, als er Sinclair an Georges Schreibtisch sitzen sah. „Was tut der denn hier?", entfuhr es Phil und er warf George einen verständnislosen Blick zu. „Ich dachte, du willst nicht, dass er …"

„Ich habe keine Ahnung, was er hier tut und wie er hier reingekommen ist", erwiderte George grimmig. „Aber es ist verdammt gut, dass es so ist, denn ohne ihn hätten wir das nie herausgefunden. Wozu bezahle ich eigentlich ein Heer von Buchhaltern? Kannst du mir das mal sagen?"

„Es ist kein *Heer*, George. Es sind genau drei", versuchte Phil ihn zu beschwichtigen. Dann richtete sich sein Blick mit einem verwirrten Stirnrunzeln auf Sinclair. „Ich habe mir die Abrechnungen selbst angeschaut und konnte nichts entdecken. Wie …"

„Genau", unterbrach George und fasste Sinclair scharf ins Auge. „Wie hast du das herausgefunden?"

Sinclair schluckte. Georges Gesichtsausdruck nach zu schließen, würde das Donnerwetter nicht ausfallen, sondern nur mit Verspätung eintreffen. Ein mulmiges Gefühl beschlich Sinclair und er fragte sich selbst, was er sich nur dabei gedacht hatte, einfach so in Georges Büro einzubrechen? Wahrscheinlich hatte er gehofft, dass alles nicht so schlimm werden würde. Schließlich war George in letzter Zeit immer sehr nachsichtig mit ihm gewesen. Zu nachsichtig vielleicht. Er hatte ihn wegen seines heimlichen Rauchens nur geneckt, obwohl er es ihm bei seinem Einzug noch strikt verboten hatte. Hatte ihn dies leichtsinnig werden lassen? Vermutlich.

Während Sinclair den beiden Männern die Abrechnungen und Belege zeigte und erläuterte, wo die Kunstgriffe und Täuschungen angewandt worden waren, welche Belege nicht mit den Buchungen übereinstimmten und warum, huschten seine Blicke immer wieder besorgt zu Georges Gesicht, in dem beunruhigenderweise nichts zu lesen war. Einzig eine sehr steile, sehr tiefe Falte zwischen seinen Augenbrauen, die nichts Gutes verhieß, blieb die ganze Zeit über präsent. Er lauschte jedoch aufmerksam und konzentriert Sinclairs Ausführungen, unterbrach nur, wenn er eine Rückfrage hatte und zankte sich ein wenig mit Phil darüber, dass man sich einfach auf niemanden mehr verlassen konnte.

Als es nichts mehr zu erklären gab, legte Sinclair die Hände in den Schoß und sah mit gefasster Ruhe, die er keineswegs empfand, zu George auf, der gemeinsam mit Phil immer noch vor dem Schreibtisch stand. Georges Gesicht blieb unbewegt und er erwiderte Sinclairs Blick mit abschätzender Kälte. Sinclairs Magen krampfte sich angstvoll zusammen. Was war, wenn George ihn nun fortschicken würde? Er fröstelte und sein Herz schlug hart und qualvoll in seiner Brust. Alles, nur das nicht. Wenn es sein musste, dann würde er sogar darum betteln, hierbleiben zu dürfen.

Phil sammelte einige der Belege in einer Aktenmappe und sortierte die Abrechnungen.

„Phil?", sprach George ihn an und Phil blickte von seiner Tätigkeit auf. „Du wirst uns einen Moment entschuldigen müssen." Georges Blick streifte Sinclair nur kurz. „Sinclair?" Dann ging George zur Tür, ohne sich zu vergewissern, ob Sinclair ihm auch wirklich folgte.

Es war auch unnötig. Kaum hatte George seinen Namen ausgesprochen, sprang Sinclair auch schon auf und folgte ihm.

Phil beobachtete den Abgang der beiden Männer mit mild-interessiertem Blick. Als sich die Tür hinter ihnen geschlossen hatte und er nur noch entfernt ihre Schritte auf der Treppe nach oben vernahm, schnalzte er missbilligend mit der Zunge und schüttelte den Kopf. Aber eines musste man diesem Sinclair lassen – er hatte ein gutes Gespür für Zahlen.

~~~

Sinclair folgte George mit heftig klopfendem Herzen in dessen Schlafzimmer. Sein Kopf war seltsam leer und er war nicht fähig, auch nur einen klaren Gedanken zu fassen.

Ohne sich umzudrehen befahl George kalt: „Mach die Tür hinter dir zu und knie dich hin.“

Das Herz, das vorher noch wie wild gepocht hatte, erstarrte bei diesen Worten. Sinclair tat dennoch alles, was George von ihm verlangte, auch wenn er sich innerlich wie tot fühlte. George hatte ihm noch nie in einem solchen Tonfall befohlen, vor ihm zu knien. Erst als Sinclair sich auf seine Fersen gehockt und die Hände auf seine Oberschenkel gelegt hatte, drehte sich George zu ihm um. Sinclair sah es an seinen Schuhen. Er brachte es nicht über sich, den Kopf zu heben.

„Sieh mich an“, forderte George so ruhig und so beherrscht, dass es Sinclair eiskalt den Rücken hinunterlief. Er schüttelte den Kopf und presste kurz seine Augenlider zusammen.

„Ich werde es nicht noch einmal sagen, Sinclair“, erklärte George immer noch mit dieser kühlen Sachlichkeit, die schlimmer zu ertragen war als jedes Schreien und Toben.
~~~

Sinclair schluckte krampfhaft. Warum war seine Kehle so trocken, wenn gleichzeitig seine Augen fast überlaufen wollten? Nur langsam und zögerlich hob er den Kopf und fixierte Georges schwarzen Rollkragen.

George saugte deutlich hörbar an seiner Oberlippe. „Das sind nicht meine Augen“, bemerkte er, ohne jeden Anflug von Humor oder Amüsement.

Wieder schluckte Sinclair mühsam und lenkte seine Augen noch ein wenig höher zu Georges Gesicht, der kurz nickte.

„Du erinnerst dich noch, dass ich dir gesagt habe, ich will dich in meinem Büro nicht sehen?“, fragte George so ruhig, dass es unheimlich war.

„Ja“, gab Sinclair seine Verfehlung zu. Es kostete ihn Mühe, dieses eine Wort auszusprechen. Dennoch zwang er sich dazu, denn es war die Wahrheit.

„Mhm“, machte George bestätigend, als ob aus einer Vermutung nun Gewissheit geworden wäre. „Du hast also genau gewusst, was du tust?“

„Ja“, erwiderte Sinclair heiser. Die Hände auf seinen Oberschenkeln fingen an zu zittern.

George saugte wieder die Oberlippe zwischen seine Zähne. „Du hast also gewusst, dass es falsch war und hast es trotzdem getan?“, fragte er leise.

„Ja“, bestätigte Sinclair. Dann ertrug er Georges bohrenden, kalten Blick nicht mehr und neigte, ohne Rücksicht auf die möglichen Konsequenzen, seinen Kopf. Georges emotionslose Augen schnitten ihm mitten durch sein Herz, mitten durch seine Seele. Diese Pein konnte – *wollte* – er keine Sekunde länger ertragen. Georges eisige Beherrschtheit machte es Sinclair unmöglich, seine Unschuld zu beteuern, geschluchzte Bekenntnisse abzugeben und tränenreich um Vergebung zu flehen. Es war eine äußerst wirkungsvolle Vorgehensweise, wie Sinclair anerkennen musste, auch wenn er dadurch seine eigene Schuld, seine eigene Verfehlung um so vieles stärker empfand, als es sowieso schon der Fall war. „Schick mich nicht weg“, flüsterte Sinclair verzweifelt, als George versäumte, ihm zu befehlen, ihn wieder anzusehen und stattdessen das Schweigen zwischen ihnen andauerte.

Ein bellendes Lachen erklang. „Und wieder keine Bitte, sondern eine Forderung“, sagte George. „Wieder bittest du nicht, sondern du verlangst! Unglaublich. Einfach unglaublich.“ Vor Sinclairs gesenkten Augen bewegten sich Georges Schuhe und Beine in kurzen, raschen Schritten hin und her. Dann blieben Sie wieder vor ihm stehen. „Warum bekomme ich von dir keine Entschuldigung? Nicht mal eine klitzekleine Entschuldigung?“ Es klang ein wenig aufgebrachter als noch zuvor. Doch immer noch stand hinter der Frage eine tödliche Ruhe.

„Weil es keine gibt“, gab Sinclair zu und schloss seine Augen.

„Ehrlich bis zum Exzess“, bemerkte George in einem eigenartigen Tonfall und legte eine kurze Pause ein. „Gut. Kommen wir nun zu deiner Bestrafung. Knie dich aufrecht hin. Hände hinter den Rücken.“

Sinclair schöpfte bei diesen Worten ein wenig Hoffnung und öffnete seine Augen wieder. Alles, alles würde er ertragen, wenn George ihn nur nicht fortschickte! Und nach Fortschicken hatte das nicht wirklich geklungen. Er folgte der Anweisung daher so rasch es ging. Hielt aber seinen Kopf weiterhin gesenkt.

Georges Hand legte sich unter sein Kinn und zwang es empor. Dann wartete er, bis Sinclair in der Lage war, seinen strengen Blick zu erwidern. „Ich werde dir zwei Ohrfeigen geben“, sagte George mit Nachdruck. „Erst mit der Handfläche auf deine rechte Wange, dann mit dem Handrücken auf deine linke Wange. Du wirst deine Zähne fest zusammenbeißen, denn ich will nicht, dass dir der Kiefer aushängt oder du dir versehentlich auf die Zunge beißt. Ich werde mit meiner anderen Hand in deine Haare greifen, um deinen Kopf etwas zu stabilisieren, damit das Risiko einer Verletzung deines Halswirbels möglichst minimal ist. Du wirst nicht zappeln oder zucken – ich könnte sonst dein Ohr treffen und das würde möglicherweise dein Trommelfell schädigen." George holte kurz Luft. „Du wirst mich die ganze Zeit dabei ansehen. Hast du das verstanden?"

„Zwei Ohrfeigen?", fragte Sinclair verwirrt zurück. Das war doch keine Strafe! „Nur zwei Ohrfeigen?"

„Oh, täusch dich nicht", erwiderte George mit einem kalten Lachen. „Es wird wehtun. Und es wird eine ausreichende Strafe sein." Er zögerte einen Moment, dann fragte er: „Kann es sein, dass du noch nie Ohrfeigen bekommen hast?"

„Nein", entgegnete Sinclair nach kurzer Überlegung. Ein ungutes Kribbeln breitete sich in seiner Magengegend aus. George ließ sein Kinn los und Sinclair wappnete sich. Er hielt seinen Rücken gerade und spannte seine Kiefermuskeln an. Sein Hintern und er wussten, wie hart und kräftig George zuschlagen konnte. Georges *Es wird wehtun* war nun wirklich kein leeres Versprechen gewesen. Als sich Georges Finger in seinen Locken vergruben und diese festhielten, sprach Sinclair sich selbst Mut zu. Er hielt völlig still, sein Blick war unverwandt auf Georges Augen gerichtet. George holte aus und Sinclair hielt unbewusst den Atem an.

Der Schlag traf ihn mit kalter Präzision auf die Wange. Sein Kopf ruckte trotz des kräftigen Griffs in seinen Haaren ein wenig zur Seite. Im ersten Augenblick fühlte er gar nichts. Nur eine seltsame Taubheit. Doch dann explodierte der Schmerz in seiner kompletten rechten Gesichtshälfte. Er öffnete keuchend seinen Mund und George fluchte.

„Mund zu, verdammt!“, herrschte George ihn an. „Mach sofort deinen Mund zu! Fast hätte ich …“ Wie durch Watte hörte er George mit den Zähnen knirschen.

Sinclair blinzelte benommen und presste dann Lippen und Zähne wieder fest aufeinander. Einen Wimpernschlag später traf ihn der Schlag mit dem Handrücken auf seiner anderen Wange. Wieder flog sein Kopf trotz Georges Vorsichtsmaßnahmen auf die andere Seite. Dennoch hatte es nicht so wehgetan wie die erste Ohrfeige. Vielleicht, weil er nun darauf gefasst gewesen war oder weil diese zweite Welle noch in dem Schmerz des ersten Schlages unterging. Worauf Sinclair allerdings nicht gefasst gewesen war, war der Schmerz der Demütigung und Zurückweisung, die mit Georges Ohrfeigen einhergingen und die ihm erst jetzt bewusst wurden, da sein ganzes Gesicht in Flammen zu stehen schien. Die Scham über sein Fehlverhalten drohte ihn zu überwältigen. Da waren kein Zorn und kein Adrenalin, um den Schmerz erträglich zu machen. Da waren keine Lust und keine Erregung, die die Pein in etwas Sinnliches verwandelten.

Er war ganz allein mit seiner Schande und seinem Schmerz.

Die Erkenntnis, wie falsch er gehandelt hatte, traf ihn nun mit voller Wucht und trieb ihm die Tränen in die Augen. Die hinter seinem Rücken verschränkten Hände lösten sich und flogen zu Georges Hosenbeinen, wo sie sich verzweifelt festkrallten. Obwohl George es gewesen war, der ihm diese Qualen zugefügt hatte, suchte er doch gerade bei ihm Trost … und vielleicht auch Vergebung. Gerade, als er tränenblind sein Gesicht in Georges Schoß vergraben wollte, hielten ihn Georges Hände, die sich mit behutsamer Zärtlichkeit an seine Wangen legten, davon ab.

Verwirrt hielt Sinclair mitten in seiner Bewegung inne und blinzelte benommen zu Georges Augen empor, die in diesem Moment fast dunkelviolett wirkten und ein wenig besorgt auf ihn hinabblickten. „Shhh“, machte George beruhigend. „Nicht weinen, Sinclair. Nicht gerade jetzt. Es wäre nicht gut, wenn ich …“

„Nicht jetzt?“, schniefte Sinclair erstaunt, doch dann fiel sein Blick zwischen Georges Beine und er fing an zu begreifen. „Tränen … erregen dich?“

„Das merkst du erst jetzt?“, gab George mit einem schiefen Lächeln zurück. „Na, komm …“ Er löste behutsam Sinclairs Finger aus seiner Hose und hielt seine Hände fest. „Hoch mit dir.“

Als Sinclair nicht reagierte, hob George ihre beiden Hände etwas in die Höhe. „Steh auf“, sagte er mit einem aufmunternden Lächeln. „Deine Strafe ist vorbei. Kommen wir nun zu deiner Belohnung.“

„Belohnung?“, fragte Sinclair perplex und erhob sich schließlich mit wackeligen Knien. Warum nur fühlte er sich durch George, der immer noch seine Hände in den seinen hielt und ihm beim Aufstehen half und ihn stützte, aufgehoben, ja sogar *erhoben*, als hätte es sich bei seiner Strafe um eine Art perversen Ritterschlag gehandelt?

„Du sagst das so ungläubig“, erwiderte George mit einem schmalen Lächeln. „Natürlich hast du dir eine Belohnung verdient!“ Sein Lächeln verbreiterte sich und ließ seine Augen leuchten. „Ohne dich …“ Er schüttelte den Kopf. „Ohne dich hätten wir diese Schweinerei nie aufgedeckt. Nie!“

Sinclair schwirrte der Kopf. Der Wandel in Georges Verhalten war zu plötzlich, zu rasch, um ihn zu begreifen, zu verarbeiten. Jetzt verhielt sich George wieder so, wie Sinclair es von ihm kannte. Trotz seiner Strenge rücksichtsvoll, nachsichtig, fürsorglich, ja sogar eine gewisse Zärtlichkeit war vorhanden. Doch noch vor wenigen Minuten war da nur eine eisige Beherrschtheit gewesen, kühl und nahezu gefühllos – George war ihm noch nie so fremd gewesen, denn obwohl er ihm gegenüber auch schon früher streng und unbeugsam gewesen war, so war doch immer eine Art von Fürsorge und Rücksicht erkennbar gewesen, die heute völlig gefehlt hatte. Oder nicht? Sinclair dachte daran, welche Vorsichtsmaßnahmen George ergriffen hatte, um ihn nicht über Gebühr zu verletzen, ihm nicht wirklich zu schaden. Er hatte nicht blindwütig zugeschlagen, sondern überlegt gehandelt. Sinclair schüttelte den Kopf, wie um eine lästige Fliege zu vertreiben. Er würde später darüber nachdenken müssen. Später, wenn in seinem Kopf nicht alles durcheinander ging und das surrende Brennen in seinen Wangen nicht völlig indiskutable Emotionen und Gelüste in ihm auslöste – jetzt, da die unmittelbare Gefahr vorbei war. Es war alles schon kompliziert genug, denn über allem thronte die Frage: George war ihm tatsächlich *dankbar*? *Ihm*?

„Du bist … nicht mehr … böse?" Es klang kindisch, es klang albern, aber er musste es einfach fragen. Musste wissen, ob mit seiner Strafe wirklich alles abgegolten war oder ob …

George spitzte nachdenklich die Lippen. „Nein, ich bin dir nicht mehr böse. Ich bin mir nicht einmal sicher, ob ich dir tatsächlich böse war. Versteh mich nicht falsch – ich war stinksauer, weil du meine ausdrückliche Anweisung einfach so missachtet hast. Aber böse …" Er zuckte mit den Schultern. „Wie auch immer – mit deiner Bestrafung ist das für mich abgehakt. Versprochen."

„Du wirst es mir höchstwahrscheinlich irgendwann wieder vorhalten", bemerkte Sinclair resigniert.

„Davon gehe ich aus", erwiderte George gutgelaunt. „Und zwar jedes Mal, wenn du mal wieder nicht spurst.

Also ständig." Er zuckte mit den Schultern. „Aber ich wusste ja schon vorher, dass du nur die Befehle befolgst, die dir in den Kram passen."

Ein reuiges Lächeln erschien auf Sinclairs Lippen. „Ich könnte versuchen …"

„Oh, bitte", fiel ihm George ins Wort. „Erspar mir das. Versprich mir lieber nichts, was du ja doch nicht halten kannst."

„Du kennst mich zu gut", sagte Sinclair ernst. „Für die meisten wäre das Grund genug, nie wieder etwas mit mir zu tun haben zu wollen."

Wieder zuckte George mit den Schultern. „Ich weiß. Was soll ich sagen? Aus völlig unerfindlichen Gründen habe ich einen Narren an dir gefressen." Er atmete tief durch. „Bist du denn gar nicht neugierig, worin deine Belohnung besteht?"

Es sah ihm so gar nicht ähnlich, doch Sinclair hatte tatsächlich vergessen, dass George ihm trotz allem eine Belohnung in Aussicht gestellt hatte. „Was ist es?", fragte er, da George es offensichtlich von ihm erwartete, doch er war ein wenig misstrauisch.

George, dem dieser kleine Mangel an Begeisterung auffiel, grinste. Er legte eine Hand in Sinclairs Nacken und zog ihn zu sich herunter, bis sein Mund genau neben Sinclairs Ohr war. „Heute Nacht …" Er leckte kurz über das verlockende Ohrläppchen und Sinclair schnappte ein wenig nach Luft. „Dein Mund …" Er hauchte einen Kuss auf die Stelle hinter Sinclairs Ohr. „Mein Schwanz …" Er hörte, wie Sinclair einen kleinen Laut ausstieß. „So lange du willst – so oft du willst – ganz, wie du es willst", raunte George ihm weiter ins Ohr. „Und du darfst schlucken, so viel du willst." Er ließ Sinclair los, der ein wenig taumelte, und rückte von ihm ab. „Ich habe es dir lange genug vorenthalten."

Ein wenig amüsiert und auch ein wenig gerührt – und um ehrlich zu sein, auch ziemlich erregt – beobachtete er die Auswirkungen seiner Worte auf Sinclair. Der glasige, leicht entrückte Blick, die geweiteten Pupillen, die sachte geöffneten Lippen, das deutlich sichtbare Pulsieren der Adern an diesem langen, weißen Hals …

Die vollen, gerade noch leicht geöffneten Lippen lagen plötzlich auf Georges Mund und küssten ihn leidenschaftlich und voller Verlangen.

„Warum bis heute Abend warten?", flüsterte Sinclair zwischen zwei Küssen heiser an Georges Mund und drängte sich unmissverständlich an ihn.

„Weil wir noch zu arbeiten haben", erklärte George entschieden, doch es kostete ihn seine ganze Willensstärke, Sinclair von sich wegzuschieben.

Ernüchterung trat in die hellen Augen. „Natürlich … Phil und du." Sinclair bemühte sich, sich seine Enttäuschung nicht anmerken zu lassen. Es war ein vergebliches Unterfangen.

Doch George musste bei diesem Anblick der leicht schmollend vorgeschobenen Unterlippe, dem enttäuscht-verlorenen Blick und der Ich-bin-vernünftig-auch-wenn-es-mir-nicht-gefällt-Haltung lächeln. „Genau", bestätigte er fröhlich. „Phil und du … und ich."

„Was?", fragte Sinclair erstaunt.

„Ich kann dir nicht helfen – ich werde dich hart rannehmen. Du hast ja gesehen, wie aufgeschmissen wir ohne deine Mitarbeit sind", erklärte George und genoss das Leuchten auf Sinclairs Gesicht. Es fühlte sich richtig gut an – *er* fühlte sich richtig gut. George fragte sich insgeheim, warum das so war. Konnte es sein, dass er endlich einmal das Richtige getan hatte? Falls das tatsächlich der Grund dafür war, dass er sich so wohlfühlte – und nicht allein die Vorfreude auf heute Nacht – dann fragte er sich, warum er nicht schon viel früher – zumindest in Bezug auf Sinclair – das Richtige getan hatte. Schon viel, viel früher.

~~~

Sinclair hatte sich bereits etliche Male in Georges Schlafzimmer aufgehalten. Doch nie war er dabei alleine – praktisch unbeobachtet – gewesen, so wie an diesem Abend, denn George stand noch unter der Dusche. Mit einem leisen Schmunzeln stellte Sinclair fest, dass George sich mehr Zeit als sonst für seine Körperpflege nahm. Andererseits empfand er diese Geste auch als sehr rührend. Er beschloss jedoch, sich dies nicht zu sehr zu Kopf steigen zu lassen. Ein wenig gedankenverloren stand er neben dem Bett und schaltete die Nachttischlampe an. Obwohl es ein großes Bett war, wurde es nur von einem Nachttisch flankiert, auf dem nur eine Lampe stand. Dies hatte schon immer Sinclairs Blick auf sich gezogen, doch erst heute wurde ihm wirklich bewusst, warum: Es war ein trauriger Anblick. Dieses große Haus, dieses große Bett … und immer nur ein Mensch, der darin wohnte, der darin lag.

„So, ich bin …“, klang Georges Stimme von der Tür her, bevor er verstummte.

Wieder huschte ein Schmunzeln über Sinclairs Lippen, ehe er sich umdrehte. Er wusste genau, warum es George für den Moment die Sprache verschlagen hatte.

„Nackt und … bereit, wie ich sehe“, fuhr George heiser fort, als Sinclair sich ihm zugewandte.

„Allerdings“, entgegnete Sinclair mit einem ruhigen Lächeln und streichelte – wie beiläufig – über seinen Penis, der bereits jetzt sein deutliches Interesse bekundete.

George trug seinen seidenen Morgenmantel – den knielangen mit den schwarzen und dunkelgrauen Streifen, den Sinclair besonders an ihm mochte – und hielt in einer Hand
~~~

noch ein Handtuch, mit dem er wohl gerade noch seine feuchten Haare, die in alle Richtungen standen, getrocknet hatte. Das Licht der Nachttischlampe tauchte das Bett in einen gelblich-weißen Lichtkreis und trug nur wenig dazu bei, den restlichen Raum zu erhellen. Der ganzen Szene haftete so sehr der Anschein häuslichen Glücks an, dass Sinclair nicht anders konnte, als auf George zuzugehen, sein Gesicht in beide Hände zu nehmen und ihn zärtlich zu küssen. Natürlich war es lächerlich, sich einzubilden, George wäre der geliebte Ehemann, der nach einem harten Tag im Büro endlich nach Hause gekommen war, aber für ein, zwei Sekunden war es eine hübsche Fantasie.

Der Kuss dauerte an, bis George murmelte: „Doch nicht so ungeduldig, wie ich gedacht hätte." „Wenn du dich da mal nicht täuschst", erwiderte Sinclair leise, ehe er ohne zu zögern vor George auf die Knie sank.

Oh ja, da war er, dieser teuflische, warme Mund mit den vollen, festen Lippen, die zielsicher durch den Stoff seines Morgenmantels den Umrissen seines Schaftes nachspürten, der sich unter den eifrigen Liebkosungen langsam versteifte. Die kalte Dusche, mit der sich George noch vor wenigen Minuten gequält hatte, war eine sinnvolle Vorsichtsmaßnahme gewesen, andernfalls hätte er sich bereits jetzt nicht mehr beherrschen können. So sehr diese Nacht eine Belohnung für Sinclair darstellen sollte, so sehr wollte George sie auch in vollen Zügen genießen. Die stundenlange Arbeit mit Phil und Sinclair in seinem Büro war in gewisser Weise eine traumatische Erfahrung für George gewesen. Jedes Mal, wenn Sinclair ein Glas an seinen Mund geführt hatte, um daraus zu trinken, waren Georges Gedanken in eine bestimmte Richtung gewandert. Jedes Mal, wenn Sinclair nachdenklich mit einem Finger gegen seine Lippen getippt hatte, waren Georges Gedanken nur noch expliziter geworden. Jedes Mal, wenn Sinclair an einem Bleistift geknabbert hatte … George hatte bislang noch nicht gewusst, dass es möglich war, auf einen Bleistift eifersüchtig zu sein. Jetzt endlich gehörte dieser Mund ihm allein! Dort, wo Sinclair atmete, küsste und knabberte, wurde die Seide feucht und warm. George fühlte, wie zielsichere Hände sich einen Weg durch die Falten seines Morgenmantels bahnten und dann war da der erste Atem auf nackter Haut. Auf Georges Armen bildete sich Gänsehaut und er wartete. Doch Sinclair atmete einfach nur. Tief … langsam … leicht stockend … und dann ein Stöhnen, nur ein verhaltenes Stöhnen. Und wieder nur dieser Atem, der zärtlich und warm und feucht über die Eichel seines halbsteifen Gliedes streifte. Falls George jemals etwas Erotischeres erlebt haben sollte, so fiel es ihm jetzt gerade nicht mehr ein.

Der Atem kam näher, immer näher, bis die erste, behutsame Berührung von Sinclairs Zunge an seiner Eichel nur noch eine logische Fortsetzung war und sich eigenartigerweise viel besser anfühlte als der erwartete, elektrisierende Schock.

Feuchte Kreise auf seiner Eichel, das Wispern der schweren Seide auf seiner Haut, die ersten Tropfen, Sinclairs tiefes Stöhnen, die vollkommene Härte zwischen seinen Beinen, von der er nicht wusste, wann es dazu gekommen war. Dann endlich der warme, feuchte Mund – eng, saugend. Die Bewegungen … auf und ab … auf und ab … Nur Mund und Zunge und Lippen. Die Hände an seinen Hüften … sanft … sanfter Druck … überall nur sanfter Druck … sanftes Saugen. Die roten, gespannten Lippen um seine Erektion, die angespannten, hohlen Wangen, der Augenaufschlag, der umwölkte Blick unter halbgesenkten Augenlidern. Flatternd … sich schließend … sanft, so sanft … Stöhnen. Dann der vertraute Drang, das Verlangen nach mehr …

George wollte seine Finger in Sinclairs Haaren vergraben, wollte mit seinen Hüften in diesen wundervollen Mund hineinstoßen, hart, immer und immer wieder. Doch er besann sich eines anderen und unterdrückte den Drang, die Oberhand über das Geschehen zu erringen. Er dachte an sein Versprechen. *Ganz, wie du es willst.* Hier ging es nicht darum, was *er* wollte. Das hier war für Sinclair. Er hatte es sich verdient. Stattdessen legte er seine Hände auf Sinclairs Hände, die immer noch auf seinen Hüften lagen. Halt suchend griff George zu … zuckend … *Mehr … mehr …* Das erste Pulsieren, kein Saugen mehr, kein Lecken, nur der unnachgiebige, wartende, lockende Druck der Zunge an seiner Eichel.

George verkrampfte sich und dann schien ein Damm in ihm zu brechen und alles, alles floss aus ihm heraus in Sinclairs willigen, wartenden Mund. Pure Glückseligkeit zeichnete sich auf dem blassen Gesicht ab, dessen Wangen nun leicht gerötet waren. Immer noch hatte Sinclair seine Beute nicht freigeben. Immer noch umkreiste er den langsam erschlaffenden Penis in seinem Mund mit seiner Zunge. So warm und so glitschig. George erschauerte ein letztes Mal, als ihm bewusst wurde, dass Sinclair noch nicht geschluckt hatte. Mit einem Handrücken, der leicht zitterte, wischte sich George den Schweiß von der Oberlippe. Ein gedämpftes, schamloses, kehliges Stöhnen vibrierte um seine ausgepumpte Männlichkeit und dann erst fühlte er die Muskelkontraktionen. Sinclair schluckte.

George biss sich auf die Lippen.

Nein – es war definitiv nicht möglich, dass er jetzt schon wieder geil wurde.

Sein Penis zuckte hoffnungsfroh, aber vergebens und dann war da nur noch Kälte. Sinclair hatte ihn freigeben.

George sah hinab, wo Sinclair immer noch kauerte und sich mit zwei Fingern einen Rest Sperma aus dem Mundwinkel wischte, um ihn dann abzulecken. Wieder hoffnungsvolles, aber vergebliches Zucken. Verdammt. Dann fiel sein Blick auf Sinclairs Erektion, die stolz und begehrlich zwischen seinen Oberschenkeln hervorragte.

„Willst du … oder soll ich?", fragte George vage und wunderte sich ein wenig über seine heisere Stimme.

Sinclair schüttelte den Kopf. „Das ist jetzt nicht wichtig", sagte er leichthin. „Das hat Zeit bis später. Komm ins Bett." Sinclair erhob sich mit seiner beneidenswerten, katzengleichen Anmut und blieb vor George stehen. Er legte eine Hand in seinen Nacken und küsste ihn auf den Hals. Sanft, verlangend. Seine andere Hand streifte den Morgenmantel von seiner linken Schulter und bevor George noch irgendwelche Einwände erheben konnte, lagen die feuchten, zärtlichen Lippen auf der hässlichen Haut seiner Narbe. George schloss die Augen und erschauerte. Dann lagen seine Hände plötzlich auf Sinclairs flammenden Locken und hielten seinen Kopf und seinen Mund an genau dieser Stelle fest. Sinclair schmiegte sich an ihn, bedeckte die Narbe mit heißen, süßen Küssen, die eine ungewöhnliche Wärme und Leichtigkeit in Georges Brust auslösten. Viel zu früh richtete sich Sinclair wieder auf und George empfand das Ende seiner Liebkosungen lächerlicherweise als Verlust.

„Den brauchst du nicht mehr", sagte Sinclair leise, knotete den Gürtel von Georges Morgenmantel auf und streifte ihn von Georges Schultern. Das elegante Kleidungsstück fiel auf den Fußboden, wo es neben dem – ebenfalls vergessenen – Handtuch liegenblieb, das irgendwann im Laufe der Ereignisse – völlig unbemerkt – Georges Fingern entglitten war.

Sinclair nahm Georges Hand und führte ihn zu seinem Bett.

~~~

Erst als George signalisierte, dass er für eine zweite Runde bereit war, manövrierte Sinclair ihn in eine kniende Stellung, die Beine gespreizt und der Oberkörper durch die Arme abgestützt. Georges skeptisch hochgezogene Augenbraue beantwortete er lediglich mit einem maliziösen Lächeln, bevor er sich geschickt unter Georges Körper hindurchwand, bis er mit dem Kopf genau zwischen Georges Knien lag, während George einen ungetrübten Ausblick auf Sinclairs Unterleib hatte.

Sinclairs Hände wanderten über Georges Oberschenkel und Hintern. „Noch etwas tiefer", verlangte er dann und George tat ihm den Gefallen.

„69?", fragte George und zog beide Augenbrauen in die Höhe, als Sinclairs halbsteifer Penis seinem Mund immer näher kam.

„Nein, George", kam die ungerührte Antwort. „Ich habe doch gesagt, das ist jetzt nicht so wichtig. Aber in dieser Position kannst du mich richtig tief in die Kehle ficken. Das geht so am besten."

„Oh mein Gott …"

„Ich kann so den Hals gut überstrecken und du …"

„Red nicht so viel!", forderte George heiser. „Fang endlich an."

„Ich wüsste nicht, was ich lieber täte." Sinclairs Lächeln war bei diesen Worten deutlich zu hören.

„Du und dein freches Mundwerk! Ich sollte wirklich …" George schnappte nach Luft, als Sinclair ohne Vorwarnung den größten Teil seiner Erektion auf einmal in seinem Mund aufnahm. „Oooh … fuuuck", keuchte George.

Der Laut war Musik in Sinclairs Ohren. Georges Stimme in seinem Kopf, sein Mund ausgefüllt mit Georges hartem
~~~

Schaft, Georges Geruch in seiner Nase, der Geschmack von Georges Geilheit auf seiner Zunge …

Mit einem leisen Stöhnen, von dem er wusste, dass George die Vibrationen an seiner Erektion spüren würde, entspannte Sinclair seine Kehle und nahm noch mehr von George in sich auf. Der erste, bittere Geschmack kroch über seine Zunge, lief seinen Rachen hinab und Sinclair zog sich ein wenig zurück, um Luft zu holen. Doch dann drückte er Georges Hüften mit seinen Händen noch tiefer und bog seinen Hals zurück. Viel zu langsam glitt Georges geschwollenes, hartes Glied in seinen Mund, in seinen Hals. Der Druck in seiner Kehle war wundervoll. Eng und heiß und feucht. Seine Nase drückte gegen Georges Hoden, die prall und schwer zwischen seinen Beinen hingen und plötzlich spürte er, wie ihn Georges Schamhaare am Kinn kitzelten. Er schluckte, die Muskeln seiner Speiseröhre pressten sich um Georges Erektion. Ein gedämpfter Laut – halb Stöhnen, halb Schrei – erklang und Sinclair schluckte wieder, was zur Folge hatte, dass Georges Hüften verhalten zuckten.

Oh Gott – ja, bitte!, dachte Sinclair fieberhaft. Jetzt wollte er es nicht behutsam, nicht sanft, nicht zärtlich. Er wollte es hart und schnell und tief. Wollte Georges Sperma nicht mehr schmecken, sondern wollte es nur spüren. Das Pulsieren, das Spritzen. Tief in seiner Kehle. Wollte ein klein wenig den Schmerz, das Gefühl des Wundseins, der übermäßigen Dehnung. Er wollte alles – und er wollte es jetzt. Bevor ihm die Luft ausging.

Mühsam rang er nach Atem. Das Blut rauschte in seinen Ohren. Er stöhnte und drückte mit seinen Händen gegen Georges Hintern und endlich kam die Botschaft an.

Der erste Stoß war noch vorsichtig, tastend. Doch dann legte sich George keinerlei Zurückhaltung mehr auf.

Tiefe, harte Stöße, die Sinclair in Ekstase versetzten und ihn die mangelhafte Luftzufuhr vergessen ließen. Er spürte das vertraute, letzte Aufbäumen, das letzte Anschwellen, den zunehmenden Druck und dann … Ein Schrei, ein Pulsieren an seinem Gaumen, an seinem Rachen. Sinclair entspannte seine Kehle, kämpfte gegen den Hustenreiz, als George sich heiß und heftig in ihn ergoss. Sterne tanzten vor Sinclairs Augen. Mit einer eigenartigen Gleichgültigkeit fragte er sich, ob er jetzt ohnmächtig werden würde, doch im selben Moment wurde Georges Erektion in seinem Mund weicher, schwoll ab und die dringend benötigte Luft strömte wieder leichter in seine Lungen. Die Sterne tanzten noch ein wenig und verblassten dann. Die letzten grauen Ränder an seinem Sichtfeld verschwanden und Sinclair drängte sich noch ein letztes Mal eng gegen Georges Unterleib, schluckte und saugte, hörte George leise fluchen und ließ dann etwas benommen von ihm ab.

George ließ sich auf die Seite fallen und blieb schwer atmend auf dem Rücken liegen.

Sinclairs Kehle brannte.

Dann … Georges unsichere Hand an Sinclairs Erektion. Die Sterne tanzten wieder. Fast verzweifelt schnappte Sinclair nach Luft. Ungeschicktes Auf und Ab. Erschöpft. Nachlässig. Und doch mehr als genug.

Sinclair schrie, doch es drang nur als Röcheln über seine Lippen. Bunte Sterne. Graue Ränder. Höchste Lust. Der Höhepunkt brach wie eine Naturgewalt über ihn herein. Weißes Licht. Beben. Und dann … nichts mehr. Schwacher Nachhall. Atemlosigkeit. Befriedigung. Nie gekannte Befriedigung.

~~~
~~~

Die weiche Haut hinter Georges Hoden schmeckte salzig. Nach Schweiß. Ein ganz klein wenig noch nach Georges Duschgel. Ein Hauch Schießpulver und Waffenöl. Sinclair atmete genießerisch ein und leckte mit breiter Zunge darüber.

George seufzte. Er lag rücklings auf dem Bett. Zwischen seinen weit gespreizten Beinen lag Sinclair und beschäftigte sich sehr intensiv mit seinen primären Geschlechtsmerkmalen. Er leckte über die empfindlichen, geschwollenen Hoden und saugte behutsam daran, bis sie sich noch enger zusammenzogen. George stöhnte.

Sinclair knabberte an der Wurzel von Georges Penis, der sich nur sehr zögerlich aufrichtete. George keuchte.

Als es Sinclair schließlich gelungen war, eine vollständige Erektion bei George hervorzurufen, beschäftigten sich seine Zunge und seine Lippen ausschließlich mit Georges Eichel, während seine Hände sanft, aber doch unnachgiebig über Georges harten Schaft rieben.

George wimmerte. „Sinclair, das ist Wahnsinn …"

Sinclair würdigte dies nicht mit einer Antwort, sondern leckte unbeirrt weiter über die Spitze von Georges Penis. Endlich. Die ersten, klaren Tropfen, Sinclair leckte sie genüsslich auf.

„Oh Gott … Sinclair …was tust du da?"

Sinclairs Zunge glitt immer wieder nur über den kleinen, schmalen Schlitz in Georges Eichel aus der die klaren, köstlichen Tropfen in immer kürzeren Abständen hervorquollen. Ein bisschen gierig geworden, versuchte er schließlich, mit spitzer Zunge in die kleine Öffnung einzudringen.

George röchelte. „Sinclair … ich … ich …"

Immer wieder stippte Sinclair mit seiner Zunge gegen den Schlitz. Neckte und reizte Georges Eichel, kratzte schließlich mit seinen Fingernägeln leicht über Georges verkrampfte Hoden. Ein schwacher, heiserer Schrei entrang sich Georges Kehle. Er intensivierte die Bemühungen seiner Hände, leckte jedoch nur noch einmal über die empfindliche Eichel und hielt dann lediglich seinen geöffneten Mund darüber und wartete. Georges brennender Blick fixierte ihn, doch Sinclairs ganze Aufmerksamkeit war auf seinen harten, schmerzhaft pochenden Schaft gerichtet. George biss sich auf die Lippen, sein ganzer Körper verkrampfte sich. Das Pulsieren in seinem Unterleib wurde langsamer, aber intensiver.

„Gleich", japste George atemlos, sah gerade noch den ersten Spritzer an Sinclairs Kinn landen, dann fiel sein Kopf zurück auf die Matratze. Der Orgasmus, der seinen verausgabten Körper schüttelte, war nicht mehr sehr stark, aber von einer seltsamen Tiefe und ließ ihn erschöpft und völlig ausgepumpt zurück. Müde blinzelte er mit den Augen, suchte Sinclairs Blick, fand ihn und vergaß zu atmen.

Die rotgoldenen, wilden Locken umrahmten sein gerötetes Gesicht. Schweißperlen standen auf seiner Stirn und einige Haarsträhnen klebten an seinen Schläfen. Sein sanftes und zugleich ekstatisches Gesicht trug einen Ausdruck völliger Hingabe. Die vollen Lippen, geschwollen und rot durch ihre unermüdliche Tätigkeit, waren leicht geöffnet. Die faszinierenden, klaren Augen hingen immer noch mit begehrlichem Glitzern an Georges erschlafftem Penis. Ein dicker, zäher Tropfen Sperma klebte am Rand von Sinclairs Unterlippe und ein weißlicher, zäher Faden spannte sich von dort zu seiner Oberlippe.

Wie ein gefallener Engel, schoss es George durch den Kopf. Er wollte ein Bild davon. Von diesem Gesicht. Ein Gemälde, das er ständig ansehen konnte, wann immer ihm der Sinn danach stand. Diese himmlische Sündhaftigkeit für die Ewigkeit konserviert. Ein Gemälde, das er über einen kleinen Hausaltar hängen konnte wie ein Heiligenbildnis. Ein Hausaltar, vor dem er jeden Tag auf die Knie fallen würde, um zu beten und … um zu masturbieren. Wem wollte er etwas vormachen?

Sinclairs Zunge säuberte langsam und gründlich seine Lippen, bevor er seinen Kopf senkte und das restliche Sperma von Georges Bauch und Penis leckte.

Dann seufzte er und streckte sich wie eine zufriedene Katze. Er verschränkte seine Unterarme auf Georges Bauch und stützte sein Kinn darauf.

„Wie schnell kannst du wieder?", fragte er unternehmungslustig.

„Du willst wirklich nochmal?", ächzte George.

„Du hast mir versprochen: *so oft ich will*!"

„Das war bemerkenswert leichtsinnig von mir", stellte George in komischer Verzweiflung fest. „Sinclair, meine Eier sind so trocken wie die Sahara. Hab doch ein bisschen Mitleid."

Sinclair schob seine Unterlippe schmollend vor, seufzte dann jedoch ergeben. „Na schön, dann warte ich eben bis morgen früh." Er rollte sich von George herunter und machte Anstalten aufzustehen.

George erwischte ihn gerade noch am Arm und hielt ihn fest. „Wo willst du hin?"

„In mein Bett, wohin sonst?", erwiderte Sinclair mit einem Schulterzucken.

„Bleib", hörte George sich selbst sagen. Er spürte das kurze Zögern, dann entspannten sich die Muskeln unter seinem Griff, die Matratze neben ihm gab ein wenig nach und eine Decke wurde über ihn gebreitet. George merkte nur noch, wie sich ein warmer Körper zaghaft an ihn kuschelte, dann fielen ihm endgültig die Augen zu und er war auch schon eingeschlafen.

Sinclair dagegen lag noch einige Zeit wach. Noch berauscht von Georges Sperma, dem bitteren, aber auch süßlichen Geschmack, der leicht an frische Austern erinnerte, bevor man sie mit Zitrone, Worcestersauce oder Ähnlichem traktiert hatte, auf der Zunge, gesättigt von Georges vertrautem und doch immer wieder aufregenden und gleichzeitig beruhigenden Geruch, noch ganz erfüllt von Georges Seufzen und Stöhnen, seinen Berührungen und Blicken, begriff Sinclair, dass ein solcher Exzess wie heute Nacht nicht mehr notwendig sein würde. Obwohl es wundervoll gewesen war, seiner Begierde – ja, seiner Sucht – freien Lauf zu lassen, hatte es ihm dieses Mal einen Kick ganz anderer Art verschafft. Es war nicht mehr notwendig, sich in einem Meer von Sperma zu ertränken. Es war nicht mehr notwendig, sich selbst zu vergessen. Es war … einfach nicht mehr notwendig. Er brauchte es nicht mehr. Was er hingegen brauchte, war George.

Als ihm dies klar geworden war, versuchte Sinclair, die Ereignisse dieses Tages zu verarbeiten, sie in einen Zusammenhang zu setzen, ihnen einen Sinn zu verleihen. Doch er scheiterte kläglich.

Nachdenklich und staunend lauschte er auf Georges ruhigen Atem, fühlte das Wispern der teuren Bettwäsche aus ägyptischer Baumwolle auf seiner nackten Haut und konnte sein Glück kaum begreifen.

Bislang war es ihm noch nicht ein einziges Mal vergönnt gewesen, eine ganze Nacht in Georges Bett schlafen zu dürfen. Zu irgendeinem Zeitpunkt war er noch immer mit einem Klaps auf den Hintern seiner Wege geschickt worden. Sinclair hatte dies immer klaglos akzeptiert.

Vielleicht hatte er danach in seinem eigenen Bett eine oder zwei Tränen verdrückt, sich möglicherweise sogar einmal in den Schlaf geweint – und jetzt?

Bleib, hatte George gesagt und war einfach eingeschlafen.

Bleib …

„Für immer, wenn du es nur willst", vertraute Sinclair flüsternd der Nacht an, schloss seine Augen und schmiegte sich vorsichtig an Georges schlafenden Körper, sehr darauf bedacht, ihn nicht versehentlich zu wecken.

~~~

Die erste Ahnung der Morgendämmerung tauchte Georges Schlafzimmer in rotes, sanftes Licht.

Durch die Fensterläden gefiltert, zauberte es ein Streifenmuster auf Fußboden, Wände und Bett.

Noch schlief George, doch Sinclair war schon lange wach. Er lag auf der Seite, den Kopf auf seine Hand aufgestützt und betrachtete George. In diesem Licht und mit dem vom Schlaf entspannten Gesicht sah George zehn Jahre jünger aus. Wie Georges Leben zu dieser Zeit wohl ausgesehen hatte? Vor zehn Jahren? Hatte er damals mit jemandem zusammengelebt? Welche Position in der Mafia hatte er damals innegehabt? Hatte er sich innerhalb der *Familie* hochgedient? Vom kleinen *Soldaten*, der die hässlichen Jobs erledigte, zu denen es gehörte, Knochen zu brechen und Einrichtungsgegenstände zu zerstören? Zumindest eine seiner Bemerkungen, die er Sinclair gegenüber hatte fallen lassen, ließ diesen Schluss zu. Sinclair bedauerte Georges Entscheidungen nicht. Sie hatten letzten Endes dazu geführt, dass sie sich getroffen hatten. Er fühlte auch kein Mitleid. George lebte zwar am Rande der Gesellschaft, in einer Grauzone, in den Augen der Polizei ein Krimineller, doch er hatte sich dieses Leben selbst ausgesucht und – wenn man die Narbe an seiner Schulter berücksichtigte – auch hart erkämpft und verteidigt. Er hatte es so gewollt. Mitleid war hier völlig fehl am Platz.

Georges Augenlider flatterten. Sinclair nutzte die Gelegenheit, mit seiner Hand kurz über die Narbe an Georges
~~~

Schulter zu streicheln. Gestern hatte George die Berührung an dieser Stelle zwar gestattet – den Anzeichen nach sogar genossen –, doch das war keine Garantie dafür, dass es ihm heute auch wieder erlaubt sein würde. Mit einem leisen Seufzen erwachte George, streckte sich und öffnete mit einem trägen Blinzeln seine Augen.

„Guten Morgen", flüsterte Sinclair und hauchte einen kurzen, trockenen Kuss auf Georges Lippen.

„Du bist noch da", murmelte George schlaftrunken und rieb sich mit einer Hand über die Augen.

„Du hast gesagt ‚*Bleib*' – also bin ich geblieben", erwiderte Sinclair. „Wo sollte ich sonst sein?"

~~~

George lümmelte kaugummikauend auf der Wiese neben dem Sportplatz der Universität herum und blätterte etwas lustlos in seinem Anatomie-Buch. Für Mitte Mai war es erstaunlich warm und sonnig und das Gras unter ihm roch schon ein wenig nach Sommer. Er hatte sich bereits umgezogen und trug seinen Sportdress. Sein Rugby-Training fing allerdings erst in einer Viertelstunde an und er wollte diese Zeit sinnvoll nutzen, denn er hatte in einer Woche eine Hausarbeit abzugeben, mit der er noch nicht einmal angefangen hatte.

„Hallo."

Eine Männerstimme. George reagierte nicht. Ein Räuspern. Schritte. Ein Schatten, der auf ihn fiel.

„Hallo, du da."

Genervt sah George von seinem Buch auf. Ein Mann. Alt. Mindestens 30. Schicker Anzug, schicke Schuhe, teure Uhr. „Ja, was?", fragte George unfreundlich. Er konnte sich schon denken, was der Kerl wollte. Solche Typen trieben sich immer wieder in der Nähe von Sportplätzen herum.

„Du studierst Medizin?", fragte der Mann mit einem breiten Lächeln, von dem er wahrscheinlich dachte, es wirke sympathisch.
~~~

„Geht Sie das irgendwas an?", murmelte George und blätterte eine Seite in seinem Buch um.

„Und Rugby-Spieler bist du auch noch."

„Und wenn schon!", brauste George auf. „Was wollen Sie? Außer mir tierisch auf die Eier zu gehen?"

„Ganz ruhig." Der Mann hob in einer begütigenden Geste die Hände. „Ich wollte dir nur ein Angebot machen. Du könntest sicher ein bisschen Geld gebrauchen, hab ich Recht?"

George verdrehte die Augen und legte sein Buch zur Seite. Dann lehnte er sich zurück, stützte sich auf seinen Ellbogen ab und spreizte provozierend seine Beine.

„Warum?", hauchte er mit einem übertrieben nuttigen Augenaufschlag. „Stehen Sie auf Jungs in Sportklamotten?"

Der Mann schreckte ein wenig zurück, während ihm flammende Röte in die Wangen schoss. „Nein … um Gottes Willen … Nein!", stotterte er panisch.

„Ich schon", flüsterte George anzüglich, spitzte seinen Mund und fabrizierte eine große Kaugummiblase, die er zerplatzen ließ. „Sie sind also schon deshalb nicht mein Typ."

„Hey, nicht frech werden, Kleiner!"

George hatte nur auf so etwas gewartet und sprang auf. „Wen nennen Sie hier ‚Kleiner'?", fauchte er drohend und übersah dabei die Tatsache, dass der Mann ihn um fast einen Kopf überragte.

„Mein Güte", bemerkte der Mann halb lachend, halb unsicher. „Du bist vielleicht eine Nummer. Ich wollte dir lediglich ein lukratives Geschäft vorschlagen. Junge Kerle wie du haben doch sicher Verwendung für ein paar Extra-Scheine, stimmt's?"

George musterte ihn. „Kommt drauf an, wofür. Lassen Sie mal hören."

„Oh.", Der Fremde klang mit einem Mal ganz freundlich. „Ich habe mich seit einer Weile hier auf dem Campus umgesehen und ich könnte mir denken, dass du der Richtige für den Job bist. Du sollst nur einen Koffer bei einem guten Freund von mir abholen und zu einem anderen guten Freund bringen. Ein Kinderspiel."

George leckte sich über die Oberlippe. „Halten Sie mich für blöd? Sie wollen, dass ich Ihnen den Drogenkurier mache?"

Die Augen des Mannes verengten sich wachsam. „Niemand hat hier irgendetwas von Drogen gesagt."

„Doch. Ich", stellte George gelassen fest. „Aber das ist okay. Wenn der Preis stimmt, dann mach' ich es."

Der Mann lachte verblüfft. „So was wie du ist mir echt noch nicht untergekommen!"

„Schon okay", erklärte George gönnerhaft. „Ich bin eben einmalig. Wie viele Fuhren müsste ich machen, wenn ich mir so eine Uhr kaufen wollte?", fragte er und zeigte auf die teure Armbanduhr des Mannes.

Seine Eltern im fernen Schottland konnten ihm einen solchen Luxus nicht finanzieren. Das Geld für sein Studium aufzubringen, war trotz eines kleinen Stipendiums, das er von einer Stiftung erhielt, schwer genug für sie. Umso größer war Georges Neid auf seine Kommilitonen, die finanziell besser gestellt waren als er, und sein begehrlicher Blick richtete sich immer öfter auf – für ihn unerreichbare – Statussymbole wie exklusive Uhren und teure Marken-Klamotten. Und dann war da ja auch noch Simon, mit dem er seit einem halben Jahr zusammen war. Simon benötigte für sein Architektur-Studium immer wieder Utensilien, die nicht ganz billig waren. Ein neues, größeres Zeichenbrett konnte er sicher gut gebrauchen – oder auch diesen teuren Zirkelkasten, den er in einem Katalog gefunden hatte und seither immer mal wieder sehnsüchtig betrachtete, wenn er glaubte, George würde es nicht sehen. Vielleicht war dies die Chance, auf die er immer gewartet hatte. Die Chance auf schnelles, einfach verdientes Geld. Moralische Skrupel kannte George nicht wirklich. Dafür war eher sein Freund Phil zuständig. Warum Phil dann ausgerechnet Jura und Wirtschaftswissenschaften – für George nur eine andere, gediegenere Art der Gaunerei – belegt hatte, würde ihm wohl immer ein Rätsel bleiben.

„Die gefällt dir wohl?"

„Kann schon sein", erwiderte George ausweichend.

Der Mann überlegte kurz. „Pass auf, wenn du dich als Kurier gut machst, dann haben wir vielleicht noch eine andere Aufgabe für dich. Eine, die sogar noch besser bezahlt wird. Dann kannst du dir in Nullkommanichts eine solche Uhr leisten. Wie klingt das?"

George zuckte lässig mit den Schultern, um seine Aufregung zu verbergen. „Cool. Kann ich noch einen Freund mitbringen?"

Phil würde sicher mitmachen wollen. Schon ewig lag er George wegen eines Verlobungsringes für seine Freundin Susan in den Ohren, den er sich einfach nicht leisten konnte.

Teil 21

Phil gewöhnte sich schneller an Sinclairs Anwesenheit in Georges Büro, als er noch vor wenigen Tagen angenommen hatte. Auf den Schultern dieses Burschen befand sich unter den rotblonden Haaren wirklich ein äußerst kluger Kopf und die Zusammenarbeit mit ihm war überraschend angenehm. Er hielt sich – ähnlich wie George – nicht mit schönen Reden auf, wenn es ums Geschäft ging, und seine Mithilfe erwies sich als sehr wertvoll. Sie waren übereingekommen, dass Sinclair sicherheitshalber die Abrechnungen aller Abteilungen und Bezirke durchgehen und prüfen sollte, während sich Phil und George um die Tagesgeschäfte und die Bürgermeisterwahl kümmerten. Mit einer Unverfrorenheit, die allerdings ihresgleichen suchte, hatte Sinclair von Anfang an – und ohne um Erlaubnis zu bitten oder ein simples Kopfnicken abzuwarten – Georges Stuhl hinter dem Schreibtisch mit Beschlag belegt. Phil hatte es stumm, aber mit hochgezogenen Augenbrauen zur Kenntnis genommen und George einen vielsagenden Blick zugeworfen, doch dieser hatte in keinster Weise darauf reagiert und Sinclair gewähren lassen.

Wenige Tage vor der Bürgermeisterwahl saß Phil auf seinem üblichen Platz auf dem Ledersofa und ging die Kontoauszüge und die Gehaltszettel durch. George saß – seit Sinclair seinen Stuhl belegte – meist auf einem der Sessel oder ging mit einer gewissen Ruhelosigkeit im Raum auf und ab. So war es auch heute. Sinclair war in die Abrechnungen vertieft und verschwand fast hinter den Ordner- und Papierbergen, die sich auf dem Schreibtisch um ihn türmten, und George tigerte vor den Fenstern auf und ab.

„Ich hätte doch nicht Maynard auf diesen Graves ansetzen sollen", sagte George nun schon zum x-ten Mal. „Ich hätte mich selbst darum kümmern müssen."

„Und was wäre dann anders gelaufen?", fragte Phil gelangweilt und ohne aufzusehen. Sie hatten diese Unterhaltung seit vorgestern ein paar Mal zu oft geführt.

George knirschte deutlich hörbar mit den Zähnen. „Ich wäre geschickt genug gewesen, um ihn ins Bein zu schießen, als er versucht hat abzuhauen und hätte ihm keinen Schuss direkt in den Rücken und mitten durchs Herz verpasst."

Phil schnaufte. „Es hat keinen Sinn über vergossene Milch zu weinen. Selbst wenn du gewollt hättest, ich hätte dich nicht dorthin gelassen. Nicht so kurz vor der Bürgermeisterwahl. Deinen Namen direkt in einen Mord verwickelt zu sehen … einen solchen Skandal können wir uns im Moment nicht leisten."

Die Schritte stoppten. „Gibt es wenigstens etwas Neues zu der Telefonnummer, die wir bei diesem Drecksack Graves gefunden haben?" Es war George anzumerken, wie viel Mühe es ihn kostete, seine Wut zu beherrschen.

Phil sah auf. „Nein, noch …", fing er an, doch das Klingeln seines Handys unterbrach ihn. „Ah, aufs Stichwort. Gleich wissen wir mehr." Er nahm das Gespräch an und fragte ohne Umschweife: „Gibt es Neuigkeiten, Rosebank?"

Während Sinclair unbeeindruckt weiterarbeitete – augenscheinlich so sehr in die Zahlenkolonnen vertieft, dass er überhaupt nichts mitbekommen hatte – wippte George ungeduldig auf seinen Fußballen und verschränkte die Hände hinter seinem Rücken, um Phil nicht das Handy aus der Hand zu reißen und selbst mit dem Informanten zu sprechen. In seiner derzeitigen Gemütsverfassung war es wirklich klüger, dieses Telefonat Phil zu überlassen.

„Ah, ja, okay. Gut, ist nicht viel, aber danke für deine Mühe." Phil beendete das Telefonat.

„Und?", platzte George heraus.

„Eine nicht registrierte Nummer – Prepaid-Karte – aber wenn man anruft, läuft eine Bandansage und man kann eine Nachricht hinterlassen", berichtete Phil nachdenklich.

Georges Augen verengten sich. „Bandansage? Aber dann …"

Phil schüttelte bedauernd den Kopf. „Da sagt nur jemand: *Hi, Sie sprechen mit Jim.* Und dann piept es und das war's auch schon."

„Jim? Ich kenne keinen …" George legte nachdenklich seine Stirn in Falten. „Nein", sagte er dann langsam. „Ich kenne niemanden, der *Jim* heißt."

„Rosebank hat mir versprochen, dranzubleiben", erklärte Phil mit einem Schulterzucken. „Mehr können wir im Moment nicht tun."

„Jim …" George grübelte immer noch. „Irgendwas … Ha! Ich hab's! Haben sie nicht in der Bayswater Road einen Briefumschlag gefunden, auf dem hinten – quasi als Absender – *J. C.* stand?"

Nun runzelte Phil seine Stirn. „Du meinst, nachdem die Schultz-Brüder dort auf deine Anweisung ein Schlachtfeld hinterlassen haben? Ja, kann sein. Ich glaube schon", erwiderte er ein wenig unsicher. „Aber glaubst du wirklich, dass es da einen Zusammenhang gibt? Erscheint mir etwas zu weit hergeholt."

„Ich weiß es nicht", gab George zu. „Aber irgendwas ist da im Busch." Es klopfte an der Tür und Jacques trat mit einem Tablett ein, auf dem er mühelos drei Kaffeetassen und eine Kanne balancierte. „Ah, der Kaffee – danke, Jacques. Stellen Sie meine Tasse einfach auf den Tisch und schenken Sie schon mal ein." George sah sich kurz um, doch Sinclair arbeitete immer noch hochkonzentriert. „Ich denke, Sinclair nimmt seinen Kaffee am Schreibtisch."

Der Butler schenkte an dem niedrigen Couchtisch ein und reichte Phil seine Tasse, dann füllte er auch die zwei weiteren Tassen mit dem koffeinhaltigen Zauberelixier.

Begierig griff Phil nach dem Mandelkeks auf seinem Unterteller und steckte ihn sich auf einmal in den Mund, dann nahm er den ersten Schluck Kaffee und seufzte zufrieden. Es war schon lange her, dass sie zusammen Kaffee getrunken hatten. In letzter Zeit hatten sie nicht mehr so lange gearbeitet, um sich mit einem Kaffee wachhalten zu müssen oder waren gar nicht in Georges Haus, sondern unterwegs gewesen. Ein wenig begehrlich schielte Phil auf den Keks, der auf Georges Untertasse lag. Jacques war mit diesen Keksen immer bemerkenswert geizig. Und dann bemerkte er es: Die Tasse, die Jacques gerade zu Sinclair hinübertrug, wurde nicht von einem Keks begleitet. Phil stutzte und wusste nicht, was er davon halten sollte. Er beobachtete, wie Sinclair kurz aufsah und die Tasse mit einem Nicken entgegennahm und – genau wie Phil zuvor – sehr genießerisch den ersten Schluck trank.

George schlenderte zu der Sitzgruppe, biss von seinem Keks ab und spülte ihn mit etwas Kaffee hinunter.

Wusste George davon – oder war es sogar seine Anweisung? Phil schüttelte den Kopf und beschloss, sich nicht einzumischen, da es ihn überhaupt nichts anging. Womöglich war Sinclair ganz einfach auf irgendetwas allergisch. Nüsse oder Laktose oder Gluten oder wie dieses Zeug hieß – und auch das ging ihn nichts an. Genauso wenig, wie es ihn etwas anging, was George damals mit Sinclair angestellt hatte, dass dieser zwar gerötete Augen und knallrote Wangen gehabt, aber ansonsten gestrahlt hatte wie ein Honigkuchenpferd, als er in Georges Kielwasser zurück ins

Büro gekommen war, in das er sich zuvor widerrechtlich Zutritt verschafft hatte.

Es ging ihn nichts an. Überhaupt nichts.

Aber was ihn etwas anging, das waren die Gehaltszahlungen. Entschlossen stellte er seine Tasse ab. „Sinclair bekommt kein Gehalt", sagte er ohne Vorwarnung. „Ich finde, er sollte bezahlt werden."

„Bezahlt?", fragte George erstaunt.

„Ich will kein Gehalt", meldete sich da Sinclair überraschend zu Wort.

„Da hörst du es", sagte George zu Phil. „Er will kein Gehalt. Warum sollte er überhaupt eines bekommen?"

„Warum? Weil er …" Phil verschlug es kurzfristig die Sprache. „Weil er genauso viel arbeitet wie ein Buchhalter", erklärte er mit Nachdruck. „Es wäre nur fair, wenn er auch entsprechend bezahlt würde."

„Aha", machte George lediglich, aber es war ihm anzusehen, dass Phil bei ihm einige Überlegungen angestoßen hatte.

Phil stand auf und ging zu George, der ihn abwartend und ein wenig verwundert ansah. „George, ich kenne deine Kontoauszüge", raunte er ihm leise zu, da er nicht wollte, dass Sinclair jedes Wort mitbekam. „Du hast noch überhaupt kein Geld für ihn ausgegeben. Bis auf die Klamotten, die dein Schneider für ihn gemacht hat. Nichts." Phil sah George direkt in die Augen. „Das ist nicht okay."

Ein schiefes Grinsen spielte um Georges Mundwinkel. „Ich dachte, es freut dich vielleicht, dass er nicht versucht, mich auszunehmen wie eine Weihnachtsgans. Deine eigenen Worte!"

„Das ist etwas anderes", stellte Phil richtig. „Er arbeitet. Sinnvoll. Und zwar nicht zu knapp. Zahl ihm wenigstens ein bisschen was."

„Nein, danke“, erklang Sinclairs Stimme nachdrücklich. „Ich brauche nichts.“

George zuckte mit den Schultern und warf Phil einen beredten Blick zu. „Und jetzt?“

„Ihr macht mich beide noch wahnsinnig“, rief Phil und setzte sich wieder. Etwas verstimmt trank er den Rest seines Kaffees. Doch die Angelegenheit ließ ihm keine Ruhe. „Wir könnten es ja auch anders regeln. Es wäre zum Beispiel möglich, auf Sinclairs Namen ein Sparbuch oder etwas Ähnliches einzurichten und ich lasse jeden Monat eine kleine Summe darauf überweisen. Das Sparbuch bewahre ich auf, solange er hier ist, und wenn er geht, dann hat er wenigstens für den Anfang ein kleines Startkapital.“

Plötzlich herrschte ohrenbetäubende Stille.

Überrascht und nicht wenig verunsichert sah Phil von George zu Sinclair.

Georges Gesicht wirkte wie aus Stein gemeißelt. Seine Kiefermuskeln traten deutlich hervor.

Sinclair saß da wie eine Statue. Blass, mit einem vollkommen beherrschten Gesichtsausdruck. Er blickte nicht zu Phil, sondern sah George an, der ihm jedoch nur einen raschen Blick zuwarf, bevor er wieder versuchte, Phil in Grund und Boden zu starren. Nach Georges kurzem Blick beugte Sinclair seinen Kopf wieder über die Unterlagen und arbeitete weiter.

„Sinclair“ sagte George, ohne jedoch seinen Blick von Phil zu nehmen. „Geh bitte in die Küche und sag Bescheid, dass wir in einer Stunde zu Abend essen wollen.“

„Ja, George“, erwiderte Sinclair sofort, wie immer, wenn George einen Wunsch äußerte. Phil kannte das nun schon zur Genüge. Sinclair legte seinen Stift beiseite und stand auf. Lediglich ein leicht fragender Ausdruck huschte über sein Gesicht, denn George – wie Phil sehr wohl wusste – klingelte üblicherweise einfach nach seinem Personal, wenn er etwas wollte und schickte niemanden in die Küche, um seine Wünsche direkt übermitteln zu lassen. Phil runzelte die Stirn. Das konnte nur bedeuten, dass George Sinclair im Augenblick aus dem Weg haben wollte. Aber weshalb das so war, blieb Phil ein Rätsel. Seit Sinclair mitarbeitete, gab es praktisch keine Geheimnisse mehr. Zumindest keine, die mit dem Geschäft zu tun hatten.

„Und wenn du das getan hast, dann nimmst du ein Bad. Ich brauche dich heute hier nicht mehr", fügte George seinen Anweisungen hinzu. Sinclair schenkte ihm zwar einen mild-verwunderten Blick, sagte jedoch nichts weiter und verließ das Büro.

Kaum hatte sich die Tür hinter ihm geschlossen, stellte George mit einem unnötig lauten Klirren seine Kaffeetasse auf den Couchtisch. „Hast du dir eigentlich gerade selbst zugehört?", fuhr George seinen Freund an. „Was war denn das für eine Schnapsidee? Ein Sparbuch! Was Blöderes ist dir wohl nicht eingefallen!"

„Was soll das, George?", gab Phil in der gleichen Lautstärke zurück. „Du weißt, dass ich mich wirklich gerne von dir anbrüllen lasse, aber nicht grundlos! Nicht ohne Grund! Ich habe es nur gut gemeint, nachdem du dich wie ein … wie ein … Plantagenbesitzer verhalten hast."

„Plantagenbesitzer? Ein dümmerer Vergleich ist dir gerade nicht eingefallen?"

„Nein", gab Phil zu und ein widerwilliges Lachen entfuhr Georges wütend zusammengepresstem Mund. „Warum regst du dich überhaupt so auf?"

„Du kapierst es nicht", sagte George mit einem Kopfschütteln. „Du kapierst es wirklich nicht. Weißt du, wie sich dein bescheuerter Vorschlag anhört? Als ob Sinclair hier für seine eigene Abfindung arbeiten müsste!"

„Ja, und?", fragte Phil verständnislos.

„Ja, und?", echote George aufgebracht. „Erstens – wenn es tatsächlich einmal endet, dann werde ich mich garantiert nicht lumpen lassen! Zweitens – dein blöder Vorschlag hat Sinclair verletzt und das kann und werde ich nicht dulden!"

„Verletzt?", gab Phil lautstark zurück. „Verletzt? Der Bengel hat doch keine Miene verzogen. Woher willst du wissen, dass es ihn *verletzt* hat?"

„Das war doch ganz klar zu sehen!", fauchte George.

„Zu sehen?", wiederholte Phil spöttisch „Du hast ihn gerade mal aus den Augenwinkeln angesehen. Woher willst du das also wissen?"

„Ich weiß es eben!" Er atmete geräuschvoll durch die Nase. „Ich muss hier raus", murmelte George plötzlich. Er rannte fast zur Tür, riss sie auf, stürmte hindurch und warf sie mit einem lauten Knall ins Schloss. Dann stand er schwer atmend in der Eingangshalle und sah unter dem Kronleuchter Sinclair stehen. Sinclair. Blass, angespannt, verletzt. Georges Herz zog sich zusammen. „Du hast alles gehört?", fragte er leise und wollte zu Sinclair gehen, tat es dann aber doch nicht. Mit einem Mal fühlte er sich seltsam befangen.

Sinclair nickte stumm.

„Das wollte ich nicht", sagte George, wobei nicht klar war, worauf er sich konkret bezog. Nicht einmal ihm selbst. Der Wunsch, Sinclair jetzt in die Arme zu schließen, wurde rasch übermächtig.

Als Sinclair sprach, schien seine Stimme von weit her zu kommen. „Er ist dein Freund. Du solltest dich nicht um meinetwillen mit ihm streiten."

„Und was soll ich jetzt tun? Mich bei ihm entschuldigen?", fragte George. Als Sinclair schwieg, sagte er halb zu sich selbst: „Wäre vielleicht besser." Gleich darauf fügte er ein wenig zusammenhanglos hinzu: „Warst du schon in der Küche?" Als Sinclair den Kopf schüttelte, fuhr er fort:

„Gut, dann mache ich das. Geh schon nach oben und lass das Badewasser ein. In meinem Badezimmer – die Wanne ist größer. Ich komme gleich nach."

„Ist gut", sagte Sinclair ein wenig verwundert, ein wenig sehnsüchtig, ein wenig verloren und ging nach kurzem Zögern die Treppe hinauf. Das alles stand ihm so klar und deutlich ins Gesicht geschrieben, dass George einfach nicht begriff, wie Phil das nicht hatte sehen können.

Mit Blicken folgte er der schlanken Gestalt und ein einziger Gedanke, der von einer Intensität und Verzweiflung war, wie er es noch nie erlebt hatte, erfüllte ihn völlig: *Ich will nicht, dass es endet.*

~~~

Als George alles erledigt hatte und endlich gemeinsam mit Sinclair in der Wanne lag, war es – abgesehen von Badesalz und Schaumbad, das Sinclair dieses Mal reichlich zugefügt hatte – fast genauso wie damals, als sie in Miss Thorndykes Bordell miteinander gebadet hatten. Sie saßen in genau derselben Körperhaltung in der Wanne und ein ganzes Meer voller unausgesprochener Fragen und Antworten wogte zwischen ihnen.

„Sinclair, wenn du … falls du …" Die Worte schnürten George beinahe die Kehle zu. „Also, falls du gehen willst, dann …"

„Ich will nicht gehen", kam die Antwort so schnell und doch so leise, dass George die Ohren spitzen musste, um sie zu verstehen. „Aber falls du willst, dass ich gehe, dann …"

„Ich will nicht, dass du gehst." Georges Herz klopfte ihm bis zum Hals. So einfach war es gewesen, diese Worte zu sagen? So simpel? Warum hatte er sie nicht schon viel früher geäußert? Viel, viel früher?
~~~

„Gut", sagte Sinclair nach einer kleinen Ewigkeit des Schweigens. Seine Stimme klang erstickt, als kämpfte er gegen Tränen an.

George schlang seine Arme um ihn, hauchte einen Kuss auf seine feuchten, wirren Locken und hielt ihn fest. Ganz fest. Und Sinclair schmiegte sich mit einem Seufzen an ihn.

~~~

Charles Henford beehrt sich, die Verlobung seiner Tochter Clarissa mit Francesco Amalfi anzuzeigen.

Dieser Text prangte in Goldschrift auf Georges Einladungskarte, die ihm an diesem Abend Einlass in die Villa von Mister Henford verschaffte. Normalerweise blieb er solchen Veranstaltungen fern, doch an diesem Tag hatte die Bürgermeisterwahl stattgefunden und Henford war klug genug gewesen, die Verlobungsparty seiner Tochter auf diesen Tag zu legen, um sich so die Anwesenheit der Mafia zu sichern. Bislang war Henford ein erfolgreicher und unbescholtener Geschäftsmann gewesen. Zumindest so unbescholten, wie man als erfolgreicher Geschäftsmann in der heutigen Zeit eben sein konnte. Aber dann hatten ihn *seine* Lobbyisten und *sein* Politiker im Stich gelassen und so war er über die Verbindungen seines zukünftigen Schwiegersohns zur Mafia hocherfreut gewesen.

George war es nicht ganz unrecht, dass sich alle wichtigeren Mafia-Mitglieder auf neutralem Boden versammelt hatten, um in einem der Salons die Fernsehsendung mit den Hochrechnungen und den Wahlergebnissen zu verfolgen. Hätte es diese Verlobung nicht gegeben, hätte er die ganze Bande zu sich nach Hause zu einer ganz ähnlichen Party wie dieser einladen müssen. Mit freien Getränken und
~~~

der BBC auf dem Großbildfernseher. Das war ihm nun dank der bezaubernden Clarissa und des bis über beide Ohren verliebten Francescos erspart geblieben.

Zu diesem Anlass hatten sich die üblichen Verdächtigen eingefunden: Geschäftsleute mit nicht ganz blütenreiner Weste, aufstrebende Politiker, die verschämt bekundeten, dass sie einer kleinen, diskreten Bestechung nicht abgeneigt wären, Film- und Fernsehsternchen, welche die Mafia eigentlich ganz sexy fanden, und die Boulevard-Prominenz, die immer dort auftauchte, wo es Alkohol umsonst gab. Glücklicherweise sorgten einige finster dreinblickende Leibwächter dafür, dass diese Gäste und ihre dazugehörigen Anhängsel dem Salon, in dem die Wahlsendung verfolgt wurde, fernblieben. Die Mafia war damit trotz allem unter sich.

Die ersten Hochrechnungen zeigten das von George gewünschte Ergebnis und er entspannte sich wieder ein wenig. Neben ihm schlürfte Phil schon seinen zweiten Drink und George wünschte sich plötzlich, stattdessen Sinclair an seiner Seite zu haben. Er könnte ihm erklären, wer die ganzen Leute waren, ihm die komplexen Verflechtungen erläutern, gemeinsam mit ihm über einige der Anwesenden lästern. Ja, das würde ihm Spaß machen. Und Sinclair sicher auch. Er würde ihn herumführen, ein wenig mit ihm angeben und ihn den anderen Gästen vorstellen. *Guten Abend, haben Sie schon Sinclair Stevenson kennengelernt? Er ist mein …* An dieser Stelle geriet Georges Gedankenspielerei ins Stocken. Als was würde er Sinclair vorstellen? Betthäschen oder Buchhalter? Die Wahrheit lag wohl irgendwo dazwischen. *Sinclair Stevenson, mein Partner.* Moment. Wo waren diese Worte hergekommen? Verärgert über sich selbst runzelte George die Stirn und starrte wütend auf den Martini in seiner Hand.

„Was ist dir denn wieder für eine Laus über die Leber gelaufen?", fragte Phil. „Bis jetzt klappt doch alles bestens!"

„Ach, es ist nur dieser Drink. Ich mochte Martinis eigentlich noch nie", erwiderte George ausweichend.

„Du hättest dir auch was anderes nehmen können. Auf dem Tablett, das dieser knackige Kellner herumgereicht hat, gab es noch mehr Auswahl", stellte Phil nüchtern fest.

George schnaubte verächtlich. „Bevor ich mich mit einer Pink Lady in der Hand erwischen lasse …"

„Dann hättest du eben den Black Velvet genommen."

„Auf einer solchen Party Black Velvets zu servieren … bescheuert. Vollkommen bescheuert. Ein Trauergetränk auf einer Verlobung." George schüttelte den Kopf.

„Meine Güte", stöhnte Phil genervt. „Dann bestell dir eben irgendwas anderes – da, der Kellner schwirrt gerade wieder an." Er winkte ihm und der Kellner kam auf sie zu.

„Was darf es sein, die Herren?"

Phil winkte ab, doch George stellte seinen Martini zurück auf das Tablett und sagte: „Einen Orangensaft." Der Kellner nickte und verschwand wieder.

„Saft?", fragte Phil. „Seit wann trinkst du Saft?"

„Seit …" *Sinclair herausgefunden hat, dass Saft den Geschmack von Sperma beeinflusst und nun ganz wild auf alle möglichen Experimente ist*, vollendete er in Gedanken den Satz. Doch diese Antwort wollte er Phil nicht zumuten. „Seit einer Weile", sagte er stattdessen. „Aber viel interessanter ist doch, seit wann du eine Meinung über *knackige* Kellner hast?"

„Ich dachte schon, du fragst nie!", bemerkte Phil trocken. „Dieser Kellner hat dir schon zwei Mal auf den Hintern gestarrt."

„Ja, und?"

„Ich dachte, das interessiert dich."

„Warum sollte es das?"

Phil seufzte. „Gut, ist er eben nicht dein Typ. Aber wie wäre es denn mit dem Sekretär von Lord Henry? Der hübsche Schwarzhaarige, der vorhin …"

„Phil, was soll das?", unterbrach ihn George schroff. „Willst du mich hier allen Ernstes verkuppeln?"

„Einen Versuch war es wert", erklärte Phil leicht beleidigt. „Warum siehst du mich jetzt so komisch an?"

„Wie sehe ich dich denn an?"

„Als ob ich den Verstand verloren hätte."

„Dann ist es ja gut. Genauso sollte es auch aussehen. Wie stellst du dir das eigentlich vor? Soll ich Lord Henrys Sekretär mit nach Hause nehmen, um ihn zu nageln, während ein paar Türen weiter Sinclair … Hast du sie noch alle?"

Phil wiegte bedächtig seinen Kopf. „Ich bin mir sicher, dass es hier auch ein paar leerstehende Zimmer gibt, die sich für ein kleines Stelldichein eignen würden."

„Phil, welchen Teil von *Sinclair wartet zuhause auf mich* hast du nicht verstanden?", fragte George zuckersüß. „Glaubst du wirklich, ich würde ihn mit einem von diesen … Kellnern …"

„Was? Warum sprichst du nicht weiter, George?"

„Ach, lass mich in Ruhe!"

„Du wolltest *betrügen* sagen. Stimmt doch, oder? George?"

„Verpiss dich", zischte George.

„Betrügen! So weit ist es mit dir also schon gekommen. Du würdest es als *Fremdgehen* empfinden und vermutlich noch ein schlechtes Gewissen haben, nur weil du …"

„Phil, um unserer Freundschaft willen: Kein. Weiteres. Wort."

„Okay", lenkte Phil ein. „Nur noch Eines: George, das mit Sinclair ist doch nichts für die Ewigkeit. Mit dem Kerl stimmt irgendwas nicht, das spüre ich. Irgendwann wird er weg sein. Und dann?"

Sein Verlust wird mir das Herz brechen, dachte George impulsiv. Halt. Stopp. Moment. Er hatte überhaupt kein Herz mehr. Zumindest nicht seit damals, als Simon ihm sein Herz herausgerissen und darauf gespuckt hatte.

„Was ist mit dem da drüben?", fragte George, um davon abzulenken, dass er Phil keine Antwort auf diese Frage geben wollte. „Warum willst du mich nicht mit dem verkuppeln?" Er wies mit einem Kopfnicken auf einen hochgewachsenen blonden Mann in den Dreißigern. Er war eine auffallende Erscheinung. Aber sein Kinn war ein wenig zu kantig und seine Augen ein wenig zu engstehend, um tatsächlich als attraktiv zu gelten.

Phil starrte seinen Freund böse an. „Nicht witzig, George. Nicht witzig."

„Eine Frage des Standpunkts", sagte George mit einem Grinsen und einem Achselzucken. „Also, wer ist der Knabe?"

„Das ist Carter. Robert Carter", antwortete Phil. „Unser neuer Wunderknabe aus Edinburgh."

George musterte Carter mit neuem Interesse. „Ah, ja, weiß schon. Wir haben ihn jetzt in Southwark eingesetzt. Albright hat ihn unter seine Fittiche genommen. Wie macht er sich?"

„Gut", erwiderte Phil leicht säuerlich. „Zu gut."

„Du magst ihn nicht", bemerkte George scharfsinnig. „Warum?"

„Wenn ich es weiß, bist du der Erste, der es erfährt", murrte Phil und legte seine Stirn in Falten. „Ich glaube, er ist gar nicht so brillant und clever, wie er die Leute glauben machen will. Ich lehne mich jetzt mal ganz weit aus dem Fenster, aber ich vermute, dass er nur ein Strohmann ist und dass die ganzen Ideen und Pläne für die Sache in Edinburgh tatsächlich von jemand anderem stammen."

„Der dem Strohmann ganz alleine die Lorbeeren überlässt, ohne sich zu erkennen zu geben?“, fragte George verwundert.

„Eben das stört mich ja“, bestätigte Phil grimmig. „Da ist irgendwas im Busch. Ich habe auch so ein Gefühl, als ob er lieber ein anderes Viertel in seine Finger bekommen möchte. Man hat ihn schon ein paar Mal mit unseren Jungs aus Lambeth sprechen sehen. Aber keine Sorge. Ich halte Augen und Ohren offen.“

„Wenn ich dich nicht hätte“, murmelte George durchaus ernst gemeint und gab Phil einen Klaps auf die Schulter. „Aber vielleicht ist er einfach nur ambitioniert. Wir waren früher nicht viel anders“, gab er zu bedenken.

Phil schnaubte ein wenig, wies dann aber mit einem Finger auf den Fernsehschirm.

„Die aktuellen Hochrechnungen. Sieht immer noch gut aus.“

George tippte nervös, aber verstohlen – sich in diesem Raum voller Mafiosi eine Blöße zu geben, konnte für einen Mann in seiner Position tödlich sein – mit seiner Fußspitze auf das glänzende Parkett. „Ja, aber es fängt an, eng zu werden.“ Endlich brachte der Kellner ihm ein Glas Orangensaft. George nahm es entgegen und nippte daran, um sich zu beschäftigen. „Verdammt, Phil“, zischte er seinem Freund leise zu. „Das muss einfach klappen. Wenn das nicht funktioniert, dann …“

„Du kannst manchmal eine richtige Drama-Queen sein, weißt du das?“, gab Phil zurück. „Entspann dich! Das wird schon. Ich habe mich schließlich persönlich darum gekümmert.“

Doch schon 30 Minuten später war jedem Anwesenden klar, dass es nicht funktionieren würde.

Ein anderer Kandidat holte auf und als dann die ersten Auszählungen der Wahlkreise *Lambeth & Southwark* und

Brent & Harrow vorlagen, wurde klar, dass die Hochrechnungen nicht zutreffend gewesen waren. Eine weitere halbe Stunde später stand so gut wie fest, dass der neue Bürgermeister nicht der Wunschkandidat der Mafia war, sondern auf den Namen Randolph Kingsley hörte.

Bis auf das unaufhörliche Gepläff des Fernsehers herrschte betretene Stille. Nach einer Schrecksekunde richteten sich alle Augen – als wäre es abgesprochen – gleichzeitig auf George.

Und was tat George?

George lachte.

Es war der verzweifelte Versuch, zu retten, was noch zu retten war. „Dumm gelaufen", rief er gespielt sorglos , leerte sein Glas und winkte dem Kellner. „Black Velvets für alle! Ist zwar nicht unbedingt ein Freudentag, aber deshalb müssen wir noch lange nicht verdursten, hab' ich Recht?" Leises, zustimmendes Gemurmel erklang. „Gut, hat eben dieser Kingsley gewonnen. Was soll's?" George lachte wieder, doch dieses Mal ließ er ein wenig Kälte in sein Gelächter einfließen. „Er wird schon sehen, was er davon hat. Soll er sich erst mal in seinem neuen Amt ein bisschen akklimatisieren."

„Und dann? Was ist dann, wenn er sich akklimatisiert hat?", rief Albright, ein mittelgroßer, feister Mann mit ergrauenden Haaren.

Georges Lächeln glich eher einem Zähnefletschen. „Dann werde ich ihm selbstverständlich einen Besuch abstatten, von dem er sich garantiert nicht so schnell wieder erholt. Und anschließend werden wir sehen, wer hier in London wirklich das Sagen hat!" Er bedachte jeden Anwesenden mit einem eisigen Blick. „Hat sonst noch jemand etwas zu bemerken?", rief er mit harter, schneidender Stimme. Er wartete noch einen Augenblick, doch als niemand mehr einen Einwand wagte, drehte er sich auf dem

Absatz um, sagte zu Phil: „Phil, wir gehen!“, warf sein leeres Glas mit voller Wucht in den kalten Kamin, wo es mit lautem Klirren zerbrach, und verließ dann betont langsam den Salon, wobei er allen anderen Gästen ganz bewusst den Rücken zudrehte.

Erst als er mit Phil im Fond seines Wagens saß und Bridges den Weg nach Hause ansteuerte, bemerkte er den kalten Schweiß auf seiner Stirn.

„Gut gemacht“, murmelte Phil.

Die restliche Fahrt durch die regennasse Nacht verbrachten sie schweigend.

Frustration nagte an George, fraß sich in seine Eingeweide und nährte seine Aggressionen und seinen Zorn, von denen er nicht wusste, gegen wen er sie richten sollte. Das Schlimmste war aber dieses tiefsitzendes Gefühl des Versagens und diese elende Hilflosigkeit – denn es gab nichts, absolut nichts, was er heute Nacht noch tun konnte, um diese Niederlage in einen Erfolg zu verwandeln. Diese Demütigung vor versammelter Mannschaft einstecken zu müssen, kam für ihn einer Ohrfeige gleich und stellte eine Erfahrung dar, auf die er gut und gerne hätte verzichten können. Da half auch Phils gutgemeinter Zuspruch nicht. Seine Verfassung verschlimmerte sich mit jeder Sekunde, aber er bezähmte seine negativen Emotionen, so gut es ging, und knirschte mit den Zähnen, bis Bridges ihn zuhause absetzte.

~~~

Kaum hatte George seine Schlafzimmertür mit mehr Wucht, als notwendig gewesen wäre, geöffnet, sah er Sinclair auf seinem Bett sitzen, die langen Beine ausgestreckt und an den Knöcheln gekreuzt.

Sinclair. Wie hatte er den vergessen können?
~~~

Sie hatten darüber gesprochen, dass Sinclair auf ihn warten sollte. George hatte dabei an eine kleine, private Siegesfeier gedacht. Doch das hatte sich nun durch seine erlittene Schlappe erledigt. Er war einfach nur stinkwütend und voll angestauter Aggression. Keine guten Voraussetzungen für … was auch immer er mit Sinclair vorgehabt hatte.

Sinclair trug einen seiner neuen Morgenmäntel, der so weit auseinanderklaffte, dass George mühelos feststellen konnte, dass er darunter nackt war. Etwas regte sich in George bei diesem Anblick und er leckte sich über die Oberlippe. Dann schüttelte er entschlossen den Kopf.

Bei seinem Eintreten hatte Sinclair mit einem kleinen, erfreuten, aber auch fragenden Lächeln aufgesehen und die Papiere, in denen er gelesen hatte, beiseitegelegt. „Du bist schon da", bemerkte er.

„Wie man sieht", erwiderte George gereizt. „Verschwinde."

Sinclairs Stirn legte sich in Falten. „Aber … was … Ich habe nichts angestellt!", verteidigte er sich heftig. „Und falls es dir nicht passt, dass ich den Schriftverkehr mit Italien …"

„Sinclair!", unterbrach ihn George. „Geh. In. Dein. Zimmer."

„Nein", sagte Sinclair trotzig und verschränkte die Arme vor der Brust. „Warum sollte ich?"

George starrte hilfesuchend zur Zimmerdecke, doch auch dort fand er keine Antwort. „Warum tust du eigentlich nie, was ich dir sage?"

Sinclair warf ihm einen langen Blick zu. „Mit dieser Frage könnte sich eine Horde von Psychologen über Jahre hinaus beschäftigen." Seine Stirn legte sich für einen Moment in Falten, dann glättete sie sich wieder. „Aber hier wäre die

Kurzfassung: Weil es nicht das ist, was wir beide wirklich wollen."

George verstummte überrascht. In einem seltenen Moment der Klarheit – zumindest selten, wenn er so wütend war, wie gerade jetzt – erkannte er, dass Sinclair damit den Nagel auf den Kopf getroffen hatte. Sinclairs absoluter Gehorsam war nicht wirklich das, was er – oder Sinclair – wollten. War nicht das, was sie beide brauchten. Sinclair brauchte jemanden, der ihm seine Grenzen aufzeigte, brauchte jemanden, der ihn diese Grenzen auch ständig in Frage stellen, ausloten und überschreiten ließ. Sinclair brauchte jemanden, der ihn korrigierte. Immer und immer wieder. Jemanden, der seine Intelligenz nicht nur anerkannte, sondern bewunderte und auch ermutigte. Jemanden, der in Sinclair nicht den Ungehorsam sah, sondern die Herausforderung.

George liebte Herausforderungen, lechzte geradezu nach Situationen, die es unter Kontrolle zu bringen galt. Er liebte das Gefühl von Macht, das ihm diese Kontrolle verlieh, liebte den Kampf, den es manchmal kostete, liebte die temporäre Unterwerfung. Es reizte ihn, den richtigen Weg zu finden, den es erforderte, um einem anderen Menschen seinen Willen aufzuzwingen. George wollte keinen blinden Gehorsam, keine Perfektion, keine Vollkommenheit – es würde ihn sehr rasch zu Tode langweilen. Er wollte die Fragen, er wollte die Rebellion, er wollte die Faszination, die Überraschung, den Kampf.

Und plötzlich begriff George, dass Sinclair zwar weit davon entfernt war, vollkommen zu sein und doch gerade wegen seiner Mängel absolut perfekt war.

Einen Ja-Sager, Speichellecker und Arschkriecher in die Knie zu zwingen … wo blieb da der Spaß? Aber jemanden wie Sinclair niederzuringen … Sinclair, der seinen eigenen Kopf hatte, der nicht nur auf sexueller, sondern auch auf intellektueller Ebene eine Herausforderung darstellte – das war schon wesentlich reizvoller und aufregender.

Auch das Wissen, dass Sinclair ihm an körperlicher Kraft durchaus ebenbürtig, wenn nicht gar überlegen war, bot zusätzlichen Nervenkitzel. Sinclairs Unterwerfung war nicht einfach zu erringen. Doch wenn George sie erlangte, dann immer in dem vollen Bewusstsein, dass sie freiwillig und voller Lust gewährt wurde. Sinclair war nie ein Opfer, war nie ein Besiegter, sondern immer jemand, der auch noch an einer Niederlage seinen Genuss fand – und deshalb eine Niederlage auch nie als eine solche empfand, sondern es wahrscheinlich nur als neue Erfahrung verbuchte.

Ein wenig betäubt von diesen Erkenntnissen sah George reglos zu, wie Sinclair das Kopfkissen neben sich anhob. Darunter kamen einige Utensilien zum Vorschein, die Sinclair dort platziert haben musste, nachdem er sie aus dem besonderen Fach in Georges begehbarem Kleiderschrank geholt hatte. George erkannte die Reitgerte und den roten Wildleder-Flogger, aber auch eines seiner Seile und einige kleine, metallische Gegenstände – Nippelklemmen vermutlich. Er besaß davon mehrere. Nach einem letzten, musternden Blick, der George vollständig erfasste, traf Sinclair seine Wahl, stand auf, ging zu George und reichte ihm die kurze, breite Lederklatsche mit den silbernen Nieten am Rand.

Ein wenig betäubt nahm George die Klatsche entgegen. Aus Gewohnheit wog er sie kurz in der Hand, fühlte, wie gut das Gewicht zwischen Schlagfläche und Griff ausbalanciert war.

„Ich nehme an, die Wahl ist nicht unbedingt in deinem Sinne verlaufen. Daher … bedien dich“, bot Sinclair mit einem eigenartigen Lächeln an.

„Sinclair“, flüsterte George rau und befeuchtete seine plötzlich trockenen Lippen mit der Zunge. „Du weißt nicht, was du das sagst.“

„Oh doch“, erwiderte Sinclair sorglos. „Tob dich an mir aus. Du wirst dich hinterher besser fühlen.“

George starrte auf seine Hand, die die Lederklatsche hielt, als würde er sie zum ersten Mal sehen. Für das, was Sinclair suggerierte, war dieses Instrument perfekt geeignet. Es lag gut in der Hand und war nicht besonders flexibel, was zu einer hohen Treffsicherheit, auch bei einem unkonzentriert ausgeführten Schlag, führte. Der Knall beim Auftreffen auf die Haut war befriedigend laut – wie George aus Erfahrung wusste – ohne jedoch zu große Schmerzen zu verursachen. Die Handhabung verlangte – zumindest, wenn man die Klatsche über einen längeren Zeitraum einsetzte – einiges an Kraft. George würde mit voller Wucht zuschlagen können, ohne Sinclair tatsächlich zu verletzen. Er würde sich – ohne Gewissensbisse – völlig verausgaben und das ganze aufgestaute Adrenalin abbauen können. Ein verdammt verführerischer Gedanke und so völlig falsch, dass George nicht wusste, wie er es Sinclair begreiflich machen sollte.

„Sinclair, das geht nicht.“

„Oh, bitte, George“, widersprach Sinclair in seiner leicht herablassenden Art, derer er sich ab und zu befleißigte. „Sei doch nicht so entsetzlich spießig.“

„Das hat mit spießig nichts zu tun!“, brauste George auf und spannte automatisch seine Hand fester um den Griff der Klatsche, was Sinclair mit einem Aufleuchten seiner Augen registrierte. „Es hat damit zu tun, dass du nichts falsch gemacht hast. Du … du … Ich *kann* dich nicht schlagen, nur weil …“ George schüttelte den Kopf.

„Deine politische Korrektheit in allen Ehren“, versetzte Sinclair und verdrehte seine Augen, „aber an mir ist sie völlig verschwendet. Das solltest du allmählich wissen. Muss ich dir wirklich erst einen Grund geben?" Er schüttelte missbilligend den Kopf. „Meine Güte, George, manchmal bist du wirklich schrecklich schwierig. Schlag mich. Schlag mich einfach. Du weißt, dass es für mich keine wirkliche Strafe ist. Schon gar nicht damit." Er wies ein wenig abfällig auf die Klatsche in Georges Hand. „Also tu dir keinen Zwang an. Wir beide wissen, dass du dich hinterher besser fühlen wirst. Und ich mich auch. Du willst es. Das sehe ich dir an der Nasenspitze an. Oder brauchst du tatsächlich eine Rechtfertigung für dieses Vorhaben? Tatsächlich, George?" Sinclairs linke Augenbraue hob sich provozierend in die Höhe.

„Also schön", knurrte George, dessen Selbstbeherrschung sich nach diesem Monolog endgültig verabschiedet hatte. „Du hast es so gewollt. Aber sag hinterher nicht, ich hätte dich nicht gewarnt!" *Wollen wir doch mal sehen, ob wir dieses selbstgefällige Lächeln nicht in etwas anderes verwandeln können*, dachte George und leckte sich begehrlich über die Lippen.

~~~

Schweiß glänzte auf Sinclairs Rücken. Unermüdlich hieb George mit der breiten Lederklatsche auf den dargebotenen Hintern ein. Ganz zu Beginn hatte George ihn geheißen, sich in einiger Entfernung vor das Bett zu knien, die Beine geschlossen zu halten und sich mit den Händen an der Bettkante abzustützen. Diese Haltung hatte Sinclair die ganze Zeit über mit bemerkenswerter Fügsamkeit beibehalten. Die Klatsche hinterließ breite rote Abdrücke auf der hellen Haut, deren Anblick George erhebliche Befriedigung verschaffte. Er wusste nicht, wie lange er schon auf Sinclair eingeschlagen hatte, doch mittlerweile spürte er die
~~~

Anstrengung in seinem Arm und er hielt inne, um einen Moment Atem zu schöpfen. Seine Anspannung und Gereiztheit hatte bereits etwas nachgelassen und er hatte das Gefühl, nun wieder etwas freier atmen zu können. Aber das war noch nicht genug. Noch lange nicht. Da war noch immer so viel Adrenalin in seinem Blut, wie in einer kompletten Rugby-Mannschaft kurz nach einem verlorenen Spiel. George holte einmal tief Luft, dann trat er zu Sinclair, packte ihn an den Haaren, zog seinen Oberkörper in eine aufrechte Haltung und bog seinen Kopf zurück.

Sinclair schnappte keuchend nach Luft, geriet aus dem Gleichgewicht und griff haltsuchend mit einer Hand nach Georges Beinen, um sich wieder zu stabilisieren. George ließ ihn gewähren, ohne ihn dafür zurechtzuweisen, denn seine Aufmerksamkeit wurde gerade von etwas ganz anderem beansprucht.

Zwischen Sinclairs zusammengepressten Beinen ragte eine steife und bereits feucht glänzende Erektion empor.

„Geiles Stück“, murmelte George, doch es klang nicht besonders tadelnd oder erbost, sondern eher anerkennend.

„Ich hätte dich um diesen Sperma-Stopper bitten sollen“, bemerkte Sinclair und warf George einen brennenden Blick zu.

„Das hätte nichts genutzt und dich nur noch geiler gemacht“, konterte George, dann verpasste er Sinclairs geschwollenem Schaft einen leichten Schlag mit der Klatsche. Sinclair wimmerte lustvoll und lehnte sich gegen den Griff in seinen Haaren auf. Ein frischer, heller Tropfen quoll aus der Spitze seiner Erektion. „So eine kleine Kugel bringt bei dir gar nichts mehr. Du brauchst da wesentlich mehr.“

„Mehr?“, fragte Sinclair atemlos.

„Schon mal was von Prinzenzeptern gehört?“, wollte George wissen. Sinclair schüttelte, so gut es ging, den

Kopf. „Nein? Mit dem Begriff Penis-Plug wirst du ja wohl etwas anfangen können."

„Oh Gott", stöhnte Sinclair leise. Seine Erektion zuckte und ein neuer Tropfen Prä-Ejakulat formte sich an dem schmalen Schlitz seiner Eichel.

„Aber vielleicht muss ich bei dir auch richtig schweres Geschütz auffahren. Ich habe noch irgendwo ein Dilatatoren-Set." In Georges Unterleib stellte sich ein lustvolles Pulsieren ein und sein Penis schwoll langsam, aber sicher an. Gott, wie lange hatte er dieses Set schon nicht mehr benutzt? Es gab einfach zu wenige Männer, die diese Praktik als erregend empfanden. „Medizinische Metallstäbe, leicht gebogen, in verschiedenen Größen", fuhr er mit rauer Stimme fort. „Perfekt dafür geeignet, um sie in deine Harnröhre einzuführen. Vielleicht würdest du dann endlich lernen, nicht alles voll zu sabbern. Wie würde dir das wohl gefallen?"

Sinclair starrte ihn mit offenem Mund an. Seine Pupillen waren so sehr geweitet, dass seine sonst so hellen Augen fast schwarz wirkten. Die klaren Tropfen rannen nun ohne Unterlass über seine Eichel. „Gott … ja …" Die Antwort war kaum mehr als ein kehliges Röcheln.

Ein teuflisches und sehr zufriedenes Lächeln erschien auf Georges Lippen. „Das dachte ich mir", erklärte er spöttisch und ließ die Klatsche erneut mit Sinclairs Erektion in Kontakt kommen, der sich unter dem leichten Hieb ein wenig krümmte. „Aber heute wirst du dich noch ohne diese Hilfsmittel beherrschen müssen."

Ein langgezogenes Stöhnen drang aus Sinclairs Mund. „George … bitte …" Seine Hand, die sich an George festgehalten hatte, glitt mit fahrigen Bewegungen zwischen Georges Beine. „Fick mich … Fass mich an … Irgendwas … bitte … lass mich kommen!"

George lachte und Sinclair erschauerte ahnungsvoll. „Das hättest du gerne", spöttelte er und presste sich mit einem genüsslichen Seufzen noch mehr Sinclairs suchender Hand entgegen. Das vertraute und berauschende Gefühl von Macht durchströmte ihn und ließ seinen halbsteifen Schaft noch mehr anschwellen. Sein Nacken prickelte. „Einfach so abspritzen dürfen, hm?"

Sinclair kaute auf seiner Unterlippe und flüsterte nach einer Weile hoffnungsvoll: „Bitte?"

„Nein." George schüttelte unbeeindruckt den Kopf. Sinclairs leises *bitte* hatte eine unglaublich aufputschende Wirkung auf ihn. Er wusste, wie sehr Sinclair es hasste, um etwas zu bitten. Wenn er sich also schon freiwillig und ohne Ermunterung aufs Betteln verlegte, musste es um seine Erregung sehr schlimm bestellt sein. Georges Pulsschlag beschleunigte sich. „Aber du kannst dir selbst ein bisschen Erleichterung verschaffen", erlaubte er großmütig und schenkte Sinclair sein breitestes Lächeln. „Du darfst dir mit zwei Fingern über deine Eichel reiben." Seine Hand lockerte ihren Griff in Sinclairs Haaren und tätschelte ihm stattdessen aufmunternd die Wange. „Na los, worauf wartest du?"

Sinclair starrte ihn ungläubig an. „Das ist nicht dein Ernst!", platzte er heraus.

Georges Lächeln wurde teuflisch. „Oh, mach nur so weiter und ich erlaube dir nur noch einen Finger", bemerkte er gelassen. „Deine Entscheidung."

Unentschlossen sah Sinclair hinab auf seinen harten Schaft, blickte dann wieder zu George empor, der einfach nur dastand und wartete. Mit einem leisen Seufzen ließ Sinclair seinen Kopf sinken, schob sich Zeige- und Mittelfinger seiner rechten Hand zwischen die Lippen, saugte kurz daran, zog sie wieder heraus und leckte noch einmal mit seiner Zunge darüber.

„Ich würde ja sagen, du bist feucht genug", bemerkte George mit trockenem Spott, „aber, bitte, von mir aus. Und jetzt fang endlich an, bevor ich es mir noch anders überlege."

Ein letzter, flehentlicher Blick aus Sinclairs Augen brachte seinen Entschluss zwar nicht ins Wanken, verursachte aber ein erregendes Pulsieren in seinem Glied und das Prickeln in seinem Nacken verstärkte sich. Sinclair holte zitternd Atem und rieb dann mit den zwei Fingern über seine feucht glänzende Eichel. Begleitet von einem heiseren Stöhnen krümmte sich sein Körper zusammen.

George beobachtete es zufrieden und ließ Sinclair einige Minuten lang gewähren. Dann zog er ihm ohne Vorwarnung einen scharfen Hieb mit der Klatsche über den Hintern. Sinclair zuckte zusammen und stieß einen spitzen Schrei aus, rieb jedoch noch schneller mit seinen Fingerspitzen über seine Eichel.

„Linke Hand an die Bettkante. Gleiche Haltung wie vorhin", kommandierte George scharf.

„George", wimmerte Sinclair leise. „Bitte … lass mich … Ich … ich kann nicht."

„Oh, doch. Du kannst", erwiderte George ungerührt. „Na, komm, in Position. Hast du wirklich geglaubt, ich wäre mit deinem Hintern schon fertig?"

Sinclair stöhnte gequält, streckte dann aber doch seinen Körper nach vorne in Richtung Bett und stützte sich mit seiner linken Hand wie zuvor an der Kante ab, während seine rechte Hand wieder zwischen seinen Beinen verschwand. George holte aus und verpasste ihm den ersten Hieb. Sinclair wimmerte, reckte aber seinen Hintern für den nächsten Schlag noch ein wenig mehr in die Höhe.

„Unersättlich", tadelte George mit einem amüsierten Kopfschütteln. „Glaubst du, du kannst so abspritzen?"

„Hoffentlich", keuchte Sinclair und warf George dann einen ungeduldig-funkelnden Blick über die Schulter zu. „Was ist? Mach weiter!"

Doch auch die zusätzliche Stimulation durch Georges Hiebe reichte nicht aus, um Sinclair einen Orgasmus zu verschaffen, was womöglich daran lag, dass George seine Schläge mit Absicht wesentlich schwächer ausführte als noch zuvor. Er hatte nicht vorgehabt, es Sinclair so leicht zu machen. Als Sinclair schließlich vor ungestilltem Verlangen am ganzen Körper bebte, warf George die Klatsche beiseite, half Sinclair auf und bugsierte ihn auf das Bett. George entledigte sich seiner Kleidung, rieb einige Male über seinen harten Schaft, setzte sich dann – durch Kissen gestützt – hinter Sinclair und umschlang dessen Oberkörper mit seinen Armen. Er warf einen lüsternen, begehrlichen Blick auf Sinclairs harte, pulsierende und unbefriedigte Erektion und presste einen saugenden Kuss auf die weiße, verlockende Halsbeuge vor sich.

Sinclair erschauerte und sein Penis zuckte. „Bitte", flehte er mit erstickter Stimme. „George … *bitte* … lass mich …"

„Nimm ihn in die linke Hand, aber nur festhalten, nicht wichsen", warnte George. „Gut. Und jetzt … darfst du weitermachen … mit zwei Fingern."

„George", jammerte Sinclair.

„Du kommst auf diese Art oder gar nicht. Hast du mich verstanden?"

Ein leises Schluchzen war zu hören, doch dann nahm Sinclair seine Stimulation wieder auf, die mittlerweile mehr Qual als Genuss sein musste. Genug, um seine Erregung zu halten und zu steigern, aber nie genug, um tatsächlich Befriedigung zu erlangen. George wusste das sehr wohl. Sinclairs Orgasmus zu kontrollieren, ließ jetzt seinen ganzen Körper prickeln und gab ihm einen Kick, der mit nichts zu vergleichen war. Es verschaffte George den dringend benötigten Ausgleich für die verfahrene Situation mit der verlorenen Wahl. Eine Situation, die völlig seiner Kontrolle entglitten war. Sinclair gab ihm hier nun – völlig freiwillig – die Möglichkeit, diesen Kontrollverlust zu kompensieren, indem er ihm etwas anderes gab, worüber er Macht ausüben konnte: Sinclairs Körper und Sinclairs Lust. Es war ein berauschendes Gefühl.

George spürte das verräterische Zucken und das Verkrampfen der Muskeln in dem Körper, den er in seinen Armen hielt und rief: „Stopp!" Als Sinclair nicht sofort reagierte, packte er ihn am Handgelenk und zog Sinclairs Finger von seiner geschwollenen Eichel.

„Nein", schluchzte Sinclair verzweifelt. „George … bitte … ich war so kurz davor …"

„Ich weiß", erwiderte George kühl und mit einem teuflischen Lächeln, das Sinclair jedoch nicht sehen konnte. Sein eigener Penis drückte und rieb verlangend gegen Sinclairs Rücken. Er wartete einen Moment, lauschte auf Sinclairs angestrengten Atem und gab dann seine Hand wieder frei. „Weitermachen."

„Oh Gott", wisperte Sinclair, rieb aber sofort wieder über seine Eichel, wobei sich seine fast hektischen Bewegungen nun ausschließlich auf die kleine Öffnung konzentrierten. Schon bald zuckten seine Hüften wieder unmissverständlich und George bemächtigte sich erneut seiner Finger und zog sie beiseite.

„Alles okay?", murmelte George leise, da von Sinclair nichts mehr zu hören war. Als Sinclair nickte, hauchte er einen Kuss auf seine verschwitzte Schläfe und flüsterte: „Du machst das ganz wunderbar. Nur noch ein paar Mal …"

Sinclair stöhnte und drängte sich enger gegen Georges Körper, drängte sich ganz bewusst mehr gegen Georges harte Erektion in seinem Rücken, machte jedoch keinerlei

Anstalten, gegen Georges lockeren Griff um sein Handgelenk anzukämpfen, sondern akzeptierte Georges Macht über sein Verlangen, über seine Ekstase, über seine Befriedigung und gab sich seiner eigenen Ohnmacht vollständig hin.

Noch drei Mal unterbrach George Sinclairs beginnenden Orgasmus. Von Sinclair war die ganze Zeit über nichts mehr zu hören. Kein einziges Wort, kein Seufzen, kein Stöhnen. Er war offensichtlich zu sehr erregt für solche Äußerungen. Sein keuchender, immer wieder stockender Atem waren die einzigen Laute, die er noch von sich gab. Sein ganzer Körper wirkte verkrampft und gleichzeitig völlig kraftlos. Schließlich zog George ein viertes Mal Sinclairs Hand zur Seite und rieb selbst über die glitschige, mittlerweile gerötete Öffnung in Sinclairs Eichel. Ein hoher, langgezogener Schrei drang aus Sinclairs geöffneten Lippen. Sein Kopf bog sich noch mehr zurück, sein Körper spannte sich und weißes Sperma quoll unter Georges Fingern hervor. Sofort nahm George seine Hand weg, schob Sinclair von sich herunter, kroch zwischen die gespreizten Beine und drang mit einem einzigen, harten Stoß in den bebenden Körper ein.

George keuchte, als er die pulsierende Wärme um seinen harten Schaft spürte. Sinclairs Muskeln zuckten und massierten seine Erektion und George stieß zu. Hart. Tief. Schnell. Er nahm Sinclairs Beine und legte sie sich über die Schultern, um noch tiefer in den willigen Körper eindringen zu können. Undeutlich hörte er Sinclairs Stöhnen, sah, wie sich seine ausgestreckten Hände in das Bettlaken krallten, spürte, wie er sich unter ihm öffnete. Vollständig öffnete, ihn komplett in sich aufnahm. Sich ihm hingab und George spürte seinen eigenen Höhepunkt nahen, während Sinclairs Orgasmus immer noch anzudauern schien, sich die Muskeln um George immer noch verkrampften.

„Nicht aufhören!", stöhnte Sinclair, spreizte seine Beine noch mehr und zog mit seinen Händen die Knie gegen seine Brust. „Mehr … George … Ich … ich … ich glaube … Oh Gott!"

Unter Georges ungläubigem Blick kam Sinclair ein zweites Mal. Fast quälend langsam tropfte und spritzte eine kleine Menge Sperma auf Sinclairs Bauch.

„Oh, mein Gott", flüsterte George heiser. Er spürte die erneuten Muskelkontraktionen um seine unerträglich harte Erektion, stieß noch einmal zu, spürte alles mit plötzlicher, blendender, brennender Intensität und ergoss sich dann mit einem Schrei tief in Sinclairs bebenden Körper.

Als der Nachhall seines Höhepunkts etwas nachgelassen hatte, kauerte er immer noch über Sinclair. Etwas ungeschickt und benommen rollte er sich neben den anderen Mann und zog ihn an sich. Sofort schmiegte sich Sinclair an ihn und barg seinen Kopf an Georges Brust. Immer noch schüttelten Schauer den schlanken Körper in seinen Armen und nach jedem Mal drang ein unglaublich wollüstiges Seufzen über die vollen roten Lippen, glitt Sinclairs Atem heiß und feucht über Georges Haut. Dem Seufzen folgte ein nicht enden wollender Strom geflüsterter Bekundungen, die völlig überwältigt und ungemein befriedigt klangen.

„Wahnsinn", fasste George seine Faszination in Worte und hauchte einen Kuss auf die wirren Locken. „Absoluter Wahnsinn. Du hast dich vorgedehnt, oder? Wie viel Vaseline hast du dazu genommen? Das war wie mit einem heißen Messer durch Butter schneiden."

„Es ist noch genügend da", erwiderte Sinclair erschöpft, klang dabei aber sehr zufrieden mit sich selbst.

„Du bist der unglaublichste, faszinierendste, wundervollste Mann, der mir je begegnet ist." Als George sich diese letzten Worte selbst sagen hörte, war sein erster Impuls, sich zu wünschen, er hätte sie nie gesagt.

„Das sagst du nur, weil dein Hirn jetzt praktisch in Serotonin und Endorphinen ersäuft“, murmelte Sinclair an seiner Brust. Er klang schläfrig. „Fühlst du dich jetzt besser?“

„Ja“, gestand George und schämte sich für seinen Wunsch, diese Worte nie gesagt zu haben. Immerhin war es die Wahrheit. Und Sinclair verdiente es, die Wahrheit zu erfahren. Es war nur so, dass George sich mit solchen Offenbarungen seit damals … seit Simon … unglaublich schwer tat.

Dabei war Sinclair für George längst zu jemand geworden, dem er auf Augenhöhe begegnen konnte, jemand, der ihm ebenbürtig, ihm gleichberechtigt gegenüberstand. Und der sich im Kern seines Wesens nie duckte. Jemand, der um seine Fehler wusste und sie mit einem Seufzen zugab und mit einem Schulterzucken akzeptierte und der sich selbst gleichzeitig immer noch so gering einschätzte, dass er über die kleinsten Komplimente in Erstaunen geriet. Jemand, dessen Gesicht vor Glück strahlte, wenn er ein Lob bekam, und der gleichzeitig mindestens genauso viele Dinge tat oder sagte, von denen er ganz genau wusste, dass er dafür Ärger bekommen würde.

Wie er Sinclair so in seinen Armen hielt und dabei seinen Gedanken nachhing, dem Nachhall der Erregung in seinem Körper nachfühlte, fing George plötzlich an zu reden. „Du bist wunderbar und einfach unglaublich. Du lässt mich Dinge tun, bei denen andere … Du kommst auf Ideen, auf die noch niemand vor dir gekommen ist …“

„George? Du weißt schon, dass ich noch wach bin und jedes Wort höre?“, kam die entspannte Frage aus der Region von Georges linker Brustwarze, wo immer noch Sinclairs Kopf ruhte.

„Ja.“

„Ah“, machte Sinclair verstehend. „Dann gehört das zu den Dingen, die wir am nächsten Morgen mit keiner Silbe erwähnen werden und wir werden auch beide so tun, als ob das nie stattgefunden hätte?“

„Ganz genau.“

„Gut“, erwiderte Sinclair gelassen und gähnte. „Ich wollte nur sichergehen.“

„Sinclair, du … du sollst wissen, dass ich …“ George stockte. Er hatte irgendwie den Faden verloren, doch dann war alles wieder präsent und er redete weiter und hatte keine Ahnung, wann er wieder damit aufhören würde. „Ich gebe zu, dass ich dich nur deshalb in mein Haus geholt habe, weil ich mir deine ständige Verfügbarkeit und sexuelle Bereitschaft sichern wollte. Aber du hast viel mehr zu bieten als nur … Du hast sogar versucht, mir das klarzumachen, dass du Fremdsprachen beherrscht und … und mich hat es einfach nicht interessiert. Aber jetzt … Ich weiß nicht mehr, was ich ohne dich tun würde. Du bist zwar immer noch der beste Schwanzlutscher Londons – und ich habe Vergleichswerte, das kannst du mir glauben! Aber du … du bist schon lange kein reines … Sexspielzeug mehr für mich. Warst es vielleicht auch nie. Ich weiß es nicht mehr. Du bist für mich … unentbehrlich. Nicht nur im Bett … sondern auch bei der Arbeit … und … in meinem Leben.“

Ein sacht pfeifendes Atemgeräusch war zu hören und als George sich ein wenig zur Seite beugte, um in Sinclairs Gesicht zu sehen, musste er feststellen, dass dieser nun doch eingeschlafen war. Die Frage war nur: Wann? Und wie viel hatte er doch noch gehört?

George seufzte und verdrehte die Augen. Dieser unmögliche Mensch raubte ihm noch den Nerv. Den allerletzten Nerv.

~~~

„Wer hat nun eigentlich die Wahl gewonnen?“, fragte Sinclair, als er und George sich am nächsten Morgen am Frühstückstisch gegenüber saßen. Sinclair schwelgte noch in dem äußerst befriedigenden Nachhall der letzten Nacht, dem Geruch nach Sperma, Sex und Schweiß. Daher trug er nur eine Pyjamahose und hatte noch nicht geduscht, während George bereits in Anzug und Krawatte am Tisch saß und mit unnötig viel Gewalt sein Drei-Minuten-Ei köpfte.

„Der Falsche!“, erwiderte George erbost.

Sinclair interessierte sich zwar kein bisschen für Politik, aber für George war diese ganze Angelegenheit von enormer Bedeutung und daher ließ er sich nicht so einfach abspeisen. Obwohl er sich mit seinen hartnäckigen Fragen das letzte, genüssliche Nachglühen seiner multiplen Orgasmen verdarb. „Hat Hooper das Rennen gemacht? Oder doch Ullman?“ Sinclair nahm sich ein frisches Brötchen und schnitt es auf.

„Weder noch.“ George seufzte verdrossen. „Dieser Randolph Kingsley hat gewonnen. Völlig unerwartet.“

Sinclairs Hand schwebte eine Sekunde zu lang über der Platte mit dem Schinken, bevor er sie unverrichteter Dinge wieder zurückzog und in seinen Schoss legte. George hatte glücklicherweise nichts bemerkt, da er gerade damit beschäftigt war, sich Tee einzuschenken. Im Schutze der Tischplatte und des überhängenden Tischtuchs grub Sinclair die Fingernägel in seinen Oberschenkel, bis er am liebsten vor Schmerz geschrien hätte. Doch selbst ein aufmerksamer Beobachter hätte nur ein leichtes Zucken seiner Augen bemerken können und George war an diesem Morgen von seinen eigenen Sorgen mehr als genug abgelenkt. Der Schmerz in seinem Bein versetzte ihn wenigstens wieder in die Lage, einen klaren Gedanken zu fassen. Seine
~~~

Panik flaute ein wenig ab und der Raum um ihn hörte auf, sich zu drehen.

Sein Halbbruder war Londons neuer Bürgermeister. Konnte es noch schlimmer kommen?

Wie lange würde er seinen Aufenthaltsort jetzt noch vor Randolph geheim halten können? Wic lange würde er George seine wahre Identität verheimlichen können? Und würde George ihn noch wollen, wenn er erst einmal die ganze Wahrheit über ihn erfuhr? Wie würden sich Georges Gefühle ihm gegenüber ändern, wenn er erst einmal wusste, wer er tatsächlich war? Mit einem flauen Gefühl im Magen überlegte er, mit welchen Mitteln Randolph versuchen würde, ihn wieder in seine Finger und unter seine Kontrolle zu bekommen. Er würgte an einem Kloß in seinem Hals. Würde der ganze Alptraum jetzt wieder von vorne beginnen? Waren die ganzen Versteckspiele über all die Jahre hinweg völlig umsonst und vergebens gewesen? Der Raum fing wieder langsam an, sich vor seinen Augen zu drehen. Erneut grub er die Fingernägel schmerzhaft tief in seinen Oberschenkel und seine Lunge war wieder in der Lage, sich mit Sauerstoff zu füllen. Über den Frühstückstisch hinweg warf er George einen verstohlenen Blick zu. Er durfte sich ihm gegenüber nichts anmerken lassen. Er wollte diese letzten ungetrübten Momente mit ihm noch genießen. Würde George ihn, wenn die Bombe erst einmal geplatzt war – und Sinclair zweifelte keine Sekunde lang, dass es dazu kommen würde, das Schicksal hasste ihn einfach zu sehr – gegen Randolph unterstützen? Würde er zu ihm halten?

Sinclair hoffte es. Das war ohnehin alles, was ihm jetzt noch blieb: Hoffnung. Und der physische Schutz durch Georges Wachleute, Gitter, Zäune und Mauern. Sinclair schob seinen Teller von sich.

Teil 22

Eine Woche nach der Bürgermeisterwahl betrat Detective Inspector Richard Tremaine die City Hall. Ein einzelner, mutiger Strahl der tiefstehenden Sonne hatte sich durch die Regenwolken gekämpft und ließ die Wellenkronen der Themse für einen kurzen Moment wie Diamanten glitzern.

Es war spät, doch noch nicht zu spät für reguläre Bürostunden. Richard war durch seine Arbeit bei der Polizei schlimmere Arbeitszeiten gewohnt. Noch drängten sich auch zahlreiche Touristen in der Eingangshalle und auf der gewundenen Treppe, die sich durch das ganze Gebäude schraubte. Er jedoch wählte den Aufzug. Sein Gesprächspartner residierte in einem der oberen Stockwerke und er wollte zu seinem Termin nicht zu spät kommen. Daher verzichtete er auf die Freitreppe und den unvergleichlichen Ausblick, den diese auf die Tower Bridge bot, und zermarterte sich während der kurzen Aufzugfahrt zum wiederholten Mal das Gehirn, was der neugewählte Bürgermeister ausgerechnet von ihm wollen könnte.

Das *Pling* des Aufzugs riss ihn aus seinen Gedanken. Er meldete sich bei einer nicht mehr ganz jungen blonden Sekretärin an und wurde von ihr ohne Umschweife – und mit einem ausgesucht freundlichen Lächeln – zum Büro des Bürgermeisters geführt. Sie klopfte kurz an und öffnete die Tür.

„Ja, Miss Carstairs?“, hörte Richard eine sonore Stimme fragen.

„Detective Inspector Tremaine für Sie, Mister Kingsley.“ Dann wandte sie sich Richard zu und hielt die Tür für ihn auf. „Mister Kingsley erwartet Sie.“

Richard betrat den Raum und hörte, wie die Tür hinter ihm geschlossen wurde. *Eigentlich ein ganz normales, modernes Büro,* schoss es ihm durch den Kopf.

Der Mann jedoch, der hinter dem Schreibtisch saß, wirkte in seinem dreiteiligen Anzug mit der Uhrkette seltsam fehl am Platze. Zu ihm hätte eher eine Einrichtung aus dunkler Eiche mit Messingbeschlägen und ein wuchtiger Schreibtisch gepasst und nicht diese zweckmäßige und nüchterne Einrichtung, mit Computer und Glas und Chrom, wohin man nur sah.

„Guten Tag, Detective Inspector", begrüßte ihn Randolph Kingsley und wies mit einladender Geste auf die Besucherstühle, die seinem Schreibtisch gegenüber standen. „Bitte, nehmen Sie doch Platz."

„Guten Tag, Herr Bürgermeister", erwiderte Richard die Begrüßung und setzte sich. „Ich darf Ihnen noch zu Ihrer Wahl gratulieren?" Ein Lächeln kräuselte die Lippen des Bürgermeisters, doch Richard bemerkte, dass es nur Fassade war und seine Augen nicht erreichte.

„Sie werden sich fragen, warum ich Sie hierher gebeten habe", begann Randolph gedehnt, beendete den Satz jedoch nicht. Scharfe braune Augen musterten Richard durchdringend, dann seufzte der Bürgermeister. Es klang ein wenig verdrossen. „Gut, es war wahrscheinlich etwas zu viel erwartet, dass Sie sich erinnern könnten."

„Ich erinnere mich sehr gut, Herr Bürgermeister, und ich habe Sie nicht erst auf den Wahlplakaten erkannt, sondern auch in dem einen oder anderen Zeitungsartikel, der über die Jahre hinweg erschienen ist", widersprach Richard mit gemessener Höflichkeit. „Ich vergesse nie ein Gesicht und nur selten einen Namen." Er räusperte sich. „Wie geht es übrigens Ihrem Bruder? Sein Name ist seit damals nicht mehr aktenkundig geworden. Zumindest, soviel ich weiß. Während Ihres Wahlkampfs ist er allerdings auch nirgendwo aufgetaucht. Ich hoffe, es ist nichts …"

„Unsere Wege haben sich getrennt", schnitt Randolph ihm das Wort ab. „Ich habe Sie auch nicht herkommen lassen, um mit Ihnen über meinen Bruder zu philosophieren."

„Gut", sagte Richard langsam. Diese schroffe Erwiderung erstaunte ihn, doch er hielt es für klüger, seine Verwunderung nicht allzu offen zu zeigen. Mister Kingsleys Bruder war offensichtlich das schwarze Schaf der Familie – und wer sprach schon gerne über die faulen Äpfel am Familienstammbaum? Niemand. Am allerwenigsten die, die es *geschafft* hatten. „Warum haben Sie mich dann herkommen lassen?"

„Ich ließ es mir angelegen sein, seit unserem ersten Zusammentreffen Ihre Karriere mit Interesse zu verfolgen", äußerte Randolph mit einem schmalen, etwas gönnerhaften Lächeln.

„Das müssen für Sie ziemlich langweilige Jahre gewesen sein, zumindest bis auf die letzten acht Monate", bemerkte Richard sachlich, aber mit einer ordentlichen Portion Selbstironie. „Je länger ich hier sitze, desto mehr beschleicht mich allerdings das Gefühl, dass ich meine Beförderung Ihnen zu verdanken haben könnte."

Randolph wiegte bedächtig den Kopf. „Es liegt im Bereich des Möglichen, dass ich bei Gelegenheit vielleicht ein oder zwei Mal unter Umständen Ihren Namen habe fallen lassen."

Richard schlug die Beine übereinander und kratzte sich an der Schläfe. „Warum gerade ich?"

„Weil Sie nie auch nur der Hauch eines Korruptionsverdachts gestreift hat." Randolphs Augen verengten sich leicht. „Männer wie Sie sind zu wertvoll, um sie zu ignorieren. Ich brauche Sie."

„Mich?", rief Richard überrascht und deutete mit beiden Händen auf seine eigene Brust. „Mich? Sind Sie sich sicher? Und das nur, weil ich der letzte ehrliche Bulle bin?"

Randolphs schmale Lippen spitzten sich süffisant. „Ich hätte nicht unbedingt diese Worte benutzt, aber ja. Genau deshalb, weil Sie *der letzte ehrliche Bulle* sind, wie man Sie in Scotland Yard so gerne nennt."

„Wenn *Sie* das sagen, klingt es seltsam", erwiderte Richard mit einem halben Lachen und skeptischer Miene. „Aber bei allem nötigen Respekt ... nur, weil Sie mir diese Beförderung verschafft haben, werde ich nicht nach Ihrer Pfeife tanzen."

Ein nachdenkliches Lächeln huschte über Randolphs Lippen. Nachdenklich und abschätzend. „Ich hatte gehofft, dass Sie sich nicht aus Dankbarkeit, sondern aus Überzeugung dazu entschließen könnten."

„Was haben Sie vor?", fragte Richard misstrauisch.

„London zu einer besseren Stadt zu machen", antwortete Randolph ohne Umschweife.

„Bescheiden", bemerkte Richard trocken. „Wozu brauchen Sie da mich? Steht Ihnen nicht ein ganzer Stab an Experten zur Verfügung? Und was ist mit der *London Assembly*? Alles Dummköpfe? Alle 25 Mitglieder? Gestatten Sie, dass ich da so meine Zweifel habe. Und wenn Sie schon mit der Polizei anfangen wollen, warum halten Sie sich da mit meinem Dienstgrad auf? Was kann ich schon ausrichten?"

„Eine Menge", erwiderte Randolph gelassen. „Es gehört zu meinem Amt, dass ich den ganzen Tag über belogen werde. Von Ihnen, Detective Inspector, von Ihnen erwarte ich die Wahrheit."

„Was haben Sie vor?", wiederholte Richard seine Frage, doch dieses Mal schwang deutliches Interesse mit und der Schatten eines Lächelns huschte daraufhin über das Gesicht des Bürgermeisters.

„London ist für die nächsten vier Jahre *meine* Stadt. Ich bin für das Wohl ihrer Bürgerinnen und Bürger verantwortlich.“ Randolph lehnte sich in seinem Sessel zurück und legte die Fingerspitzen aneinander. „Meine Entscheidungen werden Auswirkungen auf alle Bereiche ihres Lebens haben, also müssen diesen Entscheidungen korrekte Informationen und fundierte Überlegungen zugrunde liegen.“ Er sah Richard direkt in die Augen. „London soll ein sicherer Ort werden. Bei diesem Vorhaben brauche ich jede Unterstützung, die ich kriegen kann.“

Richard atmete mit einem pfeifenden Geräusch aus. „Ich könnte mir denken, dass Ihnen da der Terrorismus und das organisierte Verbrechen einen ziemlichen Strich durch die Rechnung machen werden. Von den Kleinkriminellen mal ganz zu schweigen. Oder wollen Sie denen allen den Kampf ansagen?“

„Vielleicht“, erklärte Randolph schlicht. „Wenn es sich nicht vermeiden lässt. Aber vorrangig möchte ich London einfach nur eine Phase von Ruhe und Frieden verschaffen.“

„Ein schöner Gedanke“, sagte Richard mit leichtem Spott. „Und wie gedenken Sie, das zu erreichen?“

„Das lassen Sie meine Sorge sein, Detective Inspector.“ Randolph stand auf. „Aber ich bin ein schlechter Gastgeber – darf ich Ihnen etwas zu trinken anbieten? Ein Mineralwasser vielleicht?“

„Gern, danke.“

Richard erwartete, dass der Bürgermeister seine Sekretärin rufen würde, damit Sie sich um die Bewirtung kümmerte, doch der Bürgermeister ging zu einem Schrank, öffnete ihn, entnahm ihm eine Flasche und ein Glas und schenkte ein.

„Bitte.“

„Danke.“ Erstaunt nahm Richard das Glas entgegen. Bei dieser Gelegenheit berührten sich ihre Fingerspitzen für den Bruchteil einer Sekunde und Richards Haut kribbelte bei diesem flüchtigen Kontakt.

„Sie haben da gerade ein interessantes Thema angesprochen“, nahm Randolph den Gesprächsfaden wieder auf, nachdem er wieder in seinem Sessel Platz genommen hatte. „Das organisierte Verbrechen.

„Die Mafia?“, gab Richard zurück. „Was soll damit sein?“

„Geben Sie mir für den Anfang eine Kurzfassung“, sagte Randolph mit einem Schulterzucken.

„Die Kurzfassung“, echote Richard und fühlte sich leicht überfordert. „Sie wissen schon, dass ich mich hauptberuflich mit Mord befasse und für die Mafia eine ganz andere Abteilung zuständig ist?“ Als er jedoch sah, dass der Bürgermeister ihn erwartungsvoll anblickte, räusperte er sich und gab einen kurzen Abriss über die Russen-Mafia, die Chinesen und ... „Dann ist da natürlich noch unser einheimisches Produkt unter der Leitung von George Walker. Besser bekannt als *Doc Walker*. Spielt in London schon seit Jahren die erste Geige. Die Chinesen haben sich noch nicht richtig etabliert und die Russen machen nichts als Ärger, aber Walker ist hier in Südengland die große Nummer Eins. Da können die anderen einpacken. Die Struktur ist italienisch, aber in seiner Organisation finden Sie so ziemlich alle Nationalitäten.“

Randolph nickte nachdenklich. „Er beschäftigt sich mit dem Üblichen?“

Auch Richard nickte. „Drogen, Waffen ... Wie Sie schon sagen, das Übliche. Angeblich hat er halb Scotland Yard auf seiner Schmiergeldliste.“ Er trank sein Wasser aus und stellte das Glas nach einem suchenden Blick auf den Schreibtisch des Bürgermeisters. „Aber was interessant ist ...“ Er rieb sich mit einer Hand über den Nacken. „Seit Jahren war immer nur ein gewisser Phil Stanhope sein Berater, seine rechte Hand gewissermaßen. Seit kurzem wird aber gemunkelt, der *Doc* habe sich einen zweiten *Con-*

sigliere dazu geholt. Einen gewissen …" Er hielt inne und seine Stirn legte sich nachdenklich in Falten.

„Ich dachte, Sie vergessen nie einen Namen", stichelte Randolph in leicht amüsierten Tonfall.

„Stevenson!", rief Richard fast triumphierend aus. „Ein gewisser *Stevenson.* Mehr weiß man nicht. Kein Mensch hat ihn bislang zu Gesicht bekommen. Vielleicht ist er auch nur eine Erfindung vom *Doc*, um seine Leute ein bisschen einzuschüchtern und auf Trab zu halten."

Hätte Detective Inspector Richard Tremaine den neuen Bürgermeister Randolph Kingsley besser gekannt, hätte ihm auffallen können, wie sehr diesen die fast beiläufige Nennung des Namens *Stevenson* erschütterte. So blieb das kurze, aber deutliche Zucken von Randolphs rechtem Auge unbemerkt.

„Vielleicht ist es auch was ganz Anderes", gab Richard zu bedenken. „Es kann auch sein, dass dieser Stevenson zur Familie irgendeiner einflussreichen Persönlichkeit gehört und Doc Walker behält ihn so lange bei sich, bis … na ja, er auf ein gewisses Entgegenkommen seitens besagter Persönlichkeit rechnen kann."

„Kidnapping und Erpressung?", fragte Randolph leicht alarmiert zurück.

„Oh nein, nichts so Plumpes", wiegelte Richard mit einem grimmigen Lächeln ab. „Der Doc hat das schon mal gemacht. Hat die Nichte des bolivianischen Polizeichefs zu einer Party eingeladen und sie danach nicht mehr gehen lassen, bis … gewisse Kontakte in Bolivien geknüpft werden konnten und gewisse Vereinbarungen getroffen wurden."

„Ist die junge Dame dabei zu Schaden gekommen?"

Richard schüttelte den Kopf. „Nein, auf seine eigene, verdrehte Weise ist der Doc ein Ehrenmann. Seinen *Gästen* krümmt er kein Haar. Außerdem … nach allem, was man so hört, ist Doc Walker stockschwul." Er zuckte mit den Schultern. „Aber im Grunde ist das alles Kaffeesatzleserei. Man weiß eben nichts Genaues. Dieser Stevenson könnte alles und nichts sein."

„Ich denke, das genügt fürs Erste", äußerte Randolph mit einer gewissen Endgültigkeit. „Ich danke Ihnen – zu gegebener Zeit werde ich wieder auf Sie zukommen."

Richard erhob sich und blieb einen Moment unschlüssig stehen. Als er begriff, dass sich sein Gegenüber weder erheben noch ihm die Hand reichen würde, vollführte er eine angedeutete Verbeugung, sagte: „Herr Bürgermeister", und ging.

Im Aufzug befühlte er mit dem Daumen die Kuppen der Finger, die Randolph Kingsley berührt hatte. Sie kribbelten immer noch.

~~~

Kaum war Randolph allein, zog er sein Handy aus seiner Jackentasche und wählte eine lange Nummer. Er lauschte dem Klingelton und als die Verbindung zustande kam, sprach er mit leiser, aber eindringlicher Stimme.

„Guten Tag, Ben – oder wie immer du dich gerade nennst. Wie es mir geht, tut momentan nichts zur Sache. Ben, ich brauche einen Satelliten. Nein, nur für einige Fotos. Nein, ich werde dir den Grund dafür nicht nennen. Die Koordinaten werde ich dir zukommen lassen. Was? Es geht mir nicht um das Anwesen. Ich brauche Aufnahmen der Personen. Ja, die Gesichter müssen zu erkennen sein. Wie schnell? Du kennst mich, Ben. Gestern ist schon zu spät. Ja, ich weiß, dass du dein Möglichstes tun wirst. Das wünsche ich dir ebenfalls."

~~~

„Mami! Sag, dass das nicht wahr ist!", rief Randolph erzürnt, als er in den kleinen Salon seiner Mutter platzte.

Sylvia Kingsley saß in ihrem Lieblingsstuhl, in dem sie um diese Uhrzeit immer saß, und trank eine Tasse feinsten First-Flush-Assam-Tees aus dem hauchdünnen, chinesischen Porzellan, das schon ihrer Großmutter gehört hatte. Kein einziges ihrer rötlich-braunen Haare, die dem ihres Sohnes so ähnlich waren, war in Unordnung, keine einzige Falte zerknitterte ihr schlichtes, aber elegantes, taubenblaues Kleid, welches geschickt die ersten Rundungen um ihre Hüften kaschierte, denn genau wie ihr Sohn neigte auch sie etwas zur Fülligkeit.

Der stürmische Eintritt ihres Sohnes brachte sie nicht aus der Ruhe. Sie nahm einen weiteren Schluck, setzte die Tasse in der Untertasse ab und stellte das Porzellan behutsam auf den Tisch vor sich. Erst dann wandte sie sich ihrem Sprössling zu, der schwer atmend und nur mühsam beherrscht mitten im Raum stand. „Setz dich, Randolph. Du weißt, dass mich dieses Herumstehen nervös macht."

„Ich will mich nicht setzen!", rief Randolph aufgebracht. Abgesehen davon war es nur eine ihrer floskelhaften Bemerkungen. Randolph hatte seine Mutter noch nie anders als vollständig beherrscht erlebt. Noch nie war sie nervös oder beunruhigt, geschweige denn zornig oder gar wütend gewesen. Es gab Tage, da neidete er ihr ihren Gleichmut. Er liebte seine Mutter abgöttisch und versuchte, ihr in allen Belangen nachzueifern. Doch diese stoische Ruhe und Gelassenheit zu erreichen und zu erhalten, fiel ihm schwer. Besonders heute.

Seine Mutter sah ihn weiterhin gelassen an. „Du weißt selbst, dass dein Benehmen im Augenblick völlig unangebracht ist."

„Unangebracht!", wiederholte Randolph erzürnt, doch der sanfte, indirekte Tadel seiner Mutter zeigte Wirkung. Seinen Wangen röteten sich und er wandte verdrossen den Blick ab.

„Ich nehme an, dein Vater hat mit dir gesprochen. Oder sollte eher deine Pubertät der Anlass für diesen Ausbruch gewesen sein?", fragte sie mit mildem Interesse und ohne jeden Spott.

Randolph setzte sich auf das zierliche Sofa am Fenster und brütete einen Moment lang dumpf vor sich hin. Er war ein hochaufgeschossener Junge, der trotz seines letzten Wachstumsschubes immer noch pummelig wirkte. Er war reifer, als man es aufgrund seiner 14 Jahre hätte vermuten können und wesentlich intelligenter und ambitionierter als seine Klassenkameraden. Seine Stimme war bereits die eines Mannes, doch gerade jetzt sprach er im Tonfall eines Kindes. „Mami, sag mir bitte, dass du Vater diese fixe Idee wieder ausreden wirst."

„Er hat dir also gesagt, dass …"

„Dass er beabsichtigt, diesen … Bastard in unser Haus zu holen. Ja, das hat er allerdings!", erklärte Randolph mit Abscheu.

„Randolph, wo hast du heute nur deine Manieren?", rügte Sylvia, jedoch ohne Nachdruck. „Du weißt, dass es sehr unhöflich ist, jemandem ins Wort zu fallen. Außerdem hoffe ich sehr, dass du dich deinem Vater gegenüber nicht in einer solchen Weise geäußert hast." Sie wartete seine Bestätigung ab, dass er zu fassungslos gewesen war, um seinem Vater auch nur irgendetwas zu sagen, und fuhr dann fort: „Wir beabsichtigen tatsächlich, diesem Jungen ein Heim zu bieten. Seine Mutter ist gestorben und er hat sonst niemanden mehr. Es ist unsere Pflicht, ihn bei uns aufzunehmen."

„Pflicht?", echote Randolph völlig fassungslos. „Pflicht? Wozu gibt es Waisenhäuser? Mutter, ich verstehe dich nicht! Wie kannst du dir so etwas bieten lassen? Der lebende Beweis seiner Schande, unter DEINEM Dach! Wie kann er so etwas von dir verlangen?"

Seine Mutter lauschte ihm mit unbewegtem Gesicht. Als er fertig war, sagte sie: „Ich werde sogar noch weiter gehen. Ich werde dieses Kind nicht nur bei uns willkommen heißen, ich werde deinem Vater außerdem vorschlagen, ihn gemeinsam zu adoptieren."

Randolph starrte sie mit offenem Mund an. „Du hast ihn doch noch nicht einmal gesehen!" Er hieb mit beiden Fäusten auf das Sofa und stampfte mit einem Fuß auf den Boden.

„Das spielt keine Rolle", erwiderte Sylvia gelassen.

„Mami! Du kannst doch nicht ruhigen Blutes zusehen, wie dieser Bastard …"

„Randolph, es reicht", unterbrach ihn die kühle, gemessene Stimme seiner Mutter. „Er heißt Sinclair und ich werde nicht dulden, dass er mit dieser despektierlichen und äußerst ungehörigen Bezeichnung belegt wird. Auch nicht von dir. Besonders nicht von dir. Er kann schließlich nichts dafür und er ist immerhin dein Bruder."

„Bruder!" Randolph spie das Wort aus und sprang vom Sofa auf, um vor den Fenstern hin und her zu laufen.

Seine Mutter betrachtete ihn unbewegt. Nach einer Weile sagte sie: „Ich würde wirklich wünschen, du würdest das lassen. Es nutzt den Aubusson-Teppich von Großtante Elisabeth unnötig ab."

„Entschuldige", murmelte Randolph aus Gewohnheit und blieb stehen. Er wirkte einen Moment lang ein wenig verloren, doch dann zeichnete sich wieder eine starke Verdrossenheit auf seinem Gesicht ab. „Hättest du Vater damals nicht verziehen, dann wäre uns dieser Affront jetzt erspart geblieben."

Zum ersten Mal rührte sich etwas in Sylvia Kingsleys bislang unbewegtem Gesicht. Sie zögerte und wirkte einen Moment lang unsicher. „Du warst damals noch zu jung, um es wirklich zu verstehen", sagte sie schließlich.

„Dann erklär es mir jetzt."

„Dein Vater wünschte sich Kinder. Viele Kinder. Ein Wunsch, den ich ihm gerne erfüllen wollte", fing Sylvia an, nun wieder völlig beherrscht. „Aber nach deiner Geburt hatte ich einige Fehlgeburten. Ich ging zu Ärzten. Zu vielen Ärzten." Sie verschränkte die Hände in ihrem Schoß und fuhr dann tonlos fort: „Es hat nicht geholfen und irgendwann war ich am Ende meiner selbst und ich habe mich dazu entschieden, alle Versuche aufzugeben. Daraufhin haben dein Vater und ich uns zunehmend entfremdet. Ich war damals möglicherweise nicht sehr taktvoll."

Randolph schnaubte. „Entfremdung! Warum nimmst du ihn immer noch in Schutz? Er ist ausgezogen! Er hat uns verlassen! Ich war noch nicht einmal fünf Jahre alt!“

„An dem Scheitern einer Beziehung ist nie einer alleine schuld. Dazu gehören immer zwei. Ich habe ebenfalls meinen Teil dazu beigetragen. Immerhin … zwei Jahre später kam er zurück – an deinem siebten Geburtstag. Wir haben uns ausgesöhnt. Mit der Vergangenheit. Mit unseren Fehlern.“ Sie holte tief Luft. „Du magst es vielleicht nicht glauben, aber unsere Ehe hat – zumindest soweit es mich betrifft – mit einer Liebesheirat begonnen. Und ich bin deinem Vater immer noch sehr zugetan.“ Sie warf Randolph einen direkten, ruhigen Blick zu. Doch Randolph blieb stumm und deutete nur ein leichtes Kopfschütteln an. „Ich werde Sinclair als meinen Sohn annehmen, denn er wird deinen Vater auf eine Weise glücklich machen, die mir verwehrt ist“, sagte sie entschlossen.

„Aber Mami“, beschwerte sich Randolph hartnäckig. „Du kannst doch nicht …“

„Ich kann und ich werde“, erklärte Sylvia mit einer Stimme, die keinen Widerspruch duldete. „Ihr habt denselben Vater. Sinclair ist dein Bruder …“

„Er ist ein Eindringling! Ein Schlag ins Gesicht! Wenn er überhaupt irgendetwas ist, dann ist er mein Halbbruder!“

„Ich frage mich so langsam, ob deine Schule wirklich so gut ist, wie man uns hat glauben lassen. Von mir hast du eine solche Sprache auf jeden Fall nicht gelernt.“ Sylvia Kingsley seufzte leise und strich das Kleid über ihren Knien glatt, obwohl dort nie eine Falte gewesen war. „Ich kann dich nicht zwingen, Sinclair gern zu haben. Aber versprich mir wenigstens, dass du nett zu ihm sein wirst.“

„Es ist dir wirklich ernst“, äußerte Randolph betroffen. Erst jetzt war seine Mutter wirklich zu ihm durchgedrungen und er musste einsehen, dass alle seine verzweifelten Bemühungen, den Ausgang dieser Geschichte doch noch nach seinem Willen zu ändern, umsonst waren und ungehört und unbeachtet blieben. Seine Eltern würden tun, was

ihnen beliebte – ohne Rücksicht auf ihn und seine Gefühle. Randolph fühlte sich verraten, ungerecht behandelt und sehr allein.

Seine Mutter erhob sich, trat auf ihn zu und legte ihm in einer seltenen, liebevollen Geste die Hand an die Wange. „Mein Junge, du wirst deinen Weg machen, das weiß ich. Um dich muss ich mir keine Sorgen machen. Als du so alt warst wie Sinclair jetzt, da ist dein Vater wieder zu uns zurückgekommen und du hattest wieder eine vollständige Familie. Sinclair hat niemanden mehr. Nur noch einen Vater. Deinen Vater. Euren Vater."

Randolph schlug die Augen nieder und schluckte. „Vater liebt ihn jetzt schon mehr als mich", behauptete er widerwillig. „Dabei hat er ihn noch nicht einmal gesehen oder mit ihm gesprochen."

Seine Mutter tätschelte ihm ein wenig geistesabwesend die Wange und nahm dann wieder auf ihrem Stuhl Platz. „Du bist kein kleiner Junge mehr, Randolph", sagte sie schlicht. „Es ist jetzt an der Zeit, dass du lernst, deine Emotionen zu beherrschen." Eine leise Trauer schlich sich für einen Moment in ihren Blick. „Es wird dir womöglich zu Beginn nicht ganz leicht fallen, aber es wird dir gelingen. Du bist immerhin mein Sohn."

Erst sehr viel später in seinem Leben verstand Randolph, dass seine Mutter, trotz – oder gerade wegen – ihrer beherrschten Wesensart, seinen Vater mit verzweifelter Intensität geliebt hatte und ihm zuliebe alles getan hätte – wirklich alles –, nur um ihn glücklich zu sehen. Ihr eigener Sohn kam da erst an zweiter Stelle und Randolph fragte sich manchmal, ob ihre eigene Mutterschaft – als auch die Adoption von Sinclair – für Sylvia Kingsley nicht nur Mittel zum Zweck gewesen war, um sich weiterhin der Liebe und Zuneigung ihres Ehemannes zu versichern.

~~~

Drei Tage später hielt Randolph Kingsley die erstaunlich scharfen Bilder in der Hand, die Ben für ihn beschafft hatte. Auf allen Bildern herrschte strahlender Sonnen-
~~~

schein, was für Randolph ein Indiz dafür war, dass die Aufnahmen schon älteren Datums waren, denn seit über zwei Wochen herrschte in London dauerhaftes Regenwetter. Er betrachtete alle Aufnahmen sehr gründlich, warf sie jedoch mit einer gewissen Unruhe rasch zu Boden, bis er auf das Bild eines jungen Mannes mit rotblonden Locken stieß, der mit nacktem Oberkörper an einem der offenen Fenster stand und rauchte. Sein Gesicht war dem Himmel zugewandt und daher deutlich zu erkennen. Wäre Randolph ein eher gefühlsbetonter Mensch gewesen, so hätte er zweifellos mehr Empathie für den Ausdruck der Sehnsucht und der leisen Verzweiflung in dem schmalen, blassen Gesicht seines Halbbruders aufgebracht.

So aber sagte er mit nicht geringem Verdruss: „Oh, Sinclair! Was hast du jetzt wieder angestellt!"

Und wieder sah sich Randolph gezwungen, Sinclair-Sicherheitsmaßnahmen zu ergreifen. Nahm das denn nie ein Ende? War dieser verdammte Bastard nur auf der Welt, um ihm Ärger und Schwierigkeiten zu bereiten? Um ihm Magendrücken und Sodbrennen zu verursachen? Welches Chaos würde diese Katastrophe auf zwei Beinen jetzt wieder auslösen?

~~~

Richard hatte vor seinem zweiten Termin beim Bürgermeister noch etwas Zeit und so schlenderte er mit seinem Coffee-to-go-Becher noch ein wenig an der Themse entlang. Vor einer Stunde hatte es zum ersten Mal seit Wochen aufgehört zu regnen und die noch nassen Straßen glänzten im Licht einer dunstigen Nachmittagssonne. Dieser zweite Termin hatte in seiner Abteilung die ersten fragenden Blicke hervorgerufen und womöglich waren jetzt schon die ersten Gerüchte in Umlauf, er wäre das neue
~~~

Protegé des Bürgermeisters. Er atmete tief durch. Jahrelang – ach was, jahrzehntelang! – hatte er sich aus jeglicher Günstlingswirtschaft herausgehalten. Und nun das! Dabei war überhaupt nichts dabei. Ihm war nichts in Aussicht gestellt worden und er hoffte, dass es auch dabei bleiben würde.

Sein Handy summte. Textnachricht. Er warf einen Blick auf das Display, öffnete die SMS, las sie und steckte sein Handy mit einem resignierten Seufzen wieder zurück in seine Hosentasche. Wieder würde seine Frau heute Abend nicht zuhause sein. Angeblich ging sie zu einer Freundin. Er lachte bitter. Freundin! *Neuester Stecher* traf es wohl eher. Das ging nun schon seit Jahren so. Mal mehr – mal weniger. Er wusste es. Hatte es fast von Anfang an gewusst. Er war ja schließlich nicht dumm. Trotzdem unternahm er nichts dagegen. Was hätte er auch tun können? Es war nicht so, dass er sie nicht mehr liebte, dennoch hatten sie sich – was gewisse Bedürfnisse anging – im Laufe ihrer Ehe in unterschiedliche Richtungen entwickelt.

Er warf einen Blick auf die Uhr, trank seinen Kaffee aus, entsorgte den leeren Becher in einen der bereitstehenden Papierkörbe und machte sich auf zu seinem Termin mit dem Bürgermeister. Es war Zeit.

Als Richard aus dem Aufzug trat, begrüßte ihn Miss Carstairs mit einem freundlichen Nicken und wies mit einer Hand einladend auf die Tür zum Büro des Bürgermeisters. „Mister Kingsley erwartet Sie. Sie können eintreten."

Richard tat, wie ihm geheißen und traf den Bürgermeister dabei an, wie er vor der Fensterfront stand und auf die Themse hinab sah. Er trug lediglich eine Weste über seinem Hemd, sein Jackett hing über der Lehne seines Stuhls. Die Hände hatte er tief in den Hosentaschen vergraben.

„Danke, dass Sie so kurzfristig Zeit gefunden haben“, sagte Randolph Kingsley nach einem raschen Blick über die Schulter und brachte dabei das Kunststück fertig, keineswegs dankbar zu klingen.

„Kein Ursache“, erwiderte Richard statt einer Begrüßungsfloskel. Wenn sich der Bürgermeister nicht mit Höflichkeiten aufhalten wollte, dann konnte er ebenfalls darauf verzichten. Er zog daher kurzerhand seinen feuchten Trenchcoat aus und legte ihn über einen der Besucherstühle, ohne erst um Erlaubnis zu fragen. Allerdings hielt ihn etwas davon ab, sich ohne Aufforderung zu setzen, und so tat er es dem anderen Mann gleich und blieb ebenfalls stehen.

Nach einer kurzen Pause, in der niemand etwas sagte und der Bürgermeister ihm immer noch den Rücken zudrehte, räusperte sich Richard. „Und? Haben Sie sich in ihrem *Bienenkorb* schon ein bisschen eingelebt?“, fragte er und spielte damit auf den Spitznamen an, mit dem die Londoner das ungewöhnliche Gebäude bedacht hatten.

„Bienenkorb?“ Randolph wandte sich um und hob eine Augenbraue in die Höhe. Er wirkte amüsiert. „Ich hätte sie nicht für so prüde gehalten, Detective Inspector.“

Richard rieb sich mit einer Hand über den Nacken und versuchte, ein verlegenes Grinsen zu unterdrücken. „Na ja … ich wollte nicht mit der Tür ins Haus fallen und *gläserner Hoden* sagen. Es wäre immerhin möglich, dass Ihnen dieser Spitzname für Ihren Amtssitz nicht angemessen erscheint.“

„Nicht angemessen! Was glauben Sie, wer diese Bezeichnung in Umlauf gebracht hat?“, gab Randolph mit einem süffisanten Lächeln zurück.

Staunen und Erheiterung erhellten Richards Gesicht. Sein Mund öffnete sich zu einem ungläubigen Lachen. „Sie? Das waren *Sie*?“

„*Bienenkorb* halte ich für wesentlich … unpassender“, erläuterte Randolph mit einer leichten Grimasse, die seine Abscheu ausdrücken sollte. „Wozu würde mich das machen? Zur Bienenkönigin? Nein, wirklich …“

Richard lachte nun aus vollem Halse. „Entschuldigung“, japste er. „Aber das ist echt zu viel.“ Er wischte sich die Lachtränen aus den Augen.

„Schon gut“, beruhigte ihn Randolph amüsiert, bevor ein eigenartiger, nachdenklicher Ausdruck in sein Gesicht trat. „Es hat etwas … Erfrischendes. Ihr Lachen, meine ich.“

Darauf fiel Richard beim besten Willen keine Erwiderung ein, er neigte mit einem leicht verlegenen Nicken seinen Kopf und fragte dann: „Warum haben Sie mich kommen lassen?“

Randolph atmete deutlich hörbar durch die Nase ein und seine Lippen zuckten. „Es handelt sich um eine etwas delikate Angelegenheit.“ Da Richard schwieg und ihn nur abwartend ansah, sprach Randolph weiter: „Ich muss Sie bitten, in der Sache dieses Mister Stevenson nichts zu unternehmen.“

„Ich hatte das auch nicht vor“, erwiderte Richard. „Erstens, weil keine Straftat vorliegt, und zweitens, weil ich beim Morddezernat bin, wie Sie sehr wohl wissen, und nicht in der Abteilung für organisiertes Verbrechen – aber jetzt haben sie mein Interesse geweckt.“

Randolph seufzte. Er hätte wissen müssen, dass dieser Detective Inspector einer von der Sorte war, die immer allem auf den Grund gehen würden. Aber er schien ihm für sein Ansinnen der einzig logische Ansprechpartner zu sein und dieser Ansicht war er immer noch. Bei Inspector Tremaine konnte er sich wenigstens auf ein gewisses Maß an Fingerspitzengefühl und möglicherweise auch auf völlige Diskretion verlassen.

„Okay, was ist faul mit dem Kerl?“, hakte Richard nach und verschränkte die Arme vor der Brust.

„Nichts“, antwortete Randolph ausweichend und nicht wirklich der Wahrheit entsprechend. „Ich habe lediglich ein … sagen wir mal … *persönliches* Interesse daran, dass Sie *kein* Interesse an ihm haben. Ich könnte mir denken, dass Sie Mittel und Wege finden könnten, um ihre Kollegen, die für das organisierte Verbrechen zuständig sind, auch von dieser Ansicht zu überzeugen.“

„Aha. Wie viel wäre es Ihnen wert?“, wollte Richard mit einem herausfordernden Blick wissen.

Randolph schüttelte mit einem anerkennenden, schmalen Lächeln den Kopf. „Ich bin nicht so dumm, dass ich erneut versuchen würde, Sie mit Geld zu verlocken.“

„Wenigstens etwas“, entgegnete Richard trocken.

Randolph musterte für einen kurzen Augenblick seine Schuhspitzen, dann sah er dem Inspector wieder direkt ins Gesicht. „Ich weiß, dass eine Bestechung bei Ihnen erfolglos wäre. Daher *bitte* ich Sie. Nicht als Bürgermeister, sondern als … Privatperson.“

Richard starrte ihn stumm an. Dann drehte er aufgebracht den Kopf zur Seite und ging zu dem Stuhl, über dem sein Mantel lag. Er kaute an seiner Unterlippe und starrte wütend auf den Mantel, bevor er sich auf dem Absatz zu Randolph umdrehte.

„Prima. Sie haben meine schwache Stelle gefunden“, äußerte er verdrossen und atmete tief ein. „Okay. Gut. Ich werde keine Nachforschungen anstellen. Und ich halte bei meinen Kollegen die Ohren offen. Falls sich aber *irgendetwas* tut und die Polizei eingreifen *muss*, dann … dann werde ich niemanden zurückhalten“, betonte er nachdrücklich und mit ausgestrecktem Zeigefinger.

„Niemand verlangt von Ihnen, dass Sie eine Straftat decken sollen“, erklärte Randolph gelassen.

„Gut“, sagte Richard mit einem etwas erleichterten Kopfnicken. „Dann ist das wenigstens geklärt.“

Randolph sagte einen Moment lang nichts, sondern musterte den anderen Mann schweigend,

ehe ein gepresstes „Danke“ über seine Lippen kam.

„Bitte, aber ich bin nicht glücklich darüber.“

„Glück wird allgemein überbewertet“, bemerkte Randolph mit einem seltsamen Unterton in seiner Stimme.

„Weil Sie das auch so gut beurteilen können“, murrte Richard ohne nachzudenken und erschrak über sich selbst. „Oh … ich wollte nicht … Das hätte ich besser nicht gesagt. Ich meine …“

Randolph winkte seine gestammelten Entschuldigungen einfach ab. „Sie glauben also, ich wäre glücklich?“

„Das geht mich nichts an, Herr Bürgermeister“, erwiderte Richard mit steifer Korrektheit.

Randolph wandte sich wieder der Fensterfront zu und verschränkte die Hände hinter seinem Rücken. Von seinem Fenster aus sah Randolph zu, wie sich über London die dunklen Wolken der nächsten Regenfront zusammenzogen. „Es wird Regen geben. Sie sollten einen Schirm mitnehmen, Detective Inspector. Meine Sekretärin wird Ihnen einen aushändigen.“

Teil 23

Der ständige Regen hatte endlich aufgehört und die Sonne kämpfte sich gerade durch die dünnen Wolken. Randolph stand noch auf dem Bürgersteig, wollte gerade das Haus betreten, dem Concierge zunicken und mit seiner Codekarte den Aufzug besteigen, als plötzlich zwei hochgewachsene Männer in dunklen Anzügen neben ihm standen.

„Guten Tag, Herr Bürgermeister", grüßte der eine Mann höflich. Er hatte schwarzes Haar und war offensichtlich indischer Abstammung. „Bitte, machen Sie keine Schwierigkeiten."

Der andere Mann war blond und setzte mit leichtem Cockney-Akzent hinzu: „Wenn Sie uns bitte folgen wollen." Dabei öffnete er ganz leicht sein Jackett, wodurch Randolph einen raschen Blick auf seine Schusswaffe werfen konnte, die in einem Schulterholster steckte.

„Selbstverständlich, meine Herren", erwiderte Randolph kühl und entgegenkommend. Hinter ihm bremste ein Auto ab und Randolph drehte sich um. Der blonde Hüne machte eine einladende Geste zu der schwarzen Limousine mit den verspiegelten Scheiben, die nun am Rand des Bürgersteigs stand. Randolph trat näher, die Scheiben senkten sich und gaben den Blick auf einen dunkelhaarigen Mann mit perfekten Zähnen frei, die er in einem breiten Lächeln aufblitzen ließ.

„Guten Tag, Herr Bürgermeister."

„Guten Tag, Mister Walker. Ich hatte bereits etwas früher mit Ihnen gerechnet."

Falls George Walker von dieser Erwiderung überrascht gewesen sein sollte, so ließ er es sich zumindest nicht anmerken. „Bitte, steigen Sie ein, Mister Kingsley", bat der

Mafia-Boss mit einem freundlich-eisigen Lächeln. „Und wenn irgend möglich ohne jegliches Aufsehen."

„Natürlich", bemerkte Randolph und wartete, bis der Mann mit dem dunklen Teint um den Wagen herumgelaufen war und ihm die Türe geöffnet hatte. Er folgte ihm und nahm neben Doc Walker auf dem Rücksitz Platz.

Die Fahrt dauerte nicht besonders lange. Der indisch aussehende Mann lenkte den Wagen und der andere Handlanger saß vorne auf dem Beifahrersitz – seine Hand nie sehr weit von seinem Schulterholster und der darin befindlichen Pistole entfernt. Im Fond herrschte Schweigen und sowohl der Mafiaboss als auch der Bürgermeister starrten entweder geradeaus oder mit betont gelangweilter Miene zum Fenster hinaus. Doch das gehörte zum Spiel dazu und beide wussten es.

Randolph befürchtete stark, dass er dieses Mal als Verlierer aus diesem Kräftemessen hervorgehen würde – und wieder einmal würde Sinclair die alleinige Schuld daran tragen.

George hingegen bewegten unwissentlich ganz ähnliche Gefühle. Natürlich war er ein gewiefter Verhandlungspartner, was solch unerquickliche Gespräche anging, und natürlich stand ihm ein ganzes Arsenal an Drohungen, Lügen und Halbwahrheiten zur Verfügung, um sein gestecktes Ziel zu erreichen – das da lautete: Mach den Bürgermeister zu deiner Marionette. Er hatte aber so eine Ahnung, dass bei diesem Mister Kingsley die üblichen Methoden nicht zum Erfolg führen würden, und außer, ihm eine Pistole an die Schläfe zu halten, hatte er dieses Mal keinen Plan B. Eigentlich war die Pistole an der Schläfe immer sein üblicher Plan B – doch dieses Mal würde er wohl oder übel davon Abstand nehmen müssen. Es hatte ihn auch etwas überrascht, dass dieser Kingsley offensichtlich mit seinem Erscheinen gerechnet hatte. Oder hatte er das nur so dahin gesagt, um ihn aus dem Gleichgewicht zu bringen? Am liebsten hätte George den Mistkerl einfach erschossen und ihn mitsamt dem Wagen in der Themse versenkt, aber Phil hatte ihm ein solches Vorgehen schlichtweg untersagt.

„DU nimmst gefälligst keine Waffe mit! Hast du gehört? Und komm mir nicht mit Ja-ja!“

Trotz seiner Nervosität hatte George bei Phils Gekeife grinsen müssen. Er schaute zu Sinclair hinüber, um diesen Moment mit ihm gemeinsam zu würdigen und um dessen halbes Lächeln zu beobachten. Doch Sinclair lächelte in den letzten Tagen selten und auch an diesem Nachmittag war George der Anblick versagt geblieben. Stattdessen sah Sinclair wie ausgespuckt aus. Klamme, blasse Haut, angespannte Gesichtszüge und zusammengepresste Lippen, als würde er sich gleich übergeben müssen. George konnte den Impuls, ihm die Stirn zu fühlen, nicht unterdrücken können. *„Du siehst nicht gut aus. Leg dich wieder ins Bett.“* Aber Sinclair schüttelte auf Georges bekundete Sorge hin nur mit einem eigenartigen Blick den Kopf. Er öffnete den Mund, schloss ihn jedoch wieder, ehe er etwas von *„Buchhaltung“* und *„Steuererklärung“* murmelte und ohne Abschiedskuss das Büro verließ. George hatte es eilig und Phil drängelte, sodass George diesen nur noch bitten konnte, ein Auge auf Sinclair zu haben.

George fand wieder in die Realität zurück, als Naresh abrupt abbremste und den Blinker setzte. George schüttelte ärgerlich den Kopf. Es ging nicht an, dass er sich vor dem wichtigsten Gespräch seiner Karriere Gedanken um seinen … um Sinclair machte.

Der Wagen hielt vor einem modernen, niedrigen Bungalow, der sich an den Randbezirken Londons befand.

„Reizend haben Sie es hier“, bemerkte Randolph trocken.

„Sie wissen ganz genau, dass es sich hier nicht um mein eigenes Haus handelt", erwiderte George sachlich und stieg aus, nachdem ihm Naresh die Tür aufgehalten hatte. Dave tat das gleiche für Randolph Kingsley. Nach einem kurzen, wachsamen Blick auf die Umgebung, trat Dave zur Haustür und schloss diese auf. Er betrat das Haus als Erster und hielt dann einladend die Türe offen.

„Es muss einem wirklich guten Freund von Ihnen gehören, Mister Walker, wenn Sie auf seinem Grundstück so akribisch auf Ihre Sicherheit bedacht sein müssen."

„Freund … Feind … Das kann man heutzutage nur noch schwer unterscheiden", bemerkte George, verärgert und erstaunt über so viel Frechheit. „Sehen Sie uns an, von weitem könnte man auch uns für Freunde halten."

„Aber nur von sehr weit weg und mit einem miserablen Feldstecher", gab Randolph leichthin zurück und betrat das Haus.

George drehte sich zu Naresh um und versuchte, ihn mit seinen Blicken nieder zu starren. Doch Naresh schüttelte bedauernd den Kopf. „Sorry, Boss", sagte er. „Aber Mister Stanhope reißt mir den Kopf ab, wenn ich Ihnen meine Knarre gebe."

„Warum habe ich nur Personal, das mir ständig Widerworte gibt?", fluchte George leise vor sich hin und folgte Randolph Kingsley in das Haus.

Es war ein schlicht möblierter Bungalow, der von einem Strohmann angemietet worden war. Hier konnte man sich auf neutralem Boden treffen, um heikle Themen zu besprechen, ohne dem Gesprächspartner die gleichen Höflichkeiten zukommen zu lassen müssen, die einem Gast unter dem eigenen Dach zugestanden hätten. Und sollte es doch einmal zu tätlichen Auseinandersetzungen kommen, konnte die Leiche still und heimlich beiseite geschafft werden, ohne eine Blutspur am heimischen Herd zu hinterlassen.

Dave führte sie in das Wohnzimmer, in dem sich zwei große Sofas gegenüberstanden, getrennt durch einen niedrigen Couchtisch. Sowohl George als auch Randolph nahmen jeder eines der Sofas für sich in Anspruch. Die beiden Leibwächter verließen den Raum wieder und nahmen – wie George sie im Vorfeld angewiesen hatte – vor der Tür Aufstellung, um den beiden Kontrahenten eine möglichst ungestörte Verhandlung zu garantieren.

Die Sonne, der es nun geglückt war, die dichte Wolkendecke zu durchbrechen, tauchte den Raum, gefiltert durch die blickdichten Vorhänge, in gelbes, warmes Licht, das in völligem Kontrast zu der eisigen Atmosphäre stand, die zwischen den beiden Männern herrschte.

Sie musterten sich stumm, versuchten, den jeweils anderen richtig einzuschätzen, seine Reaktionen abzuwägen, den wunden Punkt des Gegners herauszufinden.

„Sie werden sich fragen, warum …“, fing George schließlich an, nur um von Randolphs „Nicht wirklich“ sofort unterbrochen zu werden. „Ach?“, machte George, schürzte seine Lippen und hob eine Augenbraue.

„Nein“, erwiderte Randolph gelangweilt. „Ich rechne schon seit dem Tag meiner – für Sie sicherlich überraschenden – Wahl damit. Sie werden Ihren eigenen Kandidaten lanciert haben“, erklärte Randolph mit aufreizender Höflichkeit. „Nichts wäre also natürlicher, als mich aufzusuchen, um einen … wie soll ich sagen …“ Randolph tat so, als suche er nach Worten, und endete dann mit einem herablassend-arroganten Lächeln: „Einen *Überredungsversuch* zu starten.“

Irgendetwas an diesem Lächeln, an dem Blick, der es begleitete, kam George merkwürdig vertraut vor. *Woher …?* Aber er hatte jetzt keine Zeit, sich den Kopf darüber zu zermartern, daher schob er diesen Gedanken entschlossen von sich und konzentrierte seine gesamte Aufmerksamkeit auf das vordringlichste Problem. Er hatte mit einem zwar ehrgeizigen, aber verweichlichten Bürokraten gerechnet, doch Randolph Kingsley war aus härterem Holz geschnitzt, als er vermutet hatte.

„Ich werde es nicht nur *versuchen*, Mister Kingsley“, erwiderte George ruhig und mit einem kalten Lächeln, ohne sich seine innere Unruhe anmerken zu lassen. „Es wird mir auch *gelingen*, Sie von meinen Ansichten zu überzeugen.“

„Sie sehen mich aufs Äußerste gespannt“, bemerkte Randolph mit einer öligen Gelassenheit, die George beinahe seine Beherrschung verlieren ließ.

„Nur zu“, sagte George mit kalter Schärfe und einem gleichgültigen Achselzucken. „Reizen Sie mich noch mehr und Sie werden sehen, was Sie davon haben.“ Randolphs Augenbrauen hoben sich leicht, aber er entgegnete nichts und George fuhr fort: „Wenn Sie Krieg wollen, dann werden Sie Krieg bekommen. Sogar gern. Es macht mir nichts aus. Ich habe die Mittel zu meiner Verfügung.“ Er machte eine kurze Pause. „Sind Sie jetzt bereit, vernünftig zu sein, oder muss ich Ihnen erst einen *Beweis* dafür liefern, dass ich nie scherze oder mich mit leeren Drohungen aufhalte?“

Zum ersten Mal seit ihrem Zusammentreffen, wirkte Randolph Kingsley nachdenklich. Sein Blick schweifte kurz von Georges Gesicht ab und senkte sich. Er atmete tief ein und sah dann wieder auf. Seine Augen wirkten hart und kalt. „Gut. Erklären wir das Vorgeplänkel für beendet. Sie wollen mich erpressen? Dann tun Sie es. Nennen Sie Ihre Bedingungen und ich werde darüber nachdenken, ob das, was Sie mir im Gegenzug anzubieten haben, den ganzen Ärger wert ist.“

George war von dieser fast aggressiven Rede verblüfft und er konnte nicht verhindern, dass es sich auf seinem Gesicht zeigte.

„Ich habe Sie überrascht", kam es nachdenklich von Randolph. Er wirkte ebenfalls überrascht und ein wenig nachdenklich und wieder löste irgendetwas in seiner Mimik und Haltung in George ein Déjà-Vu aus.

„Ein wenig", gab George zu. „Es überrascht mich, dass es tatsächlich notwendig sein sollte, Ihnen die Vorzüge eines gewissen Entgegenkommens Ihrerseits zu schildern. Ich meine, was erwarten Sie?" George zuckte mit den Schultern. „Soll ich wirklich Ihre Intelligenz durch die Aufzählung der mir zu Verfügung stehenden möglichen Druckmittel beleidigen? Ihnen dürfte auch völlig klar sein, dass ich Ihnen für Ihr Entgegenkommen und Ihre Kooperation lediglich anbieten werde, Ihnen nicht allzu viel Ärger zu bereiten."

Zu Georges größter Verblüffung, reagierte Randolph nicht in der erwarteten Weise auf seine Worte. Statt zurückzuschrecken und klein beizugeben oder zumindest in seinem hochnäsigen Tonfall die Verhandlungen wieder aufzunehmen und Kompromissbereitschaft zu signalisieren, verengten sich seine Augen wie bei einem gereizten Stier. „Ich wünschte wirklich, Sie würden aufhören, um den heißen Brei herumzureden", äußerte Randolph betont gelangweilt. „Es ist so entsetzlich ermüdend."

„Ich fürchte, ich verstehe nicht", hakte George misstrauisch und leicht beunruhigt nach. Verdammt! Dieses Gespräch durfte ihm nicht entgleiten und doch schien es gerade eben zu passieren. Wovon sprach dieser Mistkerl nur?

Randolph musterte ihn aufmerksam und mit einem seltsamen Gesichtsausdruck.

„Es ist mir zu Ohren gekommen, dass sich mein Bruder in Ihrer *Obhut* befindet", sagte er schließlich mit einem gönnerhaften und leicht gezwungenen Lächeln. „Nun erpressen Sie mich schon endlich damit, anstatt sich in nebulösen Andeutungen zu ergehen."

„Ihr Bruder?", wiederholte George verwirrt. „Aber ich habe niemanden" Dann fiel bei ihm der Groschen und George schnappte nach Luft. „Sinclair?", rief er fassungslos.

„Ach", sagte Randolph gedehnt und setzte sich aufrechter hin. „Sie wussten gar nicht, dass Sinclair mein Bruder ist?" Ein öliges Lächeln kräuselte seine Lippen. „Welch' köstliche Ironie." Er lehnte sich wieder zurück und schlug völlig entspannt die Beine übereinander.

George versuchte immer noch – vergeblich – diese neue Information zu verarbeiten. Er konnte Randolph nur mit einem – wie er fürchtete – völlig unterbelichteten Gesichtsausdruck anstarren. Das Sofa, auf dem er saß, der Raum, in dem er sich befand … das alles nahm nur langsam wieder Gestalt an. Auch der Mann, der ihm gegenüber saß und ihn mit einem überlegenen Blick bedachte, gewann wieder an Kontur. Dennoch war sein Kopf immer noch wie leergefegt. Ihm musste etwas einfallen. Und zwar schnell! Sonst würde er seine Position und seine Vormachtstellung innerhalb der Mafia nicht mehr lange halten können. Was hatte er nur verbrochen, dass er so gestraft wurde? Gab es am Ende doch einen Gott? Einen extrem rachsüchtigen Gott, der ihn leiden sehen wollte und sich einen Spaß daraus machte, alle seine Vorhaben zu durchkreuzen? Seine gesamten Pläne, das sollte alles umsonst gewesen sein? George knirschte mit den Zähnen. Das wollte er doch erst mal sehen, so schnell würde er nicht klein beigeben! Und schon gar nicht kampflos. Dieser Randolph Kingsley würde sich noch wundern …

George bemühte sich um eine entspannte Haltung und betrachtete den Bürgermeister mit einem abschätzenden Blick. „Ich räume ein, dass mir Ihr Verwandtschaftsverhältnis bislang nicht bekannt war, aber jetzt, da ich es weiß … Das Wohlergehen Ihres Bruders … Ich wüsste keinen Grund, warum ich Sie nicht *jetzt* damit erpressen sollte."

Randolphs Augen blitzten für einen kurzen Moment amüsiert auf und er wirkte ganz wie eine Katze, die die Maus zwar schon gefangen hat, aber erst noch eine Weile mit ihr spielt, bevor sie ihr den Todesstoß versetzt. „Nein", sagte Randolph dann mit einem Kopfschütteln. „Ich glaube nicht, dass Sie das tun werden."

„Ich könnte Sie erneut überraschen", bemerkte George mit seinem süßesten und zugleich schrecklichsten Lächeln.

Randolph besaß die Unverschämtheit, ihn gönnerhaft zu betrachten. „Das haben Sie bereits. Ich hätte nicht gedacht, dass ausgerechnet *Sie* sich meines Bruders annehmen. Und das auch noch ohne jeglichen Hintergedanken. Sie wussten nicht, wer er ist, als Sie ihn sich ins Haus geholt haben. Also kann ein zukünftiger – möglicher – Erpressungsversuch bei dieser Entscheidung keine Rolle gespielt haben. Sie behalten ihn aus anderen Beweggründen bei sich. Ich vermute, dass diese Gründe vorwiegend sexueller Natur sind." Sein Blick wurde herablassender, süßlicher, sein Tonfall sarkastischer. „Oder sollte es sich tatsächlich um irgendwelche tiefergehenden *Gefühle* handeln?"

George stand abrupt auf. „Ich melde mich wieder bei Ihnen", quetschte er eisig zwischen seinen zusammengebissenen Zähnen hervor.

„Tun Sie das, Doc", bemerkte Randolph gutgelaunt und mit einem ausgesprochen überlegenen und selbstzufriedenen Gesichtsausdruck.

~~~
~~~

„Sinclair Kingsley also …“ Georges emotionslose Stimme drang von der Tür her.

Sinclair sah auf. Er hatte George nicht kommen hören. Er saß immer noch in Georges Büro, in das er sich nach dessen Abschied geflüchtet hatte. Vor ihm auf dem Tisch lag die Korrespondenz mit Italien, doch obwohl er seit Stunden auf diese Unterlagen starrte, erfasste er doch nicht ein einziges Wort davon. Die Schrift drang nur bis zu seiner Netzhaut vor, während sein Gehirn damit beschäftigt war, sich selbst mit Horrorszenarien zu quälen und ein endloses Was-wäre-wenn-Spielchen zu spielen, das sich in immer neuen Variationen präsentierte. Eine nicht enden wollende Prozession von Szenen mit immer dem gleichen Anfang: Das Glück, das er gerade mit George erleben durfte, nahm ein Ende. Von dort ausgehend, nahmen die Bilder vor seinem inneren Auge immer wieder einen anderen Verlauf und dabei war jedes Szenario schlimmer als das vorhergehende.

Jetzt stand George tatsächlich vor ihm und das Schicksal würde unaufhaltsam seinen Lauf nehmen. Sinclair hätte dabei allerdings lieber vom ersten Rang aus zugesehen, als eine der Hauptrollen in diesem Stück zu übernehmen.

„Sinclair Stevenson“, stellte Sinclair richtig. In seinem Kopf vernahm er sarkastischen Applaus. Warum hatte er George nun auch noch widersprochen? Es war doch auf zehn Meter Entfernung zu sehen, wie stinksauer er war. An seiner Schläfe trat bereits eine Ader deutlich hervor. Das konnte nichts Gutes bedeuten. *Gut gemacht, Sinclair. Mach ihn doch noch wütender!* Er hätte sich gerne selbst in den Hintern getreten. Vielleicht sollte er sich entschuldigen? Er öffnete den Mund, doch was herauskam, war alles andere als eine Entschuldigung. „Ich habe vor Jahren den Namen meiner Mutter angenommen. Rechtlich gesehen lautet mein Name daher *Stevenson*. Nicht *Kingsley*.“ Hilflos hörte Sinclair sich selbst zu, wie er sich um Kopf und Kragen redete. Warum sabotierte er sich ständig selbst? Empfand er dabei irgendwelche perversen Lustgefühle? Verzweifelt horchte er in sich hinein. Doch da waren nur das kalte, trockene Klopfen seines Herzens und die verzweifelte Leere in seiner Seele. Lust war nicht zu finden, ganz zu schweigen von *perverser* Lust. Auch diesbezüglich herrschte Fehlanzeige. Er bemerkte wie Georges Arme seitlich an seinem Körper herabhingen, wie sich seine Hände zu Fäusten ballten, wie er immer noch an der Tür stand. Sinclair wusste ganz genau, wenn er jetzt noch etwas retten wollte, dann durfte er nicht in Panik verfallen, sondern musste klug und überlegt vorgehen. Er kopierte Georges Technik, mit der dieser immer versuchte, sich zu beruhigen, und atmete bewusst durch die Nase ein und aus. Besser.

„WANN?“, brüllte George ihn plötzlich an. „Wann hattest du vor, mir zu sagen, dass er dein Bruder ist? Dass der verdammte Bürgermeister dein verfickter BRUDER ist?“

„Heute“, sagte Sinclair tonlos. „Vorhin. Bevor du gegangen bist.“

„Du!“ Georges Stimme bebte vor Wut. „*Du* hast mich ins offene Messer laufen lassen.“

Sinclair hörte zwar die Worte, achtete aber nicht auf sie. Seine ganze Aufmerksamkeit wurde von Georges Fäusten, seiner starren Haltung und dem Abstand, der zwischen ihnen herrschte, in Anspruch genommen. Warum kam George nicht näher? Um ihn anzuschreien, um ihn in die Arme zu schließen, um ihn zu verprügeln. Sinclairs Augen weiteten sich. *Oh. Schlagen*? In höchster Konzentration verengten sich seine Augen wieder und er musterte George mit leicht schiefgelegtem Kopf. „Warum stehst du eigentlich immer noch an der Tür?“, sprach Sinclair seine Gedankengänge laut aus. „Warum hältst du so viel Abstand? Hast du tatsächlich Angst davor, mich im Zorn zu schlagen?“

Georges aggressiv vorgereckter Kopf zuckte zurück. Sinclairs Worte hatten ihn etwas aus der Bahn geworfen. Er saugte an seiner Oberlippe, sagte aber nichts.

Für Sinclair war das Bestätigung genug. Er lachte ungläubig. „Das ist es. Du hast … hast tatsächlich Angst, mich in dieser Situation zu schlagen." Er schüttelte den Kopf. „Meine Güte, George! Also wirklich! Lass das doch endlich hinter dir. Ich bin weder gefesselt noch geknebelt. Wenn ich nicht will, dass du einen Treffer landest, dann wird es dir auf keinen Fall gelingen, mich zu schlagen. Das kannst du mir glauben."

George biss sich auf die Lippen. Seine Verfehlungen jenes verhängnisvollen Tages, als er zu wütend war, um einen klaren Gedanken zu fassen und er über Sinclair hergefallen war, kaum dass seine Männer Glendale aus dem Zimmer geführt hatten … Sein Blick senkte sich zu Boden und er schüttelte den Kopf, als ob er dadurch diese Bilder und Erinnerungen würde vertreiben können.

„Versprich mir, dass du dich wehrst", sagte George mit rauer Stimme. „Versprich mir, dass du dich wehren würdest." Er hatte nicht vorgehabt, Sinclair zu verprügeln. Aber er hatte Angst davor gehabt, dass er es in seiner Wut dennoch tun würde.

Er hob seinen Blick und sah gerade noch, wie Sinclair mit den Augen rollte. „Versprich es mir!", herrschte er ihn an.

„Ja, ist ja gut. Wenn es dich glücklich macht", erwiderte Sinclair mit einem nachgiebigen Seufzen. „Solltest du versuchen, mich anzugreifen oder zu verletzen, werde ich mich wehren. Zufrieden?"

„Ja." George schluckte. *Zufrieden* traf es nicht wirklich. Aber es war ein wenig besser als zuvor. Es überstieg nach wie vor Georges Verständnis, wie Sinclair über diesen Vorfall so kaltschnäuzig hinweggehen konnte.

„Hast du dann vor, endlich näher zu kommen?", wollte Sinclair wissen und stützte sein Kinn in seine Hand. Er konnte es sich leisten, sich ein wenig zu entspannen. Wenn George sich darüber Gedanken machte, ob Sinclair sich bei einem Angriff wehren würde, dann bestand zumindest keine unmittelbare Gefahr, dass er in den nächsten fünf Minuten hinausgeworfen werden würde. Jetzt hieß es, einen kühlen Kopf zu bewahren und aufzupassen. Es hatte keinen Sinn, versehentlich mehr preiszugeben als unbedingt notwendig. Dazu war es wichtig, in Erfahrung zu bringen, was Randolph erzählt oder gar erfunden hatte und wie viel George davon tatsächlich auch glaubte.

„Nein", fauchte George gereizt. „Ich bin immer noch stinksauer auf dich! Du hast mich in eine unmögliche Situation gebracht! Was glaubst du eigentlich, wie blöd ich aus der Wäsche geschaut habe, als er mir gesagt hat, dass du sein Bruder bist? Sein Bruder! Gottverdammt nochmal! Ein kleiner Hinweis wäre wirklich schön gewesen! Dieser … dieser Dreckspolitiker hat geglaubt, ich wüsste Bescheid!" Als Sinclair nicht reagierte, sondern ihn nur weiterhin konzentriert und wachsam betrachtete, brannte in George eine der kleineren Sicherungen durch. „Er hat geglaubt. ICH. WÜSSTE. BESCHEID!"

„Ich habe es schon beim ersten Mal gehört", beschwerte sich Sinclair mit einer Gelassenheit, die George nur noch mehr auf die Palme brachte. „Es besteht also kein Grund, so laut zu werden."

„Ich werde so laut, wie ich es will! Ich saß da wie der letzte Idiot!" George rang gleichermaßen um Atem wie um Fassung. „Und du entschuldigst dich immer noch nicht!" Aufgebracht warf er beide Hände in die Höhe, dann zeigte er auf seine Schläfen. „Siehst du das hier? Siehst du das? Ich bekomme graue Haare. An den Schläfen! Ich bekomme graue Schläfen und das ist nur der Ärger mit dir! Warum tue ich mir das überhaupt an? Hm? Kannst du mir das mal sagen?“

„Du bist vermutlich masochistischer veranlagt, als du glauben möchtest“, schlug Sinclair ungerührt vor.

Eine Moment lang starrte George ihn mit offenem Mund an, dann raufte er sich die sorgfältig frisierten Haare. „Jetzt komm mir nicht so! Versuch ja nicht, einen auf geistreich zu machen!“ Er drohte Sinclair mit seinem ausgestreckten Zeigefinger. „Ich hätte es vom ersten Moment an wissen können. Vom ersten Moment an! Die gleiche Arroganz, der gleiche Sarkasmus! Gott! Brüder!“

„George?“, fragte Sinclair sanft, aber mit Nachdruck.

„Ja! Was?“, gab George ungehalten zurück.

„Wäre es dir jetzt möglich, dich wieder zu beruhigen? Ich fange sonst wirklich an, mir Sorgen um deinen Blutdruck zu machen.“

George starrte Sinclair stumm an. Dann stieß er einen heiseren Wutschrei aus, ging zu der Sitzgruppe hinüber und ließ sich auf das Sofa fallen. „Du“, sagte er drohend und deutete mit seinem Zeigefinger auf Sinclair. „Ich bin noch nicht fertig mit dir.“

„Gut“, erwiderte Sinclair mit einem schwachen Lächeln, das ihm einen gleichermaßen abschätzenden wie verwunderten Blick von George eintrug. „Ich hätte dich nur sehr ungern verlassen.“

George schnaubte belustigt. „So habe ich das nicht gemeint und das weißt du auch genau. Aber um dich wirklich rauszuschmeißen, müsstest du schon etwas anderes verbrochen haben.“ Er blinzelte. „Gott, ich muss verrückt sein“, sagte er halb zu sich selbst und fuhr sich mit einer Hand über sein Gesicht. Jetzt, da seine Wut langsam verrauchte, bemerkte er erst, wie erschöpft er war. „Ich habe vor meinem Gegner mein Gesicht verloren. Und das ist allein deine Schuld. Wenn irgendjemand davon erfährt, bin ich erledigt." Er atmete tief durch, dann warf er Sinclair einen schmerzlichen Blick zu. „Warum hast du nichts gesagt?"

Mit einem Seufzen erhob sich Sinclair und machte einige halbherzige Schritte auf George zu, doch er blieb mitten im Raum stehen und wirkte wieder so zerrissen und verloren, dass es George ins Herz schnitt.

„Wir sind nicht wirklich Brüder. Wir haben nur denselben Vater, das macht uns lediglich zu Halbbrüdern. Als meine Mutter starb, wurde ich von meinem Vater und seiner Ehefrau adoptiert." Er machte eine hilflose Geste mit seiner Hand. „Randolph und ich … wir sind kein Paradebeispiel für eine glückliche oder gar liebevolle Familie."

„Trotzdem hat er geglaubt, ich hätte vorgehabt, ihn mit dir zu erpressen", bemerkte George nachdenklich. „Aber wenn er dich gar nicht gern hat, dann …" George schüttelte den Kopf. „Sorry, ich verstehe es nicht."

„Randolph war schon immer sehr ehrgeizig", erläuterte Sinclair dumpf. „Seine Karriere ging ihm über alles und ich … ich war der ständige Fleck auf seiner weißen Weste. Der Kieselstein in seinem Schuh. Die Distel auf seiner Lebenswiese. Nur zu dem einen Zweck auf der Welt, um ihm Ungemach zu bereiten."

„Kommt mir bekannt vor", warf George trocken ein und ein schwaches Lächeln huschte über Sinclairs Lippen. „Ich möchte wetten, du hast keine Gelegenheit ausgelassen, um ihm das Leben schwer zu machen."

„Nicht eine einzige", bestätigte Sinclair mit Genugtuung und einem Funkeln in seinen Augen.

„Ich könnte fast Mitleid mit ihm bekommen", sagte George gedehnt.

Sinclair warf ihm einen tadelnden Blick zu. „An ihn ist jedes Mitleid verschwendet." Er hielt kurz inne. „Auf jeden Fall ist Randolph daran gewöhnt, mich aus allen möglichen

Schwierigkeiten herauszuholen – ohne Kosten und Mühen zu scheuen und meist sogar ohne um den Preis zu feilschen. Es wäre für ihn unerträglich, wenn der Name *Kingsley* durch mein Verhalten einen Makel davontragen würde", schloss er mit einer verächtlichen Grimasse. „Er hätte auch deine Forderungen bezahlt, ohne mit der Wimper zu zucken. Außer du hättest ihm damit gedroht, mich andernfalls umzubringen." Er verweilte einen Moment bei diesem Gedanken. „Ich fürchte, in diesem Fall wäre dein Geldbeutel leer geblieben."

George starrte nachdenklich vor sich hin. „Es war dein Bruder, vor dem du dich die ganze Zeit versteckt hast, stimmt's?"

„Ja."

„Warum? Warum hast du solche Angst vor ihm?"

„Ich hatte – und habe – meine Gründe."

„Sinclair! Das ist doch keine Antwort."

Sinclair nagte an seiner Unterlippe. „Zwischen uns ist zu viel vorgefallen. Er hat mich nie in Ruhe gelassen. Auch nicht, nachdem ich offiziell den Namen meiner Mutter angenommen hatte. Auch dann nicht. Obwohl er es versprochen hatte. Er …" Sinclairs Stimme bebte leicht. „Er hat immer wieder dafür gesorgt, dass ich … Er hat mich von einer obskuren Entzugsklinik in die nächste gesteckt, mich weggesperrt. Er …" Sinclair schüttelte den Kopf. „Er hasst mich. Und ich wollte nie wieder … *nie wieder* … etwas mit ihm zu tun haben. Aus der letzten Klinik bin ich einfach abgehauen. Bei Nacht und Nebel, wie man so schön sagt, und habe mich dort versteckt, wo er mich nie finden würde, mich auch tatsächlich nie gefunden hat – auf der Straße. Dort hat mich eines Tages Alice aufgelesen und den Rest … weißt du ja schon."

George atmete tief ein und aus. „Ist das alles?"

„Ja“, log Sinclair und setzte in Gedanken hinzu: *Mehr musst du nicht wissen.*

~~~

„Sinclair?“ Randolphs Stimme drang die Treppe herauf und durch Sinclairs geschlossene Zimmertür. Sinclair war über Weihnachten von seiner Universität nach Hause gekommen. Warum, das wusste er selbst nicht mehr so genau.

„Ja!“, schrie Sinclair zurück. „Ich komme gleich.“

„Was treibst du denn so lange?“ Randolph öffnete ohne jede Vorwarnung Sinclairs Tür. „Mama wartet schon in …“ Die restlichen Worte erstarben ihm im Hals.

Sinclair war ebenfalls wie erstarrt und keiner Regung fähig. Er hatte gerade seinen Drogen-Vorrat gezählt und die unverkennbaren Päckchen lagen für seinen Bruder gut sichtbar auf dem Tisch. Noch nie war Randolph einfach so in sein Zimmer gekommen. Immer hatte er angeklopft. Immer. Und selbst dann war er nur nach Aufforderung eingetreten oder hatte ihn weiter durch die geschlossene Tür angebrüllt. Sinclair hatte sich daher sicher gefühlt.

„Was ist das?“, stellte Randolph die dümmste Frage, die in einer solchen Situation gestellt werden konnte, und Sinclair fand seine Schlagfertigkeit wieder.

„Ich glaube, du weißt ganz genau, was das ist“, entgegnete er frech. „Hast du wirklich geglaubt, ich würde Weihnachten mit dir ohne Drogen verkraften können?“

„Wie lange geht das schon?“, fragte Randolph mit harter Stimme.

Sinclair zuckte lediglich mit den Schultern. „Das geht dich einen Scheißdreck an“, erwiderte er freundlich.

„Du bist schon high“, bemerkte Randolph dumpf.

„Allerdings“, bestätigte Sinclair fröhlich. „Glaubst du ernsthaft, ich würde anders als völlig zugedröhnt einen Abend mit dir und Mama Sylvia und einer Ballettvorstellung überstehen? Ballett.“ Er schnaubte
~~~

verächtlich. „Und dann auch noch die Nussknackersuite. Ausgerechnet."

„Es ist nun einmal Weihnachten", gab Randolph säuerlich zurück. „Nun gut. An deinem derzeitigen Zustand lässt sich wohl nichts ändern. Dann komm endlich. Mama wartet schon die ganze Zeit in der Halle."

Sinclair riss die Augen auf. „Ich muss trotzdem noch mit?"

„Selbstverständlich", entgegnete Randolph ungerührt und zupfte seine Manschetten zurecht. „Aber morgen … morgen werde ich dich zu Dr. Pelham begleiten und du wirst dich von ihm in eine Entzugsklinik einweisen lassen."

„Das werde ich nicht tun", sagte Sinclair entschieden.

Ein süßliches Lächeln kräuselte Randolphs Mundwinkel. „Das liegt ganz bei dir. Aber ich war bislang der Ansicht, dass du gerne weiter studieren möchtest und ich glaube nicht, dass ich das zukünftig finanzieren werde."

Sinclair knirschte mit den Zähnen. „Das ist Erpressung!", zischte er. Trotz seines berauschten Zustandes fühlte er, wie seine Hände und seine Lippen bei dieser Drohung plötzlich kalt wurden.

„Ts ts ts", machte Randolph. „So ein böses Wort. Ich werde Mama deine Abwesenheit mit einer spontanen Urlaubsreise mit Freunden erklären. Sie braucht ja nicht zu wissen, dass du überhaupt keine Freunde hast."

„Und wo verstecken sich die Scharen deiner Bewunderer?", fragte Sinclair boshaft nach. „Ich sehe sie nirgends."

Randolphs Lächeln verschwand und machte einem eisigen Blick Platz. „Du begleitest mich morgen zu Dr. Pelham oder du hast dir die Konsequenzen selbst zuzuschreiben."

Letzten Endes fügte sich Sinclair dem Willen seines Bruders, bat Dr. Pelham um die Einweisung in eine Entzugsklinik und begab sich auch wirklich dorthin. Den Umständen entsprechend ging es ihm gut. Da er ausschließlich Kokain gespritzt hatte, hatte er kaum körperliche Entzugserscheinungen. Einzig die Psychotherapie ging ihm gegen den Strich. Doch er war glücklicherweise intelligent und belesen genug, um den Therapeuten das erzählen zu können, was diese hören wollten. Nach zwei Wochen hatte er jedoch genug davon und entließ sich auf eigenen Wunsch und auf eigene Verantwortung wieder. Er ging zurück an seine derzeitige Universität und nahm seine vielfältigen Studien und seinen Drogenkonsum wieder auf.

Über ein Jahr später klopfte es an der Tür zu Sinclairs kleiner Wohnung, die er in einem der Studentenheime seiner neuen Universität bezogen hatte. Dummerweise hatte er sich schon wieder in einer anderen Stadt einschreiben müssen, weil er einen seiner Professoren einen Idioten genannt hatte und anschließend sturzbetrunken von der Polizei aufgegriffen worden war. Randolph hatte – erstaunlicherweise ohne eine einzige Bemerkung – alles für ihn geregelt und eine andere Universität gefunden, die bereit gewesen war, ihn aufzunehmen.

Sinclair lag auf seinem Bett, las eine Abhandlung über Aristoteles und ahnte nichts Böses, weshalb er einfach „Herein!", rief. Als er die Gestalt seines Bruders eintreten sah, sprang er jedoch von seinem Bett auf. „Was willst du denn hier?", fauchte er kampfbereit, doch dann traten zwei kräftige Männer durch die Tür und Sinclairs Körper straffte sich. „Was soll das?", fragte er ahnungsvoll, als die beiden Männer auf einen Wink Randolphs hin anfingen, alle Schubladen und Schranktüren zu öffnen und zu durchsuchen.

„Einige deiner Kommilitonen waren so freundlich – gegen eine kleine finanzielle Unterstützung meinerseits –, dich ein wenig im Auge zu behalten", bemerkte Randolph kühl und mit einem widerlichen Lächeln auf seinen Lippen. „Mich hat nun die Kunde erreicht, dass du wieder ..."

„Hier, Sir", rief einer der Männer und hielt mit einer Hand das Etui mit Sinclairs Spritzen in die Höhe. In seiner anderen Hand befanden sich mehrere kleine Beutelchen mit weißem Pulver.

Randolph seufzte schwer. „Vielleicht ist die Klinik, die ich jetzt für dich ausgesucht habe, etwas erfolgreicher."

„Ich gehe in keine Klinik mehr", sagte Sinclair heiser und versuchte, seine trockenen Lippen mit seiner Zunge zu befeuchten.

Ein überhebliches Lächeln erhellte Randolphs Gesicht. „Auch für diesen Fall habe ich vorgesorgt. Ich habe hier eine Einwilligung – mit deiner Unterschrift. Dr. Pelham war erfreulich entgegenkommend."

Sinclairs Herz schlug langsam und schwer in seiner Brust. Nicht nur seine Hände und Lippen fühlten sich eisig an, die Kälte kroch durch seinen ganzen Körper. „Das ist eine Fälschung", krächzte er heiser und wusste im selben Moment, dass jeder Einwand vergeblich war. Aus den Augenwinkeln heraus sah er, wie die beiden Männer unerbittlich näher kamen. Zweifellos würden sie Randolph blindlings gehorchen.

„Das zu beweisen, mein lieber Bruder, dürfte dir schwer fallen", erwiderte Randolph aalglatt. „Kommst du freiwillig mit oder willst du unbedingt Aufsehen auf dem Campus erregen?"

Sinclair hatte sich noch nie in seinem Leben so ohnmächtig, so hilflos gefühlt – zumindest nicht, soweit es den Umgang mit seinem Bruder betraf. Gegen zwei Gegner gleichzeitig hatte er keine Chance, obwohl er sein Kampfsport-Training nie vernachlässigte. Doch diese Überlegung war fast zweitrangig. Er würde es dennoch auf einen Kampf ankommen lassen, selbst wenn seine Niederlage von vorneherein feststehen würde. Viel wichtiger war jedoch, wollte er Aufsehen erregen? Oder wollte er wieder hierher zurückkommen? Eigentlich schon. Die Professoren waren hier nicht ganz hoffnungslos und seine Mitstudenten waren auch … Moment. Was hatte Randolph gesagt? Einige seiner Kommilitonen ließen sich von Randolph dafür bezahlen, dass sie ihn bespitzelten? Ohne lange zu überlegen, wirbelte er herum und verpasste einem der Männer einen gut gezielten Fußtritt in den Magen, bevor er dem zweiten Mann seine Faust gegen die Kehle schlug.

Drei Wochen später waren seine Verletzungen ausgeheilt und er verließ auch diese Entzugsklinik auf eigenen Wunsch und ohne, dass ihn jemand daran hinderte. Er hatte einige Stimmungsaufheller beiseite geschafft, die er jetzt schluckte. Das musste helfen, bis er sich den nächsten Höhenflug verschaffen konnte. Doch kaum stand er auf der Straße und hielt nach einem Taxi Ausschau, klingelte schon sein

Handy. Sinclair blickte mit gerunzelter Stirn auf das Display. Randolph.

Er nahm das Gespräch an.

„Was?", blaffte er in das Telefon.

„Ich wollte dir nur mitteilen, dass ich deine Sachen nach Hause habe bringen lassen und ich mich momentan um eine neue Universität für dich kümmere. Außerdem wollte ich dir die Mühe ersparen, deine Ausweispapiere und deine Bankkarte suchen zu müssen."

„Warum? Was ist damit?", fragte Sinclair, während ihm die inzwischen so vertraute und so entsetzliche Kälte in alle Glieder kroch.

„Deine Papiere befinden sich in meiner Obhut. Und was deine Zahlungsfähigkeit angeht, so werde ich weiterhin für alle deine Kosten aufkommen. In deiner Brieftasche wirst du eine Kreditkarte finden. Das Konto läuft auf meinen Namen und alle Belege und Rechnungen erhalte ausschließlich ich, ebenso werde ich über etwaige Bargeldabhebungen informiert. Deine Gesundheit profitiert sicher davon, wenn ich über alle Kontenbewegungen Bescheid weiß. Ich wünsche dir noch einen schönen Tag."

Sinclair stand noch lange Zeit am Straßenrand. Das Handy immer noch am Ohr, obwohl Randolph das Gespräch schon längst beendet hatte. Sein Körper war wie erfroren. Er fühlte nichts mehr. Nur noch Angst und Hilflosigkeit in einem Ausmaß, wie er es nicht für möglich gehalten hätte. Was sollte er jetzt nur tun?

Es kam ihm eigenartigerweise die ganze Zeit über nie in den Sinn, sich an Mama Sylvia zu wenden. Irgendwie war diese ganze Sache zu einer ausschließlichen Angelegenheit zwischen Randolph und ihm geworden.

Keine Woche, nachdem er seine neue Studentenbude bezogen hatte, kam er auf die Idee, sich eine Stereoanlage mit Randolphs Kreditkarte zu kaufen, die er dann um den halben Preis weiterverkaufte. Dieser erste Schuss, den er sich damit finanzierte, war mit nichts zu vergleichen. Es war Triumph und Rausch gleichermaßen. In den folgenden Wochen kaufte und verkaufte er noch viele weitere Dinge, über deren Anschaffung Randolph vielleicht den Kopf schütteln würde, die aber über jeden Verdacht erhaben waren. Sinclair mangelte es somit nie an Bargeld.

Alles ging gut, bis zu dem Tag, an dem er seine Dosis ein wenig falsch kalkuliert hatte und von der Polizei bewusstlos in der Toilette eines Restaurants aufgefunden wurde, die Nadel noch in seiner Armbeuge. Er kam wieder zu sich, kaum dass sich die Polizisten um ihn bemüht hatten. Es erschienen Ärzte und er wurde unter Aufsicht ausgenüchtert. Irgendwann kamen die Polizisten wieder. Ein Aufenthalt in der Polizeistation blieb ihm nicht erspart, da er noch kurz zuvor einen Großeinkauf bei einem Dealer getätigt hatte und daher eine nicht zu vertretende Menge an Drogen mit sich führte. Nachdem seine Personalien aufgenommen worden waren und er eine weitere Behandlung durch einen Arzt abgelehnt hatte, saß er nun in einer der Zellen und brütete dumpf vor sich hin. Er hoffte zwar stark, dass niemand Randolph informieren würde, doch er wusste auch, dass ihm das Glück in solchen Dingen noch nie besonders hold gewesen war. In seinem Kopf ging er alle Worst-Case-Szenarien durch und er kam zu dem Schluss, dass Randolph ihn im schlimmsten Fall von der Universität nehmen und sich weigern würde, ihn weiterhin finanziell zu unterstützen. Es entsprach zwar nicht gerade seinen Plänen, aber dann würde er sich eben irgendeine Arbeit suchen müssen. Das war nicht der Untergang der Welt. Vielleicht würde Randolph nun auch endlich genug von ihm haben und tatsächlich alle Beziehungen zu ihm abbrechen. Etwas wie Hoffnung keimte bei diesem Gedanken wieder in ihm auf und so reagierte er relativ gelassen und gefasst auf Randolphs Erscheinen, der sich wenige Stunden nach Sinclairs Verhaftung in dessen Zelle einfand.

„Ich nehme an, du bist hier, um mich rauszuholen“, sagte Sinclair ruhig.

Randolph sah zu Boden und das wiederum war so untypisch, dass Sinclairs Augenlider nervös zuckten. „So könnte man sagen“, erwiderte Randolph schließlich.

„Was meinst du damit?", fragte Sinclair – nun endgültig misstrauisch geworden.

„Ich meine damit, dass du offensichtlich nicht in der Lage bist, selbst über dein Leben zu entscheiden", erläutert Randolph ernst. „Ich werde dich zwar aus dieser charmanten Umgebung herausholen, aber du wirst in ein Sanatorium gehen, das ich für dich ausgewählt habe, und du wirst es nicht verlassen, bis du gelernt hast, dich wie ein vernünftiger, reifer und erwachsener Mensch zu benehmen."

Sinclair schüttelte stumm den Kopf. Das klang nicht gut. Das klang entschieden gar nicht gut und für seinen Geschmack viel zu sehr nach Irrenanstalt und nicht mehr nach Entziehungskur. „Vergiss es", weigerte er sich mit rauer Stimme.

Randolph musterte seinen Bruder mit einem gleichgültigen Blick, aus dem abzulesen war, dass er mit dieser Reaktion gerechnet hatte. Er trat ein wenig zur Seite und gab den Blick auf zwei untersetzte Männer in weißen T-Shirts und Hosen frei, von denen einer ein schmutzig-weißes Stoffbündel in der Hand hielt.

Sinclairs Augen weiteten sich entsetzt, als er begriff, dass es sich bei dem Bündel um eine Zwangsjacke handelte. „Nein", flüsterte er und schüttelte den Kopf.

„Diese Herren sind Angestellte besagten Sanatoriums und durchaus gewohnt und in der Lage, schwierige Situationen zu bewältigen", erklärte Randolph. „Es liegt nun bei dir: freiwillig oder …"

„Nein", wiederholte Sinclair leise, doch dann artikulierte er sein Entsetzen und seine Wut in einem lauten Schrei: „NEIN! NIEMALS!"

„Ich fürchte, damit hast du mir keine andere Wahl mehr gelassen", bemerkte Randolph mit einem Seufzen. Er nickte den beiden Pflegern zu, die sich sofort in Bewegung setzten.

Trotz Sinclairs verzweifelter Gegenwehr gelang es den beiden Männern, ihn zu überwältigen und ihn in die Zwangsjacke zu stecken. Als die letzte Schnalle an ihrem Platz war, gebärdete sich Sinclair immer noch wie ein Wahnsinniger und die Pfleger mussten all ihre

Kräfte aufwenden, um zu verhindern, dass Sinclair auf seinen Bruder losging.

„Das kannst du nicht mit mir machen!", schrie Sinclair wie von Sinnen. „Ich werde auf gar keinen Fall in dieses Irrenhaus gehen! Du hast kein Recht dazu!"

„Schaum vor dem Mund, Sinclair?", gab Randolph ungerührt zurück. „Als Ergänzung deines Repertoires sehr apart, wirklich. Ich muss dir aber leider sagen, dass es auf mich keinerlei Wirkung ausübt – höchstens bestätigt es mich noch in meinem Entschluss, dich einweisen zu lassen. Wozu ich übrigens jedes Recht habe."

„Falls du wieder mit einem gefälschten Dokument ankommst …"

„Bedaure, lieber Bruder", unterbrach ihn Randolph mit einem selbstgefälligen Grinsen. „Dieses Dokument ist echt." Er zog ein Blatt Papier aus der Innentasche seines Jacketts und hielt es Sinclair hin, damit er es lesen konnte.

Sinclairs Augen verengten sich bei dem Versuch, das Dokument zu entziffern. Als es ihm gelungen war, wurde er kreidebleich. „Entmündigung?", flüsterte er entsetzt. „Du … du hast mich entmündigen lassen?"

„Zu deinem eigenen Besten", beharrte Randolph. „Als dein Vormund kann ich nun …"

Sinclairs Kehle war wie zugeschnürt. „Du bist mein Vormund?", krächzte er. „Du?"

„Wer sonst?", entgegnete Randolph kalt.

„Mama Sylvia", erwiderte Sinclair schwach und begriff, dass es dafür nun zu spät war. Endgültig zu spät.

Randolph schüttelte den Kopf. „Auf keinen Fall. Diese Demütigung werde ich Mama um jeden Preis ersparen. Und wenn ich sie dafür belügen muss. Es würde ihr andernfalls das Herz brechen."

Das Herz – Sinclair bezweifelte, dass Mama Sylvia über ein derartiges Organ verfügte. Er jedoch spürte, wie sein eigenes Herz in diesem Moment starb. „Ich werde nicht in dieses Sanatorium gehen", flüsterte er. Zu seinem Entsetzen war er den Tränen nahe.

Randolph drehte ihm den Rücken zu und verließ die Zelle. „Nehmen Sie ihn mit", wies er die Pfleger noch an und dann war er verschwunden.

Es dauerte zwei Monate, bis es Sinclair endlich gelang, aus dem Sanatorium zu fliehen. Glücklicherweise war es – entgegen Sinclairs Überzeugung – kein Irrenhaus gewesen, sondern tatsächlich eine sehr vornehme Privatklinik mit Sicherheitsvorkehrungen, die einem Gefängnis alle Ehre gemacht hätten. Dennoch war es Sinclair gelungen, eine Lücke zu finden.

Als er sich mitten in der Nacht die Küchenabfälle – zwischen denen er sich versteckt gehalten hatte – von seinem Mantel klopfte und dem Verkehrslärm der nahen Straße lauschte, beschloss er, nie wieder in Randolphs Fänge zu geraten. Koste es, was es wolle.

~~~

„Und das war jetzt wirklich alles?", hakte George nach.

„Ja, natürlich", log Sinclair weiter. Nun hatte er einmal damit angefangen, nun musste er die Lüge auch aufrechterhalten. „Warum fragst du?"

„Oh, einfach aus dem Grund, weil ich keine Lust habe, wieder dumm dazusitzen und tatenlos zusehen zu müssen, wie dein Bruder ein weiteres Ass aus seinem Ärmel zaubert", antwortete George im Plauderton.

„Was hat er dir erzählt?", wollte Sinclair wissen. Es war eine plumpe Frage, sicherlich, aber Sinclair musste nun endlich Klarheit haben. Er hatte sich lange genug um diese Frage herumgedrückt, ohne von George auch nur irgendetwas von Belang zu erfahren.

„Nichts", antwortete George. „Rein gar nichts. Außer der Tatsache, dass du sein Bruder bist. Mir hat das allerdings völlig gereicht."

Sinclair nickte und überlegte fieberhaft, ob Randolph George jemals von sich aus erzählen würde, dass er Sin-
~~~

clairs Vormund war. Könnte er sich dadurch einen Vorteil verschaffen? Was würde passieren? Randolph könnte ihn von George zurückfordern, aber das würde George verärgern. Hoffentlich. Und wenn Randolph in seiner Position als Bürgermeister etwas nicht brauchen konnte, dann war es ein verärgerter Mafia-Boss. Diese Möglichkeit schied also aus.

Vielleicht sollte er doch Farbe bekennen und George die Wahrheit erzählen? George zu belügen verursachte ihm fast körperliche Schmerzen. Ihm war ganz und gar nicht wohl dabei. Kleine Halbwahrheiten waren ja in Ordnung – es fiel ihm auch leicht, etwas völlig zu verschweigen, aber auf eine direkte Frage zu lügen? Das war schwer und ausgesprochen undankbar. Nach allem, was George bereits für ihn getan hatte, nach allen Zugeständnissen, die er für ihn gemacht hatte. Sinclair schämte sich zutiefst. Aber es gab einfach keine vernünftige Alternative.

Sinclair fühlte sich durch diese Vormundschaft entehrt und entwürdigt. Er war nicht mehr sein eigener Herr, er war kaum besser als ein Leibeigener. Er hatte keine Papiere und konnte nicht einmal das Land verlassen oder eine respektable Arbeitsstelle antreten. Das alles war ihm verwehrt oder hing doch zumindest von Randolphs Willkür ab.

Wenn er nun George alles beichtete, würde er ihn zweifellos aus dem Haus jagen. Davon war Sinclair felsenfest überzeugt. Welcher Mafia-Boss würde denn jemanden an seiner Seite dulden, der sich völlig in der Hand seiner Gegner befand?

George würde todsicher annehmen, dass Sinclair für Randolph spionieren würde. Über Druckmittel gegenüber Sinclair verfügte Randolph in ausreichendem Maße. George konnte ja nicht wissen, dass sich Sinclair lieber eine Hand abhaken ließe – oder sich sogar freiwillig in einem mehr oder weniger dubiosen Sanatorium wegsperren lassen würde – bevor er George Schaden zufügte.

Woher auch?

Sinclair hatte noch keine Gelegenheit gehabt, seine Loyalität unter Beweis zu stellen. Wie auch, wo er doch befürchten musste, dass Randolph in dem Augenblick, in dem er den sicheren Hafen von Georges Grundstück verließ, Mittel und Wege finden würde, um sich wieder Sinclairs zu bemächtigen, um zu verhindern, dass er weitere Schande über die Familie Kingsley brachte. Sinclair wollte bei George bleiben. Koste es, was es wolle. Auch wenn er George dafür eine Lüge nach der anderen würde auftischen müssen.

„Es tut mir leid, George", sagte Sinclair schließlich mit einem etwas schiefen Lächeln.

George musterte ihn mit einem merkwürdigen Blick. Dann stand er auf und hielt Sinclair eine ausgestreckte Hand hin. „Komm mit."

„Wohin?"

„Ins Schlafzimmer."

Sinclair schluckte. „Bitte", flüsterte er leise. „Keine Ohrfeigen mehr."

George schüttelte den Kopf. „Ich will dich nicht bestrafen, Sinclair. Heute habe ich etwas ganz anderes mit dir vor." Dann fiel ihm etwas anderes ein. „Wo ist eigentlich Phil?"

„Nach Hause gegangen. Zu seiner Frau. Zum Abendessen", antwortete Sinclair abgehackt. Er war zu verwirrt für eloquentere Sätze. „Was hast du dann mit mir vor?"

George strich mit seiner Hand sanft über Sinclairs Wange.

„Das wirst du noch früh genug erfahren …"

Teil 24

Im Schlafzimmer angekommen, fackelte George nicht lange und drückte Sinclair einen hungrigen Kuss auf die überrascht geöffneten Lippen. Es war mehr Biss als Kuss und George packte ihn grob mit einer Hand im Genick, drängte Sinclair rückwärts gegen das Bett und gab ihm dann einen Stoß, der ihn rücklings auf die Matratze fallen ließ.

Sinclair starrte George einen Moment lang aus weit geöffneten Augen an und dann war George auch schon über ihm, riss ihm das Hemd auf, öffnete seine Hose und zog sie ihm mit einem Ruck nach unten. Das alles geschah nicht aus ungeduldiger, drängender Leidenschaft – obwohl sich unter Georges Hose bereits eine beachtliche Erektion abzeichnete –, es wirkte auf Sinclair eher wie aufgestaute, zornige Erregung.

Abrupt richtete sich George auf. „Hose. Schuhe. Ausziehen", forderte er in harschem Tonfall.

Sinclair beeilte sich, diesen Wünschen nachzukommen, und stellte fest, dass seine Finger nicht in der Lage waren, die Knoten seiner Schnürsenkel zu lösen. George hatte währenddessen bereits die Vaseline aus seinem Nachttisch geholt und sich schon wieder zu ihm umgedreht. Ungeduldig, verärgert und auch ein wenig eingeschüchtert von Georges seltsamem Verhalten, riss Sinclair den einen Schnürsenkel einfach ab und zerrte so lange an dem anderen Schuh, bis er ihn abstreifen konnte, ohne den Schnürsenkel zu lösen. Ebenso hastig entledigte er sich seiner Socken. Er stand auf, zog Hose und Unterhose mit einem einzigen Handgriff über seine Hüften und ließ beides auf dem Boden liegen. Unschlüssig blieb er neben dem Bett stehen. Sein Herz klopfte in einem raschen Stakkato und er musste den plötzlichen Impuls, seine Blöße –

oder besser gesagt: seine halbsteife Erektion – schamhaft mit seinen Händen zu bedecken, fast gewaltsam unterdrücken.

Georges Blick, der langsam über Sinclairs ganzen Körper wanderte und unter dem er erschauerte, war nicht zornig. Aber auch nicht so liebevoll oder bewundernd, wie er einige Male schon gewesen war. Eine gewisse abschätzende Kälte lag in den tiefblauen Augen. Sinclairs Hände zuckten zu seinem Hemd, das ihm immer noch offen von den Schultern hing, und er wollte es gerade abstreifen, als George ihn zurückhielt.

„Lass es. Es gefällt mir an dir."

George Stimme war – im Gegensatz zu seinem Blick – warm und vertraut und vor Sinclairs geistigem Auge entstand das Bild von Alices Salon, in dem George ihm damals auch schon gesagt hatte, er solle das Hemd anbehalten.

Wie lange war das her? Es mussten acht Monate sein. Doch dann kam George mit diesem zähneblitzenden, kalten Lächeln auf ihn zu und Sinclairs Gehirn verweigerte ab diesem Moment jegliche Zusammenarbeit.

„Auf den Rücken. Beine angewinkelt und gespreizt", befahl George und wies mit einem flüchtigen Kopfnicken in Richtung Bett.

Mit klopfendem Herzen und pochender Erektion krabbelte Sinclair auf das Bett und brachte sich in die gewünschte Position. Früher war er sehr gut darin gewesen, die Wünsche und Pläne seiner Kunden zu erahnen – doch George war ihm von Anfang an ein Rätsel gewesen. Zwar war es ihm in den letzten Wochen etwas besser gelungen, Georges Bedürfnisse und Absichten zu erkennen, doch heute … heute versagte er völlig. Er hatte keine Ahnung, was George mit ihm vorhatte. Und vielleicht war es gerade diese Ungewissheit, die ihm diese prickelnde Lust verschaffte. Trotz allem war es ein ungutes Gefühl, dieses Mal so gar nicht zu wissen, woran er mit ihm war. War diese Unsicherheit, dieser Effekt der Überraschung, früher ausschließlich auf- und erregend gewesen, so mischte sich jetzt doch eine gewisse Unruhe in die lustvolle Erregung. Sinclair fragte sich, ob es an der zunehmenden Vertrautheit zwischen ihnen lag, die den Umgang miteinander in den letzten Wochen in wachsendem Maße bestimmt hatte, dass er nun so anders empfand. Er war ein wenig enttäuscht, als George sich vollständig bekleidet zwischen seine gespreizten Beine hockte, nur seine Hose öffnete und zusammen mit seiner Unterwäsche ein wenig tiefer schob. Gerade genug, um sein hartes Glied zu befreien. Das hatte er schon lange nicht mehr getan. In letzter Zeit hatte er sich fast immer vollständig entkleidet und Sinclair hatte sich an das Gefühl von Georges nackter Haut so sehr gewöhnt, dass es ihm jetzt wie eine Strafe vorkam. Strafe? War das der Grund für Georges merkwürdiges Verhalten?

Ich bin immer noch stinksauer auf dich, hallte es in Sinclairs Kopf nach. Aber danach hatte George ihm so liebevoll die Wange gestreichelt … Er wusste nicht mehr, was er von diesen widersprüchlichen Signalen halten sollte.

Zwei mit Vaseline beschmierte Finger drückten sich gegen seine Öffnung und er zuckte zusammen. Seine Gedanken hatten ihn so sehr in Anspruch genommen, dass er nicht mitbekommen hatte, wie George mit seinen Vorbereitungen weitergemacht hatte. Etwas zu schnell und etwas zu grob schob George seine Finger in Sinclairs Körper und Sinclair zuckte wieder, bevor er sich dazu zwang, sich zu entspannen. Es brauchte dieser Tage ohnehin nicht viel, um ihn für George bereit zu machen. George hatte sich so oft mit ihm befasst, dass er die meiste Zeit nur wenig gedehnt werden musste, um in der Lage zu sein, Georges harten Schaft problemlos in sich aufzunehmen. So war es auch heute. Zwei Finger und wenige Minuten reichten aus, um Sinclairs Muskeln zu lockern.

Die ganze Zeit über sagte George kein einziges Wort. Nur sein schweres Atmen war zu hören. Die Stille hatte etwas so Unwirkliches, dass auch Sinclair es nicht wagte, einen Laut von sich zu geben. Er schnappte lediglich nach Luft, als George seine Finger abrupt aus ihm zurückzog und er stattdessen den Druck seiner heißen Eichel an seinem Hintern spürte. Ohne Finesse und ohne Rücksicht stieß George einfach zu. Vergrub sich bis zum Anschlag in Sinclairs nachgiebige Öffnung und fickte ihn hart, rasch und tief, bis Sinclairs Körper ihn betrog und er trotz aller Bedenken wachsende Lust empfand und stöhnte. Er hätte gerne seine Arme um George geschlungen, ihn näher zu sich gezogen, den Geruch von Rasierwasser und Schießpulver eingeatmet, doch George hockte weiterhin zwischen seinen Beinen und wirkte so konzentriert, dass Sinclair es lieber nicht riskierte.

George, der für gewöhnlich ein sehr aufmerksamer Liebhaber war, nahm ihn heute mit einer Rücksichtslosigkeit in Besitz, die Sinclair gleichermaßen erregte und verstörte. Sein eigener Penis war mittlerweile vollständig erigiert und klopfte im Takt von Georges Stößen gegen seinen angespannten Unterleib. Normalerweise hätte sich George schon längst in irgendeiner Form damit beschäftigt, doch heute rührte er keinen Finger und sagte kein Wort. Und plötzlich begriff Sinclair.

Das hier war nicht für ihn.

Das hier war für George.

George, der sich *einmal* rücksichtslos das nahm, was er wollte.

George, der *einmal* nur an sich selbst dachte.

George, der Sinclair dieses *eine Mal* einfach nur benutzte.

Es war Georges Art zu sagen: *Ich bin immer noch stinksauer auf dich. Und das ist deine Gelegenheit, es wieder gut zu machen.*

Und Sinclair ließ diese Gelegenheit nicht ungenutzt verstreichen. Er bog sich George entgegen, nahm ihn nun ohne Vorbehalt in sich auf, ließ ihn sich abreagieren und versuchte gleichzeitig so gut zu ihm zu sein, wie es ihm in diesem Moment möglich war.

Das war Sinclairs Art zu sagen: *Es tut mir leid. Es tut mir so schrecklich leid.*

Sinclair bemerkte, wie sich etwas in Georges Blick veränderte, verwundert, zufrieden und ein wenig weicher wurde.

Eine letzte Folge von harten, tiefen Stößen, Sinclair spürte das vertraute Pulsieren tief in sich und George kam mit einem kehligen Stöhnen. Endlos lange Momente vergingen, bevor sich George aus Sinclair zurückzog. Er stieg aus dem Bett und kleidete sich flüchtig wieder an.

„Kneif den Hintern zusammen“, befahl George ihm lediglich, bevor er an den Schrank ging und Sinclairs Lieblings-Plug hervorholte.

Sinclair gelang es nicht wirklich, ein wollüstiges Stöhnen zu unterdrücken. Der Plug war tiefblau, von mehr als ausreichendem Umfang und wies mehrere Wölbungen auf, von denen Sinclair wusste, dass sie seine Prostata – und ihn – in den Wahnsinn treiben konnten.

Als George sich wieder zu ihm umdrehte, war sein Gesicht entspannt und ein Lächeln huschte über seine schmalen Lippen. Er ging zu ihm zurück, kniete auf das Bett und fuhr Sinclair durch die Haare, bis seine Hand in dessen Nacken lag. Dann hob er Sinclairs Kopf leicht an, flüsterte gegen seine Lippen ein gehauchtes „Danke“ und küsste ihn leicht.

Während Sinclair sich noch an diesen leichten Kuss klammerte, schob sich Georges Hand mit dem Plug zwischen Sinclairs Schenkel. „Leg dich wieder hin“, murmelte er leise und zwängte den Plug in Sinclairs gedehnte Öffnung, die sich gierig um das dicke Stück Gummi schloss und es förmlich tiefer saugte, bis nur noch der flache Griff zu sehen war.

Sinclair stöhnte und streckte seinen Körper genießerisch. Er fühlte sich so voll an … so gut … und das Wissen, dass sich Georges Erguss immer noch in ihm befand, war wie ein Aphrodisiakum für ihn. Aus halbgesenkten Lidern schenkte er George einen verruchten Blick. „Du bist hoffentlich noch nicht fertig mit mir." Er lockte und forderte George dadurch gleichzeitig heraus.

„Noch lange nicht", erwiderte George mit einem anzüglichen Grinsen. „Bin gleich wieder da", sagte er dann und stand auf.

„Hey! Wohin …"

„Ich sagte, ich bin gleich wieder da", wiederholte George mit nachsichtiger Strenge und verließ sein Schlafzimmer.

Tatsächlich musste Sinclair nicht lange warten, bis George wieder zurückkam. In der Hand hielt er den kleinen Eiswürfel-Behälter aus der Bar im Wohnzimmer.

Sinclair biss sich auf die Unterlippe. Er ahnte, was nun kommen würde, und George enttäuschte ihn nicht. Nach einem anzüglich-tadelnden Blick auf Sinclairs pralle Erektion zog George einen Cockring aus Metall aus seiner Hosentasche und Sinclair schluckte krampfhaft. Die Erregung hatte seine Kehle plötzlich trocken werden lassen. Es war der kleinste Cockring, den George besaß, und obwohl dieser Ring sehr eng war, war es doch nicht völlig unmöglich, damit zu ejakulieren. Sinclair hatte das bereits mehrfach unter Beweis gestellt. Aber immer, wenn George diesen Ring benutzte, bedeutete es, dass er sich Zeit lassen wollte. Es würde wohl ein langer Abend werden …

„Ich fürchte“, raunte George gedehnt, „so leid es mir tut, bevor dieser Ring hier passt, werde ich gewisse Maßnahmen ergreifen müssen.“

„Es tut dir doch kein Stück leid“, zischte Sinclair provokant.

George grinste. „Möglich ist alles.“ Er setzte sich auf das Bett, griff in den Behälter und hielt dann vier Eiswürfel in seiner Hand. „Bereit?“, fragte er mit leichtem Spott.

Sinclair hob eine Augenbraue. „Und wenn nicht?“

„Freches Stück“, schalt George in einem Tonfall, in dem andere Menschen „Darling“ sagten oder ähnlich süßliche Kosenamen äußerten und Sinclair seufzte zufrieden. Ohne weitere Vorwarnung presste George die Eiswürfel mit festem Druck auf Sinclairs heiße Erektion. Sinclair schnappte keuchend nach Luft und fuhr mit seinem Oberkörper in die Höhe. „Fuck! Ist das KALT!“

„Ach was“, erwiderte George trocken und drückte noch ein wenig fester auf Sinclairs schrumpfende Männlichkeit.

Es nahm einige Zeit in Anspruch, aber schließlich hatte Sinclairs Penis wieder eine *Größe* erreicht, die es George ermöglichte, ihm den Cockring überzustreifen. Sinclair stöhnte erleichtert auf, als er endlich wieder Georges Hände ohne Eiswürfel zu spüren bekam. Obwohl auch die Hände immer noch kalt waren, waren sie doch sanfter und nicht so hart und unnachgiebig wie die kantigen Eiswürfel. Der Plug hatte sich bei dieser ganzen Aktion als kontraproduktiv erwiesen, denn bei jedem kälteinduzierten Zucken von Sinclair hatten sich seine Muskeln um die kugelförmigen Rundungen in seinem Hintern verkrampft, ihn erneut stimuliert und seinen Penis wieder anschwellen lassen. Sinclair hätte allerdings Geld darauf verwettet, dass George das sehr genau gewusst hatte und absichtlich in dieser Reihenfolge vorgegangen war. Auch jetzt versteifte sich sein Penis bereits wieder und es war Wonne und Qual zugleich, denn Sinclair ahnte, dass es bis zu einem Orgasmus noch ein weiter Weg sein würde.

~~~

Schon lange hatte sich Sinclair gewünscht, die Pfosten von Georges Bett mögen auf sehr spezielle Art und Weise benutzt werden, und heute ging sein Wunsch in Erfüllung. Sinclair stand mit weit gespreizten Beinen und Armen am Fußende des Bettes, seine Rückseite dem Raum zugewandt, seine Hand- und Fußgelenke von breiten Ledermanschetten umschlossen. Die Manschetten waren an Seilen befestigt, die George oben und unten an die Bettpfosten geknotet hatte, bevor er aus seinem begehbaren Kleiderschrank Sinclairs geliebte Reitgerte hervorgeholt hatte.

Seitdem mochte eine halbe Stunde vergangen sein und Sinclair sehnte sich danach, das Muster zu betrachten, das die Gerte auf seiner Kehrseite hinterlassen hatte. George hatte seine Haut – ganz entgegen seinen Gewohnheiten – nur nachlässig und mittels einiger Schläge mit der bloßen Hand aufgewärmt, weshalb sich Sinclair sicher war, dass sich nun deutliche rote Striemen auf seiner Haut abzeichnen mussten.

Aus den Augenwinkeln heraus sah er, dass George erneut ausholte, und wieder traf ihn ein Schlag auf den Hintern. Seine Muskeln zuckten, saugten an dem Plug in seinem Körper und entrissen seiner Kehle ein heiseres Stöhnen. Dieser Hieb war perfekt gewesen. Perfekt platziert – genau auf der empfindlichen Stelle zwischen Hintern und Oberschenkel. Perfekt dosiert – schwach genug, um zu erregen, aber dennoch stark genug, um zu schmerzen. George variierte die Stärke seiner Schläge immer wieder, einmal leicht wie eine Liebkosung und dann wieder so hart, dass das
~~~

Geräusch des Hiebes in Sinclairs Ohren förmlich explodierte und ihm die Tränen in die Augen trieb.

Wieder holte George aus – und wieder war es ein perfekter Schlag. Sinclair leckte sich über die trockenen Lippen und versuchte, mit einem krampfhaften Schlucken seine Kehle zu befeuchten. Vergeblich. Genauso vergeblich wie das verzweifelte Zucken seiner Erektion, die während der ganzen Zeit kaum nachgelassen hatte, sondern unverändert rot, prall und tropfend von seinem Körper abstand.

Streichelnd glitt die Reitgerte über seine Schenkel, über seine Hüfte, nach vorne über seinen Unterleib. Er japste leise und hielt dann die Luft an. Würde George ihn an dieser Stelle schlagen? Sein Herz klopfte bei diesem Gedanken wie verrückt und ein Schauer lief ihm über den Rücken. Furcht und Geilheit mischten sich in seinem Kopf, bis er nicht mehr klar denken konnte.

Die Berührung einer Hand riss ihn aus diesem wollüstigen Nebel und ließ ihn zusammenzucken.

Georges Hand an seinem Bein.

Georges Hand, die dem Weg der Gerte folgte. Schenkel – Hüfte – Unterleib – und …

Sinclair röchelte.

Georges Zeigefinger an seiner hypersensiblen Eichel.

Sinclair riss die Augen auf. Wann hatte er sie geschlossen? Er wusste es nicht. Doch da … da war tatsächlich Georges Finger an seiner Erektion und verschmierte dort die Vorlust, die völlig ungehindert und durch die zusätzliche Stimulation nun umso heftiger aus der kleinen Öffnung quoll. Sinclair biss sich auf die Unterlippe, um sein Wimmern zu unterdrücken.

„Kleines Ferkel“, tadelte George mit diesem teuflischen Lächeln, bei dem Sinclair jedes Mal unfehlbar die Knie weich wurden. Dann hielt er Sinclair seinen benetzten Finger vors Gesicht. Es bedurfte keiner weiteren Aufforderung. Sinclair nahm den Finger begierig in seinen Mund und lutschte enthusiastisch daran.

Georges Augen wurden glasig und seine Pupillen dunkel vor Begierde. „Du genießt das richtig, stimmt's?", raunte er ihm zu.

„Frag nicht so dumm", nuschelte Sinclair um den Finger in seinem Mund herum.

Georges Augen blitzten gefährlich. „Immer noch frech", stellte er gedehnt fest. „Ich war wohl zu nett zu dir. Viel zu nett. Dann wollen wir mal andere Saiten aufziehen."

Sinclair leckte ein letztes Mal über den Finger und zog sich dann wie in Zeitlupe und mit einem obszönen Schlürfen zurück. „Worauf wartest du?", fragte er provokant.

Es war George deutlich anzusehen, dass er ein Lachen unterdrücken musste. „Würde es dich eigentlich umbringen, einmal, nur einmal in einem solchen Moment *ja, bitte* zu hauchen?"

„Ich weiß nicht", erwiderte Sinclair schlagfertig. „Ich hab's noch nie ausprobiert. Das Risiko war mir zu groß." Ein harter Kuss und eine drängende Zunge erstickten jede weitere seiner möglichen Erwiderungen im Keim. Als George von ihm abließ, rang Sinclair nach Atem.

Auch George keuchte leise. „Scheint die einzige Art zu sein, um dich zum Schweigen zu bringen." Er folgte Sinclairs anzüglichem Blick und grinste. „Ja, ich weiß schon. Das … oder ein Blowjob. Aber darauf wirst du heute verzichten müssen." Er reckte sich ein wenig, befühlte Sinclairs Handflächen und überprüfte die Blutzirkulation, dann öffnete er die Karabinerhaken der Ledermanschetten von der Seilschlaufe, an der sie befestigt gewesen waren, und rieb kurz Sinclairs Hände zwischen seinen eigenen Handflächen. „Kein Grund zum Schmollen", kommentierte George Sinclairs Blick. „Es geht ja gleich weiter." Er löste auch die Fesseln an Sinclairs Fußgelenken, drehte ihn herum und drückte ihn sachte auf die Kante der Matratze. „Setz dich einen Moment." Er wischte mit dem Handrücken über Sinclairs verschwitzte Stirn und legte seine Fingerspitzen sanft gegen seine Kehle, um den Puls zu fühlen.

Sinclair nahm Georges Hand von seiner Kehle und hauchte einen sanften Kuss auf die Handinnenfläche. Er fühlte George erschauern. Dann sagte er leise. „Es geht mir gut." Er legte Georges Hand an seine Wange, schmiegte sich in die Berührung und atmete mit einem zufriedenen Seufzen aus. Seine Augen schlossen sich.

„Und dein Hintern?", hörte er George fragen. „Merkst du nichts beim Sitzen?"

„Doch", gab Sinclair frohgemut zu. „Es brennt wie die Hölle." Georges leises Lachen strich wie eine Liebkosung über Sinclairs Körper hinweg. Ein Glas wurde an seine Lippen gepresst.

„Trink", flüsterte George ihm zu.

Der Durst, den Sinclair inzwischen vergessen hatte, brachte sich nun vehement in Erinnerung und er trank das angebotene Wasser mit großen Schlucken.

„Brav", lobte George, hauchte einen Kuss auf seine Stirn und tippte ihn dann auf die Schulter. „Hoch mit dir, es geht weiter. Ich bin noch lange nicht fertig mit dir."

Sinclair wurde von George wieder in der gleichen Position fixiert, jedoch mit einem Unterschied. Sinclair sah nun nicht mehr auf das Bett, sondern in den Raum hinein. George ließ die Reitgerte einige Male sirrend durch die Luft peitschen, bevor er sich wieder mit einem zähnefletschenden Grinsen Sinclair zuwandte.

„Du hast doch hoffentlich nicht geglaubt, ich hätte deine Vorderseite vergessen?"

Sinclair schluckte ahnungsvoll und verfolgte mit weit aufgerissenen Augen, wie George ausholte. Es war unmöglich, abzuschätzen, wo ihn der Schlag treffen würde. Schenkel, Brust, Bauch oder …

Brennender Schmerz loderte wie eine Stichflamme an seinem linken Oberschenkel auf. Ihm blieb nicht viel Zeit, um sich davon zu erholen, schon traf ihn der nächste Hieb. Er sog zischend die Luft zwischen seine Zähne, bevor George schon wieder die Reitgerte hob.

Schläge auf seine Rückseite war Sinclair gewohnt, doch die Vorderseite seines Körpers war nie mit der gleichen Häufigkeit einer Peitsche oder Gerte ausgesetzt gewesen. Zu der physischen Pein kam hier als besondere Folter noch die Angst hinzu, der nächste Schlag könnte daneben gehen und empfindlichere Körperteile treffen. Sinclair brach der kalte Schweiß aus. Zwar wusste er, wie geschickt und treffsicher George im Umgang mit der Gerte war, dennoch stiegen bei jeder Bewegung ganz männliche Urängste in ihm hoch und führten dazu, dass sich seine Muskeln noch mehr verkrampften. Die Erleichterung, wenn ein Schlag Brust oder Oberschenkel getroffen hatte, mischte sich mit dem beißenden Schmerz, den der Kuss der Reitgerte hinterließ und mit der Stimulation durch den Plug, bis Sinclair nicht mehr wusste, ob er über ein Ende froh sein würde oder ob er George verdammen würde, sollte er tatsächlich aufhören.

Ekstase und Schmerz tobten in seinem Körper, rissen ihn von einem Extrem ins andere, bis er glaubte, es könne nicht mehr schlimmer kommen oder es könne nicht mehr besser werden. Genau in diesem Moment stoppten die Schläge, George unterbrach den Rhythmus und trat mit einem schmalen, langen Schal aus dunkelblauer Seide in der Hand auf Sinclair zu.

„Du bist wunderbar“, sagte George mit blitzenden Augen und einem warmen Lächeln, das in einem seltsamen Kontrast zu der deutlichen Wölbung in seiner Hose stand. Er wischte Sinclair die schweißverklebten Haarsträhnen aus der Stirn und strich mit seinem Daumen zärtlich über Sinclairs spröde Lippen. „Nur noch ein bisschen, dann dürfte es soweit sein“, fuhr er reichlich kryptisch fort, doch Sinclair war zu sehr mit sich selbst, mit seinem schmerzenden, lüsternen, erregten Körper beschäftigt, um George zu fragen, was er damit meinte. Reden … Fragen … Denken … das alles erforderte mittlerweile eine konzentrierte Kraftanstrengung, die Sinclair lieber darauf verwendete, sich nicht zu sehr in seinen Fesseln hängen zu lassen und seine Muskeln weiterhin lustvoll um den Plug zu krampfen. „Du kannst es noch aushalten, ja?“, fragte George und gab Sinclair einen leichten Klaps auf die Wange, um seine Aufmerksamkeit zu erregen. „Du erträgst es … für mich … weil ich es so will …“

„Für dich, George“, flüsterte Sinclair heiser. „Nur für dich …“

„Du hast dich noch keinem so hingegeben, wie du es bei mir tust“, sagte George leise, drängend, fast fiebrig.

Sinclair sah ihm direkt in die Augen, schenkte ihm einen tiefen, brennenden Blick „Nur du, George … nur du …“

Für einen Moment schimmerten Georges Augen verräterisch feucht, doch dann war da wieder diese nackte, begehrliche Flamme in ihnen. Doch noch immer agierte er beherrscht und überlegt. Immer noch war er Herr seiner selbst und Herr der Lage. Behutsam fühlte er erneut Sinclairs Puls an seiner Kehle, überprüfte die Blutzirkulation.

„Ich werde dir jetzt die Augen verbinden“, kündigte er an und Sinclair gab mit einem schwachen Kopfnicken sein Einverständnis.

Die dunkle Seide legte sich wie ein sanfter Windhauch um seinen Kopf und nahm ihm die Sicht. Fast sofort beschleunigte sich sein Puls und eine Woge der Panik rollte durch sein Gehirn. Hatte er vor wenigen Minuten wirklich noch geglaubt, es könnte nicht mehr schlimmer kommen? Wie hatte er sich so irren können? Hektisch bewegte er den Kopf von einer Seite auf die andere. Wo war George? Warum hörte er ihn nicht? „George?“, rief er mit krächzender Stimme, die hoch und hell klang, wie die eines verängstigten Kindes.

„Shhh“, machte George an seiner Seite und berührte ihn mit einer Hand an der Hüfte. Es war geradezu lächerlich, wie schnell sich Sinclair nach dieser Berührung, nach dieser kurzen Bestätigung, wieder beruhigte. „Du machst das wunderbar. Nur noch ein kleines bisschen. Versprochen. Nur noch ein paar Schläge … für mich, Sinclair. Schaffst du das?“

Sinclair nickte entschlossen, denn er traute seiner Stimme nicht. Ja. Für George.

„Gut“, hörte er George mit sanfter Stimme sagen. „Sehr gut. Es wird sich für dich lohnen.“

Die ersten Schläge waren sanft, fast wie ein Streicheln, wie ein Flüstern auf seiner Haut und Sinclair gelang es tatsächlich, sich wieder ein wenig zu entspannen. Nach einer Weile schärften sich seine Sinne und er hörte das Zischen der Gerte, spürte den Luftzug, bevor der Hieb traf, seine Haut heiß wurde und spannte und seine Nerven den Reiz an sein Gehirn weitergaben. Seine Erregung stieg wieder an, sein harter Schaft pulsierte im Rhythmus von Georges Schlägen und den Schmerzexplosionen auf seiner Haut. Sinclair spürte, dass George nur noch mit halber Kraft ausholte und zuschlug, doch die blauseidene Dunkelheit vor seinen Augenlidern intensivierte, vervielfachte jede Emotion, jede Empfindung, bis Sinclair jeden Schlag mit einem Schrei begleitete, um diese aufgestauten Spannungen loszuwerden.

Die Schläge kamen seinem Unterleib und seiner empfindlichen Erektion immer näher. Er fühlte sich machtlos und verletzlich und so entsetzlich aufgewühlt. Wie die Feder einer Spieluhr, die man zu stark aufgezogen hatte und die nun kurz davor war zu brechen oder zu überdrehen.

Würde George ihn dorthin schlagen? Würde er?

Sinclairs ganzer Körper spannte sich, verkrampfte sich. Sein Kopf bog sich nach vorne, sein Rücken krümmte sich, seine Fesseln strafften sich, drückten gegen seine Handgelenke. Er spürte, wie seine Oberschenkel anfingen zu zittern.

George hielt still.

Kein Schlag mehr.

Kein Geräusch.

Nur noch schweres Atmen. Keuchen. Von wem? George? Oder war das er selbst?

Sinclairs Lippen teilten sich, doch er hatte keine Kraft mehr, um zu schreien. Seine Kehle war wie zugeschnürt.

Wartend. Hoffend. Doch worauf?

Speichel tropfte von seinem geöffneten Mund, floss zäh über sein Kinn.

Seine überreizte Prostata sandte unablässig lustvolle Signale durch seinen ganzen Körper, der hilflos in den Fesseln bebte. Seine Erektion zuckte. Seine Hoden hatten sich eng an seinen Körper gezogen und hingen dort dennoch völlig schutzlos zwischen seinen weit gespreizten Beinen.

Dann … eine fast hörbares Sich-Sammeln, das wespenartige Surren der Gerte, die Verwirbelungen in der Luft, das klatschende Geräusch des Aufschlags.

„George!“ Ein Schrei, ein Schluchzen – halb wahnsinnige Erleichterung, halb rasender Schmerz. Tränen schossen ihm in die Augen und ließen die Seide feucht und heiß werden. Ein Gefühl wie von glühenden Kohlen breitete sich zwischen seinen Beinen aus. Kalter Schweiß rann seinen Rücken hinab. War es ein Schlag oder nur ein Tätscheln gewesen? Sinclair wusste es nicht, aber er ahnte, dass er den Nachhall davon noch lange in seinen Hoden spüren würde. Doch das alles verblasste gegen den einen drängenden Wunsch, das eine dringende Bedürfnis …

„Lass mich kommen … bitte, George", röchelte er. „Lass mich …"

„Noch nicht", antwortete George. Tonlos. Beherrscht.

Sinclair fing an, haltlos zu weinen. Es war zu viel. Alles war zu viel. Er konnte nicht mehr.

Er hörte weder das Surren in der Luft, noch spürte er den Luftzug und so traf ihn der Schlag gegen seinen quälend harten Penis völlig unvorbereitet. Qualvolles Pulsieren, lustvoller Schmerz, unbefriedigte Ekstase. Er schnappte verzweifelt nach Luft, hatte keine Kraft mehr, um zu schreien oder um auch nur den Kopf zu heben. Die Tränen liefen nun ungehemmt über seine Wangen. Die Seide klebte nass vor seinen Augen.

„Bitte … George …", flehte er heiser. „Lass mich kommen …"

„Gleich", flüsterte George. „Gleich … nur noch einen Augenblick Geduld."

Sanfte Stimme, sanfte Hand an seiner Wange … gut … so gut … Georges Schritte entfernten sich. Ein seltsames Geräusch, das er in seinem Zustand nicht zuordnen konnte. Die Schritte kamen wieder zurück. Sanfter Kuss auf seine Wange. Finger an seinem Hinterkopf. Der Knoten seiner Augenbinde wurde gelöst, vorsichtig, behutsam und langsam entfernt.

Sinclairs Kopf hing immer noch kraftlos nach vorne. Immer noch tropften einzelne Tränen von seiner Nase und von seinem Kinn herab. Trockenes Schluchzen schüttelte seinen zitternden Körper.

„Mach die Augen auf", verlangte George.

Wozu? Unnötige Anstrengung.

Finger in seinen Haaren.

„Mach jetzt bitte die Augen auf", forderte George mit ein wenig mehr Nachdruck in der Stimme.

Den Kopf zu heben war mühsam, doch Sinclair tat es. George hatte schließlich *Bitte* gesagt.

„Brav", lobte George und es klang so stolz, so weich und warm, dass Sinclair die Anstrengung auf sich nahm und blinzelte. Langsam öffnete er seine Augen, wollte den Kopf drehen, um Georges Blick zu suchen, doch die Finger in seinen Haaren hielten ihn zurück. „Nein, sieh nicht mich an", sagte George leise. „Sieh einfach gerade aus."

Sinclair war zu erschöpft, zu erregt, um zu diskutieren oder zu fragen, und so tat er einfach, was George wollte. Er blickte träge geradeaus und sah … sich selbst.

Sein Spiegelbild warf seinen erstaunten Gesichtsausdruck mit offenem Mund zurück und Sinclair begriff, was es mit dem seltsamen Geräusch auf sich gehabt hatte. George hatte seinen großen Spiegel genau vor ihn gestellt. Warum tat er nur so etwas? Es war abstoßend. *Er* war abstoßend – ganz besonders in diesem Zustand. Verschwitzt, verklebt, mit obszön geschwollenem, rotem Penis, mit käsiger Haut … Was sollte das?

„Oh, etwas fehlt noch", murmelte George und griff zwischen Sinclairs Arschbacken. Mit einem geübten Griff zog er den Plug langsam heraus. Sinclairs Muskeln protestierten, wollten den Eindringling behalten, gaben dann doch schließlich nach und Sinclair seufzte erleichtert. Doch seine Erleichterung hielt nicht lange an, denn beschämt stellte er fest, dass Georges Sperma aus ihm heraustropfte und seine Schenkel hinabrann. George legte eine Hand auf Sinclairs Hüfte. Sinclair spürte, wie diese Hand bebte und wieder wollte er George ansehen, wollte wissen, was das alles zu bedeuten hatte.

„Nein", sagte George sanft. „Sieh nicht mich an. Sieh dich an." George stellte sich neben Sinclair und sah gemeinsam mit ihm in den Spiegel. „Was siehst du? Sag mir, was du siehst.“

Sinclair blickte nur auf Georges Augen, auf sein Gesicht, das er in dem Spiegel endlich betrachten konnte. Was er daraus ablesen konnte, verschlug ihm den Atem. Stolz, Zärtlichkeit, Begierde, Fürsorge …

In diesem Moment gelang es Sinclair, sich durch Georges Augen zu betrachten und er sah sich zum ersten Mal so, wie George ihn schon immer gesehen haben musste. Er sah die roten Striemen, die in einem chaotischen Muster seine Schenkel und seine Brust zierten. Er sah seine Nippel, die sich dunkel und hart von seiner hellen Haut abhoben. Er sah die Tränenspuren auf seinen Wangen und seine geröteten Augen. Er sah den Speichel in seinen Mundwinkeln und an seinem Kinn. Er sah die Spermaspuren, die an seinen Schenkeln hinabliefen. Er sah die zerzausten Locken, die an seiner verschwitzten Stirn klebten. Er sah seine Erektion, die so geschwollen war, dass die Adern deutlich hervortraten. Er sah seinen gefesselten Körper. Seine gespreizten Arme und Beine. Er sah, wie er zitterte, wie er bebte. Er sah, wie schmutzig er war. Und er sah, wie sehr George das alles erregte.

Und obwohl er benutzt, erniedrigt und elend aussah und sich auch so fühlte, begriff er endlich.

George sah in ihm Hingabe und Lust und Leidenschaft und Stärke und die Fähigkeit, etwas zu ertragen, über Grenzen zu gehen und es zu genießen und plötzlich gelang es ihm, noch tiefer zu sehen, tiefer als die roten Striemen, tiefer als die Tränenspuren, tiefer als das milchige Sperma auf seiner Haut …

„Ich bin schön“, flüsterte er verwundert und ergriffen.

Ein sanftes, zufriedenes, fast glückliches Leuchten, das er so noch nie gesehen hatte, trat in Georges Augen. „Wunderschön sogar." Dann zog er sich aus und nahm Sinclairs Fesseln ab.

Sinclair ließ es geschehen, brachte sogar das Kunststück fertig, lange genug auf seinen eigenen, wackligen Beinen stehenzubleiben, bis ihn Georges starke Arme umfingen, ihn umarmten, ihn festhielten und ihn vorsichtig auf das Bett bugsierten.

Er lag auf seiner Seite und erwachte erst wieder aus seiner Trance, als er hinter sich Georges Körper spürte und Georges Finger, die sich einen Weg zwischen seine Beine bahnten. Er lauschte auf Georges angestrengten Atem und hörte sein leises Stöhnen.

„Darf ich?", hauchte George in sein Ohr und Sinclair erschauerte wohlig. Es war keine reine Höflichkeit gewesen, keine rhetorische Frage, sondern tatsächlich eine Bitte um Erlaubnis.

Wieder schossen Sinclair Tränen in die Augen. Doch dieses Mal waren es Tränen der Rührung. „Gott, ja", schluchzte er erstickt und George küsste ihn gierig auf den Nacken.

„Wenn du wüsstest, was du mit mir anstellst", murmelte George heiser und drang mit zwei Fingern in ihn ein.

Sinclair stieß einen leisen, überraschten Schrei aus. Es fühlte sich so gut an. So richtig. George drängte sich enger an ihn und Sinclair spürte Georges harte, heiße Erektion an seiner Hüfte. „Ich habe eine vage Vorstellung", erwiderte Sinclair und spürte Georges Lippen und sein gedämpftes Lachen an seinem Rücken

„Unverbesserlich", wisperte George nun mit zärtlichem Unterton an seiner Schulter und löste damit eine Gänsehaut auf Sinclairs Körper aus. „Willst du so liegenbleiben oder lieber auf allen Vieren?"

Sinclair schüttelte energisch den Kopf.

„Nein, ich … ich will dich sehen.“ Gott, ja – er wollte Georges Augen sehen, wenn er in ihn eindrang, wenn er tief in ihn hineinstieß, wenn er sich in ihm entlud. Wollte noch einmal dieses Leuchten in den tiefblauen Augen sehen. Dieses Leuchten und dieses Glück, dessen Auslöser – so unglaublich das auch klingen mochte – ganz alleine er war. Er … Sinclair Stevenson, der noch nie in seinem Leben Glück gehabt hatte. Es war für ihn kaum begreiflich, dass er der Auslöser dieses Leuchtens … Dass er für dieses Glück verantwortlich sein sollte. Er wollte es sehen. Er *musste* es sehen, um es zu glauben.

„Sinclair, dein Rücken. Du solltest jetzt besser nicht auf deinem Rücken liegen“, wandte George ein. „Die Bettlaken …“

„Sind weich genug“, warf Sinclair heftig ein. „Bitte, George.“

Wieder ein Stöhnen an seiner Schulter, ein Rotieren der Finger in seinem Hintern … Gänsehaut. „Sag hinterher nicht, ich hätte dich nicht gewarnt“, flüsterte George heiser, zog seine Finger etwas abrupt aus Sinclairs gedehnter Öffnung und drehte ihn auf den Rücken.

Sinclair sah in Georges Augen mit den riesengroßen Pupillen und vergaß alles um sich herum. Das Ziehen und Brennen auf seinem Rücken und an seinem Hintern war nicht mehr wichtig. Er spreizte seine Beine und zuckte dann doch zusammen. Seine Haut war durch diese Bewegung etwas zu sehr gespannt worden und der Schmerz flammte für einen kurzen Moment wieder frisch auf. Tränen flossen aus seinen Augenwinkeln und über sich hörte er George erregt fluchen. Durch die verblassenden Schmerzen lächelte Sinclair durchtrieben und kniff sich dann selbst in die Nippel, bis wieder frische Tränen seine Wangen hinabliefen und er keuchend um Atem rang.

„Mein Gott … Sinclair … was machst du nur mit mir …“

Sinclair presste seine Augenlider fest zusammen, quetschte die letzten Tränen hervor und hielt dann Georges Blick fest. „Lass mich nicht länger warten“, flüsterte er heiser.

Noch einen Moment hielt George inne. Kniete zwischen Sinclairs gespreizten Beinen, strich mit sanften Fingern über die Innenseite der Oberschenkel und schüttelte in verwundertem Staunen den Kopf.

„Jetzt, George!“, rief Sinclair ungeduldig. „Schlaf nicht ein, verdammt!“

George lachte, streichelte über Sinclairs Wange, küsste immer noch lachend die vollen, rauen Lippen und legte sich köstlich schwer und warm auf ihn. Dann drang er mit einer einzigen, fließenden Bewegung in Sinclair ein, der die Penetration erst bemerkte, als George sich schon vollständig in ihm befand, ihn dehnte, ihn ausfüllte und ihn erst nach einer halben Ewigkeit, als ihre Küsse feuchter und hungriger wurden, mit sanften, aber tiefen Stößen beglückte.

Als Sinclair vor Erleichterung wimmerte und schluchzte, richtete sich George wieder auf und seine Bewegungen wurden härter und schneller, dann hörte plötzlich alles auf.

Eine unsichere Hand streichelte über Sinclairs unerträgliche Härte und Sinclair gab in seiner Erregung Laute von sich, die nicht mehr viel Menschliches an sich hatten

„Fühlt sich an wie heißer Stahl“, murmelte George halb zu sich selbst. „Mein Gott, Sinclair, wie hast du das nur ausgehalten?“

Für dich … für dich …, hallte es in Sinclairs Kopf, doch seine Stimme versagte ihm den Dienst.

„Willst du lieber selbst?“, fragte George. „Ich habe wirklich Angst, dir wehzutun. Ich hätte den Ring nicht so lange …“

„Nein!“ Sinclair mobilisierte für dieses Aufbegehren seine letzten Kraftreserven. „Nein, mach du es. Lass mich kommen, George, mach, dass ich …“

George ließ sich trotz seiner geäußerten Bedenken nicht zweimal bitten und schloss seine Finger um Sinclairs pulsierenden Schaft. Ab diesem Moment verlor alles um ihn herum an Bedeutung. Das Reiben der Bettwäsche über seinen wunden Rücken, die Spannung der Haut an seinem Hintern, die Schmerzen in seinen Nippeln. Das alles war nicht mehr wichtig. Er wollte nur noch George, fühlte nur noch George, nahm nur noch George wahr.

Georges Hand an seiner Erektion, die ihn sanft und doch unerbittlich immer weiter stimulierte, Georges Härte, die immer und immer wieder in seinen Körper fuhr, bis er diesen hämmernden Rhythmus nicht mehr von dem wilden Pochen seines Herzens trennen konnte, bis er glaubte, Georges Puls an seiner intimsten Stelle zu spüren.

Eine Weile ließ er sich von dieser Woge treiben, schwelgte ein letztes Mal in dem Schmerz und in der Ekstase, bevor die Welle endgültig brach und alles in ein blendend weißes Licht hüllte, das ihn zu ersticken drohte und mit einem letzten Schrei erreichte er seinen lang ersehnten, hinausgezögerten, unerträglich aufgestauten Höhepunkt mit einer Heftigkeit, die ihn zu überwältigen drohte.

Er fühlte Georges heiseren Schrei mehr, als er ihn hörte, spürte kaum Georges Erguss in sich, sehnte sich nach Erlösung, doch noch immer pulsierte alles in ihm, schüttelte ihn, bis auch er erneut schrie, schwach, erschöpft. Immer wieder verkrampften sich seine Hoden, zuckte sein Körper um Georges erschlaffenden Penis. Wieder floss in einem neuen, lust- und qualvollen Schub Sperma aus seiner Erektion, die immer noch steif war.

„Kommst du etwa immer noch?", vernahm er undeutlich Georges Stimme. Klang er besorgt? Ein wenig. Klang er … erregt? Definitiv. Und dann … noch bevor er etwas sagen oder tun konnte … eine Zunge, kühl, feucht, rau, die über seinen Penis leckte und Lippen, die sanft an seiner Eichel saugten.

„George!" Ein letztes Zucken, ein letztes Aufbäumen, ein letzter, schwacher Erguss und dann starke Arme, die sich um ihn legten, ein warmer, schweißnasser Körper, der sich an ihn schmiegte, sanfte Küsse auf Wange, Hals, Nacken, Schultern, flüsternde Lippen an seiner Haut: „Du bist einfach unglaublich." Und endlich Erleichterung, Erlösung und grenzenlose Befriedigung.

Als Sinclair mitten in der Nacht erwachte, war eine Decke über ihn und George gebreitet und George schlief immer noch neben ihm. Der Cockring war verschwunden, dafür lag einer von Georges Armen besitzergreifend auf Sinclairs Bauch. Sinclair hob diesen Arm an und hauchte einen Kuss auf die Fingerspitzen. Niemand hatte die Vorhänge zugezogen oder die Rollläden geschlossen und so schien sanftes, bläuliches Mondlicht zu den Fenstern herein. Er drehte sich auf die Seite, um George betrachten zu können. Sein Körper erinnerte ihn daran, was er nur wenige Stunden zuvor durchlitten, durchlebt und genossen hatte – doch da war nichts, was nicht ein heißes Bad und etwas Salbe wieder in Ordnung bringen konnten. Seine Bewegung hatte allerdings ausgereicht, um George so weit zu wecken, dass er der Sprache mächtig war.

„Geh nicht", murmelte George undeutlich und griff unkoordiniert nach Sinclair, erwischte ihn an der Schulter und zog ihn an sich, bis Sinclairs Kopf an seiner Brust ruhte. „Bleib."

Sinclair lauschte auf Georges ruhigen, regelmäßigen Herzschlag, der anzeigte, dass George bereits wieder entschlummert war, und flüsterte leise: „Für immer, wenn du es nur willst.“

Teil 25

Nur wenige Tage nach ihrem ersten Gespräch ließ George Randolph Kingsley erneut von Dave und Naresh abholen und zu dem bereits bekannten Bungalow bringen. Er selbst ließ sich von Bridges dorthin fahren und erschien – höchst absichtlich – eine knappe Viertelstunde nach dem Bürgermeister.

„Sie haben mich warten lassen“, bemerkte Randolph kühl und – höchst wirkungsvoll – mit dem Rücken zur Tür, was Georges Auftritt etwas verdarb.

Doch die ganze Situation löste in George ein so starkes Wiedererkennen aus, dass er froh war, dass Randolph ihm den Rücken zuwandte. So hatte er wenigstens einen kurzen Moment Zeit, um seine lachenden Mundwinkel wieder nach unten zu zwingen. Wie hatte er nur jemals übersehen können, dass diese beiden Männer gemeinsam aufgewachsen waren? Er war wohl mit Blindheit geschlagen gewesen. Aber vielleicht stachen ihm diese Gemeinsamkeiten auch erst jetzt ins Auge, da er wusste, wonach er Ausschau halten musste. „Ich bin ein vielbeschäftigter Mann“, erwiderte George leichthin und bedeutete Dave und Naresh, vor der Tür zu warten.

Nachdem die beiden Leibwächter den Raum verlassen hatten, geruhte Randolph Kingsley, sich umzudrehen. „Und wofür halten Sie *mich*?“ fragte er höhnisch.

George schnalzte leicht mit der Zunge. „Das zu sagen, verbietet mir meine gute Erziehung“, erklärte er fröhlich und setzte sich auf denselben Platz, den er auch das letzte Mal eingenommen hatte. Er bemerkte, dass Randolph einen Blick zur Tür warf und dann zum Fenster hinausspähte. Es war klar, dass Randolph erwartete, George in Begleitung zu sehen … zumindest in anderer Begleitung als der seines Chauffeurs.

„Nun“, bemerkte Randolph gedehnt. „Wo ist Sinclair?“ Es klang ein wenig gereizt und ungeduldig.

George musterte betont gleichgültig seine Fingernägel. „Wo er hingehört. Bei mir zuhause.“

Eine kastanienbraune Augenbraue hob sich. „Ach, tatsächlich?“, bemerkte Randolph mit so viel herablassender Arroganz, dass es George in den Fingern juckte. Doch er bezähmte den fast übermächtigen Wunsch, dem Bürgermeister das besserwisserische, falsche Lächeln mit seinen Fäusten aus dem Gesicht zu entfernen.

„Ja“, erwiderte George schlicht. „Oder hatten Sie etwa erwartet, ich werfe ihn Ihnen – wie ein Paket verschnürt – vor die Füße?“ In seinem Blick lag eine wohlbemessene Herausforderung, die Randolph – zumindest seinem Zögern nach – durchaus verstanden hatte.

„Zumindest etwas in der Art“, antwortete er mit einem völlig veränderten Gesichtsausdruck, der Überraschung und Skepsis ausdrückte. „Sie werden ihn also tatsächlich bei sich behalten? Trotz allem?“

„Ja.“

Ein Hauch eines herablassenden Lächelns kehrte auf Randolphs Gesicht zurück. „Dann nehme ich an, dass er Ihnen nicht alles erzählt hat.“

So unauffällig wie möglich atmete George tief durch. *Er hatte es gewusst.* Sinclair hatte ihm also doch nicht alles erzählt. Die Art, wie Randolph diese Bemerkung formulierte, ließ keinen anderen Schluss zu. Eine Ahnung hatte er bereits gehabt, aber erst in dem Moment, in dem Sinclair sich bei ihm entschuldigt hatte – ohne zu spezifizieren wofür –, war er wirklich hellhörig geworden. Doch trotz aller Ermutigung hatte sich Sinclair ihm nicht anvertraut. Zumindest bis jetzt noch nicht. George hatte die Hoffnung noch nicht aufgegeben. Aber egal, was es war, egal, wie sehr ihn die Neugier plagte – er wollte es von Sinclair selbst hören. Und nicht von seinem aufgeblasenen Halbbruder. Daher gab es jetzt für George nur eine Möglichkeit. Lügen. „Doch. Hat er", gab er so trocken und selbstsicher zurück, wie es ihm nur möglich war. Insgeheim hoffte er, dass Randolph diesen Bluff nicht durchschaute.

Die Skepsis in Randolphs Gesicht wandelte sich zu einem ernsten, fast ungläubigen Stirnrunzeln. „Sie setzen mich wirklich in Erstaunen."

„Ach, tatsächlich?", gab George Randolphs vorige Äußerung mit deutlichem Spott zurück.

Etwas Ähnliches wie ein ungehaltenes Schnauben war von Randolph zu hören.

„Nun ja, von mir aus können Sie ihn behalten. Unter zwei Bedingungen." Randolph entfernte sich von dem Fenster und nahm auf dem Sofa Platz, nicht ohne die Bügelfalte seiner Hose über den Knien sehr betont zurecht zu zupfen.

George, der dies unterlassen hatte, als er sich gesetzt hatte, empfand die Geste als absichtliche Beleidigung und zusammen mit Randolphs Worten regte sich sein Widerspruchsgeist. Diplomatisch werden konnte er später immer noch. Jetzt musste er erst einmal diesen arroganten Schnösel in seine Schranken verweisen. „Was veranlasst Sie zu der Annahme, Ihre Bedingungen könnten mich interessieren?", fragte er giftig. „Ganz abgesehen davon: Sinclair ist nicht mein *Eigentum*", schleuderte er Randolph entgegen und überging dabei elegant die Tatsache, dass er Sinclair tatsächlich Alice Thorndyke abgekauft hatte, oder es zumindest vorgehabt hatte. „*Ihn behalten*", wiederholte er und stieß ein kurzes, sarkastisches Lachen aus. „Sinclair hält sich aus freien Stücken unter meinem Dach auf – und das kann er tun, solange *er* es wünscht." Er warf Randolph einen warnenden Blick zu. „Aber von mir aus. Lassen Sie hören." Er lehnte sich, mit kämpferisch hervorgerecktem

Kinn, abwartend zurück, schlug seine Beine übereinander und legte seine gefalteten Hände in den Schoß. „Wie lauten Ihre *Bedingungen*?“

Randolph tat so, als habe er Georges Tirade nicht wahrgenommen, sondern zählte mit geschäftsmäßiger Stimme auf: „Erstens: Sie bewahren strengstes Stillschweigen über Sinclairs Identität und seine Herkunft.“

„Das liegt ganz in meinem Interesse“, pflichtete George seinem Gesprächspartner zuvorkommend bei. „Ich bin ebenfalls nicht scharf darauf, dass gewisse Verbindungen zwischen uns bekannt werden.“

„Ich war noch nicht fertig“, bemerkte Randolph leicht indigniert.

„Oh, bitte“, sagte George mit falscher Höflichkeit und einer einladenden Handbewegung.

Wieder ignorierte Randolph die leise mitschwingende Provokation und fuhr fort: „Danke. Darüber hinaus muss ich Sie ersuchen, zu verhindern, dass Sinclair in Schwierigkeiten gerät.“

George hob eine Augenbraue. „In Schwierigkeiten?“

Ein säuerliches Lächeln kräuselte Randolphs Lippen. „Wenn er Ihnen tatsächlich *alles* erzählt hat, dann wissen Sie, wovon ich rede.“

„Sie meinen Drogen?“, fragte George direkt. Es hatte keinen Sinn, diese Sache zu beschönigen.

„Exakt“, bestätigte Randolph mit einem leichten Neigen seines Kopfes.

„Kein Problem“, erwiderte George leichthin. „Er ist clean und ich habe sowieso nie etwas im Haus.“

Für einen Moment schwieg Randolph und George hatte das Gefühl, als ob er mit offenem Mund angestarrt würde, obwohl die Lippen des Bürgermeisters nur einen schmalen Strich bildeten. „Gestatten Sie, dass ich lache“, äußerte Randolph schließlich mit beißendem Sarkasmus.

„Nein, ich gestatte nicht", gab George kühl zurück.

Randolphs Stirn legte sich in Falten und er nahm eine etwas oberlehrerhafte Haltung ein. „Sie müssen wissen, dass ich jahrelang …"

„Ja, Sie haben vergeblich versucht, es ihm auszutreiben", schnitt George ihm das Wort ab. „Und ich kann mir vorstellen, dass Sie bezweifeln, dass er es jetzt so einfach aufgegeben hat. Ich vermute stark, dass ihm früher einfach der richtige Anreiz gefehlt hat. Die richtige Motivation."

Ein abschätzender Blick unter zusammengezogenen Augenbrauen traf George. „Und *Sie* haben ihm diese Motivation gegeben?"

George erwiderte den Blick mit aller Gelassenheit, die er aufbringen konnte. „Nein. Das hat er ganz alleine geschafft. Er war schon clean, bevor sich unsere Wege kreuzten."

Randolphs Lippen teilten sich, blieben einen Moment lang geöffnet und wurden dann doch wieder geschlossen, ohne dass George einen einzigen Laut vernommen hätte. Diese Information war für Sinclairs Halbbruder offensichtlich nicht so leicht zu verdauen.

„Können wir jetzt mit Ihren Bedingungen weitermachen?", fragte George nach einer Weile mit einem süffisanten Lächeln. „Obwohl das eigentlich schon zwei Bedingungen waren. Aber ich will mal nicht so sein und gestatte Ihnen eine Weitere."

„Wie? O ja, natürlich", nahm Randolph den Faden wieder auf. Er schluckte, setzte sich auf dem Sofa aufrechter hin, räusperte sich und fasste erst dann George wieder ins Auge. „Sinclair soll sich aus unseren … *Geschäften* heraushalten. Ich will nicht, dass er seine Nase in etwas steckt, das ihn nichts angeht."

„Das wird sich schlecht machen lassen", erklärte George mit einem nachsichtigen Blick.

„Wieso?"

Jetzt konnte sich George ein überlegenes Grinsen nicht mehr völlig verkneifen. „Ganz einfach. Sinclair ist mein Buchhalter. Mein Chef-Buchhalter, wenn Sie so wollen. Die letzte Prüfinstanz für meine anderen Buchhalter."

„Ihr … Buchhalter? Er ist wirklich Ihr Buchhalter?" Um Randolphs Haltung war es für diesen Moment endgültig geschehen.

„Ist das so schwer zu glauben?", fragte George trügerisch sanft.

„Ja. Nein … ich dachte nur …", stotterte Randolph reichlich zusammenhangslos. Es war ihm deutlich anzusehen, dass er mit dieser Entwicklung nicht gerechnet hatte und noch nicht genau wusste, wie er damit umgehen sollte. Doch dann trat etwas Entschlossenes in seinen Blick. „Unter diesen Umständen möchte ich gerne, dass Sie die Anspielungen, die ich bei unserem letzten Treffen bezüglich ihrer … *Verbindung* zu Sinclair habe anklingen lassen, wieder vergessen."

„Gern." George konnte es sich leisten, großmütig zu sein. Er hatte erreicht, was er wollte, und er hatte die Oberhand über dieses Gespräch behalten.

„Es ist nur", fuhr Randolph stockend fort, „Sie sind dafür bekannt … und Sie hatten früher schon …"

„Sinclairs Qualitäten liegen in gänzlich anderen Bereichen als bei meinen bisherigen …", unterbrach George hilfreich, bevor sich sein Gegner noch mehr verhedderte. Und es war nicht einmal gelogen. Sinclairs Qualitäten waren mit denen seiner bisherigen Betthäschen nicht zu vergleichen. „Aber wollten wir es nicht vergessen?", schloss George mit einem liebenswürdig-kalten Lächeln.

„Ja. Natürlich", stimmte Randolph zu, nun wieder ganz in der Pose des aalglatten Politikers.

George lächelte in sich hinein und stand auf. „Darf ich Ihnen etwas zu trinken anbieten? Einen Cognac vielleicht?"

Er ging zu der Schrankwand und öffnete eine der Türen, hinter denen sich verschiedene Flaschen und Gläser verbargen. „Ich habe auch einen ganz erträglichen Portwein hier. Oder darf es ein Single Malt sein?“ Er konnte es sich jetzt leisten, großmütig zu sein und ein wenig seinen Gastgeber-Pflichten nachkommen.

„Cognac, bitte“, sagte Randolph und fügte sich mit Eleganz in die Rolle des Gastes und somit des Bittstellers.

„Gute Wahl“, bestätigte George. „Ich habe hier einen Courvoisier XO Imperial. Ich denke, das dürfte das Richtige sein.“ Er nahm zwei bauchige Cognac-Schwenker aus dem Regal und schenkte ein.

Als er Randolph sein Glas reichte, sagte dieser: „Ich persönlich ziehe ja ein Tulpen-Glas einem Ballon-Glas vor. Das Bouquet ist dann wesentlich konzentrierter.“

George rollte mit den Augen, verkniff sich aber eine Bemerkung. Dieses Nachtreten war wohl auch so eine Familieneigenschaft. Er nahm wieder auf seinem Sofa Platz und beide Männer genossen schweigend das intensive Aroma von getrockneten Früchten und den ersten Schluck, dessen zarte Noten von Vanille und Schokolade sich langsam auf der Zunge entfalteten.

„Gut“, sagte George schließlich und atmete aus. „Wie geht es jetzt weiter?“

Randolph wirkte überrascht. „Das fragen Sie mich?“

„Ja, ich habe heute ausnahmsweise gute Laune. Daher frage ich Sie: Was wollen Sie? Und wenn Sie es mir gesagt haben, entscheide ich, ob ich es Ihnen gebe.“ George stellte sein Glas auf den Couchtisch, lehnte sich zurück, legte seine Arme links und rechts von sich auf die Rückenlehne des Sofas und legte seinen linken Fußknöchel auf sein rechtes Knie. Deutlicher konnte er seine Überlegenheit durch Körpersprache kaum darstellen.

Randolph reagierte erfreulicherweise wie erwartet: Er beugte sich nach vorne, seine Arme lagen auf seinen Knien und beide Hände hielten das Cognac-Glas, in das er sinnend hineinblickte. Durch diese geduckte Haltung bestätigte er noch Georges territoriales Gehabe. Als er aufsah, war sein Blick jedoch hart und entschlossen. „Ich will, dass es London gut geht. Ich wurde für vier Jahre gewählt und meine Sorge gilt dieser Stadt und ihren Bürgern und ich bin mir dieser Verantwortung mehr als bewusst. Meine Stadt. Meine Verantwortung." Er hielt Georges Blick noch einen Moment lang fest, dann trank er sein Glas aus und stellte es mit einem deutlichen Klirren auf den Tisch.

George erkannte eine Kampfansage, wenn er sie sah, und er zollte Randolphs Mut – ihn herauszufordern, mit zwei bewaffneten Leibwächtern, die sich nur eine Tür weiter befanden – seinen Respekt. Dazu kam noch, dass er Randolphs Gedankengänge besser nachvollziehen konnte, als ihm lieb war. Auch er betrachtete London schon so lange als *seine* Stadt, dass er nie den Moment vergessen würde, in dem er in seiner Eigenschaft als Mafia-Boss endlich das Gefühl haben konnte, diese unglaubliche Metropole unter seiner Kontrolle zu haben. Den neuen Bürgermeister schienen ganz ähnliche Gefühle zu bewegen. George saugte nachdenklich an der Innenseite seiner Wange und nahm seine Arme von der Rückenlehne, um sie neben sich auf die Polster zu legen. „Okay. Was schwebt Ihnen vor?", fragte er sachlich.

Randolph blinzelte langsam. Er blickte skeptisch drein. „Das war … zu einfach."

„Nein, war es nicht", bemerkte George und entschied sich aus dem Bauch heraus für Ehrlichkeit. „Sehen Sie, Ich verstehe Sie nämlich sehr gut. Mir geht es da ganz genauso. London. Meine Stadt. Mein Privileg. Meine Verantwortung." Er zuckte mit den Schultern. „Diese Einstellung kann ich akzeptieren. Von daher meine Frage: Was wollen Sie?"

Ein verblüffter Ausdruck trat in Randolphs Gesicht, während er sich aufrichtete. „Ein Rückgang der Verbrechensrate wäre wünschenswert."

„Sonst noch was?"

In Randolphs Verblüffung mischte sich Skepsis und etwas wie Faszination. Ein Gesichtsausdruck, der George von seinem Umgang mit Sinclair mittlerweile so vertraut war, dass es ihn merkwürdig berührte und ihm auch unangenehm war, ihn auf dem Gesicht des Bürgermeisters wiederzufinden.

„Londons Bürger sollten in Ruhe und Frieden ihren Geschäften nachgehen können", forderte Randolph. „Es wäre auch von Vorteil, wenn Sie die Morde auf Ihresgleichen beschränken würden."

George zog betont die Nase hoch und schnalzte missbilligend mit der Zunge. „*Ihresgleichen* … das werde ich jetzt mal netterweise überhören."

Randolph zuckte leicht mit den Schultern. „Dann sagen wir eben, ich würde es begrüßen, wenn es keine Morde mehr an Polizisten geben würde und – sofern es sich machen lässt – auch nicht an unbescholtenen Bürgern."

Ein amüsiertes Grinsen verzog Georges Lippen. „Okay, ich will Ihnen mal was sagen. Polizistenmorde hat es unter meiner Führung noch nie gegeben – außer, es ist zu einer Schießerei gekommen. Das kann ich Ihnen also leichten Herzens versprechen. Dafür verlange ich aber, dass das Budget von Scotland Yard in absehbarer Zeit nicht erhöht wird. Nach Möglichkeit auch keine Gehaltserhöhungen mehr. Verordnen sie denen eine Haushaltskürzung. Eine Nullrunde. Die Jungs werden für mich sonst irgendwann noch zu teuer."

Randolph nickte säuerlich.

„Gut", bestätigte George zufrieden. „Das wäre schon mal geklärt. Weiter … unbescholtene Bürger … so etwas gibt es nicht. Jeder hat Dreck am Stecken. Aber ich habe schon verstanden, was Sie bezwecken. Keine Überfälle und wahrscheinlich auch kein Schutzgeld. Richtig?" Er wartete kurz Randolphs bedächtiges Kopfnicken ab. „Überfälle, darüber könnte man noch reden. Aber Schutzgeld? Vergessen Sie's. Das ist meine Talentschmiede. Jeder, der es bei mir zu etwas bringen will, fängt als Schutzgeld-Eintreiber und Drogenkurier an. Jeder. Ich habe selbst so angefangen. Das formt den Charakter und man trennt am Schnellsten die Spreu vom Weizen."

„Also schön." Randolph klang nicht sehr begeistert.

„Nun lassen Sie nicht gleich den Kopf hängen", erklärte George gönnerhaft. „Ich hab da noch etwas für Sie, das wird Ihnen gefallen. Was würden Sie dazu sagen, wenn ich mit den Chinesen und den Russen ein wenig aufräumen würde? Im großen Stil? Sie hätten dann wenigstens nur noch mit mir zu tun."

„Ein verführerischer Gedanke", gab Randolph mit leichtem Spott zurück. „Aber Ihnen ist schon bewusst, dass ich die Ermittlungen der Polizei nicht beeinflussen kann?"

George grinste breit. „Befördern Sie Detective Inspector Desmond. Bringen Sie ihn in eine Position, in der er die Ermittlungen steuern kann. Den Rest können Sie getrost mir überlassen."

„DI Desmond …"

„…tut, was ich will", ergänzte George äußerst selbstzufrieden.

„Das dürfte sich einrichten lassen", erwiderte Randolph zwar sehr zögerlich, doch es war ihm anzusehen, dass er dieser Möglichkeit nicht abgeneigt war.

„Ich fasse zusammen. Sie haben – nach einer kleinen Säuberungsaktion meinerseits – keine Probleme mehr mit irgendwelchen Bandenkriegen. Die Ermittlungen werden sich, dank Desmond, im Sande verlaufen. Londons Bürger können in Frieden leben und niemand vom Zoll mischt sich in meine *Warensendungen.*“

Randolph hob beide Augenbrauen. „Sie reden vermutlich von illegalen Substanzen und Waffen?“

„Vermutlich“, räumte George kalt lächelnd ein.

„Ich soll dafür sorgen, dass Ihr Drogenschmuggel und Ihre Waffenschiebereien nicht durch die Zollfahndung behelligt werden?“, gab Randolph scharf zurück.

„Bitte“, erwiderte George gedehnt.

„Oder?“

George hatte einen höhnischen Unterton erwartet, doch mit dieser witternden Wachsamkeit hatte er nur bedingt gerechnet. „Oder ich lasse ein paar Polizisten abknallen. Nur so zum Spaß“, entgegnete er eisig. „Natürlich ist es mir unerträglich, gegen meine eigenen Prinzipien zu verstoßen, aber wenn es so ist, dass Sie mir keine andere Wahl lassen … Das wird bei der Bevölkerung gar nicht gut ankommen. So was ist immer schlecht für die öffentliche Meinung.“ Er schüttelte in falschem Bedauern den Kopf.

Randolph knirschte mit den Zähnen.

„Am besten, ich fange mit diesem neuen Inspector an, mit diesem Tremaine“, überlegte George laut. „Der ist mir schon lange ein Dorn im Auge. Lässt sich einfach nicht kaufen.“

Das Zähneknirschen hörte abrupt auf. „Sie sollten nichts überstürzen“, sagte Randolph ruhig. Doch es klang gezwungen. „Ich werde darüber nachdenken.“

„Nein“, lehnte George entschieden ab. „Entweder wir schließen unsere Vereinbarung hier und jetzt oder gar nicht.“

Mehrere Sekunden lang musterten sich die Kontrahenten schweigend. Schließlich gab Randolph mit einem leisen

Seufzen nach. „Eine Art Nichtangriffspakt also?“, fragte er mit einem gequälten Lächeln. „Friedliche Koexistenz?“

„Zum Wohle aller“, bestätigte George und hielt Randolph seine Hand hin.

Nach einem kurzen Zögern schlug der Bürgermeister ein. Sie schüttelten sich zur Bekräftigung kurz die Hände und ließen dann wieder los.

„Sie sind ein zäher Verhandlungspartner“, bemerkte Randolph mit widerwilliger Anerkennung.

„Das Kompliment kann ich zurückgeben. Ich hätte am liebsten auch nie mit Ihnen zu tun gehabt“, gab George offenherzig zurück.

Randolph erhob sich und George tat es ihm gleich. „Ich kann mir denken, dass Sie natürlich lieber mit ihrem eigenen Kandidaten verhandelt hätten, obwohl ... einer Verhandlung hätte es dann wahrscheinlich nicht bedurft.“

„Nein, hätte es nicht.“ George ging zur Tür, drehte sich aber noch einmal zu Randolph um. „Eines würde mich wirklich brennend interessieren: Wie zum Teufel haben Sie diese Wahl eigentlich gewonnen? Es hätte nicht passieren dürfen. Ich habe alle möglichen Leute bezahlt, geschmiert, bestochen ...“

„Ich habe die Wahl manipuliert“, gab Randolph nonchalant zu.

George vergaß zu blinzeln. „Sie haben ... WAS?“

Ein selbstgefälliges, leicht arrogantes Grinsen hob Randolphs Mundwinkel an. „*Ihnen* kann ich es ja sagen. Sie werden es wohl kaum an die große Glocke hängen. Ich habe die Wahlurnen der Bezirke Lambeth & Southwark und Brent & Harrow nach der Wahl komplett austauschen lassen.“

„Deshalb haben die Hochrechnungen nicht mit dem Endergebnis übereingestimmt!“, rief George in plötzlichem

Verstehen und schleuderte Randolph dann noch ein „Das glaube ich einfach nicht!" entgegen.

„Glauben Sie es ruhig, *Doc.* Sie erinnern sich doch noch an die Wahl in Leicester? Dort hat auch nicht der Lieblingskandidat der Mafia das Rennen gemacht."

„Wollen Sie damit etwa andeuten …"

„Leicester war *mein* Testlauf für London", erwiderte Randolph trocken. „Ich wünsche Ihnen noch einen schönen Tag."

George konnte Randolph nur mit offenem Mund hinterherstarren.

„Was für ein Bastard", murmelte er nach einer kleinen Weile. Es klang widerwillig anerkennend.

~~~

Kaum war George wieder zuhause und hatte die Eingangstür hinter sich geschlossen, stürmte Sinclair quer durch die Halle auf ihn zu und verströmte dabei so viel nervöse Energie, dass man damit die Leuchtreklame an Piccadilly Circus drei Tage und Nächte lang hätte betreiben können.

„Undundundundund?", stieß Sinclair aufgeregt hervor und zerrte mit beiden Händen an den Kragenaufschlägen von Georges Jackett.

George stand ganz unter dem Eindruck, einen kleinen Hundewelpen vor sich zu haben, der versuchte, an seinen Beinen hochzuspringen –, anstatt eines erwachsenen Mannes, der ihn um gut einen halben Kopf überragte.

„Meine Güte, Sinclair, es ist alles bestens", erklärte er halb lachend und halb verärgert und versuchte, sein Jackett Sinclairs zerstörerischen Händen zu entwinden. Vergeblich. „Wir haben uns geeinigt."
~~~

„Erzähl!“, forderte Sinclair energisch und George lachte. Es war schön, wieder zuhause zu sein.

Während er in groben Zügen von dem Gespräch und den Vereinbarungen berichtete, hing Sinclair förmlich an seinen Lippen. Doch der suchende, aufgescheuchte Blick beruhigte sich nicht und schließlich wurde George ungeduldig unterbrochen.

„Das doch nicht!“, rief Sinclair verärgert und ein wenig abschätzig. „Eure Geschäfte interessieren mich kein bisschen.“

George stieß ein kurzes, frohes Lachen aus. „Das zu hören, hätte deinen Bruder sehr glücklich gemacht.“

Sofort verengten sich Sinclairs Augen. „Wieso?“, fragte er misstrauisch.

„Er wollte, dass du dich aus unseren Geschäften raushältst. War eine seiner *Bedingungen*, damit du bei mir bleiben darfst.“ Sein Lachen endete in einem verächtlichen Schnauben. „Bedingungen! Als ob er in der Lage wäre, über deinen Aufenthaltsort zu bestimmen.“

Sinclair stimmte in das Lachen mit ein und hoffte hinterher, dass George nicht aufgefallen war, wie gezwungen es sich angehört hatte. „Was hast du dazu gesagt?“, wollte er wissen und achtete darauf, so neutral wie nur irgend möglich zu klingen. Dabei versuchte sein Herz gerade, ihm die Kehle hinauf zu galoppieren. Sie hatten also doch auch über ihn gesprochen! Nur was? WAS? Es schien allerdings, als dürfte er bei George bleiben. Seine Wortwahl ließ auch darauf schließen, dass Randolph nichts gesagt hatte … dass Randolph ihr – *sein* – Geheimnis gewahrt hatte. Warum nur? Warum? Randolph war nicht für seine Uneigennützigkeit bekannt. Was versprach er sich von seinem Schweigen? Welchen Vorteil hoffte er, daraus zu ziehen? Oder hatte er nur Freude daran, dieses Damokles-Schwert über Sinclairs Haupt schweben zu sehen? Zuzutrauen wäre es ihm.

Dass er sich keinen Reim auf Randolphs rätselhaftes Verhalten machen konnte, machte ihn fast wahnsinnig und bedrückte ihn gleichzeitig. Randolph musste doch gemerkt haben, dass George nicht Bescheid wusste. Er merkte doch sonst auch immer alles … oder etwa nicht? War es möglich, dass die beiden Männer so grandios aneinander vorbeigeredet hatten?

Moment … was hatte George gerade gesagt? Randolph hatte versucht, an Sinclairs fortgesetztem Aufenthalt bei George Bedingungen zu knüpfen. Randolph hatte also wirklich vor, ihn bei George zu lassen – und es bedeutete auch, dass Randolph geglaubt hatte, George wüsste Bescheid. Sinclair wurde übel. Die beiden hatten tatsächlich aneinander vorbeigeredet! So wie George sich gerade eben über Randolphs Bedingungen lustig gemacht hatte, war George völlig ahnungslos und dennoch waren sich die beiden wohl über Sinclairs weiteren Verbleib einig geworden. Aber zu welchem Preis? Welche Bedingungen mochte Randolph wohl noch gestellt haben? War George darauf eingegangen? Konnte er diese Frage stellen, ohne sich selbst und seine Lüge zu verraten? Er entschied sich schließlich dagegen. Es war zu riskant. Letzten Endes waren diese ganzen Überlegungen ohnehin irrelevant. Die einzig wirklich wichtige Frage war folgende: Wann würde Randolph begreifen, dass George keine Ahnung hatte? Und wann würde er dieses Wissen als Waffe einsetzen?

„Was ich ihm darauf geantwortet habe? Die Wahrheit“, antwortete George mit einem lakonischen Schulterzucken. „Ich habe ihm gesagt, dass es nicht möglich sein wird, dich aus meinen Geschäften rauszuhalten, da du mein Oberbuchhalter bist.“

„George“, flüsterte Sinclair mit ersterbender Stimme, bei deren Klang sich George nicht ganz sicher sein konnte, ob

Sinclair gleich anfangen würde zu toben oder in hysterisches Kichern auszubrechen.

„Was? Es ist nicht gelogen!“, behauptete George – im Brustton des zu Unrecht Verdächtigten.

„Aber er …“, Sinclair leckte sich nervös über die Unterlippe. „Er weiß doch sicher, dass du und ich … dass wir … wie wir zueinander stehen?“ Eine verlegene Geste begleitete seine vagen Äußerungen.

Er war so offensichtlich um Worte verlegen, ihre Beziehung zu beschreiben, dass es für George unangenehm und schon fast schmerzhaft war, Zeuge dieser Sprachlosigkeit zu sein. Schon teilten sich seine Lippen, um Sinclair zu Hilfe zu kommen, als ihm klar wurde, dass auch er nicht wusste, was er sagen, wie er das, was sie teilten, bezeichnen sollte. Um seine eigene Unsicherheit zu kaschieren, räusperte er sich und sagte dann: „Er hat zumindest bei unserem letzten Treffen eine ziemlich plumpe Andeutung gemacht, die in diese Richtung ging. Auch deshalb habe ich heute mein Möglichstes getan, um ihm Sand in die Augen zu streuen.“

Sinclair betrachtete George in diesem Augenblick sehr aufmerksam, bemerkte sein Zögern und fragte sich, ob George sich seiner schämte. Das Zögern war wohl kaum der Tatsache geschuldet, dass er, Sinclair, ein Mann war. George ging mit seiner Sexualität – trotz seines „Berufes“ – bewundernswert offen um. Also musste es an Sinclair selbst liegen. Es war natürlich möglich, dass George es nur vor Randolph nicht hatte zugeben wollen, weil dieser immerhin Sinclairs Halbbruder war. Aber es erschien Sinclair glaubhafter, dass sich George dafür schämte, einen früheren Drogensüchtigen und Stricher zum Liebhaber zu haben.

Besonders nach den letzten Tagen und Nächten, in denen George nicht müde geworden war, ihn zu lobpreisen, verletzte ihn dieses Zögern und Leugnen mehr, als er es zugeben wollte. „Er dürfte so oder so bald genug von der Art unseres Zusammenlebens erfahren“, bemerkte er daher etwas spitz und strich etwas gedankenverloren über Georges zerknittertes Jackett in dem vergeblichen Versuch, die von ihm verursachten Falten etwas zu glätten.

„Wie meinst du das?“, fragte George, plötzlich wachsam.

„Oh, ganz einfach!“, rief Sinclair ein wenig herablassend. „Er wird versuchen, einen deiner Angestellten für sich zu gewinnen. Falls er das nicht schon längst getan hat.“

George starrte ihn mit offenem Mund an und versuchte, diese Ungeheuerlichkeit zu begreifen, dass er in seinem eigenen Haus und von seinem eigenen Personal bespitzelt werden sollte. „Das wird er nicht wagen!“, stieß er zwischen zusammengebissenen Zähnen hervor.

„Ach nein?“, fragte Sinclair mit kaum verhohlener Bitterkeit. „Dann lass mich dir sagen, dass genau das Randolphs bevorzugter *Modus Operandi* ist. Während meiner Studienzeit hat er meine Kommilitonen bezahlt, damit sie mich für ihn *überwacht* haben.“

„Dieser …“, knurrte George aufgebracht.

„George, bevor du jetzt irgendetwas sagst, du hast doch ganz genau das Gleiche mit ihm vor“, äußerte Sinclair mit leichtem Spott. „Du hast zwar kein Wort darüber verloren, aber du grübelst doch schon seit Tagen, wie du jemanden von deinen Leuten in seinen Haushalt einschleusen könntest. Stimmt’s oder hab’ ich Recht?“

„Verdammter Mist!“, fluchte George inbrünstig, als er sich von Sinclair durchschaut fühlte, und ballte die Hände zu Fäusten, sah jedoch in einer Mischung aus Anerkennung und Stolz zu Sinclair auf.

Ein feines, durchtriebenes Lächeln huschte über Sinclairs Lippen. „Wie wohnt er?“

„Was? Wer?“

„Randolph“, stellte Sinclair klar. „Wie wohnt er? Hat er ein Haus? Eine Wohnung?“

George warf Sinclair einen verwunderten Blick zu. „Er wohnt in einem dieser Appartement-Häuser. Komplett mit Concierge und allem Drum und Dran“, antwortete er zögernd, ohne zu begreifen, was diese Frage mit seinen Problemen zu tun hatte. „Ich dachte … vielleicht die Putzfrau …“

Sinclair schüttelte vehement den Kopf. „Kauf dir den Concierge“, erklärte er entschieden. „Der Concierge hat einen Schlüssel zur Wohnung, er weiß, wann Randolph kommt und geht.“

Einen Moment lang starrte George mit offenem Mund ins Leere, dann richtete sich sein Blick wieder auf Sinclair. „Das ist brillant!“ Er legte beide Hände an Sinclairs Wangen, zog seinen Kopf zu sich herunter und küsste ihn auf die Stirn. „Fabelhaft!“

Sinclair spürte, wie er errötete. Noch nie hatte ihn George in einem solchen Zusammenhang auf die Stirn geküsst. Das Lob tat gut. Ein geschmeicheltes Lächeln erschien auf seinen Lippen. Er versuchte, George tief in die Augen zu schauen, um vielleicht noch einen richtigen Kuss … Doch George war mit seinen Gedanken woanders und schon wieder einen Schritt weiter.

„Jetzt muss ich nur noch verhindern, dass er mich aushorcht, Einblick in meine Unterlagen erhält“, überlegte er laut.

Sinclair ließ enttäuscht die Schultern hängen, fügte sich aber seinem Schicksal, gerade jetzt nur als Ideengeber gefragt zu sein. „Da kommen eigentlich nur Thomas und die beiden Hausmädchen in Frage.“

„Eleanor und Angela?“

„Genau“, bestätigte Sinclair. „Du schließt dein Büro immer ab und somit sind deine Akten ziemlich sicher.“

George warf ihm einen spöttisch-herausfordernden Blick zu, den Sinclair mit einem ungerührten Grinsen erwiderte. „Sofern sich niemand mit Gewalt Zutritt verschafft, was sich nie ganz ausschließen lässt, aber auch nie unbemerkt bleibt, sind diese drei Personen die Einzigen, die unbemerkt kommen und gehen können. Denn sie haben einen Schlüssel zu deinem Büro und betreten es auch, wenn du nicht da bist, um …"

„… zu putzen", warf George in plötzlichem Verstehen ein. Er dachte kurz nach und fasste dann einen Entschluss. „Gut, dann werden sie ab sofort beim Saubermachen beaufsichtigt werden müssen. Gratuliere, du wurdest soeben zum Putzaufseher ernannt." Er schenkte Sinclair einen strahlenden Blick.

„Ich?"

Ein breites Grinsen entfaltete sich auf Georges Gesicht. „Nicht nur Oberbuchhalter, sondern jetzt auch noch Putz…"

„Warum ausgerechnet ich?", unterbrach Sinclair ihn ungehalten.

„Weil es deine Idee war und weil du sowieso ständig hier bist", erklärte George prompt. „Apropos … jetzt, da die Katze aus dem Sack ist und dein *lieber Bruder* weiß, wo du steckst, könntest du doch aufhören, den Einsiedler zu spielen."

„Wozu?", fragte Sinclair zurückhaltend und mit gefurchter Stirn.

George seufzte leise. „Sinclair", sagte er mit einem kleinen Kopfschütteln. „Zum Beispiel, damit ich auch mal mit dir ausgehen kann. Das würde ich wirklich gerne tun."

Diese schlichte Bemerkung – ohne Vorwarnung geäußert – und die Absicht und Gefühle, die dahinter steckten, wirkten auf Sinclair wie ein Schock. George wollte sich mit ihm in der Öffentlichkeit zeigen? Mit ihm? Also schämte er sich doch nicht für ihn! Aber warum hatte er es Randolph gegenüber dann nicht zugegeben, dass sie … Ein wenig mühsam würgte Sinclair den Kloß hinunter, der ihm in der Kehle saß. Viel zu mühelos entstanden vor seinem geistigen Auge Bilder.

Wachskerzen in Silberleuchtern, Kellner im Frack, George in einem teuren Anzug, sie beide an einem Tisch sitzend, überladen mit Silberbesteck, Blumen und Damast-Tischdecken und Servietten. Besuche in der Oper, die George liebte. Sein entrückter Gesichtsausdruck bei einer vollendet vorgetragenen Arie, vielleicht auch einmal eine Premiere oder ein klassisches Konzerts. Partys, auf denen George ihn allen anderen Gästen vorstellte, mit diesem Stolz in den Augen.

Oh wie gern, wie furchtbar gerne würde er dieser Versuchung nachgeben. Wie wundervoll wäre es …

Doch bald würde George mit anderen Vorschlägen kommen. Es würde nicht lange dauern, bis George ihm die Welt zeigen wollte. Ein Wochenende in Paris, ein Kurztrip nach New York, ein Urlaub in Griechenland …

Und wenn er auch den Restaurantbesuchen und allem anderen zugestimmt hätte, zu diesen anderen Plänen würde er dann *Nein* sagen müssen. Er hatte ja keinen Pass, kein einziges Ausweisdokument war ihm geblieben. Es bestand keine Möglichkeit für ihn, das Land zu verlassen. Wie sollte er diese Weigerung George erklären? Welche Lüge wäre hier noch glaubhaft? Es war schlichtweg unmöglich.

Also musste er konsequent sein und zu ALLEM *Nein* sagen. Hierfür eine Erklärung zu finden war einfacher.

Innerlich rang Sinclair die Hände und raufte sich in tiefster Verzweiflung die Haare. Aber letzten Endes konnte er niemand anderem als sich selbst die Schuld an diesem Dilemma geben. Warum hatte er damals nur zugelassen, dass Randolph aus ihm ein Opfer machte? Eine Rolle, die er nie hatte übernehmen wollen – nicht einmal George gegenüber fühlte er sich unterlegen. Es war ein Fehler gewesen, sich damals einfach zu fügen. Er hätte etwas tun, etwas unternehmen müssen! Er hätte nicht einfach aufgeben dürfen. Er hätte sich einen Anwalt nehmen und vor Gericht ziehen sollen, um die Entmündigung anzufechten und Randolphs Machenschaften aufzudecken. Aber er war feige gewesen und davongelaufen und hatte sich versteckt. Und auch jetzt brachte er es nicht über sich, George seine Lüge einzugestehen und ihm die Wahrheit zu beichten. Er musste der Tatsache ins Auge sehen: Er war ein Feigling.

„Du willst mich also ausführen?“, fragte Sinclair leise. „In ein teures Restaurant? Mit französischen Kellnern? Mit einer Weinkarte, die so dick ist wie ein Buch, und einer völlig unverständlichen Speisekarte ohne Preise?“

Ein erfreutes Lächeln erhellte Georges Gesicht. „Ganz genau. Ich sehe, wir verstehen uns.“

Sinclair atmete tief durch. Was er jetzt sagen musste, tat weh, aber es musste gesagt werden. Zum einen bot es ihm eine perfekte Ausrede und zum anderen hatte George offensichtlich nicht alles bedacht. „Und dann … sitzt am Nebentisch einer meiner früheren Kunden. Was dann?“, fragte er mit einer Stimme, die schneidender und gleichzeitig verlorener klang, als er beabsichtigt hatte. Es war für ihn mehr als eine Ausrede. Mehr als die Variation seines Lügengebildes. Es war etwas, das ihn wirklich quälte. Nicht um seinetwillen … sondern wegen George.

George runzelte kurz die Stirn und sagte: „Nichts und dann.“ Er zuckte mit den Achseln. „Die meisten von den Knaben sind verheiratet und werden einen Teufel tun und einen Skandal hervorrufen. Wenn dich tatsächlich jemand erkennen sollte, dann gibt mir das die Gelegenheit, ein wenig mit dir anzugeben, und sie werden mich darum beneiden, dass ich dich für mich allein habe. Mehr nicht.“

Sinclair musste sich gegen die unverhofften Tränen wappnen, die völlig ungefragt in seine Augen drängten. Wie machte George das nur? Wie gelang es ihm, in derart spröden, fast beiläufigen Sätzen eine Zukunftsvision zu malen, die für Sinclair in den verlockendsten Farben schillerte? Doch einer von ihnen musste in dieser Angelegenheit einen kühlen Kopf bewahren. Wenn George diese Rolle nicht ausfüllte, dann musste er das wohl übernehmen. „So. Beneiden. Werden sie das?", fragte er und zog eine Augenbraue in die Höhe.

„Ja. Werden sie", sagte George knapp und mit Nachdruck und wieder überkam Sinclair der Impuls alles zu vergessen, alle Vorsichtsmaßnahmen in den Wind zu schießen, sich George zu Füßen zu werfen, seine Beine zu umklammern und nie mehr loszulassen.

„Abgesehen davon werden sie *wissen*, dass du mit einer Hure am Tisch sitzt und offensichtlich nicht in der Lage bist, jemand zu finden, der … besser ist", entgegnete Sinclair tonlos und wieder tat es weh, diese Worte auszusprechen. Es schmerzte, als ob er sich selbst ein eisiges Messer mitten ins Herz gestoßen und auch noch in der Wunde gedreht hätte. Etwas von seinem Abscheu sich selbst gegenüber musste sich auf seinem Gesicht abgezeichnet haben, denn plötzlich spürte er Georges Hand, die sich sanft auf seine Wange legte.

„Sinclair", sagte George leise.

„Ich will nicht, dass sie *so* über dich reden", erklärte Sinclair starrsinnig und wandte seinen Blick ab. Nein, niemand sollte denken, dass George nichts Besseres fand als ihn. George war viel zu gut für ihn. Er durfte nicht dulden, dass Georges Ruf durch ihn ruiniert wurde, dass er durch ihn in irgendeiner Form *hinabgezogen* wurde. George sollte sich nur mit jemandem abgeben, der ihm ebenbürtig war, der ihm in allen Belangen das Wasser reichen konnte, der …

„Sinclair, lass sie doch reden“, schnitt Georges Stimme klar durch Sinclairs verzweifelte Gedanken. „Geredet wird ständig. Es juckt mich nicht und es gibt für mich niemand Besseren als dich.“

Bei diesen letzten Worten sah Sinclair wieder zu George. Schlug sein Herz noch? Oder hatte es vor Schreck und Glück seinen Dienst versagt? Er spürte es nicht mehr, also musste es stehengeblieben sein – zumindest kam es ihm so vor. Verwundert und staunend erwiderte er Georges ruhigen, bestimmten Blick. Sein Gehirn war fast unfähig, diese Information zu verarbeiten. Hatte er überhaupt richtig gehört? Oder gaukelte ihm sein Verstand nur das vor, was er so sehnlichst hatte hören wollen? Sollte er George bitten, es noch einmal zu wiederholen? War es George wirklich ernst damit? Oder hatte er es nur so dahingesagt, um Sinclair zu beruhigen? Hatte er überhaupt eine Ahnung, was er Sinclair mit solchen Bemerkungen antat? Was solche Aussagen bei ihm … mit ihm … in ihm … anrichteten?

„George“, flüsterte Sinclair und er schämte sich ein wenig dafür, wie ergriffen und überwältigt er klang, und er schämte sich auch dafür, dass er George angelogen, ihm nicht alles anvertraut hatte. Ihm nicht vertraut hatte. Jetzt wäre eine Gelegenheit, um reinen Tisch zu machen. Er haderte mit sich. Sollte er …? Oder war es vielleicht bereits zu spät dafür? Würde eine Beichte zu diesem Zeitpunkt nicht befreiend, sondern nur vernichtend wirken? Am liebsten hätte er irgendetwas zerschlagen, zerstört, um seinen widerstreitenden Gefühle in einem lauten Klirren oder Krachen Luft zu verschaffen, um wieder freier atmen und denken zu können. *Es gibt niemand Besseren für mich …* Warum hatte George nur so etwas zu ihm gesagt? Wie konnte er ihm jetzt noch beichten, dass er ihn belogen hatte? Es würde das Bild – ein sehr idealisiertes und unzutreffendes, aber nicht desto weniger schmeichelhaftes Bild – das George sich von ihm gemacht hatte, komplett zerstören.

Er konnte es ihm nicht sagen. Unmöglich! George würde ihm das nie verzeihen!

Verstört und verzweifelt begriff er, dass ihm keine andere Möglichkeit blieb, als George weiterhin zu belügen, an dem einmal erstellten Lügengespinst festzuhalten und es immer weiterzuspinnen.

„Ja?", sagte George und hauchte einen federleichten Kuss auf die vollen Lippen, die ein wenig bebten. Ohne es zu wissen, war George von seinen eigenen Worten genauso erschüttert wie Sinclair. Er hatte nur mehr Übung darin, sich nichts anmerken zu lassen. Ein Pokerface zu bewahren war eine der wichtigsten Überlebensstrategien in seinem Metier.

Niemand Besseren … Wo war das nur hergekommen? Warum hatte er das gesagt? *Weil es die Wahrheit ist und du das auch verdammt genau weißt,* soufflierte sein Gehirn wenig hilfreich. Und jetzt? Würde Sinclair nun Liebesschwüre von ihm erwarten? Liebesschwüre und Beteuerungen, die er in der Vergangenheit nach Kräften vermieden hatte, weil es ihm abgeschmackt erschien und er einen Widerwillen gegen derlei zuckriges Gesäusel hegte? War er nun gezwungen, all diese Dinge zu sagen, die ihm widerstrebten und ihm doch schon so lange auf der Zunge lagen? Sollte er nun die Worte sagen, von denen er geglaubt hatte, sie würden ihm in seinem ganzen Leben nie wieder über die Lippen kommen? Worte, für die er noch nicht bereit war … vielleicht nie wieder bereit sein würde? Und doch war Sinclair das Beste, was ihm je passiert war. Sein Leben war in diesen Wochen mit Sinclair besser, ja, glücklicher gewesen als die ganzen letzten Jahre zusammengenommen – und daran wollte George nichts ändern. Wenn es nach ihm ginge, sollte es einfach so weiterlaufen wie bisher. An einem funktionierenden System sollte man nicht herumpfuschen.

Sinclair presste seine Augenlider fest zusammen und entzog sich Georges Nähe.

„Trotzdem“, sagte er und hasste sich selbst dafür unbeschreiblich. Was war er nur für ein Feigling!

„Du willst das Haus also immer noch nicht verlassen“, stellte George mit einem Seufzen fest. Das Seufzen war eher Ausdruck seiner Erleichterung, dass kein Süßholzgeraspel von ihm verlangt wurde, als seiner Verdrossenheit über Sinclairs Weigerung, das Haus zu verlassen. Allerdings machte ihn seine Erleichterung auch ein wenig beklommen, als ob es Unrecht von ihm sei, so zu empfinden. Rasch stopfte er diese unangenehmen Gefühle in eine Ecke seines Gehirns und versuchte, nicht mehr darüber nachzudenken.

„Nein. Zumindest … noch nicht“, bestätigte Sinclair. Er musste George den Rücken zuwenden, musste erst wieder seine Emotionen und seinen Gesichtsausdruck unter Kontrolle bringen. Warum kostete es so viel Kraft, seine Stimme nicht so erstickt und tränenschwer klingen zu lassen? „Ich … ich traue Randolph nicht. Irgendetwas führt er bestimmt noch im Schilde.“

„Was sollte er denn …“

„Er könnte mich entführen lassen und dich damit erpressen“, wandte Sinclair heftig ein und drehte sich halb wieder zu George um. „Jetzt, da er weiß, dass ich … *wichtig* für dich bin. Und sei es auch nur als Chef-Buchhalter.“ Es war eine schwache Ausrede und Sinclair wusste das auch. Doch etwas Besseres wollte ihm in seinem Zustand partout nicht einfallen.

George warf entnervt seine Arme in die Höhe. „Du spinnst doch! Und selbst wenn er das tun würde, glaubst du nicht, ich hätte dich nicht in Nullkommanichts befreit?“

Wieder würgte Sinclair an einem Kloß in seiner Kehle. George würde ihn befreien? George würde zu seiner Rettung eilen? Womit hatte er das verdient? Zögernd wandte er sich wieder zu George um. „George, lass mich einfach“, bat er und legte sogar seine Hände wie zum Gebet aneinander. „Bitte. Ich … brauche einfach noch ein wenig Zeit. Ich habe mich zu lange vor ihm versteckt.“

George betrachtete ihn stumm. Wenn er noch eine Bestätigung dafür gebraucht hatte, dass Sinclair ihm nicht die ganze Wahrheit über sich und seinen Halbbruder gesagt hatte, dann hatte er sie jetzt in Sinclairs fortgesetzter Weigerung, das Haus zu verlassen, erhalten. Irgendetwas war da noch im Busch. Es schmerzte George, dass Sinclair ihm offensichtlich nicht genügend vertraute, um seine Flunkerei einzugestehen. Aber wenn es so war, dann hatte er das zu akzeptieren. Unter keinen Umständen würde er ihn bedrängen. Er sollte mit der Wahrheit zu ihm kommen, wenn *er* dazu bereit war. George konnte warten. Woher er allerdings diese Geduld in Bezug auf Sinclair nahm, war ihm selbst völlig schleierhaft. Er war noch nie dafür bekannt gewesen, eine solch ausdauernde Gelassenheit an den Tag zu legen, wie das jetzt der Fall war.

„Okay. Du weißt schon, dass ich einem *Bitte* von dir nicht widerstehen kann?“, erwiderte George mit einem schmalen Lächeln und einem leichten Kopfschütteln. „So selten, wie du es mir gegenüber äußerst …“

Grenzenlose Erleichterung durchflutete Sinclair. George hatte ihm seine äußerst schwachen Argumente abgenommen und würde sie wohl auch nicht weiter hinterfragen. Warum nahm ihn das nur alles so mit? Warum ging ihm das alles so nahe? Warum ging ihm das alles so unter die Haut? Er war doch früher nicht so gewesen. Ihn hatte doch immer alles kalt gelassen. Schläge, Beschimpfungen … das hatte ihn alles nicht berührt. Doch jetzt genügte ein Stirnrunzeln von George, um ihn völlig aus dem Gleichgewicht zu bringen. Plötzlich dachte er zurück an Alices Bemerkung über sein Herz. Sein kleines, krankes, verstecktes Herz. Hatte sein Herz sich tatsächlich all die Jahre versteckt, nur um jetzt von George gefunden zu werden? Es hatte ganz den Anschein. George hatte es gefunden und jetzt gehörte es ihm. Ob er es wollte oder nicht. Ob er sich dessen bewusst war oder nicht. Sinclair tippte dabei eher auf *nicht.* Doch letzten Endes war es irrelevant. Er hatte George sein Herz geschenkt und allein dieser Gedanke erfüllte ihn eigenartiger Weise mit einer fast unwirklichen Ruhe.

„Aber glaub jetzt ja nicht, dass du mich nach Belieben um den Finger wickeln kannst", schalt George grimmig, doch seine Augen zwinkerten dabei. „Ich weiß ganz genau, dass du weißt, *wie* du mich manipulieren kannst! Aber merk dir eines: Du hast damit nur Erfolg, weil ich es zulasse." Insgeheim wusste George, dass es eine leere Drohung war. Er würde sich jederzeit von Sinclair manipulieren lassen, weil er es einfach nicht über das Herz brachte, Sinclairs Bemühungen zu sabotieren und seine kleinen Tricks zu ignorieren und dadurch seine Hoffnungen zu enttäuschen. Warum ging ihm dieser Junge nur so unter die Haut wie noch niemand vor ihm? Oder höchstens noch … Simon … damals … damals war ihm Simon auch so unter die Haut gegangen. Doch George wollte jetzt nicht an Simon denken. Simon war Vergangenheit. Sinclair war Gegenwart. Und das war gut so.

„Ich weiß", sagte Sinclair mit einem gleichsam schelmischen wie zerknirschten Lächeln. „Danke, George." Und zum ersten Mal fühlte sich dieses Wort nicht seltsam und ungewohnt in seinem Mund an. Er beschloss, nicht mehr daran zu denken, dass er George belogen hatte, nicht mehr daran zu denken, dass Randolph jeden Moment mit nur einem einzigen Wort alles würde zerstören können. Er beschloss vielmehr, die ihm verbleibenden – für ihn unendlich kostbaren – Momente mit George so unbeschwert wie nur möglich und in vollen Zügen zu genießen.

Teil 26

Noch am selben Tag konfiszierte George alle Schlüssel zu seinem Büro von seinen Angestellten und bestellte jemanden her, der ein neues Schloss in seine Bürotür einbaute. Zu diesem neuen Schloss gab es nur noch drei Schlüssel, die sich im Besitz von George, Phil und Sinclair befanden. Sinclair nahm seinen Schlüssel mit gemischten Gefühlen entgegen. Einerseits bedeutete er einen völligen Vertrauensbeweis seitens George, andererseits würde es ihn bei den Hausmädchen nicht gerade beliebter machen. Während Eleanor eher eine Mitläuferin war und ihn nicht leiden konnte, weil das restliche Personal ihm nicht wohlgesonnen war, so ahnte er doch, dass Angela nicht einmal auf ihn spucken würde, stünde er lichterloh in Flammen. Vermutlich nahm sie ihm die ständig notwendigen Wechsel der Bettwäsche persönlich übel.

Die erste Säuberungsaktion des Büros verlief erwartungsgemäß. Nach einem giftigen Seitenblick, von dem Angela garantiert – und fälschlicherweise – angenommen hatte, dass Sinclair ihn nicht bemerken würde, rückten die beiden Hausmädchen den Möbeln mit Lappen und Politur zu Leibe, während Thomas den Boden staubsaugte. Sinclair stand vor den Fenstern herum und fühlte sich so überflüssig und deplatziert wie ein Pinguin in der Sahara. Als Thomas sich ihm in seinem gemächlichen Arbeitstempo näherte, sprach er ihn im Schutze der Staubsaugergeräusche an. „Thomas, ich brauche etwas“, murmelte Sinclair gerade laut genug, damit Thomas ihn verstand.

„Aber gern, Sir“, erwiderte Thomas prompt. Das *Sir* war ihm nicht mehr abzugewöhnen, obwohl Sinclair es ihm schon einige Male nahegelegt hatte und Thomas der einzige unter den Angestellten war, der Sinclair auf diese Weise ansprach. „Welche Marke darf es dieses Mal sein?“

„Keine Zigaretten, Thomas", sagte Sinclair leise. „Dieses Mal brauche ich etwas anderes …" Er senkte seine Stimme noch ein wenig mehr und teilte Thomas seinen Wunsch mit, der erst überrascht die Augen aufriss und dann grinste.

„Kein Problem, Sir", erwiderte Thomas. „Ich denke, morgen Abend kann ich es Ihnen geben."

Sinclair nickte ihm mit einem erleichterten Gesichtsausdruck zu.

~~~

George traf sich im Nebenraum eines noblen und entsprechend diskreten Restaurants mit den Londoner Bezirkschefs, um seine Version des Treffens mit dem Bürgermeister zum Besten zu geben. Den Teil, der Sinclair betraf, sparte er dabei großzügig aus und betonte dafür die Unterlegenheit Randolphs Kingsleys und seine eigene Überlegenheit umso mehr. Die anderen Männer fraßen ihm zwar nicht gerade aus der Hand, wie George das von anderen Gelegenheiten her kannte – zu tief saßen die Schmach und der Ärger über die verlorene Wahl –, aber sie glaubten ihm immerhin und schienen mit dem Ergebnis recht zufrieden zu sein.

„Also, keine Rücksichtnahme mehr bei den Russkis und den Schlitzaugen?", fragte einer der Männer, der nicht gerade für seine gewählte Sprache bekannt war.

„Keine", bestätigte George zufrieden. „Desmond wird uns decken. Seine Ernennung wird morgen in der Zeitung stehen. Ich weiß davon seit gestern und habe ihn bereits entsprechend instruiert."

„Er wird nicht aufgrund seines üblichen Preises eingewilligt haben, nehme ich an", meldete sich Albright zu Wort.

George runzelte leicht die Stirn. Dieser Albright stieß ihm seit einiger Zeit sauer auf. Er war wie ein kleiner Kiesel im
~~~

Schuh. Meist konnte man ihn vergessen, aber dann machte er sich wieder völlig unverhofft an einer empfindlichen Stelle bemerkbar. Aber er war in seinem Bezirk erfolgreich und hatte seine Jungs bemerkenswert gut im Griff.

„Natürlich wollte er mehr Geld“, gab George leichthin zu, als ob es gar nichts Besonderes wäre. „Er wird ja immerhin von Scotland Yard auch eine Gehaltserhöhung bekommen. Mehr Arbeit, mehr Verantwortung und mehr Druck bedeuten auch gleichzeitig mehr Geld. Ist schon alles in die Wege geleitet und alle sind zufrieden.“ Mit seinen Worten versuchte er jede weitere kritische Bemerkung im Keim zu ersticken.

„Prima!“ Der erste Mann rieb sich die Hände. „Ich habe da ein paar Kerle an der Hand, die brennen förmlich darauf, von der Leine gelassen zu werden.“

George nickte nur. Im Prinzip hielt er nichts von solchen kopflosen Heißspornen, die mehr Muskeln als Gehirn hatten und deren Blutdurst oft stärker war als ihr Magen und die sich nach ihren Einsätzen mit schöner Regelmäßigkeit in den Rinnstein erbrachen. Aber für solche Gelegenheiten waren sie äußerst nützlich. Quasi Kanonenfutter und einigermaßen entbehrlich, sollte sich der Gegner etwas stärker zur Wehr setzen als erwartet. Er war grundsätzlich mit einem solchen Vorgehen einverstanden, wollte es dennoch nicht zu sehr unterstützen und dadurch zur Regel werden lassen.

Er hatte sich nur dadurch so lange an der Spitze der *Familie* gehalten, weil er immer Wert darauf gelegt hatte, besonnen vorzugehen und dem Gesetz nicht allzu viel Ärger zu machen. Gezielte Polizistenmorde lehnte er aus exakt diesem Grund ab. Er wusste genau: Leg einen Bullen um und tausend andere Bullen werden Himmel und Hölle in Bewegung setzen bei dem Versuch, dich dranzukriegen –

und wenn es wegen Steuerhinterziehung oder einem Strafzettel wegen Falschparken war.

George war mit dieser Politik bislang recht gut gefahren. Die Polizei hatte ihn zwar auf ihrer schwarzen Liste, aber sein Schmiergeld reichte immer noch aus, um eventuell erregte Gemüter zu besänftigen. Doch um sich von dem Mord an einem Polizisten freikaufen zu wollen, musste man schon ein ausgewachsener Dummkopf sein – denn dafür gab es einfach nicht genügend Bares auf der Welt. Und George mochte vieles sein, aber er war beileibe kein Dummkopf. Er wusste genau, wie man sich überflüssigen Ärger vom Leib hielt.

„Gut“, sagte der Mann und rieb sich die Hände. „Warum nehmen wir nicht noch alle einen Schlummertrunk bei Doc Walker und begießen die ganze Angelegenheit gebührend?“

George lächelte ein wenig gequält. Er hatte sich seine Abendgestaltung etwas anders vorgestellt, als den Gastgeber für durstige – und sicher auch bald hemmungslos betrunkene – Mafiosi zu spielen. Aber er machte gute Miene zum bösen Spiel. Was blieb ihm auch anderes übrig? Ein Blick auf die Uhr sagte ihm zudem, dass der Abend schon weiter fortgeschritten war, als er gedacht hatte, und Sinclair des Wartens auf ihn sicher überdrüssig geworden war und wohl schon zugunsten eines erholsamen Schlafes aufgegeben hatte. Da konnte er auch genauso gut seine Hausbar für diese Ignoranten öffnen, die einen Cognac nicht von einem Weinbrand unterscheiden konnten, und den leutseligen Gastgeber spielen.

~~~

Sinclair hörte kaum das Geräusch der sich öffnenden Eingangstür, als er auch schon mit einem lasziven Hüftschwung aus Georges Büro in die Eingangshalle trat, dem
~~~

völlig überraschten George einen gekonnten Schlafzimmerblick zuwarf und mit dunkler Stimme hauchte: „Gut, dass Sie endlich da sind, Mister Walker." An dem Punkt seiner vorbereiteten, kleinen Rede angelangt, verstummte er abrupt, denn hinter George drängten noch weitere Männer in Anzügen in die Halle.

Mist! Aber eigentlich wunderte es Sinclair nicht wirklich. Mit sexy Rollenspielen hatte er noch nie besonderes Glück gehabt.

George schluckte trocken und leckte sich bei Sinclairs unverhofftem Anblick begehrlich über die Oberlippe. Wie er in der offenen Tür stand, der Raum hinter ihm nur schwach beleuchtet, das Hemd bis zum Bauchnabel aufgeknöpft, die Hüfte provokant nach vorne geschoben, die flammenden Locken in kunstvoller Unordnung und auf der Nase eine dunkle Hornbrille, die George noch nie gesehen hatte … Sinclair wirkte wie die fleischgewordene Fantasie eines schwulen Porno-Regisseurs. Doch dann zerstob das reizvolle Fantasiegebilde, das Georges Hose hatte eng werden lassen, durch den lärmenden Eintritt seiner Gäste und Phils leisem Nach-Luft-Schnappen und zurück blieb nur eine gewisse Peinlichkeit, die es zu überspielen galt – und zwar schnell.

Glücklicherweise reagierte Sinclair nach einer Schrecksekunde sofort. „Oh, verzeihen Sie, Mister Walker", rief er mit seiner üblichen, kühlen Stimme, gab die verführerische Pose auf und stellte sich aufrecht hin. „Ich wusste nicht, dass Sie noch Besuch haben."

„Schon gut", wehrte George unter den teils amüsierten, teils neugierigen Blicken seiner Gäste ab. „Ich hätte angerufen, wenn ich gewusst hätte, dass Sie noch so spät an der Arbeit sind." Er hoffte, dass Sinclair begriff, dass George wirklich davon ausgegangen war, er würde um diese fortgeschrittene Uhrzeit schon im Bett liegen.

Sinclair nickte zurückhaltend. „Ich wollte noch die Italien-Korrespondenz erledigen und dabei haben sich noch einige Fragen ergeben. Aber das hat auch noch Zeit bis morgen. Gute Nacht, Mister Walker."

„Gute Nacht, Sinclair", erwiderte George und Sinclair zog sich in das obere Stockwerk zurück. Er wirkte dabei – trotz seiner aufrechten Haltung – ein wenig wie ein begossener Pudel.

In der Zwischenzeit waren auch Jacques und Thomas zu ihnen getreten, um ihnen die Jacken und Mäntel abzunehmen.

„Wer war das denn?", fragte einer der Männer, als George sie in das Empfangszimmer führte, wo es – wie alle wussten – bequeme Sessel, teure Zigarren und erlesene Spirituosen gab.

„Das war Sinclair Stevenson", antwortete George knapp. Es lag ihm fern, sein Verhältnis mit Sinclair geheim zu halten, aber er hatte nicht vorgehabt, es auf diese Weise zu offenbaren.

„Stevenson?", fragte ein anderer. „Dein neuer Buchhalter? Dieses Zahlengenie?"

„Buchhalter?", mischte sich ein Dritter ein. „Erzähl mir noch so einen. Klasse Knutschfleck, den dein Kleiner da am Hals gehabt hat. Hättest ihn uns ruhig vorstellen können. Vielleicht hätte er Lust gehabt, uns noch ein wenig Gesellschaft zu leisten."

George war diese Sprüche gewohnt. Sie bedeuteten nichts. Gar nichts. Seinen Mafia-Kumpanen war es erfreulich gleichgültig, ob er mit Männlein oder Weiblein durch die Betten tollte, und falls diese Gleichgültigkeit nur gespielt war, weil sie alle eine Scheiß-Angst vor ihm hatten, dann war es George nur Recht. Doch heute erwischten ihn diese bedeutungslosen Sticheleien irgendwie auf dem falschen Fuß.

„Ja, das war Sinclair Stevenson. Mein neuer Buchhalter. Der Mann, vor dem sich alle vor Angst fast in die Hosen scheißen, weil er in der Lage ist, jede ihre kleinen Betrügereien auffliegen zu lassen.“ Er warf einen warnenden Blick in die Runde, den jeder begriff.

Einige murmelten: „Man wird doch wohl noch fragen dürfen“, oder: „Sorry, Doc“, und schenkten ihre Aufmerksamkeit Jacques und Thomas, die die Gäste nach ihren Wünschen fragten und reichlich einschenkten.

Nur Albright konnte sich eine letzte Bemerkung natürlich nicht verkneifen. „Mit dem hast du dir ja eine richtige kleine Nutte angelacht, Walker“, bemerkte er so betont beiläufig, dass jeder hören konnte, wie verächtlich es eigentlich gemeint war. „Hat dich bestimmt schon ’ne schöne Stange Geld gekostet. Aber wenn er so gut bläst, wie er rechnet …“ Albright zuckte mit weltmännischer Offenheit die Schultern.

George lächelte. „Er hat mich weit weniger gekostet als die Nutte, die du dir in diesem Appartement in Chelsea hältst. Und er bläst mit Sicherheit besser als sie. Wie geht es übrigens deiner Frau?“, erwiderte er ruhig, während sein Lächeln für einen Moment lang eisig wurde, bevor es sich wieder erwärmte und er sich seinen anderen Gästen zuwandte. „Jacques, Thomas – den guten Whisky für meine Freunde. Den wirklich guten!“

Insgeheim atmete George tief durch. Seinen Mafia-Kumpanen war sein Sexualleben gleichgültig, solange sie Angst vor ihm hatten und er erfolgreich war. Genauso lange und keine Sekunde länger. Aber diesen Albright würde er ab sofort etwas genauer im Auge behalten müssen. Dabei hatte George keine Ahnung, warum diesen Kerl plötzlich der Hafer stach. Bislang hatte es noch nie Probleme mit ihm gegeben. Jahrelang gebot er nun schon – unter Georges Kommando – über den Bezirk Southwark, wobei er immer gute Arbeit geleistet hatte. Aber schon am Wahlabend, als es so ausgesehen hatte, als wären George die Zügel entglitten, hatte Albright einen ersten Pfeil gegen ihn abgeschossen. Heute Abend war es nun schon der zweite gewesen. Wie sagte man doch gleich? Am ersten Treffer hat der Gegner Schuld – am zweiten Treffer man selbst. George knirschte mit den Zähnen. Er wollte verdammt sein, wenn er zulassen würde, dass es auch noch zu einem dritten Treffer kommen würde.

Die glühenden Zigarettenenden der verschiedenen Leibwächter seiner Gäste, die vor den Fenstern patrouillierten, glommen durch die Nacht wie bekiffte Glühwürmchen.

Bei diesem Anblick kam George Sinclair wieder in den Sinn. Doch immer noch tranken und redeten die anderen und wollten mit ihm das weitere Vorgehen besprechen und Pläne schmieden.

Irgendwann gelang es George, sich ein wenig aus der Gruppe zurückzuziehen und ein paar geflüsterte Sätze mit Phil zu wechseln. „Geh bitte kurz nach oben zu Sinclair und sag ihm, es ist nicht seine Schuld und er soll endlich zu Bett gehen“, raunte er seinem Freund zu, dessen Augenbrauen sich überrascht hoben.

„Warum soll ich? Mach das gefälligst selbst“, gab Phil indigniert zurück.

Georges Blick wurde fast flehentlich. „Das kann ich nicht.“

„Meine Güte, die fünf Minuten! Tu eben so, als ob du auf die Toilette …“

„Phil.“ George unterbrach ihn leise, aber drängend. „Es würde nicht bei fünf Minuten bleiben.“

„Er wird doch sowieso schon schlafen“, wandte Phil starrsinnig ein.

George schnaufte leise. „Nein, wird er nicht. So wie ich ihn kenne, läuft er oben gerade auf und ab wie ein Tiger im

Käfig und ergeht sich in Selbstzerfleischung, weil er wahrscheinlich der Meinung ist, er hätte mich vor meinen Gästen kompromittiert oder irgendein anderer Schwachsinn."

Phil schüttelte sachte den Kopf. „Bist du dir sicher?"

„Ziemlich", antwortete George mit einem schwachen Seufzen. „Er genießt es geradezu, sich Sorgen zu machen."

„Wenn du meine Meinung dazu hören willst …", fing Phil an.

„Nein, will ich nicht.

„… dann habt ihr alle beide einen Knall", schloss Phil ungerührt und verließ den Raum so auffällig-unauffällig, als ob er die Toilette aufsuchen wollte und nicht, um *postillon d'amour* für seinen Freund und Boss zu spielen.

~~~

Je näher Phil dem Wohnzimmer im oberen Stockwerk kam, desto klarer wurde es, dass George Recht behalten hatte. Sinclair schlief nicht.

Aus dem CD-Player plärrte die Arie einer Oper. Phil war zwar kein Kunstbanause, aber im Gegensatz zu George zog er das Theater der Oper vor und erkannte weder die Arie noch die Oper selbst. Mit einem ergebenen Seufzen öffnete er die Tür und fand Sinclair auf dem Sofa liegend vor. Hier zumindest hatten Georges hellseherische Fähigkeiten versagt. Sinclairs Finger allerdings, die er unter seinem Kinn zusammengelegt hatte, zuckten beim Klang jeden einzelnen Tones, der durch die Luft schwang, nervös gegeneinander und legten so Zeugnis von seinem Seelenleben ab, das George wiederum sehr treffend vorhergesagt hatte. Die sich blähenden Nasenlöcher waren das einzige Anzeichen dafür, dass Sinclair wusste, dass er nicht mehr alleine war.
~~~

Sein Blick hing unverwandt an einem imaginären Punkt kurz unterhalb der Zimmerdecke.

„George schickt mich …“, fing Phil an und wurde auch schon unterbrochen.

„Ich hatte eigentlich geglaubt, er würde selbst kommen“, bemerkte Sinclair in einem eigenartig beherrschten, aber entmutigten Tonfall.

Phil machte eine vage Handbewegung. „Na ja, das hätte er ja auch getan, aber er kann da unten gerade nicht weg.“

„Gut“, sagte Sinclair und schwang dann abrupt seine Beine vom Sofa und stellte sie mit einer gewissen Entschlossenheit auf den Boden. „Dann packe ich jetzt am besten meine Sachen. Viel ist es ja nicht. Es wird also nicht lange dauern. Wäre es möglich, dass mich Bridges fährt? Nein, wahrscheinlich nicht. Ich … kann auch ein Taxi nehmen, das ich nicht bezahlen kann. Ob George …? Nein, ich kann genauso gut auch laufen. Ich …“

„Taxi?“, rief Phil entgeistert. „Koffer packen? Wovon zur Hölle redest du?!“

„Ich rede davon, zu gehen“, antwortete Sinclair gefasst.

„Aber warum denn nur?“, fragte Phil verständnislos.

„George hat Sie doch geschickt, um mich rauszuwerfen, und ich …“

„Kein Mensch wirft dich hier aus! Am allerwenigsten George!“, sagte Phil mit einem halben Lachen. „Wie kommst du nur auf so eine verrückte Idee?“

Sinclair schluckte und saß dann einen Moment mit leicht geöffnetem Mund einfach nur da und starrte Phil an. „Er wirft mich nicht raus?“, fragte er schließlich heiser.

„Nein, natürlich nicht“, versicherte Phil und schüttelte den Kopf ob so viel unnötigen Dramas. „Warum sollte er?“

Sinclair sah ihn mit großen Augen an. „Wegen … weil …“, stammelte er. „Wegen vorhin. Wegen …“ Er wies mit verächtlicher Verzweiflung, die auf Phil äußerst komisch und erheiternd wirkte, auf die große schwarze Hornbrille, die auf dem Couchtisch lag.

„Ach das“, erwiderte Phil wegwerfend. „Das war noch gar nichts. Da haben die anderen Bosse schon Schlimmeres gesehen.“

„Aber doch nicht hier. Nicht bei George!“, gab Sinclair entrüstet zurück.

„Oh doch!“ Phil kicherte bei der Erinnerung. „Er hatte für ein paar Wochen so einen Tänzer, der platzte einfach splitterfasernackt in eine Versammlung und wollte von George wissen, wo er den pinkfarbenen Vibrator versteckt hat. Ein anderer hat sich von einem der Chauffeure vögeln lassen. Das hat Ärger gegeben, als dessen Boss aufbrechen wollte und sein Chauffeur nicht aufzufinden war. Und als sie die beiden dann gefunden haben …“ Phil zuckte mit den Schultern.

Sinclairs Brauen hatten sich immer mehr zusammengezogen, je länger Phil gesprochen hatte. Oho, war der Bengel etwa eifersüchtig? Sicherheitshalber – und weil er wirklich niemanden verärgern wollte – behielt Phil daher die Episode mit dem Kerl, der so besoffen und bekifft gewesen war, dass er auf einer Party allen weiblichen Gästen gewisse orale Freuden versprochen hatte, lieber für sich.

„Warum hat George Sie dann zu mir geschickt?“, wollte Sinclair wissen.

„Oh, ja …“ Phil rieb sich etwas verlegen über seinen fleischigen Nacken. „Er hat mich geschickt, damit du dir keine Sorgen machst.“

„Er ist mir nicht böse?“, hakte Sinclair skeptisch nach.

„Nein, er ist dir wegen deines Auftritts nicht böse. Eher im Gegenteil. Was hätte das eigentlich werden sollen?“

Ein wenig versonnen betrachtete Sinclair die Brille auf dem Couchtisch. „Rollenspiel. Hat mir noch nie wirklich … Aber ich dachte, vielleicht gefällt es George.“ Er seufzte leise.

„Rollenspiel.“ Phil nickte. „Hätte das Stück auch einen Titel gehabt?“

Wieder seufzte Sinclair und fuhr sich mit beiden Händen durch die Haare. „Liederlicher Sekretär und strenger Chef.“

Phil musste sich ein Grinsen verkneifen. „Liederlicher Sekretär? Hätte ihm gefallen.“ Beide Männer schwiegen einen Moment, dann fuhr Phil fort: „Er hat gesagt, du sollst schlafen gehen. Es wird wahrscheinlich ziemlich spät, bis er die ganze Bande wieder los ist.“

„Mmh“, machte Sinclair nur und schwang seine Beine wieder auf das Sofa, legte die Fingerspitzen unter seinem Kinn aneinander und lag wieder genauso da, wie Phil ihn vorgefunden hatte.

Phil verdrehte die Augen und wollte schon wieder gehen, als er sich doch anders besann und sich noch einmal zu Sinclair umdrehte, der mit einem etwas verlorenen Gesichtsausdruck erneut diesen imaginären Punkt knapp unterhalb der Zimmerdecke fixierte.

„Sinclair?“, fragte Phil behutsam.

„Hmm?“, machte Sinclair ohne ihn anzusehen oder seine Haltung zu verändern.

„George … er …“, druckste Phil herum, bevor er sich ein Herz fasste. „Behandelt er dich gut?“

Sinclair blinzelte mehrmals schnell hintereinander und drehte dann seinen Kopf, um Phil ansehen zu können. „Ich fürchte, ich verstehe die Frage nicht“, sagte er mit einem Hauch dieser aristokratischen Allüren, die er manches Mal an den Tag legte.

„Ich will wissen, ob George dich gut behandelt“, wiederholte Phil mit mehr Überzeugung.

Ein zweifelndes Lachen kräuselte Sinclairs Lippen. „Das ist jetzt nicht Ihr Ernst, Phil. Sie wollen wissen, ob er mich *schlägt?*“ Das Lachen in seinen Augen vertiefte sich, wurde frecher und gleichzeitig glücklicher. „Oh ja, das tut er.“

Phil stöhnte und fuhr sich mit einer Hand über die Augen. „*Das* wollte ich nicht wissen. Ich weiß so ungefähr, welche Vorlieben George hat. Auf Details kann ich verzichten.“ Er presste seine Lippen aufeinander und musterte Sinclairs amüsiertes Gesicht. „Abgesehen davon! Ich wollte wissen, ob er dich – abgesehen davon – anständig behandelt.“

Von einer Sekunde auf die andere wechselte Sinclairs Gesichtsausdruck. „Warum?“, fragte er wachsam und ein wenig misstrauisch.

Phil fühlte sich durch diesen raschen Wandel stark an einen Straßenköter erinnert, der einmal zu oft mit dem Versprechen auf Futter angelockt worden, darauf hereingefallen und einmal zu oft getreten und geschlagen worden war. *Was hat man dir in deinem bisherigen Leben nur angetan?*, dachte Phil und sein Entschluss, das zu sagen, was er hatte sagen wollen, festigte sich bei diesem Gedanken.

„Weil ich will, dass du weißt …“ Phil zog eine Visitenkarte aus seiner Brusttasche, ging zu Sinclair hinüber und reichte sie ihm. „Meine Karte. Alle meine Telefonnummern. Meine Adresse. Ich werde meiner Frau Susan Bescheid sagen. Du kannst dich also auch an sie wenden, sollte ich aus irgendwelchen Gründen nicht erreichbar sein.“

Unsicher starrte Sinclair auf die Karte in seiner Hand. „Für mich?“ Sein Blick richtete sich fragend auf Phil.

„Ja. Für dich. Du sollst wissen, du kannst dich jederzeit an mich wenden. Du kannst immer zu mir kommen, falls … falls George … falls du aus irgendeinem Grund nicht mehr hierbleiben willst.“ Phil nickte zur Bekräftigung. „Egal, worum es sich handelt, du kannst dich auf mich verlassen.“

Sinclairs Augen weiteten sich. „Sie würden mir helfen? Gegen George? Gegen … Ihren Freund?“, fragte er ungläubig. „Warum?“

„Aus mehreren Gründen.“ Phil erwiderte Sinclairs Blick ernst und die nächsten Worte kosteten ihn weniger Überwindung, als er gedacht hatte. „Du bist ein anständiger Kerl, Sinclair. Du arbeitest hart und du hast dich immer loyal verhalten. Du hast es deshalb verdient, dass er dich im Gegenzug auch anständig behandelt. Nur weil du jetzt gerade von ihm abhängig bist, bedeutet das nicht, dass du dir von ihm auch alles gefallen lassen musst. Und deshalb würde ich dir auch gegen George beistehen. Wenn also irgendetwas ist, kannst du dich an mich wenden. Das ist der eine Punkt. Der andere Punkt ist der, dass, egal, was George auch verbrochen haben mag oder noch verbrechen wird, ich nicht zulassen werde, dass irgendetwas davon vor Gericht kommt. Wenn du Hilfe brauchst, Sinclair, dann werde ich dir helfen – auch gegen George –, aber ich werde zu verhindern wissen, dass du ihn vor Gericht zerrst.“

Sinclair senkte seinen Blick zutiefst nachdenklich auf die Visitenkarte, dann sagte er leise: „Phil?“

„Ja?“

„Sie versuchen tatsächlich, ein guter Mensch zu sein.“

„Was ist daran so verwunderlich? Versucht das nicht jeder?“

Sinclair zuckte mit den Achseln. „Ich wundere mich nur. Wie ist ein Mensch mit derart moralischen Grundsätzen bei der Mafia gelandet?“

Phil lächelte schwach. „Hätte ich eine andere berufliche Laufbahn eingeschlagen, dann würde ich mit meiner Ausbildung, meinen Kenntnissen und Fähigkeiten so ziemlich das Gleiche tun, was ich jetzt auch tue: die Steuer betrügen, Gesetze umgehen, Leute bestechen, Politiker kaufen, Bilanzen frisieren. Ich würde es wahrscheinlich nur für einen großen Industriekonzern tun." Auch Phil zuckte jetzt mit den Schultern. „Es hat sich einfach so ergeben."

~~~

Bereits seit einem knappen halben Jahr verdingten sich George und Phil nun schon als Drogenkuriere für die Mafia. Dank Georges Gewitztheit und Phils Umsicht – die George auch manchmal als Ängstlichkeit titulierte, um Phil zu necken – waren sie noch nicht ein einziges Mal von der Polizei aufgegriffen worden. Mittlerweile hatte George eine Art sechsten Sinn für brenzlige Situationen entwickelt und einmal waren sie tatsächlich nur Dank Georges Gefühl, „dass da was faul ist", einer Gefangennahme entgangen.

Nach dem, was George von ihrem Kontaktmann – dem Kerl mit den schicken Schuhen und der teuren Uhr, der George angeworben hatte – erfahren hatte, hatten sie sich bewährt. Nun wurde ihnen angeboten, in das wesentlich lukrativere, aber auch riskantere Geschäft der Schutzgelderpressung einzusteigen.

George hatte Phil schon auf dem ganzen Campus gesucht, um ihm die Neuigkeiten mitzuteilen, und hatte ihn schließlich mit seiner Freundin Susan knutschend in einer Ecke des Professoren-Parkplatzes gefunden.

„Hey!", rief er laut und beobachtete grinsend, wie die beiden erschreckt auseinander fuhren. „Nehmt euch ein Zimmer, das kann man ja nicht mit ansehen."

Susan brach bei seinem Anblick in fröhliches Gelächter aus und fuhr sich mit einer Hand durch die halblangen blonden Haare. An ihrem Ringfinger blitzte seit kurzer Zeit ein Verlobungsring von derart schlichter Eleganz, dass das völlige Understatement sicher ein kleines Vermögen gekostet hatte.

„Ich hoffe, du hast einen guten Grund für diese Störung", knurrte Phil übellaunig. „Und lass den Quatsch von wegen ein Zimmer nehmen!"
~~~

Susan knuffte ihren Verlobten in die Seite. „Jetzt lass es nicht an George aus", mahnte sie. „Er kann nichts dafür, dass wir uns noch keine Wohnung leisten können." Phil grummelte noch ein wenig, entspannte sich aber merklich, als Susan ihm einen dicken Schmatz auf die Wange gab. „Ist doch auch nicht schlimm. Warten wir eben noch ein bisschen länger mit dem Zusammenziehen."

„Ist sie nicht einfach wunderbar?" Phil wandte sich an George.

George lachte. „Ja, das ist sie, ohne Zweifel. Du würdest mich auch ganz schön in die Mangel nehmen, wenn ich etwas anderes behaupten würde. Aber mal Spaß beiseite, es könnte sein, dass ihr gar nicht mehr so lange warten müsst."

„Wie meinst du das?", fragte Phil vorsichtig.

„Wir klettern endlich eine Stufe nach oben!", verkündete George gedämpft, aber mit kaum verhohlener Begeisterung.

„Und was heißt das?", wollte Susan wissen.

„Schutzgeld", antwortete George so lässig wie möglich, doch es war ihm anzusehen, dass er vor Aufregung fast vibrierte. Im Gegensatz zu Simon, vor dem er es noch geheim hielt, weil er sich aus unerfindlichen Gründen noch nicht getraut hatte, es ihm zu sagen, wusste Susan Bescheid und hatte Phils Erklärungen mit einem gewissen Pragmatismus zur Kenntnis genommen.

Phil legte seine Stirn in Falten. „Ich weiß nicht so recht ..."

„Ach, komm, jetzt mach hier nicht einen auf moralisch!", beschwerte sich George. „Immer tust du so furchtbar anständig! Dabei bist du es gar nicht. Ich habe neulich genau mitbekommen, wie du dem Hausmeister erklärt hast, wie er die Steuer bescheißen kann."

„Das ist ja auch ein bisschen was anderes! Dabei kommt wenigstens niemand zu Schaden."

George hob eine Augenbraue. „Muss es hier auch nicht", entgegnete er gedehnt. „Wenn die Leutchen brav zahlen, passiert überhaupt nichts."

Phil seufzte. „Du weißt, dass das nicht wirklich mein Ding ist."

Die ganze Mafia-Sache war von Anfang an nicht so ganz sein Ding gewesen. Doch Georges Begeisterung war immer schon anste-

ckend gewesen und seit dem Sandkasten hatte es kaum einmal eine Gelegenheit gegeben, bei der Phil sich den Plänen seines besten Freundes erfolgreich widersetzt hätte. Daher hatte er auch – ohne großes Zögern – dem Kurier-Job zugestimmt. Ein zusätzlicher Anreiz war natürlich der Verlobungsring für seine Susan gewesen, aber auch ohne dieses Incentive hätte er sich wohl darauf eingelassen – und das, obwohl er sich bislang immer für einen anständigen Menschen gehalten hatte. Umso mehr hatte es ihn erstaunt, dass er einen großen Teil seiner Fähigkeiten bei diesen illegalen Unternehmungen einsetzen konnte und dass es irgendwie Spaß machte, der Obrigkeit ein ums andere Mal ein Schnippchen zu schlagen. Jede neue Lieferung bot eine neue Herausforderung an sein Organisationstalent und seine Intelligenz.

Außerdem war es so ziemlich das Aufregendste, was ihm in seinem bisherigen Leben passiert war. Für einen jungen Mann wie ihn, dessen Haaransatz jetzt schon zurückwich, der eine Brille brauchte und etliche Pfunde zu viel auf den Rippen hatte … für einen solchen Mann, der nun wirklich nicht wie der Inbegriff eines Draufgängers aussah, war die Spannung, die sein Nebenerwerb mit sich brachte, eine nicht zu unterschätzende Verlockung.

Für George war es das Geld und wohl auch ein wenig die Macht, die ihm ihre Tätigkeit verlieh, warum er so scharf darauf war.

Phil wusste, dass er selbst – hatte er sein Studium erst einmal beendet – freie Auswahl auf einen sehr gut bezahlten Job in der Industrie haben würde. Er würde zu Geld kommen. Früher oder später. Auch George würde als Arzt einmal ein hübsches Einkommen haben, doch anders als Phil wollte George offensichtlich nicht warten. George war schon immer so gewesen. Er wollte immer alles und zwar gestern. Er wollte seine Kraft als Rugby-Spieler unter Beweis stellen und wollte als Arzt mit seiner Intelligenz und seinen feinmotorischen Fähigkeiten glänzen. Phil begriff zwar nie, wie George seine gesunden Finger, die er für seinen Beruf einmal brauchen würde, jede Woche beim Rugby aufs Spiel setzen konnte, aber George wollte diesbezüglich einfach keine Vernunft annehmen. Vermutlich waren es gerade die Gefahr und der Nervenkitzel, die George an diesem Risiko reizten, dem er sich allwöchentlich bei den Spielen und beim Training ganz bewusst aussetzte.

Als Heiler hatte Phil seinen Freund ohnehin nie gesehen … er sich selbst wahrscheinlich auch nicht. Ihn faszinierte der menschliche Körper. Aber es war auch eine gewisse morbide Faszination. Ihm machte es überhaupt nichts aus, Leichen zu sezieren; und wo sich andere Studenten schon zwei Mal übergeben hatten, überlegte er sich noch, ob er Salami oder Schinken auf seine Pizza haben wollte.

Ganz begriffen hatte Phil seinen Freund auf diese Art nie. Aber dazu waren Freunde ja auch nicht da. So kopflos und blindwütig George manchmal reagierte, so methodisch und überlegt und vernünftig konnte er im nächsten Moment sein und Phil mit seiner Weitsicht und seinem Gespür für Menschen überraschen. Ein Gespür, das ihn meist nur bei der Wahl seiner jeweiligen Matratzensport-Partner im Stich ließ.

Mit seinem derzeitigen Freund Simon schien es allerdings sehr gut zu laufen.

„Och, Phil …" George verlegte sich aufs Betteln. „Bitte komm doch mit. Die schicken immer nur Zweier-Teams raus und wenn du nicht mitmachst, dann stecken die mich bestimmt mit so einem langweiligen Weichei zusammen, das kotzen muss, wenn es ein bisschen Blut sieht."

An dieser Stelle mischte sich unverhofft Susan in das Gespräch. „Junge, Junge", kommentierte sie kopfschüttelnd. „Ich wusste ja schon immer, dass Mediziner irgendwie einen an der Klatsche haben, aber das … das ist sogar für dich ein bisschen schräg."

„Georgie-Boy hat beim Rugby schon genügend Nasenbeine gebrochen", erläuterte Phil. „Dem macht das nichts mehr aus."

„Und das Gute an Ärzten ist, dass sie nicht einmal so weit gehen müssen, um Schmerzen zuzufügen", trumpfte George auf. „Ich weiß genau, wo ich hin fassen muss, um …"

„Gott, seid ihr eklig!", rief Susan aus und grinste schief.

George erwiderte das Grinsen und zeigte dabei alle seine Zähne, dann wandte er sich an Phil: „Also, was ist jetzt? Bist du dabei?"

„Besser mit dem langweiligen Weichei, das man schon kennt, ein Team bilden, als mit einem fremden Weichei zusammenarbeiten zu müssen, was?", gab Phil leicht beleidigt zurück.

„Ist der eigentlich immer so eine Mimose?", fragte George Susan mit einem Kopfnicken in Phils Richtung. Susan kicherte und schüttelte den Kopf. George zwinkerte ihr zu. „Ich sag's ja. Frauen verderben die besten Männer ..."

„Gar nicht wahr!", rief sie lachend und schlug George gegen die Schulter.

„Au! Au!", jammerte George übertrieben laut und rieb sich mit gespielt schmerzverzerrtem Gesicht über die Schulter.

„Blödmann", murmelte Susan mit einem Lächeln und drehte sich dann zu ihrem Verlobten um. „Mach es."

„Wie bitte?", fragte Phil perplex zurück.

„Mach es", wiederholte Susan mit einem entschlossenen Lächeln. „Wir wissen alle drei, dass du George das nicht alleine machen lassen wirst. Falls ihm nämlich etwas passieren würde, würdest du dir ewig Vorwürfe machen."

„Das stimmt doch gar ..." wandte Phil ein, wurde aber sofort wieder von Susan unterbrochen.

„Und ob! Ich kann dich schon hören: Wenn ich dabei gewesen wäre, um auf ihn aufzupassen, dann wäre das alles nicht passiert", jammerte sie mit verstellter Stimme.

George nickte. „Gut getroffen."

Phil warf seinem Freund einen wütenden Blick zu, sagte aber nichts.

„Hey, Phil, sie hat Recht. Du bist der Einzige, der mit meinem Temperament klarkommt und mich bremsen kann, wenn es darauf ankommt. Ohne dich wäre ich schon tausendmal ganz tief in der Scheiße gesessen."

„Seit ich euch beide kenne, habt ihr immer alles gemeinsam gemacht", bestätigte Susan. „Von dem Schwimmverein und dem

Boxclub habt ihr mir zwar nur erzählt, aber erinnere mich nicht daran, wie es war, als George sich in den Kopf gesetzt hatte, Fechten zu lernen, und ich bin verdammt froh, dass es mir gelungen ist, dir wenigstens das Rugby auszureden." Sie holte tief Luft. „Also erspar uns allen dieses Geplänkel und mach es einfach. Du würdest es nie übers Herz bringen, George alleine losziehen zu lassen."

„Genau", stimmte George mit Dackelblick in Susans Vortrag ein. „Ich brauche jemanden, der auf mich aufpasst. Tante Phil, du kannst mich nicht im Stich lassen!"

„Okay!" Phil gab sich geschlagen. „Okay, okay." Er seufzte. „Ist ja gut. Ich komme mit."

„Klasse, Philly!" George schlug seinem Freund herzhaft auf die Schulter. „Ich wusste, dass ich mich auf dich verlassen kann. Das wird super!"

„Ja, ganz toll", stöhnte Phil und rieb sich die Schulter, die nach diesem Schlag – im Gegensatz zu Georges Schulter nach Susans Hieb – tatsächlich etwas schmerzte. „Aber eines sage ich dir: Wir gehen da mit Köpfchen ran. Nicht wie diese dämlichen Schläger, die man sonst auf der Straße sieht!"

George strahlte. „Siehst du, Susan, ich wusste es: Phil ist der Richtige für diesen Job. Du wirst schon sehen, wir werden noch ganz große Nummern in dem Geschäft!"

„Sicher", meinte Susan trocken.

~~~

Erst weit nach Mitternacht löste sich die Versammlung in Georges Haus auf und er stieg mit langsamen, müden Schritten die Treppe zum oberen Stockwerk empor. Er fühlte sich ausgelaugt und dachte nur noch an eine heiße Dusche und an ein weiches Bett. Ein wenig bedauerte er es, dass er Sinclair schlafen geschickt hatte. Auch wenn ihm der Sinn nicht nach wildem Sex stand, so hätte er einen warmen Körper in seiner Nähe durchaus begrüßt. Als er
~~~

den Flur entlang ging, bemerkte er, dass im Wohnzimmer noch Licht brannte. Er schob die nur angelehnte Tür ein wenig auf, um das Licht zu löschen, und sah, dass Sinclair sich seinem Wunsch widersetzt hatte. Wie üblich.

Anstatt in seinem eigenen, bequemen Bett zu liegen, wie George es ihm hatte ausrichten lassen, war er auf dem Sofa eingeschlafen. George seufzte. Dann trat er näher, ließ sich auf der Kante des Couchtisches nieder und sah eine kleine Weile zu, wie sich Sinclairs Brustkorb hob und senkte, wie sein Atem die leicht geöffneten, vollen Lippen verließ und wieder eingesogen wurde. Er betrachtete die vom Schlaf rosigen Wangen und den unnatürlichen Winkel von Rücken und Hals. Warum hörte Sinclair nie auf ihn? Morgen würde er garantiert über Nackenschmerzen klagen. Geschähe ihm ganz recht! Sachte rüttelte er an Sinclairs Schulter.

„Mmh", brummte Sinclair und schlief weiter.

George rüttelte ein wenig stärker und endlich hatte er Erfolg. Sinclairs Augenlider bebten, seine dunklen Wimpern flatterten und er schlug halbherzig die Augen auf.

„George …" Es war mehr ein Seufzen als ein Wort, begleitet von einem sorglosen, glücklichen Lächeln. Dann setzte das Begreifen ein und im nächsten Moment hatte George das Gefühl, als ob sich ein leichter, fast unsichtbarer Schleier über Sinclairs Lächeln gelegt hatte.

Obwohl sein Gesichtsausdruck gleich geblieben war, spürte George doch eine Veränderung. Vielleicht schlug ihm aber auch nur seine eigene Müdigkeit ein Schnippchen. Er nahm die Brille vom Couchtisch und hob in spöttischer Manier die Augenbrauen. „Liederlicher Sekretär?"

„Eine bescheuerte Idee", gab Sinclair mit rosig überhauchten Wangen zu und rieb sich mit einer Hand über das Gesicht, um ein wenig wacher zu werden.

„Ein brillante Idee“, widersprach George. „Für ein anderes Mal. Woher hast du nur diese Brille?“

Sinclair gähnte herzhaft. „Thomas.“

George nickte. „Fensterglas?“, fragte er und tippte gegen die Gläser.

„Ja“, bestätigte Sinclair, setzte sich auf und rieb sich die Augen. Mit einer Grimasse bewegte er seinen Kopf hin und her.

„Würdest du öfter tun, was ich dir sage, dann hättest du jetzt keine Nackenschmerzen“, stellte George fest. „Und jetzt komm. Hoch mit dir.“ Er stand auf und reichte Sinclair seine Hand, der sie ergriff und dann etwas schneller als gedacht sehr nah vor ihm stand und mit halbgesenkten Augenlidern auf ihn herabsah. Georges Pulsschlag beschleunigte sich ein wenig und er spürte die Wärme, die von dem anderen Körper ausging, noch durch seine Kleidung hindurch. Sinclairs Nase war plötzlich in seinem Haar und seine Lippen knabberten an seinem Ohr. Doch dann unterbrach ein Gähnen seine weiteren Liebkosungen. „Okay, Schluss damit“, sagte George und musste ein Grinsen unterdrücken. „Komm mit.“

„Wohin?“, fragte Sinclair, ließ sich jedoch ungewohnt fügsam von George an die Hand nehmen und den Gang entlang führen.

„In mein Schlafzimmer. Höchste Zeit, dass wir beide ins Bett kommen.“

Sinclair presste seinen Kiefer fest zusammen. Noch einmal wollte er nicht vor George gähnen. Er wollte sich offensichtlich noch mit ihm vergnügen, da durfte er nicht schlappmachen, auch wenn es schwerfiel. Gott, wenn er doch nur nicht so verdammt müde wäre! Vor seiner Schlafzimmertür blieb George stehen.

Sinclair sah ihn fragend an. „Was jetzt?“

„Jetzt gehe und hole deinen Schlafanzug, damit wir endlich ins Bett kommen“, erwiderte George gutmütig.

Sinclair hatte das sichere Gefühl, nicht richtig verstanden zu haben. „Meinen … Schlafanzug?“, fragte er deshalb langsam nach.

„Ja“, bestätigte George mit einem nachsichtigen Lächeln. „Du bist doch sonst nicht so schwer von Begriff.“

Dunkle Augenbrauen zogen sich verständnislos zusammen. Nachdenken war schrecklich schwer, besonders, wenn man so verdammt müde war. „Du willst wirklich nur mit mir … schlafen und nicht …? Wirklich nur … *schlafen*?“

„Ja. Aber wenn das hier noch länger dauert, überlege ich es mir nochmal“, bemerkte George trocken und gab Sinclair einen Klaps auf den Hintern.

Immer noch sichtlich verwirrt entledigte sich Sinclair in seinem eigenen Zimmer seiner Kleidung und schlüpfte in seinen Pyjama. Durch die Türen hörte er gedämpft, wie die Dusche in Georges Badezimmer angestellt und schon nach ganz kurzer Zeit wieder abgedreht wurde. Mit gerunzelter Stirn ging er zurück zu Georges Schlafzimmer. Was hatte George nur vor? Hatte dieser ihm nicht gleich zu Beginn deutlich zu verstehen gegeben, dass er in seinem Bett nur etwas verloren hatte, wenn Sex im Spiel war?

„Was ist das denn?“, fragte George, als er Sinclair im Türrahmen stehen sah.

„Mein Pyjama.“ Sinclair blickte verwirrt an sich hinunter. Ja, doch. Das waren seine Pyjamahosen und eines seiner alten T-Shirts, die er immer noch zum Schlafen trug. „Du hast doch gesagt, ich soll …“

„Warum trägst du immer noch dieses vergammelte Shirt? Ich bin mir ziemlich sicher, dass auf der Schneider-Rechnung auch Pyjama-Oberteile aufgelistet waren.“

„Ich mag sie nicht“, sagte Sinclair direkt und warf einen zwar schlaftrunkenen, aber nichtsdestotrotz vorwurfsvollen Blick auf Georges nackten Oberkörper. Auch George verzichtete offensichtlich auf ein Oberteil und trug sogar nur Boxershorts.

„Warum hast du das nicht gesagt?“

„Das habe ich. Dein Schneider hat sich nicht dafür interessiert.“

George seufzte und sagte dann ergeben: „Komm ins Bett.“

Kaum lagen sie beide im Bett und kaum hatte George das Licht gelöscht, da war Sinclair hellwach. Seine Müdigkeit war verschwunden und hatte ihn nun unruhig und ein wenig nervös zurückgelassen. Überempfindlich lauschte er auf jedes Geräusch, auf jede Bewegung, auf jedes Atmen von George. Er versuchte, sich zu entspannen. George wollte also tatsächlich nur schlafen. Eigentlich sollte das ein beruhigender Gedanke sein, doch das Gegenteil war der Fall, denn Sinclair begriff nicht, welche Absicht dahintersteckte. Er hatte noch nie mit jemandem einfach nur in einem Bett gelegen und geschlafen – er hatte keinerlei Erfahrung damit. War es in Ordnung, zu kuscheln? Oder wäre es besser, George den Rücken zuzudrehen? Nein, das war bestimmt unhöflich. Vielleicht sollte er fragen, ob er … Nein, das ging auch nicht. Wenn George gerade am Einschlafen war, dann sollte er ihn besser nicht mehr stören. Steif und ohne auch nur den kleinen Finger zu rühren, lag Sinclair auf dem Rücken und wagte kaum zu atmen.

Schließlich drehte sich George zu ihm, räusperte sich und sagte: „Das ist irgendwie ungewohnt.“

Insgeheim erleichtert atmete Sinclair aus. Laut sagte er jedoch: „Jetzt tu nicht so, als ob ich der Erste wäre, mit dem du auf diese Art das Bett geteilt hättest.“ *Im Gegensatz zu mir*, fügte er in Gedanken hinzu. Aus irgendeinem Grund schämte er sich allerdings, dies auch zuzugeben.

„Zumindest ist es schon einige Zeit her", gab George mit einem leisen, nachdenklichen Lachen zu.

Es tat ein wenig weh, das zu hören. Genauso, wie es ein wenig wehgetan hatte, Phil von anderen Männern sprechen zu hören. „Weder du noch ich sind die Ersten füreinander", erwiderte Sinclair daher etwas spröde und sehr bemüht, abgeklärt zu klingen.

„*Du* warst immerhin noch Jungfrau!", sagte George und legte seine Hand auf Sinclairs Bauch. Es war ein gutes Gefühl. Georges Hand verströmte Wärme und Sicherheit. „Und wenn nicht, dann habt ihr beide – du und Miss Thorndyke – mich ganz schön reingelegt."

Sinclair drehte sich nun auch zu George, dessen Hand zu seiner Hüfte glitt und dort liegen blieb. Sicher, fest … ein Anker in diesem dunklen Meer der Unsicherheit. „Du weißt, wie ich das meine!", beschwerte er sich in einem leichten, nicht ganz ernstgemeinten Tonfall. „Ich war zwar noch Jungfrau in diesem Sinne, aber ich war nicht unerfahren. Und du auch nicht. Und das ist auch gut so." Seine Stimme war zum Ende hin leiser geworden. Nachdenklicher. Ernster.

„Tatsächlich?", flüsterte George und streichelte mit seiner anderen Hand etwas unbeholfen über Sinclairs Haare.

„Ja. Ich bin sehr froh darüber", behauptete Sinclair. Er genoss Georges Berührungen, entspannte sich immer mehr und empfand die Dunkelheit nun nicht mehr als bedrückend, sondern als einen schützenden Mantel, der sie beide umgab. „Glaubst du ernsthaft, ich wäre einfach so über Nacht zum weltbesten Schwanzlutscher geworden?", fragte er scherzhaft. „Nein, mein Herr. Das erfordert jahrelange Praxis." Er schwieg einen Moment. Fragte sich, ob er die nächsten Worte, die ihm auf der Zunge lagen, wirklich äußern sollte, und entschied sich dann dafür. Es war vielleicht nicht sehr romantisch und vielleicht auch genau das Verkehrteste, was er jetzt sagen konnte, aber er wollte, dass George wusste, wie er darüber dachte, wie er empfand. Auch wenn es ihm immer wieder einen Stich versetzte, wenn er an Georges frühere Bekanntschaften dachte, so brachte die ganze Sache doch einen nicht zu leugnenden Vorteil mit sich. „Und ich bin auch verdammt froh, dass ich nicht *dein* Erster bin. Du hättest sonst nie diese Erfahrung, diese ganze Geschicklichkeit, diese Fähigkeit die ganze Klaviatur von Lust und Schmerz so meisterhaft zu beherrschen. Ich profitiere nun davon, dass es noch andere gab und du dich an ihnen ausprobieren und perfektionieren konntest." Er rutschte etwas näher an George heran und küsste, einem plötzlichen Impuls folgend, seine Narbe.

„Du bist der Erste", sagte George nach einer kleinen Weile mit rauer Stimme.

„Ja, klar doch", entgegnete Sinclair spöttisch und streichelte mit zwei Fingern gedankenverloren über Georges Narbe.

„Du bist der Erste, den ich das tun lasse", vertraute George der Dunkelheit an und drehte sich auf den Rücken.

„Was?", fragte Sinclair ein wenig verwirrt und stützte seinen Kopf auf seiner Hand auf.

„Meine Narbe", erklärte George. Sein raues Flüstern war kaum hörbar und drang doch durch die Dunkelheit hinweg mühelos an Sinclairs Ohr. „Du bist der Erste, den ich sie berühren lasse. Du bist der Erste, der nicht davon angeekelt, sondern fasziniert ist. Du bist der Erste, der sie tatsächlich berühren und küssen will, und du bist der Erste, dem ich das erlaube, und … bei dem ich das … genieße." Mit pochendem Herzen wartete er auf Sinclairs Erwiderung. Noch nie hatte er sich mit einer eigenen Schwäche so weit aus dem Fenster gelehnt. Noch nie sich so verletzlich gemacht. Sinclair schwieg noch immer. Warum sagte er nichts? Er plapperte doch sonst auch ständig! Warum schwieg er gerade jetzt?

„Du magst sie nicht“, erklang schließlich die sachliche Feststellung.

„Natürlich mag ich sie nicht!“, erwiderte George gereizt und ging in Abwehrstellung. Er wusste nicht, welche Reaktion er von Sinclair erwartete hatte, aber ganz sicher war es nicht das gewesen. „Sie ist hässlich. Sie ist entstellend.“

„So meinte ich es nicht“, versicherte Sinclair und fuhr dann zögernd fort: „Du … schämst dich dafür. Sie ist dir peinlich.“

„Natürlich ist sie mir peinlich!“, rief George ungehalten. „Sie ist der Beweis dafür, dass ich dumm und unaufmerksam und zu vertrauensselig und zu langsam war. Zu dumm, um zu merken, dass dieser Bastard irgendwas ausheckt. Zu vertrauensselig, um den Verrat zu wittern. Zu unaufmerksam, um darauf zu achten, was hinter meinem Rücken vor sich geht. Und zu langsam, um den Treffer zu vermeiden. Diese Narbe ist ein Zeichen meiner Schwäche. Ein Zeichen dafür, dass ich versagt habe.“ Die Erinnerung hinterließ wie jedes Mal einen gallebitteren Nachgeschmack in seinem Mund und in seinem Gemüt. Hätte er nur nicht davon angefangen!

„Das sehe ich nicht so“, widersprach ihm Sinclair mit dieser unerschütterlichen Ruhe, die er manchmal an den Tag legte und deren Quelle George ein ewiges Rätsel bleiben würde.

„Wie bitte?“, fragte er spitz zurück und wieder durchdrang Sinclairs tiefe und beruhigende Stimme die Dunkelheit. Ruhig und sachlich und voller Überzeugung.

„Sie ist ein Zeichen deiner Überlegenheit. Deiner Macht. Dieser Kerl hatte so große Angst vor dir, dass er seine einzige Chance darin gesehen hat, dir in den Rücken zu schießen. Und? Hat ihm das was genützt?", fragte Sinclair, sprach allerdings weiter, ohne eine Antwort abzuwarten. „Hat es nicht. Du hast mir selbst erzählt, dass du immer noch schnell und treffsicher genug warst, ihn mit einem einzigen Schuss zu erledigen. Obwohl du zu diesem Zeitpunkt schon eine Kugel im Körper hattest." Sinclair strich sanft über die zerstörte Haut an seiner Schulter. „Deshalb ist deine Narbe für mich ein Beweis deiner Stärke", erklärte er mit sanfter Bestimmtheit.

Im ersten Moment wusste George nicht, was er darauf erwidern sollte. Auch im zweiten Moment war er noch genauso ahnungslos. Erst als er sich sicher sein konnte, dass seine Stimme halbwegs normal klingen würde, flüsterte er leise: „So habe ich das noch nie gesehen. So hat das noch nie jemand vor dir gesehen." Er drehte seinen Kopf in Sinclairs Richtung, doch er konnte nur ganz vage dessen Umrisse in der Nacht ausmachen.

„Dann waren das vor mir alles Idioten", bemerkte Sinclair trocken. „Was mich allerdings dazu führt, ein wenig an deiner Intelligenz und an deiner Urteilsfähigkeit zu zweifeln. Zumindest was deinen Männergeschmack angeht." Er bettete seinen Kopf auf Georges Schulter und schmiegte sich an ihn. Wie von selbst legte sich Georges Arm um Sinclairs schmalen Rücken. Es fühlte sich so gut und richtig an, wie noch nie etwas zuvor in seinem Leben. Er blinzelte ein wenig zu angestrengt, um die überflüssige Feuchtigkeit in seinen Augen loszuwerden. Sicher war ihm nur etwas Staub hineingeraten.

„Meine Intelligenz ist mir dabei tatsächlich öfter in meine Hose gerutscht", versuchte George mit einem Scherz alle Emotionen, die gerade auf ihn einstürmten, zu überspielen.

„Wenigstens gibst du es zu", erwiderte Sinclair ungerührt und gähnte herzhaft. Sein Arm schlang sich besitzergreifend um Georges Körpermitte.

„Gute Nacht, Dornröschen“, sagte George mit zärtlichem Spott und drückte einen Kuss auf die wirren Locken an seiner Schulter. „Schlaf gut.“

„Du auch … mein edler Prinz“, murmelte Sinclair mit einem spitzbübischen Grinsen, das George auf seiner Brust spürte.

„Freches Stück“, murrte George leise, in einem Tonfall, in dem andere Menschen liebevolle Kosenamen äußerten.

Sinclair seufzte und drängte sich noch enger an George und plötzlich war es überhaupt nicht mehr ungewohnt, gemeinsam in einem Bett zu liegen und einfach nur … zu schlafen.

Zwei Tage später verbrannte Sinclair Phils Visitenkarte. Er wusste, er würde sie nie benötigen. Seit jenem Abend hatte er keine Nacht in seinem eigenen Zimmer verbracht und er hoffte, dass es so bleiben würde.

Teil 27

Richard Tremaines Ernennung zum *Special Commissioner of Bilateral Safety Coordination* war erst wenige Tage alt und die Spötteleien im Yard ebbten nur langsam ab. Immerhin klang dieser Titel zu gewichtig, um hinterfragt zu werden, obwohl ihn niemand verstand. Am allerwenigsten Richard selbst. Im Prinzip bedeutete es nichts anderes, als dass der Bürgermeister jederzeit über Richard verfügen konnte. Bereits vor seiner Ernennung war jedem – dank Richards häufigen Besuchen im *Gläsernen Hoden* – klar gewesen, dass er das Protegé des Bürgermeisters war. Immerhin war sein Status durch seinen neuen Titel nun offiziell und die anzüglichen – und nicht ganz ernst gemeinten – Unterstellungen hörten auf. An der Natur ihrer Treffen änderte seine Ernennung nichts. Sie tauschten ihre Vermutungen und Beobachtungen aus, manchmal tranken sie auch eine Tasse Tee miteinander. Ab und zu wurde Richard dazu abgestellt, die Sicherheitsaspekte größerer Veranstaltungen zu koordinieren. Eine Tätigkeit, die ihn vor ganz neue Herausforderungen stellte und die ihm wider Erwarten Spaß machte.

Am Tag von Desmonds Beförderung erhielt Richard allerdings einen merkwürdigen Anruf von Randolph Kingsley. Merkwürdig deshalb, weil der Bürgermeister nie mit ihm telefonierte – ihre Treffen wurden üblicherweise per Mail verabredet.

„Kingsley“, meldete sich der Bürgermeister knapp, als Richard das Gespräch angenommen hatte.

„Mister Kingsley?“, fragte Richard verwundert. „Was kann ich …“

„Ich wollte Ihnen lediglich einen guten Rat geben“, unterbrach ihn Randolph mit gepresster Stimme. Aber vielleicht lag das auch nur an der Leitung. Richard hatte ihn immerhin noch nie via Telefon sprechen hören. „In den nächsten Tagen wird Scotland Yard zum Teil neue Ausrüstungen erhalten. Die Mittel dafür wurden bewilligt." Richard hörte Randolph tief durchatmen. „Zu diesen Ausrüstungen gehören auch neuartige Schutzwesten. Sehen Sie zu, dass Sie eine davon erhalten."

„Ich verstehe nicht …" wandte Richard ein.

„Es sind nicht viele", fuhr Randolph fort. „Sie sollen zuerst nur testweise eingesetzt werden. Nach meinen Informationen handelt es sich derzeit um das beste Produkt auf dem Markt."

Nun fing Richard an, zu verstehen. „Sollte ich irgendetwas wissen?", fragte er mit harter Stimme.

„Passen Sie auf sich auf."

„Was …", setzte Richard an, doch Randolph hatte das Gespräch bereits beendet.

Richard starrte noch einige Zeit auf das Telefon in seiner Hand.

„Was zum …", murmelte er halblaut vor sich hin. Irgendetwas ging hier vor. Etwas Großes. Etwas Schmutziges. Erst Desmonds Beförderung, die niemand – aber auch wirklich niemand – begriff und die jeglicher Grundlage entbehrte, und jetzt dieser Anruf. *Passen Sie gut auf sich auf.*

Was – zur Hölle – sollte er davon halten?

~~~

Randolph legte auf und betrachtete mit angehaltenem Atem sein Telefon. Warum hatte er diesen Anruf bei Tremaine nur getätigt? Ganz bewusst atmete er tief ein und wieder aus. Er wusste, warum. Doc Walkers Drohung, ausgerechnet an Tremaine ein Exempel zu statuieren, hatte ihn tiefer erschüttert, als er das für möglich gehalten hätte. Meist vermied Randolph es, in sich hineinzuhorchen, doch
~~~

wenn er es genau jetzt, in diesem Augenblick, tat, fand er dort ein Interesse für einen gewissen Detective Inspector, das über dessen objektive Nützlichkeit hinausging. Dieses Interesse war bereits bei ihrer ersten Begegnung geweckt worden und hatte sich nun, da sie mehr oder weniger ständig zusammenarbeiteten, auf eine Art und Weise vertieft, mit der er nicht gerechnet hatte.

Die Kardinalsfrage, die sich ihm nun stellte, war folgende: Wollte er dieses Interesse weiter verfolgen oder wäre es für alle Beteiligten besser, wenn sich ihre Finger nie wieder – wie zufällig – beim Anreichen einer Tasse Tee oder eines Wasserglases berühren würden?

~~~

Dem Firmenschild an der Tür war zu entnehmen, dass es sich hier um das Büro einer Import- und Export-Firma handelte. Tatsächlich verbarg sich dahinter einer der zahlreichen Sitze der Mafia. In diesem Büro in Lambeth wurden die legalen Scheingeschäfte ebenso abgewickelt wie die illegalen Unternehmungen. Einen großen Anteil machten dabei der Verkauf und die Umverteilung von Drogen aus. Tatsächlich wurden, im Vergleich mit den anderen Londoner Niederlassungen, in Lambeth die größten Mengen umgesetzt, was hauptsächlich daran lag, dass sich die Schein-Firma auf Pharmazeutika spezialisiert hatte und so die illegalen Substanzen unbemerkt unter die legale Ware geschmuggelt werden konnten. Es war ein einträgliches und fast risikoloses Geschäft. Bis heute.

„Barbie, hör auf, mir etwas vorzulügen“, sagte George gefährlich leise.

Kenneth Abrahamowitsch, der Büro-Verantwortliche von Lambeth, hatte sich – ähnlich wie George – mit seinem Spitznamen arrangiert. Sein Nachname war etwas sperrig
~~~

und so war er schon früh immer nur Kenneth oder Ken genannt worden. Von *Ken* zu *Barbie* war es – da er seine blonden Haare immer schulterlang oder sogar noch länger trug – nur noch ein kleiner Schritt gewesen. Nun wurde er bereits so lange *Barbie* genannt, dass sein richtiger Name völlig in Vergessenheit geraten war. Kenneth nahm normalerweise die Position eines Chefs der unteren Hierarchie-Ebene ein, seit einiger Zeit fungierte er jedoch auch als Interims-Bezirkschef, denn das eigentliche Oberhaupt lag schon seit Wochen mit einem komplizierten Beinbruch in einer Spezialklinik, und so hatte George, auf Phils Anraten hin, Kenneth vorübergehend mit der Leitung betraut. Als einer der direkten Untergebenen des Bezirkschefs hatte er jahrelang gute Arbeit geleistet, doch jetzt war Sinclair bei der Überprüfung der Lieferscheine einem Betrug auf die Spur gekommen. Und daher saßen nun George und Phil in Kenneths Büro und konfrontierten ihn mit ihren Erkenntnissen.

„Mister Walker, ich versichere Ihnen …“, erwiderte Kenneth, brach jedoch mit einer hilflosen Geste ab.

„Barbie, meine Geduld ist am Ende“, drohte George kalt, schlug die Beine übereinander und legte seine Hände in den Schoss. Es war nicht notwendig, das Gesagte mit Gesten zu unterstreichen. Sein teurer Anzug, seine gelassene Haltung und seine ernste Miene sprachen Bände. „Wenn ich nicht gleich die aktuellen Lieferscheine und die dazugehörigen Unterlagen von euch auf dem Tisch habe …“

Zu Kenneths Glück ging in diesem Moment die Tür auf und einer seiner jungen Mitstreiter legte mit blassem Gesicht und Schweißperlen auf der Stirn zwei Aktenordner auf den kleinen Besprechungstisch. Dave und Naresh standen etwas abseits an den Fenstern und verströmten bei aller Unauffälligkeit dennoch eine unterschwellige Bedrohung. Kenneth schlug einen der Ordner auf und blätterte hastig darin herum. „Da!“, rief er erleichtert und sein Gesicht erhellte sich. „Hier sind die Frachtpapiere.“

George warf einen flüchtigen Blick darauf. „Ja, die Eintragungen decken sich mit meinen Unterlagen“, bemerkte er unbeeindruckt. „Was ich sehen will, sind die Wareneingangsbestätigungen.“

„Natürlich“, versicherte Kenneth, der nun wieder ruhiger und zuversichtlicher geworden war. „Die haben wir hier.“ Er griff sich den anderen Ordner und hatte nach kurzem Suchen das gewünschte Papier gefunden. „Hier. Bitte. Die Zahlen sind identisch.“

„Das kann nicht sein!“, rief Phil und nahm das Blatt an sich. Er studierte es, setzte seine Brille ab, putzte sie, setzte sie wieder auf und hielt sich das Blatt dicht vor die Nase. „Das ist doch manipuliert worden!“

„Nein, ist es nicht!“, begehrte Kenneth auf.

„Nichtsdestotrotz“, wandte George mit kalter Ruhe ein. „Es fehlen in den Abrechnungen die Erlöse für 30 Pakete Kokain. Und nach meinen Unterlagen ist das Koks genau hier bei euch verloren gegangen. Wie sieht das für dich aus, Barbie, hm?“

Kenneth ließ den Kopf hängen. „Als ob ich das Kokain abgezweigt, verkauft und das Geld in die eigene Tasche gesteckt hätte.“

„Genau so“, bestätigte George.

Kenneth blickte wieder auf und sah George direkt an. „Aber ich war es nicht!“

George saugte an der Innenseite seiner Wange. „Schön. Tun wir mal einen Moment lang so, als ob ich dir glauben würde. Welche Erklärung hast du dafür anzubieten, dass das Kokain nicht mehr in deinem Lager ist, sich der Gegenwert dafür aber auch nicht bei meinen Geldeingängen wiederfindet? Nun? Ich höre.“

Kenneth biss sich auf die Lippen und starrte George in ehrlicher Verwirrung an. „Ihre Zahlen müssen falsch sein", stieß er schließlich hervor. „*Ihre* Unterlagen müssen gefälscht sein."

An dieser Stelle mischte sich Phil ein. „Soll das heißen, du verdächtigst Mister Stevenson, die Zahlen manipuliert zu haben? Oder gar mich?"

George stoppte Phil, indem er eine Hand hob. „Nein. Das wollte er sicher nicht andeuten, oder, Barbie?" Kenneth verneinte dies unter heftigem Kopfschütteln. „Das dachte ich mir", erklärte George mit kalter Befriedigung. „Aber nehmen wir einmal an, dass es sich bei meinen Unterlagen tatsächlich um Manipulationen, um Fälschungen handelt. Und weder Mister Stanhope noch Mister Stevenson hätten etwas damit zu tun. Wer bleibt dann noch übrig?"

„Einer von uns", bestätigte Kenneth mit brennenden Augen und blassen Wangen. „Ich." Er schluckte. „Aber ich war es nicht", sagte er leise. „Da will mich irgendjemand reinlegen. Irgendwer will mir das in die Schuhe schieben!"

„Das ist doch …", brauste Phil auf, doch wieder stoppte ihn Georges Hand.

Georges Augenbrauen zogen sich nachdenklich zusammen. Dann stand er abrupt auf. „Ich glaube dir", sagte er knapp. „Phil? Wir gehen."

Phil warf seinem Freund einen bohrenden Blick zu, den dieser zwar bemerkte, aber ignorierte. Erst als sie auf dem Rücksitz hinter Dave und Naresh, der heute den Wagen lenkte, im Auto saßen, ließ er seiner Entrüstung freien Lauf. „Der verarscht dich doch!"

George starrte nachdenklich aus dem Fenster. „Nein. Das glaube ich nicht. Ich glaube, er sagt die Wahrheit. Er war es nicht. Vielleicht versucht jemand aus seiner Gruppe ihn zu linken. Das wäre noch eine Möglichkeit." George war in seinem Leben zu oft angelogen worden, um die Anzeichen dafür nicht deuten zu können. Barbie hatte nicht gelogen. Zumindest glaubte er selbst an das, was er George gegenüber geäußert hatte.

Phil verdrehte die Augen. „Na schön. Von mir aus. Hören wir eben mal wieder auf dein Bauchgefühl."

„Nur kein Neid", sagte George mit einem Augenzwinkern und gab Phil einen Klaps auf seine füllige Leibesmitte.

„Lass den Quatsch", beschwerte sich Phil mit einem ärgerlichen Lachen. „Und jetzt? Was tun wir jetzt? Wir können das doch nicht einfach auf sich beruhen lassen."

„Ich fürchte doch. Ich fürchte, wir müssen tatsächlich abwarten, bis der Stoff auf den Markt kommt, und dann die Verkäufer in die Mangel nehmen. Kümmerst du dich bitte darum, dass wir Bescheid bekommen, sobald das Zeug unter die Leute gebracht wird?"

„Natürlich", erwiderte Phil. „Kein Problem. Aber irgendwas ist da faul."

„Ja", bestätigte George. „Das ist es tatsächlich." *Wenn ich nur wüsste, was*, setzte er in Gedanken hinzu.

~~~

Drei Tage später gab es eine erste Spur auf den Verbleib der Drogen. Leider sprangen Georges Leute, welche die beiden Dealer zufällig erwischt hatten, nicht gerade zaghaft mit ihnen um. Einer starb noch bei der Auseinandersetzung, der andere gab im Krankenhaus an, dass sie die Drogen und ihre Aufträge von einem blonden Mann erhalten hätten, dann erlag auch er seinen Verletzungen.

Als George diese Information erhielt, beschlossen Phil und er, Barbie und seiner Truppe noch einmal auf den Zahn zu fühlen, doch kaum schlüpfte George in sein Jackett, erreichte ihn die Nachricht, dass man Barbie und
~~~

vier seiner Kumpane mit jeweils einem Kopfschuss in einem leerstehenden Lagerhaus an der Themse gefunden hatte.

George zog sein Jackett wieder aus.

Irgendjemand war ihm zuvorgekommen. Und dieser Jemand hatte keine Zeit verloren.

~~~

„Albright? Was bringt Sie hierher?“, grüßte George etwas später am Tag seinen unverhofften Besucher, den Thomas in sein Büro geführt hatte. „Und so überraschend“, fügte er gedehnt hinzu. *Ruf das nächste Mal vorher an*, sollte das heißen, doch Albright reagierte nicht auf diese Spitze. Sein Gesicht war totenblass, nur seine Wangen zierten hektische rote Flecken.

Wie üblich stand George vor den Fenstern und diktierte Sinclair, der am Schreibtisch saß, einen Brief, während Phil auf dem Ledersofa die Konto-Belege durchging. Bei Albrights Eintritt war Phil aufgestanden, doch Sinclair hatte nur kurz seinen Blick gehoben und dann – da George in absehbarer Zeit vermutlich nicht weiter diktieren würde – begonnen, das halbfertige Diktat ins Italienische zu übertragen.

„Wer … ist für diese … Schweinerei verantwortlich?“ Albright schnaufte erregt.

George hob seine Augenbrauen. „Welche Schweinerei speziell meinen Sie jetzt?“, fragte er mit etwas übertriebener Höflichkeit. „Ich fürchte, Sie müssen schon etwas präziser werden.“

„Kenneth war mein Neffe!“, röhrte Albright aufgebracht.

„Kenneth?“, gab George verständnislos zurück und blickte hilfesuchend zu Phil. „Weißt du, von wem er redet?“
~~~

Phil nickte knapp. „Kenneth Abrahamowitsch", erwiderte er mit gedämpfter Stimme. „Barbie."

„Der Sohn meiner Schwester!", zischte Albright.

Georges Augen weiteten sich. Zwischen zusammengebissenen Zähnen quetschte er ein gedämpftes „Shit!" hervor.

„Ich dachte, du wüsstest …", murmelte Phil gepresst.

Nein. George hatte es nicht gewusst. Er hatte bis zu diesem Zeitpunkt keine Ahnung gehabt, wie *Barbie* tatsächlich hieß oder wer er war … *gewesen* war. Verdammt! Aber das konnte er vor Albright natürlich nicht zugeben. Auf gar keinen Fall. Als Boss konnte er nicht einfach Leute beschäftigen und auch noch befördern, ohne zu wissen, wer sie überhaupt waren. Und doch hatte er genau das getan. Die ganze Sache entwickelte sich von einer lästigen Angelegenheit zu einer wahren Zwickmühle. Er hatte nichts, aber auch schon gar nichts mit Barbies … *Kenneths* Tod zu tun gehabt. Sicher, er war ihm gelegen gekommen, denn auch wenn er Barb... *Kenneth* nichts hatte nachweisen können – und er sogar bereit gewesen war, seinen Unschuldsbeteuerungen zu glauben –, so ganz wohl war ihm bei der Geschichte nicht gewesen.

Dass jemand für ihn ungefragt die Drecksarbeit übernommen hatte, hatte er als Geschenk des Himmels angesehen und nicht weiter hinterfragt. Aber jetzt, da sich herausstellte, dass es sich bei Kenneth um Albrights Neffen gehandelt hatte, gewann dieser vermeintliche Glücksfall eine völlig neue Bedeutung.

Wie viele seiner Bezirkschefs hatten mitbekommen, dass Albright frech zu ihm geworden war? Fast alle. Und genauso viele wussten auch, dass George ein übles Temperament hatte, das manchmal mit ihm durchging. Und wenn das so war, dann tat er Dinge, die er sonst nicht tun würde. Schlimme Dinge. Er hatte zwar noch nie die Verwandtschaft eines Querulanten eliminieren lassen, um den

Abtrünnigen zur Räson zu bringen, doch die anderen Mafiosi trauten ihm das wahrscheinlich zu. George musste zugeben, dass er diese Einschätzung seines Charakters – so unzutreffend sie auch sein mochte – sehr gut nachvollziehen konnte.

Den Mord an Albrights Neffen in Auftrag zu geben, um Albright selbst zu treffen … das war leider etwas, das wirklich ganz wunderbar in sein sonstiges Verhaltensmuster passte.

Es war in der Mafia nicht ganz unüblich, auf diese Weise zu verfahren, doch es kam nie sehr gut bei den Leuten an, weshalb George auch nie Zuflucht zu dieser reichlich fragwürdigen Disziplinierungsmaßnahme genommen hatte. Bei einem solchen Führungsstil musste jeder befürchten, der Nächste zu sein, was für schlechte Stimmung sorgte und für den jeweiligen Boss auf lange Sicht nie gut ausging. Früher oder später wurde der Boss dann auch in einen endgültigen Ruhestand versetzt … auf einem Friedhof. George hatte es immer für wesentlich wirkungsvoller gehalten, den Störenfried direkt kaltzumachen. Das sparte eine Menge Ärger und war effektiver und effizienter, als über das Wohl und Wehe der Familienangehörigen Druck auszuüben.

Doch wer würde ihm glauben, dass er mit dem Ableben von Albrights Neffen nichts zu tun hatte?

Wie würden die anderen Mafiosi reagieren? Und fast noch wichtiger, was würde Albright nun unternehmen? Würde er der Polizei einen Tipp geben? Und dabei noch ganz andere Dinge über George, seine Unternehmungen und die ganze Mafia ans Tageslicht zerren? Würde er das? War der Schmerz über seinen erlittenen Verlust groß genug? Groß genug, um sich dabei selbst ans Messer zu liefern?

Plötzlich wurde sich George der unwirklichen Stille im Raum bewusst und er überlegte mit leichter Beunruhigung, wie lange er wohl schon geschwiegen hatte.

Vor ihm stand immer noch Albright mit verzerrtem Gesicht und geballten Fäusten.

„Ich werde persönlich dafür sorgen, dass der Verantwortliche gefunden und zur Rechenschaft gezogen wird", erklärte George mit Nachdruck.

Ein wenig schien dies Albright den Wind aus den Segeln zu nehmen. „Das will ich Ihnen auch geraten haben, Walker!", fauchte er dennoch drohend, drehte sich auf dem Absatz um und stürmte hinaus.

„Scheiße!", fluchte George inbrünstig, als die Tür mit einem lauten Krachen ins Schloss gefallen war. „Verdammt Scheiße!" Sein Blick richtete sich auf Phil und er deutete mit anklagend ausgestrecktem Arm auf ihn. „Du!", sagte er nur. „Du! Warum hast du mir nichts davon gesagt, dass Barbie der Neffe von diesem Scheißkerl ist?"

„Ich dachte, du wüsstest es!", gab Phil lautstark zurück. „Mal ganz ehrlich, was für ein Boss ist das, der nicht mal seine eigenen Leute kennt?"

„Dafür habe ich schließlich dich!", brüllte George.

„Soll ich rausgehen, damit ihr euch in Ruhe weiter anbrüllen könnt?", erklang Sinclairs tiefe, gelassene Stimme. „Ich könnte auch Angela mit etwas Porzellan hereinschicken. Dann könnt ihr das zerschlagen. Vielleicht hilft es ja." Die leicht spöttische Herablassung wirkte wie ein kalter Guss auf beide Männer, die Sinclair zuerst argwöhnisch und dann ein wenig beschämt betrachteten, bevor sie einander mit betretenen Mienen musterten.

Phil ergriff als Erster das Wort. „Sinclair hat Recht. Uns gegenseitig anzuschreien bringt uns nicht weiter."

George nickte. „Schadensbegrenzung. Wen können wir darauf ansetzen?"

„Higgins“, erwiderte Phil prompt. „Der wird wissen, wer abgedrückt hat, bevor die Polizei einen Haftbefehl ausstellen kann.“

„Gut.“ George atmete tief durch. Dabei hatte er gedacht, es hätte sich alles in Wohlgefallen aufgelöst. Die Dealer waren gefunden, das Kokain war zum größten Teil wieder da, die Verantwortlichen waren tot. Aber nun hatte es ganz den Anschein, als ob die Schwierigkeiten erst jetzt so richtig losgehen würden.

~~~

Eine knappe Woche nach Albrights Besuch, betrat George, flankiert von Dave und Naresh, das leerstehende Bürogebäude, zu dem er von Higgins bestellt worden war.

„Dritter Stock, Boss“, sagte Naresh, der während der Fahrt mit Higgins telefoniert hatte, um weitere Details zu erfahren und um das Gefahrenpotential des Gebäudes zu überprüfen. Wer einen Mafia-Boss beschützte, konnte in diesen Dingen nicht vorsichtig genug sein. „Aufzug funktioniert leider nicht. Die Baufirma ist nicht ohne Grund pleite gegangen.“

„Glück für uns“, bemerkte George trocken und stieg die Treppe empor.

Im dritten Stock angelangt, wischte sich George mit einem Taschentuch den dünnen Schweißfilm von der Stirn. Seine leichte Atemlosigkeit lag allerdings nicht an mangelndem Training. Dave und Naresh waren ebenfalls außer Puste. Der Sommer hatte sich ausgerechnet diesen Tag ausgesucht, um in London sein Debüt zu geben.

In dieser Bauruine, in der zwar schon die Fenster eingesetzt waren, aber sonst nicht viel mehr geschehen war, war es daher nicht nur staubig, sondern auch heiß. Der helle graue Betonstaub bedeckte bereits Georges Schuhe und
~~~

drang bei jedem Atemzug zusammen mit der abgestandenen Luft in seine Lunge.

Eigentlich passte der strahlende Sonnenschein ganz gut zu Georges Stimmung, denn der Mörder von Barbie und den anderen Mafiosi war gefunden worden. Es handelte sich um Charlie White, einen der Auftragskiller aus Maynards Dunstkreis, die von George mit den Jobs bedacht wurden, bei denen es von größter Wichtigkeit war, dass er als Auftraggeber weder in Erscheinung trat, noch überhaupt zu ermitteln war – zumindest nicht von der Polizei.

Mit dem Ergreifen von Charlie hatte er zumindest eine Sorge weniger und Albright würde hoffentlich sein Schandmaul halten. In den letzten Tagen hatte sich sein Bezirkschef diesbezüglich nicht wirklich zurückgehalten und bei fast jeder sich bietenden Gelegenheit bei den anderen *Familienmitgliedern* über George hergezogen. Natürlich war es George zugetragen worden, wie Albright über ihn sprach und dachte und was für ein guter Junge sein Neffe Kenneth gewesen war – loyal und treu und eierkuchengut.

Nach dieser Beschreibung hätte Barbie sich besser einen Job bei der Heilsarmee besorgt, als ausgerechnet bei der Mafia zu arbeiten. Aber George hatte Albright seine Trauer zugute gehalten und hoffte nun, dass Charlies Befragung zur Erhellung dieser undurchsichtigen Angelegenheit beitragen würde.

„Okay“, sagte George und zog sein Jackett glatt, klopfte sich ein letztes Mal – allerdings vergeblich – den grauen Staub von seiner maßgeschneiderten Hose und sah fragend zu seinen Leibwächtern. „Wo ist er?“

„Hier lang, Boss“, erwiderte Naresh und wies auf eine der drei Türen, die vom Flur, in den das Treppenhaus mündete, abgingen.

George dehnte seinen Nacken, schob sein Kinn vor und gab mit einem Nicken das Startsignal. Er betrat hinter Dave den Raum – jeder Zoll ein Mafia-Boss. Seine Ausstrahlung sorgte dafür, dass alle Anwesenden automatisch ein wenig vor ihm zurückwichen, obwohl George an reiner Körpergröße von allen überragt wurde.

Der Raum war von den Architekten vermutlich einmal als Konferenzsaal auserkoren gewesen. Eine lange Glasfront gab nur sporadisch den Blick auf die benachbarten Hochhäuser frei, denn der größte Teil der Fenster war noch mit einer hellblauen Schutzfolie beklebt, die sich nur an einigen Stellen gelöst hatte und dem Raum dank der tiefstehenden Nachmittagssonne eine Atmosphäre verlieh, als befände man sich unter Wasser.

Doch dafür hatte George keinen Blick. Seine ganze Aufmerksamkeit galt dem untersetzten Mann, der mitten im Raum auf einen Stuhl gefesselt war und dessen Gesicht schon deutliche Spuren von Schlägen aufwies. Die vier Mafiosi, die ihn unter der Führung von Higgins gefasst hatten, umringten ihn. Higgins selbst stand ein wenig abseits und nickte George respektvoll zu. Jeder einzelne von ihnen war bewaffnet und breitschultrig, was Charlie auf seinem Stuhl nur noch erbärmlicher wirken ließ.

„Charlie, Charlie, Charlie“, sagte George mit einem enttäuschten Schnalzen. „Was machst du nur für Sachen.“

„Ich hab nichts gemacht, Doc“, röchelte Charlie heiser und hustete. Ein blutiger Schleimfaden hing ihm von der Lippe. „Gar nichts!“, rief er dann deutlicher aus.

George lauschte ihm aufmerksam, saugte an seiner Wange und blickte dann zu der Fensterfront. „Ich würde dir wirklich gern glauben“, erwiderte er mitleidig. „Aber man hat in deiner Wohnung Fotos der Toten gefunden. Wie erklärst du dir das, hm?“

„Ein Missverständnis, Doc. Das ist alles nur ein riesengroßes Missverständnis!"

Deutlich hörbar atmete George ein. Sein Mund wurde zu einem harten, schmalen Strich. Wie bei einer Kobra fuhr sein Kopf zu Charlie herum, der erschreckt zusammenzuckte. „Die Märchenstunde ist vorbei, Charlie", sagte George eisig. „Ich habe keine Zeit für diesen Scheiß. Du hast die Fotos gehabt, damit du weißt, wen du kaltmachen sollst. Und jetzt reden wir mal Klartext: Wer ist dein Auftraggeber?"

Charlie schwieg, senkte seinen Blick und schüttelte den Kopf.

„Ich fürchte, ich habe mich nicht klar genug ausgedrückt", bemerkte George kalt. „Wenn du schön brav bist und mir jetzt sofort eine Antwort gibst, dann kannst du hier vielleicht nicht mehr aufrecht rausgehen, aber du kannst möglicherweise in einem Jahr deine Beine wieder benutzen."

Die Schultern des Gefesselten fingen an zu beben und George begriff, dass Charlie anfing zu weinen. „Um Gottes Willen!", rief er verdrossen. „Eine Heulsuse. Eine Heulsuse als Auftragskiller! Wo gerät diese Welt noch hin!"

Die anderen Männer lachten und auch Naresh und Dave grinsten.

George trat an den Stuhl, packte Charlie an den Haaren und bog seinen Kopf zurück. „Meine Güte, Charlie", sagte er verächtlich. „Reiß dich gefälligst zusammen und tu wenigstens so, als ob du ein Mann wärst."

Charlie schniefte. „Ich war es nicht, Doc. Ich schwöre!"

„Wenn ich einen Penny hätte für jedes Mal …" George sprach halb zu sich selbst, holte ohne Vorwarnung aus und schlug Charlie seine Faust mitten ins Gesicht. Charlie heulte auf und versuchte, sich aus Georges Griff zu wenden. Doch George hielt seinen Haarschopf unerbittlich fest. „Stell dich nicht so an“, fauchte er. „Ich habe nicht mal deine Nase getroffen. Dein Jochbein allerdings, das könnte durchaus gebrochen sein. Und ich kann dir auch noch den Kiefer brechen, das geht ganz leicht. Aber dann könntest du uns nur noch unter größeren Schwierigkeiten den Namen deines Auftraggebers verraten. Richtig?“

„Richtig“, schluchzte Charlie.

George lächelte erfreut. „Wir sind uns einig. Wie schön.“ Er ließ Charlies Haare los. Ein erleichtertes Nach-Luft-Schnappen war zu hören. „Gut, dann wollen wir mal überlegen, was deine Sprachfähigkeit nicht beeinträchtigt.“ Er trat einen Schritt zurück und musterte Charlie mit dem ungerührten Blick eines Schlachters. Charlie starrte ihn mit angstgeweiteten Augen an. George lächelte kalt. „Die Augen … obwohl ... die könntest du noch brauchen, falls dir ein falscher Name genannt wurde und wir dir Fotos von potentiellen Kandidaten zeigen müssen.“ George begann, in kleinen Kreisen um den Stuhl herumzugehen. Charlies Blick folgte ihm – so gut es ging – wie hypnotisiert. „Zehen, Füße, Schienbeine, Knie … gute Idee … Kniescheiben sind ja so anfällig für Verletzungen. Bauch? Nein, blutet zu stark. Das gibt immer so eine Sauerei. Fingernägel? Hat jemand eine Zange? Nein? Schade, sehr schade. Und sehr nachlässig von euch. Dann die Finger, Handgelenke, Arme, Schultern. Ja“, beendete er schließlich seine Aufzählung und blieb vor Charlie stehen. „Das wäre so ungefähr alles.“ Er wippte auf seinen Fußballen und verschränkte die Hände hinter dem Rücken. „Bis auf deine Kronjuwelen. Du willst doch sicher keine Kinder mehr zeugen, oder?“

„Doc“, wimmerte Charlie und hätte sicher seine Oberschenkel aneinandergepresst, hätten seine Fesseln es zugelassen.

Leidenschaftslos musterte George den Gefangenen, dann wanderte sein Blick über dessen Häscher. „Wenn ihr schon keine Zange habt, dann habt ihr hoffentlich etwas anderes mitgebracht", bemerkte er gedehnt und die Männer beeilten sich, ihm ihre Utensilien zu präsentieren. Georges Augen schweiften über die dargebotenen Gegenstände, die Charlie nicht sehen konnte, da sich die Männer außerhalb seines Sichtfeldes aufhielten. „Schlagring ... na ja ... Baseballschläger ... geht so ... Eisenstange? Etwas altmodisch, aber warum nicht? Naresh, meine Jacke." George schlüpfte aus seinem Jackett, unter dem er aufgrund der sommerlichen Temperaturen nur ein schwarzes T-Shirt und das Schulterholster mit seiner Pistole trug. Sein Blick fixierte unverwandt den gefesselten Charlie, der immer blasser wurde. Ohne hinzusehen, reichte er Naresh sein Jackett, der es über seinen Arm legte und wieder zurücktrat. Dann streckte George seinen Arm aus und eilfertig wurde die knapp einen Meter lange, runde Eisenstange in seine wartende Hand gelegt. Seine Finger schlossen sich um das kühle Metall.

„Okay, Charlie. Letzte Chance", sagte George kalt und mit seinem breitesten, gefährlichsten Lächeln. Die Stange hielt er nun mit beiden Händen fest.

Doch Charlie heulte nur Rotz und Wasser, beteuerte stammelnd seine Unschuld und gebärdete sich so wild, dass der Stuhl drohte, umzustürzen.

„Stuhl festhalten", kommandierte George scharf und wartete, bis sein Befehl von zwei Männern ausgeführt wurde.

Er wog die Stange kurz in der Hand, hob sie über seine Schulter, stellte sich seitlich vor Charlie, schätzte die Entfernung und holte aus.

Der dumpfe Aufprall von Metall auf Kleidung und Fleisch wurde gefolgt von dem ekelhaft knirschenden

Geräusch brechender Knochen. Charlie brüllte vor Schmerz, als sein Gehirn alle Informationen registrierte und er begriff, dass ihm gerade ein Knie zertrümmert worden war.

George betrachtete ihn mitleidlos und wartete – die Eisenstange lässig über eine Schulter gelegt –, bis das Schreien in ein gedämpftes Schluchzen übergegangen war, bevor er erneut das Wort an Charlie richtete. „Okay, Charlie“, sagte er nicht unfreundlich. „Ist dir jetzt vielleicht irgendwas eingefallen, was du uns möglicherweise mitteilen möchtest, oder … muss ich deinem Erinnerungsvermögen noch einmal auf die Sprünge helfen?“ Er lachte kurz auf. „Obwohl … große Sprünge wirst du danach wohl für einige Zeit nicht mehr machen können.“

Die anderen Männer grunzten amüsiert über diesen grausamen Scherz und Charlie hob den Kopf. Pure Verzweiflung zeichnete sich in seinem Gesicht ab. „Warum tun Sie das, Doc?“, rief er mit bebender Stimme aus. „Warum? Ich habe mich an die Abmachungen gehalten! Ich habe alles so gemacht, wie Sie es wollten! Warum tun Sie mir das jetzt an? Davon war nie die Rede!“

Kaum verhallten diese Worte in dem leeren, stickigen Raum, schon richteten sich alle Augen überrascht auf George, der völlig überrumpelt und wie gelähmt dastand und Charlie fassungslos anstarrte. „Was redest du das für einen Müll?“, flüsterte George gefährlich leise. „Ich habe nie auch nur ein Wort mit dir gewechselt – also hör gefälligst auf, solche Lügen zu verbreiten!“

Charlie schniefte und schluckte und rang um Fassung: „Es sollte doch alles geheim bleiben … Ich hätte ja auch nichts gesagt … aber … ja, ich weiß, ich habe gesagt, Sie könnten mich in siedendem Öl kochen und ich würde dennoch alles für mich behalten, aber … dass Sie mir wirklich … das war nicht Teil unserer Abmachung!“

„Charlie, ich warne dich“, fauchte George, der das Gefühl hatte, der staubige Betonboden unter seinen Füßen hätte sich in tückischen Treibsand verwandelt. „Ich habe dir diesen Auftrag nicht erteilt!“

„Oh, doch, Doc!“, behauptete Charlie voller Überzeugung. „Das haben Sie!“

Diese Aussage und die Überzeugung, mit der sie vorgetragen wurde, verlieh der ganzen Situation eine völlig unerwartete Wendung. George konnte förmlich riechen, wie sich unter seinen Männern Verunsicherung breitmachte. Fragende Blicke wurden unter ihnen getauscht.

„Wir haben uns nie zuvor gesehen!“, wiederholte George mit aller Überzeugung, die ihm zur Verfügung stand.

Charlie lachte verzweifelt auf. Es klang wie das Lachen eines Verrückten. George überlief es kalt. Die fragenden Blicke der Männer wurden skeptisch. „Natürlich sind Sie nicht selbst zu mir gekommen“, sagte Charlie. „Als ob der große Doc Walker selbst … Aber es kam jemand zu mir, in Ihrem Auftrag.“ Er rang um Atem. „Jemand mit Anweisungen … mit Geld … mit den Fotos, die ihr bei mir gefunden habt … Niemand sollte davon erfahren, das war die Vereinbarung. Niemand!“ Seine Stimme wurde schwächer und verstummte dann ganz.

Ein eisiger Klumpen bildete sich in Georges Magen und kalter Schweiß lief ihm den Rücken hinab. Er leckte sich über die Lippen. Sein Mund und seine Kehle waren staubtrocken. „Ich habe niemanden zu dir geschickt. Dieser *Jemand* muss dich belogen haben. Wer war es?“, wollte er wissen.

Charlie schüttelte müde den Kopf. „Als ob Sie das nicht selbst am besten wüssten, Doc.“

„Charlie, ich warne dich zum letzten Mal!“

„*Sie* haben ihn zu mir geschickt!“, brüllte Charlie so plötzlich, dass George reflexartig etwas zur Seite wich. „Es war …“

Das Klirren von Fensterglas.

Ein kleiner roter Fleck auf Charlies Stirn.

Grenzenlose Überraschung trat in Charlies weit aufgerissene Augen, dann brach sein Blick.

George schlug hart auf dem Betonboden auf. Naresh hatte sich schützend über ihn geworfen. Dave brüllte Anweisungen. Fußgetrappel war zu hören. Staub wurde aufgewirbelt. George blieb wie betäubt unter Naresh liegen. Charlie war tot und mit seinem letzten Atemzug hatte er George beschuldigt, den Mord an Albrights Neffen in Auftrag gegeben zu haben. Jeder innerhalb der Mafia würde es für einen Racheakt Georges halten. Rache für die abfälligen Bemerkungen und zahlreichen Spitzen, die Albright ihm gegenüber öffentlich geäußert hatte.

„Der Schuss kam von dem Gebäude da drüben“, hörte er Dave rufen. Es klang weit weg, sehr weit weg. Dieses diffuse Licht, wie unter Wasser. George hatte das Gefühl zu ertrinken. „Hat irgendjemand ein Fernglas? Ein verdammtes Fernglas? Irgendwer? Scheiß Sonne, blendet total! Drei Mann sofort zu dem Gebäude! Ausgänge sichern!“

George schloss die Augen. Wie sollte er aus dieser Situation wieder heil herauskommen? Albright würde meutern, sobald ihm diese Sache zu Ohren kam, und George konnte es ihm nicht einmal verdenken. Alles, was er jetzt noch tun konnte, war Zeit zu gewinnen. Er gab sich keinerlei Illusionen hin, dass die Vorkommnisse dieses verhängnisvollen Nachmittags innerhalb der Mafia herumgetratscht werden würden. Jetzt galt es, dafür zu sorgen, dass dies nicht zu schnell passierte. George brauchte Zeit. Zeit, um herauszufinden, wer hinter dieser ganzen Schweinerei steckte.

„Naresh? Ich glaube, es reicht jetzt“, murmelte George.

„Oh, ja, natürlich, Boss“, erwiderte Naresh und stand auf. Als das zusätzliche Gewicht seinen Brustkorb nicht mehr zusammendrückte, atmete George erleichtert ein und wünschte sich im selben Moment, er hätte es gelassen. Staub drang in seine Atemwege und löste einen Hustenreiz aus, der ihm das Wasser in die Augen trieb. Schließlich richtete er sich keuchend und hustend auf und wusste auch ohne Spiegel, dass er kein sehr vorteilhaftes Bild mehr abgab.

Nur Higgins und einer seiner Männer waren noch da. Die anderen versuchten – auf Daves Anweisungen hin – den Schützen zu fassen. George bemerkte den kaum verhohlenen Argwohn in Higgins' Augen.

„Higgins“, sagte George gedehnt, mischte dabei gekonnt Herablassung mit Vertraulichkeit und würzte alles mit einem jovialen Lächeln. „Ihnen ist ja wohl auch klar, dass mir jemand diesen ganzen Mist in die Schuhe schieben will. Wenn dem nicht so wäre, hätte ja wohl niemand auf den armen Charlie geschossen und ihn an der spannendsten Stelle so rüde unterbrochen. Richtig?“

Higgins nickte langsam und der andere Mann tat es ihm, nach kaum merklichem Zögern, gleich. In seinen Schuhen krampfte George die Zehen zusammen. Beiden Männern standen der Argwohn und die Skepsis förmlich ins Gesicht geschrieben. Natürlich gab es für diese Situation zwei Erklärungen: Jemand wollte nicht, dass George den Namen desjenigen erfuhr, der sich als Georges Abgesandter ausgegeben hatte, oder George hatte verhindern wollen, dass herauskam, dass er eben doch selbst hinter alledem steckte. Das Schlimme daran war, dass beide Szenarien plausibel waren.

„Ich muss sicher nicht erst betonen, dass diese ganze Sache hier unter uns bleibt“, sagte George in einem Tonfall, der keinerlei Widerspruch duldete.

Die Männer nickten wieder, doch George wusste genau, dass er sich mit dieser kaum verhohlenen Warnung höchstens ein paar Tage Schonfrist verschafft hatte, bevor das üble Gerede unweigerlich beginnen würde. Aber wenn er Glück hatte, reichte diese kurze Zeit aus, um den Kerl, der ihn hier verarschen wollte, dingfest zu machen. Er drehte sich zu der Fensterfront um und nahm sich die Zeit, das Loch in der Scheibe zu inspizieren und die Flugbahn der Kugel abzuschätzen. Er pfiff durch die Zähne. Das war ein verdammter Meisterschuss gewesen. Er selbst war außerordentlich geschickt und erfahren im Umgang mit Schusswaffen, doch er bezweifelte, dass ihm dieses Kunststück geglückt wäre. Die hellblaue Schutzfolie bedeckte das komplette Fenster. Lediglich an einer Stelle hatte sie sich gelöst und ermöglichte so eine freie Durchsicht. Doch diese Stelle war nur so groß wie zwei Handflächen. Die Kugel hatte die Scheibe genau dort durchschlagen und ein Loch hinterlassen. George kniff ein Auge zu und peilte das gegenüberliegende Gebäude an. Dann sah er rasch zu dem kleinen, blutigen Fleck auf Charlies Stirn und kam dann zu dem gleichen Schluss wie Dave vor ihm: Der Schuss musste vom Dach des anderen Hochhauses abgegeben worden sein.

George biss sich auf die Unterlippe. Es war wirklich sehr ärgerlich, dass ein derart begabter Schütze *gegen* ihn und nicht *für* ihn arbeitete.

~~~

„Das hat jetzt ein *bisschen* lange gedauert“, erklang eine gedehnte Stimme.

Robert Carter erhob sich von seiner kauernden Position auf dem Flachdach des Hochhauses und schraubte den Schalldämpfer und die Zielvorrichtung von seinem Präzi-
~~~

sionsgewehr. „Tut mir leid, Boss. Doc Walker stand ständig im Weg“, sagte Carter mit unbewegter Stimme zu dem Mann in T-Shirt, Jeans, Baseballkappe und Sonnenbrille, der Kaugummi kauend auf ihn zu schlenderte. Der Mann trug kleine Kopfhörer in beiden Ohren, die durch ein Kabel mit seinem Smartphone verbunden waren, auf dessen Touchscreen er mit seinem Daumen herumwischte.

„Immerhin“, bemerkte der Mann mit einem seltsam zufriedenen Glitzern in seinen Augen, während er sein Handy abschaltete. „Diese Abhör-App, die wir auf das Smartphone des guten Charlies geschmuggelt haben, hat sich als wirklich hilfreich erwiesen.“ Er zog die kleinen Kopfhörer aus seinen Ohren und steckte sie zusammen mit seinem Handy in die Hosentasche. „So konnten wir sein Telefon einschalten und mithören, ohne dass es jemand gemerkt hat. Nun wissen wir wenigstens, was er alles ausgeplaudert hat.“ Er steckte die Hände in die Hosentaschen und sah dann gelangweilt zu, wie Carter sein Gewehr weiter zerlegte und die Einzelteile sorgsam in einem unauffälligen Koffer verstaute.

„Jim“, fing Carter an.

„Hm?“, machte der Mann in der Baseballkappe desinteressiert

„Ich hätte ihn mit Leichtigkeit erledigen können … mit Leichtigkeit!“

Jim Connolly schwieg und beobachtete weiter, wie Carter die restlichen Teile der Waffe verstaute und den Koffer schloss. „Noch zu früh“, sagte er schließlich und produzierte eine Kaugummiblase, die er mit einem Knall zerplatzen ließ. „Zu diesem Zeitpunkt wäre das Ableben von Doc Walker für meine Pläne eher hinderlich.“

Carter warf Jim einen langen Blick zu, dann nickte er ein wenig widerwillig. „Wir sollten machen, dass wir hier wegkommen. Sie werden sich mittlerweile von dem Schreck erholte haben und nach dem Schützen suchen.“

Jim grinste und winkte Carter mit einem Zeigefinger, damit er ihm folgte. „Alles vorbereitet, Aschenputtel, die Kürbiskutsche steht schon bereit.“

~~~

Jim Connolly lümmelte am Gartenzaun seines Elternhauses herum und kaute Kaugummi. Doch die gelangweilte Pose eines verdrossenen Teenagers trog. Tatsächlich beobachtete Jim mit hellwachen Augen und hellwachem Geist, was am Ende der Straße auf dem leerstehenden, verwilderten Grundstück vor sich ging.

Colin O'Leary hatte dort mal wieder seine ‚Gang' um sich geschart und markierte den großen Anführer.

Jim kannte Colin nicht nur von der Schule, in der dieser in der Jahrgangsstufe über ihm unterrichtet wurde – es hätten eigentlich zwei Stufen sein sollen, aber Colin war sitzengeblieben –, sondern auch vom Waisenhaus, in dem Colin seit fünf Jahren lebte und das in der gleichen Straße lag wie das Haus von Jims Eltern.

Das Waisenhaus war nicht besonders groß und so hatte Colin in seiner Bande nicht nur Jungs aus dem Heim um sich geschart, sondern auch noch andere Halbwüchsige aus dem Ort. Er war nicht wirklich der geborene Anführer, doch was ihm an Grips fehlte, machte er mit Muskelkraft wieder wett. Aus dem kindlichen Unruhestifter war über die Jahre hinweg ein kräftiger, unbeherrschter, verschlagener und gewalttätiger Junge geworden, dessen geistige Entwicklung trotz der vereinten Bemühungen von Erziehern und Lehrern nicht mit seiner körperlichen Entwicklung Schritt gehalten hatte. Er war im Laufe der Jahre zu einem Paradebeispiel für einen tumben Tyrannen geworden, der seine Gefolgschaft zu kleinen Raubzügen in den Ladengeschäften am Ort antrieb und Kindern das Taschengeld abnahm. Gelegentlich verprügelten sie auch andere Jungen – weil sie
~~~

sich ihnen nicht anschließen wollten, weil sie sie verpetzen wollten oder einfach nur zum Zeitvertreib.

Jim hielt das alles für eine Verschwendung von Ressourcen. Im Gegensatz zu Colin O'Leary war Jim hochintelligent. Er war nicht nur der Beste in seiner Klasse, er war sogar der Klügste auf der ganzen Schule. Seit Jahren. Die Direktorin überschlug sich fast wegen ihm und setzte alles daran, ihm zu einem Stipendium zu verhelfen. Jim ließ sie gewähren. Noch hatte er nicht endgültig über seine Zukunft entschieden. Vielleicht war ihm ein Stipendium an einer Universität nützlich, schließlich wollte er nicht in diesem Kaff versauern. Er wollte hinaus in die Welt und ihr seinen Stempel aufdrücken und dabei am besten alles hinter sich lassen. Alles, was ihm die Luft zum Atmen nahm und ihn in der freien Entfaltung seiner Persönlichkeit behinderte: seine Eltern, seinen Bruder, seine Schwester. Kurz – seine ganze Vergangenheit.

Aber zuerst musste er sich seiner Fähigkeiten sicher sein, musste sich ein wenig erproben, seine Flügel strecken …

Eigentlich war es eine ganz nette Gang, die dieser bescheuerte O'Leary da um sich geschart hatte. Natürlich packte er alles falsch an, aber mit der richtigen Persönlichkeit an der Spitze könnte diese Dorfbande zum Schrecken der ganzen Provinz werden. Man müsste es nur richtig aufziehen …

Nach einer Stunde intensiven Nachdenkens kam Jim zu dem Schluss, O'Learys Bande zu übernehmen. Das war wesentlich einfacher, als eine eigene Gang aufzuziehen und gegen O'Leary um die Vorherrschaft im Ort zu kämpfen. Nein, so etwas war viel zu mühsam, zu zeitraubend und ein unnötiger Kraftaufwand. Diese Kräfte konnte man anderweitig viel sinnvoller einsetzen.

Jim nickte stumm vor sich hin.

Jetzt musste er sich nur etwas einfallen lassen, um O'Leary zu beseitigen. Es musste auf eine Art und Weise geschehen, die ihm die Gefolgschaft der Bande sicherte und ihn andererseits bei allen anderen Menschen – und dabei besonders der Obrigkeit – nicht in Verdacht bringen würde.

Ein seliges Lächeln kräuselte Jims Lippen.
Eine intellektuelle Herausforderung. Er liebte Herausforderungen.

~~~

George informierte Albright noch vom Auto aus telefonisch, dass der Mörder seines Neffen zur Rechenschaft gezogen worden war. Zu Georges Glück hakte Albright nicht bezüglich des Motivs nach. Dazu hätte er noch keine glaubhafte Lüge bereit gehabt. Fürs Erste schien Albright zufriedengestellt und George beendete das Gespräch mit gemischten Gefühlen. Wenn er wenigstens den Schimmer einer Ahnung gehabt hätte, was hier vor sich ging! Er war beileibe kein Feigling. Er war noch nie einem Kampf, einer Konfrontation aus dem Weg gegangen. Aber gegen eine unsichtbare und unfassbare Bedrohung anzutreten, konnte schon mulmige Gefühle verursachen. Wie sollte man kämpfen, wenn man nicht einmal den Namen seines Gegners kannte? Es war schon richtig, dass Märchen oft tiefe Weisheiten in sich bargen. Das Wissen um den Namen seines Kontrahenten verlieh Macht über ihn. George überdachte seine Chancen und fand, dass es schlecht um ihn stand. Nicht nur, dass er nicht wusste, wer der Verursacher all seiner Schwierigkeiten war – nein, ihm wollte auch der Name dieses bestimmten Märchens nicht mehr einfallen. Angefangen hatte es mit einer Müllerstochter, die Stroh zu Gold spinnen konnte. Aber an mehr konnte er sich partout nicht mehr erinnern. Immerhin würde er nicht sein Erstgeborenes ausliefern müssen, falls er nicht in der Lage war, den richtigen Namen zu nennen. Er seufzte. Nein, bei ihm stand etwas anderes auf dem Spiel: sein Leben … seine Karriere … Wem wollte er etwas vormachen? Er war geliefert. „Dave, Naresh, Feierabend für heute."
~~~

Dave neben ihm warf ihm nur einen kurzen, fragenden Blick zu, doch Naresh, der vorne neben Bridges auf dem Beifahrersitz saß, drehte sich natürlich mit gerunzelter Stirn um. Naresh war manchmal eine richtige Glucke. „Boss, das halte ich für keine gute Idee. Auf Sie ist heute geschossen worden und …

„Niemand hat auf *mich* geschossen“, unterbrach George seinen besorgten Leibwächter mit leicht verdrossenem Unterton. „Wenn mich ein Schütze dieses Kalibers hätte erledigen wollen, dann hätte er das auch getan. Bridges? Halten Sie da vorne am Taxi-Stand.“ Er zog einige Geldscheine aus seiner Innentasche und drückte sie Dave in die Hand. „Nehmt euch ein Taxi. Fahrt nach Hause zu euren Familien. Sagt Fred und Ginger Bescheid. Sie sollen zu meinem Haus fahren und euch für die nächsten drei Tage vertreten. Wie heißt *Ginger* eigentlich richtig?“

„Marcus“, erwiderte Dave mit einem überraschten Grinsen. „Marcus Finney. Danke, Boss.“

George winkte ab. „Ich rede morgen mit Phil. Wenn ihr wieder da seid, werdet ihr beide eine Gehaltserhöhung bekommen.“

Naresh und Dave murmelten freudig überrascht ihren Dank und als Bridges den Wagen anhielt, stiegen sie sehr folgsam aus.

Bridges reihte sich wieder geschickt in den Verkehr ein und sah George über den Rückspiegel an. „Wohin jetzt, Sir?“

„Bridges, wie heißen Sie eigentlich mit Vornamen?“, fragte George nachdenklich.

„Das spielt keine Rolle, Sir“, erwiderte Bridges ausweichend. „Ich wurde in jeder Stellung, die ich bis jetzt innehatte, immer nur mit *Bridges* angesprochen. Das ist völlig in Ordnung, Sir.“

George grinste schwach. „Mein Chauffeur hält mir einen Vortrag darüber, was sich schickt? Ich habe tatsächlich nur Personal, das mir Widerworte gibt. Raus damit, Bridges. Wie ist Ihr Vorname? Ich verspreche auch, nicht zu lachen."

Bridges Mundwinkel kräuselten sich in einem flüchtigen Schmunzeln. „Es ist kein lächerlicher Name. Wirklich nicht. Meine Eltern tauften mich George. Sie werden verstehen, dass ich – so lange ich bei Ihnen beschäftigt bin – es bevorzugen würde, weiterhin schlicht und einfach *Bridges* gerufen zu werden."

„Ich verstehe, Bridges", erwiderte George mit einem amüsierten Lächeln.

„Wenn Sie mir jetzt vielleicht mitteilen wollten, wohin ich Sie bringen darf?", fragte Bridges erneut. „Ich kann natürlich noch ein viertes Mal durch diesen Kreisverkehr fahren, wenn Sie das wünschen …"

„Zu Phil", entschied George spontan. „Fahren Sie mich zu Phil Stanhope."

Bridges nickte und setzte den Blinker.

George versuchte einen bequeme Sitzposition auf der Rückbank zu finden und gab es nach einer Weile auf. Er war viel zu angespannt. Seine Entscheidung, zu Phil zu fahren, war goldrichtig gewesen. Was er jetzt brauchte, war ein Abend unter Freunden. Nur Phil, Susan und er. Ein paar Gläser Chianti und Susans traumhafte Spaghetti Alfredo, die nur sie so vortrefflich zubereiten konnte. Für ein paar Stunden der Gegenwart entfliehen. Für ein paar Stunden so tun, als seien sie alle noch immer 25 Jahre alt … voller Pläne … voller Hoffnungen … voller Zuversicht.

Nur Phil und Susan und er. Kein großes Haus, kein Personal, keine Leibwächter und … kein Sinclair. Er wusste selbst nicht so genau, warum, aber er wollte Sinclair jetzt noch nicht gegenübertreten, wollte nicht, dass Sinclair ihn so sah, wollte ihm noch nicht alles erzählen, wollte ihm nicht in die Augen sehen müssen und darin Besorgnis lesen oder Mitleid oder … Er schüttelte den Kopf. Sich selbst brauchte er nicht anzulügen. Er fürchtete sich einzig und allein davor, nach seinem Bericht keinerlei Gefühlsregung in Sinclairs Blick zu finden.

Daher wollte er diesen Moment noch ein wenig hinauszögern. Nur ein paar Stunden.

Ende des ersten Teils

Übersetzungen, Kap 17:

putain – Hure, Nutte
pédé – Schwuchtel
sacre bleu – verdammt!
Salope – Schlampe

Leseprobe:

Alexis Hall

For Real – das echte Leben

„Hör zu, ich komme direkt von der Arbeit, hatte einen wirklich langen Tag und einfach nicht die Zeit, mir ein Nietenhalsband umzulegen oder in ein Netzoberteil zu schlüpfen – oder was immer du auch für unerlässlich hältst, damit ich diesen Hafen von sicherer, vernünftiger und einvernehmlicher Verderbtheit betreten kann."
Da stand ich und machte mich selbst zum Deppen an der Tür von Pervocracy, dem Club, der angeblich anders sein sollte, es aber nicht war.

Aber alles, was ich gesagt hatte, entsprach der Wahrheit. Es war ein wirklich langer Tag gewesen. Und ich hatte die Bedingung, mich dem Anlass entsprechend zu kleiden, schon immer gehasst. Beinahe schien es, als ob sich die Szene an der Logik eines Märchens orientierte: Ein Bettler in einem Ballkleid war eine Prinzessin. Ein Wolf in einem Nachthemd eine Großmutter. Ein Schwachkopf in einer Lederhose ein Dom.

Die Fee des alternativen Lifestyles (auch bekannt als ehrenamtliche Mitarbeiterin) schien von mir nicht sonderlich beeindruckt zu sein. Ich konnte ihr nicht wirklich einen Vorwurf machen. Auch wenn man davon absah, dass ich meine sexuellen Vorlieben nicht in Form eines dämlichen Hutes auf dem Kopf zur Schau trug, war ich doch unnötig unhöflich gewesen.

Ich versuchte es in einem versöhnlicheren Tonfall. „Ich stehe auf der Liste. Dalziel."

Sie wischte auf ihrem iPad herum. „D-e-e-l… was?"

„D-a-l-z…"

Sie warf mir einen *Willst du mich verarschen*-Blick zu.

Ich hätte sagen können: „Wie in *Dalziel und Pascoe*", aber es bestand eine derart furchterregend hohe Wahrscheinlichkeit, dass sie im Jahre 1996 gerade mal geboren worden war, dass ich stattdessen aufgab. Das Universum wollte eindeutig nicht, dass

ich einen BDSM-Club besuchte. Was mir nur recht war, denn ich stimmte zu.
„Vergiss es."
Ich drehte mich um, bereit zur Flucht, als die Tür der geschlechterneutralen Toiletten hinter ihr aufgestoßen wurde und meine zwei Freunde – es gab keine andere, angemessene Bezeichnung für die beiden –, die darauf bestanden hatten, dass ich heute Abend ausgehe, in den Korridor stolperten. Sam schien als Steampunk-Pirat gekleidet zu sein. Grace trug ein Korsett in Regenbogenfarben und extrem gerüschte Strumpfhosen. *Sie* hatten nicht das geringste Problem, ihre sexuellen Vorlieben durch das Tragen dämlicher Hüte zu kommunizieren.
„Er ist mit uns da, er ist mit uns da! Laurie, komm zurück."
Ich kam zurück.
Die Elfe zögerte. „Er gehört zu euch?"
„Ja, ich habe für ihn gebürgt. Schau." Grace lehnte sich in einem Durcheinander aus Brüsten und Spitze vor und tippte auf den Bildschirm.
„Aber", schmollte die Elfe, „ein Kostüm ist Pflicht. Es ist wichtig für das Ambiente im Club."
„Ich trage ein Kostüm", blaffte ich. „Ich gehe als wirklich müder und angepisster Notfallmediziner, der versucht, in einen BDSM-Club zu gelangen – in der schwachen Hoffnung, einen nicht allzu ungeschickten Unbekannten zu treffen, der ihm mit der Peitsche so etwas wie Befriedigung verschafft, bevor er wieder nach Hause geht."
„Du hast dir Mühe gegeben", sagte Sam mit todernster Miene. „Sehr überzeugend."
„Na gut, na gut." Die Elfe wackelte verzweifelt mit der Hand, wobei ihre grün-lackierten Fingernägel leuchteten. „Geht schon rein."
Wir gingen hinein. Und als ich mich an ihr vorbeizwängte, hörte ich sie murmeln: „Ich kann nicht glauben, dass er ein Sub ist."